W0251842

Hobbit Presse
Klett-Cotta

NATASHA PULLEY

DIE VERLORENE ZUKUNFT VON PEPPERHARROW

Roman

Aus dem Englischen von
Jochen Schwarzer

Klett-Cotta

MIX
Papier | Fördert gute Waldnutzung
FSC® C014496
FSC
www.fsc.org

Hobbit Presse
www.hobbitpresse.de
Die Originalausgabe erschien unter dem Titel »The Lost Future of Pepperharrow« im Verlag Bloomsbury, London
© 2020 by Natasha Pulley
Für die deutsche Ausgabe
© 2023 by J. G. Cotta'sche Buchhandlung Nachfolger GmbH, gegr. 1659, Stuttgart
Alle deutschsprachigen Rechte vorbehalten
Cover: Birgit Gitschier, Augsburg
unter Verwendung der Daten des Originalverlags
Gesetzt von C.H.Beck.Media.Solutions, Nördlingen
Gedruckt und gebunden von GGP Media GmbH, Pößneck
ISBN 978-3-608-98729-4
E-Book ISBN 978-3-608-12191-9

Für Jacob

PROLOG

Der Gedanke liegt nahe, dass niemand in der Lage wäre, den Lauf der Welt so zu arrangieren, dass die einzelnen Ereignisse dem eigenen Wunsch gemäß wie in einem Uhrwerk ineinandergreifen. Alles Mögliche käme da doch in die Quere, denkt man. Und tatsächlich waren all die Königinnen und Generäle, die so etwas im Laufe der Geschichte mit aller Macht versucht hatten, meist schon an etwas so Banalem wie dem Wetter gescheitert. Nun haben Hellseher jedoch eine besondere Begabung im Umgang mit der Zeit – weshalb es einer gewissen Ironie nicht entbehrte, dass Keita Mori ausgerechnet als Uhrmacher tätig war.

Was er in seiner Werkstatt erschuf, erkannte man meist erst, wenn es fertig war. Ein wohlgeordnetes Chaos kennzeichnete seine Arbeitsweise, was so weit ging, dass er ewig an etwas bauen konnte, das nur wie ein befremdliches Gewirr aussah – bis es sich eines Tages erhob, in Bewegung setzte und sich als Oktopus entpuppte. Noch undurchschaubarer war sein Tun, wenn er nicht mit Stahl, sondern mit der Zeit hantierte. Nur wer ihn sehr gut kannte, entdeckte eventuell, dass er etwas arrangierte, und erspähte die Umrisse der Tentakel. Einem derart geschulten Blick wäre womöglich nicht entgangen, dass am letzten Oktobertag des Jahres 1888 in Sankt Petersburg ein solcher Tentakel Gestalt anzunehmen begann.

• • •

Pjotr Kusnezow war überrascht, als ihm Mori, den er fünf Jahre nicht gesehen hatte, eine Einladung zum Kaffee im Hotel Angleterre zukommen ließ.

»Ausgerechnet das Scheiß-Angleterre«, knurrte Pjotr, als er die Straße überquerte, und erschreckte damit einen dort Schnee schippenden Jungen.

Auf der offiziellen Ebene hasste Japan alle anderen. Es war eines jener verlockend reichen und zugleich unterentwickelten Länder, in die sie alle – Großbritannien, Russland, Amerika – unbedingt einmarschieren wollten; doch da Russland am nächsten dran war, rangierte es auf der Tokyoter Feindesliste auf Platz eins. Pjotr und Mori hätten niemals miteinander befreundet sein dürfen – davon ging man bei Geheimdienstoffizieren verfeindeter Staaten einfach aus. Sie waren allerdings ihre ganze Laufbahn hindurch gewissermaßen Amtskollegen gewesen. Mit einem Bein hatten sie stets in oft unangenehmen oder öden Dienstpflichten gesteckt, während sie mit dem jeweils anderen auf schicken Botschaftsempfängen herumstanden. Beide hegten sie eine Abneigung gegen das Fahnenschwenken und gegen Amerikaner. Mori konnte einiges an Alkohol vertragen, und Pjotr kannte sich mit den Sumo-Regeln aus. Sie hatten viel mehr miteinander gemein als die mit den Fahnen schwenkenden Minister, für die sie arbeiteten.

Ein kleines Hemmnis in ihrem ansonsten harmonischen Verhältnis war, dass es sich bei Mori – und daran kam man nicht vorbei – um einen reichen Mann handelte. Er tat so scheußliche Dinge wie, Pjotr in Nobelhotels einzuladen – ein normaler Mensch wäre gar nicht so ohne Weiteres auch nur am Portier des Angleterre vorbeigekommen. Tolstoi logierte dort gegenwärtig. Pjotr hatte seine instinktive Scheu vor Etablissements mit vergoldeten Fresken und Schriftstellern als Dauergästen nie gänzlich abgelegt.

Mori war einige Jahre zuvor auf eigenen Wunsch aus dem japanischen Staatsdienst ausgeschieden – behauptete er zumindest. Seit einem halben Jahr bewohnte er nun eine Suite im Angleterre und fertigte dort Uhren und ähnliche Gegenstände für die Zarin. Das war die erstaunlichste Tarngeschichte, die Pjotr je gehört hatte, denn Mori fertigte dort tatsächlich Uhren und ähnliche Gegenstände für die Zarin. Sie hatte dem Innenminister einige Monate zuvor eine Taschenuhr geschenkt, und der hatte sie allen gezeigt, auch Pjotr. Es war ein Prachtstück.

Pjotr hätte sich herzlich gern ein ganzes Jahr lang Katharina nennen lassen, wenn Mori wirklich nur der Uhrenfertigung wegen in Sankt Petersburg war.

Vor dem Hotel angelangt, blieb er stehen. Es war erst zehn vor elf; er war extra früh losgegangen für den Fall, dass es am Eingang zu Scherereien kam. Anständigerweise hätte er nun warten müssen, doch es war so kalt, dass er es nicht ertrug, draußen herumzustehen. Seit vier Tagen schon schneite es fast ununterbrochen, und an den Gehsteigrändern war der Schnee schon übermannshoch aufgeschippt. Er war pulvrig und fein wie Puderzucker, und die vorbeifahrenden Kutschen zogen glitzernde Fahnen davon hinter sich her. In der Nähe des Hotels waren einige Männer damit beschäftigt, eine Telegrafenleitung zu reparieren, die in der Kälte gerissen sein musste. Und dabei war es erst Oktober; es stand ein harter Winter bevor.

Der Portier ließ Pjotr dann jedoch ganz ohne Umstände herein. Er musste nicht einmal seinen Ochrana-Ausweis zücken.

Im Hotelcafé herrschte reger Betrieb, der Saal war erfüllt vom verheißungsvollen Klirren der aufgetragenen Gebäck-Etageren und dem Geplauder der Damen – man wusste, man war in gut betuchter Gesellschaft, wenn die Männer leiser sprachen als die Frauen –, doch Pjotr erspähte Mori fast augenblicklich am Fenster, da das Gewirr der mechanischen Teile auf seinem Tisch das Licht einfing. Er baute einen Spielzeugkraken. Gerade justierte er etwas in dessen Innern. Der kleine Krake versuchte indessen, sich den Silberlöffel aus der Zuckerschale zu schnappen.

»Ist der etwa lebendig?«, fragte Pjotr, vor allem, um sich den Ausruf zu verkneifen, dass Mori keinen Tag älter aussehe als bei ihrer letzten Begegnung. Er selbst war in der Zwischenzeit ergraut.

»Nein«, sagte Mori in seinem vornehmen Russisch. Er hatte die eigenartigste Stimme, die Pjotr je untergekommen war. Obwohl er ein geradezu nymphenhaft zierlicher Mann war, klang er so dunkel, wie sprechende Petroleumdämpfe geklungen hätten. »Er tut nur so.«

Der Krake hatte einen fast vollkommen runden, schimmernden Leib mit kleinen silbernen und gläsernen Einsätzen darin. Pjotr reichte ihm den Löffel. Daraufhin gab das kleine Ding einen freudigen mechanischen Laut von sich, der wie *Wob-Wob-Wob-Wob* klang, glitt dann unter den Tisch und schmiegte sich an Pjotrs Knöchel. Der beugte sich hinab und streichelte es, wobei er sich sehr zusammenreißen musste, um keine peinlichen Koselaute von sich zu geben. Der Krake besaß nur sieben Beine. An der Stelle des achten ragte lediglich ein bronzefarbenes Rädchen hervor.

Ihm gegenüber krempelte sich Mori nun die Ärmel herunter. Pjotr erhaschte einen Blick auf eine Tätowierung an seinem Unterarm, die aus japanischen Schriftzeichen bestand. Sie musste frisch sein, denn sie sah noch nicht verheilt aus. Widerstrebend beschloss er, nicht danach zu fragen.

»Also«, sagte Pjotr, »was machen Sie hier? Muss ich nun damit rechnen, dass im Schlafgemach des Zaren eine Bombe mit Zeitzünder auftaucht?«

Mori lächelte. Es ging ihm sichtlich so gut, dass er förmlich von innen heraus strahlte. Er hätte mindestens eine Besenkammer damit erhellen können. Pjotr verspürte kurz Lust, ihn in eine zu schubsen. »Sie wissen doch, dass ich den Dienst quittiert habe. Ich habe in den letzten Jahren in London gelebt. Tokyo wäre gar nicht in der Lage, sich mit mir in Verbindung zu setzen. Hatten Sie mal mit der Royal Mail zu tun?«

»London könnte sich mit Ihnen in Verbindung setzen. Sind Sie übergelaufen?« Es klang deutlich gekränkter, als es sollte. Pjotr hatte insgeheim immer gehofft, dass Mori zu den Russen überlaufen würde.

»Nein, natürlich nicht. Ich habe eine Uhrmacherwerkstatt eröffnet. Wenn ich überlaufen würde, dann natürlich nur zu Ihnen, nicht wahr? Wie geht es Ihnen?« Er wirkte aufrichtig erfreut, ihn wiederzusehen.

Pjotr schmolz dahin. Sonst wirkte niemand je erfreut, ihn zu sehen. »Man tickt so vor sich hin …«, sagte er, und Mori war so höflich, darüber zu lachen. »Wie wär's jetzt mit einem Kaffee?«, fragte Pjotr.

»Ja, gern«, sagte Mori, und wie gerufen kam eine Kellnerin mit zwei Tassen.

»Wie machen Sie das?«, fragte Pjotr. »Ich bin zehn Minuten zu früh.«

Wenn es eine Antwort gab, bekam er sie nicht mit. Drei Eulen hockten hinter Mori draußen auf dem Fenstersims und schmiegten sich aneinander. Sie schauten herein, als wären sie in einem Theater. Pjotr ertappte sich dabei, dass er den Kopf neigte, nur um zu sehen, ob eine von ihnen es ihm nachmachen würde.

»Hören Sie, ich habe aus Tokyo etwas erfahren, das Sie interessieren dürfte«, sagte Mori und verpasste Pjotr, als der seine Brieftasche zückte, um bei der Kellnerin zu zahlen, unterm Tisch einen leichten Tritt.

»Worum geht's?«, fragte Pjotr, nun ganz Ohr.

»Ein Freund von mir wird dort demnächst zum Premierminister ernannt«, sagte Mori und stellte flink die Zuckerschale und die Kaffeekanne von der Tischkante fort. »Kiyotaka Kuroda. Sie wissen schon …«

»Dieser Verrückte, der besessen davon ist, in Korea einzumarschieren?«, platzte Pjotr hervor und stellte geräuschvoll seine bereits geleerte Tasse hin. Der Tisch wackelte. Mindestens vier Kellner runzelten die Stirn. »Den haben sie in den Palast gelassen? Gibt's denn gar keine Regeln mehr? Schauen Sie mich nicht so an, als wäre ich ein Naivling – vor einer Viertelstunde habe ich noch einen Gewerkschafter gefoltert.«

Mori gab ihm das Pistazien-Macaron, das zum Kaffee gereicht worden war. »Kurodas erste Priorität wird es sein, sich Achtung zu verschaffen. Wenn er kann, wird er Ihnen die Kurilen und Wladiwostok abnehmen.«

Pjotr schnaubte. »Wladiwostok? Was reden Sie da für einen …?«

»Er steht kurz davor, eine Order über vierzig Panzerschiffe aus Liverpool abzuschließen«, konterte Mori, ohne die Stimme zu erheben. »Die Briten werden sie im Februar nach Nagasaki liefern. Und jedes dieser Schiffe bietet Platz für zweihundert Mann Besatzung.«

Eine ganze Zeit lang herrschte Schweigen. Informationen dieses Kalibers hatten sie einander nie zuvor anvertraut. Wenn ihre jeweiligen verrückten Nationalisten etwas besonders Brisantes planten, hatten sie das am Rande erwähnt, doch verglichen hiermit waren das Kleinigkeiten gewesen.

»Mori«, sagte Pjotr schließlich, »warum erzählen Sie mir das?«

»Weil man sich um Kuroda kümmern muss. Wenn er erst mal damit anfängt, irgendwo einzumarschieren und vom Reich der Sonne zu schwadronieren, wird er erst Korea und anschließend China angreifen, und ehe man sich's versieht, befinden wir uns im Krieg mit Amerika.« Mori starrte einen Moment lang seltsam abwesend in seinen Kaffee. Nun, da Pjotr ihn aufmerksamer ansah, wirkte er nicht mehr wie er selbst. Seine Schlüsselbeine waren angespannt, das war selbst durch Hemd und Weste zu sehen. Und als er die Tasse ergriff, traten die Sehnen in seinen Handrücken so deutlich hervor wie bei einer Ballerina, und Pjotr verspürte das Bedürfnis, ihn zu beschützen. »Einen Krieg gegen Amerika würde ich gerne vermeiden«, sagte Mori schließlich und hob wieder den Blick. »Sie würden siegen, und dann gäbe es keine Pufferzone mehr zwischen Russland und den Vereinigten Staaten.«

»Ich werde der Sache nachgehen«, versprach Pjotr vage. Dann zögerte er. »Aber Sie wissen ja, was der Minister dazu sagen wird, nicht wahr? Wenn Kuroda neue Schiffe in Auftrag gibt, müssen seine alten vollkommen marode sein. Er wird sagen, dass dies der ideale Zeitpunkt wäre, um Nagasaki zu erobern.«

Mori neigte den Kopf. Er war zu wohlerzogen, um mit den Achseln zu zucken. »Wenn Kuroda um Nagasaki kämpft, kann er währenddessen kein Imperium aufbauen.«

»Mein Gott«, sagte Pjotr und blickte sich unwillkürlich um. Die Japaner mussten außer sich sein vor Wut, dass Mori überhaupt hier war. Kein Geheimdienst der Welt ließ es einfach so geschehen, dass sich einer seiner pensionierten Agenten in einem Feindstaat niederließ und sich mit seinem ehemaligen Konterpart zum Kaffee traf, ohne ihn zumindest beschatten zu lassen. »Mori, ist Ihnen nicht klar, wie töricht das hier ist? Wenn die auch nur vermuten, dass Sie so etwas äußern, enden Sie mit Backsteinen beschwert im Winterkanal.« Damit sprach er zwar lediglich eine offensichtliche Tatsache aus, aber Mori konnte das unmöglich zu Ende gedacht haben. Reiche Leute dachten nie an die Konsequenzen.

»Ich vertraue Ihnen«, erwiderte Mori leise.

Pjotr rang mit sich. Die Form des Ganzen kam ihm falsch vor. »Sie sagen, man müsste sich um ihn kümmern, aber dahinter steckt ja wohl kaum Ihre großherzige moralische Sorge um das Wohl der Nationen. Was treiben Sie hier wirklich?«

Mori stellte seine Tasse allzu präzise ab. Vollkommen lautlos setzte sie auf der Untertasse auf. Ihm wich die Farbe aus dem Gesicht.

Pjotr stutzte. »Geht es Ihnen gut?«

Mori nickte, wirkte aber angespannt. »Mit mir wird gleich etwas geschehen, und das wird schlimm aussehen, aber es geht mir gut, und Sie brauchen also keinen Arzt zu rufen oder so etwas. Aber … wenn Sie mich vielleicht zu meiner Droschke geleiten könnten?«

»Wie bitte?«, fragte Pjotr verständnislos. Hinter dem Fenster, vor dem Mori saß, glitt eine Droschke herbei und hielt dann am Straßenrand. Jetzt erst bemerkte Pjotr, dass Mori eine Reisetasche bei sich hatte. Er pflegte stets mit leichtem Gepäck zu reisen, und daher war Pjotr klar, dass das alles war, was er mitnehmen würde. Er war im Begriff, Sankt Petersburg zu verlassen. »Schlimm? Was soll das heißen?«

»Ich bin kurz davor, meine gesamten Russischkenntnisse zu vergessen.« Seine Fingernägel gruben sich in das Tischtuch. Hinter ihm hatten sich die Eulen aufgerichtet.

»Wie bitte? Was reden Sie denn da?«

»Es schwindet dahin, tut mir leid«, sagte Mori, und Pjotr starrte ihn an, denn es stimmte: Er vergaß tatsächlich sein Russisch. Er hatte nun plötzlich einen Akzent und musste langsam sprechen, als müsste er sich an die einzelnen Worte erst aus einem Lehrbuch erinnern. Es war überhaupt nicht mehr die selbstverständliche Art, mit der er noch eine halbe Minute zuvor parliert hatte. »Könnten Sie … dem Kutscher sagen … dass ich zum Bahnhof muss?«

»Mori …«, setzte Pjotr erschrocken an. Er ging um den Tisch, ergriff seine Ellenbogen und stellte mit Entsetzen fest, dass Mori Tränen in den Augen hatte. Er musste vergiftet worden sein, mit irgendeiner Substanz, die das Hirn angriff. Hatten sie ihn also doch attackiert. »Wir müssen Sie in ein Krankenhaus bringen …«

»Droschke für Baron Mori?«, unterbrach sie ein prächtig uniformierter Portier.

»Ich muss nicht ins Krankenhaus«, sagte Mori auf Englisch zu

Pjotr. Der konnte ihm gerade so folgen. »Ich muss nur zurück nach London. Das ist einfach nur ein … chronisches Gebrechen, an dem ich von Kindesbeinen an leide. Kein Grund zur Sorge.«

»Sind Sie sicher?«

»Ja, bin ich. Danke.«

»Zum Bahnhof Zarskoselski, bitte«, sagte Pjotr machtlos zu dem Portier und reichte ihm Moris Tasche. Der Uhrwerkkrake, der in der Zwischenzeit sämtliche Löffel von den freien Tischen gemopst hatte, eilte herbei und kletterte auf Moris Arm.

»Schicken Sie mir ein Telegramm!«, rief Pjotr Mori hinterher. Es war an diesem Tag so kalt, dass man die Speisekarten fürs Frühstück von Hand hatte ändern müssen, weil die Eier auf dem kurzen Weg vom Markt in die Hotelküche in der Schale gefroren waren. Es war also wahrlich kein angenehmes Reisewetter, nicht einmal für jemanden in bester Verfassung. »Geben Sie mir Bescheid, wenn Sie wohlbehalten in Paris eingetroffen sind, ja?«

Mori nickte und ließ sich dann vom Portier hinausgeleiten.

Pjotr trat ans Fenster, um die Droschke abfahren zu sehen. Im selben Moment, da sich der Kutschgaul auf der weißen Straße in Bewegung setzte, flogen auch die Eulen auf und davon. Pjotr schaute noch eine ganze Weile hinaus und versuchte zu verstehen, was in Gottes Namen gerade geschehen war.

• • •

Zwei Tage später begann die russische Flotte vor der Südküste Koreas sogenannte Manöverübungen abzuhalten. Für jemanden, der Ausschau hielt nach arrangierten Ereignissen, war daran vor allem bemerkenswert, dass diese Übungen gerade rechtzeitig anliefen, damit Kiyotaka Kuroda, der neue japanische Premierminister, sie mit eigenen Augen zu sehen bekam.

Er war noch nicht lange im Amt. In seinen Knochen steckte

noch der Marineoffizier, ein kräftiger, normaler Mann, und ganz gewiss nicht jemand, der einen großen Mitarbeiterstab besaß, der überdies der Meinung war, er solle eine Nelke am Revers tragen. Es war schön, wieder auf einem Schiffsdeck zu stehen und Hafenbefestigungen zu inspizieren – davon verstand er immerhin etwas. Die ausgedehnten Hafenanlagen von Nagasaki boten einen imposanten Anblick: ein industrielles Labyrinth aus Kränen und Trockendocks, aus Stahlwerken und den monumentalen Kais der Marinezerstörer. Ganze Galaxien von Schweißbrennern funkelten und flackerten, und auf einem der Schiffe, die zur Instandsetzung hier lagen, wimmelte es geradezu von Männern.

Dieser Anblick war allerdings nur imposant, wenn man nie Liverpool gesehen hatte. Kuroda hatte Liverpool gesehen.

Der Mensch, den Kuroda am allerwenigsten ausstehen konnte, äußerte die Bemerkung, das sehe doch alles ganz vortrefflich aus. Arinori war der Bildungsminister. Er trug eine rosa Nelke am Revers. Kurodas Ansicht nach hätte ihn allein das für Regierungsämter disqualifizieren sollen.

»Ich weiß gar nicht, warum Sie ständig eine neue Flotte fordern. *If it ain't broke, don't fix it.*«

Kuroda starrte ihn an. Arinori zählte zu den Leuten, die keinerlei Sinn für Ironie besaßen. Er wollte doch tatsächlich – und hatte das auch schon verschiedentlich öffentlich bekundet – das Englische zur Landessprache machen oder, falls das nicht klappte, die japanischen Schriftzeichen durch lateinische Buchstaben ersetzen, damit Kinder und Ausländer das Japanische leichter erlernen konnten. Kuroda bewahrte den diesbezüglichen Zeitungsartikel in seiner obersten Schreibtischschublade auf. Er lag dort zwar schon seit dem Jahre 1871, aber eines Tages würde er Arinori damit zu einem öffentlichen Widerruf zwingen. »In England«, sagte Kuroda und musste sich sehr beherrschen, um den Mann nicht über Bord zu stoßen, »landen Leute wie Sie am Galgen.«

Arinori lachte nur.

Kuroda ging schnurstracks in die Kabine des Admirals, um ihm mitzuteilen, dass man noch am heutigen Tage vierzig neue Zerstörer in Liverpool ordern werde – und scheißegal, was das Kabinett dazu sagen würde. Wenn er noch länger zauderte, würden die Briten die verdammten Dinger womöglich an die Amerikaner verkaufen – oder schlimmer noch: an den Zaren.

Anschließend saß er mit dem Admiral bei einer Flasche Wein beisammen. Plötzlich kam ein Offizier hereingeplatzt und meldete, man habe Feindbewegungen gesichtet.

»Feindbewegungen?«, schnaubte der Admiral. »Was soll das heißen: Feindbewegungen? Wir sind doch nur zwanzig Meilen vor der Küste.«

Der Offizier wirkte sehr besorgt und meinte, der Admiral solle sich das vielleicht mit eigenen Augen ansehen.

Kuroda ging mit den beiden auf die Brücke. Der Admiral schaute lange durch das große Fernrohr. Als er sich wieder aufrichtete, war sein Lächeln verschwunden. Nun sah Kuroda ebenfalls hindurch.

Am Horizont, etwa dreißig Meilen entfernt, waren Schiffe zu erkennen. Viele Schiffe. Und sie fuhren nicht vorüber. Vielmehr verharrten sie dort, in verschiedene Richtungen gewandt, und noch während er hinsah, schossen plötzlich Rauchbahnen aus den schweren Kanonen des größten Zerstörers. Sie machten Gefechtsübungen.

»Was sehen wir da, Herr Admiral?«, flüsterte der Offizier.

»Wir sehen«, fauchte der Admiral, »wie die gesamte russische Pazifikflotte vor der Küste von Busan in unsere Richtung wichst.«

• • •

Kuroda sandte die Schiffsorder vom Amtssitz der Admiralität in Nagasaki aus nach Liverpool. Er ging mit seiner Sekretärin gerade noch einmal den Wortlaut durch, als eine andere Sekretärin in besorgtem Ton seinen Lieblingsberater und Mann fürs Grobe ankündigte, Herrn Tanaka. So einen Tanaka hätte jeder gut gebrauchen können. Während die übrigen Herren der Regierung einen Cutaway und eine lächerliche Nelke am Revers trugen, stolzierte Tanaka in einem knallroten Mantel mit unterschiedlichen Knöpfen einher. Bei einem davon, der in hellem Licht stets glitzerte, handelte es sich um ein Miniatur-Fabergé-Ei. Tanaka hatte offenbar entschieden, dass die Korridore der Macht einen geschmacklosen Farbklecks gut vertragen könnten – Tanaka war überhaupt ein entscheidungsfreudiger Kerl –, und Kuroda schätzte das sehr an ihm.

»Tanaka«, sagte Kuroda. »Schafft die Wissenschaftler nach Aokigahara. Es geht los.«

Tanaka hob die Augenbrauen, stellte aber keine Fragen. Er verneigte sich nur und verschwand.

• • •

Die Universität Tokyo war die beste des Landes. Dr. Grace Carrow hätte gerne geglaubt, dass ihr Hörsaal voll besetzt war, weil einige der klügsten Studenten der Welt wissen wollten, was sie zu sagen hatte. Sie war sich jedoch fast sicher, dass es eher daran lag, dass es draußen in Strömen regnete und sich das Physikalische Institut direkt über dem Heizungskeller befand. Der Reiz des Neuen angesichts einer weiblichen Lehrkraft war schon Wochen zuvor verblasst.

Bei ihrem Kurs handelte es sich um eine zehnwöchige allgemeine Einführung in verschiedene Zweige der Physik für Studenten im zweiten Studienjahr, doch der gegenwärtige vierzehntägige

Block behandelte ihr Fachgebiet: die Äthertheorie. Darauf freute sie sich immer ganz besonders.

Dennoch war ihr an den Tagen davor immer ein wenig beklommen zumute. Die Äthertheorie war die einzige plausible wissenschaftliche Erklärung für das Hellsehen, und deshalb musste sie dabei immer an den einzigen echten Hellseher denken, der ihr je begegnet war. Sie kannte Keita Mori nicht gut – gerade nur gut genug, um zu wissen, dass sie ihn niemals wiedersehen wollte. Er war ein ruhiger, schweigsamer Mann, aber sie wusste, wie es war, auf engstem Raum äußerst klug zu sein. Man langweilte sich leicht.

Kurz nachdem sie ihren Vortrag begonnen hatte, betrat ein Mann in einem roten Mantel den Saal. Der Mantel hatte nicht zusammenpassende Knöpfe. Einer davon war ein kleines Fabergé-Ei.

»Verzeihung, Herrschaften!«, sagte er leichthin. »Die Vorlesung fällt aus, Anordnung des Innenministeriums. Und jetzt raus mit euch!«

Grace erhob keinen Einspruch. Bei Männern vom Ministerium tat man das nicht. Die Studenten blickten zwar besorgt drein, trotteten aber brav hinaus. Grace blieb vor der Tafel stehen und bemühte sich, genug von ihrem miserablen Japanisch zusammenzukratzen, um zu fragen, was los sei. Ihre Vorlesungen fanden stets auf Englisch statt, und das war auch gut so, denn Grace war, was Fremdsprachen anging, ungefähr so begabt wie eine Seegurke. Soweit sie das verstanden hatte, waren die japanischen Worte für »Ehemann« und für »Gefangener« identisch. Wahrscheinlich sorgte sich deshalb die halbe Fakultät immer noch, sie könnte Baron Matsumoto auf ihrem Dachboden eingesperrt haben.

»Es ist alles in Ordnung, Dr. Matsumoto«, sagte der Mann auf Englisch und setzte eine amüsierte Miene auf. »Sie haben nichts falsch gemacht. Mein Name ist Tanaka.«

Das war ein japanischer Allerweltsname so wie im Englischen Smith. Und es musste ein falscher Name sein, denn Leute, die tatsächlich Smith hießen, stellten sich meist eher mit ihrem Vornamen vor. Vor Unbehagen versteifte sich Grace' Genick. Einer der Gründe, weshalb sie Tokyo mochte, war, dass sie selbst als kleine Frau von knapp eins sechzig die meisten Menschen überragte. Sogar zu mitternächtlicher Stunde ging sie dort ganz unbeschwert spazieren. Ihr war bis dahin nie bewusst gewesen, was für eine unsichtbare Last es war, dass sie in London – zwar weder ängstlich noch gar nervös, aber doch – die ganze Zeit die anderen Menschen auf der Straße wahrnahm. In Tokyo hatte sie fast vergessen, wie das war.

»Und ich heiße Carrow«, sagte sie langsam. »Ich habe den Namen meines Mannes nicht angenommen. Was kann ich für Sie tun, Mr. Tanaka?«

Tanaka lächelte. Die Edelsteine auf seinem Fabergé-Ei-Knopf warfen helle Schatten auf ihre Vorlesungsnotizen. »Sie können sich anhören, was ich zu sagen habe. Die Regierung führt ein Verteidigungsprojekt durch, das in Kürze anlaufen wird. Wir brauchen dafür Ätherfachleute. Die genauen Einzelheiten darf ich Ihnen erst mitteilen, wenn wir dort eintreffen, aber Sie wären genau die Richtige dafür. Es ist eine ganz neuartige Sache und streng geheim. Wir müssten sofort aufbrechen. Sie dürften niemandem sagen, wohin Sie gehen. Ich würde dann die Universität und Ihren Mann informieren und mich um alles Weitere kümmern.«

»Das klingt verrückt«, sagte Grace. Am Ausgang des Saals waren inzwischen zwei Männer in gut geschnittenen Anzügen aufgetaucht.

Tanaka nickte. »Ja. Aber die verrücktesten Maßnahmen sind ja oft mit den irrwitzigsten Geldbeträgen verbunden.« Er neigte den Kopf. »Sie erhalten hier fast keine finanziellen Mittel. Die Fakultät hat Sie engagiert, weil Sie mit einem reichen Mann verheiratet sind. Sie haben kein Labor und gerade mal ein winziges Büro. Sie sollten Forschungsarbeit leisten, statt Ihre Zeit mit schnöseligen

Studenten zu verschwenden. Es ist eine wirklich ernste Sache, von der ich hier rede. Die Fakultät hat mir Ihren Namen genannt, weil man Sie gerne loswürde, aber ich habe Ihre Arbeiten gelesen, Dr. Carrow, und Sie sind genau die Person, die wir brauchen.«

Grace zögerte. Er hatte nicht unrecht. »Wo wird das denn angesiedelt sein?«

»Das darf ich Ihnen erst sagen, wenn wir dort sind.«

»Hm … Hören Sie, Sie brauchen mir nicht zu sagen, ob es stimmt oder nicht, aber ich sage Ihnen jetzt, was ich glaube, was Sie tun. Wenn das etwas Militärisches ist, dann sind Sie nicht an Theorien interessiert, und für die Äthertheorie gibt es nur eine einzige naheliegende praktische Anwendungsmöglichkeit. Und daher glaube ich, Sie beginnen ein Projekt, bei dem herausgefunden werden soll, ob Hellsehen unter Laborbedingungen reproduzierbar ist oder nicht.«

Tanaka zwinkerte ihr zu. »Wie Sie richtig vermuten, darf ich Ihnen dazu nichts sagen.«

»Und ohne einen echten Hellseher könnte man das unmöglich praktisch erproben«, sagte sie langsam, da das Zwinkern sie dazu brachte, ihn unbedingt ärgern zu wollen. »Wenn Sie keinen zur Hand haben, wäre das alles für die Katz.«

»Sie werden alles bekommen, was Sie für Ihre Arbeit brauchen«, sagte er leichthin.

Die Männer in den dunklen Anzügen schauten auf ihre Taschenuhren. Grace sah zu Tanaka hinüber.

»Im Grunde werde ich gar nicht gefragt, ob ich mitmachen will oder nicht – nicht wahr?«, sagte sie leise und überlegte, in Richtung Fenster zu fliehen.

»Nein, meine Liebe«, erwiderte er und geleitete sie hinaus.

TEIL EINS

EINS

LONDON, 2. DEZEMBER 1888

Nebel quoll an jenem Morgen die Filigree Street hinab. Die dichten braunen Schwaden verdunkelten nach und nach die Lichter der Fenster und verhüllten die vergoldeten Ladenschilder, bis nichts mehr zu sehen war, außer einer gewundenen Spur heller Punkte, bei denen es sich eventuell um die Straßenlaternen handelte. Am Ende der Filigree Street – die immer schmaler wurde, je weiter man kam – verrußte an den zwischen den Giebeln gespannten Leinen die Wäsche. In den Obergeschossen gingen Lichter an, und Leute beeilten sich, die Wäsche hereinzuholen, doch zu spät.

In Haus Nummer siebenundzwanzig öffnete Thaniel die Tür gerade so weit, dass er hinausschlüpfen konnte, um möglichst wenig von dem Nebel und seinem chemischen Gestank in den Hausflur zu lassen, und zog sich seinen Schal über die Nase. Eigentlich war es schon helllichter Tag, doch der Nebel ließ es wie Mitternacht wirken, und er musste nah an den Ladenfronten entlanggehen, um nicht die Orientierung zu verlieren. Er schob sich die Hände in die Mantelärmel.

Normalerweise mochte er den Londoner Nebel – obwohl er den Leuten die Augen, die Lunge und wahrscheinlich auch alles andere verätzte; es war noch etwas Neues für ihn, ebenso wie Schnee, und unweigerlich überlief ihn ein Schauer, wenn er sah, wie anders die Welt unter dieser braunen Brühe ausschaute. An diesem Morgen aber dachte er nur daran, dass die Post nicht kommen würde. Die kam bei Nebel nie. Keine Post, das hieß: kein Telegramm aus Russland. Wie jeden Morgen sah er sich noch einmal zum Haus Nummer siebenundzwanzig und dem dunklen Werkstattfenster um und kniff sich selbst. Mori würde nicht einfach so auf magische Weise über Nacht wieder auftauchen.

• • •

Die U-Bahn-Station South Kensington wirkte mit so wenigen Leuten dort unten ein wenig unheimlich, und jeder einzelne Schritt klang auf dem Holzboden des Bahnsteigs ungewohnt laut. Die neuen, in hellen Farbtönen gehaltenen Reklameplakate für Kondensmilch der Marke Milkmaid strahlten eine gewisse Zuversicht aus. Man hatte sie direkt über ihre verrußten Vorgänger gekleistert. Diese Plakate schienen immer zur gleichen Zeit aufzutauchen wie der Nebel, denn bei Nebel kamen natürlich auch die Milchwagen nicht mehr, da sich niemand, wenn die Straßen voller nebelscheuer Pferde waren, um Hunderte Glasflaschen kümmern wollte. Als der Zug schließlich einfuhr, war er nicht einmal halb so voll wie sonst.

In Westminster waren die Straßen, als Thaniel aus der U-Bahn kam, fast menschenleer. Nirgends waren Droschken oder Kutschen zu sehen, und nicht einmal vor dem Liberal Club oder Horse Guards stand Personal. Die weißen Fassaden ragten gespenstisch empor, die Dächer unter Nebel verborgen, und mit einem Mal konnte er sich vorstellen, wie all das in tausend Jahren aussehen würde, wenn es wahrscheinlich längst in Trümmern lag. Es war eine Wohltat, als er schließlich das Außenministerium betrat und Wärme und Helligkeit ihn umfingen.

Es war ein prachtvolles Gebäude mit einer riesigen Eingangshalle und einer Haupttreppe, die dazu erbaut war, Sultane und Diplomaten zu beeindrucken. Die großen Kronleuchter brannten an diesem Tag jedoch nicht, und die Gewölbe der Decke verschwanden in bräunlichem Dämmer. Am Empfang wurden Kerzen ausgeteilt, und auch Thaniel nahm eine entgegen und ertappte sich bei einem Lächeln, denn das verlieh dem Ganzen ein geradezu weihnachtliches Flair, als ginge man an Heiligabend in die Kirche. Die kleine Flamme mit der hohlen Hand beschirmend, brach er von der mit Fresken geschmückten Eingangshalle ins Labyrinth der Korridore auf, die nicht für Besucher bestimmt waren. Dort waren einige Gasleuchten, wenn auch stotternd, in Betrieb, die allerdings neben eher schwachem Licht vor allem einen seltsamen chemischen Geruch verströmten. Die Gasleitungen hier waren nie die besten gewesen.

In der Fernostabteilung war es deutlich heller. Thaniel wusste nicht, wie offiziell die ganze Sache war – nicht sonderlich, wenn man seinen Vorgesetzten kannte –, aber jedenfalls wurde diese Etage des Gebäudes elektrisch beleuchtet, im Zuge eines Pilotprojekts eines jener Elektrizitätsunternehmen, die ganz Whitehall mit elektrischem Licht ausstatten wollten. Statt der singenden und dann wieder stockenden Gasflammen hörte man hier das freundlich-eintönige Sirren von Glühlampen der Marke Swann. Es war viel leiser, und Thaniel mochte es, aber manchmal, wenn die Stromversorgung zu sehr nachließ, gaben die Lampen ein Zischen von sich, das für ihn grün klang. Dann wurde der ganze Korridor in ein grünes Licht getaucht.

Es war kaum jemand zu sehen. Einige Leute kegelten auf dem langen Korridor, der zum Büro des Ministers führte. Doch da die Kugeln manchmal ihr Ziel verfehlten und an dessen Tür prallten, war der Minister wahrscheinlich auch nicht da. Thaniel schaute den Korridor auf und ab, ließ sich dann auf dem Hocker des Konzertflügels nieder, auf dem sonst niemand spielte, und ging die Eröffnung von Sullivans neuer Show durch. Der Flügel war ungefähr einen Monat nach seinem Dienstantritt auf mysteriöse Weise dort aufgetaucht. Fanshaw, sein Vorgesetzter, war ein großer Gilbert-und-Sullivan-Fan und durchaus passioniert genug, um tatsächlich einen Konzertflügel beschaffen zu lassen, wenn er dadurch früher als die Allgemeinheit Stücke aus neuen Shows zu hören bekam. Normalerweise missbilligte er es, wenn sich Außenamtler am Wochenende ganz anderen Dingen widmeten – der Auswärtige Dienst sei ja schließlich kein Job, sondern eine Berufung –, aber er sah immer überglücklich aus, wenn er Thaniel von Wochenendschichten erlösen konnte, damit der zu Proben ins Savoy konnte. Im Gegenzug wurde er von ihm nicht zu knapp mit Freikarten versorgt.

Thaniel ließ den Fuß auf dem Pedal, damit der Klang nicht durchs ganze Gebäude hallte. Er freute sich über die neue Show. Sie war anders als die Musik, die Sullivan zuvor geschrieben hatte, vielfältiger und nicht so auf Komik aus, und in der Ouvertüre gab es einen fantastischen Moment, der, wenn alle, wie sie es sollten, das große Crescendo erreichten, wie aus einer Krönungshymne klang, es war geradezu kathedralenfüllend gewaltig, und dann erstrahlte der ganze Saal in güldenem Licht.

Wieder begannen die Lampen zu zischen, und Thaniel blickte sich um. Das Grün war unangenehmer als je zuvor. Er kniff die Augen zu und legte sich eine Hand an die Schläfe. Eigentlich gefiel es ihm, dass er die Farben von Klängen sehen konnte. Er mochte die Farbe von Moris Stimme und die Lichter, die wie eine Aurora über einem Orchester schwebten, doch allmählich bekam er so das Gefühl, dass Elektrizität nicht unbedingt etwas für ihn war.

»Woher zum Teufel kommt denn diese Musik?«, fragte eine vornehm klingende Stimme in herrischem Ton. Thaniel erstarrte.

Dann stand er langsam auf und sah sich zur Tür des nächsten Büros um. Darin erblickte er Lord Carrow, der mit Thaniels Vorgesetztem sprach und dabei unbehaglich wirkte, sich auch nur in einem Büro aufzuhalten, als könnte es eventuell ansteckend sein, für seinen Lebensunterhalt zu arbeiten. Er hielt seinen Stock fest in beiden Händen.

»Ach, Sie sind's«, sagte Carrow in garstigem Ton zu Thaniel. »Ich hatte ganz vergessen, dass Sie hier tätig sind.« Er funkelte ihn an und wandte sich dann wieder Francis Fanshaw zu. »Wie gesagt, ich wäre Ihnen sehr verbunden, wenn Sie ihr eine Nachricht zukommen lassen könnten, eine kleine Erinnerung daran, dass sie einen Vater hat, der sich freuen würde, wenn sie ihm bei Gelegenheit mitteilen könnte, dass sie nicht von Wilden entführt worden ist.«

Ohne eine Antwort abzuwarten, schritt er auf den Korridor hinaus und rempelte Thaniel im Vorbeigehen kräftig mit der Schulter an. Thaniel sah ihm hinterher.

Das letzte Mal waren sie einander vier Jahre zuvor in einem unscheinbaren kleinen Standesamt in Kensington begegnet, als Thaniel und Grace Carrow dort ihre Scheidungspapiere unterzeichnet hatten. Sie waren alle ausgesprochen höflich miteinander umgegangen, und zum Abschluss hatte Lord Carrow Thaniel in der Eingangshalle eine schallende Ohrfeige verpasst.

»Sie haben nicht zufällig von Grace gehört, oder?«, fragte Fanshaw, als Carrow außer Hörweite war.

»Wir reden nicht miteinander. Äh … warum kommt er denn damit zu Ihnen?«

»Sie lebt inzwischen in Tokyo, wussten Sie das nicht? Sie hat diesen Japaner geheiratet – das genaue Gegenteil von Ihnen: Dandy, Nervensäge; ich vergesse immer seinen Namen. Und anscheinend hat sie schon eine ganze Zeit lang nicht mehr geschrieben.«

»Tja«, sagte Thaniel, »wenn Carrow mein Vater wäre, würde ich ihm wahrscheinlich auch nicht schreiben.«

»Geht mir genauso«, sagte Fanshaw und hielt dann inne. Er hatte nie danach gefragt, was damals zwischen Thaniel und Grace vorgefallen war, und Thaniel war sehr froh darüber, denn ihm fiel immer noch keine passable Lüge dazu ein. »Apropos«, fuhr Fanshaw fort, »wie geht's denn eigentlich Ihrem Uhrmacher?«

Fanshaw war wahrscheinlich bloß bei dem Gedanken an einen Japaner auch noch ein anderer Japaner eingefallen, aber Thaniel fuhr eine schreckliche Angst durch Mark und Bein. Er hasste es, nach Mori gefragt zu werden. Fanshaw hatte zwar jedes Recht dazu, denn er kannte Mori, doch Thaniels erster Gedanke, wenn ihn irgendjemand nach Mori fragte, war unweigerlich: Weiß er Bescheid?

Wenn man Glück hatte, landete man im Zuchthaus, wenn nicht, in einer Irrenanstalt. Entweder Zwangsarbeit oder Elektroschocktherapie – und über alles Weitere wusste er nichts, denn die Presse berichtete nicht darüber, und die Ärzte, die in jenen Anstalten tätig waren, veröffentlichten ihre Behandlungsmethoden nicht. Es wurde niemand mehr deswegen hingerichtet – was aber nur daran lag, dass die Medizin es inzwischen als eine Art von Wahnsinn einstufte, die sogenannte *moral insanity*.

Thaniel hätte den Tod durch den Strang vorgezogen. Das war eine saubere Sache. Lieber das Schafott als das unausdenkliche Grauen, das einen in so einer Anstalt erwartete.

»Tja … gut wahrscheinlich. Aber ehrlich gesagt: keine Ahnung. Er ist auf Reisen.«

»Hören Sie mir jetzt ganz genau zu.«

Thaniel stutzte. Ihm war mit einem Mal viel zu warm; sein ganzer Organismus lief auf Hochtouren, und er war bereit zur Flucht – obwohl es ja gar keinen Ort gab, wohin er hätte fliehen können.

»Es heißt ›Ja‹ und ›Ich weiß es nicht‹, Steepleton. Befördert wird, wer sich klar auszudrücken versteht.«

»Kokolores«, erwiderte Thaniel so erleichtert, dass er sich unwillkürlich erst einmal an die Wand lehnte.

Fanshaw lachte. »Wie dem auch sei. Auch was gegen den Nebel?« Er hielt ihm eine silberne Taschenflasche hin.

Einige Jahre zuvor hätte Thaniel in so einem Fall noch abgelehnt, doch in letzter Zeit war ihm klar geworden, dass eine solche Ablehnung nur einem Armen gegenüber höflich war. Einem Reichen gegenüber wirkte es, als befürchtete man, sich mit irgendwas anzustecken. Also nahm er einen kleinen Schluck, und der Brandy brannte ihm auf angenehme Weise in der Kehle. »Danke.«

»Es gibt da übrigens noch etwas, worüber ich mit Ihnen sprechen muss«, sagte Fanshaw und trat beiseite, damit Thaniel seinen eigenen Schreibtisch sehen konnte. Der Telegraf war übers Wochenende sehr aktiv gewesen. Der ganze Tisch war mit Papierstreifen bedeckt.

»Das kommt alles von unserer Gesandtschaft in Tokyo«, sagte Fanshaw.

»Haben die Russen etwa den Krieg erklärt?«, fragte Thaniel und suchte in dem Durcheinander nach dem Ende des Streifens. Als er es gefunden hatte, klemmte er es mit einer Schreibtischlampe an den für China zuständigen Tisch.

»Nein«, sagte Fanshaw. »Wie es scheint, glaubt das japanische Personal der Gesandtschaft, dass es in dem Gebäude spukt. Die kündigen gerade alle. Und jetzt kriegen auch die Briten dort das große Muffensausen. Es besteht die reale Gefahr, dass der ganze Laden dichtgemacht werden muss.«

Thaniel richtete sich auf, immer noch einen Transkriptstreifen in der Hand. Die jüngsten Meldungen waren zusehends in Großbuchstaben verfasst. ANSCHEINEND SPUKT DIE TOTE FRAU VON IRGENDWEM IN DER KÜCHE – STOPP –

BITTE DRINGEND UM ANWEISUNGEN FÜR WEITERES VORGEHEN – STOPP. »Hat uns da etwa jemand bei der Psychical Society eingeschrieben, ohne uns etwas davon zu sagen?«, meinte er und musste sich das Lachen verkneifen.

Fanshaw schüttelte den Kopf. Er strich die Transkripte glatt, die Thaniel abschnitt, und sah nicht so aus, als fände er das Ganze sonderlich lustig. »Ich bezweifle sehr, dass es da nur um Leute geht, die sich ein Bettlaken übergeworfen haben.« Er senkte den Kopf und schaute in ein unsichtbares Wörterbuch, das etwa einen Meter über dem Boden zu schweben schien. Es dauerte eine Weile, bis er die richtigen Worte gefunden hatte. »Ich fürchte, es geht um etwas, das die Bediensteten als unaussprechlich empfinden, und deshalb erzählen sie Geschichten über Gespenster, damit sie nicht sagen müssen, was da wirklich vor sich geht. Sie wissen ja, dass wir keine Ahnung haben. Sie wissen, wenn sie sich etwas Übernatürliches ausdenken, werden wir es als Aberglauben der Einheimischen abtun und keine weiteren Fragen stellen. Ich habe so ein Verhalten schon einmal erlebt, in noch ferneren Ländern. Normalerweise wird es durch Diplomaten ausgelöst, die … ihre Immunität missbrauchen und so weiter.«

Thaniel nickte. In seinen Ohren klang das plausibel.

Fanshaw blickte beklommen. »Und wenn das der Fall ist, bedeutet das, dass ein ortsansässiger Dolmetscher keine Hilfe wäre. Denn der würde ja womöglich genau für denjenigen dolmetschen, der das eigentliche Problem darstellt. Ich muss jemanden von außerhalb hinschicken.«

»Fahren Sie also selbst hin und klären die Sache?«

Fanshaw hob den Blick. »Nein. Sie fahren hin. Sie sprechen viel besser Japanisch als ich; es ist idiotisch, dass Sie nicht längst in Tokyo stationiert sind.«

Thaniel schwieg einen Moment lang, musste das erst mal sacken lassen. »Und für wie lange?«

»So lange wie nötig. Ich vermerke es offiziell, aber als regulären Dolmetscher- und Übersetzerposten, damit Sie da nicht auf ein ganzes Gebäude voller Leute treffen, die bereits wissen, dass Sie gegen sie ermitteln. Ein Jahr … anderthalb … jedenfalls auf dem Papier.« Fanshaw runzelte die Stirn. »Geht es Ihnen nicht gut? Sie sehen so gar nicht froh aus.«

Thaniel hatte das kalt erwischt, und er wusste nicht, was er dazu sagen sollte.

Mori war immer noch in Russland. Was auch immer er dort tat – er war schon seit einem halben Jahr dort, und davor war er drei Monate lang in Berlin gewesen. Thaniel hatte keine Ahnung, was dahintersteckte. Dass sie nun schon seit vier Jahren gut miteinander auskamen, lag sehr wahrscheinlich ausschließlich daran, dass Thaniel nie zu viele Fragen stellte. Nun aber fühlte er sich schon ganz ausgehöhlt, so sehr fehlte ihm Mori. Wenn wieder ein Brief zu erwarten war – ungefähr alle acht Tage –, schwankte er auf dem Heimweg vom Büro zwischen Furcht und Hoffnung hin und her. Nun aber hatte es schon seit drei Wochen kein Lebenszeichen mehr gegeben, und Thaniel hatte das düstere Gefühl, dass auch keines mehr kommen würde, da die gesamte russische Infrastruktur inzwischen unter einer drei Meter hohen Schneedecke begraben war.

Er räusperte sich. »Das ist nur der Nebel«, sagte er und musste dann, fast wie aufs Stichwort, den Kopf beiseitedrehen und sich in die Hände husten. »Meine Lunge ist nicht mehr die beste. Ich habe früher nämlich mal in einer Lokomotivfabrik gearbeitet.« Er versuchte, ein paar vernünftige Gedanken zu fassen, doch sie entglitten ihm immer wieder. »Wie lange habe ich Bedenkzeit? Ich habe ja eine kleine Adoptivtochter.«

Six würde das komplett gegen den Strich gehen. Sie konnte es ja schon kaum ertragen, wenn sie beide auf dem Weg zur Schule einen Umweg einlegen mussten; da konnte er sich gut vorstellen, was sie erst zu Tokyo sagen würde.

»Leider nicht lange«, erwiderte Fanshaw und verzog bedauernd die Nase. »Denken Sie heute Abend mal darüber nach, aber morgen brauche ich eine Antwort. Die Russen verharren immer noch im Japanischen Meer. Im Moment bewegen sie sich nicht, aber wenn sie sich bewegen, werden sie direkt auf Nagasaki zusteuern, und dann wird die ganze Passagierschifffahrt erst mal auf Eis gelegt. Das läuft alles über Nagasaki.« Er setzte einen Blick auf, als wäre all das ausschließlich dazu in die Wege geleitet worden, um das britische Außenministerium zu ärgern. »Je eher sie abreisen, desto besser.«

Thaniel zögerte, denn ihm widerstrebte die Vorstellung, Six in ein potenzielles Kriegsgebiet mitzunehmen. »Aber das werden die doch nicht tun, oder? Die Russen. Die werden doch nicht in Japan einmarschieren.«

Fanshaw zuckte die Achseln. »Vielleicht doch. Sie wären nicht dort, wenn sie nicht irgendwas wüssten, und ich nehme an, sie wissen, dass die japanische Flotte auf dem letzten Loch pfeift. Ich denke mal, sie werden langsam immer näher kommen, bis irgendjemand von der japanischen Marine die Nerven verliert und auf sie schießt. Und dann geht sozusagen der Opiumkrieg noch einmal von vorne los. Sobald ein russisches Schiff getroffen wird, haben die Russen das Recht zu tun, was auch immer sie wollen.«

»Aber wenn es nur darum geht, nicht auf sie zu schießen, warum sollte irgendjemand das dann tun?«

Fanshaw fuchtelte raumgreifend mit den Händen. »Warum? Einfach nur so! Haben Sie mal gesehen, zu was für einer geifernden Empörung die oberen Ränge der japanischen Streitkräfte fähig sind? Das sind immer noch Samurai. Die sind damit aufgewachsen, dass sie inoffiziell neue Schwerter an unerwünschten Ausländern ausprobieren durften. Und sie haben immer noch nicht kapiert, dass es auf der Welt Kräfte gibt, die sie nicht einfach schikanieren und einschüchtern können. Ich bin mir ziemlich sicher, dass da irgendjemand feuern wird.«

Thaniel versuchte, diese Vorstellung mit Mori in Einklang zu bringen, den er noch nie jemanden hatte schikanieren sehen.

Fanshaw ließ die Hände wieder sinken. »Also, wie gesagt: Denken Sie heute Abend mal darüber nach. Aber wenn Sie im Auswärtigen Dienst weiterkommen wollen, ist das Ihre Chance. Wenn Sie in England hängen bleiben, bringen Sie es bei uns zu nichts.«

Thaniel nickte erneut. Japan. Er hatte sich sein ganzes Leben lang nie weiter als zweihundert Meilen von seinem Zuhause entfernt. Die Vorstellung war so überwältigend, dass sie alles um ihn her in einem anderen Licht erscheinen ließ, selbst, während er dort auf demselben alten Stuhl saß, unter dessen hinterem Bein, damit er nicht kippelte, ein chinesischer Pass steckte. Noch zehn Minuten zuvor war das Büro einfach nur das Büro gewesen, vertraut und behaglich angesichts des Nebels. Nun aber fühlte er sich dort nicht mehr sicher. Statt des Londoner Nebels dräute nun Japan draußen vor den Fenstern, riesengroß und rätselhaft, und obwohl er der Landessprache mächtig war und mit einem gebürtigen Japaner zusammenlebte, war es für ihn Terra incognita.

Fanshaw klopfte ihm auf die Schulter. »Es gibt so Sachen, die arme Leute ihren Söhnen nicht beibringen, und dazu gehört auch, dass man die Verbindung zur Heimat kappen muss, wenn man auf der Welt irgendetwas erreichen will.«

ZWEI

TOKYO, AM SELBEN TAG

Kuroda war Mori zum ersten Mal auf einem Schlachtfeld begegnet. Die Kämpfe waren zu diesem Zeitpunkt schon vorüber. Sanfter Nebel hing malerisch über den menschlichen Überresten, den Pferdekadavern und den zertrümmerten Artillerie-Lafetten, und das Gras war schwarz vor Blut und verschmort von Schießpulver. Die einzigen Menschen, die dort aufrecht standen, waren Angehörige von Soldaten, die nach Überlebenden suchten oder zumindest nach Überresten, die sie bergen konnten. Fast alle, auch Kuroda, bewegten sich auf eine halb grimmige, halb panische Weise, ruckten manchmal vorwärts, um einen Leichnam umzudrehen, um zu sehen, wer es war, und mussten, wenn sie etwas zu Schlimmes erblickt hatten, für einige Zeit am Rande des Schlachtfelds innehalten.

Nur ein Mann bewegte sich zielgerichtet zwischen den Leichen hin und her. Er zögerte nicht, er sah sie nicht an, und er schritt so gelassen durch das Gemetzel, als handelte es sich um ein Reisfeld. Bald schon ertappte sich Kuroda dabei, dass er ihn anstarrte, denn ihn beschlich das Gefühl, dass er da gar keinen Menschen sah, sondern einen Todesgott, der Seelen einsammelte.

Doch da er nicht an Todesgötter glaubte, ging er zu dem jungen Mann und stellte sich ihm vor. Der lachte und versprach, kein

Gott zu sein, sondern nur ein niederrangiger Samurai aus dem Hause Mori, gekommen, um die Rüstungen seiner gefallenen Brüder heimzuholen. Und seit diesem Tag waren sie gut miteinander ausgekommen. Kuroda vermochte jedoch nie so ganz den Verdacht abzuschütteln, dass Mori mit der Behauptung, weiter nichts als ein ganz normaler Mensch zu sein, gelogen hatte. Und er wunderte sich nicht im Mindesten, als sich das, was anfangs nur wie ein glückliches Händchen wirkte, als eine sehr viel präzisere Fähigkeit entpuppte.

Und dann war Mori, nach zehn Jahren im Staatsdienst, plötzlich nach London übergesiedelt. Höchstwahrscheinlich, um zu den Briten überzulaufen – die ihm zweifellos ein besseres Angebot gemacht hatten. Der damalige Premierminister hatte ihn daraufhin beseitigen lassen wollen, Kuroda aber hatte im Stillen dafür gesorgt, dass niemand etwas in dieser Richtung unternahm. Es wäre eine große Dummheit gewesen. Denn Panzerschiffe waren ja gut und schön, doch wenn die Russen dann schließlich kommen würden – und er hatte immer gewusst, dass das eines Tages bevorstand –, wäre es sehr viel besser, einen Todesgott in den eigenen Reihen zu haben. Oder wie auch immer man ihn nennen wollte.

• • •

Als Kuroda an diesem Morgen über die Baustelle des Kaiserpalastes schritt, konnte er eine gewisse Verärgerung darüber nicht unterdrücken, dass Mori immer noch nicht aufgetaucht war. Die Russen kamen seit zwei Wochen immer näher, zeigten den südlichen Häfen gewissermaßen schon ihre blanken Ärsche, doch von ihm war immer noch nichts zu sehen. Nicht einmal ein Telegramm hatte er geschickt. Ob er nun übergelaufen war oder nicht: Mori war schließlich immer noch ein Samurai – und außerdem ein guter Freund. Kuroda hatte ehrlich geglaubt, dass er nach

Hause kommen würde, um zu helfen, wenn man ihn jemals wirklich brauchen würde.

Er duckte sich, als einige Männer mit einem Bambusgerüst vorbeikamen.

Überall schimmerten neue Glasscheiben. Der Palast war vor nicht allzu langer Zeit niedergebrannt, und nun errichteten die Bauarbeiter anstelle der leicht entflammbaren alten Papierwände neue aus buntem Glas. Wenn man nun die Korridore hinabschritt, kam man sich fast vor wie in einem Kaleidoskop. Manche Dinge bekam der kaiserliche Haushalt doch ganz gut hin.

Aber allzu viele waren es nicht.

Die nun bevorstehende Sitzung des Geheimen Rats hätte Kuroda am liebsten in einer Kneipe um die Ecke abgehalten. Man konnte unmöglich irgendetwas sinnvoll besprechen, während einem der kaiserliche Haushalt mit seiner unfassbaren Pedanterie auf die Finger schaute. Doch da man den Kaiser in keine Kneipe mitnehmen durfte, war Kuroda nicht allzu zuversichtlich, was die Sitzung anging. Sie mussten zum Punkt kommen und nicht endlos herumzimpern. Während sich dort alle über die richtigen Gedecke und die korrekten Anreden den Kopf zerbrachen, kamen die Russen immer näher.

Die Russen mussten lediglich jemanden dazu bringen, auf sie zu schießen. Wenn jemand das Feuer auf ein russisches Schiff eröffnete, herrschte augenblicklich Krieg. Und dann konnten sie im Grunde alle schon mal anfangen, Russisch zu lernen.

Falls jedoch niemand feuerte, gab es zwei Möglichkeiten. Erstens: Alles ging gut. Die russische Flotte würde schließlich fast schon in Nagasaki ankern, wo dann, wenn man den Geist dieser Stadt bedachte, sämtliche Händler von der Promenade einen Haufen Geld verdienen würden, indem sie zu den Schiffen hinausrudern und den russischen Matrosen ausgezeichnetes chinesisches Essen verkaufen würden, und vom Innenministerium mal abgesehen, fänden alle die ganze Sache ziemlich lustig. An diesem Punkt wäre es sogar durchaus denkbar, dass die Amerikaner oder die Briten so eifersüchtig hinsichtlich ihrer Handelsrechte würden, dass sie die russischen Schiffe vertrieben.

Zweitens: Die Russen würden in Nagasaki vor Anker gehen, dort einmarschieren, später vor den internationalen Kriegsgerichten ganz zerknirscht dreinschauen, das einmal eroberte Land aber nie wieder räumen. Die Briten hatten auf genau diese Weise ein riesiges Imperium aufgebaut, und Kuroda sah überhaupt keinen Grund, weshalb der Zar das nicht für eine ausgezeichnete Idee halten sollte.

In zwei von drei Fällen stand ihnen also ein industrieller Krieg bevor, wie ihn die Welt noch nie gesehen hatte. Und etwas in Kuroda war begierig darauf, die Sache endlich hinter sich zu bringen und zum Auftakt erst mal das Flaggschiff der Russen zu versenken.

• • •

Die Sitzung fand an diesem Morgen in einem großen Saal des Palastes statt, dessen Echo sogar schon vom Korridor aus zu hören war. Der Hofmarschall, Butler, Kaiserliche-was-auch-Immer – Kuroda hatte sich nicht die Mühe gemacht, sich seinen Titel zu merken – verneigte sich am Eingang des Saals auf mustergültige Weise vor ihm.

»Herr Premierminister! Trotz Ihrer Terminschwierigkeiten hoffen wir, dass sich dieser Raum als angemessen erweisen wird«, sagte er mit einer triumphalen Miene, bei der Kuroda unwillkürlich an einen Hund denken musste, der all die alten Schuhe, die man hatte wegwerfen wollen, getreulich wieder angeschleppt hatte. Kuroda hatte die angeblichen Terminschwierigkeiten bewusst vorgebracht. Er hatte viermal angeregt, einen anderen Versammlungsort zu wählen, in der Hoffnung, dass die uniformierten

Männer mit ihren Linealen und Namensschildern irgendwann nicht mehr hinterherkommen würden.

»Großartig«, knurrte er und fragte sich, ob man ihn tatsächlich belangen würde, wenn er dem Mann mit dem prachtvoll verzierten Buch, das er in der Hand hielt, eins überbraten würde.

Die Minister der Regierung saßen in weiter Hufeisenform auf tiefvioletten Samtpolsterstühlen hinter einem Tisch, der mit grünem Damast drapiert war. Sie alle trugen tadellose Cutaways beziehungsweise im Falle der Militärminister schwarze Uniformen, deren feiner Goldbrokat auf der Brust im Licht der Kronleuchter und der großen Fenster erstrahlte. Kuroda ließ sich auf seinen Stuhl plumpsen.

Neben ihm war der Tisch des Kaisers rot drapiert, wie Kuroda annahm für den Fall, dass irgendwelche Neulinge oder zufällig anwesende Ausländer nicht mitbekommen hatten, dass es sich bei dem jungen Kerl, der sich mit viel zu vielen Dienern am Hof herumtrieb, um den Kaiser handelte. Wie er es oft tat, kam Mutsuhito nun mit schnellen Schritten herein, um seinem Kometenschweif von Bediensteten zuvorzukommen, und winkte dann einige Männer mit Tee und Kaffee herbei, während sich der ganze Saal ruckartig erhob.

»Behalten Sie Platz, behalten Sie Platz, ich habe doch meine Krone noch gar nicht aufgesetzt«, murmelte er.

Die Versammelten ließen sich umständlich wieder auf ihren Stühlen nieder, saßen dann steif da und lösten sich erst allmählich, als die Tee- und Kaffeekannen herumgingen. Mutsuhito hatte stets ein Stirnrunzeln aufgesetzt und trug einen Bart, um älter zu wirken, was angesichts seiner freudlosen Art aber gar nicht nötig gewesen wäre.

»Die Frage ist doch«, sagte er mit einem Mal zu Kuroda, als wären sie immer noch in der Schlussphase ihres gestrigen Gesprächs, »was geschieht, wenn die Russen tatsächlich fast schon in Nagasaki ankern? Denn es ist ja schließlich Nagasaki. Ehe sie auch nur *Privet* sagen könnten, werden ihnen die Leute von dort schon vierzehn verschiedene Hühnergerichte angedreht und ihnen die Rettungsboote geklaut haben!«

»Ja, und dann würde man sich in sämtlichen Ländern der Welt über uns lustig machen, Majestät«, erwiderte Kuroda überdrüssig. Es wäre Hochverrat gewesen, es zu äußern, aber er hätte alles dafür gegeben, wenn anstelle des Kaisers die Kaiserin an diesen Sitzungen teilgenommen hätte. Sie gab den Leuten Anweisungen, und dann wurden diese Anweisungen befolgt. So sollte das mit dem Oberbefehl eigentlich ablaufen. Mutsuhito war doch im Grunde mit allem überfordert, was die Komplexität einer Dinnerparty überstieg.

»Und wenn schon«, sagte der Kaiser auf seine unerträglich neutrale Art. »Wir werden gegen keine Verträge verstoßen. Und den Russen ist es von Rechts wegen nicht gestattet, bei uns einzumarschieren.«

Kuroda starrte in seinen Kaffee. Er hasste Kaffee. »Ganz recht, Majestät, aber ab einem bestimmten Punkt werden sie sich nicht mehr darum kümmern, was ihnen von Rechts wegen gestattet ist, und alle anderen werden sich auch nicht mehr darum kümmern. Die Briten und die Amerikaner werden mit den Achseln zucken und sagen, wir seien selbst schuld, weil wir unsere Grenzen nicht verteidigt haben. Und selbst wenn sie dieses Mal nicht einmarschieren, wird eine andere Macht es bald tun, denn wir haben uns ja schließlich nicht gewehrt.«

»Dennoch wäre es … illegal, wenn wir auf die Russen schießen würden. Aber verletzen sie nicht unsere Hoheitsgewässer?«

»Ja, das tun sie, Majestät.«

»Eine verzwickte Situation …«

So ungefähr stellte sich Kuroda das Fegefeuer vor.

Mutsuhito betrachtete mit vollkommener Gelassenheit die nächsten Punkte der vor ihm liegenden Tagesordnung und blätterte mit seinen behandschuhten Fingern die Papiere durch. »Ich glaube, dieser junge Mann möchte mit Ihnen sprechen«, sagte er dann.

Kuroda drehte sich auf seinem Stuhl um. Tanaka wartete am Eingang des Saals und ignorierte den Hofmarschall, der darauf beharrte, dass ein roter Mantel mit Ellenbogen-Patches und einem Fabergé-Ei an diesem Ort keine angemessene Kleidung sei. Kuroda ging so schnellen Schritts zu ihm hinaus, wie der Anstand es ihm gestattete.

»Ich könnte dich küssen«, sagte er.

»Bitte nicht«, erwiderte Tanaka und schien den Hofmarschall nun überhaupt erst zu bemerken. »Ja, Mann, nichts für ungut, aber könntest du dich bitte verpissen?«

Und erstaunlicherweise kam der Mann diesem Ersuchen nach.

»Gibt's was Neues?«, fragte Kuroda leise. Er konnte sich gerade noch bremsen zu fragen: Kommt Mori?

Tanaka nickte knapp und überreichte ihm eine Akte. »Ja. Das sind die bisherigen Ergebnisse aus Aokigahara. Die Wissenschaftler haben sich eingelebt und scheinen ganz zufrieden zu sein. Wir haben inzwischen schon einige Berichte über Geistererscheinungen im Großraum Tokyo erhalten, aber die kommen bisher hauptsächlich von Leuten aus Kohlelagern und Getreidemühlen. Die Presse hat es bisher nicht aufgegriffen. Aber der leitende Physiker hat eine große Bitte.«

»Und die wäre?«

»Was sie die ganze Zeit gesagt haben. Ohne einen echten Hellseher, mit dem sie Tests durchführen könnten, können sie letztlich nicht allzu viel ausrichten.«

»Ich weiß«, sagte Kuroda und seufzte. Mori kam nicht aus freien Stücken. Also gut. Es wunderte ihn jedoch, denn Mori musste ja schließlich wissen, was Kuroda tun würde, wenn er nicht auftauchte. »Schicken Sie unserem Botschafter in London ein Telegramm, in dem Sie ihm mitteilen, dass wir schwerwiegende Vorwürfe gegen einen britischen Staatsbediensteten erheben werden. Nathaniel Steepleton. Notzucht, begangen am Spross eines bedeutenden Samurai-Hauses.«

»Hä?«, erwiderte Tanaka.

»Das ist England«, half Kuroda ihm auf die Sprünge. »Das sind religiöse Eiferer. Ihre Lieblingsbeschäftigung ist es, in die Schlafzimmer der Leute hineinzuregieren.«

»Ach ja«, sagte Tanaka und dachte kurz darüber nach. »Diese Sektenspinner. Also, ehrlich gesagt, verstehe ich nicht, warum die Leute sich das bieten lassen. Haben die alle eine Gehirnwäsche verpasst bekommen oder so was?«

»Du solltest mal hinfahren und dir das mit eigenen Augen anschauen«, sagte Kuroda. Er hätte für die Phonographenaufnahme von Tanakas Reaktion auf eine Predigt in einer Baptistenkirche ein hübsches Sümmchen hingeblättert. »Wie dem auch sei ... Mori sollte jedenfalls schleunigst auftauchen, wenn er nicht will, dass sein Junge nächste Woche schon hinter Gittern sitzt.«

Tanaka nickte langsam. »Aber er weiß doch sicherlich längst, dass Sie diese Drohung aussprechen könnten.«

»Da bin ich mir sicher«, erwiderte Kuroda. Es war durchaus ein wenig besorgniserregend, dass Mori darauf gewartet hatte, dass er es tatsächlich tat. »Aber machen wir ihm ruhig ein wenig Feuer unterm Hintern.«

»Und wir sind ganz sicher, dass er uns nicht alle umbringen wird?«

Kuroda schnaubte. »Tanaka, er ist ein Ritter. Wenn man ihm einen anständigen Kampf in Aussicht stellt, wird er schon kommen. In England nennt man das *fun*.«

Tanaka blickte, als würden ihm dafür noch ein paar andere Worte einfallen. Er wandte sich bereits zum Gehen, als ein junger Adjutant mit einem Kuvert angelaufen kam.

»Herr Premierminister!«, japste der junge Mann.

»Was?«

»Ein Telegramm … für Sie … von einem Baron Mori …«

Kuroda winkte Tanaka damit zu und riss dann den Umschlag auf.

Das verheißt nichts Gutes, was das Feuern auf die Russen angeht, findest Du nicht auch? Selbst meine Neunjährige hat stärkere Nerven als Du. Man sieht sich am 18. Dezember.

Gleich einem Banner entrollte sich die altvertraute Kampfeslust in Kurodas Herz, leicht angestaubt, nachdem sie so lange weggepackt gewesen war, aber dennoch lodernd wie eh und je. Er hatte sich seit seinem Abschied aus der Marine danach gesehnt und hatte nur bis zu diesem Moment nicht bemerkt, wie sehr. Ein richtiges Turnier mit einem richtigen Ritter zum ersten Mal seit Jahren. Und mit einem Mal wünschte er sich, dass Mori in diesem Augenblick schon dort wäre, um zu sehen, was als Nächstes geschehen würde, und empfand dabei die gleiche herrliche Aufregung wie am Tag seiner Hochzeit.

Tanaka hob die Augenbrauen, als er den Telegrammtext erblickte. »Ihr seid doch alle verrückt«, sagte er.

»Ein guter Krieger wird man nur«, entgegnete Kuroda, der immer noch von einem solchen Hochgefühl erfüllt war, dass er damit wahrscheinlich einen sehr ansehnlichen Heißluftballon in die Lüfte hätte befördern können, »wenn man den Krieg liebt. Das ist es, was einen echten Samurai ausmacht.«

»Großartig. Ganz toll. Und wie sollen wir einen Hellseher dazu bringen, lange genug in einem Raum zu bleiben, damit ein Haufen Wissenschaftler ihm Fragen stellen kann? Nur für den Fall, dass er sich dem nicht anstandslos unterwirft, sobald er hier eingetroffen ist? Er klingt nämlich nicht so, als ob er das vorhätte.«

»Die Wissenschaftler haben da schon einige Ideen«, versprach Kuroda.

• • •

Als Kuroda nach Hause kam, war sein Butler in heller Aufregung. Anscheinend war eine Frau in sein Arbeitszimmer vorgedrungen und weigerte sich, wieder zu gehen. Verblüfft schritt Kuroda dorthin. Er hatte zwar eine Geisha, aber die war eine erlesene Professionelle und hatte die ätherische Angewohnheit, manchmal selbst dann nicht aufzutauchen, wenn man es ersehnte. Als er jedoch die Tür öffnete, erwies sich die Frau in seinem Arbeitszimmer als alles andere als eine Geisha. Sie war klein und unscheinbar und schaute gerade in das Aquarium, in dem sein kleiner Oktopus, als wollte er ihr die Hand schütteln, hinterm Glas einen Tentakel in Richtung ihrer Fingerspitze stupste. Kuroda fühlte sich betrogen. Seit er Moris Uhrwerkoktopus kennengelernt hatte, hielt er einen echten als Haustier. Sie waren viel liebenswerter als Katzen und normalerweise auch viel treuer.

»Mrs. Pepperharrow«, sagte er aufrichtig erschüttert und ertappte sich dabei, dass er wie ein Idiot nach einem Vorwand suchte, um sie loszuwerden. Er ärgerte sich über sich selbst – und über sie, weil sie ihm dieses Gefühl einflößte. »Ich bin sehr beschäftigt, was wollen Sie?«, fragte er grob.

»Die Eulen sind wieder da«, erwiderte sie. Sie klang weder gekränkt noch besorgt – und auch nicht rachedurstig. »Mori kehrt nach Hause zurück.«

»Äh … ja, ich habe gerade ein Telegramm bekommen«, hörte sich Kuroda gestehen.

»Ausgezeichnet. Soll ich Ihnen helfen?«

»Was? Aber … Sie hassen mich doch.«

Sie nickte. Mit ihren seltsamen Augen musterte sie ihn von oben bis unten. Als er hereingekommen war, war sie, statt auf ihn zuzugehen, vor ihm zurückgewichen, bis sie deutlich außerhalb seiner Reichweite war. »Ja. Aber wir wissen ja beide, dass er viel gefährlicher ist als Sie.«

DREI

LONDON, AM SELBEN TAG

Thaniel und Fanshaw sprachen immer noch über Gespenster, als die elektrischen Lampen schlimmer denn je zu zischen begannen. Ein paar Sekunden lang wurde alles grün, und dann fiel die Stromversorgung gänzlich aus, und das Büro wurde in eine nur von einzelnen Kerzen erhellte Düsternis getaucht.

»Ich schlage vor«, sagte Fanshaw im Dunkeln, »wir nehmen den Rest des Tages frei. Sie wohnen doch noch in der Nähe von Kensington, nicht wahr? Sollen wir uns eine Droschke teilen?«

»Äh, ich habe eine Fahrkarte für die U-Bahn«, erwiderte Thaniel, der zwar mit einem Brandy klarkam, aber nicht mit unerwarteten Droschkenfahrten. Es war nicht so, dass er sich das inzwischen nicht hätte leisten können. Das Auswärtige Amt zahlte gut. Es lag eher daran, dass Armut ebenso ein Bewusstseinszustand wie eine finanzielle Realität war und er manchmal der wütenden Stimme seines Vaters nicht auszuweichen vermochte, die ihn innerlich anherrschte, warum zum Teufel er sein Geld verprasse.

Fanshaw lächelte. »Haben Sie mich da gerade auf Ihre verblümte nordenglische Art um eine Gehaltserhöhung gebeten?«

»Nein, ich habe Ihnen auf meine verblümte nordenglische Art zu verstehen gegeben, dass Sie es eventuell ein wenig übertreiben mit Ihren unnötigen Droschkenfahrten«, erwiderte Thaniel, war aber erleichtert, als er sich dann, während Fanshaw sich abwandte, um seinen Mantel zu holen, das Lächeln aus dem Gesicht streichen konnte. Er hatte immer noch nicht die leiseste Ahnung, wie er einem wütenden kleinen Mädchen nahebringen sollte, dass sie in der nächsten Woche nach Tokyo übersiedeln würden. Und was Mori anging … drängte sich ihm allmählich der Gedanke auf, dass er, wenn er irgendetwas zu der ganzen Sache zu sagen hätte, schon längst wieder aufgetaucht wäre.

• • •

Vor den großen Türen des Hauptausgangs fütterten die Männer vom Empfang größere Kerzen mit Kerzenresten, damit die Leute den Weg nach draußen fanden, ohne über die Hutständer zu stolpern. Thaniel zog sich seinen Schal vors Gesicht und schlüpfte hinaus in den dichten Nebel.

Er erkannte gerade noch so, dass die Straßenlaternen brannten, aber sie entfalteten keinerlei Leuchtkraft, sondern bildeten nur körperlose Lichtflecken. Die Passanten waren nicht zu sehen, bis sie dann wenige Schritte vor einem auftauchten. Aber er konnte sie hören. Die Leute pfiffen, wenn sie an eine Ecke kamen, um die Fußgänger aus der Gegenrichtung zu warnen, und diese Pfiffe zogen als helle Fähnchen durch den Nebel.

Er war schon fast am U-Bahnhof Westminster angelangt, als er hörte, wie jemand eine Glocke läutete und rief, der Verkehr auf dieser Linie sei eingestellt. Er blieb stehen und sah sich um, wusste nicht, was er tun sollte.

Mit einem Mal rauschte eine Handfackel an ihm vorbei, und dann wurde direkt vor ihm, begleitet von einem scharfen Schießpulvergeruch, eine weitere derartige Fackel in Brand gesetzt.

»Soll ich Ihnen den Weg leuchten? Macht einen Shilling«, sagte der kleine Junge dahinter.

»Äh …«, sagte Thaniel unschlüssig. Auf der Straße waren wahrscheinlich Droschken unterwegs – er hörte Pferde –, aber es erschien eher unwahrscheinlich, dass er eine herbeiwinken konnte, ohne dabei überfahren zu werden. Dann kroch ein Omnibus vorüber, schwer mit Fahrgästen beladen, und die große Reklame für Lipton's-Tee auf der Seite war nur geisterhaft zu erkennen. Der Kutscher führte die Pferde zu Fuß und hielt dabei eine Handlaterne.

»Ich könnte Ihnen auch eine mit meinem Totschläger verpassen …«, sagte der Junge versuchsweise.

Thaniel zog ihm die Zigarette aus dem Mund und schnippte sie in die Fackel, die daraufhin kurz flackerte. »Nimm erst mal die Kippe raus, bevor du hier Leute bedrohst. Also gut. Wie wär's mit zwei Shilling, wenn du mich bis nach Knightsbridge bringst?«

»Knightsbridge!«, sagte der Junge. Er war so erschrocken, dass er seinen aufgesetzten Cockney-Gangster-Tonfall komplett vergaß. »Das ist ganz schön weit.« Dann fing er sich wieder. »Sagten Sie zwei Shilling Sixpence?«

Thaniel lachte. »Ja, sagte ich.«

Sie brachen in Richtung St. James's Park auf. Das Einzige, was Thaniel von anderen Passanten sah, waren deren Fackeln, meist in Hüfthöhe gehalten, weil sie von anderen Jungen getragen wurden. Das Gewirr der Telegrafendrähte über ihnen war gerade noch niedrig genug, um Schatten zu werfen.

Als sie den Eingang des Parks erreichten, hatte Thaniel inzwischen ziehende Kopfschmerzen, und auch die Lunge tat ihm weh. Der Junge hustete, obwohl er sich ein Halstuch vor Mund und Nase gebunden hatte. Der Husten klang so ungut, dass er nicht erst am heutigen Tag aufgekommen sein konnte. Dazu war es auch noch kalt; im Licht der Fackel glitzerte Raureif auf dem Sandweg und dem Rasen. Man konnte gerade so die Reihe der Lichter erkennen, die am Seeufer entlang standen. Dort angelangt, legte

Thaniel dem Jungen eine Hand auf die Schulter. Er war höchstens acht Jahre alt, und bis nach Knightsbridge war es noch mindestens eine Meile.

»Von hier gehe ich allein weiter. Zwei Shilling Sixpence – korrekt?« Der Junge roch nach Zigarettenqualm, nach Gin und nach den schweflig-feuchten Nebelschwaden.

»Korrekt«, sagte er ernst und hustete noch einmal. »Bye, Mister.«

»Bye.« Thaniel blieb einen Moment lang stehen und sah ihm nach, bis er nicht mehr zu sehen war, was nach kaum zehn Metern geschah.

• • •

Dann richtete Thaniel seinen Schal und vergrub die Hände in den Taschen.

Mit der Linken umfasste er dabei einige gefaltete Blätter Manuskriptpapier. Er hatte immer ein paar dabei, damit er auch in der Bahn schreiben konnte. Inzwischen hatte er die Grundbestandteile einer Symphonie beisammen, vermochte sie in letzter Zeit aber nicht in die richtige Form zu bringen. Es hatte im Vorjahr vielversprechend begonnen, als er das eine Ende des langen Arbeitstisches in der Uhrmacherwerkstatt in Beschlag genommen hatte und dort an Moris Seite zu Werke gegangen war. Mori hatte nie etwas dazu gesagt – er war viel zu höflich, um irgendjemandem das Gefühl zu geben, er würde ihn unter die Lupe nehmen –, doch wenn Thaniel vor einer schwierigen Stelle zurückscheute und zum Komponieren versuchsweise ins Wohnzimmer wechselte, begann Mori, Tee zu machen, was einer Aufforderung zum Kommen gleichkam, denn etwas in Thaniels Knien war irgendwie so verdrahtet, dass sie sich, wenn er einen Kessel flöten hörte, automatisch in Bewegung setzten.

In letzter Zeit jedoch hatte sich auf den Teil seines Geistes, der loderte, wenn er, statt nur herumzubosseln, tatsächlich komponierte, eine gewisse Feuchtigkeit gelegt. Jedes Mal, wenn er in sich ging, um mehr Verve aus sich herauszulocken, fand er in seinem Innern nur einen geistigen Schuldschein vor, der ihn schier in den Wahnsinn trieb und auf dem stand, er werde sich, wenn erst einmal die Post gekommen war, schnurstracks an die Arbeit machen. Bloß dass man, wenn nichts in der Post war, natürlich immer noch auf die Post des morgigen Tages hoffen konnte.

Und jetzt – jetzt würde er allein nach Tokyo fahren. Falls das Wetter es zuließ, würde Mori möglicherweise zuvor noch auftauchen, aber Thaniel konnte es sich nicht recht vorstellen. Es war durchaus denkbar, dass er ihn ein ganzes Jahr lang nicht zu Gesicht bekommen würde. Ein ganzes Jahr des Wartens auf die Post.

»Ach, sei doch still«, sagte er laut zu sich selbst. »Du miesepetriger Trauerkloß.«

Am anderen Ufer des Sees hing ein Bündel von Fackeln wie ein Irrlicht in der Luft. Ihr Schein schreckte irgendwo im Schilf einen Reiher auf. Der gab einen prähistorisch anmutenden Schrei von sich und flatterte von dannen.

Thaniel ging so lange weiter, wie es ihm richtig erschien, und verlangsamte dann seine Schritte, weil er fürchtete, schon an seinem Ausgang vorbeigegangen zu sein. Von einem Baum ganz in der Nähe rief eine Eule.

»Thaniel!«, sagte Moris bernsteinfarbene Stimme aus einiger Entfernung. »Hier geht's lang!«

VIER

Thaniel fuhr herum und konnte nicht glauben, was er gerade gehört hatte – bis er ihn dann erblickte. Mori stand in lichterem Nebel zwischen zwei Bäumen. Er sah anders aus, als Thaniel ihn in Erinnerung hatte. So war das immer bei ihm: Er besaß die geradezu wechselbalghafte Fähigkeit, fast alles an sich zu verändern, je nachdem, wo er gerade war. Sein Mantel hatte einen Pelzkragen, seine Handschuhe waren mit silbernen Nähten versehen, und er hatte sich auch den letzten Rest der hellen Farbe aus dem Haar schneiden lassen, das nun wieder glatt und tiefschwarz war.

Thaniel hatte es lange für äußerst unwahrscheinlich gehalten, dass sich ein hellsehender Samurai langfristig mit dem Sohn eines Wildhüters abgeben würde, der mit vierzehn seinen Schulabschluss gemacht hatte und ungefähr so kultiviert war wie eine Schaufel. Mori zählte jedoch zu jenen Männern, die jeden mochten, der bereit war, mit ihnen durch dick und dünn zu gehen.

Sein Hellsehen war der Grund dafür. Nur die wenigsten wollten mit jemandem zusammenleben, der fast alles wusste – das sagte er zumindest.

Mori erinnerte sich an mögliche Zukünfte. Es war wie bei einem normalen Gedächtnis, bloß dass es nicht nur rückwärts, sondern auch vorwärts funktionierte. Wenn etwas unmittelbar bevorstand, wusste er es ganz genau – so wie jeder wusste, was eine Minute zuvor passiert war. Wenn etwas nur eine entfernte, vage

Möglichkeit war, erinnerte er sich daran, als wäre es zwanzig Jahre zuvor geschehen und inzwischen unter all den neueren, wahrscheinlicheren Dingen verschüttet. Sobald etwas nicht mehr möglich war, vergaß er es. Deshalb pflegte er auch zu sagen, dass Romane weiter nichts als tote Geschichten seien und er jene Geschichten vorzöge, die noch quicklebendig im Geiste ihres Verfassers umherflatterten, mit vielen möglichen Enden und interessanten Abschweifungen und bevor der Lektor das alles strich und die Geschichte in Papierform fixiert war und Mori dann die ganzen schönen Aspekte daran vergaß. In diesem Zusammenhang war er auch – eben aus Gründen, an die er sich nicht mehr erinnern konnte – nicht gut auf Arthur Conan Doyle zu sprechen.

Es war dies also eine seltsame Art von Bekanntschaft. Jeder vernünftige Mensch wäre davon ausgegangen, dass sie nichts miteinander gemein und sich nie etwas zu sagen haben könnten. Sie hatten nicht einmal gemeinsame Freunde. Doch Thaniel war gut darin, sich bessere Enden für Sherlock-Holmes-Geschichten auszudenken, und Mori schien der Ansicht zu sein, dass das vollkommen ausreichte, um gut miteinander auszukommen.

»Kei.« Einen ganzen Moment lang war Thaniel wie gelähmt vor Erleichterung und Freude, aber auch vor Unbeholfenheit. »Du bist zurückgekommen«, brachte er schließlich hervor.

»Natürlich bin ich zurückgekommen«, sagte Mori und lachte. »Wie geht es dir?«

»Gut.« Thaniel versuchte, einen vernünftigen Gedanken zu fassen. Ihm fiel ein, dass es höflich wäre zu fragen, ob in Russland nun alles erledigt sei.

»Ja, mehr oder weniger schon«, antwortete Mori, ehe Thaniel auch nur zu der Frage angesetzt hatte. »Es tut mir leid, dass ich eine Zeit lang nicht geschrieben habe. Ich war krank und saß in Paris fest.«

Thaniel sah, wie Mori merkte, dass er gerade auf eine Frage geantwortet hatte, die noch gar nicht ausgesprochen worden war, und er sah das Unbehagen und die Gereiztheit bei ihm aufflackern, die damit immer einhergingen. Mori mochte es nicht, wenn er das tat, nicht einmal bei Leuten, die wussten, dass er es konnte.

»Krank?«, erwiderte Thaniel. Mori war entweder auf den Beinen und ging seinen Geschäften nach oder lag bewusstlos darnieder. Mit krank meinte er nicht, dass er eine Erkältung gehabt hatte. »Geht es dir denn wieder gut? Was …?«

Mori blickte einen Moment lang verwirrt und erschöpft, ehe er dann den Kopf schüttelte und diesen Blick wie einen Schal abstreifte. »Ja … Es ist nur, dass ich Paris einfach hasse. Es wundert mich, dass nicht mehr Leute allergisch auf diese Stadt reagieren.«

Thaniel beschloss, nicht weiter darauf einzugehen – was auch immer dahinterstecken mochte. »Paris zu hassen, das bringst auch nur du fertig.«

»Thaniel, ich bin damit aufgewachsen, dass man sich selbst vor den engsten Angehörigen lediglich verneigt. Aber jeder dahergelaufene Franzose glaubt, dass die einzige korrekte Begrüßung darin besteht, zu einem unschicklichen Übergriff auszuholen. Ich hasse Paris wirklich abgrundtief.«

Thaniel lachte. Mori schlug mit einer Schulterbewegung vor, dass sie den Heimweg antreten sollten. Sie machten einen Bogen um eine hustende Familie, die ihnen entgegenkam, und überquerten dann den Rasen, und der Raureif knirschte unter ihren Sohlen. Wenn Thaniel etwas zu sagen gehabt hätte, wäre dies die Probe gewesen, auf die er jeden gestellt hätte, der behauptete, ein Hellseher zu sein: ohne Führung durch den Londoner Nebel zu gehen. Und Mori ging tatsächlich bei Nacht und Nebel mit ebenso geschwinden und sicheren Schritten wie am helllichten Tag.

Dann nahm er Thaniels Hand. Sie hätten einander aus den

Augen verloren, wenn sie sich auch nur einen Schritt voneinander entfernt hätten. Der teefarbene Dunst war außerhalb des Parks dichter, da er sich dort in den Straßen von Knightsbridge ballte. Thaniel drückte Moris Finger. Es fühlte sich sicher und vertraut an. Mori erwiderte den Druck und zog Thaniel dann nach rechts, in die Filigree Street.

Nicht weit entfernt waren die elektrischen Lichter bei Harrods so hell, dass sie den Eingang des Kaufhauses geradezu mit einem Glorienschein umgaben. Die Filigree Street wirkte dagegen mittelalterlich. Die Obergeschosse der Häuser neigten sich im Verlaufe der Straße immer näher aufeinander zu, wodurch sie auf Thaniel manchmal wie eine sehr gesellige Zecherrunde wirkten, und an ihrem Ende lag die Straße deshalb selbst an sonnigen Tagen stets im Schatten und war viel zu eng, um befahren zu werden. Dort ballte sich der Nebel, da er nicht weiterkonnte, umso mehr, bis er fast feste Formen annahm und wie mit Tentakeln über die Butzenscheibenfenster strich. In den Erdgeschossen der meisten Häuser waren kleine exquisite Geschäfte untergebracht, und die hatten noch geöffnet, und jeweils zehn bis zwölf Kerzen säumten die Wege zu den Ladentüren, wobei ihr Licht allerdings so schwach war, dass es eher geisterhaft wirkte.

Dann tauchte direkt vor ihnen aus dem Nebel ein beumhangter Polizist auf und tippte sich an den Helm.

Thaniel ließ sofort Moris Hand los. Er konnte nicht anders. Er hatte mit einem Mal das Gefühl, dass sein Schädel durchsichtig sei und jeder zufällige Beobachter sehen könnte, was für Gedanken darin flottierten.

Das Haus Nummer siebenundzwanzig war hell erleuchtet. Als Mori die Tür zur Werkstatt aufschob, roch die saubere Luft darin geradezu lieblich. Die Uhrwerkvögel im Schaufenster wirkten alle schläfrig, obwohl sie sonst oft als kleine silberne oder bronzene Blitze zwischen ihren Lieblingsplätzen hin und her flatterten.

Stattdessen gaben sich nun die mechanischen Glühwürmchen ein Stelldichein. Sie zogen goldene Linien über die Zimmerdecke und auch zwischen den Vögeln hindurch, die sich manchmal von ihrem Licht regten. Thaniel hatte eines dieser Glühwürmchen einmal eingefangen, hatte aber immer noch nicht herausgefunden, was es denn nun war, das dort in der gläsernen Hülle leuchtete. Es war eine Art Pulver, das umso heller strahlte, je mehr es bewegt wurde. Es sei ein bestimmter Blütenstaub, hatte Mori behauptet, aus Peru, aber insgeheim nahm Thaniel an, dass er sich das nur ausgedacht hatte, weil es ihm peinlich war, etwas vollkommen Unzeitgemäßes erfunden zu haben.

Eine Schleiereule landete draußen auf dem Fenstersims. Thaniel lächelte. Er hatte sich so sehr an die Eulen in der Filigree Street gewöhnt, dass er sie meist gar nicht mehr bemerkte, doch dann waren sie vor einiger Zeit ausgeblieben. Nun war es schön, wieder eine zu sehen. Er hatte das törichte Gefühl, dass die Eule wusste, dass Mori wieder da war.

Mori zog seinen Mantel aus. Thaniel betrachtete ihn im Spiegel der Fensterscheibe. Sein Bild wirkte auf dem Glas viel solider als Thaniels, weil seine Farben klarer und intensiver waren. Thaniel glich einem groben Modell, das ein Lehrling aus Pappmaché geformt hatte, und Mori dem vollendeten Prunkstück, emailliert und mit Gold überzogen.

• • •

Six spähte aus dem Durchgang zur Küche hervor und kam dann mit vorsichtigen Schritten zu ihnen. Sie war neun Jahre alt, das nahmen sie zumindest an, aber geradezu winzig für ihr Alter, und wenn sie besorgt war, sah sie aus wie ein sehr ernstes Kleinkind. Da sie es nicht ausstehen konnte, mehr als unbedingt nötig angefasst zu werden, sorgten sie dafür, dass sie die Haare stets kurz trug, damit niemand sie bürsten oder gar flechten musste, und das ließ sie sogar noch jünger aussehen. An diesem Tag trug sie einen kleinen Schraubenschlüssel hinterm Ohr.

»Hallo«, sagte Mori ganz behutsam, denn wenn er nach einem halben Jahr der Abwesenheit unversehens wieder auftauchte, standen die Chancen fifty-fifty, dass sie entweder gar nicht reagierte oder sich in einen kaum mehr zu bremsenden Wutausbruch hineinsteigerte. Thaniel nahm an, dass nicht einmal Mori vorhersagen konnte, wie es diesmal ablaufen würde. Six war anders strukturiert als der Rest der Menschheit.

»Guten Abend«, erwiderte sie sehr förmlich auf Japanisch. Dann musterte sie Mori und störte sich sichtlich an seinem Aussehen. »Du hast andere Sachen an«, sagte sie betrübt. Er trug eine wunderschöne blaue Weste voller Silberfäden, die ihn aussehen ließ, als wäre er gerade vom Regen überrascht worden. Thaniel war sich immer noch nicht so ganz klar, warum sie es nicht ausstehen konnte, wenn einer von ihnen beiden etwas Ungewöhnliches trug, nahm aber an, dass sie einen Abendanzug oder einen neuen Mantel als äußeres Anzeichen für eine bedrohliche innere Veränderung ansah.

Hinter ihr zuckte Osei auf der Schwelle zur Küche minimal zusammen und hob mit einer ebenso minimalen Geste versöhnlich die Hand, um anzudeuten, dass das Kind, um das sie sich da kümmerte, eigentlich besser erzogen sei. Osei war zwar kein professionelles Kindermädchen – sie betrieb vielmehr die Teestube um die Ecke –, war aber viel liebenswürdiger als alle Profis, die Thaniel von den entsprechenden Agenturen geschickt worden waren. »Miss Charlotte. Du solltest sagen: Willkommen daheim!«

»Ich heiße Six«, sagte Six, »nicht Charlotte.«

»Du bist neun Jahre alt«, sagte Osei und nahm ihr den Schraubenschlüssel weg. »Du brauchst einen richtigen Namen.«

»Ich trage das bloß, weil ich nichts anderes bei mir hatte, das warm genug gewesen wäre«, sagte Mori ganz sanft zu ihnen beiden. »Komm, ich habe dir etwas mitgebracht.«

Six blickte widerwillig, fügte sich aber. Thaniel war insgeheim auf Oseis Seite. Charlotte war Six' richtiger Name, der Name, den ihre Mutter bei der Registrierung im Arbeitshaus angegeben hatte. Doch statt sich überhaupt um die Namen der Kinder zu kümmern, hatten die Bediensteten des Arbeitshauses sie einfach nur durchnummeriert. Thaniel hatte versucht, Six nahezubringen, wie abscheulich das war, doch sie hatte nur verständnislos geblickt und gesagt, wenn er sie Charlotte nennen wolle, werde sie künftig nur noch Henry zu ihm sagen.

Mori zog eine Schachtel aus der Manteltasche und überreichte sie ihr.

Thaniel trat näher. Es war eine Glühbirne. Die Glühfäden in ihrem Innern waren so angeordnet, dass man Formen erahnen konnte, aber was genau es war, würde man erst erkennen, wenn die Glühbirne brannte.

Six gab keinen Laut von sich, stellte sich aber auf die Zehenspitzen und streckte die Arme nach oben. Mori hob sie empor. Es ging ihr jedoch nicht um Zuneigung, sondern um die leere Lampenfassung über ihm. Er hielt Six hoch, und sie schraubte die Glühbirne ein. Als die dann aufleuchtete, surrte der Glühfaden leise und brachte einen kleinen Oktopus hervor. Der zuckte und regte sich und schwamm in der gläsernen Hülle. Six lachte. Ihr Lachen war ein abruptes, monotones Bellen. Thaniel hatte es lange Zeit für aufgesetzt gehalten, bis ihm irgendwann klar wurde, dass sie im Arbeitshaus zu wenig gelacht hatte, um überhaupt zu wissen, wie man das normalerweise machte.

»Was sagt man?«, soufflierte Osei.

»Arigatou gozaimashita.«

»Nichts zu danken«, erwiderte Mori, setzte sie wieder ab und machte dann kein weiteres Aufhebens mehr um sie. Er hatte sie nie wie ein Kind, sondern stets wie eine kleine Erwachsene behandelt und ihr auch das entsprechende würdevolle Verhalten entgegengebracht. Thaniel hatte das ganz vergessen, und als er sie nun beobachtete, sah er, wie sie sich mit einer Erleichterung darauf einließ, die ihm einen Stich versetzte. Sie ergriff Moris Ärmel und lehnte sich an ihn. Wenn sie so dastand, konnte sie sich sowohl vor Thaniel als auch vor Osei verbergen. Mori legte den Arm um sie, und sie schmiegte ihr Gesicht an seine Westentasche. Die Farbveränderung schien sie ihm verziehen zu haben. Sie war nun gerade alt genug, um sich daran zu erfreuen, wie glamourös Mori war. Ihre Schulfreundinnen hatten dagegen Patenonkel, die Bankiers waren oder auch komplett in Tweed gekleidete und nach Mottenkugeln müffelnde Gutsbesitzer aus Nottinghamshire.

Osei setzte eine leicht beklommene Miene auf und verneigte sich vor ihm. Mori erwiderte die Verneigung und dankte ihr für ihre große Hilfe. Nun ließ Six ihn los, blieb aber in seiner Nähe. Sie hatte seine Taschenuhr gemopst, ohne aber den Karabinerverschluss zu lösen, sodass die beiden nun durch eine kurze Goldkette miteinander verbunden waren. Mori bewegte sich behutsam vorwärts, damit sie ihm folgen konnte.

Früher hatte sie kleinste Uhrwerkteile für ihn gefertigt. Viele feine Uhrwerke stammten aus Arbeitshäusern, wo die Kinder so kleine Hände hatten, dass sie staubfleckwinzige Zahnräder herstellen konnten oder Ketten, die so fein waren, dass sie auch aus goldenem Haar hätten bestehen können. Mori behauptete zwar, keine Kinder zu mögen, hatte dann aber im ersten Jahr, in dem Thaniel bei ihm wohnte, kurz vor Weihnachten Six mit nach Hause gebracht und sich anschließend geweigert, sie wieder zurückzubringen, und damit hatte sich das Thema erledigt.

Thaniel holte eine Laterne für Osei und bekam dann Gewissensbisse, als er wieder in den Nebel hinaussah. Sie war nicht größer als die Fackelträgerjungen. Und sie weigerte sich immer, zum Abendessen zu bleiben.

»Ich bringe Osei schnell nach Hause«, sagte Thaniel über das japanische Gemurmel von Six hinweg.

Mori richtete sich auf. Er sah aus, als wollte er etwas sagen, doch als Osei mit einem höflichen Nicken an ihm vorbeiging, runzelte er die Stirn und wich ein wenig zurück, als hätte er einen unguten Geruch an ihr wahrgenommen. Thaniel sah ihn mit großen Augen an, um zu fragen, was denn los sei. Osei roch keineswegs ungut. Von ihren Kleidern ging vielmehr ein sanfter Jasminduft aus. Mori schüttelte nur den Kopf.

Als Thaniel wieder zum Fenster blickte, führte Mori Six gerade in die Küche. Sie waren immer noch durch seine Uhrkette miteinander verbunden. Trotz des Drecks in der Luft hatte Thaniel draußen das Gefühl, wieder frei atmen zu können, aber ihm war klar, dass das nur von kurzer Dauer sein würde. Wenn er zurückkam, würde er über Tokyo reden müssen – darüber, wer Six nehmen würde ... ob sie einander je wiedersehen würden ... über alles Mögliche –, und dann wäre dieser zarte, filigrane Frieden dahin.

• • •

Osei nach Hause zu bringen, dauerte nur zwanzig Minuten, und als Thaniel wiederkam, hatte Mori bereits gekocht. Die Hitze des Herds empfing Thaniel schon auf den ausgetretenen Stufen, die von der Werkstatt in die Küche hinabführten. Auf dem Herd saß, die Wärme in sich aufsaugend, Moris Oktopus, der, wie alles andere hier auch, mechanisch war. Mit dem glänzenden Stahlgehäuse über seinem Uhrwerkinnenleben wirkte Katsu wie ein großer Quecksilberklecks – einmal abgesehen von dem Kupferrad, das einen seiner Tentakel ersetzt hatte. Er war einmal verschwunden gewesen und erst nach etwa vierzehn Tagen wieder aufgetaucht, hatte allerdings in der Zwischenzeit einen Fangarm verloren, und Mori hatte ihm an dieser Stelle fürs Erste ein kleines Rad eingesetzt, während er ihm einen neuen Tentakel baute. Als der dann anmontiert werden sollte, versteckte sich Katsu auf einem Schrank, und wenn später irgendjemand auf das Thema einer Reparatur zu sprechen kam, verschwand er, bis wieder von irgendetwas anderem die Rede war. Mori nahm an, dass sich in seinem Uhrwerk irgendetwas verdreht hatte. Thaniel hingegen war sich ziemlich sicher, dass Katsu Gefallen an dem Rad gefunden hatte. Es verbesserte seine Kurvenlage.

Thaniel berührte einen seiner Tentakel, um sicherzugehen, dass er nicht zu warm wurde, hob den Oktopus dann auf und reichte ihn Six, die sich gerade, nachdem sie den Tisch gedeckt hatte, auf einem Stuhl daran niederließ. Sie drückte ihre Nase an Katsus und imitierte lautlos einen Fisch. Nachdem die beiden so lange fort gewesen waren, erschien es Thaniel von neuem ein wenig sonderbar, einen Kraken als Haustier zu haben, doch im Grunde war es genau richtig so. Echte Haustiere kamen nicht infrage, denn Mori mochte keine Wesen, die sich nicht um sich selbst kümmern konnten. Flauschige Uhrwerkwesen konnte es nicht geben, und eine schlaue Schlange wäre unheimlich gewesen.

Das Essen stand schon auf dem Tisch. Es gab Huhn und richtigen Reis, richtiges Gemüse, richtige Suppe und eine Schachtel wunderhübscher französischer Törtchen, die eigentlich viel zu schade waren, um sie einfach so zu verputzen. Auf einem prangte ein Krake aus Marzipan.

Als Thaniel Platz nahm, musste er sich beiseitedrehen und in die Hände husten. Six musterte ihn.

»Stirbst du etwa?«, fragte sie. »Leute, die so husten, leben nämlich nicht mehr lange.«

Er rang sich ein Lächeln ab. Dann überlegte er, wie er das Thema Tokyo ansprechen sollte, ohne dass die Sache wie ein Amboss auf die Tischplatte knallen würde. Es fiel ihm aber nichts dazu ein. »Nein, mein Schatz. Das habe ich nicht vor.«

»Das hat keiner. Mori?«, sagte sie und löste sich von Katsu. »Wenn Papa stirbt, muss ich dann ins Arbeitshaus zurück?«

Thaniel musste schlucken. Sie fragte das mindestens zweimal pro Jahr, und obwohl es ihn jedes Mal mehr ärgerte, war es ihm bisher nicht gelungen, sie davon zu überzeugen, dass man in manchen Dingen seine Meinung nicht änderte. »Six, das ist doch lächerlich, natürlich gehst du nicht dorthin zurück. Du wirst niemals dorthin zurückgehen.«

»Nein, das ist überhaupt nicht lächerlich. Vielleicht will Mori mich ja nicht«, mutmaßte sie nicht ganz unbegründet.

»Six …«, setzte Thaniel an. Er hatte ihr schon mehrmals erklärt, dass sie zu ihnen beiden gehörte und es nur einen einzigen Grund dafür gab, weshalb er allein als ihr Adoptivvater fungierte: dass nämlich das Standesamt Mori eher verhaften lassen würde, als ihn zum gesetzlichen Vormund einer Weißen zu machen. Six hatte das jedoch immer nur überhört. Obwohl Mori derjenige gewesen war, der sie aus dem Arbeitshaus geholt hatte, und obwohl sie sich stets an Mori hielt, wenn es ihr um Gerechtigkeit oder Bestärkung ging, schien es ihr chronische Sorgen zu bereiten, dass sie ja letztlich nur auf ganz inoffizielle Weise mit ihm verbunden war. Thaniel konnte ihr das nicht verdenken.

»Ob ich dich will oder nicht, spielt überhaupt keine Rolle«, schaltete sich Mori ein. Thaniel hob langsam den Blick. »Ohne Quittung kann man Kinder nicht ins Arbeitshaus zurückbringen. Und deine Quittung habe ich nicht mehr.«

Six stutzte. »Aber manche von den Jungs sind da fast jeden Tag ein und aus gegangen. Die gingen zur Schule.«

»Mit Quittung kein Problem«, erwiderte er und gab ihr einen Löffel Reis. »Aber deine Quittung hat der Oktopus an die Kois verfüttert.«

»Oh«, sagte sie und wirkte tatsächlich überzeugt.

Thaniel war danach, ein langes Gesicht zu ziehen. Es war nie ein Geheimnis gewesen, dass Mori die ungekürzte Ausgabe der Bedienungsanleitung für Six besaß, aber es war schon sehr ärgerlich, dass er ohne ihn höchstens auf ein Viertel dessen gekommen wäre.

Anschließend fragte sie Mori über Frankreich aus, und nachdem sie zu dem Schluss gekommen war, dass es sie insgesamt nicht interessierte, sagte sie in ihrem braven Japanisch, dass das Abendessen ein wahres Festmahl gewesen sei, und schaute feierlich anerkennend, als Mori ihr das Oktopustörtchen überreichte. Dann wandte sie sich ohne ein weiteres Wort zum Gehen. Thaniel stupste sie an.

»Hey. Zeig mir mal deinen Aufwärtshaken, Soldatin.«

Sie tat es, und als er den Haken mit der Handfläche abfing und daraufhin Schmerzen heuchelte, lächelte sie.

»Sehr gut.«

»Ich weiß«, sagte sie, »aber ich kann jetzt nicht mit dir spielen; jetzt ist Kuchenzeit.«

»Na gut.«

Thaniel sah ihr nach und versuchte zu erkennen, ob es ihr gut ging oder nicht. Sie ließ es sich nicht anmerken, wenn sie traurig oder wütend war. Sie verhielt sich dann ganz normal, bis sie plötzlich beispielsweise alle Türgriffe austauschte.

»Ich kriege später noch eins von ihr aufs Dach«, sagte Mori. »Und das ist ihr gutes Recht.«

»Nein, ist es nicht. Sie kann dich schließlich nicht ewig im Haus festhalten«, erwiderte Thaniel.

Mori musterte ihn einen Moment lang, aufmerksam und ohne Eile. »Und wie geht es dir?«

Thaniel wusste immer noch nicht, wie er es sagen sollte, und daher erschien es ihm am besten, es schnell hinter sich zu bringen.

»Francis Fanshaw will, dass ich nach Japan gehe. In der Gesandtschaft in Tokyo gibt es Probleme. Ich soll das klären. Ich weiß ja nicht, wie deine Pläne aussehen, aber …« Nun war seine Kehle wieder ganz ausgetrocknet. »… ich denke mal, wir müssen entscheiden, was mit Six geschieht – ob sie hierbleibt oder ich sie mitnehme.«

»Nein, wir fahren alle zusammen. Ein Freund von mir ist da gerade Premierminister geworden, und er will, dass ich nach Hause komme.«

Thaniel starrte ihn an. »Wie bitte?«

»Am Donnerstag geht ein Linienschiff. Die Fahrt dauert nur zwölf Tage, also sind wir zu Weihnachten schon da.« Mori lächelte leise. »Deshalb bin ich hier. Vorausgesetzt natürlich, du möchtest überhaupt, dass wir zusammen fahren.«

»Ja, sehr gerne«, sagte Thaniel, und im ersten Moment fiel ihm weiter nichts ein. Unwillkürlich ballte er unterm Tisch die Hände und war lachhaft nah dran, vor Erleichterung in Tränen auszubrechen. »Du hast nie ein Wort davon gesagt …«

»Ich weiß, tut mir leid. Bis vor ein paar Wochen war ich mir nicht sicher, dass es tatsächlich dazu kommen würde, und dann saß ich in Paris fest. Grippe oder so etwas. Es tut mir wirklich leid.«

»Hättest du mich nicht ein bisschen vorwarnen können, auch als es noch keine sichere Sache war? Steepleton, pass auf, du ziehst möglicherweise nach Japan?«

Mori blickte unbehaglich. »Es tut mir leid. Ich … habe den Gedanken beiseitegedrängt. Ich weiß, das war dumm, aber es ist immer seltsam … nach Hause zurückzukehren.« Nun hob er die schwarzen Augen wieder und bat mit einem Blick beklommen um Verzeihung. Mit »seltsam« meinte er offenbar »zutiefst verstörend«.

»Warum denn das?«, fragte Thaniel und ärgerte sich im gleichen Moment über sich selbst.

Mori neigte widerwillig den Kopf. »Nun ja … in meinem Haus spukt es bei schlechtem Wetter.«

Thaniel hatte nicht gewusst, dass Mori an Gespenster glaubte, war aber auch nicht überrascht, wenn sie beide auf kleine derartige Differenzen stießen. Viel sonderbarer wäre es ja gewesen, wenn zwischen ihnen, obwohl sie sechstausend Meilen voneinander entfernt aufgewachsen waren, in jeder Hinsicht Einigkeit geherrscht hätte. Außerdem hätte Thaniel in diesem Moment wahrscheinlich selbst dann keine Einwände vorgebracht, wenn Mori verkündet hätte, dass er oft mit einem sprechenden Fuchs zu Abend aß. »Dann ist es ja kein Wunder, dass es nicht gerade dein Lieblingsort ist.«

Mori lächelte und schüttelte knapp den Kopf. »Es ist schon schön dort. Ein Anwesen in Yokohama. Das ist eine vornehme Wohngegend außerhalb von Tokyo. Gute Luft, direkt am Meer.« Dann griff er hinter sich und nahm etwas aus der Schublade mit der Post, die er sonst stets ungeöffnet darin ablegte. Es war eine fotografische Ansichtskarte. »Das ist es.«

Als Mori von einem Haus gesprochen hatte, hatte Thaniel sich darunter eine Stadtvilla wie in Belgravia vorgestellt, bloß dass davor statt Hansom-Kutschen vielleicht eher Rikschas hin und her fuhren. Auf der Karte war jedoch ein weitläufiges Anwesen zu sehen mit schönen traditionellen Gebäuden, umgeben von üppigen Gärten, dampfenden Wasserbecken und Kirschbäumen, die ihre Blütenblätter auf die geschwungenen Dächer herniederregnen ließen. Auf der Rückseite der Karte war auf Japanisch der Name aufgedruckt: *Yoruji.* Das bedeutete »der Abendtempel«. Darunter stand in kleinen sepiafarbenen Lettern: *Residenz des Hauses Mori in Yokohama.*

»Mein Gott«, sagte Thaniel, der sofort von beeindruckt auf beklommen umgeschaltet hatte. Derlei Reichtum glich einem grellen Licht, das jeden kleinen Makel bei einem Menschen zum Vorschein brachte. Und schon als er dort saß und nur ein Bild des Anwesens in der Hand hielt, wurde er sich schmerzlich bewusst, dass er fast ausschließlich aus Makeln bestand. »Meinst du, dass die mich da überhaupt reinlassen? Ich bin doch gar nicht … der Typ für so was.«

Mori zuckte ungläubig mit den Schultern. Und als er dann wieder das Wort ergriff, geschah es mit sehr rauchiger Stimme. »Was? Du bist genau mein Typ.«

Da musste Thaniel lachen. Was auch immer ihn an der High Society so nervös machte – es gab wahrlich schlimmere Probleme. Gemeinsam dorthin zu reisen, war schöner als alles, was er sich erhofft hatte. »Dann fahren wir also nach Japan.«

Mori lächelte scheu, wie immer, wenn sich jemand allzu sehr über etwas freute, das er gesagt hatte. »Ich finde, darauf sollten wir trinken.«

Von oben ertönte ein Brummen, als Six ihren Generator anwarf, um ihre Glühbirnensammlung mit Strom zu versorgen, gefolgt von einem leisen Quietschen, als sie offenbar den Neuzugang einschraubte. Thaniel holte den Brandy und zwei Gläser. Als er das alles auf dem Tisch abstellte, nahm er den Duft von Zitronenseife an Moris Kleidern wahr. In einer wärmeren Form ging er auch von seiner Haut aus. Mori schaute sich um, während Thaniel sich nach vorne beugte, um ihn auf die Wange zu küssen. Dann lehnte Mori seinen Kopf an Thaniels, legte ihm behutsam eine Hand in den Nacken und erwiderte den Kuss. Eine herrlich warme Woge der Erleichterung brandete über Thaniel hinweg.

Er hatte nie gewusst, in welchem Verhältnis sie eigentlich zueinander standen. Die Vorstellung war ihm unerträglich, Mori danach zu fragen. Wenn Thaniel abends oder nachts an Moris Tür klopfte, ließ er ihn stets herein, aber er berührte Thaniel nie als Erster und sprach auch nie darüber; keine Zärtlichkeiten, keine Versprechungen und keine Diskussionen. Thaniel gefiel es so, aber die Angst ließ ihn nie ganz los. Mori stammte aus einem Land und einer Generation, in der es als nicht weiter erwähnenswert galt, wenn man sich mit einem Freund einließ; das konnte man ein oder zwei Sommer lang tun, ohne sich groß etwas dabei zu denken; oder man sah es als etwas an, dem man sich höflich fügte, auch wenn man nicht unbedingt Lust darauf hatte, wie etwa ein Abendessen mit einem langweiligen Kollegen – bloß um ein wenig Gesellschaft zu haben. Und Thaniel hatte schon vor langer Zeit beschlossen, dass er damit leben konnte, weiter nichts über all das zu wissen.

FÜNF

Es hatte gerade begonnen, acht Uhr zu schlagen, als Six Thaniel zum Vorlesen holte. Der Dachboden erstreckte sich über die gesamte Länge des Hauses. Über dem oberen Treppenabsatz befand sich eine Falltür, und wenn man die Luke öffnete, fuhr eine messingbeschlagene Leiter aus. Six eilte vor ihm hinauf. Thaniel erklomm die Leiter deutlich langsamer. Die Armbeugen taten ihm weh, und er fühlte sich fiebrig.

Six' Glühbirnensammlung hatte die Dachsparren in einen Sternenhimmel verwandelt. Die Birnen waren alle unterschiedlich groß und hell und in ganz verschiedenen Höhen angebracht, je nachdem, was Six gerade zum Draufklettern gefunden hatte, als sie sie installiert hatte. Puppen oder normales Spielzeug gab es bei ihr nicht. Thaniels Schwester hatte ihr einmal eine Puppe schenken wollen, doch Six hatte nur geschrien und sich vor der Puppe versteckt. Stattdessen funkelten Reihen über Reihen winziger Zahnrädchen, die sie selbst gefeilt hatte, wie Pailletten auf ihrem Schreibtisch. Liebend gern ging sie mit Mori in die Fabrik, wo man die entsprechenden Rohlinge en gros kaufen konnte. Gegenwärtig war sie damit beschäftigt, ein Schiffschronometer zu bauen.

Mori war schon vor ihnen da und errichtete gerade eine Kleinholzpyramide im Kamin. Er sorgte stets dafür, dass hier oben ein Feuer brannte, selbst wenn es draußen nur ein wenig kühl war, und Thaniel liebte das sehr an ihm. Als er selbst klein gewesen war, hatte sein Vater die eiserne Regel aufgestellt, dass in ihrem winzigen Wildhüter-Cottage nur an den Tagen Feuer gemacht wurde, an denen sich im Wasserkrug eine Eisschicht bildete. Nichts hatte Thaniel jemals so gehasst wie damals jene Winter, außer seinen Vater vielleicht, der das nicht etwa der Kosten wegen tat – das Cottage stand direkt am Waldrand, und Brennholz bekam er als Wildhüter gratis –, sondern aus Prinzip. Im Grunde war es eine lehrreiche Erfahrung gewesen, denn daher wusste er nun: Wenn jemand sagte, »es geht ums Prinzip«, bestand die richtige Reaktion darin, demjenigen eine saftige Ohrfeige zu verpassen. Er war jedoch froh, dass Six das nicht auf diese Weise lernen musste.

Sie überreichte Thaniel das Handbuch für den Generator und rempelte Mori unterwegs kräftig an, was Thaniel aufmerken ließ. Dann warf sie auf ihrem Schreibtisch einen Würfel, sah sich das Ergebnis an und verschränkte die Arme. Sie hielt noch etwas anderes in der Hand; Thaniel konnte nicht sehen, was es war. Mori zuckte bei dem Würfelwurf erschrocken zusammen, als wäre direkt neben ihm ein mächtiger Lärm ertönt, obwohl lediglich das Klackern des Würfels zu hören war. Er sagte kein Wort.

Six würfelte erneut. Mori zuckte wieder heftig zusammen, entspannte sich dann aber, als der Würfel bei der Vier landete.

»Six«, sagte Thaniel gedehnt, denn nun hatte er durchschaut, was sie da tat.

Ein Würfel hatte genau gleiche Seiten. Daher konnte Mori unmöglich voraussehen, wie er fallen würde, denn keine Seite war wahrscheinlicher als die anderen. Die Chancen standen immer genau gleich, eins zu sechs. Zufall war Zufall, ob man nun Hellseher war oder nicht. Münzen, Würfel und Blitze: Das war die Dreifaltigkeit des Zufalls. Mori konnte stundenlang einem Gewitter oder einem Roulettespiel zusehen, einfach nur, weil es für ihn so ungewohnt und reizvoll war, überhaupt nicht zu wissen, was als Nächstes geschehen würde.

Der Würfel landete bei der Sechs.

Nun warf Six etwas zu Boden, das wie ein Teebeutel aussah, das aber, als es dort auftraf, einen lauten Knall auslöste, der auf dem ganzen Dachboden widerhallte.

»Herrgott!«, sagte Thaniel erschrocken. Six hatte immer schon merkwürdige Dinge getan, aber mit Feuerwerkskörpern im Haus hatte er dann doch nicht gerechnet. Er hatte so das Gefühl, dass sie noch deutlich älter werden musste, bis sie die grundlegenden Regeln begreifen würde, die für die meisten Menschen ganz selbstverständlich waren. Man stiehlt nicht, man starrt nicht, und man wirft niemandem einen Knallfrosch ins Gesicht. »Was tust du denn da? So was darfst du hier drin nicht machen.«

»Aber das sind doch im Grunde nur potenzielle Knallfrösche«, meinte Six gleichmütig.

Mori presste seine Hände um seine Knie. »Ich denke, dreimal ist genug, oder?«, sagte er leise durch den stinkenden Qualm hindurch. Der Würfel war direkt auf der Tischkante gelandet und fiel ihm nun in den Schoß. Er schreckte davor zurück, wie die meisten anderen Leute vor einer Spinne zurückgeschreckt wären. Thaniel hörte, wie ihm der Atem stockte.

»Schluss damit«, sagte Thaniel, nahm den Würfel und warf ihn ins Kaminfeuer. Six brachte er damit zum Quietschen. Er kniete sich hin, um auf Augenhöhe mit ihr zu sein. »Komm, Six, wenn du böse auf jemanden bist, musst du das sagen; du kannst nicht einfach mit Würfeln und Knallfröschen werfen. Das ist nicht sonderlich …« Er hielt inne, denn er hatte »damenhaft« sagen wollen, aber die ganze Damenhaftigkeit war der Grund dafür, weshalb Mori das Frauenwahlrecht ablehnte. »… ehrenhaft.«

Ehe er auch nur halbwegs zu Ende gesprochen hatte, hatte sie sich schon unter dem Bett versteckt. Mori starrte derweil ins Feuer, als fürchtete er, der Würfel würde nicht verbrennen, sondern wieder herausgekrochen kommen. Als Thaniel seine Schulter berührte, war sie völlig verspannt. Er schien das gar nicht zu spüren.

»Kei«, sagte Thaniel.

»Nein, mir geht's gut«, sagte Mori. »Es ist bloß …« Er seufzte. Es war sehr ungewöhnlich, dass ein Knallfrosch ihm so zusetzte.

Thaniel zog ihn behutsam vom Feuer fort. Mori ließ ihn gewähren, aber nur ein kleines Stückchen weit.

»Das hab ich nicht gewollt, dass es so schlimm wird!«, sagte Six tief betrübt. Sie klang den Tränen nah. Thaniels Herz krampfte sich zusammen. Bei ihr gab es keine halben Sachen: Sie war entweder zufrieden, oder sie schämte sich so sehr, dass es ihm Angst machte.

»Das weiß ich doch, Roku-chan. Komm wieder raus«, sagte Mori. Dann zog er eine ihrer Uhrwerkmäuse auf und ließ sie zu ihr unters Bett flitzen. »Anständig ist es, aufrecht zu stehen und dem Gegenüber ins Gesicht zu sehen.«

Sie schniefte.

Mori beugte sich hinab. Er hatte immer noch die Hände geballt und hielt sich, obwohl er sich so tief bückte, dass sein Haar den Boden berührte, nur mit der Kraft seines Rückgrats aufrecht. »Das kann ich aber nicht, wenn du nicht rauskommst.«

Sie zögerte noch einen Moment lang und kam dann wieder unterm Bett hervor. Und sie hatte nun sichtlich Angst. Sie erwartete offenbar einen Rohrstock oder gar Schlimmeres, und das, obwohl Mori ihr gegenüber nie auch nur die Stimme erhoben hatte. Er drückte ihr sacht auf die Brust, damit sie sich aufrichtete, denn wenn ihr jemand sagte, dass sie im Unrecht sei, krümmte sie sich meist bis über die Knie. Das tat sie selbst im Stehen. Dann suchte sie sich zunächst eine Ecke und beugte sich dort an der Wand hinab. Es wirkte geradezu animalisch und war ein entsetzlicher Anblick. Thaniel hoffte sehr, dass sie sich nicht mehr erinnerte, warum sie das tat.

Nun verneigte sich Mori vor ihr, immer noch auf Knien. »Es tut mir sehr leid, dass ich so lange fortgeblieben bin.«

Sie starrte ihn an, nickte dann und erwiderte die Verneigung. »Und mir tut es leid, dass ich drinnen einen Knaller losgelassen habe.«

»Sind wir uns wieder gut?«

»Ja, wir sind uns wieder gut«, sagte sie und strahlte Erleichterung aus.

In Moris Gesicht war noch nicht alle Farbe zurückgekehrt. Thaniel nahm Six auf den Schoß und schlug das Handbuch des Generators auf. »Bist du sicher, dass du es heute Abend nicht lieber mit Prinzessin Kaguya versuchen willst?«, fragte er.

Six schüttelte den Kopf. »Wie Prinzessinnen funktionieren, weiß ich schon.«

• • •

Als sie wieder nach unten gingen, öffnete Mori genau in dem Moment die Hintertür in der Küche, als die Haverly-Jungs über den Zaun hinweg einen Rugbyball darauf schossen. Er fing den Ball, doch statt ihn zurückzugeben, warf er einen Knallfrosch nach ihnen und machte die Tür wieder zu. Es rumste mächtig, und dann gab es allerhand Geschrei. Thaniel schenkte ihnen beiden noch einen Brandy ein. Mori gab den Ball an Katsu weiter, der erfreut surrte und damit von dannen eilte.

»Ist alles in Ordnung mit dir?«, fragte Thaniel.

Mori war geistig offenbar so aus dem Gleichgewicht, dass er mit der zeitlichen Abfolge durcheinanderkam: Statt auf diese Frage einzugehen, beantwortete er gleich die wahrscheinlich nächste: Ist irgendetwas passiert? »Nein, nichts …«

»Was wird denn passieren?«, fragte Thaniel und runzelte die Stirn. »Wird wieder irgendwas in die Luft gesprengt?«

»Nein, nein, es war nicht der Knaller. Es war der Würfel.«

Nun verstand Thaniel überhaupt nichts mehr. »Eine traumatisch verlaufene Backgammonpartie?«, wagte er sich vor.

»Nein, aber alles Zufällige … Das ist ein wenig so, als würde sich jemand aus einem Hinterhalt auf dich stürzen.«

»Seit wann geht es dir so?«, fragte Thaniel vorsichtig. Sie hatten früher mit Würfeln gespielt, und damals hatte es Mori nichts ausgemacht.

»Keine Ahnung … Erst seit einiger Zeit …«

»Als du das letzte Mal Angst vor etwas hattest, war es die Höhe, und kurz darauf bist du dann von einem Gebäude gefallen.«

»Diesmal werde ich nicht von irgendeinem Gebäude fallen.«

»Wir sind uns doch wohl einig, dass eine so spezifische Aussage im Grunde nur eine Lüge sein kann, nicht wahr?«

Da lachte Mori, wenn auch eher Langmut als Humor dahintersteckte. Es brachte die Fältchen um seine Augen zum Vorschein. »Mir geht es gut, ich war bloß die letzten Wochen etwas angeschlagen. Wie gesagt, ich war in Paris an irgendwas erkrankt.«

Thaniel überlegte, weiter in ihn zu dringen, doch als Mori diese mögliche Zukunft erspürte, wich er zurück. Stattdessen sagte Thaniel: »Hör mal, wir bitten einfach Mrs. Haverly, auf Six aufzupassen, und dann gehen wir schön aus.«

Mori war offenbar mit den Gedanken schon wieder ganz woanders, denn die Idee erwischte ihn gänzlich auf dem falschen Fuß. »Aus? Wohin denn?«

»Ins Theater.« Thaniel brachte ihm seinen Mantel. »Wir kommen unter Leute und amüsieren uns – wie ganz normale Menschen. Im Lyceum geben sie *Jekyll und Hyde*.«

SECHS

LONDON, 3. DEZEMBER 1888

Im Zimmer war es noch dunkel, als Thaniel aufwachte. Nebel drängte an das Butzenscheibenfenster, doch das Kaminfeuer des vorigen Abends glomm noch, und auf seiner Haut roch er das warme Theateraroma von Sherry und kandierten Mandeln. Am Herd nebenan – die beiden Häuser hatten einen gemeinsamen Schornstein – sang Mrs. Haverly ihrem Baby etwas vor.

Erst als er sich bewegte, bemerkte er, dass Mori nicht da war. Als er sich aufsetzte, tat ihm der ganze Brustkorb weh. Er musste in der Nacht gehustet haben. Ihm blieb gerade noch genug Zeit, um zu befürchten, dass er Mori vertrieben haben könnte, als der mit zwei Tassen Tee hereinkam.

»Oh, vielen Dank.« Thaniel nahm seine Tasse vorsichtig entgegen und genoss es, sie in der Hand zu halten. In den vergangenen neun Monaten hatte seine werktägliche Morgenroutine nur aus Waschbecken-Anziehen-Osei bestanden, mit Six im Schlepptau. Erst im Büro hatte er sich einen Tee gegönnt, denn er hatte eine Abneigung dagegen entwickelt, nur für sich allein Tee zu machen.

»Habe ich dich heute Nacht gestört?«, fragte Thaniel verlegen. Selbst wenn er nicht erkältet war, war ihm immer deutlich bewusst, wie viel Platz er in diesem Zimmer, in Moris Zimmer, einnahm. Mori war jemand, neben dem selbst Mädchen aus der High

Society teigig und riesig aussahen, ganz zu schweigen von jemandem, der einen festen Spind in einem Boxstudio besaß.

»Was? Nein.« Mori beugte sich über ihn und küsste ihn auf den Hals, und die Beklommenheit fiel von ihm ab. »Ich bin erst seit fünf Minuten wach.« Dann ließ er sich mit dem Blick zum Kopfende auf die Bettdecke fallen und schlug die Beine übereinander. Nachdem er einmal aufgestanden war, schlüpfte er nie wieder zurück ins Bett; er fand das dekadent. Er trug einen dicken Aran-Pullover, dessen Ärmel ihm bis über die Finger reichten, und einen grünen Schal, den Thaniels Schwester ihm zu Weihnachten geschickt hatte. Die Wolle ließ ihn weich aussehen, und sie hatte den Geruch von Holzrauch angenommen. »Das Außenamt schickt heute alle nach Hause. Du kannst eigentlich gleich hierbleiben«, sagte er. Dann wandte er den Blick ab, als wüsste er trotz allem nicht, ob Thaniel überhaupt zu Hause bleiben wollte. »Mit diesem Husten solltest du dich vielleicht mal von Dr. Haverly untersuchen lassen.«

Dann hatte Thaniel also tatsächlich die ganze Nacht gehustet. »Mach ich«, versprach er und umarmte Mori, um sich ohne Worte dafür zu entschuldigen, dass er seinetwegen wahrscheinlich viel Schlaf eingebüßt hatte.

Da kam Six die knarrende Dachbodenleiter herab. Thaniel richtete sich auf und streifte sich schnell das gestrige Hemd über. Der Blitz der Scham und der Angst machte ihn viel wacher als irgendein Tee.

»Heute ist keine Schule«, meldete Six, als sie in der Tür erschien. Mit beiden Händen klammerte sie sich in ihren Morgenmantel und blickte, während sie sprach, ganz geknickt den Korridor hinab. »Sie haben gesagt, wenn es so neblig ist, fällt die Schule aus, und … es ist so neblig.«

Mori hielt ein Blatt Papier empor, das er zu einem Stern gefaltet hatte.

Wenn Six sich schneller als in Schrittgeschwindigkeit bewegte, wirkte sie oft ein wenig aus dem Gleichgewicht, und so eilte sie nun leicht schlingernd herbei. Sie nahm den Papierstern und faltete ihn auseinander. Das Blatt entpuppte sich als Zeitplan für den Tag, unterteilt in halbstündige Abschnitte. Da lockerte sich ihre ganze Haltung, und sie legte ihre Handfläche an Moris, was für ihre Verhältnisse einer Umarmung am nächsten kam, wenn sie sich zuvor Sorgen gemacht hatte. Thaniel klemmte sich die Hände unter die Knie, um sich davon abzuhalten, sie unwillkürlich in die Arme zu schließen. Ihre Fröhlichkeit war immer so fragil, dass ihm bei dem Gedanken, sie in die Welt hinauszuschicken, die Zunge zu Papier wurde.

• • •

Die Haverlys wohnten nebenan, in Nummer neunundzwanzig, und sie hatten sechs Kinder, die alle schrecklich waren, und daher konnte man einen Arzt zurate ziehen, indem man im Garten hinterm Haus über den Zaun langte und ans Küchenfenster des Nachbarhauses klopfte. Und angesichts der Kinder verzichtete Dr. Haverly auf Honorar.

Als Thaniel in den Garten hinausging, wo die Birken in dem chemisch stinkenden Nebel kaum mehr zu sehen waren, eilte Katsu ihm mit einem Stückchen Toast voraus. Es war für die Vögel bestimmt, allerdings weniger als Zeichen der Krakensolidarität mit seinen gefiederten Freunden, sondern vielmehr als Köder, um einen zu fangen. Das war ihm jedoch noch nie gelungen, und Thaniel glaubte auch nicht, dass er dem Vogel, wenn er denn tatsächlich mal einen fing, etwas antun würde. Es war für Katsu eher eine Prestige-Angelegenheit gegenüber der Katze der Haverlys.

Thaniel blinzelte langsam, als er über den Zaun hinweg an das Küchenfenster klopfte. Seit er aufgestanden war und sich bewegte, fühlte er sich träge. Dr. Haverly schlüpfte mit einer qualmenden Zigarre in der Hand zur Hintertür heraus.

»Sie tun ja hoffentlich kränker, als Sie sind, damit ich die hier weiterrauchen kann«, sagte er.

»Ich habe eventuell Malaria«, sagte Thaniel.

»Danke, sehr freundlich.«

»Aber es ist nicht nur Malaria. Ich habe auch noch einen Husten, der … Also, es ist nicht direkt ein Notfall, aber … Haben Sie irgendein Mittel dagegen?«

»Oh, ich denke schon«, sagte Haverly und warf einen düsteren Blick zurück in sein Haus. Dort herrschte ein Tohuwabohu. Die Kinder kloppten sich um irgendetwas.

»Es hat keine Eile. Bitte, machen Sie die nicht aus«, fügte Thaniel hinzu, als Haverly die Zigarre am Zaunpfahl ausdrücken wollte. Thaniel hatte zwar selbst nie geraucht, erkannte aber eine gute Zigarre; der Außenminister qualmte so viele davon, dass er manchmal wie ein Vulkanschlot wirkte. Nun musste sich Thaniel beiseitedrehen und husten. Dazu hatten auch noch seine Hände angefangen zu zittern.

Haverly runzelte die Stirn. »Kommen Sie mal her, das will ich mir mal anhören. Nur bis an den Zaun. Verzeihung.« Er beugte sich hinab und legte ein Ohr an Thaniels Brust. »Jetzt bitte einatmen. Und noch einmal.« Als er sich wieder aufrichtete, hatte er plötzlich eine neutrale Miene aufgesetzt. »Wie lange husten Sie schon so?«

»Oh. Seit ein paar Wochen ungefähr. Aber es ist jedes Jahr dasselbe.«

»Sie sind doch damals schon mit einem Lungenschaden nach London gekommen, nicht wahr? Aus einer Baumwollfabrik, war es nicht so?«

»Einer Lokomotivfabrik.«

»Und Ihr Vater hatte ähnliche Probleme, nicht wahr, obwohl er immer an der frischen Luft gearbeitet hat?«

Thaniel nickte. »Im Winter ging es ihm immer schlecht.«

»Ja … ich fürchte, Sie haben in doppelter Hinsicht Pech gehabt – mit der Vererbung und mit der Umgebung«, sagte Dr. Haverly vorsichtig. »London ist der völlig falsche Ort für Sie. Und in Ihrem Fall war es wohl tatsächlich unvermeidlich, nehme ich an – es sei denn, man hätte Sie auf der Isle of Skye in eine mit Sauerstoff gespeiste Kiste gesteckt. Es ist eher erstaunlich, dass das nicht schon früher passiert ist. Sie sollten sich dringend ans Meer begeben. Brighton ist für so etwas ein sehr beliebter Ort. Ich rate zu mindestens fünf bis sechs Monaten.«

»Wie bitte?«, erwiderte Thaniel nach einem Moment der Sprachlosigkeit. Er hatte erwartet, dass Haverly ihm eine Woche Seeluft empfehlen oder ihm raten würde, sich von dem Nebel fernzuhalten. Er sah sich kurz zu seinem eigenen Küchenfenster um. Dahinter stand Mori, der allerdings nicht in ihre Richtung blickte. Er lehnte mit dem Rücken am Herd und sprach mit verschränkten Armen mit Six. »Sind Sie sicher? Ich fühle mich ansonsten gut. Könnte es nicht einfach nur …?«

»Ja, ich bin mir sicher – leider. Ihre Lunge müht sich viel mehr ab, als sie sollte. Wenn Sie sagen, dass Sie sich ansonsten gut fühlen, meinen Sie vermutlich, Sie fühlen sich normal; aber was Sie als normal empfinden, wird allmählich gefährlich. Erkältungen haben Ihnen wahrscheinlich schon immer schwer zugesetzt, aber dieser Nebel – nun ja. Kräftige Menschen können in der richtigen Luft wieder davon genesen.« Haverlys Blick glitt beiseite, ehe er ihn dann wieder auf Thaniel richtete. »Aber wenn man sich erst einmal in diesem Zustand befindet, zieht man sich ganz leicht eine Phthisis zu.«

»Eine was? Oh, … ich verstehe«, sagte Thaniel, jedoch zu spät.

»Tuberkulose.«

»Ja.« Er biss die Zähne zusammen. »Sie glauben also, dass es mich umbringen wird?«

Haverly seufzte. »Das lässt sich unmöglich vorhersagen. Im besten Falle können Sie noch gut und gern zwanzig Jahre damit leben. Sie sind ja schließlich noch jung und außerdem fürchterlich sportlich; Sie gehen viel zu Fuß und boxen sogar, nicht wahr? Aber wenn Sie in London bleiben, werden Sie den Sommer nicht mehr erleben. Die Luft hier ist für Sie das reine Gift.«

»Verstanden. Ich danke Ihnen.«

»Es tut mir leid«, sagte Haverly.

»Äh … nicht nötig. Wir reisen nämlich am Donnerstag nach Tokyo ab«, sagte Thaniel langsam. »Das liegt am Meer. Wahrscheinlich ist es sogar viel schöner als Brighton. Große Grünanlagen und so.«

Haverlys Miene hellte sich wieder auf. »Na, wenn das so ist! Genau zum richtigen Zeitpunkt, was?«

»Ja, das kann man wohl sagen«, erwiderte Thaniel und sah sich erneut zum Küchenfenster von Nummer siebenundzwanzig um. Dann neigte er sich zur Seite, um Moris Blick zu erhaschen. Mori salutierte und wirkte peinlich berührt, dass er ertappt worden war.

SIEBEN

YOKOHAMA, 10. DEZEMBER 1888

Die Wissenschaftler in Aokigahara hatten eine Liste ihrer Vorgaben geschickt. Kuroda nahm sie mit nach Yoruji, an einem düster-verhangenen Morgen, an dem die Luft derart mit statischer Elektrizität aufgeladen war, dass man es bis in die Zähne spürte. Tanaka begleitete ihn mit seinen Männern, um den Ort zu erkunden. Kuroda beneidete sie nicht um die Aufgabe, sich in der einen Woche, die noch bis zu Moris Ankunft blieb, mit sämtlichen Korridoren dort vertraut zu machen.

Yoruji, der nördliche Stammsitz des Hauses Mori, war ein altes, weitläufiges Anwesen, das auf der höchsten Stelle der Klippen von Yokohama über dem wogenden Meer thronte. An diesem Morgen ließ das Sturmlicht, das sich stellenweise durch die Wolken kämpfte, Teile des Hauses hell und warm und andere dunkel erscheinen. Seit etwa fünfhundert Jahren war das Haus immer wieder umgestaltet und umgebaut worden, hatte man Wände versetzt und neue Gebäude hinzugefügt, und keiner der Erbauer hatte sich sonderlich darum geschert, dass sich das alles sinnvoll zusammenfügte. Gerüchteweise hieß es sogar, die Mönche, die einst hier gelebt hatten, hätten es darauf angelegt, das Ganze möglichst befremdlich zu gestalten, um so den Schrein im Herzen des alten Tempels besser beschützen zu können. Kuroda war geneigt zu glauben, dass daran etwas Wahres war. Yoruji war ein derart düsteres, verwirrendes und eigenartiges Haus, dass es schwer vorstellbar war, dass keine Absicht dahintersteckte.

Mrs. Pepperharrow empfing sie an der seltsam gelegenen Eingangstür mit ordentlich gezeichneten und beschrifteten Plänen des Hauses für die Soldaten.

»Vielen Dank«, sagte der Hauptmann argwöhnisch.

Auf dem Weg dorthin hatten mindestens drei der Herren, darunter auch Tanaka, Kuroda gefragt, wer Mrs. Pepperharrow eigentlich sei und weshalb sie in Moris Abwesenheit die Herrschaft über Yoruji innehabe. Er hatte beschlossen, ihnen nichts darüber zu erzählen. Wenn eine kleine Frau zwei Wochen lang zwanzig bewaffnete Soldaten im Haus hatte, war es eine gute Idee, die Soldaten über sie im Unklaren zu belassen. Er hatte ihnen daher lediglich gesagt, dass sie ein bedeutendes Kabuki-Theater leitete. Seit dem Tod seiner Gemahlin empfand Kuroda Frauen gegenüber eine gewisse Überfürsorglichkeit.

Mrs. Pepperharrow war eine unscheinbare Dame, deren Hauptmerkmal darin bestand, dass sie weder das eine noch das andere war: Sie war weder jung noch alt, weder ganz Japanerin – was an ihren grauen Augen sofort zu erkennen war – noch allzu ausgeprägt englisch, weder sonderlich feminin noch maskulin. Wenn sie in Yoruji weilte, war sie meist in Stiefeln draußen unterwegs und half bei der Pflege des Anwesens. Nun führte sie ihre Gäste ins Innere des Hauses, in einen großen Raum mit einem bodentiefen Panoramafenster, das einen Blick auf die herrlich gestalteten, terrassierten Gärten auf den Meeresklippen bot.

»Also …«, sagte sie, als der Butler mit genug Tee und Gebäck für eine ganze Armee erschien. Die Soldaten bedachten Mrs. Pepperharrow mit bewundernden Blicken. »Sie sagten, Sie hätten da ein paar Ideen.«

Kuroda referierte den Bericht.

Die Wissenschaftler hatten Worte wie »einfach« verwendet. Um einen Hellseher einzufangen, brauche man weiter nichts als einen Elektrografen, ein anständiges Signalsystem und zwanzig gut ausgebildete Soldaten. Es klang bei ihnen nicht schwieriger als das beliebte Vulkanexperiment mit Backpulver.

»Wir schlagen vor, die große Tempelglocke in Ihrem Turm hier als Signal zu nutzen«, sagte der Hauptmann ein wenig wichtigtuerisch.

»Nein«, erwiderte Mrs. Pepperharrow prompt. »In der Zeitung steht, dass die Russen vierzig Meilen vor Nagasaki sind. Stimmt das noch?«

Sie sprach mit dem leicht gossenhaften Tokyoter Akzent, in dem man normalerweise jemanden leise »Scheiße« sagen hörte, nachdem er in einer jener Kneipen, in denen man auf Orangenkisten hockte, versehentlich sein Getränk verschüttet hatte.

»Genau genommen sind es fünfunddreißig.« Militärische Pedanterie.

Das schien sie nicht zu kümmern. »Wenn wir jetzt damit anfangen, an der Küste große Glocken zu läuten, werden die Leute glauben, dass die Invasion begonnen hat. Sie werden hier ankommen und fragen, was los ist. Wir müssen das deutlich unauffälliger machen.«

Die Soldaten sahen einander an. »Aber … es muss etwas sein, das wir im ganzen Haus und auf dem ganzen Gelände hören können, sonst funktioniert das alles nicht.«

»Können Sie nicht diese Funktelegrafen verwenden, von denen hier die Rede ist?«, fragte sie und hielt den Bericht empor.

»Die haben eine sehr geringe Reichweite; damit könnten wir nicht mal vom einen Ende des Hauses zum anderen senden. Da müssten wir uns als Signalkette postieren, wenn Sie verstehen, was ich meine. Alle fünfzehn Meter einen Mann oder so.«

»Also gut. Wir könnten die Glöckchen der Diener verwenden.

Da müssten wir auch mehrere Leute aufstellen, aber das wäre viel besser, als die Tempelglocken zu läuten.«

Alle nickten.

»Ich werde sie herbeirufen lassen«, sagte sie. Dann überflog sie das Dokument und sah zu Kuroda hinüber. »Haben Sie eine Theorie, weshalb er da hineintappen sollte, wo es doch angeblich so absolut sicher ist?«

»Ehrlich gesagt, glaube ich, er macht das nur, um uns zu harter Arbeit anzuspornen«, sagte Kuroda. Er war immer noch begeistert von der ganzen Sache. »Früher hat er ständig so was gemacht.«

Sie stutzte. »Wie bitte? Er hat es so arrangiert, dass die russische Flotte hier auftaucht, bloß um Sie zu einem besseren Premierminister zu machen? Das bezweifle ich aber sehr. Wenn er in ein Turnier reiten würde, würde er das nicht bloß tun, um einem anderen Ritter eine besonders deutliche Lektion zu erteilen. Nein, er würde es tun, weil er, indem er eine ganz bestimmte Lanze an der Rüstung eines ganz bestimmten Mannes zerbricht, damit die Aufmerksamkeit einer Person erregt, die Sie unter den Zuschauern gar nicht bemerkt haben und die daraufhin vielleicht auf eine Idee kommt, die dazu führt, dass sie der nächste Newton oder die nächste Murasaki wird. Und ich wüsste gern, wer diese Person ist.«

Tanaka blickte belustigt.

»Wieso? Haben Sie es sich etwa anders überlegt und wollen uns nicht mehr helfen?«, fragte Kuroda leicht gereizt und wünschte, sie würde dem Ganzen eine Wendung geben, die ihn vor seinen Leuten nicht wie einen Trottel dastehen ließ.

»Nein. Selbst wenn er etwas erreichen will, indem er in eine Falle tappt, ist eine Falle doch genau der richtige Ort für ihn. Also gut, Jungs, dann macht euch mal an die Arbeit«, fügte sie an die Soldaten gewandt hinzu. Die nickten und machten sich zum Aufbruch bereit, so als hätte Mrs. Pepperharrow schon immer zu ihrer Einheit gehört. »Es braucht euch nicht peinlich zu sein, wenn ihr euch verlauft; das passiert hier jedem. Ruft einfach laut, dann werden die Diener euch schon wiederfinden.«

»Jawohl!«, erscholl es im Chor.

»He, Moment!«, erwiderte sie beinahe sanft. »Wollt Ihr die Kekse etwa nicht mitnehmen?«

Kuroda lächelte. Brüsker Tonfall hin oder her – er mochte jeden, der nett zu Soldaten war.

»Hätten Sie nicht Lust, sich scheiden zu lassen und dann mich zu ehelichen?«, fragte Kuroda, als seine Männer fort waren.

Sie musterte ihn. »Nein. Wir sind ja nur hier wegen dem, was mit der letzten Gräfin Kuroda geschehen ist.«

Das ärgerte ihn sehr. »Verdammt noch mal, müssen Sie das wirklich jedes Mal erwähnen?«

»Regen Sie sich ab, Mann«, sagte sie voller Geduld, »und trinken Sie Ihren verdammten Tee wie ein zivilisierter Mensch.«

Er beruhigte sich wieder. So ein kleiner Krach war immer ganz hilfreich: Dann wusste hinterher jeder, wo er stand. Kuroda schenkte sich einen Tee ein, setzte zumindest dazu an, hielt dann aber inne. Hinter Mrs. Pepperharrow hatten sich, entlang des ganzen Panoramafensters, Eulen in einer Reihe niedergelassen. Es waren mindestens zwanzig Vögel unterschiedlicher Arten und Größen, und sie alle schauten aufs Meer hinaus, als erwarteten sie jemanden.

TEIL ZWEI

ACHT

YOKOHAMA, 18. DEZEMBER 1888

Thaniel schreckte aus einem Albtraum hoch, mit der absoluten Gewissheit, dass jemand in der Ecke seiner Kabine stand und ihn ansah. Auch nachdem er sich eine Weile umgeschaut hatte, verschwand das Gefühl nicht. Unruhig ging er auf den Balkon hinaus, um frische Luft zu schnappen. Sie waren dem Land schon nah, viel näher, als er angenommen hatte. Es war neblig, doch aus dem Nebel ragte der Fuji empor, was irreal wirkte, weil der Berg so riesig war. Über Thaniel war ein Klicken zu hören. Einige Damen auf dem nächsthöheren Deck machten Fotografien, oder, besser gesagt, sie machten *die* Fotografie, von dem Postkartenmotiv schlechthin.

Der Fuji war nicht wie andere Berge. Seine Hänge waren vergleichsweise flach, die Spitze eher stumpf. Er sah aus, als müsste er eigentlich recht klein sein, war aber riesengroß. Die oberen knapp zwei Drittel waren weiß. Ringsum ragten geisterhaft andere Berge auf, die neben dem Fuji jedoch winzig wirkten. Und am Fuße des ganzen Gebirgszugs, bläulich durch die Nebelschemen zu sehen, erstreckte sich das Waldgebiet Aokigahara.

In der Nähe der Küste war ein großer Formationsflug von Vögeln zu sehen. Thaniel konnte nicht erkennen, was für Vögel es waren, nur dass irgendetwas sie aufgestört hatte. Ihre Formation wirkte nicht friedlich und verspielt, sondern sie rasten in direktem Flug von etwas fort.

Dann grollte Donner aus dem Landesinnern herüber. Der Himmel war geradezu zinnfarben, und ein migräneartiger Druck lag in der Luft. Oben am Berghang blitzte etwas blau. Thaniel zog sich schnell den Ärmel über die Hand, als ihm die Reling einen elektrischen Schlag versetzte. Was auch immer mit seiner Lunge los war: Die Kälte hatte ihm sehr zugesetzt, und seit ihrer Abfahrt aus London hatte er in einem Pullover geschlafen. Dessen Wolle klebte nun statisch aufgeladen.

Über dem Land schrien die Vögel, und auf allem lag ein salzfarbener Dunst. Der Himmel aber war klar. Der Dunst, das stellte er fest, stammte größtenteils von dem Krach, den die Vögel machten. Wenn er sich die Ohren zuhielt, sah die Welt gleich viel klarer aus.

Er überlegte, ob er an die Verbindungstür klopfen sollte, um zu sehen, ob Mori schon wach war. Dann verschränkte er die Arme, um sich davon abzuhalten. Mori war die ganze Fahrt über guter Dinge gewesen und hatte die Tür zwischen den beiden Kabinen immer offen gelassen. Einige Tage zuvor, als sie die Südspitze Koreas passierten, war er mit Six herübergekommen, damit sie gemeinsam von Thaniels Balkon aus die Vorüberfahrt an der russischen Flotte verfolgen konnten. Thaniel hatte nie zuvor richtige Kriegsschiffe gesehen. Er hatte das Passagierschiff, auf dem sie fuhren, für groß gehalten, doch die russischen Panzerschiffe waren Kolosse dagegen. Freundliche Kolosse allerdings: Die Männer in der Takelage winkten, und die Passagiere winkten zurück, und Six lachte begeistert, als das Flaggschiff seine Kanonen zu einem bombastischen Salut abfeuerte.

An diesem Abend hatte man in der Erste-Klasse-Lounge Tschaikowski gespielt. Mori brachte Thaniel das Walzertanzen bei. Der konnte sich zwar nicht immer merken, wann er sich wohin drehen sollte, aber das machte nichts: Moris Handknochen, die sich unter der Haut abzeichneten, signalisierten ihm jeden Richtungswechsel klar und deutlich wie Wetterfahnen.

Dann war Nagasaki am Horizont aufgetaucht. Es war ein seltsamer Ort mit chaotisch wirkenden Schiffswerften, und alle waren von Bord geströmt, um sich ein paar Stunden auf den Märkten umzusehen, während die Besatzung die Vorräte auffrischte. Alle außer Mori, der sich nicht einmal in die Nähe der Gangway begab. Irgendetwas stimme nicht mit Nagasaki, sagte er; die Stadt bereite ihm Albträume.

Das war am vorigen Morgen gewesen, und seither war Moris gute Laune nicht wiedergekehrt. Die Verbindungstür blieb geschlossen. Es schien das Angemessene zu sein, ihn mal eine Weile in Ruhe zu lassen, damit er sich mit seiner bevorstehenden Heimkehr und allem, was damit zusammenhing, beschäftigen konnte, statt ihm wie ein asthmatisches Hündchen hinterherzulaufen.

Plötzlich wurde die Verbindungstür mit einem grünen Klacken entriegelt. Mori kam herein.

»Wenn man vom Teufel spricht …«, sagte Thaniel verblüfft.

»Ich weiß. Tut mir leid.« Er musste in Eile aufgestanden sein. Seine Manschetten waren nicht zugeknöpft, und das Hemd stand ihm bis zu den Schlüsselbeinen offen. Es war nicht klar, wofür er sich entschuldigte. »Könntest du bitte kurz reinkommen?«, sagte er. »Fort vom Balkon?«

Thaniel tat wie erbeten. Mori schloss die Balkontür und trat ein paar Schritte davon zurück, und in diesem Moment traf der Formationsflug der Vögel bei ihnen ein, und Dutzende der Tiere krachten gegen die Schiffsfenster. Thaniel zuckte zusammen. Schreie ertönten aus der Kabine über ihnen und der rechten Nachbarkabine. Bei jedem Aufprall der kleinen Leiber tauchten schwarze Sterne in Thaniels Sichtfeld auf, gefolgt von dem zinnfarbenen Knirschen von splitterndem Glas. Die Vögel waren blau-grau und tennisballgroß. Einer durchschlug eine schon geschwächte Glasscheibe, und Mori fing ihn behutsam mit beiden Händen auf.

Es war so schnell wieder vorbei, wie es begonnen hatte. Anschließend schwebten nur noch Federn in der Luft. Tote Vögel bedeckten den Balkonboden. Der noch lebende Vogel in Moris Händen fiepte schwach. Als er ihn absetzte, bewegte er panisch die Flügel.

»Sie ist auf der Brücke, sie ist in Sicherheit«, sagte Mori, als Thaniel dazu ansetzte, nach Six zu fragen.

Einige der Vögel auf dem Balkon waren noch nicht ganz tot und zuckten zerschmettert. Thaniel öffnete die Tür und kniete sich hin, um einem verängstigten und verzweifelten Vogel das Genick zu brechen. Es war ein hübsches kleines Tier mit weißer Brust mit dunklen Sprenkeln, das nach einem Fink aussah. Behutsam legte er es wieder zu Boden. »Warum haben die das getan?«

»Es hat etwas mit dem Berg zu tun«, sagte Mori und sah zum Fuji hinüber.

Auch einige weitere Vögel zuckten noch, doch keiner von ihnen war lebendig genug, um gerettet zu werden.

• • •

Six hatte sich mit dem Zweiten Offizier Hopkins angefreundet, der etwas von Maschinen verstand und gern bereit war, ihr alles Mögliche zu zeigen und zu erklären. Thaniel war zunächst gar nicht angetan von der Vorstellung gewesen, sie fremden Männern anzuvertrauen – und das nicht etwa, weil er geglaubt hätte, dass Mori zulassen würde, dass ihr etwas geschah, sondern weil es ihm gefährlich erschien, ihr beizubringen, mehr oder weniger jedem Menschen erst einmal zu vertrauen. Mori hatte jedoch darauf hingewiesen, dass es ebenso gefährlich sei, einem kleinen Mädchen beizubringen, dass nur ein einziger falscher Schritt nötig sei, damit ein Wahnsinniger sie in ein Verlies steckte. Das würde dieses Unheil geradezu unausweichlich erscheinen lassen, wohingegen sie, wenn sie in dem Wissen aufwuchs, dass die Menschen im Allgemeinen eher gut waren, einem bösen Menschen mit einem gesunden Zorn begegnen würde, der ihr im Fall der Fälle sogar helfen könnte, aus ebenjenem Verlies zu entkommen.

Auf der Brücke waren zwar keine Fenster zerbrochen, aber einige der Offiziere spähten durch gesprungene Scheiben.

»Mr. Hopkins sagt, das hat mit Elektrizität zu tun«, berichtete Six, als sie Thaniel und Mori kommen sah. Sie betrachtete gerade den Flügel eines toten Vogels, den Hopkins vor ihr ausgebreitet hatte. »Die Kompasse spielen verrückt. Schaut mal.« Sie wies auf das Navigationspult neben sich.

Die Kompassnadeln zitterten hin und her und verharrten an seltsamen Stellen.

»Hopkins«, sagte der Kapitän anderweitig abgelenkt, »bringen Sie das Kind dahin zurück, wo Sie es herhaben.« Er beugte sich über einen Telegrafen und lauschte.

Thaniel nahm Six bei der Hand und nickte Hopkins zu. Dann wandte er sich zum Gehen und wollte sie wieder nach unten bringen, damit sie etwas zu essen bekam, doch Mori blieb stehen. Er beobachtete den Kapitän.

»Die Taste wird Ihnen jeden Moment einen Schlag versetzen«, sagte er.

»Seit wann haben Passagiere Zutritt auf der Brücke?«, entgegnete der Kapitän. Er hielt sich mit der anderen Hand das Ohr zu, um den Telegrafen besser hören zu können. »Ich darf Sie freundlich bitten …«, fügte er hinzu und verstummte. Dann: »Hopkins! Der Turm an Land sendet. Sie sagen, wir sollen uns bis Yokohama fünf Meilen weit von der Küste fernhalten. Drehen Sie ab. Maschinen volle Fahrt voraus. – Himmel, Herrgott!«

Nicht nur hatte ihm der Telegraf einen Schlag versetzt, nein, auch die Leitungen hatten Feuer gefangen. Da Mori jedoch mit einem Eimer Sand neben ihm bereitgestanden hatte, kam das Feuer nicht weit. Der Kapitän bedachte ihn mit einem entnervten Blick.

»Woher wussten Sie das?«

»Wenn Elektrizität im Spiel ist, sind auch die Telegrafen betroffen. – Das würde ich nicht anfassen!«, fügte er an Hopkins gewandt hinzu.

Hopkins erstarrte, die Hand fast schon am Messinghebel des Maschinentelegrafen, den er auf »Volle Fahrt voraus« stellen wollte. Als Hopkins einen Schritt davon fortging, ruckelte der Telegraf von allein, und die Nadel zuckte hin und her. Ein mit Kohlenstaub bedeckter Mann tauchte in der Tür auf.

»Im Maschinenraum läuten die Glocken, Sir. Wie lautet der Befehl?«

»Volle Fahrt voraus«, sagte der Kapitän. »An Land geht irgendwas Seltsames vor.« Er sah zu Mori hinüber.

Doch der schüttelte nur den Kopf. Er wirkte noch besorgter als die anderen.

»Äh …«, sagte Hopkins. Er hatte Thaniel, den er noch nicht kannte, einen ganzen Moment lang gemustert und war dabei zusehends unruhig geworden. »Miss Steepleton? Ist … einer dieser beiden … Herren etwa Ihr Vater?«

Six sah mit ernster Miene zu ihm hoch. »Nein. Die haben mich aus einem Arbeitshaus entführt, und jetzt lebe ich bei ihnen auf dem Dachboden.«

Hopkins klappte die Kinnlade herunter. Thaniel verschränkte die Arme und senkte den Kopf; er wusste nicht recht, was er tun sollte. Zu sagen, dass es ein schöner Dachboden sei, hätte in diesem Moment wohl kaum geholfen.

»Ein Stück Schokolade?«, sagte Mori zu Six.

»Ja!«, jubilierte sie, denn normalerweise ließ er nicht zu, dass sie

Süßigkeiten aß. Es habe schon seine Gründe, beharrte er, dass die Weißen dick und kurzlebig seien. »Und darf ich dann bitte in den Maschinenraum gehen und mir die Maschinen ansehen, sag bitte Ja, *onegai shimaaaas* …«

»Ja«, sagte Mori, und Hopkins schaute verwirrt, ließ die drei aber von dannen ziehen.

• • •

Bald darauf steuerte das Schiff wieder landwärts. Anstelle der unberührten Küste und der vereinzelten Holzhaussiedlungen, an denen sie bis dahin vorbeigekommen waren, tauchten nun Lagerhäuser und Hafenanlagen auf. Thaniel ging nach draußen. Seine Lunge keuchte, und er musste sich an der Reling festhalten, bis er keine Sterne mehr vor den Augen sah. Symbole für Teefrachten, mit weißer Farbe auf Holzplanken gepinselt, tauchten aus dem Dunst auf, am Ende der nächstgelegenen Kais, an denen die Klipper aus China anlegten, und Männer in Arbeitskluft und mit Kopftüchern luden Kisten auf Karren, die von Ochsen gezogen wurden, deren Hörner mit bunten Bändern geschmückt waren. Oberhalb der engen Straße, die in einem Bogen um den Hafen führte, trockneten zehn Meter lange Kimonoschärpen draußen vor einer Färberei im sachten Wind.

Zwei weitere Linienschiffe lagen bereits an dem großen Hauptkai, und dort wimmelte es von Männern in westlichen Anzügen und Frauen in schlichten Tageskimonos. Andere Frauen, die deutlich wohlhabender wirkten, trugen farbenfrohe Seidengürtel und Blumen im Haar. Ob zur Zierde oder zu einem bestimmten Anlass: Zwischen den Laternen am Kai flatterten blau-rote Wimpelbänder. An den Dächern der säuberlich wirkenden Holzhäuser, die in enger Reihe den Hafen säumten, waren Reklametafeln angebracht, und wo davor Essensstände aufgebaut waren, leuchteten kleine warme Lichter. Genau wie in London standen auch hier Telegrafenmasten, bloß dass sie eine andere Gestalt hatten: Da sie weniger Arme besaßen, wirkten sie eher wie überdimensionale Schlüssel als wie Bäume. Das blieb Thaniel auch später noch im Gedächtnis, denn es war das erste wirklich Ungewohnte, das er sah.

Mori war ebenfalls herausgekommen, allerdings viel langsamer, um ihm genug Zeit zu geben, wieder zu Atem zu kommen.

»Wir müssen da hinauf«, sagte Mori und deutete nach rechts.

Thaniel sah dort lediglich einen Leuchtturm. Es war ein rotes Holzgebäude, an dem auch ein Windmesser angebracht war. Das Leuchtfeuer war nicht in Betrieb, und der Windmesser regte sich nicht. Der Leuchtturm selbst neigte sich ein wenig nach vorn, als gäbe es im Meer etwas Interessantes zu sehen.

Ein Steward hieß sie alle herzlich in Yokohama willkommen, und in wenigen Minuten dürften sie dann auch von Bord gehen. Vom Bahnhof, der zu Fuß oder per Rikscha leicht zu erreichen sei, führten Züge ins Stadtzentrum von Tokyo, und so könne man schon kurz vor drei Uhr am Endbahnhof Shimbashi sein. Auch Passagiere, die in Yokohama blieben, würden am Hafen Rikschas finden. Mori betrachtete immer noch den Leuchtturm, und als hätte der Wärter bemerkt, dass er beobachtet wurde, ging nun das Leuchtfeuer an.

NEUN

Mori sagte, es sei nicht weit nach Yoruji. Das Gepäck war unter der akribischen Buchführung des Personals in den Eingeweiden des Schiffs verschwunden und würde irgendwann wieder daraus auftauchen, wobei sämtliche Stewards es anscheinend unfein fanden, sich zwischendurch danach zu erkundigen.

Die Rikschas am Hafen zählten zu den befremdlichsten Erfindungen, die Thaniel je gesehen hatte. Sie ähnelten einspännigen Droschken, bloß dass sie statt von einem Pferd von einem Menschen gezogen wurden. Dutzende von ihnen warteten gleich hinter der Reihe der Zollbeamten, und nachdem die Passagiere, manche gar mit Gepäck, in die kleinen Gefährte gestiegen waren, eilten die Rikschaläufer in beträchtlichem Tempo mit ihnen davon. Manche Rikschas besaßen gummibereifte Räder und waren schön gefedert, andere hingegen waren nicht komfortabler als ein Heukarren. Thaniel fragte sich unwillkürlich, ob die Leute hier irgendetwas gegen Pferde hatten.

Six schaute argwöhnisch, als ihr jemand ein gedämpftes Brötchen anbot. Dann schnupperte sie daran.

»Nein. Abscheulich«, sagte sie.

Mori legte ihr sacht eine Hand an die Wange. Sie miaute zu ihm hoch.

Thaniel hätte in diesem Moment wahrscheinlich etwas zum Thema Manieren sagen sollen, war aber zu abgelenkt durch den

Nebel. Es war richtiger Nebel, nicht diese Londoner Brühe. Er war weiß, kalt und rein. Er schmeckte sogar sauber. Thaniel hatte im Laufe der Jahre irgendwann zu glauben begonnen, dass weißer Nebel nur in seiner Erinnerung existierte. Seit er aus Lincolnshire fortgegangen war, hatte er keinen mehr gesehen. Hier jedoch schwebte er nun über der ungepflasterten Steinstraße und dem Reif, der links und rechts davon auf dem saftigen Grün glitzerte. Es sah aus wie daheim, und mit einem Mal hatte er das vollkommen absurde Gefühl hierherzugehören. Six zog ihn am Ärmel, um zu fragen, was los sei.

»So sollte Nebel eigentlich aussehen, Schatz.«

»Ach du meine Güte«, sagte sie.

Mori lächelte auf sehr achtsame Weise. Er lachte nicht über sie beide.

Am offenen Papierfenster eines hohen Hauses sprach eine Frau in voller Geisha-Bemalung in ein Telefon. Dann hielt sie den Hörer von ihrem Gesicht weg und wischte mit dem Ärmel das weiße Puder fort, das er abbekommen hatte. Mori berührte ihn am Arm, und Thaniel war es peinlich, dass er sie angestarrt hatte, doch es sollte gar kein Vorwurf sein; vielmehr deutete Mori auf ein Mädchen, das in voller Montur eine Gasse hinab auf ebendieses Haus zuging. Normalerweise hielt Thaniel nichts davon, Fotografien aufzunehmen – er zog es vor, sich an die Dinge zu erinnern, statt daran, eine dann allgegenwärtige Kamera überallhin mitzuschleppen –, doch in diesem Moment wünschte er sich, er hätte eine dabeigehabt.

Den Hafen ließen sie bald schon hinter sich zurück und folgten dann einem Weg hoch über einem schwarzen Sandstrand. Die kleinen Bäche am Wegesrand gluckerten nicht etwa, weil sie über Steine strömten, sondern weil sie siedend heiß waren. Six beugte sich hinab, um sich das anzusehen, mit Katsu auf der Schulter. Das Wasser roch tatsächlich faulig. Und die Steine in den Bächen waren hier und da mit einer blassgelben Substanz überzogen: Schwefel. Thaniel hatte zwar gewusst, dass Japan vulkanisch war, fand es aber doch ein wenig erschreckend, direkt hier am Strand einen offensichtlichen Beweis dafür vorzufinden. Er hatte plötzlich das Gefühl, gar nicht mehr auf festem Boden zu stehen, sondern eher auf einer Art Planke über dem wogenden Erdinnern. Und als hätte er diese Gedanken belauscht, zitterte der Untergrund prompt ein wenig.

»Was war das?«

»Ein Erdbeben«, erklärte Mori.

Thaniel lächelte. Das Gefühl der Neuartigkeit stand in keinem Verhältnis zu dem winzigen Zittern, aber es hatte auch Six zum Kichern gebracht. Sie mopste sich Moris Taschenuhr, sodass die Uhrkette eine zarte goldene Verbindung zwischen ihnen bildete.

Mori deutete auf das Haus, das gerade vor ihnen auftauchte. Es stand dort ganz allein, eine Ansammlung von geschwungenen Dächern und Portalen, die sich bis zu den Klippen erstreckte. Thaniel hatte anfangs den Eindruck gehabt, dass sie nicht in Richtung Tokyo, sondern in die Gegenrichtung gingen, doch dann erblickte er gleich hinter der nächsten Kurve die Werften der Stadt und die riesigen Krananlagen. Er kam sich töricht vor, weil er in Tokyo vor allem Kirschbäume und Tempel erwartet hatte. Selbst von hier aus konnte er erkennen, dass Panzerschiffe im Trockendock lagen. Die Hochöfen der Werften glommen glühwürmchenartig. Ein Wald von Schiffsmasten ragte dort empor, und daneben gab es riesige Dorngestrüppe von Wasserrädern.

Auf einer Anhöhe angelangt, kamen sie an einen Zaun. Er war nicht allzu hoch, und dahinter fiel das Land wieder ab und erstreckte sich bis zu einem Park voller schwarzer Bäume. Dort waren Leute zu sehen, die Laub harkten. Das sah nach einer Mordsarbeit aus, denn der Park wirkte recht verwildert. Thaniel hätte fast gesagt, dass es doch schön sei, in der Nähe eines Parks zu wohnen, doch dann wurde ihm klar, dass es gar kein Park war, sondern das zum Haus gehörende Gelände.

Der Weg führte sie nun hinab an den Strand. Und der Sand dort fühlte sich selbst durch die Schuhe und trotz des kalten Wetters warm an. Six sah ihn sich an.

»Möchtest du im Wasser weiterspazieren?«, fragte Thaniel. »Ich nehme gerne deine Schuhe.«

»Nein«, sagte sie. »Ich finde das alles sehr merkwürdig …« Sie wickelte sich Moris Uhrkette noch einmal um die Hand, wodurch sie ihn noch näher an sich zog.

»Es ist einfach nur sehr zivilisiert«, sagte Mori. »Eine kostenlose Fußbodenheizung.«

»Fliegen wir gleich alle in die Luft?«

»Nein.«

»Na, dann geht's ja.«

Thaniel wurde ein wenig schwindelig. Er schob das entschlossen auf den Schwefel und ignorierte die Stimme in seinem Hinterkopf, die zusehends nach Dr. Haverly klang und darauf beharrte, dass der Schwefel natürlich nichts damit zu tun habe. Er musste langsamer gehen. Eigentlich hätte er sich am liebsten sogleich schlafen gelegt, obwohl es erst zwei Uhr nachmittags war. Mori verlangsamte ebenfalls seine Schritte und hielt dann inne, um erst eine und dann noch eine Muschel aufzuheben. Im Selbstgespräch fragte Thaniel sich, ob es wohl allzu neckisch wäre, ein Miniaturastrolabium zu bauen, das wie eine Perle in einer Muschel ruhte. Auf nichts auf der Welt war so sehr Verlass wie auf Moris vollkommenes Desinteresse an Muscheln.

Der Schieferhang führte nun wieder aufwärts, und sie kamen auf einen Schotterweg. Ginkgos ließen mit einem beständigen Kratzgeräusch gelbe Blätter auf sie herabregnen. Dann gelangten sie an ein hohes rotes Tor, das nur aus zwei Pfosten und einem aufwärts geschwungenen Querbalken bestand. Mori blieb direkt davor stehen und hob den Blick. Er wirkte nicht froh, wieder zu Hause zu sein. Er sah eher aus, als stünde er kurz davor, ein Schlachtfeld zu betreten.

»Es bringt Glück, wenn man ein Blatt fängt«, sagte Thaniel, statt zu fragen, was mit ihm sei. Das gelbe Laub trudelte rings um sie her in der sanften Seebrise.

Mori sah empor. »Warum denn das?«

»Das ist einfach so.«

Mori streckte die Hände zu beiden Seiten aus, und nacheinander ließ sich auf seinen Handflächen je ein Blatt nieder. Das ihm nächste gab er Thaniel. »Für jeden eines«, sagte er leise.

Thaniel nahm das Blatt entgegen. »Kei… Was ist denn los?«

Falls er es gehört hatte, ließ Mori es sich nicht anmerken. Er schaute nun zwischen den Bäumen hindurch aufwärts, ganz ruhig und gefasst, als hätte er einen auf ihn gerichteten Kanonenschuss gehört und keine Hoffnung mehr, dem noch zu entgehen.

Von einem halb hinter den Bäumen verborgenen Balkon aus pfiff ihnen nun eine Frau zu.

»Ich trau meinen Augen kaum! Joy Featherworth!«

Sie sagte das auf Englisch. Es war die wortwörtliche Übersetzung von Moris Namen; Thaniel wusste das, hatte aber nie darüber nachgedacht. Und es ging ihm gegen den Strich, dass Mori von einem fremden Menschen so angeredet wurde. Er hatte das unbestimmte Gefühl, dass diese Frau ihm, Thaniel, damit etwas wegnahm.

Mori lachte, doch sein Lachen hatte etwas Hoffnungsloses. Es klang nach Freude und Verzweiflung zugleich. »Pepper … Kommst du runter?«

Die Frau trug einen schlichten weißen Unterkimono, aber ihr Haar war hochgesteckt und mit Schmucknadeln besetzt, die im Sonnenschein in allen Regenbogenfarben funkelten. Sie musste einen Zweig beiseitehalten, um mit ihnen unten auf dem Weg zu sprechen. Dann stupste eine ältere Dame sie an, die offenkundig nicht wollte, dass sie das tat, aber sie scheuchte sie nur mit einem Geschirrtuch beiseite.

»Der Schneider hält mich hier gefangen, aber ich dachte mir, wenn ich dir von einem Baum aus zurufe, bekommst du gleich das Gefühl, gebraucht und geliebt zu werden.«

Mori lächelte immer noch. »Das tue ich.«

»Miss? Gibt es hier zufällig irgendeine Art von Stromversorgung?«, rief Six hinauf.

»Ja, die gibt es. Bist du die kleine Miss Steepleton?«

Thaniel fragte sich, woher sie das wusste. Diese Frau war keine Dienerin. Dienerinnen riefen nicht von Balkonen herab. Und schon gar nicht redeten sie Adlige mit deren Vornamen an.

»Ja. Six Steepleton. Obwohl ich Alliterationen nicht ausstehen kann«, erwiderte sie und bedachte Thaniel mit einem strengen Blick, als wäre er persönlich schuld an seinem Nachnamen. »Aber alles andere hätte schreckliche juristische Scherereien nach sich gezogen.«

Die Frau nickte. »Wem sagst du das. Das ganze Haus Mori ist völlig durchgedreht, als Keita und ich geheiratet haben. Sie haben es nicht zugelassen, dass ich seinen Namen annehme, und darum heiße ich immer noch Pepperharrow.«

ZEHN

SHINTOMI-THEATER, TOKYO, 1878 (ZEHN JAHRE ZUVOR)

Bis zum Alter von fast dreißig Jahren war Takiko Pepperharrow überzeugt gewesen, dass nur Menschen, die sich einwandfrei verhielten, Gutes widerfuhr. Immer bloß Ja zu sagen und einfältig zu lächeln, war natürlich dumm – ihre Mutter tat das, und die hätte sich selbst von ängstlichen Entlein einschüchtern lassen –, aber sie hatte geglaubt, dass es, zumindest auf lange Sicht, keine gute Idee wäre, einfach irgendwo reinzumarschieren und alle plattzumachen.

An einem glühend heißen Julinachmittag, dem Tag, an dem ihr Ayame, der Chef ihres Theaters, die Rolle ihres Lebens übertrug, beschloss Takiko, dass es nun an der Zeit sei, das mit dem Plattmachen mal auszuprobieren.

Prinzessin Yaegaki war eine der bedeutendsten Rollen des gesamten Kabuki-Theaters. Das Stück war unglaublich. Es gab eine Szene, in der die Prinzessin inmitten von Fuchsfeuer durch die Luft schwebte. Gräfin Kuroda hatte gebeten, das Ensemble möge dieses Stück zu ihrem Geburtstag aufführen. Und weil sie so schrecklich modern und extravagant sei, sagte Ayame, wolle sie eine echte Frau in der Rolle sehen.

Etwa vierzig Sekunden lang konnte Takiko es nicht glauben.

Nachdem sie zehn Jahre lang Kostüme angefertigt und an den öligen Apparaturen unter der Bühne geschuftet hatte, mit denen die Kulissen und die Vorhänge bewegt wurden, und nachdem sie sich von einer Winzrolle zur nächsten gehangelt hatte, nie mit mehr Text als in einem Räumungsbefehl, war das alles, worauf sie all die Jahre gewartet hatte.

»Wir haben natürlich nicht die Lizenz, um das Stück aufführen zu dürfen«, fügte Ayame mit einem Funkeln in den Augen hinzu. Selbst wenn er nur über das Mittagessen sprach, klang es immer, als vertraue er einem ein großes Geheimnis an, und daher war es, wenn es mal tatsächlich um etwas Geheimes ging, unmöglich, sich nicht in sein Vertrauen gezogen zu fühlen. »Aber es wird ja bloß eine Privatvorstellung sein. Nur für die Gräfin, den Grafen und ihre Freunde. Und da es so eine informelle Sache ist, von der die Öffentlichkeit gar nichts mitbekommt, ist es nicht nötig, das viele Geld für eine Lizenz auszugeben.«

Takiko atmete scharf ein, denn das war definitiv nicht rechtens. Die Gilde würde jeden einen Kopf kürzer machen, der auf einer Bühne auch nur ein einziges urheberrechtlich geschütztes Wort von sich gab, ohne über die entsprechende Lizenz zu verfügen.

Dann aber verstand sie, was hier vor sich ging. Ayame hatte ihr die Rolle anvertraut, damit er sie anzeigen konnte. Die anderen mussten schließlich doch verlangt haben, dass er aufhörte, sie auszubilden. Das war's dann. Karriere futsch. Vielleicht landete sie sogar im Gefängnis.

Drauf geschissen.

• • •

Als der Tag dann kam, dachte Takiko, dass sie nervös sein würde, doch es war so heiß, dass man außer Durst gar nichts empfand. In den Garderoben mit ihren Papierwänden staute sich die Wärme, und wenn jemand die Hintertür offen ließ, damit etwas frische Luft hereinkam, fauchte stattdessen ein geradezu ofenheißer Wind ins Haus.

Im Zuschauerraum, von den Garderoben aus gut hörbar, knurrte Graf Kuroda, er wäre lieber zum Sumo gegangen. Leicht deliriös dachte Takiko, dass auch sie in diesem Moment lieber beim Sumo wäre. Mit all den strengen Zeremonien dort und den steifen Kampfrichtern, die am Rande des Rings saßen, ähnelte es dem Theater, aber im Gegensatz zum Theater herrschte dort auch die nötige Unbeschwertheit. Takiko hatte immer gedacht, dass sich das Theater vielleicht weniger ernst nehmen würde, wenn dort die Möglichkeit bestünde, dass die Geschäftsleitung von einem fetten Kerl weggekegelt würde, der am Gürtel quer durch den Saal geschleudert worden war.

Während sie neue Goldfäden in Ayames beste Perücke einnähte, gab sie sich Mühe, beflissen dreinzuschauen und sich nicht anmerken zu lassen, dass sie etwas ausheckte.

»Aus dem Weg!«, schnauzte ein Mann. Sie sah ihn nur kurz an und erkannte nicht, wer es war, sah nur die weiße Farbe an seinem Hals und das Stoffband, das sein Haar verbarg, bereit für eine Perücke. Geschminkt waren alle Darsteller austauschbare Schwäne. Es war so heiß im Gewirr der Garderoben, dass alle ohne Hemden herumliefen, und die weiße Farbe rann ihnen am Rückgrat hinab. Alle bewegten sich langsam, um unter der Schminke möglichst wenig zu schwitzen. »Und solltest du nicht schon fertig sein?«

»Das mache ich erst in letzter Minute, sonst kippe ich noch um«, erwiderte sie. »Es ist so heiß.« Ihr Kostüm ruhte auf der Schneiderpuppe. Es bestand aus Schichten über Schichten in allen Farben des Feuers, und manche hatten auch noch einen Fuchsbesatz. Die Gurte für die Flugszene, die unter dem Kostüm getragen wurden, hatte sie schon angelegt.

Er sah sie mit zusammengekniffenen Augen an. »Wenn du das

Zeug zum richtigen Schauspieler hättest, könnte so ein bisschen Hitze dir nichts anhaben. Frauen haben einfach nicht die nötige Konstitution für die Bühne.«

»Das werden wir ja sehen«, sagte sie.

»Pack das weg«, sagte er und warf ihr einen kleinen Farbtopf hin.

Da der Deckel nicht richtig drauf war, bekamen ihre Finger ein wenig von der weißen Schminke ab. Sie wischte es sich mit einem Lappen ab, der von einem ausrangierten Samurai-Kostüm stammte. Die anderen hatten allen möglichen Schmuck und ganze Batterien von Farbtöpfen an ihren Garderobenplätzen; sie aber, deren Platz sich in der Nähe des Hintereingangs befand, unter dessen Tür ein heißer Luftzug hereinwehte, hatte dort hauptsächlich eine Nähmaschine der Marke Singer. Sie hatte diese Maschine sehr lieb gewonnen und sorgte sich allmählich, dass ihre Zuneigung zu dem Gerät dem Gefühl der Sicherheit ähnelte, das Gefangene mit langen Haftstrafen in ihren Zellen empfanden.

Dann kam eine kleine Eule zum Fenster hereingeflogen und ließ sich zielstrebig auf der Nähmaschine nieder. Takiko versuchte, sie zu verscheuchen, aber sie blieb beharrlich dort und wehrte sich mit ihrem scharfen Schnabel. Takiko beschloss, ihr die Singer zu überlassen, und trat verwundert einen Schritt zurück. Irgendetwas musste das Tier früh geweckt haben.

»Ist das etwa eine Eule? Was für ein Glück!«

Ayame war gerade mit einem heißen Luftzug hereingeschwebt, der nach Staub und ausgetrockneten Gullys roch. Er war gekleidet wie eine Kellnerin, mit Schürze und allem Drum und Dran, und sein schönes Haar war hochgesteckt, damit es nicht störte. Ein Bleistift steckte darin. Er arbeitete gelegentlich in der Teestube nebenan, um das Frausein zu üben.

»Glück?«, fragte Takiko.

»Hat deine Mutter dir das nicht beigebracht? Eulen werden

auch ›Fukurou‹ genannt, weil sie ›Fuku‹ bringen.« Glück. Er hatte das auf Englisch gesagt, als würde er es einer Touristin erklären. »Sie sind auch weise, die Eulen. Und sie tauchen gern auf, bevor etwas Außergewöhnliches geschieht.«

»Mein Onkel sagt immer, wenn man von einer Eule verfolgt wird, dann hat ein Shinigami einen zum Sterben ausersehen«, sagte jemand im Vorbeigehen. »Da geht es nicht um Glück, da geht es ums Schicksal.«

»Auch das ist wahr«, sagte Ayame frohgemut.

Takiko seufzte, fragte aber nicht, wie Eulen denn etwas von den Absichten irgendwelcher Todesgötter wissen sollten. »Haben Sie etwa die Eule hierhergeschickt?«

»Wie bitte?«, fragte Ayame.

Sie konnte nicht feststellen, ob er schauspielerte. Er war brillant darin, unschuldig auszusehen.

»Wie fühlst du dich?«, wechselte Ayame das Thema. »Du brauchst nicht nervös zu sein. Ich bin mir sicher, du wirst das ganz großartig machen.«

Sie verneigte sich, und dann beobachtete sie ihn und fragte sich, ob sie womöglich alles falsch verstanden hatte und drauf und dran war, jemanden fertigzumachen, der ihr lediglich einen Gefallen tun wollte.

»Du siehst ja ganz verängstigt aus«, lachte er und drückte ihr die Hände. Seine waren kühl. »Die Herrschaften mögen ja sehr illuster sein, aber sie sind dennoch bloß hier, um sich das Stück anzusehen. Du hast deine Rolle, genau wie an jedem anderen Abend auch. Spiele sie gut, dann trägst du bei der nächsten Zeremonie deinen neuen Namen. Yoshizawa Ayame IX. Den sticken wir gemeinsam auf deine Kostüme, ja?«

Das war es, was sie sich ersehnt hatte, seit sie dem Ensemble beigetreten war.

Das große Übel bei den Stücken war, dass jede Figur einen bestimmten Zweck erfüllte. Wenn man das alles zu sehr verinnerlichte, konnte man schon mal auf die Idee kommen, dass mit einem etwas nicht stimmte, wenn man gänzlich unbemerkt auf die dreißig zuging und sein Leben zusehends als ein Abstellgleis empfand. Wenn solche Gedanken bei ihr aufkamen, hörte sie stets die Stimme ihrer Mutter, die sie – nicht zu Unrecht – ermahnte, dass sie dankbar sein sollte. Ja, es gab tatsächlich viel, wofür sie dankbar sein konnte, und es wäre kindisch zu behaupten, es sei ein hartes Brot gewesen, Christopher Pepperharrows Welt kennengelernt zu haben, in der jeder mindestens drei Fremdsprachen beherrschte, in vier Jahren viermal um den Erdball reiste, sich immerzu fortbildete und interessante Dinge tat. Viele Leute, die diese Welt kennengelernt hatten, sehnten sich nicht danach zurück – auch ihre Schwestern nicht. Fumiko hatte einen Anwalt geheiratet.

»Jetzt übermal dein hässliches kleines Dachsgesicht«, sagte Ayame und tätschelte ihr den Kopf.

»Jawohl«, erwiderte sie und fuhr sich mit dem Ärmel über die Stirn. Ihr war so heiß, dass es ihr vorkam, als würde sie gleich schmelzen. Schweiß rann ihr den Rücken hinab.

»Komm, Eule«, sagte Ayame und schnappte sie sich, ohne zu zögern, als hätte sie weder Schnabel noch Krallen. Draußen vor der Tür setzte er sie auf dem Boden ab, und dann schritt sie von dannen.

Sobald er zu den anderen Darstellern weitergegangen war, legte Takiko die Gurte ab, nahm ihre Tasche und eilte die hintere Treppe hinab. Nun musste sie nur noch verschwinden – und durch den Vorderausgang bei der Kasse hinauszugehen, war viel einfacher als durch den Hinterausgang, wo alle sie sehen konnten.

Sie war halb die Treppe hinab, als jemand sie von hinten am Kragen packte.

»Wo in aller Welt läufst du hin?«, fragte Ayame in seiner fröhlichen Art. Und so gut er auch darin sein mochte, ein Mädchen zu spielen, war er doch sehr, sehr stark, und Takiko wurde mit einem Mal auf garstige Weise bewusst, dass er einen Kopf größer war als sie. »Schön hiergeblieben.«

»Ich habe mich bloß ein bisschen schwach gefühlt. Ich dachte, ich hole mir ein Wasser aus der Bar ...«

»Das bringe ich dir gern.« Er hielt immer noch ihren Kragen gepackt. »Du hast keine Zeit. Zieh dich um.«

Sie sträubte sich und hörte die Nähte ihres Kleids knarren. »Ich will nur ein wenig frische Luft schnappen, da drinnen stinkt's ...«

Er verpasste ihr eine kräftige Ohrfeige. »Werd nicht hysterisch. Das ist bloß Lampenfieber; das geht vorbei. Und jetzt wieder rein mit dir.« Und mit diesen Worten schleuderte er sie förmlich ein paar Treppenstufen hinauf.

Als sie sich wieder umdrehte, wurde ihr erstens klar, dass sie nun an ihm vorbeikommen musste, und zweitens, dass das nicht funktionieren würde. Vielleicht schaffte sie es bis zum Fuß der Treppe, doch spätestens dort würde er sie, sportlich, wie er war, wieder einholen. Selbst wenn sie es bis ins Foyer schaffte, würde sich niemand etwas dabei denken, wenn ein Schauspieler dort eine Bühnenbildnerin ohrfeigte.

Sie stieß ihn mit der Schulter beiseite. Doch kurz vor dem Eingang zur Bar packte er sie von hinten bei den Haaren. Der Geruch von warmem Holz und Papier aus dem Korridor verschwand, und stattdessen roch es nun nach kandierten Nüssen, Holzpolitur und Spirituosen. Sie war dem Hauptausgang nun schon so nah, dass sie sich loszureißen versuchte, aber es tat zu weh.

»Nein, nein, nein«, sagte Ayame, immer noch vergnügt. »Du kommst wieder mit.«

»Nein ...«

»Hallo«, sagte eine kultiviert klingende Stimme. »Was geht hier vor?«

Ein Herr sah ihnen beiden zu. Er trug westliche Kleidung,

exquisite Sachen, hatte die Hände entspannt in den Taschen versenkt und lehnte mit einer Schulter an der Wand. Und noch während Ayame ihren Haarschopf gepackt hielt, kam er Takiko bekannt vor: Sie hatte sein Bild in der Zeitung gesehen. Er war einer jener reichen Junggesellen aus den Klatschspalten. Südjapanischer Bronzeteint, gutaussehend, noch jung, aber nicht zu jung.

»Bloß ein arbeitsscheues Mädchen, mein Herr, das muss Sie nicht kümmern«, antwortete Ayame lächelnd. Takiko versuchte, sich ihm zu entwinden, doch er krallte sich noch fester in ihr Haar. Sie rammte ihm einen Ellenbogen in die Rippen und hörte sich dann ein hilfloses Quietschen von sich geben, als er ihr schmerzhaft den Arm auf den Rücken drehte.

Außer dem Herrn schenkte niemand dem Ganzen Beachtung. In der Bar standen etliche weitere schick gekleidete Männer, und es waren auch zwei Geishas dabei – echte, teure, ältere Geishas. Einige der Bargäste warfen kurz einen Blick herüber, aber niemand von ihnen scherte sich darum. Nun zerrte Ayame sie zurück in Richtung Treppe.

»Warten Sie! Jetzt weiß ich: *Sie* sind es!«, sagte der Herr plötzlich, als wären sie miteinander bekannt und als würde er sich sehr freuen, sie wiederzusehen. »Wir sind uns ja jahrelang nicht mehr begegnet!« Und an Ayame gewandt fügte er hinzu: »Es macht Ihnen doch nichts aus, wenn ich sie Ihnen kurz entführe, oder? Sie finden doch bestimmt jemanden, der ihre Arbeit übernimmt.«

Takiko dachte schon, Ayame würde sich weigern, doch der Herr bedachte ihn mit einem strengen Blick, und mit einem Mal lag eine Anspannung in der Luft. Ayame war klar: Wenn er den Spross eines Adelshauses verärgerte, würden Leute wie Kuroda nicht mehr kommen. Dann wäre jede Chance auf die erhoffte kaiserliche Schirmherrschaft dahin. Das war sonnenklar. Weniger klar war, ob Takiko vorhatte, jemanden anzuzeigen.

Ayame ließ ihr Haar los. Der Herr neigte den Kopf und fragte

Ayame damit ohne Worte, weshalb er immer noch hier sei. Ayame verschwand in Richtung Korridor.

Takiko konnte es zunächst nicht glauben. Dann fielen ihr die Worte ihrer Mutter ein: Was zu schön ist, um wahr zu sein, ist es im Allgemeinen auch nicht. Langsam wandte sie sich dem Herrn zu und fragte sich, was er wohl dafür erwartete, dass er sie gerettet hatte.

»Verzeihung«, sagte der Herr. »Ich kenne Sie aus der Zeitung. Sie sind die Schauspielerin, nicht wahr?«

Takiko rieb sich den Hinterkopf. Ihre Kopfhaut schmerzte. »Woher wissen Sie das? Ich bin doch kaum auf der Bühne gewesen.«

»Wie es scheint, finden alle es unglaublich avantgardistisch und aufregend, überhaupt eine Frau auf der Bühne zu haben.«

»Ach so. Ja. Ich habe Sie auch in der Zeitung gesehen, aber ich glaube nicht, dass ... Hören Sie, ich habe es nicht darauf angelegt, wie ein dummes Ding gerettet zu werden. Sie müssen mich nicht beruhigen oder nett zu mir sein. Ich lasse Sie jetzt in Ruhe«, sagte sie und wandte sich zum Gehen.

»Das ist mir klar, und ich habe es nur getan, damit Sie nun mich retten können. Kuroda wird mir die ganze Vorstellung ein Ohr abkauen, es sei denn, ich finde jemand anderen, neben dem ich sitzen kann.« Er blickte verlegen. »Darf ich Sie darum bitten?«

»Ich bin keine Käufliche«, fauchte sie leise.

»Ich weiß«, sagte er und verneigte sich – genauso tief, wie er es vor einer Dame seines Stands getan hätte. Das ließ sie zögern. So benahmen sich Männer nicht, wenn sie etwas von einem wollten. »Mein Name ist Keita Mori.«

»Takiko«, erwiderte sie und hielt inne, in der Erwartung, dass er nur »Wie bitte?« sagen würde, wenn sie »Pepperharrow« hinzufügte, und sie wollte nicht schon wieder jemandem erklären, dass sie zum Teil ausländische Wurzeln hatte – und danke, ja, sie sprach dennoch ausgezeichnet Japanisch, und ja, das Ganze war wahrscheinlich der Grund dafür, dass sie so hässlich war ... »Pepperharrow.«

»*Good to meet you, Miss Pepperharrow*«, sagte er und stolperte nicht einmal über die Aussprache. Er sprach mit britischem Akzent. »Also: Darf ich bitten?«

Sie wollte Nein sagen und von dort verschwinden, doch er sah fast so hilflos aus wie sie wahrscheinlich kurz zuvor. »Also gut.«

Takiko gab sich Mühe, skeptisch zu bleiben, denn das dicke Ende kam ja bestimmt noch.

• • •

Sie vergaß nie, wie er an jenem ersten Nachmittag auf sie gewirkt hatte, als er in einem Sonnenstrahl im Zuschauerraum saß. Es war eine seltsame Eigenschaft, aber Mori gehörte eindeutig nicht an einen Ort, an dem es Dampfmaschinen gab. Hätte man ihm seine modernen Kleider genommen und ihn stattdessen in höfisches Schwarz gehüllt, so hätte er problemlos als Ratsherr vom alten Kaiserpalast in Kyoto durchgehen können – als ein Mann, wie man ihn vielleicht damals dort auf einer jener traumhaft schönen vergoldeten Brücken mit den geschwungenen Dächern erblickt hätte, und die Damen des Hofs hätten ihn im Wasserspiegel beobachtet und dabei so getan, als betrachteten sie einen praktischerweise gerade zur Stelle seienden Reiher.

»Ich habe Sie hier noch nie gesehen«, sagte sie. Er ließ ihr sogar viel Platz, saß eine ganze Armeslänge entfernt. »Sind Sie ein Liebhaber des Kabuki?«

»Nein, ich kann Kabuki nicht ausstehen«, gestand er. Er blickte dabei schuldbewusst, hatte aber offenbar nicht genug Vertrauen in seine Fähigkeit zu lügen, um etwas anderes zu sagen. »Die Tänze sehen immer ein wenig so aus, als würde eine Katze mit einer Sockenpuppe ringen; ich habe das nie verstanden. Aber es war ein Wunsch von Gräfin Kuroda, und deshalb sind wir hier.« Er hielt inne. Zwei Reihen weiter vorn redete Graf Kuroda immer noch davon, dass er lieber beim Sumo wäre. »Apropos: Was war denn da vorhin los? Mit diesem Mann?«

»Er ist der Theaterchef«, erklärte sie. »Wir haben keine Lizenz, um dieses Stück aufzuführen, und er mag mich nicht, und deshalb hat er mir die Titelrolle gegeben. Ich glaube, er will mich bei der Zensurbehörde anzeigen und mich aus der Gilde ausschließen lassen. Das würde lebenslanges Berufsverbot bedeuten. Und daher dachte ich mir, ich schleiche mich raus, gehe selbst zur Zensurbehörde und lasse *ihn* aus der Gilde ausschließen.«

Mori lachte. »Genial.«

»Und anschließend, dachte ich mir, drohe ich ihnen *allen* mit dem Ausschluss – es sei denn, sie übertragen mir kostenlos eine Mehrheitsbeteiligung an dem Unternehmen.« Sie legte sich wieder eine Hand auf die schmerzende Stelle an ihrem Hinterkopf. »Ich hatte einfach keine Lust mehr, noch ewig und drei Tage zu nähen.«

Er dachte darüber nach. »Und wie wollen Sie verhindern, dass sie von denen hinterm Haus verprügelt werden?«

»Wenn sie das tun, lasse ich das Theater schließen.«

Er lächelte wieder. Nicht die geringste Missbilligung war ihm anzumerken. Dann blickte er zur Bühne, und wenige Sekunden später tauchte dort ein Ansager auf.

»Meine Damen und Herren, bedauerlicherweise hat sich in letzter Minute eine kleine Besetzungsänderung ergeben …«

»Fangt endlich an mit dem Kram!«, rief Kuroda. Er hatte ein mächtiges Organ. Neben ihm zuckte seine bildschöne Gemahlin zusammen. Takiko erkannte sie beide aus der Zeitung wieder. In natura wirkten sie zehnmal lebendiger. Die Gräfin trug ein grünes Kleid, das vermutlich das Fünfzehnfache dessen gekostet hatte, was Takiko im Jahr verdiente.

»… aber dennoch wird die Aufführung in wenigen Minuten beginnen!«, fuhr der Ansager schon leicht hysterisch fort.

»Das glaub ich erst, wenn ich es sehe!«, rief Kuroda.

Mori hatte ein Tütchen kandierte Nüsse gekauft und bot Takiko davon an. Die warf Kuroda eine Walnuss an den Kopf. »He, Sie! Seien Sie still! Die tun ihr Bestes!«

Kuroda drehte sich ruckartig um und wollte schon etwas sagen, doch dann sah er Mori, der lachte, und fing nun ebenfalls zu lachen an. »Jawohl, meine Dame.«

Takiko hatte törichterweise einen Moment lang das Gefühl dazuzugehören, und sie gab sich Mühe, es wieder wegzudrücken. Denn wenn man sich ernsthaft einbildete, zu solchen Leuten zu gehören, endete es damit, dass man ertrank, denn sie waren Sirenen und atmeten ein anderes Element. Mori musste bemerkt haben, dass sie allzu schnell aufgehört hatte zu lächeln, denn er beobachtete sie. Sie wandte die Augen ab. In seinem Blick schwang viel zu viel mit.

• • •

An diesem Abend – nachdem sie mit angesehen hatte, wie die Anzugträger von der Zensurbehörde Ayame einen offiziellen Ausschluss aus der Gilde zugestellt hatten – lud Mori sie zu einer Flasche Champagner ein. Kuroda, die Gräfin und all ihre illustren Freunde schlossen sich ihnen an. Kuroda ließ es sich nicht nehmen, die Flasche zu schütteln, woraufhin sich die Bläschen überallhin ergossen. Mori stieß dezent mit Takiko an. Kuroda johlte. Als Mori ihm erklärte, was sie getan hatte, war er weit davon entfernt, es zu missbilligen, und fand es vielmehr urkomisch.

»Auf Kali, die Zerstörerin!«

Takiko lachte, peinlich berührt und glücklich zugleich und trotz allem einsam. Das war das Problem mit der schwimmenden Welt der Künstler, Geishas und Schauspieler. Man saß auf einem Floß auf dem klaren Wasser und erhaschte Einblicke in ein Leben, das nicht das eigene war. Wenn man sich eine gewisse Anmut aneignete, durfte man das alles sehen und für ein paar Minuten darin eintauchen, doch dann musste man wieder nach oben und mit ansehen, wie die Ebbe einsetzte, ohne dabei missgünstig zu werden. Sie war nicht sehr gut darin.

• • •

Tatsächlich kam Mori von da an jeden Samstag mit all seinen Freunden wieder. Dann folgten weitere reiche Leute und eines Tages die Prinzessinnen. Teils, weil sie es sehr mochte, teils auch, weil sie ein wenig fürchtete, nun, da sie Geld besaß, größenwahnsinnig zu werden, wohnte Takiko weiterhin in dem kleinen Zimmer auf dem Dachboden des Theaters, doch das war kein Ort, an dem man eine Prinzessin zum Tee empfing. Sehr widerwillig begann sie, sich nach einem eigenen Haus umzusehen. Sie hätte auf der Stelle eins kaufen können. Eigentlich hätte sie außer sich vor Freude sein müssen – das hörte sie jedenfalls die Stimme ihrer Mutter sagen –, aber sie wollte nicht fort. Auf dem Dachboden war es nie ruhig, unablässig drangen Stimmen herauf, und gelegentlich kam jemand hereingeeilt, um sie zu einem Kostüm oder einem Besetzungswechsel zu befragen, und das bedeutete, dass dort nie die schreckliche Totenstille herrschte, die in einem eigenen Haus mit schönem Garten geherrscht hätte. Takiko war selbst inmitten all der beruhigenden Theatergeräusche schon einsam genug. Ohne die wäre sie verrückt geworden. Etwas in der Richtung deutete sie eines Abends Mori gegenüber an, dem egal war, wo er seinen Tee trank, Hauptsache, er war warm. Mori saß vor ihrem winzigen Ofen, den Rücken an eine kaputte Schneiderpuppe gelehnt.

»Ich suche schon seit einiger Zeit jemanden, der mir den Ostflügel von Yoruji abkauft. Ich brauche so viel Platz überhaupt nicht, und es hallt dort unangenehm.«

»Du kannst doch dieses schöne Haus nicht zerteilen.«

»Doch, das kann ich, und sei's auch nur, um dem Herzog eins auszuwischen. Er will nämlich, dass ich eine Shirakawa-Idiotin heirate – *für die Familie.*« Verärgert wandte er den Blick ab. Takiko hatte nie so ganz durchschaut, wie seine Familie funktionierte, aber soweit sie das beurteilen konnte, ähnelten Samurai-Häuser eher großen Unternehmen als normalen Familien. Es gab dort sozusagen Angestellte, Vorstandsmitglieder und Direktoren. Und der Herzog von Choshu war der Direktor des Hauses Mori. Sie hatte keine Ahnung, wo Keita da einzuordnen war. Ziemlich weit oben, aber immer noch dem Herzog unterstellt – in mancher Hinsicht auf eine undurchsichtige Weise, die mit irgendwelchen Besitztiteln und Steuern zu tun hatte, und in anderer Hinsicht ganz konkret. Wie zum Beispiel beim Thema Ehe. »Wenn er mich damit nicht bald in Ruhe lässt, wandle ich das ganze Anwesen in Ferienwohnungen für amerikanische Touristen um.«

Er fragte nicht, ob sie den Ostflügel haben wollte. Er schenkte ihnen beiden nur noch etwas Tee ein und meinte dann, es sei doch wohl kriminell, dass man unten in der Bar für zwei Kekse einen halben Yen verlangte.

»Ich würde ihn nehmen«, sagte sie. Dann schluckte sie und befahl sich, nicht so verdammt feige zu sein. »Willst du mich nicht auch heiraten? Ich werde mich niemals für all das revanchieren können, was du für mich getan hast, aber so könnte ich dich wenigstens vor dieser Shirakawa-Idiotin bewahren.«

Er hob langsam den Blick. Seine Augen waren südjapanische schwarze Spiegel. »Damit würdest du dir aber ganz schön was aufbürden, Pepper. Der Herzog würde dir niemals den vollen Status innerhalb der Familie zuerkennen; er würde dich eher behandeln, als wärst du meine Konkubine. Es wäre kein Aufstieg für dich, eher fast schon ein Abstieg.«

»Ich will nicht aufsteigen, ich will dir helfen. Wenn du damals nicht zur Stelle gewesen wärst, hätte ich heute das Theater nicht – ich hätte gar nichts. Ich bin dir das schuldig. Und es wäre mir eine Ehre, dir den Herzog vom Hals zu halten – wenn du mich lässt.« Sie lächelte, weil er daraufhin, wie sie es sich gedacht hatte, schon ein klein wenig geneigter wirkte. Er zählte zu den jüngsten in jener letzten Generation echter Samurai. Wenn jemand freundlich zu ihm war, verwirrte ihn das, denn normalerweise wollten die Leute vor allem einen guten Kampf von ihm.

Dann senkte er den Blick wieder und lächelte dann ebenfalls. »Danke.«

ELF

YOKOHAMA, 18. DEZEMBER 1888

Hinter dem roten Tor führte der Weg nach Yoruji im Zickzack durch Gärten und Ginkgo-Haine weiter aufwärts. Das Haus schien indessen aus seltsam unzusammenhängenden Teilen zu bestehen. Es besaß einen kleinen Turm, wie ein richtiger Tempel, und als Thaniel das erwähnte, nickte Mori; das Anwesen war tatsächlich ein säkularisiertes Kloster. Sie kamen an kleinen perfekt gepflegten Gärten vorbei, die um Wasserbecken herum angeordnet waren, in denen sich die Bäume, die sich neugierig darüber beugten, rot und gelb spiegelten. Thaniel erblickte kurz auch eine Steinbrücke. Und alle diese Becken dampften.

Dann wucherte ihnen mit einem Mal Jasmin entgegen. Nach dem herbstlichen Gelb der Ginkgos war er strahlend weiß, und es gab dort so viel davon, dass es geradezu unnatürlich wirkte, wie er sich über die Bäume ausbreitete, andere Sträucher überwucherte und an der Fassade des Hauses emporklomm. Sein Duft wirkte im ersten Moment geradezu schockierend, glich einer Wand aus Süße. Fast wäre Thaniel davor zurückgewichen. Die vielen knochenbleichen Blüten wirkten wächsern und unecht, als hätte man ihnen all ihre Farbe entzogen und sie mit Formaldehyd vollgepumpt, damit sie länger hielten.

Das Personal war vor dem Haus angetreten, um sie zu empfangen.

Es waren mindestens zwanzig Personen beiderlei Geschlechts, darunter auch mehrere ernst dreinblickende Männer in schlichten Anzügen, die Schwerter trugen. Thaniel nahm das alles jedoch kaum richtig wahr. Er kam sich vor, als versuchte er, einen Glassplitter herunterzuschlucken.

Verheiratet. Mori war verheiratet. Aber natürlich war er das, verdammt. Er war vierundvierzig Jahre alt und gehörte einem bedeutenden Samurai-Geschlecht an: Da hätte es ja an ein Wunder gegrenzt, wenn es ihm gelungen wäre, der Ehe zu entgehen. Und es war auch kaum verwunderlich, dass Mori seine Gattin nie erwähnt hatte. Das war eine rein offizielle, rechtliche Angelegenheit. Mori hatte ebenso wenig Grund, auf eine Ehefrau zu sprechen zu kommen wie auf die Grundsteuerbelastung oder Größe des Anwesens. Es hatte nicht das Geringste mit Thaniel zu tun und ging ihn nichts an. Dennoch fühlte er sich, als hätte ihm diese Frau einen Hammerschlag in die Rippen verpasst.

Doch er wollte verdammt sein, wenn er auch nur ein einziges Wort darüber fallen lassen würde. Er wirkte auch so schon oft genug wie ein weinerlicher kleiner Blödmann.

Ein ausdruckslos dreinblickender Diener in einem schlichten schwarzen Kimono begrüßte sie sehr förmlich und bat sie, ihm ins Haus zu folgen – unregelmäßige Treppen hinauf und um plötzlich auftauchende Ecken herum. Und während Thaniel so ging, nahm seine Verwirrung immer mehr zu.

Yoruji war ein beunruhigender Ort.

Einige Teile des Hauses waren sehr alt, und dort war das Holz tiefdunkel von jahrzehntelang aufgetragenem Lack. Andere Teile hingegen waren offenkundig gerade erst umgebaut worden, denn dort war das Holz heller und duftete noch nach Zedern. Keine Ecke, um die man ging, führte so ganz in die Richtung, in die sie eigentlich hätte führen sollen. Und da der Winterhimmel so trübe war, brannte überall Licht. Die Korridore gingen manchmal unversehens ins Freie hinaus, auf Kieswege oder gar auf Trittsteine über Becken hinweg, deren Wasser so tief und kristallklar war, dass es hier und da in einem unheimlichen Türkiston schillerte, ehe man schließlich wieder im Halbdunkel des Hauses verschwand. Gelegentlich sah man ungleichmäßige Wandabschnitte, in denen sich einmal Türöffnungen befunden hatten, die nun mit Holz verkleidet waren, und nur die Türstürze waren noch vorhanden. Das Haus selbst war im Grunde nur eine äußere Hülle, denn im Innern bestanden fast alle Wände nur aus Holz und Papier und hatten keine tragende Funktion, sodass sie sich leicht herausreißen und austauschen ließen.

Und obwohl sie niemanden auf all den Korridoren antrafen, hatte Thaniel seltsamerweise das deutliche Gefühl, dass sie beobachtet wurden. Auf Schritt und Tritt spürte er Blicke auf sich ruhen, und die ganze Zeit, die sie dort gingen, hätte er schwören können, dass irgendwelche Leute, die er nie zu Gesicht bekam, gerade hinter der nächsten Ecke verschwunden waren. Schließlich zuckte er mit den Achseln. Das war doch Blödsinn. Es war nur ein ihm noch fremdes Gebäude, das einer ihm noch fremden Logik entsprach. Mori hatte ihm während der Fahrt ja gesagt, dass ihm die japanischen Gebäude anfangs fremdartig vorkommen würden.

Und überall roch es nach Jasmin.

Der Diener führte sie in einen Gebäudeflügel mit Blick aufs Meer hinaus und auf den Leuchtturm auf dem schiefen Felsen. Dort gab es zwei reinliche Zimmer nebeneinander mit breiten Schiebetüren, die nach draußen führten. Thaniel konnte dahinter fast nur den Himmel sehen, Six aber lief sogleich hinaus.

Der Diener schaffte es, obwohl er sich absolut korrekt verhielt, dass man ihm sein Missfallen über die Anwesenheit von Ausländern im Haus anmerkte. Wenn sie so freundlich wären, nach zehn

Uhr abends nicht mehr groß auf dem Flur herumzulaufen, sagte er, wären die Damen im Obergeschoss dankbar, dass sie vom Lärm des Bodens verschont blieben.

»Der knarrt, nicht wahr?«, sagte Thaniel, nur um irgendetwas zu sagen, das nichts mit Mrs. Pepperharrow zu tun hatte – oder mit dem Jucken hinten auf seiner Kopfhaut, das darauf beharrte, dass die Wände hier Augen hatten.

Der Diener bedachte ihn mit einem antarktischen Blick. »Natürlich. Es ist ein Nachtigallenboden.«

»Hattest du etwa befürchtet, er könnte unbeaufsichtigt im Haus rumlaufen?«, sagte Mori in belustigtem Ton.

Der Diener verneigte sich tief. »Ich komme in Kürze wieder und bringe die Kleider des Herrn Baron.«

»Ich kann auch einfach eine Jacke tragen. Suzuki …«

»Der ausländische Herr würde doch sicherlich gern mit dem neuen Apparat der Frau Baronin eine Fotografie aufnehmen, die den Herrn Baron in korrekter Kleidung zeigt.«

Die Frau Baronin. Thaniel rang sich ein Lächeln ab. »Das würde der ausländische Herr tatsächlich gern.«

»Ausgezeichnet«, erwiderte Suzuki, glitt dann über die quietschenden Bretter davon und machte keinerlei Anstalten, sich angesichts seines Erfolgs gnädig zu zeigen. Als er einen Sonnenstrahl passierte, sah er darin erstaunlich jung aus, hinterließ aber dennoch einen verstaubten Eindruck.

»Toller Kerl …«, sagte Thaniel. Englisch klang nach dieser Unterbrechung geradezu barbarisch.

Mori bedachte ihn mit einem strengen Blick. »Du bist ein Verräter, und wenn du ein Foto von mir machst, werde ich dich zwingen, es aufzuessen.«

»Kimonos sind doch hübsch«, wandte Thaniel ein. Eigentlich wollte er fragen: Nennt denn jeder hier sie die Frau Baronin.

»Die Kostüme der Morris Dancer sind *hübsch*«, sagte Mori und ging ins Nebenzimmer. Die Trennwand bestand nur aus Papier, und am anderen Ende musste sich ein helles Fenster befinden, denn Thaniel sah nun seinen Schatten auf der Wand. Es war schwer zu sagen, ob es Moris angestammtes Zimmer war oder ob Suzuki seine Abneigung gegen Ausländer dadurch zum Ausdruck brachte, dass er Mori ebenfalls in einem Gästezimmer einquartierte. »Deshalb nehmen uns die Amerikaner bei Vertragsverhandlungen einfach nicht ernst: Wir sehen alle aus wie kostümierte Püppchen. Stell dir mal vor, du tauchst bei einer internationalen Konferenz mit irgendwelchen Bändern und Glöckchen auf.«

»Gut, du hast mich überzeugt. Keine Fotos. Die Fotografie raubt einem ja die Seele, nicht wahr?«

»Und entledigt sie zudem sämtlicher Eigenarten. Übrig bleiben nur Silbernitrat und Papier.«

Thaniel rang sich ein Lachen ab. Dann ging er zu den Verandatüren.

Sie führten in einen Garten. Der war zwar klein, aber dicht mit knorrigen Bäumen und schmalen Kieswegen bestückt, und fast direkt vor der Tür befanden sich trübe dampfende Wasserbecken. Ihre Wärme war schon von der Tür aus zu spüren. Ein Fuchs saß auf dem Rand des nächstgelegenen Beckens, betrachtete die Glasfenster der Etage darüber und wartete offensichtlich darauf, dass sich weitere Vögel an den Fensterscheiben das Genick brachen. Rings um seine Pfoten lag bereits eine Ansammlung gefiederter Kadaver, und auf den Fensterbänken lagen einzelne Federn. Vom anderen Ende des Gartens her hörte Thaniel Kinderstimmen. Six hatte dort einen kleinen Jungen entdeckt, offenbar ein Gärtnergehilfe – es sei denn, er trug aus freien Stücken einen Spaten mit sich. Er schaute zunächst noch ernst und verwirrt, brach dann aber in kleinkindhaftes Gekicher aus, und schließlich liefen die beiden auf einem der steil abwärts führenden Pfade davon. Thaniel war erleichtert. Er hatte schon befürchtet, dass all die neuen

Eindrücke zu viel für sie sein könnten und er den ganzen Nachmittag damit verbringen müsste, sie unter einem Tisch hervorzulocken.

Mori kam mit einem Wasserkessel wieder herein. Als er sich umdrehte, um ihn auf dem niedrigen Tisch abzustellen, sah Thaniel, dass Katsu sich um seinen Arm geschlungen hatte. Mori setzte ihn auf dem Boden ab, und der Oktopus eilte zum nächstgelegenen Becken. Mit einem Platschen sprang er hinein. Einige Sekunden später kletterte er auf der anderen Seite wieder heraus und hinterließ Tentakel- und Radspuren auf dem Schiefer, ehe er dann im Gras verschwand. Der Fuchs ergriff die Flucht.

Alles war unglaublich, ja geradezu unwirklich sauber. Die Tatami-Matten waren makellos, die Papierwände sahen nagelneu aus, und es gab keinerlei Unordnung. Ja, es gab nicht einmal Vorhänge. Nur den Tisch, das Teegeschirr und einen hohen Schrank, in dem, wie Suzuki erklärt hatte, tagsüber das gesamte Bettzeug verwahrt wurde. Der Boden war warm. Thaniel nahm an, dass darunter heiße Rohre verliefen. Es war herrlich. Er kam sich dagegen vor wie ein von Flöhen zerbissenes Etwas, das Mori am Meeresstrand aufgelesen hatte.

»Die sind auch für Menschen gedacht«, sagte Mori. »Die *Onsen*. Heiße Quellen«, übersetzte er, als Thaniel zögerte.

»Aber vorher muss man doch bestimmt noch irgendwas Kompliziertes machen.«

»Suzuki kommt gleich und zeigt dir alles. Ich würde gern mit dir baden gehen, aber ich trinke nur kurz noch diesen Tee, und dann muss ich mich ankleiden.« Wie er das sagte, klang es fast, als würde er zu einer weiteren langen Reise aufbrechen.

Als Suzuki wiederkam, brachte er auch Handtücher und allerhand weitere Dinge: Seifen, Rasiermesser, Kämme. Das Bad war mit einem ausgefeilten Ritual verbunden, das Thaniel anfangs nicht gefiel, ihn aber immerhin nötigte, sein Hirn herunterzubremsen, denn das Ganze war zu komplex, um dabei weiter im Hinterkopf über Mrs. Pepperharrow nachzugrübeln.

»Wir werden Sie schon noch präsentabel machen«, sagte Suzuki, aber seinem Blick nach zu schließen, glaubte er das eher nicht.

Mori saß nun stumm und starr an dem niedrigen Tisch. Er sah weniger so aus, als würde er sich aufrecht halten, und vielmehr, als würde sein Kopf oben auf seinem Rückgrat balancieren.

»Nun denn«, sagte Suzuki, »das nächstgelegene Becken ist das kühlste, aber ich empfehle das Becken ganz hinten. Von dort aus hat man einen vortrefflichen Blick über die Bucht, und es wäre vielleicht ratsam, das zu nutzen, bevor die anderen Herren zur Jagd eintreffen.«

»Eine Jagd?«

»O ja. Können Sie reiten?«

»Nein«, sagte Thaniel. Er hatte Pferde noch nie gemocht – außer als Gesprächspartner. Sie waren fraglos klug genug, um festzustellen, wen *sie* nicht mochten, und denjenigen dann über einen günstig gelegenen Zaun zu schleudern.

Suzuki hob die Augenbrauen. Wenn Thaniel gesagt hätte, dass ihm Geschirr fremd sei und er normalerweise vom Boden esse, hätte er wohl dasselbe Gesicht gemacht. »Es ist erbaulich anzusehen. Natürlich werden Sie daran teilnehmen.«

»Schaun wir mal«, sagte Thaniel, dem diese Begegnung mit einer wandelnden Karikatur allmählich Spaß zu machen begann.

Mori schenkte sich mit langsamen Bewegungen noch eine Tasse Tee ein und konzentrierte sich dabei ganz auf den Eisenkessel. Als er ihn wieder abgestellt hatte, saß er reglos mit der Tasse in der Hand da und atmete den Dampf ein. Von irgendwo über ihnen ertönte Frauengelächter. Thaniel fragte sich, wo wohl der Balkon von Mrs. Pepperharrow war.

Dann geleitete Suzuki Thaniel hinaus. Die fünf Becken befanden sich verstreut zwischen den Felsen und unter den Spalieren, die gerade so weit zurückgesetzt waren, dass das fallende Laub größtenteils nicht im Wasser landete. Das letzte Becken lag direkt am Rand der Klippe. In den Felsen gehauene Stufen führten ins Wasser hinab und dann zu Steinbänken rundherum, von denen man, im Wasser sitzend, auf die Bucht hinausblicken konnte.

Das Gefühl, dass er beobachtet wurde, war hier noch zehnmal stärker. Doch es war lächerlich: Der Dampf war so dicht, dass ein Beobachter selbst aus einem Meter Entfernung nicht viel von ihm gesehen hätte.

»Ich nehme Ihnen das ab«, sagte Suzuki und streckte die Hände nach Thaniels Handtuch aus.

»Das behalte ich.«

Suzuki runzelte die Stirn. »Das werden Sie nicht tun. Das wäre vulgär.«

»Dann bin ich halt vulgär.«

Suzuki beäugte ihn. »Wie Sie wünschen. Aber wir haben hochstehende Personen zu Gast. Auch der Premierminister ist hier.« Er deutete über die Becken hinweg auf die nächsthöhere Ebene des Geländes, wo ein Mann in einem schlichten dunklen Anzug, unter dessen Jacke sich eine Schusswaffe abzeichnete, auf einer anderen Veranda auf und ab ging. Ein Leibwächter.

»Kuroda, tatsächlich«, sagte Thaniel, der nur halb hinhörte. Er wusste das bereits. Mori hatte ihn vorgewarnt, dass es eine Willkommensparty geben würde. Er ließ den Blick immer noch durch den Dampf schweifen, weil er sicher war, dass er dort jemanden entdecken würde.

Dann seufzte er. Ihm war klar gewesen, dass es seltsam sein würde, so weit von zu Hause fort an einen so fremden Ort zu kommen, aber er hatte sich mehr von seinen eigenen Nerven erhofft als ein so massives Versagen schon eine Viertelstunde nach der Ankunft.

»Ja, tatsächlich.« Suzuki deutete auf eine Ecke des Beckens, die einen ungehinderten Blick auf das Meer und die Dächer des Klosters nebenan bot. »Das ist der Lieblingsplatz der Frau Baronin. Sie hat einen ausgezeichneten Geschmack.«

Thaniel wartete, bis Suzuki gegangen war, und stieg erst dann ins Becken, jedoch nicht an der Stelle, die ihm empfohlen worden war. Langsam ließ er sich auf der unter Wasser gelegenen Steinbank nieder. Die Wärme war ihm im ersten Moment ein wenig zu viel, doch dann machte sie sich auf angenehme Weise in seinem Rücken breit. Es war sehr schön – viel besser als in einer normalen Badewanne.

Der Dampf, der aus dem Becken stieg, trug eine Spur von Schwefel mit sich, aber er war nicht unangenehm. Dieser Dampf, der fast nur nach Wärme roch, schmeckte viel reiner und frischer als Dampf normalerweise, und Thaniel nahm an, dass es an irgendwelchen Mineralien im Wasser lag. Als er die Arme aus dem Wasser hob und auf den Beckenrand legte, fühlte sich seine Haut ganz glatt an. Da er nun allein war, ließ er den Kopf ein wenig hängen, während er darauf wartete, dass es sich nicht mehr so anfühlte, als hätte ihm der ganze Ort einen Schlag verpasst.

Dann war irgendwo im Hintergrund ein seltsames leises Piepen zu hören. Thaniel stutzte, denn es hatte den Rhythmus von Morsezeichen, aber er hatte noch nie erlebt, dass ein Privathaus einen eigenen Telegrafen besaß, und er hatte dort auch keine Telegrafenleitungen gesehen. Das leise Geräusch erzeugte kleine sternförmige Lichter. Dann verstummte es, und kurz darauf war er nicht mehr sicher, es überhaupt gehört zu haben. Er fragte sich, ob er nun schon Telegrafengeräusche herbeihalluzinierte. Er hoffte es nicht. Wenn man schon Halluzinationen hatte, waren Morsezeichen ja wohl ausgesprochen öde.

Nun drangen Stimmen aus den offenen Türen hinter ihm: Mori und Suzuki stritten sich über Kleiderfragen. Und Suzuki behielt die Oberhand. Unter dem Rahmen, den das Astwerk der Bäume und das Verandadach bildeten, sah Thaniel zu, wie Suzuki die herbeigebrachten Päckchen öffnete, bis der ganze Boden des Zimmers mit geometrisch gefaltetem Papier bedeckt war. Die Päckchen hatten traditionelle Gewänder enthalten, und zwar Schichten über Schichten davon. Die dünnsten wurden zuerst angelegt, und nun verstand Thaniel, warum Mori sich dagegen gesträubt hatte; das Ankleiden war ein langwieriger Vorgang, und anfangs war ihm sicherlich kalt dabei. Zu jeder Kleiderschicht gehörte ein eigener Gürtel, der jeweils auf zeremonielle Weise gebunden wurde, die den Gürtelknoten wirken ließ, als hätte er eine besondere Bedeutung; und die letzte, äußere Schicht, bei der es sich im Westen um einen Mantel gehandelt hätte, war mit nichts zu vergleichen, das Thaniel je gesehen hatte, nicht einmal auf einem Gemälde. Diese Schicht bestand aus Seide im Wert von sicherlich Abertausenden Pfund und war mit schwarzen Stickereien auf schwarzem Grund versehen, die aufschimmerten, wenn sich das Licht darin fing. Aus der Ferne sah er nur, dass es Muster waren, konnte sie aber nicht erkennen. Der letzte Gürtel war priesterlich rot. Als Mori sich umdrehte, wirkte er geradezu übermenschlich starr und elegant. Ganz anders als der Mori, den Thaniel kannte.

»Und der ausländische Herr …«

»… wird schön in Ruhe gelassen«, sagte Mori.

Suzuki schien einzusehen, dass er keinen vollständigen Sieg erringen konnte. »Sehr wohl«, sagte er sanft und machte sich daran, die vielen Reispapierblätter einzeln wieder zusammenzufalten.

Als Mori dann in den Sonnenschein hinaustrat, schillerte die schwarze Seide naphthafarben. Er schritt über die Steine zwischen den Becken, ohne darauf zu achten, dass der Saum seines Obergewands hier und da das Wasser berührte.

»Vorsicht«, warnte Thaniel. Es war banal, das zu sagen, aber ihm fiel nichts Besseres ein.

»Wenn Suzuki unbedingt will, dass ich das trage, muss er auch mit den Folgen klarkommen. Außerdem soll es gar nicht sauber bleiben; das ist die Reitkluft für diese verdammte Jagd.« Dann kniete er sich auf den Schieferrand des Beckens. Der Brokat war voller Vogelmuster; Amseln, die in Scharen von links nach rechts flogen. Es musste so entworfen worden sein, dass es nur von dem Träger selbst und von jemandem, der direkt neben ihm saß, gesehen werden konnte, denn selbst aus anderthalb Meter Entfernung hatte Thaniel es nicht bemerkt. Die Kragen der einzelnen Kleiderschichten waren so kräftig gestärkt, dass sie selbst dann starr blieben, wenn Mori sich bewegte. Dadurch bildete sich eine kleine Lücke an seinem Nacken. Thaniels Schwester daheim in England besaß einen Seidenschal, den sie nie trug. Sie verwahrte ihn nur, sicher verpackt, ganz oben in ihrem Schrank. Dieser Schal stammte womöglich von einem Reststück von etwas, das Mori gerade anhatte. Und Thaniels Schwester wäre empört gewesen, wenn man ihr vorgeschlagen hätte, sich damit auch nur in die Nähe eines Pferds zu begeben. »Du bist auch eingeladen. Das habe ich dir vorhin gar nicht gesagt, oder? Pepper hat halb Tokyo zu Gast.«

»Suzuki hat es mir gesagt«, erwiderte Thaniel.

»Du siehst halt immer so aus, als wüsstest du, was los ist«, sagte Mori und blickte dabei bedauernd. »Ich weiß nie, was ich dir gegenüber erwähnt habe und was nicht.«

Thaniel sah zu ihm hoch. »Hast du vielleicht irgendwelche Kinder vergessen zu erwähnen?« Es klang viel forcierter, als es sollte.

»Nein«, sagte Mori und lachte.

»Und Mrs. Pepperharrow? Wird sie nicht verärgert darüber sein, dass ich hier bin?«

»Nein. Sie ist halb Engländerin. Sie hat nichts gegen Ausländer.«

Thaniel wäre am liebsten auf der Stelle ertrunken. »Na, das ist doch gut.«

Er hatte erwartet, dass Mori nun wieder gehen würde, doch der streckte sich stattdessen rücklings auf dem warmen Schiefer aus. Der rote Seidengürtel schimmerte um seine Hüften, und die Amselschwärme regten sich schillernd. Noch am Vortag, ja sogar an diesem Morgen noch hätte Thaniel die Hand danach ausgestreckt, um sie zu berühren.

Stattdessen ließ er sich in die Mitte des Beckens treiben. Das Wasser dort war sehr heiß, aber das war ihm egal. Tatsächlich zu verbrennen, erschien ihm besser, als nur innerlich vor sich hin zu kochen.

Die Geräusche vom Haus her traten in den Hintergrund. In einem anderen Garten irgendwo unter ihnen hängten einige Mädchen Wäsche auf. Er hörte Wäscheklammern feuchte Laken packen. Dann schritt jemand über den Nachtigallenboden, was ein Sternbild aus weißen Quietschern hervorrief.

Über der Bucht blitzte nun oben am Turm das Leuchtfeuer auf, selbst bei Tageslicht unangenehm grell. Thaniel senkte den Blick aufs Wasser hinab und hörte von dem weißen Lichtstrahl ein geigenhaft wirkendes Wimmern. Moris Hände zuckten. Der Leuchtturm hatte ihn erschreckt.

»Wenn der Herr Baron pünktlich einzutreffen wünscht«, begann Suzuki und hielt dann inne, als aus dem unteren Garten der merkwürdige, aber sehr markante Klang mehrerer läutender Handglöckchen kam. »Oh, wo hab ich das verflixte Ding …«

Thaniel richtete sich auf und sah verwundert zu, wie Suzuki ein Glöckchen von einem Haken an seinem Gürtel nahm, dreimal damit läutete und es dann wieder zurückhängte. Er erklärte das mit keinem Wort.

»Wenn der Herr Baron pünktlich einzutreffen wünscht, sollte er jetzt gehen«, schloss er.

Die letzten silbrig-blauen Schwingungen des Geräuschs verhallten im Regen. »Was war das?«, fragte Thaniel und dachte, dass es sich vielleicht um eine Zeremonie handelte, von der er noch nicht gehört hatte.

Suzuki seufzte. »Bloß eine kleine Marotte der Frau Baronin.«

Mori hatte sich ruckartig aufgerichtet, als die Glöckchen erklangen, und saß nun vollkommen reglos da, die geballten Fäuste auf den Knien. Suzuki beachtete das jedoch nicht und scheuchte ihn regelrecht wieder zurück ins Haus.

Thaniel grübelte immer noch darüber nach, als das Morse-Geräusch erneut erklang, diesmal deutlich näher. Er drehte sich um. Am anderen Ende des Beckens war ein Mann in einem dunklen Anzug aufgetaucht. Der ging dort auf und ab, hielt ein seltsames Kästchen in der Hand und drückte daran immer wieder auf einen Knopf, als wäre es eine Telegrafentaste. Das Kästchen war zwar mit keinem Kabel versehen, aber das Geräusch ging eindeutig davon aus. Thaniel stutzte. Echte drahtlose Telegrafie; er hatte das noch nie mit eigenen Augen gesehen.

»He!«, sagte er zu dem Mann. »Ist das ein Funkgerät?«

Der Mann blickte sich um und wirkte überrascht, als er sah, wer ihn da angesprochen hatte. »Wieso?«

»Ich war lange Jahre Telegrafist, habe aber noch nie eins gesehen. Darf ich mir das mal anschauen?«

»Nee, das ist Staatsbesitz.« Er blickte belustigt. »Das kann ich doch nicht irgendeinem dahergelaufenen Gaijin zeigen.«

Thaniel nickte und ließ sich wieder ins Wasser gleiten, leicht enttäuscht, aber nicht erstaunt. Der Mann begann nun, eine weitere Nachricht zu übermitteln. So aus der Nähe konnte Thaniel recht deutlich mithören. Der Mann musste ein Neuling auf dem Gebiet sein, denn er morste langsam, und es war leicht, ihm zu folgen.

Er ist noch drinnen, Ostflügel. Alles gut.

Das munterte Thaniel ein wenig auf. Es war ziemlich beeindruckend. Allen Depeschen zufolge, die er gelesen hatte, war Kuroda der absolut falsche Mann für den Posten des Premierministers, doch andererseits fiel es ihm schwer, jemanden, der in solche neuen Erfindungen investierte, rundheraus abzulehnen. Six würde es auch toll finden, wenn er ihr davon erzählte.

ZWÖLF

Hinter dem Haus befand sich ein großer Hof, und dort wimmelte es von Pferden und Männern. Thaniel erkannte den Premierminister von Zeitungsfotos wieder. Der Mann war ihm stets suspekt gewesen, denn Kurodas Lieblingsbeschäftigung schienen Kriege gegen Korea zu sein. Außerdem ließ sich »Kuroda« mit *Blackfield* übersetzen, und ein Regierungschef, der wie ein Möchtegernpirat klang, das konnte nichts Gutes bedeuten. Nun dachte Thaniel jedoch, dass er ihm damit eventuell Unrecht getan hatte, vor allem angesichts der wunderbaren Neuigkeit mit den Funkgeräten, und er war bereit, sich eines Besseren belehren zu lassen. Leider musste er jedoch schnell feststellen, dass sein Vorurteil berechtigt gewesen war.

Kuroda war nicht allzu groß, sondern eher ein Stier von einem Mann, und die Stallburschen preschten in alle Richtungen davon, während er mit Befehlen um sich warf. Seine Stimme war von jener Art, die über ein ganzes Schlachtfeld getragen hätte, und er hatte die den Samurai eigene schroffe, abgehackte Art zu sprechen, bei der Thaniel beim ersten Mal meist kein Wort verstand. Suzuki ging voraus und flüsterte Kuroda etwas zu, und der wandte sich daraufhin um. Er hatte ein freimütig wirkendes Gesicht, gepflegtes kurzes Haar und große, ernst blickende Augen. Und er war ebenso prächtig gekleidet wie Mori, in ein unfassbar teuer aussehendes waldgrünes Gewand. Hinter ihm waren fünf Männer in dunklen Anzügen an den Toren und Türen postiert und hielten Ausschau.

»Mori«, sagte er in forschem Ton. »Du bist gekommen, um mir gegen die Russen zu helfen, nicht wahr?«

»Nein«, sagte Mori, »absolut nicht. Da müsstest du dir schon noch ein bisschen mehr Mühe geben.«

Kuroda bedachte ihn mit einem strengen Blick und schloss ihn dann dennoch in die Arme, und obwohl Mori größer war als er, hob er ihn nun tatsächlich von den Füßen und drehte sich zweimal mit ihm im Kreis. »Du bist wieder da! Du bist zurück, du alter Mistkerl, was hast du denn bloß da drüben gemacht? Uhren … Was für eine törichte Zeitverschwendung …« Er setzte ihn wieder ab und klopfte ihm auf die Schulter. Thaniel hatte noch nie jemanden sich so freuen sehen. Der Mann verströmte eine geradezu fiebrige Erregung. Sein Pferd, das direkt hinter ihnen stand, stupste sie beide mit der Schnauze an, weil es wohl wissen wollte, was das ganze Theater sollte. Kuroda sah nun, beide Hände immer noch auf Moris Armen, freimütig interessiert zu Thaniel herüber. »Ist das dein Äffchen?«

»Freut mich sehr, Sie kennenzulernen«, wagte Thaniel sich vor.

Kuroda stutzte. »Es kann ja sprechen. Wie hat es das gelernt?«

»Auf die übliche Weise, nehme ich an«, sagte Mori.

Kuroda wirkte nicht überzeugt. »Du verstehst also Japanisch?«

»Jawohl«, sagte Thaniel.

»Kannst du reiten?«

»Nein, bedaure.«

»Hm.« Er musterte Thaniel noch einmal, als überlegte er, ob er ihn wirklich um sich haben wollte, schien dann aber schlagartig das Interesse an ihm zu verlieren.

»Kuroda«, sagte Mori in schon leicht gereiztem, aber noch nicht scharfem Ton.

»Die Freude ist natürlich ganz meinerseits«, sagte Kuroda geschmeidig zu Thaniel. Es ging ihm offenkundig nur darum, Mori zu necken; er strahlte wie jemand, der gerade ein so wunderbares Spielzeug geschenkt bekommen hatte, dass er gar nicht wusste, womit er beginnen sollte. Bei einem kleinen Jungen wäre das liebenswert gewesen. Bei einem erwachsenen Mann war es enervierend.

»Ich glaube Ihnen kein Wort«, erwiderte Thaniel.

Kuroda lachte viel zu plötzlich. »Du bist ja ein richtiger Scherzkeks.« Und damit wandte er sich ab. »Mori. Ich habe ein schönes Pferd für dich. Sie ist noch ein wenig schreckhaft, aber du kannst ja gut mit Pferden umgehen, nicht wahr?«

Ein Stallbursche führte eine Rappstute herbei. Thaniel erkannte lediglich, dass sie kostspielig und kräftig aussah. Mori nahm die Zügel. »Scheint ein gutes Tier zu sein.« Das Pferd stupste ihn mit der Schnauze an.

»Baronin!«, rief Kuroda. Er war laut wie ein Nebelhorn, und Thaniel sah violette Flecken. »Wo zum Teufel steckt deine schöne Frau, wenn ich mal vor ihr renommieren will?«, fügte er an Mori gewandt hinzu. »Sie neigt dazu, einfach zu verschwinden.«

Mori lehnte sich an sein Pferd, das ihn zu mögen schien. »Nur wenn du in der Nähe bist, nicht wahr?«

Kuroda schnaubte. »Da ist sie ja. Mrs. Pepperharrow!«, rief er schon wieder zu laut. Thaniel musste blinzeln. Eine solche Lautstärke hatte er einem Menschen gar nicht zugetraut. Wenn es mit der Politik mal nichts mehr war, würde Kuroda problemlos auf Opernsänger umsatteln können. »Wir sind alle hier! Wir warten auf die Gastgeberin!«

Als sie dann kam, machten ihr die Leute trotz ihrer geringen Größe eifrig den Weg frei. Thaniel wunderte sich nicht, dass sie so lange zum Ankleiden gebraucht hatte; sein ganzes Jahresgehalt hätte nicht ausgereicht, um das, was sie da trug, zu bezahlen. Ihr Gewand leuchtete in allen Kolibrifarben und ließ Moris und Kurodas dagegen kärglich aussehen. Und sie trug echte Jasminblüten im Haar; Thaniel erhaschte ihren warmen, süßen Duft. Trotz alldem aber war sie keine atemberaubend schöne Frau. In normalen Kleidern hätte sie eher knabenhaft gewirkt.

»Meine Herren«, sagte sie und verneigte sich püppchenhaft. »Es ist schön, dich endlich richtig und nicht nur aus Baumeshöhe zu sehen. Willkommen daheim.«

Mori erwiderte ihre Verneigung nicht ganz so förmlich wie bei Kuroda, aber doch ausgesprochen höflich. Sie hatte irgendwo in seinem Innern eine Kerze entflammt, denn er glühte ein wenig, als er sich bedankte. »Und das ist Mr. Steepleton.«

Sie wandte den Kopf in Thaniels Richtung, allerdings langsam, denn die silbernen Kämme in ihrem Haar mussten fast so schwer sein wie sie selbst. »Der Musiker, ja, wunderbar. Ich besitze eine Phonographenaufnahme Ihres Mozartkonzerts, es ist die absolut beste, die es gibt.«

»Baronin«, erwiderte er und verspürte echte Verzweiflung, denn das war eindeutig keine Schmeichelei, sondern klang tatsächlich aufrichtig.

»Nein, nein«, lachte sie. »Nur Takiko, bitte.«

»Nathaniel«, erwiderte er niedergeschlagen.

»Sie werden bei der Jagd zusehen, Baronin?«, schaltete sich Kuroda ein, offenkundig der Meinung, dass sie ihm nicht genug Aufmerksamkeit schenkte.

»O ja, gebannt«, erwiderte sie. Dann stupste sie Thaniel an und ließ, als er zu Boden blickte, den Rand eines Stapels vergoldeter Spielkarten unter ihrem Ärmel aufblitzen.

Kuroda entging das nicht, aber er wirkte dennoch erfreut. »Baronin«, sagte er, »würden Sie mich bitte ein Stück des Wegs begleiten?«

Sie verneigte sich auf ironische Weise vor Thaniel und Mori und ging mit Kuroda davon. Der verlangsamte ihretwegen sogleich seine Schritte und war sichtlich froh, so eine strahlende Erscheinung im Schlepptau zu haben. Mori sah den beiden ebenfalls hinterher.

»Sie …« Thaniel wusste nicht, was er sagen sollte. »Sie scheint sich gar nicht an ihm zu stören. Als ich in ihrem Alter war, hätte ich mich eher in einer Scheune versteckt.«

Daraufhin lächelte Mori, aber nur ein wenig. »Du bist noch nicht in ihrem Alter.« Und wie so oft klang seine Stimme, nachdem andere Leute gesprochen hatten, noch ungewöhnlicher als sonst. Wo alle anderen sich wie schlichte Baumwolle anhörten, klang er wie Samt – an den gerade ein Streichholz gehalten wurde.

»Oh«, sagte Thaniel. Er hatte zusehends den Eindruck, dass Westler bereits aus dem Leim gingen, ehe normale Leute hier auch nur die Hälfte ihrer Garantiezeit herumhatten.

»Beeil dich!«, rief Kuroda. »Jetzt heißt es: Aufsitzen, Mori!«

»Hätte jemand was dagegen, wenn ich den Kerl in einen Brunnenschacht schmeiße?«, fragte Thaniel, der die violetten Flecken leid war und gerne das Thema wechseln wollte.

Nun lächelte Mori unverhohlen. »Nein, ich denke, das kann man nur befürworten.« Er stieg in den Steigbügel und schwang sich in den Sattel. Das Pferd bewegte sich ein wenig hin und her, um sich auf den neuen Reiter einzustellen. Mori saß indes gerade und still, auf sein Gleichgewicht bedacht. Unter dem Saum des schwarzen Kimonos waren nun seine Reitstiefel zu sehen. Sie verfügten zwar über Sporenriemen, die Sporen selbst aber hatte er abgemacht.

Kuroda brachte seinen weißen Hengst direkt neben Moris schwarzer Stute zum Stehen, und Thaniel, der dabei um Haaresbreite niedergetrampelt worden wäre, wich ruckartig zurück. Das Klirren der Hufeisen durchschoss alles mit Silber. Ihm blieb gerade noch Zeit, mit einem Anflug von Panik zu spüren, wie sich Moris Steigbügel in seinen Rücken grub, ehe Mori sich über seinen Kopf hinüberbeugte und Kuroda einen Hieb mit der Reitgerte verpasste, sodass der wieder zurückwich. Kuroda blickte hinab, überrascht, dort jemanden zu sehen.

»Und? Hättest du halt aus dem Weg gehen sollen«, sagte er. »Schießt du noch so gut, Mori?«

Thaniel ballte eine Hand zur Faust und boxte sich selbst gegen das Bein, um seinen Drang, ihn zu beschimpfen, an sich selbst abzureagieren.

Mori schwang sein Pferd herum und stieß Kuroda aus dem Sattel. Es gab einen dumpfen Schlag, als ihre Schultern aneinanderprallten, und einen weiteren, als Kuroda auf dem Boden landete. Heustaub wirbelte um ihn auf.

»Hättest du dich halt festhalten sollen«, bemerkte Mori trocken.

Es folgte eine Stille, in der es so gut wie sicher erschien, dass man ihn nun abführen und erschießen würde. Die Hälfte der Männer auf dem Stallhof waren dieselben, die Mori am Eingang des Hauses empfangen hatten, und Hände legten sich um Schwertgriffe. Nicht weit davon entfernt verließen Kurodas Männer in den dunklen Anzügen ihre Posten und näherten sich ihrem Chef. Einer von ihnen war anders gekleidet – auffällig, fand Thaniel –, vielleicht um ganz sicherzugehen, dass man ihn bemerkte. Er trug einen leuchtend roten Mantel, und einer der Knöpfe daran war ein kleines Fabergé-Ei. Dieser Mann hielt nun einen Revolver in der Hand, so lässig wie jemand, der ständig mit einer Schusswaffe umgeht, und zielte damit auf Moris Kniescheibe.

Kuroda schleuderte ein wenig Heu in seine Richtung. »Haut ab!«

Die allgemeine Anspannung löste sich. Thaniel stand reglos da und wartete darauf, dass sein Herz wieder aufhörte zu hämmern. Er hatte nichts gegen Scherze. Aber wenn Mori nicht mit der Gerte nach Kuroda geschlagen hätte, wären die Pferde zusammengestoßen, und er wäre unter ihren Hufen zu Boden gegangen. Nach kurzem Zögern ging er hinüber und half Kuroda auf. Er konnte das nachvollziehen. Kuroda war ein angsteinflößender Mann, der Leute mochte, die sich von ihm nicht ins Bockshorn jagen ließen. Dennoch musste er sich zwingen, ihn ein wenig von dem Heu zu befreien und ihm auf die Schulter zu klopfen, als ob er ein ganz harmloser Kerl wäre. Kuroda lachte schon wieder. Er stieg in seinen Steigbügel und hielt dann inne, als ein Stallbursche kam, um den Sattelgurt zu überprüfen. Es war eine Erleichterung, nicht mehr im Fokus seiner Aufmerksamkeit zu sein.

Um sie her schwangen sich nun auch andere Männer in den Sattel, und die Frauen zogen sich von den Pferden zurück. Mori forderte Thaniel mit einem Nicken auf, ebenfalls beiseitezutreten, und nach einem energischen Pfiff von Kuroda preschten die Reiter so scharf davon wie ein Kavallerieregiment. Der Boden war mit Piniennadeln übersät, die unter den Hufen der Pferde aufstoben, und er bebte sogar noch, als sie schon ein gutes Stück entfernt waren. Jemand warf einen Bogen und einen Köcher von einem Pferd zum anderen, ein anderer fing beides auf, und dann hörte Thaniel das Schnappen einer Sehne, und ein Vogel fiel vom Himmel. Einer der Hunde rannte hin, um ihn zu holen.

Thaniel sah dem vom Stalltor aus zu und grub seine Fingernägel in das Holz. Er hatte Moris Baronie nie als etwas Reales angesehen, hatte immer gedacht, es ginge da nur um Geld. Mori hatte Japan immer bloß als kleines Land mitten im Nirgendwo geschildert, in dem es keine Eisenbahn gab und die Leute Telegrafenleitungen mit großem Argwohn betrachteten. Irgendwann hatte Thaniel es daher mit anderen unbedeutenden Weltregionen in einen Topf geworfen und sich auch eine entsprechende Vorstellung von der dortigen Aristokratie zurechtgelegt. Schließlich hatten selbst kleinste afrikanische Nationen einen König, auch wenn diese Könige über deutlich weniger Land und weniger Leute herrschten als etwa ein Gutsverwalter in Suffolk. Das war kein Königtum wie in England oder Deutschland, bei dem es eher um Weltherrschaft als um Landwirtschaft ging.

»Geht es Ihnen gut?«

Thaniel blickte sich um, und als er niemanden sah, blickte er nach unten. Takiko Pepperharrow war wieder da und schaute halb besorgt, halb amüsiert.

»Wie ich sehe, führt sich Kuroda mal wieder auf wie üblich«, sagte sie. »Er ist eifersüchtig und besitzergreifend, was seine Freunde angeht – und Sie duldet er nicht in seinem Revier. Viele Freunde hat er nämlich nicht.« Sie sprach perfekt Englisch.

»Soso. Danke, alles bestens.«

»Sie kommen aus Yorkshire«, lachte sie.

Es wäre ihm pedantisch vorgekommen, darauf hinzuweisen, dass es nicht Yorkshire, sondern die nächstsüdliche Grafschaft war. Er hatte schon auf dem Schiff festgestellt, dass er ganz zufrieden war, wenn man ihn überhaupt in Großbritannien verortete. Schätzte jemand, dass er aus der Nähe von Edinburgh kam, so bejahte er das, denn von Nagasaki aus gesehen, lag Lincoln ja tatsächlich in der Nähe von Edinburgh. »Woher wussten Sie das?«

»Mein Vater war ein englischer Diplomat, und meine Gouvernante stammte aus Whitby.« Sie wies mit einer Kopfbewegung in Richtung Jagd, und der Wind trug Thaniel einen Hauch Jasminduft zu. »Er versucht das auch immer wieder bei mir – Kuroda. Er will sehen, ob er einen zum Zurückzucken bringen kann. Er ist wie ein Sumo-Ringer: Er markiert den starken Mann, doch im Grunde geht es ihm nur um einen guten Kampf. Sagen Sie einfach ›Nashorn‹ zu ihm, dann lacht er und zieht seiner Wege.«

»Nashorn?«

»Es geht das Gerücht, dass er seine Frau umgebracht hat«, sagte sie. Sie beobachtete ihn jetzt sehr genau, aber vielleicht war das auch nur etwas, das sie sich angeeignet hatte, um größere Männer zu verunsichern. »Kennen Sie die *Marumaru*, die Satirezeitschrift? Die haben damals eine Karikatur gebracht, die ihn im Bett mit einem neuen Mädchen zeigt, und aus dem Sake-Dunst steigt ein Nashorngeist auf. Sie wissen schon: Nashorn heißt *Sai*, und *Sai* heißt auch Ehefrau.«

»Das ist lustig«, sagte Thaniel, ohne darüber nachzudenken, doch dann stellte er es sich bildlich vor und runzelte die Stirn. »Und – hat er? Sie umgebracht?«

»Ja. – Aua!« Sie riss ihre Hand vom Geländer fort und biss sich in den Fingerknöchel. »Die Luft ist geladen …« An ihrem Finger blieben Zahnabdrücke zurück. Weiter südlich grollte Gewitterdonner, und dann zuckten in großer Höhe Blitze, die nicht wie Gabelungen aussahen, sondern eher wie flackernde Quallententakel.

»Wie bitte? Er hat es getan?«

»Ja. Er ist ein Säufer«, sagte sie, als wäre es ganz normal, Frauen umzubringen. Vorsichtig schlug sie ihren Ärmel zurück und zuckte zusammen, als ihr die Seide einen weiteren Schlag versetzte. »Das ist der Berg«, sagte sie. »Von dort kommt in letzter Zeit ein seltsames Wetter.« Sie tippte an den Zaun, um ihm zu sagen, er solle ein Stück weit hinaufsteigen, tat dann dasselbe und zeigte auf eine Lücke zwischen den Bäumen. Der Fuji sah im grauen Gewitterdunst aus wie ein Berg auf dem Mond. Und während sie zusahen, zuckten erneut Blitze über den Himmel. Diesmal gab es jedoch keinen Donner und auch keinen Regen, aber die Luft hatte sich knisternd aufgeladen. Irgendwo im Wald wieherte ein Pferd.

»Aber warum ist er Premierminister, wenn er …?«

»Weil Keita es so will«, sagte sie milde. Sie musterte Thaniel eingehend, die Unterarme immer noch auf den Zaun gestützt. »Und woher kennen Sie sich? Keita und Sie?«

Es war schrecklich zu hören, wie sie Mori bei seinem Vornamen nannte. Sie hatte sich selbst mit ihrem Vornamen vorgestellt, um vielleicht modern und westlich zu wirken, aber Mori war nicht modern. Vornamen waren für ihn nur etwas für Kinder und für Leute, bei denen man nicht überrascht wäre, wenn man neben ihnen aufwachte. »Er ist mein Vermieter. Ich wohne in London in seinem Gästezimmer.«

»Wie gut kennen Sie ihn?«, fragte sie.

»Schon ganz gut. Warum?«

Nun sah sie ihn eindringlich an. »Wissen Sie, wozu er fähig ist?«

»Man sollte höflicherweise in seiner Nähe keine Münzen oder Würfel werfen – ja, das weiß ich.« Er merkte, dass er schroff klang, aber vor allem wollte er, dass sie wegging. All die Fragen fühlten sich an wie Druck auf einer Prellung.

Takiko musste allerdings unfreundliche Männer von noch ganz anderem Kaliber gewohnt sein, denn sie schien es nicht einmal zu bemerken. »Dann wissen Sie ja sicherlich auch, dass er die Menschen, die ihm nahestehen, im Grunde nicht als Menschen ansieht. Sondern als Werkzeuge. *Sie* sind ihm in irgendeiner Hinsicht dienlich. Ich ebenso und Kuroda auch – da bin ich mir so sicher wie bei nichts anderem auf der Welt. Aber vielleicht geht es auch nicht um Sie persönlich, sondern um Ihr interessantes kleines Mädchen.«

»Verzeihung, was wollen Sie damit sagen?«

»Warum sind Sie hier?«, fragte sie leise. Es klang eindringlich, aber nicht bedrohlich. »Sie scheinen ein netter Mensch zu sein. Aber netten Menschen ergeht es bei Keita nicht gut, Mr. Steepleton. Nette Menschen kommen bei ihm uns Leben. Er ist der König der nützlichen Todesfälle.«

Thaniel stutzte. Das war eine Möglichkeit, Mori zu charakterisieren, aber er fand, das klang ziemlich dramatisch. »Warum sind Sie dann immer noch mit ihm verheiratet? Sie könnten doch gehen, wenn Sie wollten.«

»Um Leute wie Sie zu warnen. Ich trete Ihnen hoffentlich nicht zu nahe, wenn ich das sage, aber: Sie sind krank, nicht wahr? Man hört es Ihnen an.«

»Ja. Und?«

»Der König der nützlichen Todesfälle«, sagte sie noch einmal, diesmal sehr leise.

»Ich bin nicht hier, um zu sterben, sondern weil ich hier besser atmen kann. In London ist die Luft sehr schlecht.«

»Natürlich«, sagte sie und seufzte. »Sie glauben wahrscheinlich, dass es mir nur darum geht, einen lästigen Gaijin loszuwerden. Aber dem ist nicht so. Fragen Sie ihn doch mal, was mit Gräfin Kuroda geschehen ist.«

»Ich komme schon klar, danke schön«, sagte Thaniel ein wenig barsch. Das war einfach so bei Mori: Man war immer in Versuchung, ihn persönlich für alles Böse verantwortlich zu machen, das in seiner Nähe geschah, da es ja in seiner Macht gelegen hätte, es zu verhindern. Doch es war garstig, so zu denken, denn man ließ dabei außer Acht, dass Mori auch nur ein Mensch war, jemand, der manchmal müde oder krank war, abgelenkt oder verärgert. Was auch immer mit Kurodas Gemahlin geschehen war: Thaniel war geneigt, Kuroda selbst die Schuld daran zu geben.

»Also gut. Aber falls Sie es nicht bemerkt haben: Sie sind hier in einen Krieg hineingeraten. Kuroda will ihn hierhaben, damit er ihm hilft, die Russen zu schlagen; er hat ihn gezwungen herzukommen. Keita will ihm nicht dabei helfen, die Russen zu schlagen, aber ich nehme an, er will Kuroda daran erinnern, wem er lieber nicht auf die Nerven gehen sollte. Passen Sie auf, dass Sie nicht zwischen die beiden geraten.«

»Ich werde es mir merken«, sagte Thaniel, der sich nicht vorstellen konnte, wie Kuroda Mori zu irgendetwas zwingen sollte. »Für mich sehen die beiden aus, als würden sie sich vor allem amüsieren.«

»Das tun sie auch. Aber sie sind Samurai. Was sie amüsiert, ist gefährlich.«

Er nickte. Sie klang wie jemand, der lieber keine Horde von Männern im Haus gehabt hätte, die dort wie Walrosse herumtobten. Ihm selbst hätte Kuroda wahrscheinlich auch schreckliche Angst eingeflößt, wenn er so klein gewesen wäre wie sie. Und Mori eventuell auch. Ja, vielleicht hätte er Mori sogar ein bisschen dafür gehasst, dass er Kuroda dort herumtoben ließ, zumal, wenn man als seine Ehefrau sein rechtmäßiges Eigentum war. Thaniel wusste nicht, wie Ehen in Japan geregelt waren, aber wenn er sich Moris Ansichten über Frauen vor Augen führte, konnte es nicht allzu würdevoll sein.

»Sie denken, ich bin eine Frau, die sich um Frauenkram sorgt«, sagte sie ironisch. »Ich weiß, Kuroda und Mori müssen aus Ihrer Warte recht harmlos aussehen, aber darum geht es mir gar nicht.«

»Tja«, sagte er, lächelte ein wenig und ärgerte sich, dass er so unhöflich gewesen war. »Dann danke ich Ihnen, dass Sie mich gewarnt haben.«

Sie öffnete die Hände, um zum Ausdruck zu bringen, dass sie nun nicht weiter in ihn dringen würde.

Auf dem Fuji flackerte erneut das blaue Licht. Sie beobachteten es gemeinsam eine Weile. Es fühlte sich an, als läge ein Gewitter in der Luft, aber von Regen war immer noch nichts zu sehen.

Dann rief Takiko den anderen Frauen etwas zu. Thaniel verstand es nicht. Mit ihren bunten Ärmeln und Schärpen kamen sie anmarschiert, und nach einigen Gesprächsfetzen über die russische Flotte waren sie allesamt weitergegangen und hatten ihn auf der schmalen Straße allein zurückgelassen.

Irgendwo in der Nähe läuteten Glöckchen. Thaniel konnte nicht erkennen, woher das kam. Es musste ein Signal gewesen sein, denn etwa fünfzig Meter entfernt schwang sich einer von Kurodas Leibwächtern von dem Zaun herab, auf dem er gehockt hatte, und ging in Richtung Hintereingang des Geländes. Dabei betätigte er hektisch den Knopf an seinem Funkgerät.

Habt ihr ihn noch?

Stille. Thaniel lauschte, ohne sich etwas dabei zu denken.

Ja, alles gut. Wünschte, Suzuki hätte ihn in etwas Helleres gesteckt. Rot-Schwarz ist verdammt schwer zu verfolgen. Jeder Zweite hier trägt Rot-Schwarz.

Thaniel stutzte, denn er hätte schwören können, dass Kuroda grün gekleidet war. Es klang, als wäre Mori damit gemeint.

DREIZEHN

Zwischen den Stallungen und dem Hauptgebäude stand ein langes, hübsches Gewächshaus. Sein Glasdach war, passend zum Haupthaus, geschwungen wie das eines Tempels und bestand deshalb aus kunstvoll zusammengefügten Scheiben verschiedenster Größe und Form. Thaniel, der gern ein paar Minuten lang wärmere Luft geatmet hätte, ging hinein. Das Gewächshaus führte offenbar auf das ehemalige Tempelgelände hinaus, denn man blickte von dort auf einen Friedhof. Auf dem Weg dorthin bildeten einige über und über mit Früchten behangene Birnbäume einen Bogengang über dem kleinen Pfad. Am anderen Ende stand eine Bank. Vorsichtig setzte er sich darauf und ließ seine Lunge die feuchte Luft und den grünen Duft der mit Wasser benetzten Blätter aufsaugen.

Es war sehr wohltuend. Schon nach einer halben Minute fiel ihm das Atmen leichter. Er nahm sich auch eine Birne für später mit. Neben der Bank stand ein wunderschönes Glasterrarium voller dicker, fideler Raupen. Einige von ihnen waren schon dabei, sich einen Kokon zu spinnen. Es war ein faszinierender Anblick. Thaniel saß ganz gebannt vor der Glasscheibe und fragte sich, woran eine Raupe wohl ihre Freunde wiedererkannte, nachdem sie sich alle in Schmetterlinge verwandelt hatten – oder ob sie dann noch mal ganz von vorne anfangen und sich bei allen neu vorstellen musste.

Zur Windseite hin klapperten die Scheiben des Gewächshauses

ein wenig. Stürmisches Wetter zog auf. Über dem Meer hatten sich dunkle Wolken zusammengezogen, und das Licht hatte Mühe hindurchzudringen. Immer noch war kein Regen in Sicht, nicht einmal in der Ferne, nur immer mehr Nebel, der von Norden heranzog.

Dann schrie plötzlich ein Kind. Es war ein entsetzter, archaisch wirkender Laut, und Thaniel zuckte zusammen und dachte im ersten Moment, es sei Six. Dann folgte er dem leuchtend weißen Nachhall des Schreis den Hügel hinab zum Friedhof.

Es war nicht Six. Es war der kleine Gärtnerjunge. Er hatte sich ein Tuch vors Gesicht gebunden, weil er Kalk in ein flaches Grab geschaufelt hatte. Neben ihm stand eine Kiste voller toter Vögel. Hauptsächlich Krähen.

»Was ist passiert?«, fragte Thaniel.

»Ich hab einen Geist gesehen!« Er klang panisch.

Verwundert ging Thaniel zu dem Grab und sah hinein. Es lagen bereits einige Kistenladungen Vögel darin, halb bedeckt mit pulvrigem Kalk. »Wo …?«, setzte er an, doch der Junge fing an zu weinen. »Wie heißt du?«, fragte er in sanfterem Ton.

»Hotaru«, sagte der Kleine. »Yoshida.«

Thaniel nahm ihn auf den Arm. Er war wahrscheinlich älter, als er aussah, aber er war klein und knuffig und so leicht, dass er ihn problemlos zum Haus zurücktragen konnte. Sein Name passte zu ihm: Er hatte tatsächlich etwas von einem Glühwürmchen. »Wo ist denn deine Mutter?«, fragte Thaniel behutsam.

»In der Saline, unten am Strand«, sagte der Junge immer noch schluchzend. »Aber Herr Suzuki will bestimmt nicht, dass ich da hingehe …«

»Herr Suzuki wird's überleben«, sagte Thaniel. »Komm, wir gehen ihn suchen.«

Hotaru hatte recht: Suzuki wollte ihn nicht nach Hause lassen.

»Um Himmels willen, man kann doch nicht jedes Mal das Personal nach Hause schicken, wenn es sich irgendeinen Blödsinn einbildet …«

»Wie alt bist du?«, fragte Thaniel den kleinen Jungen.

»Sieben.«

»Er ist erst sieben Jahre alt, Suzuki. Ich bringe ihn jetzt zu seiner Mutter. Es sei denn, Sie glauben, er wäre produktiver, wenn er hinter dem Gewächshaus herumschluchzt.«

Suzuki seufzte. »Die Salzsieder sind eben ungebildete Leute, Mr. Steepleton, da kann man nichts anderes als Aberglauben erwarten. Der Junge wird dem schneller entwachsen, wenn man da nicht auch noch Nachsicht übt.«

Thaniel ging mit dem kleinen Jungen dennoch zum Strand hinab. Am Tor kamen sie an einem von Kurodas Leibwächtern vorbei, der gelangweilt aufs Meer hinausschaute. Er machte sich nicht einmal die Mühe, ihnen zuzunicken. Am Leuchtturm, der sich auf seinem schiefen Felsen über ihnen erhob, brannte trotz des trüben Wetters kein Licht. Nur ein weißes Hemd war dort oben zu sehen, das an einer Wäscheleine flatterte.

• • •

Thaniel roch die Salinen, bevor er sie erblickte. Dort wurde Seetang verbrannt, und der Rauch quoll zum Himmel empor. Es war allerdings etwas Seltsames daran, wie sich dieser Rauch bewegte: Er verlagerte sich manchmal ein wenig seitwärts, als würde er von irgendetwas geschoben, doch es wehte überhaupt kein Wind. Das Meeresufer lag in einer geradezu unheimlichen Stille da. Eigentlich hätte es hier von Möwen und anderen Vögeln nur so wimmeln müssen, doch es waren keine zu sehen.

Im ersten Moment nahm Thaniel an, dass die Vögel irgendwohin geflogen seien, wo es sicherer für sie war. Das erwies sich jedoch als Wunschdenken. Bald schon sah er sie an der Flutlinie liegen: gefiederte Kadaver, die an das Gewirr aus Seetang und Kieseln gespült wurden, wobei ihre weicheren Federn ein wenig wie Gischt wirkten. Als er hinüberging, um sich das anzusehen, erblickte er die vielen Krabben, die sich an dem Aas gütlich taten. Ein Stück weiter den Strand entlang hatten auch andere Leute es bemerkt und sammelten die Krabben mit Eimern ein. Es waren vor allem Kinder in grauen Kleidern. Der Rauch der Salinen quoll zwischen ihnen hindurch, sodass Thaniel nicht erkennen konnte, wie viele es waren. Hotaru, immer noch traurig, blieb an seiner Seite.

Die Salinen waren auf einem Gelände errichtet, das wie ein natürlicher Felshaufen aussah. Thaniel kletterte vorsichtig hinauf, und hier und da blieb er mit den Handschuhen an alten Napfschnecken hängen. Oben hielt eine kräftige Gestalt mit einem Rechen inne und sah ihm durch den Rauch und die aufwirbelnde Asche entgegen.

»Guten Tag«, sagte Thaniel. »Ich komme von dem großen Haus. Sind Sie Herr Yoshida?«

»Wer will das wissen?«, grummelte der Mann. Er hatte eine unmenschlich heisere Stimme, die klang, als hätte er sein ganzes Leben lang diesen Rauch eingeatmet. Direkt neben ihm befand sich eine tiefe Grube voll brennender Algen, die zischten und knallten, wenn ihre Luftblasen platzten.

»Ihr Sohn hat sich ein bisschen erschreckt, und jetzt ist er traurig.« Er legte Hotaru beide Hände auf die Schultern und stellte ihn vor sich hin. »Ist seine Mutter hier irgendwo?«

»Warum, was ist denn passiert?«

»Er sagt, er hat einen Geist gesehen.«

»Was soll das heißen: ›Er sagt‹?«, erwiderte der Mann verärgert. »Wenn unser Hotaru sagt, er hat einen Geist gesehen, dann hat er einen gesehen. Wir haben alle schon Geister gesehen.«

Hotaru war ganz still geworden und hatte den Blick zu Boden gesenkt.

Thaniel stutzte. »Schon gut.«

Der Mann grunzte ihm etwas Unverständliches entgegen und rief dann einer Frau etwas zu. Sie kam herbei, ohne ein Wort zu sagen, und nickte nur unterwürfig, was die Dickköpfigkeit ihres Mannes eher nicht milderte, und ging dann eilends mit Hotaru fort. Thaniel wünschte sich, er hätte ihn nicht hierhergebracht, und fragte sich, ob Suzuki ihm wohl auf seine pedantische Art hatte sagen wollen, dass er damit nichts Gutes ausrichten würde.

»Haben Sie gerade gesagt, Sie alle haben schon Geister gesehen?«, fragte Thaniel den Salzsieder.

»Na und?«

»Wo?«

»Hier. Was kümmert Sie das?«

»Würden Sie mir die Stelle zeigen?«

»Die kommen aber nicht, bloß weil irgendein Westler sie sehen will.«

Es roch dort nach Holzkohle und Seetang. Thaniel wäre gerne näher herangegangen, aber die Felsen waren uneben, und er konnte zwischen den Feuergruben hindurch keinen Pfad erkennen. »Warum gibt es hier Geister?«

»Wenn Sie mir nicht glauben, sollten Sie das einfach sagen und weiter Ihrer Wege gehen.«

Thaniel nahm an, wenn man dort seinen Lebensunterhalt mit dem Verbrennen von Seetang verdiente, wollten nicht viele Leute hören, was man über irgendetwas zu sagen hatte. »Ist hier etwas passiert?«

Der Salzsieder antwortete nicht. Thaniel wartete. So seltsam er den Salzsieder auch fand – er selbst musste noch seltsamer aussehen. Er war über einen Kopf größer als der Mann und trug einen grabtuchgrauen Mantel.

»Fragen Sie doch den Baron in dem großen Haus«, sagte der Mann schließlich.

»Warum?«

»Es fing an, als wir erfahren haben, dass er wiederkommt.« Er rang die Hand am Stiel seines Rechens, und das schabende Geräusch klang nach schlechtem Holz und Schwielen.

»Warum war es wichtig, dass er wiederkommen würde?«

Doch der Salzsieder hatte genug. »Hören Sie, hauen Sie ab! Sie lenken meine Leute von der Arbeit ab.«

Thaniel sah sich um. Ringsumher hielten Männer an ihren Feuergruben inne, um zuzuhören, und stützten sich dabei auf ihre Rechen. Sie alle trugen Tücher vorm Gesicht. Er hätte jeden Einzelnen von ihnen für ein Gespenst halten können.

• • •

»Das sind seltsame Leute, das habe ich Ihnen ja gesagt«, meinte Suzuki, als Thaniel zurückkam. »Sie sind übrigens ganz mit Asche bedeckt«, fügte er hinzu. »Schleppen Sie mir das bloß nicht ins Haus.«

Thaniel ging stattdessen über den Hof. Dort stand eine Pinie, an deren Ästen noch alte Gebetskarten hingen, aus der Zeit, als das Haus ein Kloster gewesen war. Es war ein alter, ausladender Baum mit tiefen Furchen in der Rinde, dessen Astwerk ungefähr auf Brusthöhe begann und mit dunklem Moos bedeckt war. Die Nadeln rauschten im Wind.

Irgendjemand hatte erst kürzlich wieder begonnen, die Pinie als heiligen Baum zu verwenden. An den niedrigsten Zweig waren mit bunten Bändern sechs oder sieben neue Karten gebunden. Eine leichte Brise ließ sie aneinanderklappern. Es klang beinahe kirchlich, fast wie Glocken oder wie Schritte auf einem Steinboden. Da er sonst nichts für Hotaru tun konnte, nahm er aus der Schachtel, die jemand dort zurückgelassen hatte, eine unbeschriftete Karte und schaute sich dann die Karten an, die bereits an dem Baum hingen.

Auf dass Midoris Kopfweh vor der Hochzeit besser wird
Auf dass ich keine Geister mehr sehe
Auf dass das Stück der Frau Baronin ein Erfolg wird
Auf dass die Geister verschwinden
Auf dass die Geister verschwinden

Alle waren in unterschiedlicher Handschrift abgefasst. Er nahm den Stift zur Hand, der an einer Schnur vom Baum herabhing, wünschte Hotaru auf seiner Karte alles Gute und schnippte dann auch noch ein Geldstück in das flache Wasserbecken daneben. Unter den Seerosen dort funkelten bereits etliche Sen-Münzen.

Er zuckte zusammen, als er plötzlich angeschrien wurde, und lachte dann über sich selbst. Es war bloß eine Eule. Eine Mutter saß mit zwei halbwüchsigen Küken auf den Wurzeln der Pinie. Eine der Eulen pickte an einer toten Krähe herum. Im Gras lagen auch noch andere tote Vögel, denn direkt darüber befand sich ein weiteres Glasfenster. Eines der Eulenküken kam zu ihm und untersuchte seine Schnürsenkel.

»He! Weg da!« In einem Seitenausgang war eine junge Dienerin mit einem Besen aufgetaucht. »Los! Macht, dass ihr wegkommt!«

Die Eulen flatterten davon, und die Kleinen ließen einige flaumige Federn zurück.

»Die tun doch keinem was«, sagte Thaniel. »Die wollten nur die Vögel.«

Die Dienerin sah ihnen beklommen hinterher. »Eulen sind böse«, sagte sie. »Verstehen Sie? Wenn es zu viele sind, wird etwas Böses geschehen, sie rauben einem das Glück. Sie sollten nicht in die Nähe eines heiligen Baums kommen. Es ist verdammt schwer, sie fernzuhalten, das ganze Gelände ist von ihnen verseucht. Das ist immer so, wenn der Herr nach Hause kommt.«

Thaniel hielt inne. »Ich wollte nicht spionieren, aber ich habe die Karten gesehen. Haben Sie eine davon geschrieben, vielleicht die mit den Geistern?«

Sie nickte. »Im Brunnen gibt es einen bösen Geist, eine Frau.«

Thaniel gab sich Mühe, nicht völlig unbeeindruckt zu wirken. Bei so gut wie allen japanischen Burgen und Herrenhäusern, von denen er je gelesen hatte, gab es eine Geschichte über eine Frau in einem Brunnenschacht. Im Mittelalter schienen die Fürsten hier der Meinung gewesen zu sein, dass Frauen generell in einen Brunnen geworfen gehörten. »Ist in diesem Brunnen denn tatsächlich eine Frau gestorben?«

Sie blickte verwirrt. »Sie wissen nichts von der Gräfin Kuroda?«

»Ach so …«, sagte er und fragte sich, warum ihn das nun überraschte.

Die Dienerin deutete auf einen anderen Teil des Gartens. »Gehen Sie hin und schauen Sie sich das an«, sagte sie.

Der Brunnen befand sich gleich hinter einigen Ginkgo-Bäumen. Er war eingesunken, aber seit seinem Bau musste es auch seismische Veränderungen gegeben haben, denn falls das Wasser jemals sauber gewesen war, war es das schon längst nicht mehr, sondern hatte die Brunnenwände mit einer Schicht aus gelbem Schwefelsalz bedeckt. Am Grund des Brunnens brodelte das Wasser vor sich hin. Durch den aufsteigenden Dampf konnte man nicht hindurchsehen, und selbst wenn man es gekonnt hätte, wäre ein Leichnam dort zerkocht worden, ehe man ihn hätte bergen können. Der Brunnenschacht war über zehn Meter tief, und dennoch konnte Thaniel das Zischen und Blubbern des Wassers hören. Und allein wenn er sich nur über den Brunnenrand beugte, war die Hitze schon unangenehm.

»Ich wusste nicht, dass Gräfin Kuroda hier ums Leben gekommen ist«, sagte er schließlich.

Die Dienerin hatte ihn begleitet. »Tja. Hier hat es niemanden gewundert«, sagte sie. »Wissen Sie, wie man Yoruji schreibt?«

»Wie bitte?«, fragte Thaniel verwirrt. »Äh … ja. Es bedeutet Abendtempel, nicht wahr?«

»So schreibt man es heute, damit es hübscher klingt. Früher hat man es anders geschrieben. *Yoru* heißt Grab.«

• • •

Beunruhigt ging er zurück zum Friedhof, um die restlichen Vögel zu begraben, damit Hotaru keinen Ärger bekam. Geister, Gespenster – wie in der Gesandtschaft. Vielleicht war das hier einfach ein Land, in dem es spukte. Der Kalk bildete seltsame Formen, als er ihn ins Grab schippte. Als er damit fertig war, rammte er den Spaten in den frisch aufgeworfenen Erdboden und richtete sich auf. Nun fühlte er sich besser, weil er etwas Nützliches getan hatte – auch wenn ihn die Arbeit viel mehr angestrengt hatte als früher. Er klopfte sich die Hände ab, die vollkommen steif waren, und als er seine Finger krümmte, knackten sie. Anschließend schlenderte er noch ein wenig über den Friedhof, um zu sehen, ob dort jemand Bekanntes oder Berühmtes begraben lag.

Den Eingang markierte ein steinernes Schreintor. Es war sehr alt: Der Sockel war mit Moos bewachsen, und die eingemeißelte Fuchsfigur war verwittert. Thaniel konnte nicht erkennen, was sie bedeutete. Die Gräber dahinter waren viel enger platziert, als es auf Friedhöfen im Westen üblich war. Einige waren christlich. Andere bestanden nur aus schlichten Säulen mit senkrechten Inschriften, umgeben von den krummen Resten heruntergebrannter Räucherstäbchen. Alles war von Moos überwuchert, und überall zeigten sich zarte Spinnen. Aufgrund der permanenten Erdbeben hatten sich manche der älteren Grabsteine zur Seite geneigt oder waren ganz umgestürzt, und das Moos verband sie dann mit dem üppigen Gras.

Vor einem Grab blieb Thaniel stehen, denn in den Grabstein

war eine Art Periskoprohr eingebaut, an dessen oberem Ende ein Glöckchen angebracht war. Diese Leute hatten solche Angst davor gehabt, lebendig begraben zu werden, dass sie sich im Sarg eine Glöckchenschnur um den Finger hatten wickeln lassen. Das musste eine ziemliche Mode gewesen sein, denn viele der Gräber waren mit solchen Glöckchen versehen. Bei manchen waren sie allerdings erst lange nach der Beisetzung angebracht worden, denn einige der kleinen Glockentürme waren aus noch recht frischem Holz, und das sogar auf Gräbern aus dem vorigen Jahrhundert. Sie rochen sogar noch neu. Vermutlich war es irgendeine gesetzliche Vorschrift, der man nachkommen musste. Thaniel hatte keine Ahnung, ob die Leute hier an eine Auferstehung glaubten. Mori sprach manchmal über frühere Leben, aber nur so, wie Thaniel über die Hölle sprach – ohne viel darauf zu geben.

In eines der Gräber war eine Art Fernrohr eingebaut, durch das man in den Sarg hinabsehen konnte. Thaniel öffnete die Klappe oben am Rohr. Sein Blick fiel, über zwei inzwischen trübe gewordene Spiegel weitergelenkt, auf einen kleinen, harmlos wirkenden Totenschädel, dessen Kinn nach unten geklappt war. Es war ein seltsam angenehmer Anblick.

Nun ertönte vom anderen Ende des Friedhofs her das leise prismenfarbene Klingeln eines einzelnen Glöckchens. Thaniel schaute hin und stutzte. Sie hatte sich umgezogen und war ohne die ganze Pracht in ihren schlichten Sachen fast nicht wiederzuerkennen, doch die Frau, die dort bei den ältesten Gräbern kniete, war Takiko Pepperharrow. Sie brachte gerade ein neues Glöckchen an. Links neben ihr stand ein ganzer Korb dieser Glöckchen, der jedes Mal munter schellte, wenn sie ihn anhob und damit zum nächsten Grab ging.

Von dem Impuls gepackt, nicht schon wieder mit ihr zu reden, wandte sich Thaniel ab.

VIERZEHN

Als es Zeit fürs Abendessen wurde, war Thaniel inzwischen so müde, dass er sich schon fast wie im Delirium fühlte, doch Mori versprach ihm, das Essen werde es wert sein. Er kam mühsam wieder auf die Beine und wurde dann, als er mit Six und Mori durch das sonderbare Haus ging und andere Leute andere obskure Treppen herabkommen hörte – die Männer immer noch berauscht von der Jagd und die Frauen über das Wetter auf dem Berg plaudernd –, zusehends wieder munter.

Der lang gedehnte, luxuriöse Speisesaal bot durch Doppeltüren, die fast die gesamte Rückwand einnahmen, einen weiten Blick hinaus aufs Meer. Die Tische waren lang und niedrig, und dank der Mulden darunter konnte man bequem auf dem Boden sitzen, und sie hielten zudem, obwohl die Türen offen standen, die Wärme im Raum. Über die Tische verteilt standen prachtvolle Arrangements von Gewächshausblumen in gläsernen Vivarien, arrangiert mit Kieselsteinen, Moos und Knospenzweigen. In einigen der Vivarien schwebten winzige Kolibris, die sich bei genauerem Hinsehen als mechanische Konstruktionen entpuppten, deren silberne Hülle blau schimmernd oxidiert war. Von allen Tischen her riefen die Anwesenden der Gastgeberin Komplimente zu.

Thaniel hörte mit an, wie eine Dame ihrem Gemahl erzählte, diese Kolibris seien ein Teil von Moris Hochzeitsgeschenk an Takiko gewesen – und *manche Leute* könnten sich bei ihrem nächsten Hochzeitstag gern mal ein Beispiel daran nehmen.

Thaniel schloss eine Hand um seine Taschenuhr. Auch die hatte Mori gebaut.

Wenn man mit einer Frau lediglich eine freundschaftliche Geschäftsbeziehung einging, verbrachte man nicht Hunderte Stunden damit, zehn künstliche Kolibris für sie zu konstruieren. Man schenkte ihr ein schönes Porzellanservice, und das war's.

Dann kam das Essen, in kleinen, aber überaus feinen Portionen: Sushi, perfekt arrangiert und mit Fischeiern verziert, die wie kleine Juwelen aussahen, gebratener Reis und gewöhnlicher Reis, aber mit violetten Körnern besprenkelt, eine Art Tofu-Kuchen, den man aus einem Topf mit Honig beträufeln sollte, dampfende Bohnen, noch in der Schote, mit Salzkristallen und Gewürzen bestreut. Das Personal arbeitete sehr flink, die Küche befand sich gleich nebenan, und von dort zischte und dampfte es herrlich. Statt kleinlaut zu signalisieren, wenn sie etwas wollten, riefen die Frauen, und schon kam jemand angerannt. Es war vollkommen anders, als Thaniel erwartet hatte, und zehnmal lebendiger, als so etwas in England abgelaufen wäre.

»Kannst du mir mal erklären, warum ich mich so in Schale werfen musste, wenn ich dann so ein Wirtshausessen vorgesetzt bekomme? Denn wie ich höre, hast du ja darauf bestanden«, sagte Mori zu Kuroda, der an seiner anderen Seite saß. Suzuki hatte ihn in einen weiteren Kimono gesteckt, der sogar noch prächtiger war als der vorige und offenbar das hiesige Äquivalent eines Fracks. Alle am Tisch trugen so etwas, und es bestand jeweils aus Schichten über Schichten. Thaniel hatte sich Suzukis diesbezüglichen Bemühungen widersetzt – was anscheinend fürchterlich respektlos von ihm war – und kam sich nun sehr underdressed vor.

»Gegen Wirtshausessen ist doch nichts einzuwenden«, erwiderte Kuroda vergnügt. »Und du hast dich so in Schale geworfen, damit ich beiderseits Blumen um mich habe.« Er streckte eine Hand zu Mori hinüber und die andere zu Takiko Pepperharrow, die zu seiner Rechten saß. Mori beäugte die Hand nur skeptisch, und Kuroda lachte.

Thaniel kümmerte sich derweil leise um Six, die zwischen Mori und ihm platziert war. Jemand hatte auch ihr einen Kimono angelegt. Er stand ihr gut, und in den Ärmeln waren Taschen, in denen man, wenn man wollte, eine Unmenge Nüsse unterbringen konnte.

Nun reichte Mori ihm ein Glas mit einem bernsteinfarbenen Wein, der nach mit Tee versetzten Pflaumen schmeckte. Es war das bei weitem köstlichste alkoholische Getränk, das Thaniel je probiert hatte. Sein Duft verband sich auf angenehme Weise mit dem Pfeifenrauch, der in der Luft lag. Dieser Rauch brachte ihn jedoch nicht zum Husten, sondern zog durch die offenen Türen hinaus, während zugleich die Kühle des nahenden Sonnenuntergangs zu ihnen hereindrang. Die Diener begannen nun, kleine Kerzen in den Papierlampen anzuzünden, die von den Deckenbalken hingen. Und bald schon hatte Thaniel jeglichen Gesprächsfaden verloren.

Hin und wieder loderte an einem Tisch eine Flamme auf, wenn die Köche als kleinen Partytrick Forellen vor aller Augen mit einer Lötlampe garten, und dem folgten neues Gelächter und weitere Geistreicheleien. Von den Kerzen angelockt, schwebten nun Glühwürmchen herein. Sie wirkten wie Sternbilder, die sich auf Wanderschaft begeben hatten. Sie flogen in Schleifen durch die rauchige Luft und trudelten verblüfft umher, wenn sie zu den Lichtern fanden. Einige der Frauen fingen sie mit ihren Ärmeln ein, und bald schon standen Gläser voller verwirrter Glühwürmchen auf dem Tisch.

Die Frau an Thaniels anderer Seite, die sich als Fürstin Shimazu entpuppte, rief einen Diener herbei und ließ Thaniel weitere Gerichte für mindestens fünf Personen bestellen. Als ihm das tatsächlich gelang, jubelte sie und schenkte ihm noch ein Glas Wein ein. Er bekam durchaus mit, dass man sich ein wenig über ihn lustig machte, fand es aber dennoch witzig. Die Fürstin fragte ihn nach der Reise, und als er die Vögel erwähnte, meldeten sich auch andere Leute zu Wort. Die Vögel taten schon seit Wochen die seltsamsten Dinge. Fürst Shimazus Gärtner hatte einen ganzen Haufen von ihnen in einem Schuppen. Und die Bauern reagierten abergläubisch auf die ganze Sache.

»Vielleicht wird der Berg explodieren«, sagte jemand, und alle erwiderten: »Na, hoffentlich nicht«, aber es klang überhaupt nicht so, als sprächen sie davon, dass sie von einem Vulkan eingeäschert werden könnten.

Der Speisesaal befand sich direkt gegenüber dem Leuchtturm, und als dort das elektrische Leuchtfeuer in Betrieb genommen wurde, drang der Lichtstrahl quer durch den Raum. Er hatte die Farbe eines Nebelhorns. Thaniel musste sich kurz die Ohren zuhalten, um sich davon zu überzeugen, dass er nicht wirklich ein Nebelhorn hörte.

Die Diener hielten alle inne bei dem, was sie taten, richteten sich auf und läuteten jeweils ein silbernes Glöckchen. Dieser Glockenklang drang in metallischem Blau durch den Rauch. Eine junge Dienerin stand direkt hinter ihnen und ließ bei dem Griff nach ihrem Glöckchen eine Tasse fallen. Die landete in Moris Schoß, und dampfend heißer Tee ergoss sich über sein Knie. Er schnappte jedoch nicht nach Luft. Er erstarrte nur.

Die Leute sahen einander erwartungsvoll an, wer nun wohl etwas sagen würde. Dann erlosch das Leuchtfeuer wieder. Thaniel musste seinen Kopf hin und her drehen, um den Nachhall loszuwerden.

»Zeit für den richtigen Wein!«, rief Kuroda und erntete damit allgemeinen Beifall.

Alle schienen das als Anlass fürs Läuten der Glöckchen zu akzeptieren. Six widmete sich wieder ihrem Essen. Im Raum rotierten nun Kurodas Leibwächter: Einige wechselten sich ab, andere gingen hinaus.

Mori starrte immer noch auf die Tasse in seinem Schoß, blass und reglos, obwohl er sich verbrannt haben musste. Thaniel hatte noch nie jemanden so schnell seine Gesichtsfarbe verlieren sehen. Er sah aus, als wäre gerade eine Leiche aus einem Schrank gefallen und ihm vor die Füße geknallt.

»Mori«, sagte Thaniel leise. Er griff an Six vorbei, schob die Tasse beiseite und reichte Mori sein Weinglas, das bis auf einen großen Eissplitter leer war.

Mori sah ihn nur verständnislos an. Dann: »Verzeihung. Ja. Danke.« Er zog sich seinen Ärmel über die Hand und kippte das Eis hinein, um einen kalten Umschlag zu improvisieren.

»Was zum Teufel geht hier vor? Was sollte das mit den Glöckchen?«

»Das ist bloß das Signal für Kurodas Männer, ihre Posten zu wechseln. Sie rotieren, damit sie wach bleiben.«

»Ah«, sagte Thaniel. Dann stutzte er. Während sie sprachen, waren einige neue Männer hereingekommen und hatten die Posten der hinausgegangenen übernommen. »Aber du hast dich erschreckt.«

»Ich bin bloß noch ein bisschen benebelt von der Reise«, sagte Mori.

Einer der Männer ging direkt hinter ihnen vorbei und tippte währenddessen auf seinem Funkgerät herum. Er konnte das besser und schneller als die anderen, die Thaniel gehört hatte.

Noch im Speisesaal. Die Tasse hat funktioniert. Er hat sie nicht gefangen.

Thaniel blickte sich ruckartig um und sah dann wieder zu Mori hinüber. »Das war Absicht. Sie hat die Tasse absichtlich fallen lassen. Die reden miteinander über dich.«

»Ich weiß«, sagte Mori geduldig. »Sie müssen den Premierminister beschützen. Und ein Hellseher, der möglicherweise zum Feind übergelaufen ist, ist vermutlich der schlimmste Albtraum eines jeden Sicherheitsbeamten.«

»Aber …«

»Lass sie«, sagte Mori. »Sie machen nur ihre Arbeit.«

Thaniel verkniff sich die Bemerkung, dass es ja wohl nur bei den wenigsten Leuten zur Arbeit gehörte, jemandem kochend heißes Wasser in den Schoß zu kippen.

• • •

»Mori«, sagte Thaniel, als sie zu ihren Zimmern zurückgingen. Er trug Six, die eingeschlafen war. Das Haus knarrte vor sich hin und verhielt sich kontraintuitiv: Jedes Mal, wenn ihm sein Orientierungssinn riet, nach links abzubiegen, ging es in Wirklichkeit nach rechts. Manchmal tauchten die Schatten anderer Leute auf der Rückseite der Papierwände auf. Thaniel sprach ganz leise, obwohl buchstäblich selbst ein Flüstern im ganzen Haus zu hören war. »Wegen Kuroda. Ich habe gehört, er hat seine Frau umgebracht.«

Er hatte erwartet, dass Mori das energisch bestreiten würde, doch der zog nur die Schultern zurück, während er darüber nachdachte. »Er hatte dabei durchaus seine Hand im Spiel.«

Thaniel, der den Blick zu Boden gerichtet hatte, hob die Augenbrauen. »Und außerdem ist er nicht nur ein komischer Kauz und auch nicht nur wahrscheinlich wahnsinnig, sondern er hat die volle Punktzahl auf dem Napoleonometer! Das ist wirklich außergewöhnlich, meine Damen und Herren! Mr. Mori, Sie haben eine Kokosnuss gewonnen!«

»Wieso?«

»Wieso? Wenn Kuroda die Angewohnheit hat, Leute umzubringen … Mori … Die Sache mit seinen Leibwächtern … Falls er beschließt, dass du … Ich weiß nicht … Falls er es jemals auf dich abgesehen haben sollte …«

Mori sah Thaniel nicht an. Er betrachtete vielmehr einen Bereich der Luft direkt vor ihnen, als wäre dort jemand, und sein Blick war ein einziger stummer Tadel. Einen kurzen Moment lang sah Thaniel dort in den Staubkörnchen, die im sanften Licht flirrten, so etwas wie die Umrisse eines Menschen.

»Er hat sie nicht umgebracht. Ich war es.«

Thaniel verlangsamte seine Schritte. Es war kaum zu glauben, was er da gerade gehört hatte, und daher suchte sein Hirn schnell nach etwas anderem, worüber er nachdenken konnte. Sie waren nun in einem großen mehrfach unterteilten Raum angelangt, der leer stand, aber von Öllampen erhellt war. An der nächstgelegenen Wand hing ein Höllentriptychon, das eine Frau zeigte, die in einer fallenden Kutsche brannte. Der Stil wirkte alt, die Farben aber sahen frisch aus. Dämonen schwebten durch den Rauch. Es war ein schrecklicher Anblick, und Thaniel hatte fast das Gefühl, dass es sich um eine Halluzination handelte, denn er hätte immer noch nicht sagen können, wo sie sich in dem Haus befanden. Es war auch nichts, das Mori ausgewählt hätte. Natürlich hatte Takiko es ausgesucht, nicht er. »Gab es einen guten Grund dafür?«

»Kommt drauf an, was du unter gut verstehst.«

»Ich habe nie erlebt, dass du etwas Böses getan hättest«, sagte Thaniel ganz aufrichtig.

»Du kennst mich noch nicht lange«, bemerkte Mori.

Thaniel glaubte nicht, dass er sich da allzu großen Illusionen hingab. Er hatte im Laufe der Zeit allerhand sinistre Geschichten gehört: über den Tod eines Vetters von Mori und eine ganze Reihe eher unwahrscheinlicher Unglücksfälle, darunter auch jenen der Oberin von Six' Arbeitshaus, die unter sehr ungewöhnlichen Umständen ums Leben gekommen war. Doch letzten Endes war Mori ein ruhiger Mann, der seit vier Jahren mit der Katze der Haverlys im Clinch lag und für seine kleine Adoptivtochter kunstvolle Glühbirnen konstruierte. Thaniel sagte ihm das.

»Das Irritierende an bösen Menschen ist, dass sie manchmal auch Gutes tun«, erwiderte Mori.

»Jetzt werd mal nicht dramatisch«, sagte Thaniel.

Mori rang sich ein Lächeln ab. »Warum kümmert es dich nicht? Das sollte es.«

Thaniel legte seine Wange an Six' Haar, während er überlegte, was er darauf antworten sollte, das nicht der Wahrheit entsprach. Die Wahrheit war, dass er Mori so unsterblich liebte, dass er wahrscheinlich selbst über ganze Friedhöfe voller toter Ehefrauen hinweggesehen hätte. »Es geht mich nichts an«, sagte er schließlich.

FÜNFZEHN

YOKOHAMA, 19. DEZEMBER 1888

Thaniel hatte wieder denselben Traum, den er schon auf dem Schiff gehabt hatte: dass jemand bei ihm im Zimmer war und ihn beobachtete. Er wurde davon wach. Seine Taschenuhr zeigte halb fünf.

Er setzte sich auf und strich sich die Haare aus dem Gesicht. Das Bett war ganz traditionell: nur eine dünne Matratze auf dem Boden mit einem Laken und einer Decke darauf. Er fand das gut, denn so konnte er ringsherum Bücher ablegen und Tassen abstellen. Er trank einen Schluck Wasser und schaute sich um. Obwohl er deutlich sah, dass niemand im Zimmer war, wurde er das Gefühl der Anwesenheit einer anderen Person einfach nicht los. Es war so stark, dass er aufstand und mit einer Kerze die Papierwände nach Gucklöchern absuchte, die vielleicht auf oder zwischen den Bildern von Kranichen und Bäumen verborgen waren. Er fand jedoch keine. Doch selbst während er so suchte, tauchte immer wieder kurz etwas in seinen Augenwinkeln auf, und das machte ihn schier verrückt. Sogar Mori, der so mathematisch gesinnt war, dass er kaum verstand, wozu Kunstgalerien gut waren, hatte gesagt, dass es in diesem Haus spukte. Und dann all die Gebetskarten im Garten … Und Hotaru … Irgendetwas stimmte nicht mit diesem Ort, ob es nun mit Geistern zu tun hatte oder nicht.

Dann schaute er nach Six. Ihr Atem ging lautlos, und er musste sich hinknien und ihr eine Hand auf die Schulter legen, um sich zu vergewissern, dass sie überhaupt atmete. Sie hatte ihre Matratze neben der Verandatür abgelegt, und die stand offen. Die Luft war eiskalt, und sie hatte sich dieses Jahr schon eine Erkältung eingehandelt, litt nachts aber unter Platzangst. Er deckte sie besser zu und wünschte, sie würde es zulassen, dass er ihr eine Puppe oder einen Teddy mit ins Bett gab. Ohne das sah sie geradezu vernachlässigt aus. Dann lehnte er das Generatorenhandbuch an die Kante der Tür, wo sie es gleich sehen würde, wenn sie aufwachte.

Helles Licht drang ins Zimmer.

Es kam von nebenan und wirkte wie das Echo eines Nebelhorns. Gleich hinter der Papierwand war deutlich Moris Silhouette zu erkennen. Thaniel konnte sogar seine Wimpern sehen. Katsu lag flach zusammengerollt auf seiner Brust, und hin und wieder regten sich seine Tentakel. Das Licht war zu hell, als dass es von Kerzen oder Öllampen stammen konnte. Es kam von dem Leuchtturm.

Mori bewegte sich unruhig. Katsu klammerte sich an seinen Arm, um nicht herunterzufallen.

Irgendwo im Haus läutete jemand ganz leise, aber in der ansonsten vollkommenen Stille deutlich hörbar, ein Glöckchen. Dann erklang noch eins und noch eins, bis für einen Moment das ganze Haus von dem leisen Läuten erfüllt war. Mori richtete sich ruckartig auf, als hätte ihm jemand einen Tritt verpasst. Thaniel zuckte erschrocken zusammen.

Dann erlosch der Lichtstrahl des Leuchtturms wieder. Mori saß wie erstarrt da und hielt den Atem an.

Thaniel berührte das Papier der Wand, das unter der vom Telegrafieren aufgerauten Kuppe seines Zeigefingers ein leises Schaben von sich gab.

Mori schreckte von der Papierwand zurück – so schnell, als

hätte er dort einen Untoten röcheln hören und verwesende Fingerspitzen über das durchscheinende Papier scharren sehen.

»Ich bin's«, beeilte sich Thaniel zu sagen. Dann ging er nach draußen und zu Moris offener Verandatür. »Wach auf.«

»Ich bin wach«, flüsterte Mori.

»Böser Traum?«

»Nein, alles gut.« Mori atmete weiter, aber nur ein wenig. Er saß immer noch starr da. Thaniel kniete sich zu ihm und wollte seine Hände ergreifen, doch Mori schob ihn fort. »Nein. Nicht«, flüsterte er und sah zur Tür hinüber. Auch Thaniel blickte sich dahin um, in der plötzlichen Gewissheit, dass Six dort stünde, doch über der Schwelle war nur ein wenig Dampf zu sehen, der von den heißen Becken aufstieg. »Geh wieder ins Bett«, sagte Mori.

Thaniel tat wie geheißen. Mit beklommenem Herzen schloss er die Tür hinter sich, stand dann reglos auf der Veranda und wartete darauf, dass das Gefühl wieder nachließ, dass er am liebsten im Boden versunken wäre.

Kaum war die Tür zu, da hörte er drinnen Stoff rascheln und wie die Innentür von Moris Zimmer geöffnet und wieder geschlossen wurde. Der Nachtigallenboden gab keinen Laut von sich, doch dann klopfte es an einer anderen Tür, und ganz leise, so leise, dass es ihm entgangen wäre, wenn er nicht darauf gelauscht hätte, sagte Moris bernsteinfarbene Stimme »Pepper«, und daraufhin öffnete und schloss sich eine andere Tür.

Thaniel ging zu den heißen Becken hinaus, die in der Nachtkälte dampften. Wo der Mondschein darüber strich, erschienen kräuselnde Muster im Dampf.

Sein Albtraum hatte ihn offenbar immer noch nicht ganz losgelassen, denn für den Bruchteil einer Sekunde sah er im Dampf die Umrisse eines Menschen auftauchen und wieder verschwinden. Sein Brustkorb zog sich zusammen. Dann seufzte er über sich selbst und kniete sich an den Rand eines Beckens, um sich eine Handvoll warmes Wasser ins Gesicht zu schöpfen.

Es ging ihn verdammt noch mal nichts an, wenn Mori nachts mit seiner Ehefrau sprechen wollte.

Er blieb noch eine ganze Zeit lang dort an dem Becken und atmete den Dampf ein. Ganz langsam erhellte sich der Himmel, färbte sich violett, dann rosa, schließlich fast blau. Da erst ging Thaniel sich anziehen. Eigentlich hatte er den ganzen Tag schlafend im Bett verbringen und allenfalls mit dem Klavier kommunizieren wollen, doch diese Aussicht, die ihm noch am Vortag himmlisch vorgekommen war, wirkte nun eher infernalisch. Er sprach kurz mit Suzuki, der ihm einen Zugfahrplan gab, und machte sich dann auf den Weg zum Bahnhof.

• • •

Zur britischen Gesandtschaft war es nicht weit. Von Yokohama aus brauchte man mit dem nagelneuen Zug nur eine Stunde zum Tokyoter Endbahnhof Shimbashi. Der hatte die Ausmaße von King's Cross, und um neun Uhr früh herrschte dort ein ebenso reger Betrieb. Der Name des Bahnhofs ließ sich mit Newbridge übersetzen, und tatsächlich wurde der dortige Fluss von einer neuen Brücke überspannt, auf der sich Kutschen, Rikschas und überladene Ochsenkarren drängten, und jeder fuhr, wie er gerade lustig war. Als Thaniel unter den hohen Backsteinbögen des Bahnhofs hervortrat, kam ihm eine Horde Studenten entgegen, und einer von ihnen trug einen Fez.

Erst als er sich in dieser schwatzenden, anonymen Menschenmenge befand, merkte Thaniel, was für eine Erleichterung es war, sich nicht mehr beobachtet zu fühlen. Seit er Yoruji hinter sich gelassen hatte, war er von einem seltsamen Druck befreit, der die ganze Zeit auf seinem Nacken gelastet hatte. Er griff dorthin und massierte sich das Genick. Kein Wunder, dass die Leute glaubten, dass es in dem Haus spukte.

Von Shimbashi zur Gesandtschaft war es nur eine kurze Droschkenfahrt nach Kojimachi hinaus, einem Bezirk im Tokyoter Westen. Das Stadtbild dort war geprägt von Freiflächen, Parks und Backsteinbauten. Ganz in der Nähe jedoch und manchmal gleich am Ende der breiten, mit Uhrentürmen versehenen Straßen, gab es auch noch ein ganz anderes Tokyo – ein windschiefes, wucherndes Durcheinander, das viel älter und längst nicht so nobel aussah.

»Das hier ist der schöne Teil der Stadt«, sagte der Droschkenkutscher und schaute dann, während Thaniel zahlte, mit gerümpfter Nase über das Gewirr der geschwungenen Dächer den Hügel hinab. Er hatte am Ende der großen gekiesten Auffahrt der Gesandtschaft gehalten, direkt vor dem Haupteingang. »Da muss man gar nicht erst in die andere Richtung schauen, nicht wahr?« So ähnlich hätte sich wohl auch ein Kutscher in Whitehall angehört, wenn ein ausländischer Gesandter bemerkt hätte, dass in Clerkenwell immer noch die Angelsachsen lagerten.

Thaniel verkniff sich die Bemerkung, dass die chaotisch wirkende Gegend viel lebendiger aussah. Er bedankte sich nur bei dem Mann und war schon fast an der Eingangstreppe der Gesandtschaft angelangt, als jemand ein wenig halbherzig »Ausländer raus!« sagte.

Zwei Männer hielten dort ein Transparent hoch, das in der Mitte durchhing. Sie waren auf traditionelle Art gekleidet, die Thaniel auch von Kuroda erwartet hatte, absichtlich rauh und ungepflegt und die Kimonoärmel trotz der Kälte hochgebunden. Sie mussten ganz schön frieren.

»Guten Morgen«, sagte er interessiert. »Wogegen protestieren Sie?«

»Gegen Ausländer!«, schnauzte einer. »Ihr habt hier nichts zu suchen!« Er kam sogar auf Thaniel zu und gab ihm einen Schubs.

Es war, als würde man von einer Wachtel angestupst. Thaniel boxte die kleine Hand des Manns beiseite. »Ganz ruhig. Ausländer im Allgemeinen?«, fragte er, schon halb die Treppe hinauf.

»Ausländische Unterdrückung!«

»Ah, verstehe. Na, dann bis später.«

»Ja, bis später«, erwiderte der weniger Wütende der beiden düster.

»Fukuoka!«

»'tschuldigung.«

• • •

Drinnen gab es Kronleuchter und üppige Seidenteppiche. Auf den ersten Blick glaubte man, sich in London zu befinden. Zwei Palmen flankierten den Haupteingang, und die Wände hingen voller Ölgemälde, deren Goldrahmen vor sich hin schimmerten. Die nächstgelegene Tür führte in einen Raum, der nach einem Büro aussah, voller Männer, die eigentlich zu jung waren, um Diplomaten zu sein, die es aber mit ziemlicher Sicherheit dennoch waren. Thaniel klopfte dort an.

»Ich möchte zum Gesandten«, sagte er. »Ist er da?«

»Und wer sind Sie?«, fragte jemand in großspurigem Ton.

»Ich bin der neue Dolmetscher aus London.«

Der junge Mann richtete sich verlegen auf und erhob sich dann von seinem Stuhl. »Ja, natürlich … Wir haben Sie erst nach Neujahr erwartet … Sehr eifrig, nicht wahr? Guter Zug, nicht wahr? Sie kommen aus Yokohama, hieß es in Ihrer Depesche? Schön da unten.«

Thaniel neigte den Kopf ein wenig. »Steepleton«, sagte er, um dem jungen Mann Gelegenheit zu geben, zu einem normalen Gespräch überzugehen.

»Pringle, Pringle«, sagte der und hielt ihm aus zu großer Entfernung seine Hand entgegen. »*Hajimemashite* und so weiter.«

Thaniel lächelte und wartete ab, bis er nahe genug gekommen war, um ihm bequem die Hand zu geben. »Ja, *yoroshiku onegai*. Und der Gesandte?«

»Ja, Sir, natürlich. Kommen Sie, ich bringe Sie hin. Es ist gleich dort drüben«, sagte er und führte Thaniel zu der entsprechenden Tür, obwohl die deutlich zu sehen war. Dann zog er sich wieder in sein Büro zurück und atmete, kaum dass er außer Sicht war, hörbar tief aus. »Oh Gott, und ich dachte, der wäre der Diener von irgendwem!«

»Du dummer Rotzlöffel, er kann dich doch hören«, lachte jemand anderes.

Thaniel tat, als hätte er es nicht bemerkt, klopfte bei dem Gesandten an und betrat, nachdem ihn eine weitere kultivierte Stimme dazu aufgefordert hatte, den Raum.

Der Mann dort hinter dem Schreibtisch erhob sich nicht. Er war in Thaniels Alter, aber blond und gutaussehend.

»Sie sind Steepleton, ja? Habe ich Sie nicht gerade erst bei einem Faustkampf vor dem Haupteingang gesehen?«

»Nur ein kleines Geplänkel«, erwiderte Thaniel.

»Besser können Sie sich hier kaum einführen.«

Thaniel wartete. So schien es in den letzten Jahren mehr und mehr abzulaufen, wenn er dienstlich jemanden kennenlernte. Anfangs hatte er gedacht, es hätte etwas mit seinem Akzent zu tun und damit, dass er sich nicht gebildet genug anhörte, doch irgendwann war ihm klar geworden, dass es nur daran lag, dass er sich – ohne dass er es richtig bemerkt hatte und durch eine Art Alchemie, die damit zu tun hatte, dass er sich gut ernährte und Fanshaw ihn in den Boxclub scheuchte – zu einem kräftigen Mann entwickelt hatte. Und niemand wollte sich einem unmittelbaren Untergebenen gegenüber körperlich unterlegen fühlen. Das war irritierend, das konnte er nachvollziehen, aber er würde sich auch nicht dafür entschuldigen, dass er sich von einem Nationalisten nicht hatte verprügeln lassen.

»Ich bin Tom Vaulker«, sagte der Gesandte schließlich. »Nehmen Sie doch Platz. Ich muss sagen, es kommt mir schon ein wenig übertrieben vor, dass Francis Fanshaw extra jemanden herschickt, der unser Gespensterproblem lösen soll.«

Thaniel setzte sich. Er wusste aus den Depeschen, dass Vaulker auf dem Papier durchaus respektabel war – wenn man einmal davon absah, dass er Japan hasste. Er leistete hier seine obligatorischen neun Monate ab, ehe er dann einen angenehmeren Posten in Berlin antrat. Falls jemand hier das Personal schikanierte, war er ein guter Kandidat dafür.

»Wir haben uns eher Sorgen gemacht, dass es sich womöglich gar nicht um ein Gespensterproblem handelt«, sagte Thaniel.

Vaulker überhörte das. »Das Timing ist allerdings ausgezeichnet, denn gerade hat ein weiterer Mann gekündigt. Ihm ist anscheinend wieder mal der Geist seiner verstorbenen Frau erschienen. In der Küche, wie üblich. Er ist vollkommen verzweifelt. Sie ist anscheinend schon vor einiger Zeit verschwunden … an einem Ort namens …« Er sah in einem Formular nach. Thaniel fragte sich, ob ihm klar war, dass er nun schon zweimal *anscheinend* gesagt hatte. »Ao-ki-ga…?«

»Aokigahara«, half Thaniel ihm weiter. Dank des hellen Sonnenscheins erkannte er es durch das Blatt hindurch.

»Das versuche ich gar nicht erst auszusprechen«, beschloss Vaulker. »Jedenfalls ist es in der Nähe des Fuji. Also, der Mann ist nicht ganz bei Sinnen, aber ich denke, das kann man ihm nachsehen, denn schließlich ist seine Frau verschwunden.« Mit seinen strahlend blauen Augen sah er kurz zu Thaniel hinüber, um sicherzugehen, dass er sich nicht darüber lustig machen würde.

»Er scheint jedoch zu glauben, dass ihr Geist keine Ruhe gefunden hat. Ihr Leichnam ist anscheinend bis heute unauffindbar ...«

Thaniel beschloss, bei jedem weiteren *anscheinend* ans Tischbein zu treten.

»... und daher wurde sie auch noch nicht beerdigt – wenn sie ihm nicht einfach nur ausgebüxt ist –, und ich glaube, er will, dass wir die Polizei dazu bringen, in der Sache richtiggehende Ermittlungen anzustellen.« Nun hob er wieder den Blick. »Ich frage mich, ob Sie das eventuell deichseln könnten? Ich finde nämlich bei der Polizei niemanden, der Englisch spricht.«

»Ich glaube nicht, dass die Polizei ernsthafte Ermittlungen anstellen wird, wenn jemand in Aokigahara verschwunden ist, Sir«, sagte Thaniel vorsichtig.

»Warum nicht?«

»Das ist der Selbstmordwald. Leute gehen dorthin, um sich aufzuhängen.«

Vaulker ließ seine Hände auf die Schreibtischkante fallen, was seine Manschettenknöpfe zum Klingen brachte. »Was ist das doch für ein bezauberndes Land ...«

Thaniel lächelte. Bevor er beim Auswärtigen Dienst angefangen hatte, hatte er nicht gewusst, dass es aus der Sicht von Whitehall eine Hierarchie der Länder gab. Wenn man den üblichen diplomatischen Parcours absolvierte, begann man normalerweise an einem Ort wie Khartum, und auf der nächsten Sprosse aufwärts diente man dann etwa in Peking, also an einem Ort, der eher vom Krieg gezeichnet als vom Krieg verwüstet war, zugleich aber nicht bedeutend genug, um dort statt einer Gesandtschaft eine richtige Botschaft zu betreiben. Alle wollten nach Deutschland, nach Amerika oder nach Paris, wo man sich herrlich mit der Gegenseite über militärische Geheimpläne streiten konnte. Oberflächlich betrachtet, schien es dabei vor allem um akzeptables Wetter und nennenswerten internationalen Einfluss zu gehen, doch Japan rangierte, obwohl es englisches Wetter und fabelhaften Reichtum zu bieten hatte, in dieser Hierarchie noch unter Khartum.

Thaniels Theorie dazu war, dass es darauf ankam, wie viel übersetzt werden musste, bevor man über etwas Interessantes reden konnte. Der Sudan war wahrlich nicht angenehm, aber immerhin sprachen die Leute dort Englisch.

»Ich weiß nicht, mir kommt das ganz vernünftig vor«, sagte Thaniel. »Es ist doch im Grunde nur höflich, sich nicht vor einen Zug zu werfen.«

»Höflich …« Vaulker legte sich eine Hand an die Schläfe und schien zu kapitulieren. »Schauen Sie, er hat nur mit Pringle darüber gesprochen, und der hat das wahrscheinlich alles in den falschen Hals gekriegt. Sehen Sie doch mal, ob Sie schlau daraus werden. Der Kerl heißt Nakano, und ich glaube, er ist immer noch in der Küche. Seine Mutter ist unsere Chefköchin. Wenn Sie gleich hingehen, erwischen Sie ihn bestimmt noch. So lächerlich das alles auch ist – und so egal es mir inzwischen ist.«

Thaniel nickte knapp.

Vaulker schien das Fehlen jeglichen Mitgefühls zu bemerken. Er regte sich unbehaglich. »Aber wo Sie schon mal hier sind … Wie spricht man den Namen dieses Waldes noch mal aus?«

»Aokigahara. ›Aoi‹ bedeutet Blau, ›ki‹ heißt Baum, und ›hara‹ bedeutet Ebene.«

»Blau?« Vaulker klang fast interessiert. »Ist er das denn?«

»Nein. Ein eigenes Wort für Grün gab es erst, nachdem schon alles benannt worden war«, sagte Thaniel und empfand Mitleid mit ihm.

Vaulker sank wieder ein wenig in sich zusammen. »Haben Sie denn schon alle Ihre Sachen mitgebracht? Bleiben Sie von nun an hier bei uns? Ich hatte Sie erst nach Neujahr erwartet; Ihr Vertrag beginnt erst am dritten Januar.«

»Nein, ich bin in Yokohama untergebracht. Ich dachte bloß, ich komme mal vorbei und stelle mich vor.«

»Ja, sehr löblich. Sprechen Sie bitte mit Nakano. Er geht anscheinend in einer halben Stunde – was war das? Was ist da gerade gegen den Tisch geknallt?«

»Ich habe nichts gesehen, Sir«, sagte Thaniel und ging dann die Küche suchen.

• • •

Die Gesandtschaft hatte einen Glockenturm, vielleicht weil noch einer übrig gewesen war und jedenfalls gewiss nicht, weil er so gut zu dem Gebäude gepasst hätte. Die Küche befand sich direkt darunter, zwei kleine, völlig unnötige Stufen hinauf und dann wieder hinab. Thaniel fand sie nur, weil er vom Speisesaal aus dem Kaffeeduft gefolgt war. Der Speisesaal selbst hätte gar nicht stattlicher sein können. Er besaß breite, raumhohe Fenster, schön drapierte Vorhänge und lange Tische; das Ganze war vermutlich den Colleges in Oxford und Cambridge nachempfunden, von denen die Diplomaten gleich nach ihrem dortigen Abschluss kamen. Die Küche hingegen hatte eine niedrige Decke, und die Fenster waren eher breite Schlitze oben in den Wänden, und da die geschlossen waren, war der ganze Raum von Dampf erfüllt.

Vier Personen waren in der Küche, und niemand von ihnen arbeitete. Eine alte Dame bemühte sich, einen weinenden Mann zu trösten, und zwei Mädchen saßen still und mit beklommener Miene daneben und versorgten die Anwesenden mit Tee. Als Thaniel an die Tür klopfte, sahen sie sich alle zu ihm um.

»Haben Sie sich verlaufen?«, fragte die alte Dame. Sie hatte eine Reibeisenstimme und hielt eine Zigarette in der Hand.

»Nein, ich bin der neue Dolmetscher. Mein Name ist Steepleton. Ich habe gehört, dass Herr Nakano sehr aufgebracht ist, und wollte sehen, was hier los ist.«

Die alte Dame sah ihn mit fragendem Blick an. »Na, Sie haben aber ungewöhnlich gute Manieren.«

»Ich glaube, ich habe ganz normale Manieren, aber Mr. Vaulker scheint leider ein …« *Rücksichtsloser Armleuchter* ließ sich nur sehr unvollkommen ins Japanische übersetzen. »… schwieriger Mensch zu sein. Darf ich mich setzen?«

»Ich denke schon«, erwiderte sie und deutete mit einem Nicken auf einen freien Platz. Es waren alles hohe Hocker. Der Tisch war mit Mehl bedeckt.

»Also, was ist los?«, fragte Thaniel Herrn Nakano, der sich mit dem Ärmel über die Augen fuhr.

»Ich habe da drüben meine Frau gesehen.«

»Sie ist nach Aokigahara gegangen?«

»Ja«, sagte er und starrte auf die Tischkante hinab. »Ich weiß nicht, warum.«

»Na, du hast sie ganz schön oft geschlagen«, sagte die alte Dame ungerührt.

»Mama!«, flüsterte eines der Mädchen.

»Was denn?«, sagte die und stieß einen Lungenzug Rauch aus. »Er sollte froh sein, dass sie nicht *ihn* aufgeknüpft hat. Die Frau hatte Klasse.«

»Mama!«, erklang es noch einmal, allerdings hoffnungslos.

Weiterer Rauch. Thaniel musste sich sehr zusammenreißen, um nicht zu lachen. Nakano wurde vor Scham ganz klein.

»Und es war nicht das erste Mal, dass Sie hier in der Küche Dinge sehen?«

»Was glauben Sie denn, wo die alle hin sind?«, erwiderte die alte Dame und wies mit ihrer Zigarette, die dabei einen fast makellosen Rauchring bildete, auf die unbesetzten Hocker. »Das ging im November los. Und seitdem hat alle zwei Wochen jemand gekündigt. Man kann nicht erwarten, dass die Leute so etwas ertragen.«

»Was haben sie denn gesehen?«

»Geister!«, blaffte Nakano.

»Hm«, machte Thaniel, darauf bedacht, sich nicht anmerken zu lassen, dass er sich bereits auf die Seite der alten Dame und der toten Ehefrau geschlagen hatte. »Aber wessen Geister?«

»Woher soll ich das wissen?«

»Trink deinen Tee«, sagte die alte Dame zu Nakano und senkte dann in Richtung Thaniel ihre Zigarette. »Ich bin Marie Nakano. Die Mutter von diesem Nervenbündel hier.« Sie nickte zu ihrem Sohn hinüber, der daraufhin vor Wut rot anlief. »Wir wissen nicht, wessen Geister das sind. Ririka war die Erste, die wir erkannt haben. Sie stand genau da, wo Sie jetzt sitzen, und hat einfach nur so ins Leere gestarrt, als hätte sie alle Last der Welt auf ihren Schultern. Die anderen – keine Ahnung. Irgendwelche Leute, ganz normale Menschen. Keiner von ihnen hat irgendwas Beängstigendes getan, aber die jungen Leute … na ja.« Sie stieß wieder Rauch aus.

»Und was haben Sie in dem Moment getan, als Sie diesen Geist gesehen haben?«

Sie zuckte nur mit den Achseln. »Brot gebacken.«

Die beiden Mädchen tauschten einen Blick.

»Was soll das besagen?«, fragte Thaniel.

Die alte Dame seufzte. »Sie glauben, dass sich die Geister an diesem Haus stören. Weil hier Ausländer auf dem Boden ihrer Ahnen leben und so weiter. Aber das ist natürlich vollkommener Blödsinn«, fügte sie gallig hinzu, mehr an die beiden als an Thaniel gerichtet. »Hier gehen Ausländer ein und aus, seit ich in eurem Alter war, aber Geister gibt's hier erst seit November.«

»Könnten wir einen Exorzisten rufen?«, fragte Thaniel.

Sie sahen ihn alle erstaunt an.

»Das ist teuer ...«, sagte die alte Dame.

»Wenn Sie jemanden kennen, der das übernehmen könnte, würde ich es unter Reinigungskosten verbuchen. Dann zahlt das die Gesandtschaft.«

Schweigen.

»Es sei denn ... da steckt noch etwas anderes dahinter ...?«

Weiterhin Schweigen. Die Mädchen blickten beklommen.

Da klopfte Vaulker lautstark an die Tür. »Also, so geht das wirklich nicht. Es ist halb zehn – und von Frühstück keine Spur. Wir haben hier vierzehn hungrige Leute. Mrs. Nakano, selbst nur ein bisschen Toast wäre schon höchst willkommen, wenn Sie bitte so gut wären?«

»Ich verstehe nie, was er sagt«, bemerkte die alte Dame völlig unbekümmert zu Thaniel. »Aber ich denke mal, wir sollten uns an die Arbeit machen. Könnten Sie ihm bitte sagen, dass es einfacher wäre, Reis zu kochen? Er will immer Brot.«

Thaniel gab es weiter.

Vaulker schaute nur verärgert. »Nein. Verzeihen Sie bitte, wenn ich mich nicht den Bräuchen der Eingeborenen anschließe. Haben Sie Mehl? Wasser? Ja? Na, fabelhaft.«

Die Mädchen mussten es verstanden haben, denn sie standen sofort auf und griffen nach Mehlpaketen. Beide zögerten sie jedoch, bevor sie jeweils eine Handvoll auf der Arbeitsfläche verstreuten.

»Das mit Ihrer Frau tut mir sehr leid«, sagte Thaniel zu Nakano und verneigte sich dann vor der alten Dame. Vaulker, das bemerkte er, verdrehte daraufhin die Augen. »Vielen Dank, Ma'am.«

»Ja, ja, schon gut, Sie dürfen gerne wiederkommen«, murmelte sie daraufhin in ihre Zigarette. »Gute Manieren sind doch ein schöner Ausgleich, wenn man so eine hässliche Visage hat, nicht wahr, Mädels?«

»Mama!«

Thaniel lachte.

Vaulker klopfte mit den Fingerspitzen rhythmisch an die Tür, um sie zur Eile anzutreiben.

Thaniel zog die Tür hinter sich zu und schob Vaulker etwas energischer als nötig vor sich her.

»Die sollten alle eine Gehaltserhöhung bekommen«, sagte er.

»Eine Gehaltserhöhung? Warum denn das?«

»Weil Sie nicht gerade der umgänglichste Mensch sind, und ich glaube, das Gerede über Geister soll als höfliche Ausrede dienen, damit die alle zu einer anderen Gesandtschaft wechseln können. Ich glaube, irgendwer hat da tatsächlich mal irgendwas gesehen, aber die anderen sind gewissermaßen Trittbrettfahrer. Ich werde einen Exorzisten engagieren, um ihnen diese Ausrede zu nehmen, aber anschließend werden sie sich wahrscheinlich eine andere Ausrede suchen, wenn Sie ihnen keinen Grund zum Bleiben bieten.«

»Was fällt Ihnen ein!«

»Sehen Sie? Sie sind sehr leicht reizbar«, sagte Thaniel.

»Und Sie sind unverschämt!«

»Ich mache nur meine Arbeit«, erwiderte Thaniel.

Vaulker seufzte. »Was wird denn so ein Exorzist kosten?«

»Das weiß ich nicht, aber wenn er das Problem fürs Erste löst, wird er sein Geld wert sein.«

»Ich könnte sie auch einfach alle rausschmeißen«, sagte Vaulker.

»Es ist Neujahr. Da finden Sie niemanden Neues.«

»Eine Gehaltserhöhung und ein Exorzist, das ist also Ihre offizielle Empfehlung, ja?«

»Ja, und das werde ich jetzt auch nach Whitehall kabeln. Haben Sie einen Telegrafen, den ich benutzen könnte?«

»Selbstverständlich – aber keinen Telegrafisten, denn der hat gekündigt, nachdem er angeblich den Geist eines Samurais über den Rasen vor dem Haus hat reiten sehen. Da müssten Sie schon zur Post gehen.« Er hätte auch hinzufügen können: »Schach!«

»Kein Problem, ich war jahrelang selbst Telegrafist«, sagte Thaniel, dem die Sache allmählich Spaß zu machen begann.

Vaulker musste es auch schon ein wenig so ergehen, denn statt aus der Haut zu fahren, schnaubte er nur. »Mich wundert gar nichts mehr …«

SECHZEHN

Thaniel kam gegen drei Uhr nachmittags wieder in Yokohama an, und bis dahin hatte die Vorstellung, sich in sein Zimmer zurückzuziehen und nur noch mit dem Klavier zu kommunizieren, erneut sehr an Reiz gewonnen. Obwohl es keine weite Reise gewesen war, war er erschöpft. Die Mühe, die es auch sonst kostete, den richtigen Bahnsteig zu finden und den richtigen Zug zu nehmen, vervielfachte sich, wenn alles in einer fremden Sprache über einen scheppernden Lautsprecher durchgesagt wurde. Auch waren die Bahnhöfe hier anders angelegt. Wenn man auf einem bestimmten Bahnsteig lange genug weiterging, landete man schließlich auf einem anderen, der nach Shinjuku führte, das nur ein paar Meilen entfernt lag, und von diesem Bahnsteig fuhr – auf die Sekunde genau – fünf Minuten später ein Schlafwagenzug in die Gegenrichtung. Letztlich musste er sich wohl oder übel auf sein Rateglück verlassen und konnte nur hoffen, dass er nicht nach Osaka fuhr.

• • •

In Yoruji setzte er sich ans Klavier und arbeitete zum ersten Mal seit Monaten wieder richtig. Wo er sich nicht die Mühe machen wollte, alles Note für Note aufzuschreiben, zeichnete er die Musik stattdessen, und es kamen Helldunkelbilder dabei heraus, wie jene alten Chiaroscuro-Gemälde mit ihrem Kerzenschein. Und in letzter Zeit war ihm tatsächlich aufgefallen, dass ein Musikstück umso besser war, je mehr es einem Gemälde oder einer Skulptur ähnelte. Symphonien besaßen Konturen, und wenn etwas falsch klang, lag es stets daran, dass ein Satz oder eine Phrase auf eine komische Art herausstach und man sie in die richtige Form bringen musste. Und es war sehr erquickend, diese Form sehen zu können. Das war ihm monatelang nicht mehr gelungen.

Das Wetter war jedoch eisig geworden, sodass er bald schon innehalten und unter den Kotatsu schlüpfen musste.

Der Kotatsu war die beste Erfindung aller Zeiten, dies- wie jenseits des Pazifiks. Unter dem Tisch befand sich eine mit Samt ausgekleidete Mulde im Boden, in die unten ein Gitter eingelassen war. Und unter dem Gitter brannte in einem winzigen Ofen ein Feuer. Dessen Wärme staute sich unter dem Tisch und wurde von einer dicken Decke dort festgehalten. Man konnte mit den Fersen auf dem Gitter sitzen, ohne sich zu verbrennen, was bedeutete, dass man sich auch bei weit geöffneten Schiebetüren gut warm halten konnte. Der einzige Nachteil war, dass man, wenn man zur Gänze unter die Tischdecke schlüpfte, wie eine Katze oder ein kleines Kind es vielleicht getan hätte, Gefahr lief, an einer Kohlenmonoxidvergiftung zu sterben. Doch als Thaniel Mori darauf ansprach, meinte der nur, wenn man Kinder nicht den typischen Haushaltsgefahren aussetzte, wüchsen sie nur zu Nichtsnutzen heran, die sich dann sogar vor Scheren fürchteten.

Nun kam Mori durch die Schiebetür herein. Er suchte offenbar irgendetwas, und nach einem Moment war klar, dass er nicht bemerkt hatte, dass noch jemand im Zimmer war. Thaniel lächelte. Er war von Natur aus unauffällig, aber unsichtbar war er noch nie gewesen. Er war gespannt, wie lange es dauern würde, bis Mori ihn bemerkte, denn er versteckte sich ja schließlich nicht.

Mori erklomm die Leiter vor dem hohen Bücherregal. Dann

ließ er sie seitwärts gleiten, stoppte mit der Hand am nächsten Regal und nahm ein Buch heraus, das aussah, als könnte es sich dabei um Gespenstergeschichten handeln – der Einband war schwarz, und vorne drauf war eine kreidebleiche befremdliche Gestalt abgebildet –, etwas, das Six gerne las, wenn sie sich nicht gerade ihrem Generatorenhandbuch widmete. Dann blieb Mori auf der Leiter stehen, ohne sich festzuhalten, und stützte das Buch auf einer Sprosse ab, während er darin blätterte.

»Tee?«, fragte Thaniel, denn das hier war kein Spaß mehr, sondern fast schon Bespitzelung.

Mori ließ das Buch fallen. Seine Hände und Schultern zuckten aufwärts, als wären sie auf einer jener Technikausstellungen und als hätte Thaniel ihm gerade eine Elektrode ans Genick gehalten.

»Mein Gott, du siehst ja aus, als hättest du ein Gespenst gesehen«, sagte Thaniel.

Mori lächelte. Er wirkte tatsächlich erschrocken. »Kennst du das? Wenn man denkt, man hätte eine Tasse Tee auf dem Schreibtisch stehen lassen, kann man einfach so daran vorbeigehen, selbst wenn sie gerade auf dem Küchentisch ein Tänzchen aufführt.«

»Und wo, dachtest du, hättest du mich stehen lassen?«

Moris Miene öffnete sich auf hilflose Weise. Thaniel sah förmlich, wie sich die Rädchen in seinem Oberstübchen drehten, während er sich eine plausibel klingende Lüge zurechtzulegen versuchte.

»Ich war bis eben noch in Tokyo«, fügte Thaniel verwirrt hinzu. »In der Gesandtschaft.«

»Ach ja, richtig«, sagte Mori dankbar. »Und? Wie war's?«

»Da spukt's. Ich glaube, das Personal hat sich nur eine höfliche Ausrede überlegt und will im Grunde bloß zur chinesischen Gesandtschaft wechseln, weil der britische Gesandte so ein Idiot ist, aber wir haben dennoch einen Exorzisten bestellt. Die Leute hier … sind ziemlich abergläubisch, nicht wahr? Ich habe inzwischen schon drei Gespenstergeschichten gehört, und zwei hatten mit diesem Haus zu tun.«

»Hm«, machte Mori und sah aus, als versuchte er, den Willen aufzubringen, noch etwas anderes zu sagen. Er beobachtete Thaniel ganz genau, betrachtete ihn Zentimeter um Zentimeter. »Es ist ein seltsames Haus.«

»Wachsen mir gerade irgendwelche ungewöhnlichen neuen Körperteile?«, fragte Thaniel.

»Was? Nein. Nein.« Mori war nun in zeitlicher Hinsicht durcheinander, denn ehe Thaniel erneut fragen konnte, ob er einen Tee wolle, fügte er hinzu: »Ja, bitte.«

Thaniel zögerte, da er nicht verstand, was da vor sich ging. »Ich würde ja mit den anderen zum Tee hinuntergehen, aber ich gehe heute nirgendwo mehr hin. Falls ich mich in der nächsten Stunde noch einmal erhebe, dann nur, um auf Suzukis Nachtigallenboden zu sterben, und dann würde er dir ewig damit in den Ohren liegen.«

»Nein, das würde ihm nichts ausmachen. Er will ihn sowieso bald reinigen lassen.« Mori ließ sich ihm gegenüber auf den Knien nieder. Er klang normal, aber solche Fehler machte er nur, wenn er mit den Gedanken ganz woanders war. Vor kurzem und bald, das sah für ihn gleich aus, und Thaniel nahm an, dass er sich konzentrieren musste, um es richtig zu deuten. »Wie geht es dir?«, fragte Mori und deutete mit einem Wimpernschlag auf Thaniels Lunge.

»Es ist hier viel besser«, sagte Thaniel aufrichtig. »Das macht wahrscheinlich das Meer.«

Mori neigte den Kopf minimal. »Was ich noch sagen wollte: Das gestern Abend tut mir leid. Es war … wie gerade eben: Du kamst unerwartet.«

»Unerwartet? Du sahst aus, als käme ich im Totenhemd vom Friedhof herbeigekrochen«, begann Thaniel und hielt dann inne, weil Mori so reglos geworden war, als hätte er sich in eine Skulptur verwandelt.

Thaniel verstand schrittweise, was da vor sich ging. Die Verwirrung platzte auf, die Erkenntnis quoll hervor – und lief ihm dann wie Eigelb das Rückgrat hinab.

»Du meinst, du kannst dich daran erinnern, dass ich tot bin, nicht wahr?« Er konnte nicht fassen, dass er das jetzt erst verstand. »Die Wahrscheinlichkeit, dass es so kommt, ist momentan ziemlich hoch, und daher … hast du es im Hinterkopf, dass ich bald verstorben sein werde – oder *vor kurzem*. Mich hier herumlaufen zu sehen, ist, als würde man einen Geist sehen, nicht wahr?«

»Nein, das ist natürlich nicht so«, sagte Mori, nun wieder ganz er selbst. »Es tut mir leid. Ich bin bloß benebelt, das macht der Zeitunterschied.«

Das genügte jedoch nicht, um die Erinnerung daran zu vertreiben, dass Mori gerade noch geschaut hatte, als würde er von einem Geist heimgesucht.

»Du solltest gehen und mit anderen Leuten reden«, sagte Thaniel. Er sagte es mit einem Lächeln, spürte aber im gleichen Moment den Ernst, der dabei mitschwang. Nachdem er inzwischen zwei Wochen Zeit gehabt hatte, sich an den Gedanken zu gewöhnen, war er nun zum ersten Mal genötigt, würdevoll damit umzugehen, dass er womöglich bald sterben würde. Er war bis dahin fest entschlossen gewesen, im Fall der Fälle einen würdevollen Abgang hinzulegen – seine Mitmenschen also nicht damit anzuöden, dass er sich etwa hysterisch aufführte oder irgendwelche dramatischen Reuebekundungen von sich gab. Ihm war jedoch bis dahin nicht klar gewesen, dass Würde keine Frage des Verhaltens war, sondern eine Last, die man trug. »Mit Leuten, die noch länger als eine Viertelstunde zu leben haben und die nicht wirken wie ein mitten in der Nacht auferstandener Toter.«

»Nein. Ich war bloß noch gar nicht richtig wach, ich bin …«

»Ach, hör doch auf«, sagte Thaniel und war froh, dass seine Stimme noch ganz ruhig klang. »Du hast einen Geist, der dir auf Schritt und Tritt folgt – tu doch nicht so, als ob es nicht so wäre. Ich werde mir einen lustigen Hut beschaffen oder so etwas; es gibt ja keinen Grund, warum ich nicht auch ein fröhliches Gespenst sein könnte.« Er zögerte. »Hör mal: Dr. Haverly hat doch gesagt, dass sich mein Zustand hier wahrscheinlich bessern würde. Stimmt das etwa nicht?«

»Du wirst wieder gesund. Das verspreche ich dir. Wie gesagt, ich bin bloß ein bisschen zerstreut.«

Thaniel versuchte, die Sache damit auf sich beruhen zu lassen, schaffte es aber nicht. »Könntest du mal kurz aufhören zu lügen? Ich spreche kein Samurai. Und daher weiß ich nicht, ob es dir im Grunde unerträglich ist, dass ich hier bin, weil es dich mit schrecklichen Albträumen schier in den Wahnsinn treibt, du aber einfach zu höflich bist, um das zuzugeben – oder ob es dir tatsächlich nichts ausmacht. Kannst du mir das bitte mal klipp und klar sagen? Wenn es dir lieber wäre, dass ich in die Gesandtschaft ziehe, dann mache ich das. Das wäre kein Problem. Die haben schöne Räumlichkeiten da.«

Mori blickte auf, und es sah aus, als hätte er Bruchlinien um die Augen. »Thaniel. Ich bin dieser dummen Sache, die mein Hirn macht, hilflos ausgeliefert. Das ist mehr ein Gebrechen als sonst etwas. Jetzt in diesem Moment, ja, du hast recht, da kann ich mich erinnern … da kann ich mich an deinen Tod erinnern. Und dann ist es seltsam, sich umzudrehen und dich dennoch hier vorzufinden, es ist … als würde man einen Geist sehen.«

Thaniel hatte das schon durchschaut, so wie man etwa ein Kreuzworträtsel löste, doch es war ihm noch nicht wirklich ins Bewusstsein gedrungen. Als er es Mori nun jedoch bestätigen hörte, fühlte es sich an, als hätte ihm irgendein schrecklicher unsichtbarer Arzt eine Stahlklammer um die Lunge gelegt.

Mori sah offenbar, wie sich sein Gesichtsausdruck änderte, denn er schüttelte den Kopf. »Ich erinnere mich jetzt nur deshalb an das Schlimmste, weil die Dinge, die dir helfen werden, noch nicht geschehen sind. Aber sie werden geschehen. Und dann werde ich auch wieder ganz der Alte sein.«

»Klar.«

Mori seufzte. »Ich weiß, es ist schrecklich, das von mir ertragen zu müssen. Aber wenn du es ertragen kannst, hätte ich dich lieber hier. Wenn nicht, würde ich das verstehen. Nicht jeder will … sich als Geist in den Augen eines anderen gespiegelt sehen.« Nachdem er das gesagt hatte, blickte er nach draußen, als wäre er sich plötzlich bewusst geworden, dass das Tageslicht seine Augen tatsächlich in gute Spiegel verwandelte.

Thaniel schenkte ihnen beiden noch etwas Tee ein, nur um seine Hände mit irgendetwas zu beschäftigen. Eigentlich hatte er das dringende Bedürfnis, sich über den Tisch zu beugen und Moris Hände zu ergreifen. »Ich komme damit klar. Und du wusstest verdammt noch mal ganz genau, dass ich das sagen würde, also wozu das ganze Palaver?«

»Stolz …«, erwiderte Mori reumütig. »Ich glaube, es gab eine sehr unwahrscheinliche Zukunft, in der ich mich so gut verstellt hatte, dass du es gar nicht mitbekamst.«

»Nein, von wegen. Es gab höchstens eine Zukunft, in der ich sehr überzeugend so getan habe, als würde ich nicht merken, dass du dich verstellst.«

Da lachte Mori. »Ja. Stimmt.«

Dann glitt sein Blick über Thaniels Schulter hinweg und auf die Höhe einer stehenden Person. Es war so auffällig, dass Thaniel sich ruckartig umdrehte, in der Erwartung, Suzuki dort umherschleichen zu sehen, aber da war niemand. Als er verwirrt wieder zu Mori zurückblickte, schüttelte der nur den Kopf und zuckte minimal mit den Achseln.

»Wie dem auch sei«, sagte Thaniel und suchte nach einem Grund, um für eine Weile aus dem Haus zu kommen und Mori eine Verschnaufpause von dem ganzen Spuk zu verschaffen. »Ich sollte der Gesandtschaft ein Telegramm schicken. Damit sie wissen, wo sie mich erreichen können.« Das war gelogen. Vaulker interessierte es nicht die Bohne, wo er war. »Gibt es hier irgendwo eine Post?«

Mori ballte beide Fäuste über den Knien, aber seine Schlüsselbeine entspannten sich, als er einen Teil seiner Verstellung fallen ließ, trotz der Niederlage erleichtert. »Gleich die Straße runter, gegenüber von dem Mann mit der Katze an der Leine. Ich habe ein Päckchen zu verschicken; würdest du das für mich aufgeben?«

»Gern«, sagte Thaniel, froh über einen richtigen Grund zum Gehen. Er stellte die Teekanne vorsichtig wieder ab, denn als hätte die Schwerkraft mit den Achseln gezuckt, kostete es ihn ungewöhnlich viel Kraft, sie anzuheben. Als er seine Hand dann spreizte, fühlten sich seine Finger ganz schwach an. Er ballte sie unterm Tisch auf seinem Schoß zusammen, aber seine Hand zitterte immer noch. »Wohin soll es denn?«

»Nach Aokigahara«, sagte Mori und ging das Päckchen holen. Es war deutlich sichtbar mit »zerbrechlich« beschriftet. »Es sind Kokons, Schmetterlingskokons.«

»Schmetterlinge? Die aus dem Gewächshaus?«, fragte Thaniel.

»Du hast sie gesehen? Es gibt dort oben einen Förster, der sie sammelt.«

»Und warum schickst ausgerechnet du ihm Schmetterlinge?«

»Wir züchten die hier schon lange. Sie sind selten, und sie schlüpfen im Februar.« Nachdem er das Päckchen abgestellt hatte, ließ er seine Fingerspitzen noch auf dem Rand des Kartons ruhen. Als er sah, dass Thaniel es bemerkte, schloss er sie wie einen Fächer. Nach einem längeren, seltsamen Schweigen voller Gewölbe, in denen das widerhallte, was Mori nicht sagte, atmete er schließlich auf.

»Lass dich von niemandem davon abhalten, das abzuschicken. Kurodas Leute sind ein bisschen nervös, was seine Sicherheit angeht.«

»Werde ich nicht.«

»Sorry«, sagte Mori undeutlich.

»Mori, selbst wenn einer von denen versuchen sollte, mich rugbymäßig umzuhauen, muss ich dir sagen: Die Kerle sind zierlicher als so manche Märchenprinzessin.«

Er hatte gehofft, Mori damit ein Lachen zu entlocken, erntete aber nur ein geistesabwesendes Nicken. »Nein, du hast recht.«

Thaniel, der sich nun vorkam wie ein Poltergeist, machte sich auf den Weg zur Post.

SIEBZEHN

SHINTOMI-THEATER, TOKYO, 1878
(ZEHN JAHRE ZUVOR)

Takiko war bereit für den Herzog von Choshu, als er kam. Mori hatte sie eine Stunde zuvor per Telegramm vorgewarnt.

Das gab ihr Zeit, sich umzuziehen. Sie legte ein farbenfrohes westliches Kleid aus mit Blütenmustern durchwirkter Seide an. In einem Kimono fiel es einem viel zu leicht, sich zu verneigen. Das Kleid hingegen war sehr britisch geschnitten – Servilität unterblieb darin quasi von selbst, auch dank des eingenähten Fischbeins –, denn sie hatte so das Gefühl, dass es ratsam wäre, den Herzog daran zu erinnern, dass sie zumindest zur Hälfte Ausländerin war und daher mit einem Fuß außerhalb seines Einflussbereichs stand.

Das Ensemble geriet in helle Aufregung, als Takiko sein Kommen ankündigte. Man probte gerade eine Kabuki-Version von *Schwanensee*, und die Bühne war beherrscht von einem hübschen Durcheinander aus weißen Federn und dem ewigen affektierten Gezänk zwischen dem hauseigenen Ballettmeister und der russischen Ballerina, die engagiert worden war, um der Inszenierung ein gewisses westliches Flair zu verleihen. Das Ganze wirkte auf befriedigende Weise modern und jedenfalls nicht wie ein Ort, den jeden Moment ein wutschnaubender Patriarch aufmischen würde.

Was der Herzog allerdings, wie sich dann herausstellte, gar nicht war.

Der Mann, der Takiko gegenüber an ihrem Tisch in der leeren Bar Platz nahm, hatte etwas geradezu Papierartiges an sich. Er wirkte ein wenig wie ein Buch, das zu lange in der Sonne gelegen hatte. Er trug einen edlen Cutaway und eine Brille, deren Gläser eine leichte Goldfärbung hatten. Zwar mochte irgendein Augenleiden dahinterstecken, doch mit dieser Brille wirkte er, als sei seine Konstitution so verfeinert, dass er den Anblick der Welt nur ertrug, wenn ein leichter Goldschleier über allem lag.

»Miss Pepperharrow«, sagte er, ohne sich vorzustellen. Er wirkte nicht überrascht, dass sie offenbar über sein Kommen unterrichtet war. »Soweit ich weiß, werden Sie demnächst in meine Familie einheiraten.«

»Ja«, bestätigte sie. »Tee?«

Er musterte sie kurz. Sie machte sich bereit, ihm auf englische Art die Hand zu drücken, falls er gleich doch noch ausfällig werden sollte. Er sah nämlich aus, als würde er in Flammen aufgehen, wenn ein Fremder ihn berührte.

»Dieses Theater gehört Ihnen?«

Sie schenkte den Tee ein. »Ja.«

Er wirkte betrübt. »Sie scheinen keine dumme Person zu sein. Ist Ihnen klar, was Keita ist? Ich meine nicht, wer, nicht seine Familie, ich meine: was.«

Takiko lehnte sich zurück, denn das war so weit von der Attacke entfernt, die sie erwartet hatte, dass sie einen Augenblick brauchte, um ihren Schild abzulegen und sich zu entspannen. »Ja«, sagte sie langsam. »Ich habe es bemerkt. Er weiß immer, wann ich einen Regenschirm mitnehmen sollte – falls es das ist, was Sie meinen. Er wusste auch, wann Sie heute kommen würden.«

Der Herzog nahm seine Brille ab und setzte sie wieder auf, und allmählich und mit viel weniger Schadenfreude, als sie gedacht hätte, wurde ihr klar, dass er nervös war. »Miss Pepperharrow, die junge Frau, die ich zu seiner Gemahlin ausersehen habe, ist überaus dumm und zu weiter nichts in der Lage, als auf Partys gut auszusehen. Haben Sie bei Ihren Avancen denn wirklich nicht bedacht, dass ich bestrebt sein könnte zu verhindern, dass er sich mit einer anderen einlässt?«

»Wie bitte?«

Er sah auf den Tee hinab und schenkte sich, obwohl seine Tasse schon voll war, noch weitere drei Tropfen ein. »Ich habe seine Mutter gekannt. Keitsune Mori.« Nun hob er wieder den Blick. »Von ihr hat er das nämlich. Weiß der Himmel, wie viel der modernen Geschichte sie geprägt hat, während sie so tat, als säße sie einfach nur an ihrem Webstuhl. Das war ein Scherz, verstehen Sie? Der Webstuhl. Lebensfäden verweben.« Er schnaubte über sich selbst, aber nur so, als wäre er der Meinung, dass er das lustig finden sollte – und nicht so, als ob er es lustig fand. »Aber ihr großer Trick war, dass sie einen unverhohlen sehen ließ, was sie war – und dennoch tat man gerne genau das, was sie von einem verlangte.«

Takiko zögerte. »Ich verstehe«, sagte sie wahrheitswidrig.

Der Herzog legte beide Hände auf die Tischkante, nur die Fingerspitzen, doch er war ein derart zurückhaltender Mensch, dass Takiko sich unwillkürlich zurücklehnte. »Können Sie sich auch nur einen Moment lang vorstellen, dass sie sich bei ihrem Tun auch nur im Mindesten für die einzelnen Fäden interessierte? Nein. Eines Morgens würde einem schließlich klar werden, dass man – sosehr man auch in sie verliebt ist und obwohl man alles für sie opfern würde – weiter nichts als einer ihrer Fäden ist, ein Faden, den sie ausgewählt, gezwirnt und gefärbt hat und an dem sie nun gefühlsmäßig ungefähr so sehr hängt, als wäre sie die zugehörige Spule.«

»Also, ich bin keineswegs in Ihren Verwandten verliebt, Hoheit. Diese Ehe ist weiter nichts als ein geschäftlicher Kontrakt unter

Freunden«, erwiderte Takiko leise. Und schon während sie das sagte, wusste sie, dass es nicht ganz der Wahrheit entsprach. »Ich brauche einen repräsentativen Wohnsitz, um dort hochstehende Gäste zu empfangen, und er möchte die Last seines Anwesens auf mehrere Schultern verteilen, da er es, wie ich glaube, als zu groß für eine einzelne Person empfindet.«

»Ja, Kontrakte geht man mit Ehemännern und mit Anwälten ein, aber man lässt sich dabei auch noch auf andere Dinge ein«, sagte Choshu ebenso leise. »Dinge, die so alt sind, dass wir sie nicht einmal als gut oder böse bezeichnen könnten, und von denen wir niemals erwarten würden, dass sie in einem schicken Jackett bei einer Nachmittagsvorstellung in unser Leben treten.«

Sie schüttelte den Kopf.

»Wissen Sie, Keitsune hat ihn ganz bewusst erschaffen«, sagte Choshu. Ihm war nun sichtlich unangenehm bewusst, dass diese Bar mit ihren Samtpolstern nicht den passenden Rahmen für das abgab, was er sagte. Er schaute zum Oberlicht empor, als wünschte er sich ein Gewitter herbei. »Niemand weiß, wer der Vater war, nur dass Keitsune eine Woche lang verschwand. Man kann nur annehmen, dass sie nach den richtigen Zutaten suchte. Und noch am Tag seiner Geburt nahm sie sich das Leben.« Er schenkte sich etwas Tee nach, obwohl seine Tasse schon überzulaufen drohte. »Sie verhielt sich dabei ausgesprochen ehrenwert: Sie sagte, sie sei sich sehr wohl bewusst, dass sie ihrem Gemahl Schande bereitet habe, und werde nun mit ihrem Leben dafür bezahlen. Zuvor ließ sie uns alle schwören, dass wir das Kind in der Familie behalten würden.« Er lachte kurz auf. »Wahrscheinlich war selbst das Berechnung. Denn wenn sie am Leben geblieben wäre, hätten wir, glaube ich, Mittel und Wege gefunden, um uns diesem Ansinnen zu widersetzen.«

»Das beweist doch alles nicht, dass er ein schlechter Mensch ist …«

»Miss Pepperharrow. Versuchen Sie einmal, nicht daran zu denken, wie begehrt Sie sich durch ihn fühlen und wie gebraucht. Denken Sie stattdessen einmal daran, unter welchen Umständen Sie ihn kennengelernt haben.« Er sah sie eindringlich an. »Sie waren der Verzweiflung nah. Sie wären an alldem zerbrochen, auf die eine oder andere Weise, wenn er nicht genau in diesem Moment in Ihr Leben getreten wäre.«

Sie neigte langsam den Hals. Das zumindest entsprach der Wahrheit. »Mag sein.«

»Und jetzt … schulden Sie ihm Ihre Seele.« Der Herzog seufzte und trank einen Schluck Tee. Er tat es auf elegante Weise, das fiel ihr auf; er war gar nicht so unbeholfen, wie er wirkte. Im alltäglichen Leben – wenn er nicht gerade versuchte, einer Schauspielerin Keita Mori zu erklären – war er wahrscheinlich durchaus ein anmutiger Mann. »Und jetzt frage ich Sie: Was ist das für ein Geschöpf, das auf den dunkelsten Moment im Leben eines Menschen wartet und dann wie aus dem Nichts auftaucht und sagt: ›Ich werde dich retten, komm mit mir‹?«

Sie schwieg. Nichts von alldem erschien ihr mehr so töricht wie noch eine Minute zuvor.

»Sie sind da übrigens nicht die Einzige. Kuroda, der arme Irre, läuft ihm wie ein Hündchen hinterher; und ich garantiere Ihnen, Keita hat Pläne für ihn und seine spezielle Art von Bösartigkeit.« Er hielt inne, hatte aber offenkundig noch nicht zu Ende gesprochen. »Wissen Sie, es gibt Aufzeichnungen … über andere, die so waren wie er. Ich habe mich damit beschäftigt, nachdem ich verstanden hatte, was Keitsune tat. Es sind hauptsächlich Volkssagen, aber die Übereinstimmungen sind geradezu unheimlich. Ich habe jahrelang gerätselt, warum es in der gesamten Mythologie keine Figur gibt, die ihm offenkundig ähnelt, doch dann wurde mir natürlich irgendwann klar: Wenn man ein Wesen ist, das alle Zukünfte der Welt kennt, ist man ja auch in der Lage, dafür zu sorgen, dass außer Gerüchten nichts über einen selbst überliefert wird.«

Im Publikum saß immer irgendein gelangweilter alter Junggeselle, der nach der Aufführung zu Takiko oder einem der Darsteller kam und ganz ernsthaft darüber sprach, dass die Geschichte wahr sei und es diese oder jene Prinzessin tatsächlich gegeben habe und man wirklich gesehen habe, wie sie in Fuchsfeuer gehüllt vom Himmel fiel, und wussten Sie übrigens, dass ich mit ihr verwandt bin? Sie war sich ziemlich sicher, dass es verschiedene Stadien des gelangweilten Junggesellendaseins gab. Zuerst spielte man nur Karten mit sich selbst, dann schnitt man sich ein Ohr ab, und ganz zuletzt wurde man Volkskundler.

Der Herzog hörte sich jedoch nicht an wie diese Leute. Die sahen auch nicht so resigniert aus – und schienen sich auch nie bewusst zu sein, dass es töricht klang, was sie erzählten.

»Sie kennen ja bestimmt die Geschichten«, seufzte Choshu. »Erinnern Sie sich an den Winterkönig und die beiden Liebenden?«

»Nein. Ich kenne nicht viele japanische Geschichten, mein Vater war Engländer.« Ein ungutes Gefühl machte sich in ihr breit. Sie sprach nur äußerst ungern über Christopher Pepperharrow. Sie besaß nicht mehr viele Erinnerungen an ihn, und die mit irgendwelchen Fremden zu teilen, so als wären sie nicht kostbar, fühlte sich schrecklich an.

»Nun, dann werde ich sie Ihnen erzählen.«

Die Geschichte klang nicht weiter ungewöhnlich: Es waren einmal zwei Verliebte, die nicht zusammenkommen durften, und eines Tages liefen sie gemeinsam von zu Hause fort durch einen tiefen Wald. Sie hatten kein Geld, aber sie waren frohen Mutes. Sie waren jedoch noch nicht weit gekommen, als sie Lichter hinter sich sahen und die Stimmen ihrer Väter hörten. Sie gerieten darob in Verzweiflung und wussten nicht, was sie tun sollten –

doch da trat ein Herr in einem weißen Pelz aus dem Wald hervor. Er sagte ihnen, sie sollten umkehren, aber alles würde gut; er sei der Winter, und in drei Tagen würde er die bitterste Kälte seit einer Generation übers Land legen. Wenn sie in dieser Nacht, der bitterkältesten seit Jahrzehnten, aufs Neue fortliefen, würde niemand ihnen folgen. Die beiden willigten ein, kehrten um, baten ihre Väter um Verzeihung und versuchten es drei Tage später von neuem. Zu ihrer Freude stellten sie fest, dass der Winterkönig recht gehabt hatte: Niemand folgte ihnen. Und auch diesmal trafen sie ihn auf ihrem Weg, und er begleitete sie eine Zeit lang und versprach ihnen, er könne dafür sorgen, dass sie für immer vereint sein würden. Und so wanderten sie weiter durch den Frost und den frischen Schnee, und schließlich kamen sie an einen tiefen See. Der Winter zeigte darauf und sagte: »Da habt ihr eure Ewigkeit.« Und so brachten die Liebenden sich um, und ihre Seelen blieben für immer vereint.

»Aber das ist doch bloß eine Geschichte über den Winter«, protestierte Takiko. »Ein Märchen – mit der Botschaft, dass man im Winter nicht rausgehen sollte. Wie bei Rotkäppchen: Traue fremden Männern nicht, denen du auf der Straße begegnest, denn sie sind in Wirklichkeit Wölfe.«

»Diese Geschichte hat sich aber genau so zugetragen«, seufzte der Herzog. »Das betreffende Liebespaar starb im Jahre 1672. Ihr Tod führte zu einem dauerhaften Frieden zwischen ihren Familien, und eine dieser Familien war die des Shogun. Wahrscheinlich wurde dadurch ein Bürgerkrieg verhindert.« Nun musterte er sie ohne die geringste Hoffnung, sie überzeugen zu können. »Das trug sich damals bei der Burg Hagi zu, dem Stammsitz des Hauses Mori. Ein Sohn des Hauses war in der Gegend als hervorragender Jäger bekannt. Er verstand sich besonders gut darauf, Silberfüchse zu fangen. Ein Herr in einem weißen Pelz: Das macht einen schon stutzig, nicht wahr?«

Takiko schüttelte den Kopf. »Die Leute schmücken wahre Geschichten gern zu Märchen aus, das ist ganz normal. Wir machen hier ja letztlich auch nichts anderes. Aber was wollen Sie mir eigentlich damit sagen?«

»Dass es in Keitas Natur liegt, verzweifelte Menschen zu nehmen und sie einem nützlichen Tod zuzuführen. Ein Todesfall ist ein mächtiges Mittel der Veränderung, und was auch immer er sein mag: Er ist auf dieser Welt, um sie zu verändern. Sind Sie sich absolut sicher, dass er das nicht auch mit Ihnen tun wird?«

Da musste sie lachen – auch vor Erleichterung. Ein, zwei Momente lang hatte sie am Rande eines Abgrunds gestanden, dessen Existenz ihr bis dahin gänzlich verborgen geblieben war und in dessen Tiefen sich mysteriöse Dinge regten – eines Abgrunds, der an einen Ort führte, an dem eine abscheuliche Art von Magie ausgeübt wurde. »Hören Sie, irgendeine Geschichte über ein dummes Pärchen, das im Winter ums Leben kommt, überzeugt mich doch nicht davon, dass Keita auf mein vorzeitiges Ableben sinnt.«

»Er hatte fünf Brüder, wissen Sie. Alle fünf sind in einer einzigen Schlacht gefallen. Sie kämpften aufseiten des Kaisers. Ihr Tod stachelte ihre Kameraden zum Äußersten an, das kann ich Ihnen sagen.«

»Ich weiß nur, dass einer seiner Brüder mal auf ihn geschossen hat, mit einem Pfeil.« Nun fragte sie sich, wie sehr Moris Kindheit, von der er nie erzählte, wohl von Leuten wie dem Herzog überschattet gewesen war, die etwas Unaussprechliches in ihm sahen. Er hatte Narben an den Händen von Hieben mit den flachen Seiten von Schwertklingen.

Der Herzog seufzte. »Sagen Sie mir nur eines: Haben Sie in letzter Zeit Eulen gesehen? Die Ihnen vielleicht gefolgt sind?«

»Was? Eulen?«

»Es sind Glücksvögel. Und er fabriziert Glück. Das scheinen diese Vögel zu wissen.« Er wandte den Blick ab und schaute zum

Tresen hinüber und zu der Frau, die dort Maronen röstete. Dann fuhr er in trockenem bibliothekarsmäßigem Ton fort: »Wenn Sie feststellen, dass eine Eule sich für Sie interessiert, dann ist Keita nicht mehr weit. Und dann rate ich Ihnen, entschlossenen Schritts in die entgegengesetzte Richtung zu gehen.«

»Eulen …«, sagte sie noch einmal, doch nicht so tonlos wie gewollt. Auf ihrer alten Nähmaschine waren immer noch Krallenspuren zu sehen.

Nun legte sich etwas auf Choshus Gesichtszüge. Es war Stolz; er konnte nicht noch länger bei einem Thema verweilen, das ihn töricht erscheinen ließ. »Nun gut«, sagte er. »Ich bin mir sicher, Sie sind absolut in der Lage, mit ihm fertigzuwerden. Guten Tag, Miss Pepperharrow.«

Er ging gemessenen Schritts hinaus und keineswegs mit dem unbeholfenen Schwung, den jemand, der gerade derartige Dinge gesagt hatte, normalerweise an den Tag gelegt hätte. Takiko lehnte sich zurück und konnte nicht recht glauben, was für ein irrwitziges Gespräch sie gerade geführt hatte. Ihr wurde ein wenig bang davon; nicht wegen Mori, sondern seiner Familie wegen. Wenn die alle so waren, war es ja kein Wunder, dass Mori einen normalen Menschen in seinem Haus haben wollte.

• • •

Am nächsten Tag fuhr sie nach Yoruji, mit der Absicht, Mori von der Begegnung mit dem Herzog zu erzählen und sich prächtig mit ihm über all das zu amüsieren. Auf dem Weg dorthin wurde ihr jedoch klar, dass es geradezu grausam wäre, ihn daran zu erinnern, dass sein einziger lebender Verwandter ihn für einen Hexer hielt. Daher sagte sie nur, dass der Herzog ja ein komischer Kauz sei, und apropos: Er habe ihr da etwas Komisches über Eulen erzählt.

Das brachte Mori zum Lachen. »Komm, ich zeig's dir.«

In Yoruji gab es tatsächlich ein Vogelhaus. Das hatte sie bis dahin gar nicht gesehen. Es war groß und geräumig, bot allerhand schöne Äste und Hohlräume – und war voller Eulen. Eine Tür gab es dort jedoch nicht; stattdessen stand die gesamte Vorderseite offen. Die Eulen schienen sich darin wohlzufühlen, und als sie Takiko und Mori bemerkten, glitten einige von ihnen herbei und schnatterten gesprächig.

»Wir haben hier oft Dutzende von ihnen, sie scheinen uns zu mögen. Und sie sind alle zahm, siehst du?«, fügte er hinzu, als sich eine auf Takikos Handgelenk niederließ und nichts dagegen hatte, sich die Brust streicheln zu lassen. Der Vogel war erstaunlich schwer. Als Takiko ihn unterm Kinn kraulte, verengte er auf genüssliche Weise die Augen.

»Ich wusste gar nicht, dass Eulen so zahm sein können«, sagte sie entzückt. Die Eule erzählte ihr etwas in der Eulensprache, und ihr wurde ganz warm ums Herz. Es schienen ganz besondere Vögel zu sein.

»Ich glaube, sie fliegen überallhin, kommen aber immer wieder hierher zurück«, sagte Mori, halb zu ihr und halb zu einem sehr beeindruckenden Uhu, der gerade herbeigeflogen war. Er landete auf dem Ast direkt neben Mori und stieg dann auf seinen Arm, wobei er auf seine Krallen hinabsah, als wollte er sichergehen, dass er Mori damit nicht verletzte.

Da kehrte der erste Eindruck, den Takiko damals im Theater von ihm gehabt hatte, mit aller Macht zurück: das Gefühl, dass er nicht in die Gegenwart gehörte, sondern an einen anderen Ort tausend Jahre zuvor. Mit dem Uhu auf dem Arm wirkte er mittelalterlich, und wenn Choshu ihr in diesem Moment erzählt hätte, dass Mori auf Erden gewandelt war, seit sich die ersten Menschen vor den Wäldern gefürchtet hatten, hätte sie es vielleicht sogar fast geglaubt. Er wirkte bei alldem jedoch nicht bedrohlich. Und der Uhu versuchte nun, ihm die Taschenuhr zu klauen.

»Bittest du sie, bestimmte Leute zu besuchen?«, fragte Takiko. »Ich glaube nämlich, die da war mal bei mir zu Besuch.«

»Nein«, erwiderte er. »Aber manchmal scheinen sie zu wissen, wohin ich gehen werde.« Er neigte den Kopf, und der Uhu blinzelte träge. »Sie gelten ja als weise Vögel, nicht wahr?«

Sie grinste. Und irgendwo in ihrem Brustkorb verspürte sie ein Ziehen – hin zu ihm und nach Yoruji. Es war nur eine ganz leichte Regung, die zugleich aber groß und verheißungsvoll wirkte, wie wenn ein Schiff nach langen Jahren auf See in seinem Heimathafen vor Anker geht.

»Hey«, sagte sie. »Was wünschst du dir eigentlich als Hochzeitsgeschenk? Womit kann man einem Hellseher eine Freude machen?«

Er schaute sich um und hielt dann inne. »Ich möchte lieber einen Gefallen als ein Geschenk.«

»Einen Gefallen?«

»Ich könnte demnächst … deine Hilfe bei etwas gebrauchen. Es wird vielleicht nicht ungefährlich sein. Ich weiß noch nicht genau, wann, aber wenn du mir dann helfen würdest, würde ich das sehr gern als Hochzeitsgeschenk annehmen.« Er sagte das sehr vorsichtig und voller Demut, so als ob der Herzog direkt neben ihm stünde und von Hexern und Winterkönigen zeterte und dass er Menschen behandele, als wären sie Fäden auf einem Webstuhl.

»Joy«, sagte sie unvermittelt. Das bedeutete sein Vorname auf Englisch. Sie nannte ihn gelegentlich so, seit er angefangen hatte, Pepper zu ihr zu sagen. »Wir reden doch nicht etwa über … Kinder, oder?«

»Nein.« Er wirkte mit einem Mal geradezu angespannt, und sein Blick schien in weite Ferne zu schweifen. »Was das angeht, habe ich es nicht eilig.«

»Tut mir leid«, sagte sie und war sich bewusst, dass sie womöglich gerade einen schönen Abend ruiniert hatte. »Es ist bloß … So eine plötzliche Heirat fühlt sich an, als würde man in großer Eile in eine Droschke verfrachtet, ohne zu wissen, wohin die Fahrt überhaupt geht. Das ist nicht förderlich. Selbst wenn man … na, du weißt schon … seinen Mitfahrer mag.«

»Also«, sagte er bedachtsam, »ich werde in einigen Jahren nach England gehen. Und dann komme ich erst … ungefähr im Jahre 1890 zurück, glaube ich.« Er lächelte ein wenig. »Und bis dahin haben wir uns ja vielleicht gut genug aneinander gewöhnt, um darüber nachzudenken. Ich lasse mich auch nicht gern zur Eile antreiben.«

»Wie könnte man dich denn jemals zur Eile antreiben?«, meinte Takiko in etwas zu hohem Ton, weil sie die in ihrer Magengegend aufflackernde Bestürzung überspielen wollte. 1890: Das war in zehn Jahren. »Du weißt doch vorher immer schon, was geschehen wird.«

»Ja. Es ist, als würde man auf einem Förderband stehen und zusehen, wie man dem großen Fleischwolf immer näher kommt – und im gleichen Moment weiß man schon, wie das Leben sein wird, wenn man erst mal glaubt, es wäre normal, keine Arme zu haben.«

Sie zögerte. »Wirst du denn in England bei irgendwas Hilfe brauchen? Soll vielleicht … das Förderband umgeleitet werden?«

»Nein.«

»Ich bin also hier, um dir den Herzog vom Hals zu halten, und soll dann einfach nur auf einer Bank sitzen, bis 1890 oder wann auch immer du mich brauchen wirst?«, sagte sie verwundert. »Es gibt doch bestimmt noch mehr, was ich für dich tun könnte.«

»Nein.« Nun blickte er besorgt. »Pepper … du brauchst nichts für mich zu tun. Ich glaube, ich weiß, was der Herzog heute zu dir gesagt hat, und er hat recht.«

»Mori, ich muss aber etwas für dich tun. Wenn du damals nicht zu mir ins Theater gekommen wärst, hätte Ayame mich wieder zurück auf die Bühne gezerrt oder mir so lange Ohrfeigen verpasst, bis ich von selbst gegangen wäre. Ich verdanke dir alles. Diese Schuld wird für immer auf mir lasten, es sei denn, ich tue auch etwas für dich. Und das weißt du doch auch.« Sie seufzte. »Sag jetzt nicht, es ist belanglos, oder es zählt nicht, dass du mich gerettet hast, nur weil du es nicht auf einem Schlachtfeld getan hast.«

»Das hatte ich nicht vor«, sagte er leise.

»Also gut. Ich stehe tief in deiner Schuld. Warum lässt du mich diese Schuld nicht begleichen?«

Er atmete langsam aus. »Momentan ist es nicht möglich, die Welt groß weiterzudrehen. Ich … verbringe meine Zeit größtenteils damit, die angehenden nächsten Mozarts und Newtons zu finden und zu fördern, denn sie werden irgendwann einen Wandel herbeiführen, wie Revolutionen und Guillotinen es niemals könnten. Und dabei kann mir niemand helfen. Es ist eine heikle Sache. Aber in elf Jahren wird es eine Phase geben, in der wir fast auf einen Schlag sehr viel Gutes tun können, ohne dabei zugleich reaktionäre Fraktionen von Nationalisten oder Tyrannen heranzuziehen. Dann werde ich tätig werden, und dabei werde ich deine Hilfe brauchen. In den Jahren bis dahin wirst du jedoch Dinge sehen, die dich vor die Frage stellen werden, ob du mir überhaupt helfen solltest. Es kann sehr gut sein, dass du dann zu dem Schluss kommst, dass ich völlig falschliege und du deine Kräfte besser für etwas anderes einsetzen solltest.«

Sie lachte halb, denn sie hatte doch tatsächlich Gänsehaut auf den Unterarmen bekommen. »Meine persönliche Prophezeiung.«

»Ja, die können wir einrahmen lassen«, erwiderte er mit einem leichten Funkeln in den Augen, das allerdings keinerlei Humor enthielt. »Pepper, du musst das bitte verstehen. Als ich dir im Theater geholfen habe, wusste ich, dass dadurch alles für dich anders würde, und ich wusste auch, dass du daraufhin das Gefühl haben würdest, in meiner Schuld zu stehen. Was ich in elf Jahren vorhabe, wird gefährlich sein. Ich kann niemanden dafür bezahlen, mir dann zu helfen; ein Fremder würde mir da nichts nützen; es muss jemand sein, der mich kennt und weiß, worauf er zu achten hat. Ich kann aber auch niemanden darum bitten, der mich wirklich sehr mag, denn der würde versuchen, mich davon abzuhalten. Was ich brauche, ist jemand, der sich mir verpflichtet fühlt, mich aber nicht von ganzem Herzen mag. Und so wird es bei dir sein, wenn es erst einmal so weit ist.« Er hob ein wenig die Hände. »Und deshalb habe ich dich damals im Theater gebeten, dich zu mir zu setzen.«

Sie schnaubte. »Mir war schon klar, dass meine weiblichen Reize nicht dein einziger Grund dafür waren. Aber das ist nicht der Punkt. Der Punkt ist, dass ich doch wohl nicht die Einzige sein kann. Es gibt doch bestimmt noch andere Leute, die du ärgern und manipulieren kannst, oder?«

Er nickte mit unfroher, leicht gereizter Miene. »Ja, Dutzende. Wenn du also nicht willst …«

»Ach, sei still. Du hast dich für mich entschieden, nicht für die anderen. Und es ist mir egal, ob du mich meiner komischen Nase wegen auserwählt hast oder weil dir die kandierten Nüsse, die es damals im Foyer gab, so gut geschmeckt haben. So oder so – du hast mein ganzes Leben auf den Kopf gestellt, und dafür bin ich dir etwas schuldig. Hast du das jetzt kapiert?«

»Ja«, sagte er.

»Und auch ein kleiner Dienst ist und bleibt ein Dienst«, schloss sie leise. »Wir werden also heiraten, ich werde dir den Herzog vom Hals halten, und dann schulde ich dir darüber hinaus diesen einen Gefallen.« So beklommen wie nun in seiner Gegenwart hatte sie sich das letzte Mal mit ungefähr sechzehn Jahren gefühlt. Es war eine traurige kleine Verknalltheit. Aber es hatte auch etwas Gutes, etwas für einen so außergewöhnlichen Menschen zu tun. Ehre:

Das war eines dieser Worte, mit denen Männer ständig um sich warfen, und bis vor kurzem hätte sie nicht gedacht, dass es auch einmal für sie eine Bedeutung haben könnte. Es war ein so schönes Gefühl, dass sie auf einmal verstand, weshalb Soldaten für einen selbstmörderischen Befehlshaber in die Schlacht zogen, obwohl sie das bis dahin immer idiotisch gefunden hatte.

Im Hinterkopf hatte sie immer noch die Stimme des Herzogs, der von dem Webstuhl und den bunten Fäden wisperte: *Ihr großer Trick war, dass sie einen unverhohlen sehen ließ, was sie war – und dennoch tat man gerne genau das, was sie von einem verlangte.*

»Pepper, ich möchte keine Dienerin«, sagte Mori leise. Und zum ersten Mal, seit sie ihn kennengelernt hatte, kam er ihr nahe. Einen ganzen Moment lang sah er sie an, wie noch kein Mensch sie jemals angesehen hatte: als wäre sie eine Kostbarkeit. Dann legte er seine Stirn an ihre. »Ich möchte jemanden, zu dem ich zurückkehren kann.«

ACHTZEHN

YOKOHAMA, 19. DEZEMBER 1888

Die Straßen vor den Toren von Yoruji ähnelten jenem windschiefen Durcheinander, das in Tokyo so interessant gewirkt hatte. Es war schwer zu erkennen, was ein Wohnhaus und was ein Lokal war, denn die Fenster waren alle mit blickdichtem Papier bespannt, doch als Thaniel weiterging – und links abbog, als tatsächlich ein Mann mit einer angeleinten Katze auftauchte –, wurde die Sache bald schon ein wenig klarer. Man musste nur auf den Dampf achten. Nudelimbisse mit nur wenigen Sitzplätzen hatten ihre Schiebetüren zur Straße hin geöffnet, und Hafenarbeiter in Arbeitskluft aßen dort schnell am Tresen etwas oder hockten auf alten Frachtfässern. Vor den größeren Lokalen standen Damen mit Kopftüchern und Schürzen und priesen in dem international bekannten nasalen Tonfall von Bahnansagern die dortigen Speisen an. Thaniel wäre beinahe in eines dieser Restaurants hineingedrängt worden, doch dann sah er dort einen Koch fluchend einen Korb heiße Nudeln quer durch die Küche schleudern.

»Oder vielleicht ein andermal …«, meinte die Dame draußen verbindlich lächelnd.

»Diese verdammten Geister!«, schrie der Mann und riss sich die Schürze vom Leib.

»Ich höre überall von Geistern«, sagte Thaniel zu der Dame.

»Ja, ich weiß, es wird langsam wirklich lästig«, erwiderte sie. »Die Exorzisten sind schon alle ausgebucht. Kommen Sie rein, Herrschaften! Jeder ist willkommen!«

In der nächsten Straße fand er das Postamt. Der mürrische Postler dort bestand darauf, dass Thaniel Englisch mit ihm sprechen sollte, obwohl er selbst kein einziges Wort in dieser Sprache von sich gab. Über ihnen summten die Telegrafendrähte geschäftig. Das Päckchen machte sich auf den Weg nach Aokigahara.

• • •

Draußen vor der Post wäre Thaniel um ein Haar mit dem Mann im roten Mantel zusammengeprallt, der zu Kurodas Gefolge gehörte. Der setzte sogleich ein Lächeln auf, das fast so strahlend war wie sein Fabergé-Ei-Knopf.

»Ah, guten Tag, mein Lieber«, sagte der Mann. Er sprach mit einem schönen warmen Osaka-Akzent, und Thaniel fühlte sich unwillkürlich fast wie zu Hause, denn soweit er wusste, war Osaka das japanische Pendant zu York. »Gehen Sie zurück nach Yoruji? Dann begleite ich Sie.«

»Nicht nötig«, sagte Thaniel, der nicht mit jemandem gehen wollte, den er erst kürzlich eine Schusswaffe auf Mori hatte richten sehen. »Ich kenne den Weg.«

»Vorsicht ist besser als Nachsicht. In der Nähe des Hafens werden Gaijin gerne mal rauh angefasst. Mein Name ist Tanaka.«

»Steepleton.«

»Ich weiß. Was haben Sie denn gerade verschickt?«

Thaniel stutzte. »Wer will das wissen?«

»Ich. Ich interessiere mich für alles, was in einem Haus, in dem Graf Kuroda zu Gast ist, ein und aus geht.«

»Das waren bloß Geschenke für die Lieben daheim. Souvenirs.«

»Und das werde ich also in dem Päckchen finden, wenn ich jetzt reingehe und es mir hole, ja?«

»Viel Glück beim Suchen«, sagte Thaniel. »Der Mann da drin hat es sich nicht mal angesehen; der wird gar nicht wissen, welches Päckchen das war.«

»Aber es ist doch nach England adressiert, oder?«

»Nö«, sagte Thaniel und sah zu ihm hinab. Tanaka war für diese Weltgegend relativ groß, aber dennoch deutlich kleiner als er. »Ich schicke keine detaillierten Berichte über Kurodas Sicherheitsvorkehrungen nach Whitehall, falls es das ist, worum Sie sich Sorgen machen.«

Ohne jede Vorwarnung rammte Tanaka ihn daraufhin an eine Hauswand und hielt ihm eine Messerklinge einen Zentimeter vors Auge. Seiner munteren Art tat das jedoch keinen Abbruch. »Es sind nicht die Briten, um die ich mir Sorgen mache, mein Lieber, sondern Mori. Was hat er in das Päckchen getan?«

Thaniel versetzte ihm einen Boxhieb in die Rippen, woraufhin Tanaka das Messer ein wenig sinken ließ. Dann packte Thaniel ihn am Hinterkopf und rammte nun ihn an die Wand. Doch plötzlich standen Polizisten mit Schlagstöcken links und rechts neben ihm.

Tanaka lachte. »Sie haben ja richtig Pfeffer im Arsch! Kompliment! Aber das war ein tätlicher Angriff, Jungs, das habt ihr gesehen, nicht wahr?«

Die Polizisten hatten es gesehen. Sie mussten allerdings auch gesehen haben, wie Tanaka sein Messer gezückt hatte, aber dazu sagten sie nichts. Thaniel seufzte und verschränkte die Hände hinterm Kopf. Er bekam dennoch einen Schlagstock in die Rippen, doch da er das geahnt hatte, tat es nicht ganz so weh. Zwanzig Minuten später saß er in einer kleinen kalten Zelle in einem Polizeirevier in der Nähe des Hafens und genierte sich.

• • •

Er hatte erwartet, dass ein schief dreinblickender Mori kommen und ihn abholen würde, doch es war nicht Mori, der da kam. Ein seltsam banges Schweigen machte sich unter den Polizisten breit, als Takiko Pepperharrow das Revier betrat. Sie trug Reitstiefel und einen Westernmantel, war also längst nicht so glamourös gekleidet wie zuvor und fragte höflich und ohne jedes Getue nach den Papieren, doch die Polizisten gerieten dennoch fast in Panik; sie hatten keine Ahnung, wie sie mit einer Frau umgehen sollten, und huschten um sie herum wie Gorillas, die ein Entlein zu hüten versuchten. Takiko drückte dem Inspektor etwas Geld in die Hand und führte Thaniel dann hinaus.

»Sie müssen die einfach bestechen«, sagte sie, als sie wieder auf der Straße waren. Sie sprach Japanisch mit ihm. Ein paar Polizisten waren zur Tür gekommen, um ihren Abgang zu verfolgen. Englisch hätte wohl verdächtig gewirkt. »Man wird hier oft versuchen, sie festzunehmen. Deshalb sollten Sie immer ein paar Yen bei sich haben. Es tut mir leid wegen Tanaka, er ist nicht ganz dicht. Yakuza, glaube ich; Sie wissen schon: die Mafia. Kuroda sammelt solche Geisteskranken.«

»Danke«, sagte Thaniel. »Was bin ich Ihnen schuldig?«

Sie stutzte und wirkte fast, als hätte die Frage sie gekränkt. »Nichts.« Dann hielt sie inne. »Sind Sie unverletzt? Ich nehme an, die haben die Gelegenheit dazu genutzt, Sie ein bisschen durch die Mangel zu drehen?«

»Alles bestens«, sagte er, obwohl ihm die Rippen nun doch wehtaten.

»Ich weiß, Sie mögen mich nicht, aber kommen Sie, ich mache Ihnen eine Tasse Tee. Mir war zwar klar, dass meine Landsleute verrückte Fremdenhasser sind, aber gleich in der ersten Woche festgenommen zu werden, weil man sich gegen einen durchgedrehten Yakuza-Schläger zur Wehr gesetzt hat, das ist schon ein bisschen viel. Das ist peinlich.«

Er nickte. »Sie sind ja halb und halb. Ergeht es Ihnen manchmal auch so?«

»Nur ein bisschen. Niemand hier kann meinen Namen richtig aussprechen, und die Leute machen sich immer Sorgen, dass ich wahrscheinlich keine Manieren habe und, wenn ich zu Besuch komme, nicht weiß, wo ich meine Schuhe abstellen soll.« Es klang eher sarkastisch als gereizt. »Aber in Tokyo wird es Ihnen besser ergehen. Da wird man davon ausgehen, dass Sie zum diplomatischen Personal gehören. Hin und wieder werden wahrscheinlich irgendwelche Verrückten bei Ihrem Anblick ›Gaijin raus!‹ schreien, aber das sind eher Hunde, die bellen, wenn Sie verstehen, was ich meine.«

»Was bedeutet eigentlich *gaijin?* Im Wörterbuch steht bloß ›Ausländer‹, aber …«

»Ich würde sagen, es ist irgendwas zwischen ›Chinesensau‹ und ›Bergtroll‹.«

Er lachte. »Danke.«

Auf dem Rückweg brachte sie ihm noch ein paar weitere Schimpfwörter bei. Er sträubte sich dagegen, sie lustig zu finden, aber weil sie lustig *war*, wäre es ihm sehr schwergefallen, nicht mit ihr darüber zu lachen. Zurück in Yoruji, bereitete sie höchstselbst den Tee zu, und Thaniel dämmerte allmählich, dass er bis dahin aus Eifersucht ungerecht zu ihr gewesen war. Das Teezimmer – so etwas gab es tatsächlich – war eine gläserne Pagode auf einer kleinen Insel in einem der größeren Wasserbecken, und trotz des kühlen Wetters war es dort warm und dank der Seidenteppiche mit ihren Chrysanthemenmustern angenehm hell. Es war herrlich, dort zu sitzen. Er spürte, wie die Anspannung, die ihn auf dem Polizeirevier gepackt hatte, langsam von ihm abfiel. Takiko, die ihm gegenübersaß, gab eine merkwürdige Figur ab. Sie trug einen Herrenanzug; es war ein Kostüm aus dem Theater, von dem die Requisiteure nicht wollten, dass es auf der Bühne wie neu aussah, und deshalb musste sie zwei Wochen lang darin herumlaufen und idiotisch darin aussehen, damit der Anzug Falten bekam. Kabuki, erklärte sie ihm, sei von Haus aus schräg, *queer;* es sei darauf angelegt, seltsam zu sein, und deshalb besetze man nun die Frauenrollen mit Männern und die Männerrollen mit Frauen. Sie verdrehte die Augen, als sie das sagte, und da war sie Thaniel mit einem Mal sympathisch, weil es ihr peinlich war, über Kunst zu sprechen. Ihm ging es genauso. Er brachte gegenüber Leuten außerhalb des Orchesters kaum Sachen wie »Sechzehntel« über die Lippen, ohne sich wie eine prätentiöse Nulpe vorzukommen.

»Warum waren Sie denn überhaupt draußen unterwegs?«, fragte sie schließlich.

»Oh. Ich wollte bloß zur Post.«

»Wissen Sie denn nicht, dass wir hier einen Briefkasten haben? Der wird jeden Morgen um zehn geleert.«

»Nein, es war ein Päckchen; das musste gewogen werden.«

»Jetzt schon Geschenke für daheim?« Sie lächelte.

Seine Schultern versteiften sich unwillkürlich, und er verlagerte den Griff um seine Teetasse, um das zu überspielen. Kurodas Männer wechselten ihre Posten, wenn diese seltsamen Glöckchen erklangen, und er hatte auch Takiko mit Glöckchen hantieren sehen. Außerdem musste sie eingewilligt haben, all die Männer im Haus unterzubringen, musste die Diener mit Glöckchen ausgestattet und den Soldaten das Labyrinth der Korridore erklärt haben. »Nein, nein. Obwohl ich das tun sollte. Mori wollte etwas verschickt haben. Schmetterlingskokons.«

»Tatsächlich?«

»An irgendeinen Sammler in Kyushu«, sagte er und nannte damit einen beliebigen Ort, der nichts mit dem Aokigahara-Wald zu tun hatte.

»Kyushu?«

»Ich weiß nichts darüber, ich tue nur, was man mir sagt. Das ist normalerweise das Beste.«

»Ich würde Ihnen raten, das nicht zu tun«, sagte sie.

»Ich weiß schon, was Sie mir raten würden«, sagte er und versuchte, dem Ganzen eine heitere Wendung zu geben.

»Haben Sie ihn nach Gräfin Kuroda gefragt?«

»Das geht mich nichts an.«

»Mein Gott, Sie haben ihn gefragt, und es ist Ihnen egal.« Sie schüttelte kurz den Kopf, auf eine Art, die Thaniel stark an seine Schwester erinnerte, als er ein kleiner Junge gewesen war und sie gesehen hatte, dass er jeden Moment aus einem Baum fallen würde. »Also gut, was soll's. Aber haben Sie denn gar keine Angst, dass es Ihnen auch so ergehen könnte? Sie sind schließlich krank. Haben Sie sich jemals gefragt, was Ihr Tod bewirken könnte, wenn er dafür sorgen würde, dass es am richtigen Ort und zur richtigen Zeit geschieht?«

Thaniel zuckte mit den Achseln. »Wenn ich sowieso sterbe, darf er meinetwegen gern einen Nutzen daraus ziehen.«

Ihre Miene löste sich ein wenig. »Wie ernst ist es denn momentan?«

»Ich weiß es nicht. Der Arzt sagt das eine, und Mori sagt etwas anderes. Wenn wir uns aber zufällig begegnen, guckt er, als hätte er ein Gespenst gesehen, und das kann ja wohl nichts Gutes bedeuten. Ich fühle mich nicht besonders.« Er zögerte, wusste nicht recht, warum er ausgerechnet ihr das alles erzählte. Doch andererseits war sie die einzige Person, mit der er dort bisher gesprochen hatte, die die Dinge unvoreingenommen sah. Er wechselte ins Englische, denn bei dem Kloß, der sich in seinem Hals zu bilden begann, konnte er sich fürs Japanische nicht mehr gut genug konzentrieren. »Es kommt nicht unerwartet. Mein Vater hatte das auch. Die Männer in meiner Familie sind alle ziemlich kurzlebig. Ich hoffe, dass es wieder besser wird, aber …« Er wollte eigentlich etwas Aufmunterndes sagen, aber es gelang ihm nicht. »… aber ich fühle mich nicht besonders«, schloss er leise.

»Kann Keita denn gar nichts tun?«, fragte sie, ebenfalls auf Englisch. Als er das erste Mal mit ihr gesprochen hatte, hatte er ihren Akzent nicht zuordnen können, doch nun ahmte sie seine Aussprache nach, genau wie er oft die Aussprache seines jeweiligen Gegenübers nachahmte, wenn er Japanisch sprach.

»Was soll er denn tun? Tuberkulose heilen? Wenn dafür kein Heilmittel in Sicht ist, kann er nichts ausrichten. Wenn es das in naher Zukunft nicht geben wird, sodass er sich daran erinnern könnte, kann er nichts darüber wissen.« Er stellte seine Teetasse beiseite. »Wie gesagt, es kommt nicht unerwartet. Wenn ich ehrlich bin, glaube ich, meine Lunge war schon ruiniert, als ich zwanzig war.«

Sie hatte leicht genickt, während er sprach. »Aber es ist dennoch verdammt ärgerlich.«

Er lächelte. »Ja, das ist es. Aber vielleicht wird ja alles wieder gut, und ich jammere hier ganz umsonst.«

»Na, das hoffe ich doch.«

»Danke.«

Sie beugte sich zu ihm hinüber und stupste ihn an. »Aber machen Sie unbedingt mit der Musik weiter, die Sie da komponieren. Ich habe ein wenig gelauscht. Es ist großartig. Ich will nicht, dass das unvollendet bleibt, bloß weil Sie über den Jordan gehen, bevor Sie damit fertig sind.«

Törichterweise fühlte er sich – obwohl er fast sicher war, dass sie sich nur von ihrer freundlichen Seite zeigte, um ihm etwas über das Päckchen zu entlocken – durch diese Frotzelei gleich deutlich besser. »Wird gemacht.«

Sie sah ihn noch einen Moment lang an, als ob sie sich tatsächlich Sorgen um ihn machte. »Also«, sagte sie dann. »Kommen Sie zurecht, wenn ich Sie jetzt allein lasse? Ich habe es nämlich eilig. Ich muss bald im Theater sein.«

Er nickte und sagte, an einem so schönen Ort allein gelassen zu werden, sei nun wirklich nicht schlimm. Dann sah er ihr nach, bis sie die Trittsteine hinter sich gelassen hatte, und folgte ihr so leise wie möglich. Als er auf dem Korridor angelangt war, war sie schon außer Sicht, aber er hörte sie auf dem Nachtigallenboden, der zur Linken sein seltsames sternförmiges Quietschen von sich gab. Er ging diesen Boden direkt an der Fußleiste entlang und verharrte, als sie stehen blieb. Sie hatte an eine Tür geklopft. Kurodas Stimme forderte sie auf hereinzukommen.

Thaniel wartete mit dem Rücken an derselben Wand. Sie war nur mit Papier bespannt, und er konnte alles hören.

»Schmetterlingskokons nach Kyushu«, sagte sie. »Haben Sie irgendwas in Kyushu?«

»Nein«, sagte Kuroda zögernd. »Nichts. Ist vielleicht nur eine von Moris Marotten.«

Takiko erwiderte eventuell etwas darauf, doch Thaniel hörte es nicht, weil Suzuki den Korridor hinunterkam. Thaniel wollte schnell im nächsten Zimmer verschwinden, doch dessen Tür war abgeschlossen. Suzuki wirkte entsetzt, als er ihn dort erblickte.

»Das«, sagte er, als hätte er Thaniel in der Damentoilette erwischt, »ist das alte Rauchzimmer. Wir nutzen es nicht mehr. Ihr Zimmer ist dort entlang.«

»Was ist denn mit dem Rauchzimmer?«, fragte Thaniel verwundert.

»Es ist abgeschlossen«, erwiderte Suzuki kurz angebunden.

Thaniel neigte den Kopf zur Seite und fragte sich, ob Suzuki wohl wusste, dass er in einer geradezu klassischen Schauergeschichte lebte. Eine Frau war in diesem Haus umgebracht worden, überall tauchten Gespenster auf, und jetzt gab es auch noch ein mysteriöserweise abgeschlossenes Zimmer. »Dann will ich mal hoffen, dass sich hinter dieser Tür kein Kerker voller zerstückelter Frauen befindet.«

»Ich muss doch sehr bitten!«

Thaniel lächelte. »Wo ist Mori? Wissen Sie das zufällig?«

»Nicht im Hause«, antwortete Suzuki steif.

Wenn er weniger beklommen gewesen wäre, hätte Thaniel nun gelacht. »Ich verkaufe hier keine Stecknadeln an der Haustür. Wo ist er?«

»Ich weiß es wirklich nicht«, sagte Suzuki, geleitete ihn dann schweigend zu seinem Zimmer und schwebte wieder davon.

Er hatte recht: Mori war nicht da. Thaniel fand Six, die mit Katsu und dem kleinen Gärtnerjungen namens Hotaru spielte, und er sah die Fürstin Shimazu, die mit einigen anderen Damen beim Tee in einem der tiefer gelegenen heißen Becken plauderte, aber keinen Mori. An der Küste blinkte der Leuchtturm auf, und wieder erklangen überall im Haus die Glöckchen. Als er anschließend lauschte, hörte er nur das Klappern und Piepen des Morsecodes, als Kurodas Männer ihre Position änderten und Nachrichten austauschten. Es war inzwischen schon fast dunkel. Thaniel stand zaudernd auf der Veranda. Die Rippen taten ihm weh, und er war müde – oder eher erschöpft –, aber ihm stand nicht der Sinn danach, nur herumzusitzen und auf Mori zu warten.

Er nahm eine Lampe und machte sich auf den Weg zum Leuchtturm. Wenn er herausfand, was dort vor sich ging, hätte er Mori zumindest mehr mitzuteilen als eine vage und im Grunde wohl auch nichtige Anschuldigung gegen Takiko und Kuroda.

NEUNZEHN

TOKYO, JULI 1881
(ACHT JAHRE ZUVOR)

Als er aus seinem Amtszimmer kam, prallte Kuroda mit einem Reporter zusammen. Das würde natürlich wieder eine Karikatur nach sich ziehen, die ihn als Affen oder besonders fetten Wels darstellte – er hatte nie verstanden, warum die Zeichner ständig Wels-Witze über ihn machten. Ja, er trug einen breiten Schnurrbart, aber wenn es nur das war, boten sich doch alle möglichen Tiere an: Ratten, Katzen, Waschbären, Biber. Mori meinte, es liege daran, dass sich niemand vorwerfen lassen wolle, Minister als freundlich oder flauschig darzustellen. Kuroda hatte überlegt, Mori zu fragen, was er denn für Ratten kenne, aber Mori hatte nun einmal verquere Vorstellungen von der Welt. Wenn Mori jemals einer Ratte begegnen würde, würde die ihn nicht etwa mit der Pest infizieren; nein, sie würde sich mit ihm anfreunden und ihm magische Geschenke machen, und ehe vierzehn Tage vergangen wären, würde sie dafür sorgen, dass er eine Mondprinzessin zur Gemahlin nahm. Mori bekam immer die Prinzessinnen, während alle anderen die Pest bekamen.

• • •

Kojimachi schimmerte. Auf den ersten Blick hätte man sich dort vorkommen können wie hundert Jahre zuvor. Allerdings nur aus einer ganz bestimmten Perspektive: wenn man nicht nach Hibiya hinüberblickte, auf die Abscheulichkeit, die der Rokumeikan mit seinen Wandelgängen darstellte, oder das Außenministerium oder die neuen Backstein-Stadthäuser, auf die alle so scharf waren. Die Stadt, die Kuroda kannte, verschwand zusehends. Das führte dazu, dass er sich alt vorkam – und dumm und ausgestoßen. Er war einundvierzig. Das war zu jung, um sich zu fühlen, als würde man aus seinem eigenen Land vertrieben.

Er wollte nicht nach Hause gehen, und daher kaufte er sich in dem Laden an der Ecke noch eine Flasche Sake und trank sie im Zug nach Yoruji. Von Shimbashi aus dauerte die Fahrt nur eine Stunde, und ein Teil der Strecke führte an der schwarzen sanft wogenden See entlang.

Von dem kleinen Bahnhof in Yokohama führte ein steiler, unebener Weg nach Yoruji hinauf. Kuroda liebte den Anblick, wenn das Haus mit dem warmen goldenen Schimmer der Lampen unter den alten Tempeldächern aus der Dunkelheit über ihm auftauchte. Es fühlte sich an, als käme er nach Hause.

Er trat ein, ohne zu schellen oder zu klopfen, und Mori erwartete ihn schon im Rauchzimmer, in Zeitungslektüre vertieft. Sämtliche Türen und Fenster standen offen, und die Fliegengitter hielten neugierige Zikaden fern und ließen zugleich die Meeresbrise herein. Es war herrlich nach dem verschwitzten Durcheinander im Tokyoter Stadtzentrum.

»Ist das schon die morgige Ausgabe?«, fragte Kuroda in barschem Ton. Es hatte ihn nie nervös gemacht, was die Zeitungen schrieben, doch andererseits konnte er sich nicht erinnern, dass sie früher schon einmal so aggressiv mit ihm umgegangen waren, nicht einmal während des Korea-Feldzugs.

»Ja.« Mori drehte das Blatt um und zeigte ihm die Schlagzeile.

Kuroda warf nur einen kurzen Blick darauf. Es war irgendetwas in der Art von BEISPIELLOSE EMPÖRUNG NACH KORRUPTIONSSKANDAL IN DER REGIERUNG. Er achtete sehr darauf, es sich nicht zu merken.

»Empörung …«, knurrte er und schenkte sich Sake ein. »Die meisten, die sich da empören, haben von Grundstücksgeschäften doch nicht die leiseste Ahnung.«

Ihnen gegenüber, jenseits eines kleinen, dicht bewachsenen Gartens, saßen Mrs. Pepperharrow und Kurodas Gemahlin in einem anderen hell erleuchteten Zimmer an einem Tisch und tranken Tee. Sie hatten Kurodas Kommen bemerkt und schauten herüber. Mrs. Pepperharrow beugte sich über den Teetisch und flüsterte etwas, und Gräfin Kuroda nickte daraufhin ernst.

Gräfin Kuroda weilte inzwischen mehr in Yoruji als bei sich zu Hause. Sie besuche die Baronin, sagte sie, doch in Wirklichkeit ging sie ihrem Mann aus dem Weg. Der hatte Mori zu überreden versucht, sie nach Hause zu schicken. Mori hatte darauf nur erwidert, Kuroda könne sich gern mit Mrs. Pepperharrow anlegen. Doch da die auch politische Satiren in ihrem bestens besuchten Theater aufführte, ließ er lieber die Finger davon. Und so blieb die Gräfin in Yoruji, und den Grafen beschlich allmählich der Eindruck, sie sei inzwischen dauerhaft dorthin umgezogen. Ein Großteil ihrer Garderobe befand sich bereits dort, dazu ihr Schmuck und sogar ihre Kontenbücher.

Das mit den Büchern war ein schlechtes Zeichen. Meist kümmerte sie sich den halben Vormittag trotz ihrer Abwesenheit akribisch um die Buchführung des Haushalts in Tokyo und verbuchte in ihrer filigranen Handschrift jeden einzelnen Sen und jedes einzelne Stück Seife. Der Verwalter schickte ihr zweimal täglich Telegramme, die sie zusammen mit einem akkurat sortierten Quittungsstapel hinten in den Büchern verwahrte. Kuroda hatte das lange für erzwungene Gewissenhaftigkeit gehalten, bis ihm einmal aufgefallen war, wie sie aß. Wenn sie Äpfel schälte, tat sie es stets im Uhrzeigersinn und erzeugte dabei eine vollkommen gleichmäßige Spirale.

Fast hätte er sich an ihrem verstohlenen kleinen Umzug nach Yoruji nicht gestört – fast –, doch irgendwie hatte alle Welt davon erfahren. Einige Klatschspalten (sie nannten niemals Namen, machten aber so gezielte Witze, dass ganz klar war, wen sie meinten) deuteten unglaublicherweise sogar an, es gebe da eine skandalöse Ménage-à-trois mit Mori und Mrs. Pepperharrow.

»Nun, sie wissen aber immerhin, dass Sie es vielleicht eher vermeiden sollten, ganze staatliche Ländereien für ein paar Penunzen an Ihre ja so gar nicht mafiösen Freunde in Osaka zu verkaufen«, sagte Mori gleichmütig. Gleich darauf knarrte es irgendwo in dem merkwürdigen Haus.

»Was geht denn *Sie* das an? Es ist ja nicht so, dass mir irgendwer einen Umschlag zugesteckt hätte, verdammt noch mal. Die Sache wurde dem Ministerrat vorgelegt und einstimmig beschlossen.«

»Der Ministerrat schaut natürlich gern dabei zu, wie Sie sich selbst ins Knie schießen«, bemerkte Mori belustigt. »Die schicken übrigens heute Abend ein paar Buchhalter vorbei. Die müssten bald kommen.«

»Ich dachte, hier hätte ich mal meine Ruhe! Und Sie finden das ja bestimmt auch noch fürchterlich komisch!«, schnauzte Kuroda. Er schenkte sich eine dritte Tasse Sake ein, verlor dann aber die Geduld und trank stattdessen gleich aus der Flasche. »Sie hätten ja damals was sagen können! Ich wette mein Leben darauf, dass Sie diese Sache schon meilenweit vorausgesehen haben!«

Mori ließ die Zeitung auf seinen Schoß sinken. »Warum sollte ich Sie auf ein Schlagloch hinweisen, das Sie selber ganz deutlich sehen konnten?«

Kuroda trank den Sake aus und schleuderte die Flasche in Richtung Mori. Der beugte sich, ohne hinzusehen, nach hinten, und die Flasche zerschellte neben ihm an der Wand. Dann fischte er mit spitzen Fingern einen Glassplitter aus seiner Tasse und schnippte ihn in Richtung Kuroda. Er tat es nur im Scherz, ohne zu zielen. Kuroda sackte neben ihm in sich zusammen. Mori reichte ihm eine Tasse Tee und sah dann allzu ernsthaft zu, wie Kuroda einen Schuss Brandy hineingoss.

Plötzlich verpasste Kuroda ihm einen Schlag auf den Kopf – versuchte es zumindest, doch Mori erwischte noch rechtzeitig sein Handgelenk und bog es nach hinten, bis der Knochen knarrte und Kuroda die Hand zurückziehen musste. Das hatte wehgetan. Aber es war auch wunderbar beruhigend, gegen etwas zu wüten, das sich nicht regte, selbst wenn er mit aller Macht dagegen anging. Gleich musste er das noch einmal probieren, bloß um sicherzugehen. Doch bevor er mit der Faust ausholen konnte, packte Mori ihn an der Kehle und drückte fest zu. Parallele blasse Narben zogen sich kreuz und quer über seine Fingerknöchel. Den nun folgenden Schlag in die Magengrube ahnte Mori voraus, griff mit der freien Hand den Kessel und neigte ihn, bis er kurz davor war, Kuroda kochend heißes Wasser in den Schoß zu kippen. Aus der Nähe roch Mori nach Wärme und Meer. Er musste zuvor am Strand gewesen sein.

»Scheißkerl«, keuchte Kuroda und küsste ihn auf die Wange.

• • •

Durch die beiden Fenster hindurch sah Takiko die Männer miteinander kämpfen.

»Als ob man Hunde hätte, nicht wahr?«, bemerkte die Gräfin und schenkte Takiko noch etwas Tee ein. Sie kümmerte sich stets um den Tee. Takiko beherrsche das schockierend schlecht, meinte sie. »Ich glaube, Kuroda ist ein bisschen verknallt in ihn – denkst du nicht auch?«

»Er weiß sich zu wehren. Ich mache mir keine Sorgen um Moris Ehre.«

»Also dieses Stück …«, sagte die Gräfin. Sie glänzte im Lampenschein. Es war eines der Dinge, die Takiko an ihr mochte: dass sie darauf bestand, sich für das Abendessen und den Tee danach umzuziehen, auch wenn außer Takiko und den Eulen niemand da war, der sie sah. »Wann läuft das an? Apropos: Du kennst doch Akiko, deren Mann dieser nervige Erziehungskerl ist, der die Kanji abschaffen will? Sie hat gerade bei der *Times* angefangen!«

»Ist die nicht auf Englisch?«

»Irgendwo muss man ja anfangen.«

Takiko schnaubte, und die Gräfin funkelte.

»Aber es wäre gut, wenn du ihr ein Interview geben könntest. Damit könntest du ihr sehr helfen. Ich dachte, wir könnten sie an den Hof einladen.«

»Wir? Also, ich werde nicht an den Hof eingeladen; ich bin doch der Abschaum der Menschheit«, lachte Takiko.

Die Gräfin blickte besorgt. »Ach was. Ich dachte immer, du wolltest nicht am Hof verkehren?«

Da musste Takiko in ihren Tee lächeln. Die Gräfin hielt sich selbst nicht für einen Snob, weil ihr Vater Anwalt gewesen war und sie sich hochgeheiratet hatte, aber sie war natürlich einer, und wie die ganze Oberschicht ging sie davon aus, dass man etwas nur dann nicht tat, wenn man keine Lust dazu hatte. »Ich hätte nichts dagegen, wenn du ein gutes Wort für mich einlegen würdest. Nicht dass ich … Na, du weißt schon. Ich möchte mich nicht vor dir auf den Boden werfen und dich anflehen: ›Bitte, liebste Gräfin Kuroda, hilf mir gesellschaftlich auf die Sprünge‹, aber …«

»Oh, selbstverständlich«, sagte die Gräfin, die sich, was sehr sehenswert war, wenn sie empört war, aufplustern konnte wie ein verärgertes Rebhuhn. Takiko konnte sich nicht erklären, wie sie das machte, denn sie war eine sehr schlanke Person. »Die Kaiserin würde sich sehr freuen. Sie ist zwar ein sehr schlicht gestrickter Mensch, aber sie wäre entzückt.«

»Ist sie das, ja?«

Die Gräfin neigte den Kopf zur Seite und warf Takiko einen sarkastischen Blick zu. »Sie hat etwas geschrieben …«, sagte sie und machte mit ihrer Teetasse eine elegante, ausladende Geste, die wohl auf etwas Künstlerisches oder Ballettartiges hindeuten sollte, »eine Sammlung von Gedichten.«

»Und? Taugen die etwas?«

»Nein«, sagte die Gräfin. »Es ist ein Haufen gequirlte Scheiße, Pepperharrow; das muss man gesehen haben, um es zu glauben.« Unvermittelt richtete sie sich auf und putzte sich mit einigen Gesten pantomimisch heraus. »›Oh, aber wir *müssen* die jungen Damen des Hofes einfach unterstützen, auch wenn mein Leben schrecklich ist, und schauen Sie mal, ich habe ein Gedicht geschrieben, und ich hätte mich beinahe mit einem Rasiermesser geschnitten, weil ich so schrecklich ängstlich bin, aber nur ein winziges kleines bisschen, wissen Sie, denn das wäre ja furchtbar unverantwortlich, und dieses Gedicht, nun ja, das handelt vom Leben und von Erfahrungen‹ – bei Gott, der könnte man wirklich helfen, indem man ihr ein Essstäbchen ins Auge rammt. Ich meine, ich sollte so etwas nicht sagen, denn es ist ja im Grunde eine traurige Sache. Sie hat alles, was sich ein Mensch nur wünschen kann, aber überhaupt keine Möglichkeit, sich zu entfalten, und das macht sie dumm und sonderbar. Aber was ich sagen wollte: Werd bloß nicht schüchtern und proletarisch. Du hättest in diesem Raum eine erquickende Wirkung.«

Takiko grinste und spürte, dass sie ein wenig rot wurde. »Jetzt weiß ich nicht mehr, ob ich da hingehen möchte, aber danke.«

»Reiß dich zusammen. Du gehst hin. Dann muss ich nämlich nicht«, sagte die Gräfin entschieden. »Ich wollte da schon seit einer Weile mal fernbleiben. Sie empfängt immer morgens, und morgens geht es mir in letzter Zeit nicht besonders gut.«

Takiko schob den Teller mit den Törtchen zu ihr hinüber. Sie wusste nicht, was sie sagen sollte. Alle ihre Schwestern hatten Kinder bekommen, aber sie hatte daraus nur gelernt, dass Leute, die Kinder bekamen, sich abkapselten. Dementsprechend sah sie ihre Schwestern nur noch selten. Der Anstand hätte nun verlangt, ihr zu gratulieren, doch dazu konnte sie sich nicht durchringen. Sie fühlte sich nun mit einem Schlag schon im Voraus einsam. »Oh. Wie geht es dir damit?«, fragte sie schließlich.

Die Gräfin lächelte voller Mitgefühl. »Ich habe gesagt, es geht mir morgens nicht gut; ich habe nicht gesagt, dass ich schwanger bin. Ich habe diesen scheußlichen Husten, den ich immer erst um die Mittagszeit loswerde, es ist absolut würdelos.«

Takiko lachte und verspürte eine unverhältnismäßige Erleichterung. Sie mochte das Theater und trotz aller Reizbarkeiten auch die Darstellerinnen und Darsteller; sie mochte es, mit den Gästen zu reden, und sie mochte Mori, doch Mori war eher ein schönes Geschöpf, das im selben Haus lebte, als ein Ehemann. Sie sah ihn nur selten, und samstags kam er immer noch zum Tee auf den Dachboden des Shintomi-Theaters herauf, aber wie er es ihr vor ihrer Hochzeit verhießen hatte, war nicht viel mehr dabei. Selbst wenn er ihr gegenübersaß, war er manchmal so weit von ihr entfernt wie eine Sirene, die aus der Wasserwelt zusah. Eine Zeit lang hatte sie das traurig gemacht, mehr, als sie erwartet hatte. Es bedeutete, dass sie für niemanden auf der Welt an erster Stelle kam, am allerwenigsten für die Menschen, die sie selbst gern an die erste Stelle gesetzt hätte. Das galt zumindest, bis sie mit der Gräfin ins Gespräch gekommen war – die eines Tages zu ihr hinter die Bühne kam, sie beglückwünschte und um ein Leseexemplar des gerade gespielten Stücks bat. Seither hatte die Gräfin allen Anzeichen nach Takiko an die erste Stelle gesetzt, und das, obwohl

Takiko nicht einmal halb so klug und nicht einmal halb so witzig war wie sie.

Schon zum zweiten Mal an diesem Abend warf die Gräfin nun einen Blick auf den Boden neben dem Tisch. Dort lagen ihre Kontenbücher.

»Wirst du es wirklich tun?«, fragte Takiko. Mori hatte sie beide vorgewarnt, dass die Finanzleute aus dem Ministerium im Anmarsch waren.

»Ja«, sagte sie und hielt dann inne. »Ich bin es leid, mit einem Säufer zusammenzuleben.«

»Na dann: hoch die Tassen. Auf eine lange, lange Gefängnisstrafe.«

Die Gräfin nickte lächelnd, erwiderte den Toast aber nicht. Wenn Takiko später an diesen Moment zurückdachte, beschlich sie jedes Mal das unerträgliche Gefühl, dass die Gräfin genau gewusst hatte, dass es auf keinen Fall nach ihren Vorstellungen ablaufen würde.

• • •

Eine halbe Stunde später schellte es an der Tür. Kurodas Gemahlin ließ Suzuki keine Zeit hinzugehen und öffnete selbst; sie hatte die Angewohnheit, jedes Haus, in dem sie weilte, wie ihr eigenes Reich zu behandeln. Die Prüfer vom Innenministerium liebten ihre spätabendlichen Besuche. Kuroda war versucht, zu ihnen hinauszugehen und sie zu fragen, ob sie etwa hofften, bei ihm ein noch rauchendes Kontenbuch mit dem Titel *Schmutzige Geschäfte* zu finden, doch dann hätte er sie ja gewürdigt, indem er ihnen ein wenig von seiner Zeit schenkte. Seine Gemahlin lächelte ihnen am Eingang entgegen. Die Prüfer antworteten kurz angebunden mit Ja und Nein.

»Lass sie einfach rein!«, schnauzte er in Richtung Korridor.

Die Prüfer verhielten sich respektvoll, ohne es damit aber zu übertreiben. Sie strahlten eine gewisse bürokratische Pingeligkeit aus und einen leichten Widerwillen dagegen, unter dem Schwert über der Tür zu stehen, das Kuroda bei der Kapitulation der Koreaner als Andenken für Mori mitgenommen hatte. Sie wollten irgendwelche Unterlagen sehen. Er entgegnete, diese Unterlagen seien natürlich nicht in Yoruji. Sie forderten ihn auf, nach Tokyo zurückzufahren. Er weigerte sich. Sie wollten mit ihm reden. Er sagte, morgen früh. Doch seine Gemahlin scharwenzelte die ganze Zeit um sie herum und sagte ständig auf vielsagende Weise: »Ich frage mich, ob …« Und dann holte sie doch tatsächlich die betreffenden Akten fertig gebündelt hervor und bot allen Ernstes an, den Prüfern einen Tee zu machen, während die in dem benachbarten Büro Einblick in die Unterlagen nahmen.

Kuroda fragte sich, warum er sie nicht einfach auf dem Dachboden eingesperrt hatte, statt zuzulassen, dass sie sich hier häuslich niederließ.

»Du hast sie nicht etwa mit deinem Charme dazu gebracht, sich zu verpissen, oder?«, fragte er, als sie wiederkam, und versuchte zu verhehlen, wie gern er sie angeherrscht hätte, was ihr eigentlich einfiele, Prüfern vom Ministerium, die ohne Durchsuchungsbeschluss kamen, irgendwelche Akten auszuhändigen.

»O nein«, lachte sie und hielt sich eine Hand vor den Mund. Dabei zog sie sich, als wäre sie ein kleines Schulmädchen, stets den Ärmel bis über die Fingerknöchel. Er verstand nicht, wie Frauen auf die Idee kamen, dass Männer so etwas anziehend fänden. Ihm fiel ganz im Gegenteil kaum etwas Unvorteilhafteres ein. »Es scheint ihnen sehr ernst damit zu sein.«

Nun erhob sich Mori, stellte sich, wie er es oft tat, zwischen die beiden und hob eine Hand, um ihren Ärmel beiseitezuschieben. Dann jedoch hielt er plötzlich inne, ballte die Faust und sank mit dem Rücken an die Wand. Er wirkte regelrecht krank. Er war offenbar zu dem Schluss gelangt, dass er, wenn er sie nicht den Rest seines Lebens voneinander abschirmen wollte, irgendwann zulassen musste, dass sie ihre Streitigkeiten tatsächlich austrugen. Das Fehlen des üblichen Sicherheitsnetzes vermittelte Kuroda ein merkwürdiges Gefühl.

»Und da hast du ihnen also einfach alles gegeben?«

»Nun, es schien mir ratsam, nichts zu verbergen.«

Das war selbst für ihre Verhältnisse eine schwachsinnige Aussage. »Verdammt noch mal, Weib – willst du etwa, dass die mich einbuchten?«

Ihr Blick zuckte kurz, und da verstand er. Ja, das wollte sie. Natürlich wollte sie das. Sie fände es großartig, wenn er im Knast säße, statt in ihrem schönen Haus herumzupoltern, sich pöbelhaft aufzuführen und dann auch noch seine pöbelhaften Freunde dort anzuschleppen.

Sie hatte natürlich nicht den Mut besessen, ihm ins Gesicht zu sagen, dass er aus ihrem Haus verschwinden solle. Er hätte es getan; es war ja schließlich ihr Haus. Stattdessen hatte sie hier Zuflucht gesucht und sich hinter Mori und Mrs. Pepperharrow verkrochen, und jetzt hatte sie diesen fiesen kleinen Plan ausgeheckt, um ihm in den Rücken zu fallen.

Sie lief, wie sie ging, mit einwärts gedrehten Knien und Tippelschritten, denn die Säume ihrer Kimonos waren modisch eng geschnitten. Jeder normale Mensch hätte das Gewand einfach unten aufgerissen, um richtig laufen zu können, zumal, da er ihr nun auf den Fersen war. Sie aber tat nichts dergleichen. Sie lief auf diese Weise weiter, und als sie dann stolperte, fiel sie zu Boden. Er riss sie wieder hoch und schüttelte sie. Sie war ja nicht dumm. Sie schrieb Gedichte, schöne Gedichte. Aber sie tat immer so einfältig, und er hasste das, hasste es, wie jeder Mensch verborgene Waffen hasste, und er hatte nie verstanden, warum sie meinte, sich so aufführen zu müssen, wo es doch auch Frauen wie Mrs. Pepperharrow gab, die einem alle ihre Waffen zeigten und einen anständig vorwarnten, bevor sie einem einen Schuss vor den Bug verpassten.

In seinem Nacken spürte er, dass Mori nicht losgelaufen war, um ihn aufzuhalten. Aus Moris Richtung war weiter nichts zu hören gewesen als ein dumpfer Schlag, der klang, als hätte er eine Faust gegen die Wand gerammt.

»Lauf nicht weg vor mir, du feige Ziege! Erklär mir lieber mal, warum du es für klug gehalten hast, denen alles zu verraten!«, fauchte er.

»Ach, weißt du, ich dachte, es wäre das Beste. Wir haben doch schließlich nichts zu verbergen …«

»Nein, das hast du nicht gedacht! Gib's doch zu! Spuck's aus, du verdammter Wurm, sag es mir ins Gesicht!«

»Ich weiß wirklich nicht, was du …«

Er wollte ihr nur eine Kopfnuss verpassen. Wenn er später darüber nachdachte, meist mitten in der Nacht, war er sich da sicher. Er hatte nicht gewollt, dass das geschah. Er hatte ihr wehtun wollen, ja hatte sie erschrecken, sie gewissermaßen wachrütteln wollen, damit sie endlich Vernunft annahm. Doch er war betrunkener, als er dachte, und der Boden des Glases in seiner Hand war schwer. Er brach ihr damit den Schädel. Nachdem sie am Boden zusammengebrochen war, starrte er sie nur an. Der Schlag hatte ihr nicht das Bewusstsein geraubt. Sie tastete nach einem Kamm, der ihr aus dem Haar gefallen war. Er lag direkt vor ihr, aber sie konnte ihn nicht sehen.

Kuroda machte kehrt, um zu Mori zurückzugehen, doch da kam der schon leise von sich aus herbei. Falls er auch nur im Geringsten überrascht war, ließ er es sich nicht anmerken. Er kniete bei der Gräfin nieder, legte ihr den Kamm in die Hand und hob sie dann ganz vorsichtig vom Boden auf. Seine Fingerknöchel bluteten. Er hatte tatsächlich die Wand mit Fausthieben eingedeckt, so heftig, dass die Platzwunden weiß von Putzsplittern waren.

»Wir müssen uns beeilen, um die Post noch zu erwischen«, sagte die Gräfin und klang dabei ganz normal, »sonst verpassen wir die Nachmittagsvorstellung.«

Kuroda starrte sie an. Er hatte keine Lust mehr zu wüten. Stattdessen packte ihn das Bedürfnis, von ihr wegzukommen. Sie war nun kein Mensch mehr – sie war ein Ding, ein groteskes, falsches Ding, das nur die äußere Gestalt eines Menschen hatte, einmal abgesehen von der sternförmigen Kerbe in ihrem Schädel; da hörte die Ähnlichkeit auf.

Mori neigte den Kopf und sah Kuroda streng an, während er dessen Gemahlin immer noch fest bei den Schultern hielt, und Kuroda wurde klar, dass dies die Strafe war. Er konnte es nicht auf einen kurzen Wutanfall schieben oder sich einreden, er sei halt betrunken gewesen. Denn jetzt war er stocknüchtern. Mori klopfte ihr auf den Kopf. Normalerweise hätte es ihr nicht einmal wehgetan; es war ein gutmütiges Klopfen, mit dem man sonst jemanden dazu hätte bewegen wollen aufzuschauen und mitzulachen. Doch irgendetwas Entsetzliches musste in ihrem Schädel bereits vor sich gegangen sein. Sie klappte sofort zusammen. Mori fing sie auf.

»Lassen Sie den Coroner rufen«, war das Einzige, was er sagte.

Kuroda konnte sich nicht bewegen. »Sie haben mich das tun lassen«, sagte er, zunächst leise, doch dann pumpte die Ungeheuerlichkeit dessen einen Blasebalg auf und fachte seine Wut erneut an. »Sie haben mich das tun lassen, und Sie können nicht behaupten, Sie hätten es nicht vorhergesehen … Sie sind genauso schuld daran wie ich, also kommen Sie jetzt mal schön runter von ihrem verdammten hohen Ross und …«

»Ja, ich habe Sie das tun lassen«, fiel Mori ihm ins Wort und legte dabei eine Härte in seinen Ton, wie Kuroda das außerhalb der Admiralität noch nie gehört hatte. »Und Sie lassen jetzt den Coroner rufen.« Er legte die Gräfin auf dem Sofa ab und arrangierte ihre Hände, die noch den goldenen Kamm hielten, sittsam zusammengefaltet an ihrem Gürtel.

»Aber … was wird der finden? Da ist ein … Verdammt noch mal, Mori, da ist der Abdruck von einem Glas in ihrem …«

»Er wird eine Blutung finden«, sagte Mori. Dann sah er beiseite, dorthin, wo gerade sein Butler Suzuki mit frischer Kleidung und einem Sack auftauchte. »Ziehen Sie sich um. Suzuki wird beseitigen, was Sie gerade tragen.«

»Sie helfen mir …«, sagte Kuroda wie benommen und hörte mit an, wie seiner eigenen Stimme die Kraft ausging.

»Ja. Gehen Sie jetzt und lassen Sie den Coroner rufen. Und sagen Sie den beiden im Büro, dass Ihre Frau plötzlich verstorben ist. Erzählen Sie ihnen irgendwas Plausibles. Irgendwas, das nichts mit Brandygläsern zu tun hat.«

Kuroda holte tief Luft, um ihn zu fragen, was genau er denn da bitte schön sagen solle, doch Mori warf ihm einen Blick zu wie ein Offizier einem besonders begriffsstutzigen Matrosen. »Entweder Sie behalten jetzt einen kühlen Kopf und stehen das durch, oder Sie brechen zusammen und werden hingerichtet. Wenn Sie nicht klar denken können, sind Sie für niemanden von Nutzen. Ich setze mich jetzt hierhin und warte.«

•••

Der Coroner, die Prüfer und Kuroda waren fort. Alle schienen fest davon überzeugt zu sein, dass die Gräfin einfach gefallen war. Mori hatte ihnen das gesagt, und damit war die Sache erledigt. Das alles war geschehen, ehe die Prüfer die elenden Kontenbücher auch nur angerührt hatten, die immer noch ungeöffnet auf einem Tisch lagen, neben einer Tasse mit noch lauwarmem Tee. Takiko hatte nicht einmal gesehen, dass Bestechungsgelder die Hände gewechselt hätten; und sie glaubte auch nicht, dass es ihr entgangen war. Die Leute glaubten Mori einfach, was er sagte. Und das, obwohl Suzuki direkt am Fenster vorbei zu dem alten Schwefelbrunnen gegangen war, mit einem Sack, in dem sich Kurodas blutbefleckte Kleider und der gesamte Inhalt der Hausbar befunden hatten. Sie hatte sich nie für naiv gehalten, aber das schockierte sie dann doch. Und sie wäre sofort zur Polizei gegangen, wenn sie geglaubt hätte, dass man ihr dort auch nur die geringste Aufmerksamkeit geschenkt hätte, statt sich nur über Moris verrückte ausländische Frau lustig zu machen.

Stattdessen suchte sie Mori in dessen Schlafgemach auf. Auf dem Weg dorthin rangen Wut und Angst in ihrem Magen miteinander. Gott, dieser ganze Schwachsinn, den er ihr vor ihrer Hochzeit aufgetischt hatte, von wegen, dass er ihre Hilfe brauchen würde: Sie war so dumm gewesen, dass sie überhaupt nicht auf die Idee gekommen war, dass ihre Hilfe darin bestehen könnte, im richtigen Moment ermordet zu werden. Der Herzog hatte es ihr klipp und klar gesagt; und sie hatte ihm gerade mal lange genug zugehört, um ihn als abergläubischen Spinner abzutun. Eine Hälfte von ihr wollte fliehen, auf Nimmerwiedersehen. Es war die reine Idiotie, einen Mann zur Rede zu stellen, der getan hatte, was sie Mori gerade hatte tun sehen. Die andere Hälfte schrie, dass es besser sei, im Kampf zu sterben, als im Verborgenen weiterzuleben. Gräfin Kuroda hatte im Verborgenen gelebt.

Mori ging wartend vor der Verandatür auf und ab.

»Ich weiß, das war …«

Sie verpasste ihm einen kräftigen rechten Haken, und er ging sofort in die Knie. Zu wissen, dass er sie das hatte tun lassen, machte es nur noch schlimmer. Nie zuvor im Leben hatte sie solche Wut verspürt. Es grenzte fast an Wahnsinn, ein rasendes Verlangen, mit allem, was gerade zur Hand war, auf ihn loszugehen, bis sie Kleinholz aus ihm gemacht hätte. Ihre Hände hinterm Rücken zu verschränken, kostete sie enorme Mühe. Fast wäre sie dabei erstickt.

»Du hast das geschehen lassen, weil du sie für eine Idiotin gehalten hast, nicht wahr?«, sagte sie, und ihre Stimme klang tief und angespannt, gar nicht nach ihr selbst. »Ist dir klar, dass sie in Wirklichkeit gar nicht so war? Ist dir klar, dass *niemand* in Wirklichkeit so ist? Sie war so, sie hat sich dumm gestellt, weil sie Sung Tzu gelesen hatte. Erscheine schwach, wenn du stark bist. Sie hat ihre Ehe geführt wie einen Krieg.«

»Ja, ich weiß«, sagte er leise. Er war immer noch auf den Knien. Nun hockte er sich auf die Fersen. »Ich weiß. Es tut mir sehr leid.«

»Warum hast du es dann geschehen lassen?« Sie griff ihm hinten ins Haar, um ihn zu zwingen, zu ihr hochzublicken. »Dachtest du etwa, sie wäre es nicht wert?«

»Weil ich Kuroda so brauche, wie er jetzt ist, mit dieser Sache am Hals.«

»Das ist …« Unwillkürlich öffnete sie die Hände, denn es gab zwar Worte für so etwas, aber die wurden zu oft in den Mund genommen, als dass ihre Kraft von Idioten und Übertreibungen ungetrübt geblieben wäre. »Böse. Du bist böse.«

»Ja.« Er schüttelte ein wenig den Kopf. Sie wünschte, er wäre einfach nur widerwärtig gewesen, denn dann wäre nichts dagegen zu sagen gewesen, ihm nun ins Gesicht zu treten, aber er sah geradezu gepeinigt und tieftraurig aus, als wäre das Böse eine Grenze, die er schon vor langer Zeit überschritten hatte, und als sei er nun schon so tief in das Land dahinter vorgedrungen, dass er sich kaum mehr an etwas anderes zu erinnern vermochte. Langsam erhob er sich. »Ja.«

»Wozu brauchst du ihn? Was ist so verdammt wichtig?«

Er sah fast so aus, als würde er es nun erklären, schien dann aber all das beiseitezuschieben. »Macht das jetzt noch einen Unterschied?«

Reflexhaft, ohne sich dazu zu entschließen, nahm sie die Sakeflasche vom Tisch und wollte ihm damit die Zähne einschlagen – eine wild-zornige innere Stimme verlangte, seine ausgeschlagenen Zähne in einem Behältnis zu sehen –, doch bevor sie auch nur damit ausholte, riss er sich beide Hände vor den Mund und fiel in sich zusammen. Dann ließ er sich langsam ganz zu Boden sinken und atmete dabei, als hätte sie es tatsächlich getan, hustete unter Schmerzen, die unmöglich echt sein konnten, aber absolut echt aussahen. Sie setzte die Flasche wieder ab.

»Was …?«, sagte sie verwirrt.

Mori schüttelte nur den Kopf und versuchte gar nicht zu sprechen.

»Du spürst es, bevor es … geschieht.«

Er nickte.

Hin- und hergerissen zwischen Empörung, schlechtem Gewissen und tiefer, garstiger Befriedigung ließ sie sich nun ebenfalls auf dem Boden nieder. »Aber das vergeht doch gleich wieder, oder?«

Ganz langsam richtete er sich ein wenig auf. Er war kreidebleich. Dann blickte er sich um, ohne den Kopf groß zu bewegen, fand ein Stück Papier und schrieb: *Psychosomatisch. Dauert eine Weile.*

»Das hast du verdammt noch mal verdient«, sagte sie, fühlte sich nun aber unwohl. Seine Hand zitterte. Sie konnte sehen, dass er gern seine Zähne berührt hätte, um sich zu vergewissern, dass sie noch da waren, es aber nicht über sich brachte.

Ja.

Sie saß einen Moment lang schweigend da, immer noch zu sehr von Zorn erfüllt, um zu fragen, ob es ihm wieder besser gehe.

Mori schwieg ebenfalls. Er saß nun mit dem Rücken an der

Wand, die Wimpern voller Schmerztränen, die Hände zusammengepresst, und zitterte immer noch. Mit einer gewissen Ungläubigkeit wurde Takiko klar, dass er unter Schock stand.

»Ich hab dich nicht mal angefasst«, fauchte sie und verstummte sogleich, als sie sich selbst hörte. Sie tat gerade das, was Kuroda immer tat. Er wurde wütend und schlug um sich, und dann wich er zurück und wusste, dass er zu weit gegangen war. Anschließend entschuldigte er sich nicht, denn es tat ihm im Grunde gar nicht leid. Und weil es ihm nicht leidtat, war er wütend auf denjenigen, den er geschlagen hatte, weil der nun verletzt war.

Das sei ja wohl etwas ganz anderes, knurrte die zornige innere Stimme.

»Joy«, sagte sie leise. »Komm … Ich helf dir hoch. Du musst dich ins Warme setzen. Du frierst ja.« Er fror tatsächlich. Seine Hände waren ganz bleich, als sie ihn aufrichtete. Sie setzte ihn in die Nähe des Kamins. Dann bückte sie sich und schürte das Feuer, obwohl es ihr selbst jetzt zu warm war. Er dankte ihr mit einer Handbewegung und ließ den Kopf dann auf seine Knie sinken. Dann saß sie lange da und sah ihn an und drehte in ihrem Hirn immer wieder die prickelnde Erkenntnis hin und her, dass er, was auch immer er gerade getan hatte und wie böse es auch sein mochte, so absolut verletzlich war, dass sie vorsichtiger mit ihm umgehen musste. Ihr ganzer Zorn verrauchte, und zurück blieb nur das abscheulich enttäuschende Gefühl, die mit Abstand stärkste Person im Raum zu sein.

• • •

Sie ertappte sich dabei, dass sie kurz davor war, sich bei ihm zu entschuldigen, durchschaute gerade noch rechtzeitig, was er da tat, und hätte ihm daraufhin fast noch einen Schlag versetzt. So zerbrechlich er auch sein mochte: Takiko wollte verdammt sein, wenn sie zugelassen hätte, dass er diese Zerbrechlichkeit als Rüstung nutzte, nachdem er gerade erst die Zerbrechlichkeit der Gräfin Kuroda dazu genutzt hatte, um sie zu erschlagen. Sie wusste noch nicht, wie sie es anstellen würde, aber sie würde Mori ein Halsband anlegen – und wenn sie dabei draufging.

ZWANZIG

YOKOHAMA, 19. DEZEMBER 1888

Es herrschte Ebbe, als Thaniel mit einer Laterne auf den dunklen Strand hinausging. Der Leuchtturmfelsen oder zumindest seine nähere Hälfte befand sich nun auf trockenem Land. Das kleine Boot, das er zuvor dort gesehen hatte, war verschwunden, und auch das weiße Hemd, das oben am Turm gehangen hatte, war fort. Es war schon nach Mitternacht, und zum ersten Mal seit seiner Kindheit sah Thaniel weit und breit keine einzige Straßenlaterne. Er sah nur die Lichter von Yoruji und oben im Turm eine einzelne Kerzenflamme. Über den knirschenden Sand stapfte er dorthin und stieg dann die Stufen zum Turm empor.

Sie waren eben und nicht verwittert. Bei der Tür des Turms angelangt, stellte er fest, dass sie einen Spaltbreit offen stand und unten ein gut geputzter Herrenschuh in dem Schlitz steckte. Er klopfte an das salzgesättigte Holz. Niemand reagierte. Da schob er die Tür auf. Im Innern führte eine Wendeltreppe in die Dunkelheit des Turms empor. Mit langsamen Schritten ging er hinauf, während seine Laterne ihn mit ihrem Schattenwurf verwirrte, und fand schon bald heraus, weshalb der Leuchtturmwärter einen Schuh in die Tür geklemmt hatte, statt sie abzuschließen: Die Schlüssel hingen an einem Haken am oberen Ende der Treppe, und es waren große Dinger, wie für eine Kirche, und als er sie anhob, wogen sie fast so viel wie ein Metronom. Sie klirrten, als er sie wieder losließ. Es waren vier. Für eine einzige Tür waren das ganz schön viele Schlüssel, fand er.

Das Lampenhaus wurde nur von einer einzigen, fast schon heruntergebrannten Kerze erhellt, die auf dem Schreibtisch am Fenster stand. Thaniel schwenkte seine kleine Laterne umher, die gerade hell genug war, um all die Apparaturen dort sichtbar zu machen. Es waren viel mehr, als er in einem Leuchtturm erwartet hätte.

Ein Teil davon befand sich in hölzernen oder gläsernen Gehäusen, und ein anderer bestand aus unverhüllten Schnüren und Uhrwerken, von denen einige in frei liegenden bronzefarbenen Vorrichtungen durch die Decke hinaufführten. Einen großen Teil des Raums nahm ein Tisch ein, auf dem vor allem Fotografien verstreut lagen. Sie zeigten alle das Gleiche: spiegelbildliche Zickzacklinien, hell vor dunklem Hintergrund.

Die Apparatur, was auch immer es war, war gerade in Betrieb. In einer Kiste, die gegenwärtig offen stand, aber mit einem Scharnier und einem Verschluss zugeklappt werden konnte, befand sich ein zartes Paar Metallzinken, die wie eine Wünschelrute aussahen. Sie bewegten sich minimal aufeinander zu und wieder auseinander, und das, obwohl der Raum absolut reglos war. Mit dem Wind hatte das nichts zu tun. Und das Meer hinter den großen Fenstern hätte ebenso gut auch nur ein See sein können, so still lag es da, und Nebel hing ungestört in verschiedenen Höhen über dem schwarzen Gewässer.

Thaniel hatte Apparaturen früher grundsätzlich misstraut, doch dann hatte er zugesehen, wie Mori Six unterrichtete, und wenn man da etwas vor sich hatte, das man nicht kannte, war das Prinzip immer dasselbe: Man begann mit den Teilen, die man wiedererkannte, und vertraute darauf, dass der Rest schon nicht über den Verstand eines Menschen hinausgehen würde.

Das Einzige, was er mit Sicherheit wiedererkannte, war eine Uhr. Sie war seitlich in den Apparat eingebaut, mit einem schweren Gegengewicht und einem präzise schwingenden Pendel. Die Uhr hatte kein eigenes Gehäuse, und das Uhrwerk war auf der Rückseite frei zugänglich. Von dort schlängelte sich ein Draht aufwärts. Thaniel stieg auf einen Stuhl, um zu sehen, wohin er führte. Im Innern des Apparats gab es Schnüre und Rollen und einen kleinen Uhrwerkmechanismus.

»Also …«, sagte er laut, denn die Farbe seiner Stimme ließ seine zaghaften Gedanken solider erscheinen. »… das reguliert … die vertikale Bewegung, also zieht es etwas hoch. Vor … diese Linse hier, die …« Er musste wieder herunterklettern. »… zu einer Kamera gehört«, schloss er verblüfft.

Er nahm eine der Fotografien, die auf dem Tisch lagen, und hielt sie neben das Gehäuse der Kamera, und da verstand er. Wenn sich in diesem Moment Fotopapier unter den Spitzen der beiden beweglichen Metallzinken befunden hätte, wären dabei die gleichen Muster entstanden wie die hellen Linien auf dem Bild. Die ganze Apparatur hatte den Zweck, die Bewegungen der Metallzinken fotografisch festzuhalten.

Thaniel sah zur Decke hinauf, in der der Stiel der Zinken verschwand. Er öffnete die kleine Glastür, die auf die Balustrade hinausführte. Oben auf dem Turmdach ragte, in einer Linie mit der Apparatur im Innern, ein hoher Blitzableiter empor.

Es war kein stürmisches Wetter, und irgendwelche Blitze gab es erst recht nicht, doch die Zinken drinnen bewegten sich sacht hin und her. Thaniel seufzte. Er hatte nie verstanden, was es mit der Elektrizität auf sich hatte. Niemand hatte ihm bisher erklären können, was da eigentlich floss, wenn man von elektrischem Strom sprach. Nicht einmal Mori wusste das. Er würde längst tot sein, ehe jemand das erklären könnte, sagte er, und deshalb könne er sich nicht daran erinnern. Six meinte, es könnte etwas mit Äther zu tun haben, aber was Äther genau war, wusste auch kein Mensch. Nein, Moment, das stimmte nicht; seine Ex-Frau Grace hatte wahrscheinlich eine gewisse Ahnung davon.

Unten fiel die Tür mit einem dumpfen Schlag ins Schloss. Es wäre zwecklos gewesen, sich nun zu verstecken. Stattdessen ging Thaniel zur Tür des Lampenhauses. Der Leuchtturmwärter war, dem Klang seiner Schritte nach, schon halb die Treppe herauf.

»Guten Abend!«, rief Thaniel die Wendeltreppe hinab. »Tut mir leid, dass ich hier eingedrungen bin! Ich habe mich verlaufen!«

Die Schritte hielten kurz inne und beschleunigten sich dann, und schließlich tauchte ein Mann auf dem Treppenabsatz auf, der das Gegenteil dessen war, was Thaniel erwartet hatte. Er trug ein akkurat gebügeltes Hemd und eine zarte Brille, und sein Haar war im westlichen Stil zur Seite gescheitelt. Er sah nicht im Mindesten wie ein Leuchtturmwärter aus, sondern eher wie jemand aus den tiefsten Tiefen des öffentlichen Dienstes. Und dann wirkte er auch noch nervös. Er war immer noch damit beschäftigt, sein Hemd wieder in die Hose zu stecken, und wirkte dabei, als hegte er die leicht verzweifelte Hoffnung, dass Thaniel ihn nicht fragen würde, wo er gerade mitten in der Nacht gewesen sei. »Wie bitte? Ich spreche kein Englisch. Was machen Sie hier oben?«

»Ich war am Strand, aber dann kam der Nebel, und da habe ich mich verlaufen. Sie wissen nicht zufällig, wo wir hier sind?«

Der Mann blinzelte zweimal, nahm dann seine Brille ab und putzte sie an einer Falte seines Hemds. »In … Bezug auf wo? Tut mir leid, mein Englisch ist nicht gut.«

»Ich spreche kein Englisch«, bemerkte Thaniel geduldig. Er hatte so die Theorie, dass es für einen Asiaten, der einen Westler verständlich sprechen hörte, in etwa so war, als würde ein Engländer einem sprechenden Pferd begegnen, das sich bei ihm nach dem Weg zum nächsten Tabakladen erkundigte. Das Beste, was man tun konnte, war, einige Brocken klare Grammatik einzubauen, damit das Gegenüber zumindest mitbekam, dass man ein gebildetes Pferd war.

»Oh. Äh … tatsächlich.«

»Ich war auf der Suche nach dem Haus von Baron Mori«, sagte Thaniel und versuchte, sich möglichst unpferdehaft zu geben. »Ich wollte Sie nicht stören, aber ich habe die Kerze gesehen, und da dachte ich mir …«

»Oh – ah. Das Haus. Äh … es ist da hinauf. Gleich hinter den großen Ginkgo-Bäumen da oben.«

»Vielen Dank! Apropos: Was ist denn das hier für ein Ding?«

»Ach du meine Güte«, lachte der Mann. »Das ist ziemlich kompliziert, fürchte ich. Damit misst man die atmosphärische Elektrizität. Das ist hier eine Wetterstation, verstehen Sie. Man nennt es …« Und dann nannte er einen Begriff, den Thaniel noch nie gehört hatte. »Ein toller Apparat; bis vor kurzem gab es nur etwa sechs davon auf der ganzen Welt.«

»Tatsächlich? Ja, ein schönes Stück Technik. Und wozu dient das alles?«

»Oh, damit kann man Stürme vorhersagen und so weiter. Und wir schicken von hier aus auch Zufallszahlen an die mathematischen Institute der Universitäten.«

»Zufallszahlen«, sagte Thaniel und bemühte sich, nicht zu interessiert zu wirken. »Wozu das?«

»Die nutzen sie für alles Mögliche, glaube ich. Irgendwelche Codes und … Nun ja, das ist mir alles ein bisschen zu hoch. Aber jedenfalls ist die atmosphärische Elektrizität die beste Quelle für Zufallszahlen, die es auf der Welt gibt«, fügte er in stolzem Ton hinzu. Er klopfte sacht an die Seite der Apparatur. Dann erblickte er auf der seltsamen fotografischen Anzeige etwas, das sein Lächeln erstarren ließ. »Wie gesagt, das Haus befindet sich gleich hinter den Ginkgo-Bäumen.«

Der Leuchtturmwärter geleitete Thaniel eilends die Treppe hinab. Nachdem er die Tür hinter ihm geschlossen hatte, klirrten die Schlüssel, und er sperrte alle vier Schlösser ab.

Zufall war selbst für Mori Zufall. Wenn Six ihn mit ein paar Würfeln und einem Knallfrosch schockieren konnte, konnte jemand, der statt zu Würfeln zu Blitzen griff, alles Mögliche mit ihm anstellen.

Thaniel fragte sich, was sie wohl anstelle des Knallfroschs verwenden würden.

• • •

Er stieg gerade vorsichtig die Stufen vor dem Leuchtturm hinab, als ihm jemand ganz aus der Nähe leise zupfiff. Thaniel schaute sich um. Eine dunkle Gestalt erwies sich als Kuroda. In respektvollem, aber nicht zu großem Abstand folgten ihm zwei seiner Männer.

Kuroda lächelte. »Schnüffeln wir ein wenig herum?«

»Es interessiert mich bloß ganz allgemein«, sagte Thaniel. »Die haben da oben ein paar großartige Sachen installiert. Erzeugung von Zufallszahlen – das ist schon beachtlich.«

»Dachtest du etwa, wir hausen hier in Lehmhütten?«, erwiderte Kuroda mit einem Funkeln in den Augen.

»Nein, Hoheit, aber es ist schon ziemlich beeindruckend, dass jemand ein System entwickelt hat, das es seinen Leibwächtern erlaubt, in zufälligen Zeitintervallen, die ein Hellseher nicht vorhersagen kann, ihre Posten zu wechseln. Der Apparat da oben generiert die Zahlen, das Leuchtfeuer geht an, wenn es wieder so weit ist, und dann läutet jeder, der es sieht, ein Glöckchen, und Ihre Männer wechseln ihre Posten. So ist es doch, nicht wahr?«

»Kluger Junge«, sagte Kuroda. Es klang nicht ganz so herablassend, wie es hätte klingen können. Ihm war nicht entgangen, dass Thaniel nun eine steile Schieferstrecke hinaufgehen musste, und auf eine freundliche Art, die Thaniel überraschte, streckte er ihm eine Hand entgegen, um ihm über die letzten Felsbrocken vor dem flachen Sandstrand zu helfen. Thaniel sträubte sich unwillkürlich und musste sich dann selbst zur Ordnung rufen. Im Grunde war er froh über die Hilfe, so jämmerlich das auch wirken mochte. Der ganze Brustkorb tat ihm weh, und das kam nicht nur von den blauen Flecken, die ihm die Polizisten verpasst hatten.

»Der Apparat heißt … Ach, die japanische Bezeichnung wird Ihnen nichts sagen. *Elektrograf*«, sagte er in makellosem Englisch mit leichtem amerikanischen Akzent. »Schon mal davon gehört?«

»Nein, Hoheit.«

»Nein … Normalerweise nutzen wir diese Geräte nur zur Vorhersage des Wetters, aber es ist ja immer schön, wenn man für die Dinge auch andere Verwendungsmöglichkeiten findet.«

Thaniel nickte in der Dunkelheit. Hinter ihnen knirschten Kiesel, als Kurodas Männer ihnen folgten. Es war ein schreckliches Geräusch. Er hätte nicht sagen können, ob das seine unvoreingenommene Meinung war oder ob es daran lag, dass sie ihm nun ein wenig zu nah auf die Pelle rückten. Er konnte sie riechen; einer von ihnen rauchte.

»Als ich mein Amt angetreten habe«, fuhr Kuroda fort, »war mir, glaube ich, nicht klar, was für eine verdammte Scheiße damit einhergehen würde. Ich kann nicht mal pissen gehen, ohne dass die beiden mich begleiten. Es war wirklich sehenswert, wie die Sicherheitsleute geschäumt haben, als ich sagte, dass ich Mori besuchen werde. Einen Hellseher?, fragten sie. Ja, sagte ich. Das müssen wir uns erst mal durch den Kopf gehen lassen, sagten sie. Und das führte dann schließlich zu der Installation dieser Apparate und zu den Glöckchen et cetera pp. Das mit Tanaka tut mir übrigens leid, er hat manchmal so eine direkte Art. Aber es ist ja verständlich, dass er alles im Auge behalten will. Mori war jahrelang in London, und kein Mensch weiß, was er da getan hat. Und dann dieser Aufenthalt in Russland.«

»Er ist nicht übergelaufen. Er baut einfach nur Uhren.«

»Du wüsstest das, wenns so wäre, nicht wahr?«, erwiderte Kuroda. »Gute Spione verraten ihrer Familie gar nichts – und schon gar nicht ihrer Geisha.«

»Wie bitte?«, sagte Thaniel ein wenig schroff.

»Ach, komm schon, Junge, du bist Musiker. Versteh mich nicht falsch, du spielst sehr schön und siehst nicht schlecht aus, aber das alles ist dann doch ein bisschen zu hoch für dich.«

»Was zum Teufel wollen Sie damit …?«

»Diese Christen! Herr, gib mir Kraft …«, sagte Kuroda, während Thaniel eine Pistolenmündung im Kreuz spürte und eine leise Stimme ihn aufforderte, sich zu beruhigen. Dann hörte er, wie die Waffe entsichert wurde, ein weißer Klang. Thaniel hob die Hände. »Reg dich ab, Junge, du bist hier in einem zivilisierten Land; hier wird dich keiner lynchen. Du kannst die Hände wieder runternehmen. Lasst ihn, lasst ihn.«

Die Pistole verschwand. Thaniel ließ die Arme sinken. »Ich weiß nicht, was Sie denken, was hier vor sich geht, aber …«

»Die werfen dich gleich mit dem Gesicht voran in den Sand; das ist immer ein hübscher Anblick«, sagte Kuroda milde.

Thaniel biss die Zähne zusammen, atmete tief durch und versuchte, sein Herz wieder auf das normale Tempo herunterzubremsen.

»Sie könnten übrigens bezeugen, dass ein ausländischer Diplomat hier in eine staatliche Einrichtung eingedrungen ist«, sagte Kuroda und deutete mit einem Nicken zu dem Leuchtturm hinüber, der sich als hagere Silhouette im Mondschein abzeichnete. »Diesmal lasse ich dir das noch durchgehen, aber tu mir einen Gefallen, Junge: Mach das nicht noch mal. Bleib bei deiner Musik. Ich weiß, das ist alles sehr interessant, aber diese Jungs reagieren gereizt, wenn sie den Eindruck haben, dass du die Sicherheitsmaßnahmen störst, und das hätte dann unschöne Folgen für dich.« Nun blickte er kurz ein wenig kleinlaut. »Mori wäre wahrscheinlich ziemlich sauer auf mich, wenn seine Geisha mit Ziegelsteinen beschwert im Meer landet, aber andererseits kann er sich ja jederzeit eine neue Geisha nehmen. Alles klar?«

Ihm blieb nichts anderes übrig, als zu nicken und zu versuchen, seine Scham und die hilf- und sinnlose Wut, die in ihm aufwallte, zu unterdrücken. Ein dunkler Teil von ihm, von dem er bis dahin gar nichts geahnt hatte, hätte sich am liebsten umgedreht und einen der Leibwächter mit einem Boxhieb niedergestreckt – denn erschossen zu werden, erschien ihm immer noch besser, als den Mund halten zu müssen.

Kuroda lächelte. »Braver Junge. Und jetzt komm, erzähl mir auf dem Rückweg von der Musik, die du da komponierst. Mrs. Pepperharrow meint ja immer, ich würde nicht genug Kultur abkriegen.«

Thaniel fragte sich, ob echte Geishas sich wohl deshalb das Gesicht weiß schminkten, damit nicht jeder gleich sah, wie wütend sie ständig waren.

EINUNDZWANZIG

Zurück auf dem Anwesen setzte sich Thaniel erst einmal auf die Veranda, um sich zu beruhigen. Bald schon wurde ihm jedoch kalt, und er wechselte auf den warmen Schieferrand des nächstgelegenen Wasserbeckens. Dort linderte zumindest der Dampf das Kratzen in seiner Lunge, und er war nicht allein: Katsu ließ Origami-Boote auf dem Becken treiben, und die schimmerten im Licht der Mondsichel. Der Mond war hier seitlich geneigt, wodurch die Sichel wie ein Lächeln wirkte. Als die Boote ein Stück weit hinausgetrieben waren, tauchte Katsu ins Wasser und umschlang eins davon wie ein Miniaturmeeresungeheuer, wobei er auch Krakenlaute von sich gab – soweit ein mechanischer Oktopus das eben vermochte.

Nach einer Weile beschlich Thaniel das unangenehme Gefühl, dass noch jemand dort war. Er schaute sich zweimal um, falls gerade jemand vorbeigegangen sein sollte, doch es war weit und breit niemand zu sehen. Das Einzige, was sich regte, war der spiralförmig vom Becken aufsteigende Dampf.

Dann sprang oben am Turm das Leuchtfeuer wieder an, und erneut ertönten die Glöckchen. Moris Tür stand zur Nacht hin offen, und genau in dem Moment, da Thaniel sich dorthin umsah, richtete Mori sich ruckartig auf.

»Die klingeln in zufälligen Abständen, nicht wahr?«, sagte Thaniel leise, denn Six schlief in der Ecke. Er hielt inne, denn seine

Stimme klang mit einem Mal rauchig. Die Lunge tat ihm immer noch weh, auch nach all dem Dampf. »Das ist gefährlich. Wenn jemand dich mit einem Glöckchen überrumpeln kann, könnte er dich auch mit einer Waffe überrumpeln …« Dann wurde ihm schlagartig klar, was da vor sich ging, und er kniff unwillkürlich die Augen zusammen. Die Sicherheit des Premierministers: was für ein Quatsch. Er konnte nicht fassen, dass er das nicht schon früher infrage gestellt hatte. Kuroda war mit einer Leibwache angereist, die aus mindestens zwanzig Mann bestand. Selbst Queen Victoria ließ sich nicht von so vielen Leuten bewachen. Und alle diese Männer waren bewaffnet. Das war überhaupt kein Personenschutz. Und Kuroda besuchte auch nicht nur einen Freund. Kuroda hatte die russische Flotte vor seiner Haustür, und jetzt hatte er einen Hellseher.

»Mori«, flüsterte Thaniel, »kannst du dieses Haus überhaupt verlassen?«

Mori erhob sich schnell und ließ sich dann neben Thaniel auf dem warmen Schiefer nieder. »Komm denen nicht in die Quere«, sagte er leise. »Ich tue das hier mit voller Absicht. Es ist alles in Ordnung. Aber bitte nicht dazwischenfunken, ja?«

»Warum erzählst du mir nicht einfach, was hier vor sich geht?«, konterte Thaniel. Seine Stimme überschlug sich, und er musste gequält den Blick abwenden, denn er klang wie ein kleiner Junge.

»Ach, das ist langweilig«, sagte Mori und schüttelte den Kopf. Dann lächelte er. Nach einer Reihe unruhiger Nächte sah er allmählich etwas mitgenommen aus. Es war das am wenigsten überzeugende Lächeln, das Thaniel je gesehen hatte. Als er ihm das sagen wollte, schloss Mori eine Hand um Thaniels, drückte einmal zu und deutete mit einem Blick auf die Ecke der Veranda, als stünde dort jemand. Da war aber niemand. Thaniel starrte ihn nur hilflos an und versuchte krampfhaft zu verstehen, was in Gottes Namen hier vor sich ging. Mori sah ihn nun eindringlich an und forderte ihn mit seiner ganzen Körpersprache unmissverständlich auf, den Mund zu halten.

Thaniel kam es mit einem Mal vor, als sprächen sie nicht leise auf der schummrigen Veranda miteinander, sondern im Scheinwerferlicht auf einer Bühne, umgeben von Leuten, die bloß deshalb nicht zu sehen waren, weil sie sich außerhalb des Rampenlichts befanden.

»Ich möchte nur, dass jemand ein wenig früher ein Elektronenmikroskop erfindet – das ist alles«, sagte Mori. »Auf eine sehr verschlungene Weise wäre das hilfreich.«

»Ein Mikroskop …«

»Ja. Das ist eine tolle Sache; dafür verzichte ich gern mal auf ein wenig Nachtschlaf.«

»Und wozu wird das gut sein?«, fragte Thaniel, dem nun allmählich die Kraft ausging.

Mori zuckte leicht die Achseln. Der Kerzenschein warf harte Schatten zwischen die Sehnen an seinem Hals. »Für alles Mögliche. Es ist allgemein ein nützliches Gerät. Du weißt ja, wie ich bin: Es langweilt mich, darauf zu warten, dass bestimmte Dinge erfunden werden.« Dann neigte er den Hals ein wenig, und nun bohrte sich sein Blick in Thaniels Augen. *Sag einfach Ja und lass es gut sein.*

Doch Thaniel konnte das nicht. »Kei, ich glaube wirklich, dass Mrs. Pepperharrow anstrebt, demnächst eine reiche Witwe zu sein, und mir ist klar, dass du das wahrscheinlich alles ganz genau durchdacht hast, aber wenn die mit der Erzeugung von Zufallszahlen herumspielen, dann kannst du ja gar nicht wissen, was …«

»Nein, das tut sie nicht«, fiel Mori ihm ins Wort. »Sie tut genau das, was sie tun soll.« Eine schreckliche basaltharte Gewissheit sprach aus ihm. So hätte er auch geklungen, wenn Thaniel behauptet hätte, seine eigenen Arme schmiedeten ein Komplott gegen ihn.

Doch Mori hörte sich nicht gut an. Das ging schon so, seit sie in Yoruji angekommen waren. Und auch das Gefühl, im Scheinwerferlicht zu stehen, war seitdem nie so ganz verschwunden. Obwohl da kein Licht war und niemand in der Nähe, konnte Thaniel beinahe hören, wie sich das Publikum im Hintergrund regte.

Er beugte sich zu Mori hinüber und legte ihm eine Hand aufs Haar, in dem Versuch, sie beide ein wenig abzuschirmen – vor wem auch immer. »Werden wir beobachtet?«, flüsterte er.

Er erfuhr nie, ob Mori ihn überhaupt gehört hatte. Die Glöckchen hatten ihn hochschrecken lassen, und als er Thaniel zuvor erblickt hatte, hatte er gewirkt, als sähe er ein Gespenst – doch nun hoben sich seine Hände in dem schnellsten Block, den Thaniel jemals erlebt hatte, sei es innerhalb oder außerhalb eines Boxrings. Es ging so schnell, dass er es kaum sah: Da hatte Mori ihn auch schon weggestoßen, indem er ihm die flache Hand vors Brustbein rammte. Er wollte ihm dabei nicht wehtun, doch da er stark wie eine gespannte Feder war, hätte er Thaniel fast rückwärts umgestoßen.

Einen Moment lang herrschte Schweigen. Thaniel hörte nur seinen eigenen Herzschlag und das abscheuliche Rasseln in seiner Lunge. Nie zuvor hatte ein Schlag, den er abbekam, ihn schockiert oder ihm Angst eingeflößt – schon gar keiner, der ihm nicht mal wehgetan hatte. Aber er hatte es auch noch nie mit jemandem zu tun gehabt, der ihn vollkommen mühelos hätte umbringen können. Und das hatte Mori beinahe getan. Es war kein absichtlicher Schlag gewesen, sondern Ausdruck von Panik. Hätte er Thaniel statt am Brustbein an der Kehle getroffen, hätte er ihm das Genick gebrochen.

»Entschuldige bitte, das tut mir leid«, sagte Mori leise. Er hob die Hände und verharrte dann reglos.

Thaniel schüttelte kurz den Kopf. Er hätte sich am liebsten in Luft aufgelöst. Er hatte zuvor nicht richtig zugehört, hatte sich nicht die Mühe gemacht, sich vorzustellen, wie es für Mori sein musste, sich an jemanden zu erinnern, der dahinsiechte und immer kränker wurde, bis dann endlich der Tod ihn gnadenhalber erlöste und er seine letzte Ruhe auf einem Friedhof fand. Da hustete dann endlich kein Sterbender mehr dort im Haus, und man musste sich endlich nicht mehr allmorgendlich damit beschäftigen, dass einem die Sorge um ein menschliches Wrack oblag, und nicht mehr die Fenster aufreißen, um den chemischen Gestank der Arzneien loszuwerden. Endlich konnte man sich dann dem Leben mit seiner klugen, witzigen Gemahlin widmen – nur um mit einem Mal wieder in die Gegenwart zurückgerissen zu werden und festzustellen, dass das alles noch vor einem lag und dieser Mensch, dieses Ding, sich gerade ganz nah zu einem herüberbeugte.

»Nein, ich verschwinde von hier. Mir tut es leid.«

Mori schwieg einen Moment lang. Dann: »Alles in Ordnung mit dir?«

»Ja. Alles bestens. Es ist nicht deine Schuld. Ich verschwinde morgen früh. Und dann …« Er rang um Worte, die fast selbstverständlich, aber auch unverbindlich klingen sollten. »… sehen wir uns, wenn wir uns sehen.«

»Thaniel … Ich habe mich noch nie für etwas so geschämt wie für das hier.«

»Schon gut, beruhige dich. Davon geht die Welt nicht unter.« Das wirkte gröber, als er es meinte, war aber um Welten besser, als nun in Tränen auszubrechen.

Mori schlug die Augen nieder. »Stimmt. Also dann: Gute Nacht.«

»Mm.« Thaniel wartete ein paar Minuten, bis Mori gegangen war, krallte dann seine Fingernägel in seine Handflächen und weinte, bis er wieder halbwegs klar denken konnte.

•••

Als Thaniel am nächsten Morgen seine Sachen packte, teilte Six ihm zu seinem Erstaunen mit, dass sie ebenfalls in die Gesandtschaft umziehen wolle. Als er fragte, ob sie sich da sicher sei, nickte sie und meinte, der hiesige Generator sei sehr unzuverlässig.

»Wir werden Mori nicht oft zu sehen bekommen«, sagte er. Es war ein Schock, das laut ausgesprochen zu hören, und schnell legte er sich eine Notlüge zurecht. »Es ist zu weit, um ständig hin und her zu fahren, und die Bahnfahrt ist auch zu teuer.«

»Mori ist optional«, sagte sie.

Thaniel schloss sie in die Arme. Sie mochte das nicht und löste sich schnell wieder von ihm, doch einige Minuten später kam sie mit einer großen flauschigen Eule wieder, der es nichts auszumachen schien, herumgetragen zu werden.

»Six«, sagte Thaniel halb lachend, halb entsetzt. »Die beißen! Lass sie los!«

»Er beißt nicht. Er heißt Owlbert. Und er kommt auch mit.« Dann hielt sie Thaniel mit beklommenem Blick die Eule hin, und ihm wurde klar, dass sie auf diese Weise versuchte, ihre mangelnde Umgänglichkeit wettzumachen. Owlbert heulte – ein sattes, seidenweiches Violett.

Thaniel musste schwer schlucken. »Also gut, Schatz. Dann wollen wir mal einen Käfig für ihn suchen.«

Owlbert seinerseits schien so zahm zu sein, dass Thaniel annahm, dass er in der Eulenwelt als eine Art heiliger Narr galt. Thaniel nahm ihn vorsichtig und streckte dann seinen Arm aus, um zu sehen, ob er wegfliegen wollte, doch die Eule schmiegte sich an ihn und schob sogar ihren Kopf unter Thaniels Kinn.

»Owlbert mag dich«, bemerkte Six in gedämpftem Ton, ohne ihn anzusehen.

Thaniel bückte sich vorsichtig, um auf Augenhöhe mit ihr zu sein. »Weißt du, es ist in Ordnung, sich ein wenig anders zu verhalten. Du musst Leute nicht anfassen, wenn du nicht willst. Deine Art ist nicht verkehrt.«

Six nickte knapp, den Blick immer noch zu Boden gewandt. »Nein, aber deine Art ist äußerst seltsam und anstrengend. Du machst mich wirklich fertig.«

TEIL DREI

ZWEIUNDZWANZIG

ABASHIRI, HOKKAIDO, 10. JANUAR 1889

Takiko schob die Tür einen Spaltbreit auf … und gleich wieder zu, als Unmengen Schnee hereinkommen wollten. Sie griff nach dem Spaten, und ihr Onkel – der gar nicht ihr Onkel war, sondern eher ein Vetter zweiten Grades von irgendwem, aber so ganz hatten sie das noch nicht geklärt – richtete sich am Tisch im Nebenzimmer auf und machte mit seiner kleinen Faust eine schuldbewusst wirkende Geste à la: Versuch's mal. Sie verzog das Gesicht zu einer Grimasse, um ihm ein Lächeln zu entlocken. Sie hatte ihm schon ein paarmal zu erklären versucht, dass man kein schlechtes Gewissen haben musste, wenn man mit vierundachtzig nicht mehr bei allem mit anpackte, hatte ihn aber offenbar nicht so ganz überzeugt.

Der festgebackene Schnee zeigte einen perfekten Abdruck der Tür. Takiko stieß den Spaten hinein. Wie sie gehofft hatte, fiel der Schnee, luftig und pulvrig, wie er war, größtenteils in sich zusammen. Von Hüfthöhe abwärts aber knirschte er vor wenig verheißungsvoller Festigkeit. Sie grub sich langsam voran, um nicht schon ausgelaugt zu sein, bevor sie überhaupt zur Arbeit kam. An der Einmündung zur Hauptstraße angelangt, die der Gefangenentrupp schon am frühen Morgen geräumt hatte, errichtete sie an einer Stelle, an der ihr Onkel es sehen konnte, einen kleinen

Schneemann, der Arme aus Stöcken und ein Gesicht aus Steinchen bekam. Nach kurzer Überlegung verpasste sie ihm auch noch eine Frisur aus kleineren Stöckchen, denn auch ein Schneemann konnte ja schließlich einen Irokesenschnitt tragen.

Ihr Onkel eilte nun mit einer kleinen Bento-Box herbei. Sie enthielt ein Stück Sheperd's Pie, das sie sich aufwärmen sollte. Nachdem er von irgendeinem Verwandten erfahren hatte, dass sie Ausländerin sei, hatte er am Vortag vier Stunden lang über einem alten englischen Kochbuch gebrütet, das er sich aus Tokyo hatte schicken lassen, und hatte dann mit geradezu alchemistischer Genauigkeit einen mustergültigen Shepherd's Pie zubereitet, damit sie sich, wie er sagte, wie zu Hause fühlen würde, und außerdem wolle er sich nützlich machen. Sie drückte ihm die Hände und hatte Mühe, die Tränen zurückzuhalten.

Als sie in der Woche zuvor dort eingetroffen war, waren die Tage noch klar genug gewesen, um den Berg Shari zu sehen. Der lag meilenweit entfernt, jenseits der Sümpfe, doch sein gezackter Gipfel hatte sich weiß vor dem blauen Himmel abgezeichnet. Diese Woche aber hatte es geschneit und geschneit, und das Gerede auf dem Fischmarkt, dass der Frühling diesmal wohl früher komme, war gründlich verstummt. Ihr Onkel hatte sogar an dem kleinen Birnbaum, den er über den Winter ins Haus geholt hatte, die vier noch daran wachsenden Birnen in kleine Leinenbeutel gehüllt. Der Baum sah dennoch ziemlich mitgenommen aus.

Eine solche Kälte hatte Takiko noch nie erlebt. Sie hatte nicht mal gewusst, dass es in Japan überhaupt irgendwo so kalt wurde, was aber wahrscheinlich daran lag, dass Hokkaido in ihrer Vorstellung gar nicht richtig zu Japan gehörte. Die Insel hatte die ungefähren Umrisse eines großen Mantarochens, und in ihrem Norden – Abashiri befand sich auf der linken Kopfflosse des Rochens – war es näher nach Wladiwostok als nach Tokyo. Es war, wie man dort mit einigem Stolz sagte, die südlichste Region der Erde, in der im Winter das Meer gefror.

Die Kälte hatte allerdings auch ihre Vorteile. Sie erleichterte es beispielsweise sehr, vom Hüttenkoller ganz langsam wahnsinnig zu werden, und daher hatte sich ihr Onkel überhaupt nicht gewundert, als sie angeregt hatte, dass sie doch im Gefängnis arbeiten gehen könnte. Das Gefängnis war ganz in der Nähe, und ihr Onkel kannte die Wärter, und man suchte dort schon seit Wochen eine Putzfrau. Als ihr Onkel dann auf seine schüchterne Art beim Gefängnisdirektor vorsprach, war der begeistert, denn die vorherige Putzfrau war leider in einen Graben gestürzt und erfroren, und Takiko konnte gleich am nächsten Tag anfangen.

Nun stand sie auf der Straße, den Spaten noch in der Hand, und schaute den Hügel hinauf zu dem hohen Turm des Gefängnisses. Die Kälte war unglaublich, sie vernichtete alles, und als sie den Spaten absetzen wollte, war er an ihrem Handschuh festgefroren.

Takiko war noch nie in einem Gefängnis gewesen. Ihr Onkel sagte, es werde gut geführt, wenn auch mit weniger Personal als nötig. Ab und zu kam es zu Ausbrüchen, jedoch nicht aus dem Gefängnis selbst; die Gefangenen ergriffen eher die Flucht, während sie draußen neue Straßen bauten, und rannten in den Wald, wo man sie schlecht sah. Um diesem Problem zu begegnen, hatte der Direktor für sie alle eine leuchtend rote Kluft angeschafft.

Die Hauptstraße war mit Spuren übersät, mit halbkugelförmigen Linien, die sich durch den Schnee schlängelten. Außerhalb der Gefängnismauern waren die Gefangenen in Ketten gelegt und zogen an einem Fußgelenk eine schwere Eisenkugel hinter sich her. Am Mittwoch zuvor war einer der Wärter bei ihnen zum Abendessen gewesen und hatte Takiko spaßeshalber eine dieser Eisenkugeln mitgebracht, damit sie sie anprobieren konnte. Sie konnte damit langsam gehen, und dank des dicken Lederriemens, der das Gewicht verteilte, tat es auch nicht weh, doch damit zu laufen, wäre ihr unmöglich gewesen.

Takiko war auf ihrem Arbeitsweg noch nicht weit gekommen, als sie den Gefangenentrupp einholte. Die Männer bildeten einen leuchtend roten Farbklecks inmitten der weißen Landschaft und wurden links und rechts von berittenen Wärtern flankiert. Einer der Wärter sah sie kommen.

»Macht Platz für die Dame!«, rief er.

»Schon gut, es ist einfacher, wenn ich außenrum gehe!«, rief sie zurück. Er nickte und wirkte erleichtert, und sie kletterte auf den festgebackenen Schneewall am Rande der Straße.

»Augen geradeaus!«, befahl der Wärter.

Die Gefangenen gaben keinen Mucks von sich. Der Winter war so hart, dass man nichts anderes im Sinn haben konnte, als nicht auf der Stelle zu erfrieren.

Nachdem sie die Eisenkugel anprobiert hatte, hätte Takiko selbst dann keine Angst mehr vor den Gefangenen gehabt, wenn sie nun gelacht und gejohlt hätten. Sie hätte ihnen mit Leichtigkeit davonlaufen können. Die hier waren auch keine Schwerverbrecher. Die Schwerverbrecher mussten zu mitternächtlicher Stunde losmarschieren. Die ganze letzte Woche war Takiko nachts von dem schaurigen Arbeitslied wach geworden, das sie sangen, während sie in tiefster Dunkelheit in den Wald stapften.

• • •

Das Gefängnis befand sich auf einer Anhöhe. Nach Norden blickte man von dort auf das Dorf und das Meer, süd- und westwärts erstreckte sich der Wald, und im Osten lagen die Sümpfe und der zerklüftete Gipfel des Berges Shari. Dort hatte die Last des Schnees das abgestorbene Schilf niedergedrückt, und der ganze Landstrich war in einen Farbton der Fäulnis getaucht, der dem merkwürdigen Braun des dortigen Sandstrands ähnelte. Die Bäume zogen sich immer noch von dem Temperatursturz zusammen, und da Takiko ihnen nun nahe kam, hörte sie die Geräusche, die sie machten und die ein wenig nach einem unheimlichen Gelächter klangen, und irgendein Urinstinkt in ihr wollte dem sofort entfliehen.

Der Schnee war stützpfeilerförmig an die Mauern des Gefängnisses geweht und hatte sich auch auf den Toren und Wachtürmen niedergelassen. Es war ein ausgedehntes und uneinheitliches Bauwerk. Die langen eisigen Winter und die warmen Sommer setzten dem Holz schwer zu, und daher waren manche Gebäudeteile immer neuer als andere, während wiederum andere am Verrotten waren. Es roch nach frisch geschlagenem Holz, nach Schimmel und Moos und nach dem salzigen Meerwind.

Vor dem kleinen Nebeneingang angelangt, schaute sie den Hang hinab. Das Meer war gefroren. Es regte sich nur noch ein wenig; schwankend knirschten unförmige Eisschollen aneinander. Sie pochte an die Tür.

»Hallo! Herr Horikawa! Ich bin's!«

Die Tür öffnete sich knarrend, und Horikawa, der Pförtner, trat wieder einen Schritt zurück und hielt die Hände um seine Zigarette, um sich die Finger zu wärmen. »Kommen Sie rein, junge Frau, bevor die Gefangenen kommen.«

Sie trat geduckt ein, und er schloss scheppernd die Tür hinter ihr. Der Zugang bestand aus einem kurzen Gang unter dem Wachturm hindurch, und darin war man auf der anderen Seite Wind und Wetter ausgeliefert. Zur Linken führte eine kleine Treppe aufwärts. Takiko blieb stehen. »Gehe ich einfach zum Haupteingang?«

»Ich denke schon«, sagte er und hob die Augenbrauen, um zu fragen, warum sie das nicht wusste. »Aber was Sie auch tun, tun Sie's, bevor der Trupp hier ankommt.«

Also schritt Takiko über den Hof und rechnete die ganze Zeit damit, dass jemand brüllen würde, sie habe dort nichts zu suchen. Im Vorbeigehen hörte sie ein Kratzen an einer Tür, bei der sie dachte, sie gehörte zu einem Schuppen, und erschrak.

»Darf ich endlich raus?«, flüsterte jemand, fast vom Wind übertönt. Unter der Tür leuchtete weder eine Laterne noch ein Feuer hervor, und es gab dort auch kein Fenster. Alles war aus Holz.

»Tut mir leid«, sagte sie. »Ich bin kein Wärter.« Ungläubig starrte sie die Tür an. »Tut mir leid«, sagte sie noch mal und überquerte dann den Hof, so schnell sie konnte, wobei sie sich die ganze Zeit schmutzig fühlte. Sie hätte am liebsten kehrtgemacht und wäre wieder gegangen. Doch sie hatte es nun mal versprochen.

• • •

An einem Abend kurz vor Weihnachten kehrten Takiko und Mori von einem Ausritt mit Kuroda zurück, dessen Pferd ihn abgeworfen hatte und der nun ein gutes Stück hinter ihnen an Tanakas Arm herhumpelte. Sie gingen den steilen Hügelpfad entlang, der am Südrand des Friedhofs von Yoruji vorbeiführte. Die Pferde trabten vergnügt ein Stückchen entfernt. Takiko war überzeugt, dass Mori Kurodas Pferd zum Bocken gebracht hatte, auch wenn sie nicht wusste, wie er das angestellt hatte.

Da gab der Turm wieder ein Leuchtsignal; von ihrer Warte aus sah man es nur als Lichtschein hinter der Hügelkuppe. Mori verlangsamte seine Schritte und schaute über den Friedhof hinweg. Er hatte eine fast unmenschliche Art, sich zu bewegen, schnell und sofort wieder langsam.

Gleich silbernen Zikaden begannen nun die Glöckchen unter den Bäumen und auf dem Friedhof zu erklingen. Obwohl Takiko genau wusste, was das war und dass es mit dem Leuchtturm und dem Apparat dort zusammenhing, der Zufallsintervalle erzeugte, war es ihr unheimlich. In der Nähe des Tors und oben beim Haus regten sich dunkle Gestalten: Kurodas Männer, die ihre Posten wechselten.

Mori boxte sich selbst vor die Brust, und im Licht ihrer Laterne sah sie, dass der Puls an seinem Handgelenk viel zu schnell ging. Takiko hatte schon Nervenanfälle miterlebt, meist bei Schauspielern, doch bei jemandem, der normalerweise so ruhig war, schien es ihr etwas anderes zu sein.

Sie nahm seinen Arm, schob seinen Ärmel hoch und schlug ihm kräftig aufs Handgelenk. Seine Hand zuckte, und er nickte.

»Danke«, sagte er leise.

Sie war zwischen Verzweiflung und Schuldgefühlen hin- und hergerissen, und beides hörte man ihr an. »Warum lässt du Kuroda das tun? Er hält dich hier gefangen. Was hast du davon?«

Mori schüttelte nur leicht den Kopf. »Ich weiß nicht mehr, warum ich das mache. Ich kann mich im Moment kaum mehr an etwas erinnern, jedenfalls an nichts, das über die nächste Woche hinausgeht. Danach sehe ich nur Bruchstücke. Es ist sehr wahrscheinlich, dass ich bald ums Leben komme. Das macht die Dinge nebulös, denn es ist unwahrscheinlich, dass ich überhaupt eine Zukunft habe.« Er seufzte. »Das ist auch der Grund, weshalb Thaniel gegangen ist. Es ist mir immer wieder passiert, dass ich in ein Zimmer kam und ihn dort sah und dachte, ich sähe ein Gespenst; ich war überzeugt, er sei bereits …« Er schüttelte den Kopf. »Ich weiß nicht, was mit mir los ist. Wenn ich früher beinah ums Leben gekommen bin, war das anders; es hat mich nicht so verwirrt. Aber jetzt wache ich auf und weiß nicht, in welcher Zeit ich bin. Es fühlt sich an, als wäre ich unter Drogen gesetzt … Na ja, vielleicht flößen sie mir ja bald irgendwas ein, und mein verflixtes Hirn reagiert schon im Voraus darauf.«

Ihr ganzes Rückgrat krampfte sich nach und nach zusammen.

Ihr war bis dahin gar nicht bewusst gewesen, dass er überhaupt ein Risiko einging. »Wenn Kuroda dich töten könnte, warum läuft er dann immer noch quicklebendig herum?«

»Weil ich es brauche, dass all das passiert.«

»Wozu?«

»Das habe ich dir doch schon gesagt: Ich weiß es nicht mehr. Ich weiß bloß, dass ich mich absichtlich in diese Situation gebracht habe. Und deshalb muss es notwendig sein.«

»Hast du dir denn gar nichts aufgeschrieben?« Ihre Ungläubigkeit war ihr nun deutlich anzuhören. »Keine Anweisungen? Überhaupt nichts? Du gehst durchs Feuer, ohne zu wissen, warum?«

»Ich habe das hier in Russland machen lassen«, sagte er und schlug seinen Ärmel hoch. Direkt unter dem Ellenbogen war eine kleine saubere Textzeile zu sehen.

Bring Kuroda zum Kämpfen, aber lass ihn gewinnen.

»Wozu soll das gut sein?«, fragte sie und strich unwillkürlich mit einer Fingerspitze über die Tätowierung. Mori hasste eigentlich Tätowierungen. Damit sehe man aus, hatte er einmal gesagt, als wäre man bei der Yakuza – und das wollten doch nur Halbstarke oder Männer, die noch bei ihrer Mutter wohnten.

Schrecklicherweise entspannte er sich, als sie ihn berührte: als ginge es nur um Kuroda und nicht auch um sie. In ihrem Bauch zog sich etwas zusammen. Es fiel leicht, über Mori zu sprechen, als wäre er eine entsetzliche Naturgewalt. Man vergaß dabei gern, dass er auch nur ein Mensch war, jemand mit dünnen Knochen, der sogar Leuten gegenüber, die er gut kannte, scheu war wie ein Reh.

»Das ist durchaus nützlich«, sagte er. »Es ist viel besser für mich, wenn ich nicht alle Einzelheiten kenne.«

Sie verstand das nicht.

Er lächelte. »Niemanden kann man so leicht verhören wie mich. Man braucht mir gar keine Gewalt anzutun; man muss es nur vorhaben, und schon liege ich wie ein Idiot am Boden und krümme mich vor Schmerzen, weil mir der Finger so wehtut, den man mir noch gar nicht gebrochen hat.« Er sagte nicht: Aber das weißt du ja. Dennoch wurde sie von Gewissensbissen gepackt – und auch von einer scheußlichen Wut, weil er die Sache angesprochen hatte. Sie schob das aber beiseite. Sie hatte diese Wut inzwischen schon so oft bei Kuroda gesehen, dass sie sich nicht mehr vorstellen konnte, dass daran irgendetwas gerecht war. »Hör mal, Pepper … wir haben doch vor einiger Zeit darüber gesprochen, dass ich dich eines Tages vielleicht bitten muss, etwas für mich zu tun.«

Sie stutzte. »Ich hatte dich gefragt, was du dir als Hochzeitsgeschenk wünschst.«

»Ja. Und jetzt ist dieser Moment gekommen.« Er blickte ganz ernst und ruhig, und wie immer, wenn er so still wurde, wirkte er wie etwas, das älter war als die gesamte Menschheit. »Ich weiß, du hast inzwischen deine Zweifel, was mich angeht. Und mir ist klar, dass es schrecklich war, was ich Gräfin Kuroda angetan habe. Ich bitte dich nicht um ein Versprechen, nur darum … dass du es vielleicht in Erwägung ziehst.«

»Warum sollte ich das tun? Seit ihrem Tod fühle ich mich dir gegenüber zu gar nichts mehr verpflichtet.«

»Ich gebe dir alles, was du willst.«

»Was? Ich will kein Geld …«

»Von Geld habe ich gar nicht gesprochen. Ich sagte: alles, was du willst.« Er schüttelte kurz den Kopf. »Was es auch sei. Willst du, dass ich lebenslang eingesperrt werde? Wird gemacht. Willst du Kurodas Tod? Wird gemacht. Willst du unwiderrufbare Frauenrechte? Universitäten, die nach Gräfin Kuroda benannt werden? Eine Familie? Du bekommst es, was es auch sei.« Er berührte sie nicht, aber seine Fingerspitzen waren nur noch wenige Zentimeter von ihrem Arm entfernt. »Keine Tricks.«

Sie starrte ihn einen ganzen Moment lang an. Sie hätte sich weigern sollen, das sagte ihr ein Gefühl, aber das wäre der Punkt gewesen, an dem Vernunft in Feigheit umgeschlagen wäre. »Kuroda soll für das, was er getan hat, zur Rechenschaft gezogen werden, und du wirst im Leben nie wieder irgendwen oder irgendwas manipulieren, das über ein zahmes Kaninchen hinausgeht.«

»Abgemacht«, sagte er leise und sah nun wieder ganz zerbrechlich aus – auf jene verzweifelte, aber zugleich auch schrecklich gefasste Weise, wie an dem Abend, an dem die Gräfin ums Leben gekommen war.

Takiko schluckte. Er hatte die Gräfin getötet, er war nach allen Maßstäben der Welt ein Mörder, und Gott allein wusste, wie oft er so etwas schon getan hatte, während Takiko nicht dabei war, und doch hatte sie das schreckliche Gefühl, dass sie gerade ein schönes wildes Tier, das ihr immer vertraut hatte, in einen Käfig sperrte. Als sie wieder das Wort ergriff, klang ihre Stimme allzu barsch. »Also, was soll ich tun?«

»Es gibt da ein Gefangenenlager im Norden, in Hokkaido.« Er hielt inne, als bereitete es ihm Mühe, es über die Lippen zu bringen. »Abashiri. Ein Onkel von dir lebt dort; ich habe ihn schon vor Jahren dorthin gesandt. Gehe in das Gefängnis dort. Ich weiß nicht mehr, warum du da sein musst. Aber ich weiß, dass du nach etwas Ausschau halten musst, nach etwas …« Er starrte in die Ferne. »… Merkwürdigem«, sagte er schließlich. »Nach etwas, das dort nicht hingehört. Ich weiß, das ist keine sehr hilfreiche Beschreibung.«

Sie zögerte. Sie hatte von den Gefängnissen im Norden gehört; das hatte jeder. Allerdings bloß ganz allgemein, denn niemand kehrte je von dort zurück, und Reporter ließen sie gar nicht erst rein. »Mori, du warst ein halbes Jahr lang in Russland. Und jetzt ist die russische Flotte hier. Was ist, wenn du dahintersteckst? Was ist, wenn es sich bei dem, was du vergessen hast, um deine Meinung handelt, dass Japan auf lange Sicht besser dran wäre, wenn es zum Russischen Reich gehört, und du deshalb diesen Krieg auf irgendeine Weise angezettelt hast?«

Er nickte. »Ja. Ich habe dafür gesorgt, dass die Flotte kommt, ja, ich habe einem Freund von der Okhrana gesagt, sie sollen sie losschicken, bevor Kurodas neue Panzerschiffe hier eintreffen. Ich weiß aber nicht, warum ich das getan habe.« Er hielt inne. »Ich habe ihm irgendwas über Kriege und Amerikaner erzählt, aber ich glaube, das war gelogen.«

Dieses aufrichtige Eingeständnis brachte sie ein wenig aus dem Gleichgewicht. Sie hatte erwartet, dass er Ausflüchte vorbringen oder es schlichtweg leugnen würde – jedenfalls nicht, dass er es einfach so zugab. »Wenn die auf Nagasaki feuern«, sagte sie langsam, »sterben dabei Zehntausende Menschen.«

»Ja«, sagte er. »Ich weiß nicht, warum ich das riskieren würde. Kennst du einen Grund, warum ich so etwas tun würde? Ich habe es dir nicht irgendwie … gesagt?«

»Nein.«

Er nickte erneut. Er war jetzt ganz ruhig, aber die Anflüge von Panik waren immer noch da. Er sah ihr nicht ins Gesicht, sondern an ihr vorbei.

»Hokkaido«, sagte sie nach längerem Schweigen. In Hokkaido gab es nichts außer endlosen Wäldern, Bären und diesen Arbeitslagern. Es war genau der Ort, an den Mori einen Menschen schicken würde, der ihm lästig war, um ihn aus dem Weg zu schaffen. »Ich denke mal darüber nach.«

Da umarmte er sie, und zwar nicht so, als fürchtete er, ihr wehzutun, sondern ganz fest. Als er sie dann auf die Stirn küsste, war ein sich schämender Teil von ihr froh, dass er unglücklich war.

Ein anderer Teil, der mit der Papierstimme des Herzogs wisperte, fragte sich, ob jenes Liebespaar damals im Wald wohl auch geglaubt hatte, es hätte eine richtig clevere Abmachung mit dem Winterkönig getroffen.

• • •

Takiko ging zu viel im Kopf umher, um sich schlafen zu legen. Stattdessen setzte sie sich an eines der heißen Becken mit Blick auf die Bucht hinaus, tauchte die Füße ins Wasser und versuchte, sich zu beruhigen. Falls Mori wusste, dass sie Kuroda half, und er ihr das übel nahm, hätte er sie nicht für nichts und wieder nichts nach Hokkaido schicken müssen. Er hätte ganz einfach dafür sorgen können, dass sie hier vor Ort wegen irgendwas festgenommen wurde oder dass sie eine Treppe hinunterfiel und sich dabei ein Bein brach.

Außerdem hätte er ihr kein solches Versprechen gegeben, wenn er tatsächlich vorgehabt hätte, sich daran zu halten. Nein, ganz bestimmt nicht. Oder?

Sie fragte sich, wie es wohl aussah, wenn eine ganze Flotte von Panzerkreuzern eine Stadt beschoss. Sie wusste, was für ein Anblick sich dort anschließend bot: Als sie klein gewesen war, waren sie im Urlaub oft nach Kagoshima gefahren, das die Amerikaner nicht lange zuvor in Schutt und Asche gelegt hatten. Ihr Vater hatte sie in einen der Krater in der Burgmauer gesetzt, um ein Foto davon zu machen. Sie fragte Kuroda danach, als er herauskam.

»Es ist im Grunde ein sehr schöner Anblick«, sagte er. Als er sich dann ebenfalls ans Becken setzte, hielt er Abstand zu ihr. Seit dem Abend, an dem die Gräfin ums Leben gekommen war, war er in ihrer Gegenwart beklommen. Sie wusste nicht, ob es daran lag, dass er sich nun in der Nähe von Frauen vor sich selbst fürchtete, oder ob er Angst davor hatte, was sie auf die Bühne bringen könnte. »Als würde Gott höchstselbst ein Feuerwerk abbrennen.

Ich nehme Sie gerne irgendwann mal auf einem Schiff mit, dann können Sie sich das ansehen. Machen Sie sich Sorgen wegen der Russen?«

»Nein, ich mache mir keine Sorgen; ich habe nur gerade daran gedacht.« Sie seufzte. »Das Gefängnis von Abashiri. Mori will, dass ich mich dorthin begebe. Sagt Ihnen das irgendwas?«

Kuroda runzelte die Stirn. »Abashiri? Nein. Das ist ein Arbeitslager. Eins von acht oder neun da oben. Hat er sonst noch was darüber gesagt?«

»Ich bin in Sorge, dass er mich nur deshalb dorthin schickt, weil er weiß, dass ich mit Ihnen rede.« Sie war sich fast sicher, dass Kuroda log. Seine Augen hatten gefunkelt, als sie das Wort Abashiri ausgesprochen hatte. Es klang ganz harmlos: Wörtlich bedeutete der Name »Fischzug«; es musste also früher mal ein Fischerdorf gewesen sein; doch bereits jetzt schwang dabei eine ungute Bedeutsamkeit mit. »Um mich aus dem Weg zu schaffen. Wenn Sie wissen, was sich dort befindet und warum er mich dort haben will, dann gehe ich dorthin. Aber wenn er mich bloß loswerden will …: Die Winter dort oben sind hart. Es könnte sich als Todesurteil erweisen.«

Kuroda lächelte. »Woher weiß ich denn, dass Sie nicht mit ihm unter einer Decke stecken und nicht eines Ihrer Kali-Manöver abziehen und mich nach Strich und Faden hereinlegen? Sie reden doch überhaupt nur mit mir, weil ich das kleinere Übel bin; er aber ist ein charmanter Scheißkerl. Es könnte auch sein, dass er Sie umgedreht hat.«

Sie schüttelte den Kopf. »Sie sind tatsächlich das kleinere Übel. Sie sind ein bösartiger Idiot mit einem Alkoholproblem; er aber … ist das nicht. Er ist absolut klar im Kopf und sehr klug. Damals hat er mit angesehen, wie Sie getrunken und getrunken haben, und dann hat er mit angesehen, wie Sie Ihre Frau umgebracht haben. Sie waren es ja vielleicht, der sie erschlagen hat, aber nur in dem

Sinne, wie es die Kugel ist, die jemanden erschießt, und nicht der Mann, der den Abzug drückt. Und jetzt sieht er mit an, wie die russische Flotte immer näher kommt. Wenn ich die Wahl habe, ob ich meinem charmanten Gemahl gegenüber loyal bin oder meinem Land diene, dann wähle ich den Dienst für mein Land.«

»Tja, Sie gehören jetzt zu einer Samurai-Familie«, erwiderte Kuroda barsch. »Natürlich wollen Sie da dienen. So ist das mit der Ritterlichkeit.«

Sie seufzte, denn ihr rollten sich förmlich die Zehennägel auf, als sie das hörte. »Ritterlichkeit ... Kuroda, haben Sie mal gesehen, wie eine Frau vor ihren Kindern ein Stück Gemüse auf einen Löffel nimmt und den dann herumschwenkt, damit die Kinder denken, das Gemüse wäre ein magischer Schmetterling oder so? ›Ritterlichkeit‹ war für Ihre Mutter nur ein anderes Wort für ›ein anständiger Mensch sein‹, damit Sie sich als kleiner Junge gut fühlten, wenn Sie mal nett zu anderen waren. Aber kommen Sie einer Erwachsenen doch bitte nicht mit so was.«

Er schnaubte. »Ich sag's ja: Samurai-Familie.«

Dann schwiegen sie beide eine ganze Zeit lang.

»In Abashiri ...«, ergriff Kuroda schließlich wieder das Wort. »Falls Sie mitbekommen, dass er da irgendwas ... Verdächtiges in die Wege geleitet hat: Schieben Sie dem einen Riegel vor.«

Sie nickte. Gott allein wusste, was in Hokkaido wirklich vor sich ging. Ihr blieb nichts anderes übrig, als dorthin zu reisen, es sich mit eigenen Augen anzusehen und auf die eine oder andere Art dafür zu sorgen, dass sowohl Mori als auch Kuroda ein Halsband angelegt wurde, bevor einer der beiden eine weitere Schandtat beging.

• • •

Obwohl sie feste Stiefel und zwei Paar Socken trug und unter der groben Arbeitskluft auch noch eine dicke Hose anhatte, waren Takikos Füße bereits taub vor Kälte, als sie am Haupteingang des Gefängnisses ankam. Eine der beiden Türen stand einen Spaltbreit offen. Dahinter gelangte man in einen großen Eingangsbereich, und in dessen Mitte befand sich in einer Art Hütte ein winziges Büro. Die Hütte war komplett aus Holz, abgesehen von einer kleinen mit Papier bespannten Luke, die offen stand.

»Hallo?«, sagte sie und kam sich vor, als blickte sie in ein Puppenhaus.

Der Wärter, der geduckt an einem Kotatsu saß, sah von seiner Zeitung auf. Trotz der Wärme in seinem Büro hatte er sich einen Schal über die Ohren gebunden. Das wunderte sie nicht. Er sah auf eine unspezifische, chronische Art krank aus, war allzu sehnig und hatte entzündete Augen. »Wer sind Sie?«, fragte er ungehalten. Er klang erkältet.

»Ich bin die Nichte von Herrn Tsuru, die neue Putzfrau.«

»Oh!« Der Wärter wirkte überrascht und lachte dann. »Ich hatte eine ältere Dame erwartet.« Er erhob sich, und die Papierluke entpuppte sich als winzige Tür. Er schob sie zur Seite, und der untere Teil öffnete sich wie ein Tor nach außen. Der Mann wirkte erfreut, als er feststellte, dass er einen Kopf größer war als sie. Qualmgeruch drang mit ihm aus dem Büro. Sie sehnte sich jetzt schon nach der Wärme eines Feuers. »Also gut, dann kommen Sie mal mit. Sie müssen sich sofort an die Arbeit machen.«

DREIUNDZWANZIG

TOKYO, 10. FEBRUAR 1889

Der Morgen war kalt und trüb unter aufziehenden Sturmwolken, doch der schwimmende Markt auf dem kaiserlichen Kanal wirkte mit dem schönen Licht seiner roten Lampen so einladend, dass selbst Leute, die glaubten, sie hätten es eilig, zur Arbeit zu kommen, sich plötzlich dabei ertappten, wie sie von den Brücken herab auf die aus Apfelkisten und Teilen alter Karren zusammengeschusterten Stege und in die Wärme unter den farbenfrohen Verdecken der Boote gingen.

Auf dem Steg zum ersten Boot setzte Thaniel Six vor sich ab. Der Mann, dem es gehörte, verkaufte Hühnerspieße von einem großen offenen Grill, dessen Rahmen er mit Papierlampen behangen hatte, deren Oberseite nun mit Fett bespritzt war. An allen Booten auf dem Markt waren rote Lampen angebracht, in den verschiedensten Größen und den unterschiedlichsten Rottönen, und auf den Seiten dieser Lampen stand in schwarzer Schrift, was es an dem jeweiligen Stand gab. Six flitzte den Steg hinab und verschwand außer Sicht. Thaniel hatte beschlossen, sich keine Sorgen mehr zu machen, dass jemand sie entführen oder sie in den Kanal fallen könnte. Sie waren nun jeden Morgen auf den schwimmenden Markt gegangen, und nie war etwas passiert. Six hatte dort allerdings schon etliche Leute gebissen, und es wären vermutlich weniger gewesen, wenn er ihr nicht hinterher jedes Mal eine Schaumzuckermaus geschenkt hätte.

Auf dem nächsten Boot gab es frischen Hummer und auf dem übernächsten außer Tee auch stärkere Getränke. Fünf Männer saßen dort auf unterschiedlich hohen Hockern an der kleinen behelfsmäßigen Bar. Nichts war hier geradlinig, und stets erklang von irgendwo Musik; für größeren Publikumsandrang war es aber noch zu früh. Schneeflocken schwebten herbei und verschwanden in der Hitze, die von den großen Grills und Kohlenbecken ausging. Thaniel schlenderte mit den Händen in den Taschen über die Stege, zwischen wohligen Wärmeschwallen und flusskalten Windstößen.

Die Bootsrümpfe waren hier und da mit Eis überzogen, und auch in den größeren Lücken dazwischen bildete sich eine zarte Eisschicht. Es war wirklich kein Morgen, an dem man ins Wasser fallen wollte.

Schließlich fand er das Maronenboot ein gutes Stück weiter abwärts als üblich. Six war dort nicht zu sehen, aber der Maronenmann hatte gerade eine frische Portion auf den Grill gelegt, der von dem Honig, mit dem er alles benetzte, mit karamellisierten bernsteinfarbenen Flecken bekleckst war. Der warme Geruch von verbranntem Zucker wehte zu den anderen Booten hinüber.

»Haben Sie zufällig ein kleines …?«

Der Mann wies nach nebenan. Thaniel spähte um die Ecke. Auf diesem Boot gab es Lampen unterschiedlichster Art, hauptsächlich aber solche aus Papier, mit kleinen Mustern darauf, und auch ein paar Armaturen für Gasanschlüsse. Hoch oben auf einem Regal, in Baumwolle und Papier eingeschlagen und mit Schnüren umwickelt, als handelte es sich um gefährliche Ware, lagen auch Glühbirnen. Die Lampenhändlerin saß im hinteren Bereich und las Zeitung. Auf dem Verkaufstresen wurde mit einer Tafel für »Stark parfümiertes Wasser!« geworben, das es zum halben Preis gab. Thaniel grübelte einen Moment, bis ihm klar wurde, dass es sich wahrscheinlich um Petroleum handelte.

»Guten Morgen«, sagte er.

»Morgen«, erwiderte die Lampenhändlerin. Sie war mindestens achtzig Jahre alt und so dick eingepackt, dass sie fast kugelrund wirkte. »Möchten Sie etwas Petroleum? Halber Preis. Das werde ich sonst nicht mehr los, wenn das so weitergeht.«

»Wenn was so …? Nein danke. Haben Sie ein kleines Mädchen gesehen?«

»Ich bin hier!«, sagte Six pflichtbewusst. Sie schaute sich gerade ein paar kleine Kerzen an. In der Nähe gab es eine katholische Missionsstation, und was sie da betrachtete, waren Souvenirversionen vergoldeter Altarkerzen.

»Das ist sehr billig für Petroleum«, beharrte die Händlerin.

»Ich weiß, aber nein danke.« Thaniel sah zu Six hinab, die nie um irgendetwas bat, und fragte: »Haben Sie Glühbirnen?«

»Glühbirnen! Nein, nein, nein, das sind böse Dinger. Glühbirnen brauchen Sie nicht«, erwiderte die Händlerin.

»Sie sammelt aber Glühbirnen«, erklärte er.

»Glühbirnen gibt's hier nicht.«

»Auf dem Päckchen auf dem Regal hinter Ihnen steht aber ›Glühbirnen‹«, sagte er nach kurzem Zögern.

»Nein, das steht da nicht«, erwiderte sie. »Petroleum ist viel nützlicher, wissen Sie.«

»Maronen!«, rief der Maronenmann.

»Auf Wiedersehen«, sagte die Lampenhändlerin und nickte anerkennend, als Six sich verbeugte.

Thaniel ging nicht klüger als zuvor wieder von dannen, so wie es ihm derzeit nach den meisten Gesprächen erging. Es gab eine englische Denkweise und eine japanische, und obwohl er die Sprache gut genug beherrschte, um diese Kluft zu überwinden, scheiterte er doch auch oft genug noch daran.

Er reichte Six die Maronen, und nachdem sie sie eingesteckt hatte, um sich daran zu wärmen, half er ihr, sich den Schal wieder umzubinden. Dann folgte er ihr zurück über den Markt und hinaus ans mit einem Mal grell wirkende Tageslicht. Der Himmel war metallisch grau und von Schneeflocken erfüllt. Vom Glockenturm der niederländischen Gesandtschaft schlug es acht Uhr. Six blieb am Seiteneingang der britischen Gesandtschaft stehen und wartete auf ihn.

Als er sich noch einmal zu dem Weg umblickte, den sie gegangen waren, waren die Brücken über den Kanal – bei dem es sich in Wirklichkeit um den Graben rings um den Kaiserpalast handelte – mit dunkelvioletten Bannern geschmückt. Am morgigen Tag würde eine Parade stattfinden; der Kaiser verkündete die neue Verfassung. Es war ein bedeutsamer Tag, und alle hatten frei. Thaniel wünschte sich, dass die Engländer sich auch einmal so sehr für Politik interessieren würden.

»Darf ich über den Schnee gehen?«, fragte Six und schaute auf die unberührte weiße Rasenfläche.

»Unbedingt. Bevor es jemand anderes tut.«

Sie lief nicht los und machte auch keine Formen im Schnee; sie ging nur hinüber und betrachtete die Spuren, die ihre Schuhe hinterließen.

Thaniel nahm den Fußweg, denn der war kürzer, und die Lunge tat ihm ohnehin schon weh. Aus den kahlen Rabatten ragten spinnwebhaft wirkende Ranken. Der Gärtner hatte dort an Sonnenschirmstielen Etiketten angebracht, und die waren nun mitsamt ihren Schnüren sehr malerisch gefroren und markierten die Stellen, an denen im Frühjahr wieder Blumen sprießen würden.

»Guten Morgen, Herr Fukuoka!«, rief Six zu den Zelten hinüber, die auf dem Rasen aufgebaut waren. Dazwischen hing, in der Mitte von Schnee niedergedrückt, ein Protestbanner, auf dem in großen Kanji stand: *Respektiert den Kaiser, vertreibt die Barbaren!*

»Guten Morgen, Kleines«, erwiderte Fukuoka mit müder Stimme. Er löffelte gerade Schnee in einen Wasserkessel und sah ziemlich mitgenommen aus. Gemeinsam mit seinem verrückten Freund Yuna kampierte er hier draußen, seit die Jungdiplomaten sie einige Wochen zuvor vom Haupteingang vertrieben hatten, und inzwischen hatten sich auch noch ein paar weitere Freunde zu ihnen gesellt. Streng genommen gehörte es zu Thaniels dienstlichen Obliegenheiten, dafür zu sorgen, dass das Gelände der Gesandtschaft nicht von nationalistischen Demonstranten bevölkert wurde, doch es wäre ihm schikanös vorgekommen, wegen fünf kläglicher Kerle und eines Banners die Miliz zu rufen.

»Na, wie läuft's denn so?«, fragte Thaniel.

»Zur Verkündigung morgen kommen noch ein paar Jungs. Und ich hoffe, dass sich auch ein paar Reporter hier blicken lassen.«

»Das werden sie schon. Aber verkühlen Sie sich nicht. Sie können gerne auf einen Tee reinkommen, wenn Sie wollen. Unsere Küche hat es diese Woche mit dem Backen etwas übertrieben, und da ist allerhand übrig geblieben. Wenn es Sie nicht stört, dass alles in kaiserlichem Violett gehalten ist.«

»Ich hab schon was davon bekommen«, erwiderte Fukuoka in schuldbewusstem Flüsterton. »Aber sagen Sie ihm nichts davon.«

»Barbaren raus!«, tönte es aus dem Zelt.

Thaniel verneigte sich leicht vor Fukuoka, und der erwiderte die Geste. Dann setzte Thaniel seinen Weg fort und war heilfroh, nicht in einem Zelt zu wohnen. Auf der Eingangstreppe der Gesandtschaft angelangt, versetzte ihm plötzlich irgendetwas durch seinen Ärmel hindurch einen heftigen elektrischen Schlag. Er fluchte, doch als er sich umsah, war da nichts, wovon das hätte ausgehen können. Die Stufen waren aus Stein. Blitze zuckten zwischen einzelnen Gebäuden des Palastes, aber es folgte kein Donner. Thaniel rieb sich den Arm und fragte sich, ob das einfach so aus der Luft gekommen sein konnte. Sie schmeckte tatsächlich ein wenig nach Eisen. Es war ein Gewitter im Anmarsch, und er hoffte, es würde bald ausbrechen.

»Ich dachte, ich baue vielleicht ein Iglu«, sagte Six schnell, bevor er ihr sagen konnte, dass sie reinkommen solle.

Im ersten Moment wollte er es ihr nicht erlauben und sie überhaupt von Fukuokas Freunden fernhalten, doch letztlich waren es instinktive Entscheidungen wie diese – Leute, die beschlossen, dass man den Einheimischen keine Kinder anvertrauen sollte –, die alle überhaupt erst so wütend gemacht hatten.

»Komm mal her.« Und als sie kam, begab er sich auf ihre Augenhöhe. »Zeig mir mal einen linken Haken … einen rechten Haken … Aufwärtshaken, Aufwärtshaken – sehr gut. Und jetzt das Ganze noch mal, und die Beinarbeit nicht vergessen. Schneller. Ausgezeichnet. Also gut, dann geh.«

• • •

In der geräumigen Eingangshalle musste auch der Butler bereits den einen oder anderen elektrischen Schlag abbekommen haben, denn er band nun Geschirrtücher um sämtliche Türklinken. Schon halb im Haus bekam Thaniel noch einen gewischt, diesmal von dem Löwenklopfer an der Eingangstür, und hörte sich selbst ungehalten ächzen. Der Butler nickte mitfühlend.

»Dieses Wetter … Sind solche Gewitter hier normal?«, fragte Thaniel und merkte zu spät, dass er sich anhörte, als gäbe er dem Butler die Schuld daran.

»Nein, Sir, das ist alles sehr ungewöhnlich.«

Es war noch früh, und im Erdgeschoss war es ruhig; nur die Decke knarrte, wenn in der Etage darüber jemand hin und her ging. Thaniel begann, sich den Mantel auszuziehen, ganz langsam, denn die Schultern taten ihm weh, ließ es dann aber bleiben, denn selbst im Haus war es unglaublich kalt. Er konnte seinen Atem sehen.

Da kam Vaulker, mit einem Blatt Papier wedelnd, aus seinem Büro gestürmt. »Das fällt in Ihre Zuständigkeit!«

»Guten Morgen«, sagte Thaniel.

»Schon wieder das verdammte Küchenpersonal! Die haben mir nur diesen verdammten Wisch hingelegt. Anscheinend wollen die alle gehen. In Wirklichkeit wollen sie mich doch bloß erpressen, damit sie schon wieder eine verdammte Gehaltserhöhung kriegen. Wie so richtige dreckige kleine Araber!«

Thaniel nahm das Blatt Papier entgegen. »Das ist nicht von allen unterschrieben, nur von den Töchtern von Frau Nakano. Sie schreiben, dass ihre Mutter eine Freundin von sich in die Küchenmannschaft holt, eine Frau Enno, und auch deren Töchter, die …« Er drehte das Blatt um, das nach Frau Nakanos nebenhöhlenverheerendem Zigarettenqualm roch. »… angeblich dumm wie Bohnenstroh sind.«

»Sagen Sie ihr, wenn ich auch nur noch ein Wort über Geister höre, dann schmeiße ich sie alle raus. Neujahr ist vorbei. Ich finde garantiert andere Leute, die nicht so überspannt sind.«

»Vaulker …« Thaniel nahm ein Geschirrtuch aus dem Korb des Butlers und steckte es in den Briefkasten, der gerade Funken gesprüht hatte. Er neigte den Kopf, um ihn genau zu betrachten, und war fast überzeugt, dass jemand eine Wunderkerze hineingeworfen haben musste – doch dem war nicht so. Er nahm sich vor, seiner Schwester einen Brief über das hiesige Wetter zu schreiben. Es würde sie sehr freuen, von einem Ort zu lesen, an dem das Wetter noch unersprießlicher war als in Edinburgh. »Auf unserem Rasen demonstrieren Nationalisten. Wenn wir jetzt unser gesamtes Personal grundlos entlassen, dann werden sich diese Leute sofort der Demonstration anschließen, werden wahrscheinlich auch alle ihre Freunde dazu anstiften und werden wahrscheinlich jeden, der sich bei uns vorstellen will, nach Strich und Faden piesacken.« Anfangs hatte es ihm noch Spaß gemacht, sich mit Vaulker zu streiten, doch das hatte sich schnell gelegt. Eigentlich hätten sie Freunde sein sollen: Sie waren im gleichen Alter, waren am selben Ort stationiert und hatten viele gemeinsame Bekannte beim Auswärtigen Amt. Doch Thaniel konnte nie so ganz außer Acht lassen, dass Vaulker im Grunde stinkfaul war, während Vaulker seinerseits nicht verhehlen konnte, dass er fürchtete, Thaniel würde eines Tages seine zivilisierte Fassade ablegen und jemanden verprügeln. Wenn sie zeitiger mal darüber gesprochen hätten, hätte sich das wahrscheinlich alles einrenken lassen, und sie hätten einander alles Mögliche verziehen, doch sie hatten nie darüber gesprochen, und daher hatten sich diese kleinen Antipathien inzwischen geradezu zementiert.

»Ich will verdammt sein, wenn ich mich von so einer Demonstration einschüchtern lasse«, sagte Vaulker, während seine Entschlossenheit aber schon eindeutig bröckelte.

Thaniel brachte nun nicht zur Sprache, dass all das in den Depeschen landen würde und dass Fanshaw in Whitehall nicht gerade beeindruckt wäre, wenn er erführe, dass sie am Tag vor der Verkündung der neuen Verfassung eine jämmerlich kleine Demonstration zu einem Proteststurm angefacht hatten, und das, während Würdenträger der Regierung und alle möglichen Presseleute in der Gesandtschaft ein und aus gingen. Das würde wahrscheinlich schwer auf Vaulkers Namen lasten, wenn der nächste Posten in Berlin frei würde. »Ich sage nicht, dass wir uns einschüchtern lassen sollen. Ich sage nur, dass wir dann sehr lange ohne warmes Essen auskommen müssten.«

Vaulker schien fürs Erste klein beizugeben. Einen kurzen Moment lang kam es Thaniel – nicht zum ersten Mal – so vor, als hielten sowohl Vaulker als auch er einen Meißel in der Hand, wüssten beide aber nicht so recht, wo sie beim anderen damit ansetzen sollten, und als wollten sie beide auch keinesfalls den Teppich schmutzig machen. Stattdessen gingen sie ins Übersetzungsbüro, um die Morgenzeitungen zu holen.

Als sie den Raum betraten, errichtete Pringle im dortigen Kamin gerade ein Tipi aus Brennholz und hatte sich dabei bereits die Ärmel mit Ruß befleckt. Er lief rot an, als Vaulker fragte, was zum Teufel er da tue.

»Das Personal weigert sich, Feuer zu machen, Sir. Sie sagen, das lockt die Geister an.«

Vaulker schnaubte wie ein empörtes Pferd und sah zu Thaniel hinüber. »Was haben Sie gerade gesagt?«

»Es brennt nicht«, sagte Pringle in kläglichem Ton. Er war in einen Schal eingemummelt.

»Ich erledige das«, murmelte Thaniel. Pringles Tipi bestand nur aus dicken Holzscheiten, und er hatte weder Anfeuerholz noch Sägespäne hinzugefügt.

Es war eine Erleichterung, vor dem Kamin zu hocken und etwas Praktisches zu tun. Vaulker lehnte sich an den Schornstein, und wo er mit dem Rücken seiner Paisley-Weste am Mauerwerk hängen blieb, knisterte es. Er bedachte Thaniel mit einem kurzen missbilligenden Blick; Thaniel hatte so den Eindruck, dass Vaulker es für ein Anzeichen von mangelnder Kinderstube hielt, wenn jemand etwas Nützliches tat. Pringle ließ sich auf den nächstbesten Stuhl plumpsen, kauerte sich zusammen und rieb sich die Hände.

»Mir war noch nie im Leben so kalt.«

Thaniel beugte sich über den Kaminrost und blies vorsichtig in die kleine Flamme, die er gerade in einem frisch gebauten Nest aus Sägespänen zum Leben erweckt hatte. Sie begann zu züngeln und leckte dann am Anfeuerholz hinauf. Pringle rückte dankbar näher. Thaniel zeigte ihm fürs nächste Mal den Beutel mit den Sägespänen und den kleinen Holzscheiten.

»Oh, Feuer!«, sagte einer der anderen Jungdiplomaten und eilte herbei.

Doch nur Sekunden später standen die beiden Töchter von Frau Nakano in der Tür. Thaniel dachte im ersten Moment, dass auch sie sich aufwärmen wollten, doch dafür liefen sie viel zu schnell herbei. Die eine riss die Geschirrtücher von den Griffen der Schranktüren, die andere stieß Thaniel beiseite, und dann griffen sie gemeinsam in den Kamin und erstickten die Flammen.

»Hey!«, protestierte Pringle und klang in seiner plötzlichen Betrübnis sehr jung.

»Was in Gottes Namen?«, schnauzte Vaulker im gleichen Moment, und dann entlud sich die Empörung der Anwesenden in einer grellen Salve von Rot- und Blautönen, und Thaniel konnte einen Moment lang nichts mehr erkennen. Vaulker packte die ältere Tochter am Arm und begann, sie zu schütteln.

»Tom! Herrgott noch mal!« Thaniel hielt ihn an den Handgelenken zurück und kassierte dafür einen zornigen Blick. »Lassen Sie sie los«, sagte er leise und schob sich dann zwischen die beiden, was Vaulker dazu nötigte zurückzuweichen.

»Was geht hier vor?«, fragte Thaniel sie auf Japanisch.

»Den ganzen Morgen haben wir es allen schon gesagt!«, erwiderte sie, fast so wütend wie Vaulker. »Ihr dürft kein Feuer machen! Das lockt die Geister an! Was glaubt ihr denn, warum wir nicht mehr in der Küche sein wollen?«

»Wie lockt es die Geister an?«

»Woher soll ich das wissen? Aber jedenfalls mögen die Geister Feuer. Zünden Sie kein Feuer an. Und sagen Sie es allen. Bei diesem Wetter wird es sonst noch schlimmer als ohnehin schon.«

»Was sagt sie?«, fragte Vaulker.

»Keine Ahnung.« Thaniel schüttelte kurz den Kopf und wechselte dann wieder ins Japanische, als der Butler mit besorgter

Miene hereinkam. »Herr Ueno, ich glaube, Fräulein Nakano braucht eine Tasse Tee und …« Er verstummte, denn nun schüttelte Ueno den Kopf.

»Sie hat recht, Sir. Es liegt an den Feuern. Bei diesem Wetter sollten wir keines mehr anzünden.« Er schluckte und wirkte geradezu gepeinigt, weil er Widerworte gab. »Ich habe mich heute Morgen selbst fürchterlich erschreckt. Ich glaube, wenn wir wollen, dass die Gesandtschaft reibungslos funktioniert, wäre es das Beste … Ich will damit sagen: Wenn die Herren darauf bestehen, Feuer zu machen, bleibt uns allen, fürchte ich, nichts anderes übrig, als zu gehen. Sogar die Stallburschen sehen das so.«

Während er sprach, waren auch einige weitere Bedienstete aufgetaucht. Sie mussten schon den ganzen Morgen auf diese Auseinandersetzung gewartet haben. Alle nickten. Kein Einziger von ihnen schien sich da unsicher sein.

»Sie sagen, wenn wir Feuer machen, gehen sie«, sagte Thaniel schließlich zu Vaulker. »Ihrer Meinung nach lockt Feuer die Geister an.«

»Also, das ist ja wohl …«

»Nur fürs Erste«, fiel Thaniel ihm ins Wort. »Nur fürs Erste müssen wir uns damit arrangieren. Wir können neue Leute einstellen, aber nicht alle auf einmal.« Er spürte, dass die Bediensteten ihn beobachteten. Keiner von ihnen sprach fließend Englisch, aber sie wussten Tonfall und Körperhaltung zu deuten.

Vaulker musterte ihn – und ließ den Meißel sinken. Thaniel glaubte nicht, dass er ihn bald wieder zur Hand nehmen würde. »Also gut«, sagte er. »Kein Feuer. Aber jemand soll Dr. Willis Bescheid sagen; ich sehe Grippe und alle möglichen Lungenleiden förmlich schon am Horizont aufziehen.« Dann ging er, und seine Bürotür klickte einmal, als sie hinter ihm ins Schloss fiel, und ein zweites Mal, als er sie absperrte.

Pringle und die anderen Jungdiplomaten blickten besorgt. Ueno, der Butler, war bereits verschwunden, und auch die meisten anderen Bediensteten gingen nun wieder hinaus. Nur die beiden Töchter von Frau Nakano standen immer noch vor Thaniel.

»Was auch immer Sie damit meinen – ich wünschte, Sie würden es klipp und klar sagen«, sagte er.

»Feuer lockt die Geister an«, beharrte die Ältere der beiden. »Es tut mir leid, Mr. Steepleton, aber das ist einfach so, und ich für meinen Teil kann es nicht mehr ertragen, mir das anzusehen. Wissen Sie, was für ein Geist als letzter aufgetaucht ist? Ein kleiner Junge, der in den Ofen gefallen war. Ich glaube nicht, dass Sie so was ein zweites Mal sehen wollen.«

Er seufzte. »Kommen Sie bitte zu mir, wenn Ihnen irgendwas einfällt, das ich tun könnte.«

»Sie können dafür sorgen, dass kein Feuer gemacht wird«, erwiderte sie.

Ihre Schwester lächelte. »Wir wissen, dass Sie Ihr Bestes tun«, sagte sie, während sich die Ältere abwandte. Die Jüngere war sanfter, kam weniger nach der Mutter. »Aber Ihr Bestes … sollte sein, dass Sie auf uns hören.«

Nachdem die beiden gegangen waren und der Streit vorüber war, spürte Thaniel die Kälte wieder und schob sich die Hände tief in die Mantelärmel, um sie sich in den Armbeugen zu wärmen.

Pringle quietschte. »Wieso immer ich?«

»Schon wieder ein Stromschlag«, erklärte einer der Jungdiplomaten, als Thaniel sich umblickte. Sie hockten zu dritt nebeneinander auf dem kalten Kaminsockel und sahen so jämmerlich aus wie im Winter geschlüpfte Entenküken.

»Seidenhemd?«, fragte Thaniel.

»Ja«, antwortete Pringle und wurde gleich wieder munter. »Und zwar ein ganz neues. Habe ich zu einem absoluten Schnäppchenpreis in einem reizenden kleinen Laden in Kabukicho ergattert. Da müssen Sie mal hingehen. Wenn Sie meinen Namen erwähnen, bekommen Sie möglicherweise Rabatt, die Verkäuferin scheint jedenfalls ziemlich angetan von mir zu sein.«

Thaniel musste sich sehr zusammenreißen, um ihn ausreden zu lassen. Er mochte Pringle, aber manchmal fiel es ihm schwer, Pringle persönlich und Pringles Verpackung auseinanderzuhalten. Pringle besaß für jeden Wochentag ein Taschentuch in einem bestimmten Farbton und ließ diese Taschentücher zwischen zwei Lagen Krepppapier zu Origami-Tulpen bügeln. In Thaniel krampfte sich alles zusammen, wenn er sich vorstellte, dass jemand so viel Aufmerksamkeit auf etwas verwandte, das doch im Grunde nur dazu da war, dass man sich hineinschnäuzte. »Ich will damit sagen: In dem Hemd sind Sie ein Leiter. Sie sollten besser Baumwolle tragen.«

Pringle lächelte und nickte einige Male zu oft. »Ah! Ja, Sir.«

Nun nickte Thaniel einmal und sehr zurückhaltend, um ihn von seiner Nickerei wieder abzubringen. Und siehe da: Pringle tat es ihm nach. Thaniel war stolz auf ihn. Welche Wirrnis Eton und Oxford in seinem Hirn auch hinterlassen hatten: Pringle gab sich Mühe.

»Sir?«, sagte Pringle dann. »Steht in den Zeitungen irgendwas über das Wetter?«

»Steht da was?«, fragte Thaniel die ganze Jungdiplomatenschar – denn eigentlich sollten sie ja alle Japanisch lernen.

»Es ist zu schwer zu entziffern«, murmelte einer der anderen.

»Alles, was mit Wissenschaft zu tun hat, ist wirklich verteufelt schwierig«, fügte Pringle hinzu.

Da gab Thaniel nach. Ihm war zu kalt, um den Schulmeister zu spielen. »Alle behaupten, es hätte mit dem Berg zu tun«, sagte er und deutete zum Fenster, von dem aus der Fuji bei klarerem Wetter gut zu sehen war. »Irgendwas mit Eisen im Gestein.« Er nahm eine der gebügelten Zeitungen zur Hand und blätterte zum Wetterteil. »Ja. Das Wetteramt sagt …«

»Unser Wetteramt?«, schaltete sich Pringle ein.

»Nein, das Tokyoter Wetteramt.«

»So was haben die hier?«

»Nein, sie haben einen Schamanen, der das Wetter mit einem speziellen Tanz vorhersagt.«

Pringle blickte erst unsicher und lachte dann versuchsweise. Thaniel lächelte, um ihm zu zeigen, dass er ihn richtig verstanden hatte.

»Das Wetteramt sagt, dass so etwas bei den entsprechenden Bedingungen in einem bestimmten Radius um den Fuji hin und wieder vorkommt.« Er überflog den klein gedruckten Text. »Erhöhter Elektromagnetismus, wenn der Vulkan aktiv ist. Aber allzu sicher sind sie sich nicht.«

»Ich finde es unglaublich, dass Sie das Kanji für Elektromagnetismus kennen«, sagte Pringle.

Thaniel zeigte ihm den Artikel, und Pringle kicherte, als er sah, dass das Zeichen für »Magnet« nur das Zeichen für »Stein« mit ein paar zusätzlichen Strichen war. Hinter ihnen qualmte die Asche erbärmlich vor sich hin. Das Geschirrtuch war nur noch ein schwarzes Gespinst.

Nun schaute der Butler zur Tür herein. »Sir, da ist ein Herr, der Sie sprechen möchte. Er sagt, er habe seine Gemahlin verlegt«, sagte er leise und mit seiner ganzen Körpersprache um Verzeihung für die abermalige Unterbrechung bittend.

»Ein Herr? Äh … das ist doch eher etwas für Mr. Vaulker als für mich.«

»Er hat namentlich nach Ihnen gefragt.«

Thaniel stand auf und war zunächst verwirrt, denn er kannte niemanden in Tokyo, der ihn hier aufsuchen würde. Dann zog sich ihm bei der Vorstellung, dass es Mori sein könnte, das Herz zusammen. Kurz darauf blieb er jedoch wie angewurzelt stehen, als er den neuen Mann seiner Ex-Frau erblickte, der die Gemälde in der Eingangshalle betrachtete.

»Matsumoto.« Er hätte nicht gedacht, dass er Mori plötzlich so sehnlichst erwarten würde, dass er nun enttäuscht wäre – doch genau das war er. Es fühlte sich an, als hätte man einen Boxhieb abbekommen, während man noch damit beschäftigt war, sich die Handschuhe anzulegen. »Was ist denn los?«

»Oh, hallo«, sagte Matsumoto. Er sah gut aus, schaute auf undurchdringliche Weise fröhlich drein und hatte sich überhaupt nicht verändert, seit Thaniel ihn vier Jahre zuvor das letzte Mal gesehen hatte. Er trug stets schicke Anzüge aus Paris, und seine Schnürsenkel hatten immer eine andere Farbe als seine Schuhe. Diesmal waren sie in einem hübschen Eisvogelblau gehalten. Sie klangen wie ein Mädchen, das einen hohen Ton sang.

Dann stellte ihm Matsumoto eine sehr merkwürdige Frage. »Sie haben nicht zufällig Grace gesehen, oder?«

»Wie bitte? Nein, wir … reden nicht mehr miteinander. Warum?«

Matsumoto hängte seinen Hut ans Treppengeländer, während er seinen Schal abnahm. Er duftete selbst aus einiger Entfernung nach Vanille. »Ich scheine sie verloren zu haben. Oder ich habe sie irgendwie verlegt, ich weiß es wirklich nicht. Na ja, was soll's. Hier ist sie jedenfalls nicht aufgetaucht?«

»Nein«, sagte Thaniel verblüfft. »Entschuldigen Sie: Wie könnten Sie sie verlieren?«

»Ach, Sie wissen doch, wie sie ist. Gerade war sie noch an der Universität, und ehe man sichs versieht, ist sie wieder in die Staaten gereist, um sich mit Tesla über seinen magischen Turm zu unterhalten. Da verliert man schon mal den Überblick.« Er hielt inne. »Außerdem mag sie es nicht, wenn ich sie zu oft frage, was sie so tut.«

»Ich hab sie nicht gesehen«, sagte Thaniel noch einmal. Mit einem Stirnrunzeln fiel ihm wieder ein, dass sich ihr Vater im Außenministerium nach ihrem Verbleib erkundigt hatte.

»Egal, was soll's«, sagte Matsumoto immer noch frohgemut. »Wie geht's Ihnen denn so? Sie sehen aber gar nicht gut aus.« Als Thaniel sich seine Aufgeräumtheit nun näher ansah, bemerkte er Risse darin. Etwas leicht Hysterisches schien dahinter zum Vorschein zu kommen. Nein, nicht nur leicht. Matsumoto hatte wahnsinnige Angst.

»Kommen Sie doch auf eine Tasse Tee herein«, sagte Thaniel. »Dann können Sie mir noch etwas mehr darüber erzählen.«

»Nein, nein, ich muss wieder los«, beeilte sich Matsumoto zu sagen. »Aber danke schön. Ich wollte Sie nicht beunruhigen. Sie ist ganz bestimmt bloß nach Colorado gereist, und ich habe wieder mal vergessen, es in meinen Terminkalender einzutragen.«

Thaniel ging in Richtung Tür, um ihm den Weg zu versperren, ohne ihm dabei zu nahe zu kommen, und war sich dabei seiner eigenen Körpergröße sehr wohl bewusst. »Ich kann gern eine Vermisstenanzeige aufgeben; für so etwas sind wie ja schließlich da …«

»Oh Gott, nein, das würde sie mir sehr übel nehmen«, lachte Matsumoto und wirkte nun fast schon dem Nervenzusammenbruch nahe.

»Sie kommen jetzt rein«, beharrte Thaniel höflich, aber nachdrücklich. »Matsumoto – was geht hier vor?«

»Nein, ich …« Matsumoto schnappte sich seine Handschuhe.

Thaniel ergriff seinen Arm. Er tat das nicht gern. Wie Mori war auch Matsumoto im Grunde ein zartes Pflänzchen, doch im Gegensatz zu Mori war er nicht in eine Epoche hineingeboren, die von abscheulicher Gewalt geprägt war. »Bitte. Das ist mein Job. Sie sind ja nicht ohne Grund hierhergekommen.«

»Falls jemand kommt und sich erkundigt«, sagte Matsumoto

leise, »müssen Sie absolutes Stillschweigen bewahren über das, was ich Ihnen gesagt habe. Das hier war ein reiner Freundschaftsbesuch. Wir beide mögen uns ja, nicht wahr?«

»Natürlich.« Und das stimmte. Thaniel war froh gewesen, als Grace und Matsumoto das Aufgebot in der Zeitung bekannt gegeben hatten. Die beiden hatten zusammen in Oxford studiert; sie passten viel besser zueinander, als Thaniel und Grace es jemals getan hatten. »Wer sollte denn da kommen und sich erkundigen?«

Matsumoto schüttelte den Kopf. »Ich weiß es nicht. Er hat gesagt, er sei von der Regierung, aber er sah nicht so aus. Im ersten Moment habe ich ihn für einen Mafioso gehalten – die laufen ja auch gerne rum wie irgendwelche durchgeknallten Schauspieler. Aber er hatte eine gerichtliche Verfügung dabei, mit der mir untersagt wurde, mit irgendjemandem über Grace zu sprechen. Und er hat sich geweigert, mir zu sagen, wo sie ist.« Er schluckte. Er sprach jetzt viel zu schnell. »Ich habe das natürlich ignoriert; das ist ja absurd. Die können einem doch nicht einfach die Frau entführen, nicht wahr? Ich habe ein paar Leute aus dem Kabinett darauf angesprochen, Freunde meines Vaters, Sie wissen schon. Und am nächsten Tag kam dieser Mann mit einem Baseballschläger wieder.«

»Oh Gott. Kommen Sie rein und setzen Sie sich. Ich schenke Ihnen einen Brandy ein.«

»Nein. Nein, es war eine dumme Idee hierherzukommen. Schauen Sie, es wäre sinnlos, eine Vermisstenanzeige aufzugeben. Ihr Name ist mit einem amtlichen Vermerk versehen – oder so etwas. Ich wollte nur sehen, ob Sie … eventuell etwas gehört haben.«

»Nein, habe ich nicht«, sagte Thaniel und konnte das zugleich nicht so recht glauben. Es gab so wenige Britinnen und Briten in Japan, dass die Vorstellung geradezu lachhaft erschien, dass jemand von ihnen unbemerkt verschwinden könnte. »Ich kann aber durchaus eine Vermisstenanzeige aufgeben, Matsumoto. Ich gehöre zum diplomatischen Korps. Wenn jemand mit einem Baseballschläger auf mich losgehen würde, wäre das ein internationaler Zwischenfall.«

»Ja«, sagte Matsumoto, klang aber alles andere als überzeugt. »Ich verstehe.«

»Kommen Sie bitte rein.«

»Nein, ich glaube, ich werde beschattet.« Er zögerte und biss dann die Zähne zusammen. »Könnten Sie Keita Mori fragen? Es stimmt doch, dass er … so manches weiß, nicht wahr?«

Thaniel schüttelte den Kopf und sah allmählich ein, dass es zu nichts führte. »Nein, tut mir leid. Ich habe ihn seit der Zeit vor Weihnachten nicht mehr gesehen; er …« Will mich nicht mehr wiedersehen. Absurderweise kamen ihm allein davon, dass er diese sich verfestigende Gewissheit, die wie ein Krebsgeschwür in seinem Hinterkopf heranwuchs, beinahe ausgesprochen hatte, fast schon die Tränen. Tief beschämt hüstelte er, um das zu überspielen. »Ich weiß nicht, wo er sich aufhält.«

»Nein. Nein, natürlich nicht«, sagte Matsumoto und ging.

Thaniel stand noch einen Moment lang an der Tür und grübelte darüber nach, was gerade geschehen war. Dann schaute er sich die Berichte über Todesfälle aus den vergangenen Wochen an, doch in keinem davon tauchte eine nicht identifizierte Westlerin auf.

Er erkundigte sich, nur für alle Fälle, auf telegrafischem Wege bei der Universität Tokyo.

Während er auf die Antwort wartete, nahm er einige Zeitungen zur Hand und wollte schnell ein paar der Aufmacher übersetzen, damit Vaulker keine Ausrede dafür blieb, dass er nicht wusste, was vor sich ging. Es wurde viel über die Parade zur Verkündigung der neuen Verfassung berichtet, die am nächsten Tag stattfinden sollten, und auch das Wetter war ein großes Thema, inklusive Artikeln darüber, was beim Umhüllen von Pferdehufen zu beachten sei, und amüsanten kleinen Theorien über die elektromagnetischen Eigenschaften des Fuji. Die russische Flotte war inzwischen von Nagasaki aus mit bloßem Auge zu sehen.

Doch er konnte sich nicht konzentrieren. Matsumotos Besuch hatte ihn völlig aus dem Konzept gebracht.

Als er Yoruji verlassen hatte, war ihm klar gewesen, dass das fragile Gebilde seines Lebens mit Mori, wie sie es in London gepflegt hatten, zerbrochen war. Es war niemandes Schuld. Es war eher wie bei den Glühbirnen, die Six sammelte. Ihre Glühfäden waren sehr zart und empfindlich, und wenn die Spannung auch nur um wenige Volt stieg, gingen sie zu Bruch, und dann gab es einen Kurzschluss. Das konnte man weder dem Glühfaden noch dem Stromkreis anlasten. Das waren zwei Dinge, von denen jeder vernünftige Mensch wusste, dass sie sich gegenseitig zerstören konnten, wenn die Bedingungen einmal nicht ganz ideal waren. Und Thaniel hielt sich für einen vernünftigen Menschen. Und ein vernünftiger Mensch würde weiß Gott sein Leben fortsetzen, ohne sich über kaputte Glühbirnen zu grämen.

Er hatte sich in letzter Zeit recht gut geschlagen. Er hatte auch viel zu tun gehabt: Selbst die Bestellung eines Abendessens in einer Kneipe stellte hier eine enorme geistige Herausforderung dar – wenn man verhindern wollte, dass einem Knorpel als ganz besondere Spezialität untergejubelt wurden, oder es mitbekommen wollte, wenn ein Kellner es witzig fand, rohen Wal zu empfehlen. Allein schon zu durchschauen, wie zwischenstaatliche Bankgeschäfte abliefen, war irrsinnig verzwickt; und zu verstehen, wie die Gesandtschaft insgesamt funktionierte, war sogar noch schwieriger. Er hatte sich einen neuen Lebensrhythmus zugelegt, der, weil Mori nie Teil davon gewesen war, sein Fehlen weniger spürbar machte.

Ansonsten aber hatte er sich nicht so gut geschlagen. Es war die seltsamste Reaktion auf etwas, die er je erlebt hatte, aber jedenfalls hatte er aufgehört zu träumen. Der Schlaf ließ nun viel länger auf sich warten als je zuvor. Er hatte das überhaupt nicht mehr im Griff; er konnte daliegen, solange er wollte, schaffte es aber nicht mehr, sich dem Schlaf zu überlassen. Irgendwo in seinem Innern war ein Kompass zu Bruch gegangen. Und das alles war ihm so peinlich, dass er nicht im Entferntesten mit jemandem darüber sprechen konnte.

Wenn er still dasaß und nachdachte, konnte er all die gerissenen Glühfäden und sonstigen Defekte spüren.

Da ratterte der Telegraf. Das erste Telegramm kam von der Universität Tokyo.

Dr. Grace Matsumoto auf Forschungssabbatical.

Er schnaubte und antwortete sogleich. *Wann kommt sie zurück?*

Es folgte eine längere Pause. Dann: *Ungewiss. Vielleicht nächstes Jahr.*

Ich weiß genau, dass sie nicht auf einem Sabbatical ist. Wo ist sie? Ihre Familie in England hat sie als vermisst gemeldet.

Die Antwort bestand nur aus einem Wort.

Geheimsache.

Das ließ sich mit keinem diplomatischen Trick umgehen. *Es ist inakzeptabel, keinerlei Informationen über eine britische Staatsbürgerin zu erhalten*, probierte er es dennoch.

Kann bestätigen, dass Dr. M gesund und munter ist.

Beweisen Sie es, oder ich lasse eine Mordermittlung einleiten.

Darauf kam keine Antwort mehr.

Grotesk. Er griff zu Stift und Papier, um Matsumoto in einem kurzen Brief mitzuteilen, was geschehen war. Als er halb damit fertig war, berührte etwas seinen Ärmel und ließ ihn zusammenzucken. Die Vorhänge waren aus Seide, und sie regten sich wie etwas Lebendiges erwartungsvoll in seine Richtung.

VIERUNDZWANZIG

ABASHIRI, HOKKAIDO, 10. JANUAR 1889 (EINEN MONAT ZUVOR)

Das Gefängnis war sehr übersichtlich aufgebaut.

In der oberen Etage, in einem spärlichen Büro, saßen der Direktor und sein Sekretär. In der Etage darunter waren die Wärter untergebracht. Es hätten dreißig Mann sein müssen. Es waren nur zehn. Dann gab es da noch Horikawa, den Pförtner, den Koch, von dem niemand wusste, wie er hieß, und neuerdings Takiko, die Putzfrau. In den Zellen befanden sich neunhundertsiebzehn Gefangene.

Man konnte sich leicht dort verlaufen. Die vier Zellentrakte, die speichenförmig von der Eingangshalle abgingen, sahen alle gleich aus. Es waren dunkle Flure, deren enorme Länge Takiko nur anhand der funzligen Lampen erkennen konnte, die an ihren Enden brannten. Hohe, vom Schneefall verdunkelte Fenster ließen oberhalb der Dachsparren ein wenig Licht herein, das aber gerade mal ausreichte, um Schatten zu werfen. Ein Wärter wies sie an, nicht mit den Gefangenen zu sprechen und ihnen auf gar keinen Fall ihren Namen zu nennen. Einer der Männer – und dabei deutete er auf den armseligen Holzschuppen auf dem Hof – sei neulich ausgebrochen und habe einen seiner Kollegen getötet.

Nachdem Takiko einen Besen und einen Eimer gefunden hatte, ging sie vorsichtig die Treppe hinab, um sich in der Küche umzusehen. In der Nähe der Tür gab es dort Wasserhähne; ansonsten war niemand zu sehen. Sie füllte den Eimer, gab etwas Reinigungssalz hinein, schleppte alles wieder nach oben und dann den ersten Zellentrakt hinab, um an dessen Ende mit dem Putzen zu beginnen. Es war schwierig, in die Zellen hineinzusehen. Die meisten Türen bestanden zwar nur aus Gittern, doch das wenige Licht kam ausschließlich vom Flur. Die Männer drinnen mussten sie sehen können, denn als Takiko vorbeiging, näherten sich einige Silhouetten den Gittern. Am Ende des Trakts angelangt, hörte sie eine freundliche Stimme sagen: »Denken Sie dran, sich ab und zu die Nase zu reiben.«

»Meine Nase?«, fragte sie.

»Sonst kriegen Sie Erfrierungen. Wäre doch schade, wenn Ihnen die Nase abfrieren würde.«

»Ja, das wäre schade«, sagte sie. »Danke für den Tipp.« Dann wandte sich ab und steckte sich eine Zigarette an, um einen Vorwand zu haben, nicht weiter mit dem Gefangenen zu sprechen.

»Wer sind Sie überhaupt?«

»Ich darf nicht mit Ihnen reden, tut mir leid.«

»Keine Sorge, ich bin kein Mörder. Ich bin bloß hier, weil ich ein ziemlich unbedachtes Buch geschrieben habe.«

Takiko hielt sich ein, zwei Meter von der Zelle entfernt. Die Lücken zwischen den Gitterstäben waren so breit, dass ein schlanker Mensch seine Arme hindurchstrecken konnte. »Und wie lange sind Sie schon hier?«

»Neun Jahre. Es war nicht mal ein besonders interessantes Buch. Man wäre ja gern wenigstens für irgendwas Spektakuläres ins Gefängnis gekommen. Wissen Sie, wer der Marquis de Sade war?«

»An diesem Punkt beenden wir unser Gespräch«, sagte Takiko.

»So habe ich das nicht gemeint«, protestierte er. »Ich wollte damit nur sagen, dass er wenigstens für etwas Spektakuläres ins Gefängnis …«

»Hör auf, der Frau Angst zu machen«, sagte eine noch rauere Stimme.

»Ich hab sie bloß vor Erfrierungen gewarnt.«

»Sie sieht nicht dumm aus. Sie wäre wahrscheinlich auch von allein drauf gekommen. Fräulein, Sie haben nicht zufällig eine von diesen Zigaretten über, oder? Für eine Zigarette würde ich jetzt glatt einen Mord begehen. Im Winter kriegen wir hier nämlich nie welche.«

»Du kannst ihr doch nicht sagen, dass du einen Mord begehen würdest!«, schaltete sich der Marquis-de-Sade-Mann wieder ein.

Takiko lächelte. Sie konnte sich gut vorstellen, dass es eines Tages nützlich sein würde, zwei einigermaßen freundliche Gefangene zu kennen. »Ich glaube nicht, dass einer von Ihnen mich ermorden würde«, sagte sie und legte den beiden je eine Zigarette auf Armeslänge vor die Tür, sodass die Männer dabei nicht nach ihr greifen konnten, was sie aber auch gar nicht versuchten. Die Zigaretten verschwanden im Handumdrehen.

»Danke, Fräulein«, sagte die zweite Stimme in innigem Ton.

»Hey! Ist das etwa ein Mädel?«, rief jemand weiter vorn.

Takiko begann, den Boden zu kehren, und die anzüglichen Rufe und Pfiffe ebbten nach einiger Zeit wieder ab. Bald beschloss sie, dass die Ränder des Flurs wohl oder übel schmutzig bleiben mussten. Dann streckte jemand ein etwas anderes Körperteil von sich zwischen den Gittern hindurch. Sie schlug mit dem Besen danach, wechselte dann auf die andere Seite des Flurs und lächelte, als Gelächter durch den ganzen Zellentrakt hallte. Da kam der Wärter aus seinem Büro angerannt. Takiko zog den Kopf ein, denn es schien ihr eine sehr seltsame Vorgehensweise zu sein, dass er kam, wenn die Gefangenen ausnahmsweise mal lachten, statt zu schreien. Sie versuchte, ihm das zu erklären, doch er beachtete sie gar nicht, sondern schloss nur die betreffende Zelle auf und verschwand darin. Nach etwa einer Minute richtete sie sich langsam wieder auf.

»Entschuldigen Sie!«, sagte sie über den Lärm hinweg. »Entschuldigung!«, sagte sie lauter, als er nicht reagierte. Im übrigen Zellentrakt war es nun wieder still. Ein schlanker und ein großer Schatten waren an die Tür der Zelle hinter ihr getreten, der Zelle des De-Sade-Bewunderers. Beide hielten die Gitterstäbe umklammert. Takiko konnte erkennen, dass ihre Knöchel angespannt waren.

»Was?« Dem Wärter war seine Wut durchaus anzuhören, und es klang bissig.

»Soll ich Ihnen eine Tasse Tee machen? Es ist doch schon fast zehn«, sagte Takiko.

Da kam er wieder heraus und krempelte sich die Ärmel herunter. »Oh. Das wäre nett.«

»Haben Sie eigene Tassen, oder soll ich welche aus der Küche klauen?«, fragte sie lächelnd. Es war erstaunlich, was für einen Schutz es manchmal bot, wenn man klein war und ein bisschen dumm aussah.

»O nein, wir haben unsere eigenen. Kommen Sie, ich zeige es Ihnen.«

Als sie das Wärterbüro dann betrat, in das einige knarrende Stufen hinabführten, kam sie sich wie ein kleines Wesen vor, das in die Höhlung eines warmen Baumstamms schlüpfte. Sie setzte Wasser auf, und als es warm wurde, goss sie etwas davon in eine Schüssel und reichte sie dem Wärter.

»Hm?«, machte er.

»Sie haben Blut im Gesicht«, erklärte sie und fuhr sich, um ihm zu zeigen, wo, mit den Fingerspitzen über die Wange.

»Oh, ach so. Danke.«

Dann schlüpfte sie unter den Kotatsu, und die Wärme des Ofens darunter strömte um ihre Beine und ließ ihre Füße kribbelnd wieder auftauen. Als der Tee dann fertig war, wärmte sie sich erst an ihrer Tasse die Hände auf und legte sich dann eine an die Nase. Es war ein herrliches Gefühl.

»Sie machen sehr guten Tee«, sagte der Wärter. Und dann beiläufig: »Eine noble Fähigkeit für eine Putzfrau, nicht wahr?«

Sie lächelte und tat, als hätte sie nicht verstanden, was er damit andeuten wollte. »Wenn man nicht sein ganzes Leben lang Putzfrau bleiben will, sollte man sich nützliche Fähigkeiten zulegen, meinen Sie nicht auch? Man muss Ambitionen haben. Eines Tages werde ich vielleicht mal in einem richtigen Restaurant arbeiten, falls hier jemals eines gebaut wird.«

Sie hatte das mit ihrer Prinzessinnenstimme gesagt, und das brachte ihn zum Lachen. »Das ist ja ein Ding! Können Sie mir das beibringen?«

»Natürlich, mein Lieber. Sie müssen so tun, als wären Sie halb Chinesin und halb Engländerin, dann ist es ganz leicht.«

»Hören Sie auf, sonst pruste ich noch überall Tee hin.«

»Entschuldigung«, sagte sie. »Normale Stimme.«

»Darf ich fragen, wie alt Sie sind?«, wagte er sich vor.

Takiko hatte in dem Gefängnis keine weitere Frau gesehen. Unwillkürlich stellte sie sich vor, wie sie hinter dem Isolationshaftschuppen vergewaltigt wurde.

»Zweiundvierzig«, log sie.

»Was?! Sie sehen viel jünger aus.«

»Danke. Und wie alt sind Sie?«

»Einundzwanzig«, erwiderte er schüchtern.

Da stand sie vom Tisch auf und tätschelte ihm den Kopf. Er hatte weiches, feines Haar. »Flunkern Sie andere Leute an, ja? Es ist unhöflich, eine Dame dazu zu bringen, dass sie sich alt fühlt. Und jetzt sollte ich mich mal dringend wieder an die Arbeit machen.«

• • •

Bald schon stellte sie fest, dass der beste Teil ihres Arbeitstages darin bestand, das Büro des Gefängnisdirektors zu reinigen. Es war herrlich warm, denn in einem Kamin westlichen Stils brannte stets ein Feuer, und selbst tagsüber spendeten dort Lampen Licht. Die Fenster besaßen richtige Glasscheiben, und der Fußboden war mit Fellen ausgelegt. Auf einem großen Schreibtisch voller Akten lagen allerhand gute Schreibwerkzeuge. Am anderen Ende des Raums saß ein bebrillter junger Mann an einem kleineren Tisch vor einer Schreibmaschine, und daneben stand ein Telegraf, dessen Leitung durch ein kleines Loch in der Wand verschwand. Er tippte die ganze Zeit, allerdings ausschließlich Zahlen, die er von Diagrammen ablas, die auf unzähligen seltsamen Fotos abgebildet waren. Sie waren alle mehr oder weniger gleich: zwei helle flackernde Muster vor dunklem Hintergrund. Mehr war da nicht zu sehen, doch diese Muster wirkten dennoch unangenehm, auf eine Art, die ihr unwillkürlich zuwider war und sie an eine Rasierklinge denken ließ, die ihr am Knie hängen blieb.

Sie hatten also einen Elektrografen. Dann war Mori möglicherweise hier irgendwo. Ein mulmiges Gefühl beschlich sie. Wenn er glaubte, dass sie ein schlechtes Gewissen hätte und ihn befreien würde, sobald sie vor Ort war, hatte er sich verrechnet. Ein Gefängnis war genau der richtige Ort für ihn.

Der Direktor schnippte mit den Fingern. »Weniger glotzen, mehr arbeiten.«

»Verzeihung, Herr Direktor. Soll ich jetzt auch Ihren Schreibtisch sauber machen, oder sind Sie zu beschäftigt?«

»Nein, machen Sie nur«, sagte er und rutschte mit seinem Stuhl ein Stück beiseite, um ihr dann bei der Arbeit zuzusehen. Nach wenigen Sekunden schon wurde er weich. »Es ist eine Art Experiment«, sagte er.

»Oh. Es sieht kompliziert aus.«

»Das ist es auch«, erwiderte er nachdrücklich. »Es ist elektrisch. Ich könnte Ihnen das gar nicht erklären.«

»Und ich würde es sowieso nicht verstehen«, sagte sie und stellte fest, dass sie unwillkürlich die Sprechweise der Gräfin Kuroda nachahmte. Kurz war wieder die Trauer da. Es hieß ja immer, man werde bald neue Freundinnen finden, und die würden die Lücke ausfüllen, die die fortgegangenen hinterlassen hatten, aber ihr war es nie so ergangen.

Mit einem Mal landete auf dem breiten Fenstersims hinter dem Direktor eine Schneeeule und spähte durch die schmutzige Fensterscheibe herein. Der Direktor bemerkte es und scheuchte sie davon.

Als Takiko schließlich in dem Büro fertig war, schleppte sie ihre Sachen wieder die steile Treppe hinab und in die schneidende Kälte hinein. Dann klopfte sie am Fenster des Wärterbüros an. »Gibt's sonst noch was zu tun?«, fragte sie den jungen Mann.

»Nein. Nein, das war's für heute. Der Waldtrupp kommt bald zurück«, fügte er mit ernster Miene hinzu und sah auf seine Uhr. »Die sollten eigentlich längst da sein. Sehen Sie zu, dass Sie schnell nach Hause kommen, dann müssen Sie denen nicht begegnen.«

»Ich verstehe. Danke.« Sie hielt inne, als seine Hand auf eine unwillkürlich wirkende Weise auf dem Schreibtisch hin und her ruckte, so heftig, dass er sie mit der anderen Hand festhalten musste. »Geht es Ihnen nicht gut?«

»Ach, das ist nichts«, sagte er. »Bloß ein kleiner Krampf.«

Sie klopfte sich mit den Fingern an den Oberschenkel und ging nicht darauf ein, dass diese Antwort gar nichts erklärte. »Also dann bis Morgen, Herr …«

»Tanizaki. Ja, bis dann.«

Es schneite wieder: dicke, wirbelnde Flocken. Auf dem Hof lag der Neuschnee bereits so hoch, dass er sämtliche Spuren des Tages verdeckte. Die Luft draußen war so kalt, dass sie sich geradezu fest anfühlte; es war ein Schock hineinzugehen. Takiko rieb sich die Nase und hüpfte ein paarmal auf der Stelle, um ihr Blut wieder in Wallung zu bringen. Ihre Beine waren steif. Drüben an der Küste, die im Dämmerlicht zu erkennen war, hatte das Meer aufgehört, sich zu bewegen. Vor dem Isolationshaftschuppen blieb sie stehen und betrachtete das Vorhängeschloss an der Tür. Die dazugehörige Kette hätte man wahrscheinlich mit einem kräftigen Spatenhieb kleinbekommen. Doch im Fenster des Torhauses brannte Licht, und von drinnen spähte Horikawa zu ihr hinüber.

Kurz bevor sie das Torhaus passierte, öffnete er das Fenster.

»Ich weiß, was Sie im Schilde führen. Sie glauben, Sie können den Jungs Geld abknöpfen, nicht wahr? Das ist unanständig.«

»Ich putze nur.«

»Von wegen«, sagte er, machte das Fenster aber nicht wieder zu. Vielmehr schaute er nun zu ihr hinab und fuhr sich mit der Zunge im geschlossenen Mund herum. Nach einer Weile kratzte er sich mit der ganzen Hand am Hals.

Takiko schlug die Augen nieder, damit er glaubte, sie sei betrübt, und zuckte dann zusammen, als neben ihr etwas Schepperndes im Schnee landete.

Als sie es aufhob, war es eine Glocke, wie man sie Kühen anlegte.

»Läuten Sie damit, wenn Sie im Dunkeln nach Hause gehen«, sagte Horikawa. »Es gibt hier Bären. Denen wollen sie doch nicht über den Weg laufen, oder?«

Sie erwiderte nicht, dass Bären zu dieser Jahreszeit Winterschlaf hielten, sondern ging einfach weiter. Die Anhöhe hinab und auf den zusehends sich verdunkelnden Horizont zu gab es weiter nichts als den leise knarrenden Wald und den Pulverschnee, den der Wind von den Baumkronen blies. Von dem verspäteten Waldtrupp war nichts zu sehen.

Takiko fragte sich, ob sie wegen Horikawa etwas unternehmen musste.

FÜNFUNDZWANZIG

TOKYO, 11. FEBRUAR 1889

Da war noch jemand in Thaniels Schlafzimmer. Einen kurzen Moment lang sah er es: eine graue Erscheinung, die gebeugt auf dem Kaminsockel hockte.

Dann war sie wieder fort. Das Zimmer war ganz normal, die Tür war zu, und den Türschnapper hätte er bemerkt, denn der klickte hellgelb. Sein Herz raste.

Es war das dritte oder vierte Mal, dass er den gleichen Albtraum hatte. Er musste zum Kamin gehen und ihn sich ansehen, damit er es ganz glaubte, dass dort niemand war. Die Schornsteine verliefen hier durchs ganze Haus, und dieser Schornstein begann unten in Vaulkers Büro. Dem Personal zum Trotz hatte Vaulker seinen Kamin angefeuert, und daher drang nun auch in Thaniels ein wenig Qualm. Er spürte die Wärme, als er die Hände über seinen Kaminrost hielt. Ein paar Minuten lang stand er da und genoss es, auch wenn seine Handflächen davon Ruß abbekamen.

Also versteckte sich jedenfalls niemand oben im Rauchfang. Es musste das gewittrige Wetter sein, das ihm so zusetzte. Die elektrische Aufladung der Luft war inzwischen zu einem permanenten Hintergrundgeräusch geworden, denn sie besaß tatsächlich – weiß der Himmel, wie das angehen konnte – einen kaum wahrnehmbaren, vage kratzenden Klang. Dieser Klang legte wiederum einen zinnfarbenen Schleier über alles. Und auch die Luft schmeckte nach Metall.

Die Albtraumgestalt kam ihm allerdings nicht wie etwas vor, das nur in seinem Kopf existierte. Er sah ja ständig Dinge, die gar nicht da waren. Wenn jemand ein sattes Es spielte, färbte sich für ihn die ganze Welt violett. Da war jemand gewesen.

»Hör mal …«, sagte er, seufzte dann und kam sich lächerlich vor. »Du machst mir eine Heidenangst. Wenn ich dir irgendwie helfen kann, dann sag es bitte. Wenn nicht – ich brauche meinen Schlaf.«

Schweigen. Natürlich kam da keine Anwort. Aber es fühlte sich gut an, es ausgesprochen zu haben.

Abseits der von Vaulkers Kaminfeuer ausgehenden Wärme war die Luft im Zimmer eiskalt. Es hatte wieder geschneit. Unten auf dem Rasen waren über Nacht zwei weitere Zelte aufgebaut worden. Fukuoka und seine Freunde hatten etwas Platz gemacht und dort ein Lagerfeuer entfacht, das inmitten der weißen Einöde einen orangefarbenen Punkt bildete. Thaniel stutzte. Obwohl er seinen Wasserkrug schon ein ganzes Stück geneigt hatte, bewegte sich das Wasser nicht. Die Oberfläche war gefroren. Er lächelte und zerstieß mit dem Griff seines Rasiermessers das Eis. Erst wenn man das mindestens einmal getan hatte, war wirklich Winter. Als er klein gewesen war, hatte seine Schwester stets am ersten Tag, an dem das Wasser im Krug gefror, Feuer im Schlafzimmer gemacht.

Am Fenster erklang ein höfliches Klopfen. Es war Owlbert, der zu Thaniels fortwährender Verwunderung beschlossen hatte, bei ihnen zu bleiben. Er hatte sich über dem Fenster des Behandlungszimmers des Gesandtschaftsarztes ein Nest gebaut, doch wenn ihm kalt war, kam er hierher. Thaniel machte ihm das Fenster auf, streichelte ihn vorsichtig und hoffte, dass es ihm gut ging.

Owlbert stieß seinen tiefvioletten Ruf aus. Sein Gefieder war voller Schneepartikel. Thaniel legte ihm einen alten Pullover von sich um. Owlbert schlurfte noch ein wenig umher und legte sich dann schlafen.

»Gute Nacht«, sagte Thaniel und lächelte. Es war doch nett, wenn ein wildes Tier einen besuchen kam und man ihm einen Pulli borgen konnte.

Dann nahm er sein gutes Hemd vom Bügel und genoss das Gefühl des exquisiten Baumwollstoffs, der auch noch sehr gut gebügelt war. Er wollte richtige Manschettenknöpfe anlegen, doch als er einen berührte, verpasste der ihm einen solchen Schlag, dass er das blaue Knistern tatsächlich sah. Daher griff er stattdessen zu solchen mit Seidenknoten und hielt dann zögernd inne, bevor er schließlich doch mit der Fingerspitze über seine Taschenuhr fuhr. Von ihr ging keine Elektrizität aus, aber sie war warm.

Draußen zuckten Blitze über die niedrige Wolkendecke. Thaniel spürte es bis in die Weisheitszähne.

Als er dann in das kleine Wohnzimmer hinüberging, hockte Six dort in eulenhafter Haltung und in eine Decke gehüllt auf dem Sockel des nicht angefeuerten Kamins. Er bückte sich zu ihr hinab und alberte ein wenig mit ihr herum. Sie kicherte zwar nicht, blieb aber auch nicht absolut ernst.

»Mit wem hast du vorhin geredet?«, fragte sie.

»Mit Owlbert. Er ist drüben bei mir.«

»Hm, er hilft mir, auf dich aufzupassen. Soll ich dir mal was Tolles zeigen?«, fragte sie.

Als er bejahte, eilte sie in ihr eigenes kleines Zimmer auf der anderen Seite des Korridors, das sie sich mit den Zwillingen des Stallmeisters teilte, und kam dann mit einer ihrer Glühbirnen wieder, die sie am Glaskolben hielt. Sie reichte sie ihm, und als er sie am Gewinde berührte, leuchtete sie in seinen Händen auf. Es war die Birne, die Mori in Russland für sie konstruiert hatte. Der

Glühdraht-Oktopus schillerte in verschiedenen Helligkeitsgraden, sodass es aussah, als würde er sich in einer Glasblase bewegen.

»Wie … kann das sein?«

»Es funktioniert einfach«, sagte sie erfreut. »Es liegt Elektrizität in der Luft. Die reicht zwar nicht aus, um von sich aus etwas zum Leuchten zu bringen, aber sobald es einen Leiter gibt, funktioniert es. Schau mal.« Sie zeigte ihm in ihrem Zimmer den Lederbezug der Schreibtischplatte, der mit einem vergoldeten Muster versehen war. Sämtliche Glühbirnen, die darauf lagen, leuchteten. »Das ist jetzt wie eine große Leiterplatte. Wenn ich sie anfasse, bekomme ich einen Schlag«, sagte sie und lächelte mit einem Mal. Einige ihrer neuen Zähne waren noch zu groß für sie. »Das tut ganz schön weh.«

»Tja, das ist … ungewöhnlich.« Der Oktopus schwebte ganz entspannt in seiner Glühbirne vor sich hin. Thaniel musste den Blick abwenden, denn für einen Moment war er wieder in der Filigree Street, und Mori schmiegte sich warm an seine Brust, und *Die Geschichte vom Prinzen Genji*, die Thaniel zum Japanischlernen lesen sollte, ruhte aufgeschlagen auf seinen Rippen. »Komm, wir legen die alle zusammen in diese Schale da, bevor wir hier noch irgendwas in Brand stecken. Zusammen sehen sie ohnehin besser aus, und wenn rauskommt, dass Kinder auf dem Gelände der Gesandtschaft Stromschläge abbekommen, müssen wieder jede Menge Formulare ausgefüllt werden.«

»Na gut«, sagte sie, und dann sammelten sie gemeinsam all die Glühbirnen ein, die kleinen wie die großen, und legten sie in die Obstschale aus Keramik, in der sich nie irgendwelches Obst befand. Doch selbst darin glommen die Glühfäden noch ganz schwach. »Das macht wahrscheinlich das Gewitter.«

Thaniel blickte nach draußen und stutzte, als er sah, wie schwarz die Wolken waren. In der Ferne zuckten erneut Blitze über den

Himmel. Es schneite auch wieder heftig, und die Fensterscheibe strahlte Kälte aus.

Six klopfte ihm an den Arm. Er hatte sich offenbar noch nicht ausreichend beeindruckt gezeigt von den Glühbirnen.

»In der *Daily* stand, dass ein Mann von einer Wetterfahne einen Stromschlag gekriegt hat«, sagte sie. »Ich hab den Artikel ausgeschnitten, damit du ihn mir nachher vielleicht vorlesen kannst.« Sie schien besorgt, dass er das als dreist empfinden könnte, obwohl er nie etwas in der Richtung gesagt hatte.

»Mache ich gern. Also gut, das sieht sicher genug aus, oder?«, sagte er und wünschte sich nicht zum ersten Mal eine Gummimatte herbei. Das war eines dieser Dinge, die er immer besorgen wollte und nie dazu kam. Der Gedanke, dass man seine Tochter gegen Stromschläge isolieren können sollte, war noch nicht in allzu vielen Läden angekommen. »Meinst du, die liegen da gut?«

Six hielt eine Hand über die Glühbirnen. »Sie sind jedenfalls nicht warm.«

»Prima.« Er hob sie hoch. »Komm, wir schauen mal, was es zum Frühstück gibt.« Die Vorstellung, kalt frühstücken zu müssen, bedrückte ihn. Wo kein Feuer, da kein Kaffee.

Six nickte. Er öffnete die Tür zum hinteren Treppenhaus. »Warum gehen wir hier lang?«, fragte sie mit einem leichten Anflug von Panik in der Stimme.

»Weil ich vergesslich bin.« Er ließ die Tür wieder zufallen und ging stattdessen zur Haupttreppe. Wenn er allein war, nahm er immer die hintere Treppe, denn das ging schneller, und man musste nicht zweimal quer durchs ganze Gebäude, doch als sie das erste Mal hergekommen waren, hatte der Butler sie die Haupttreppe hinaufgeführt, und daher war das nun der einzige Weg, der für Six infrage kam.

Im Vorbeigehen klopfte Thaniel bei Vaulker an. »Heute ist die Verfassungszeremonie, denken Sie dran!«, sagte er. Vaulker warf einen Schuh an die Tür. »Und Sie müssten bitte die Formulare unterschreiben, die den Vermisstenfall dieser Engländerin betreffen, von der ich Ihnen erzählt habe!«

Der andere Schuh.

Six wusste, wessen Tür es war. »Mister Vaulker wollte sich übrigens davor drücken, mich dafür zu bezahlen, dass ich ihm seinen Phonographen repariert habe«, sagte sie. »Dann habe ich aber mein trauriges Gesicht gemacht, und da hat er gesagt, na gut, und ich kann so viele Kirschtörtchen haben, wie ich will, Hauptsache, ich fange nicht an zu weinen.«

Thaniel schnaubte. »Gut gemacht«, sagte er auf Japanisch, für den Fall, dass Vaulker sie hören konnte.

»Er scheint auch nicht allzu viel über Tesla zu wissen«, fügte Six hinzu. »Und ob ich das nun für ein Zeichen von Charakterstärke halten soll, scheint mir eher fraglich.«

Thaniel legte seine Wange an ihr Haar. Es war schon eine sehr wunderliche Art zu reden, mal kindlich und dann wieder absolut erwachsen, aber er wusste genau, woher sie das hatte. Es war die Art, wie Mori mit ihr sprach, und sie ahmte in ihren Gedanken einfach nur seine Stimme nach. Sie hatte Thaniel bisher kein einziges Mal nach Mori gefragt.

Sie kamen auf ihrem Weg direkt oberhalb der Küche vorbei, und aus dieser Richtung ertönte Geschrei. Six rümpfte die Nase.

»Wieder mal Geister.«

»Mhm. Der Exorzist hat nicht geholfen. Er hat uns auch sein Honorar zurückgezahlt.« Thaniel gab sich nun der vagen Hoffnung hin, dass dort unten vielleicht doch jemand Feuer gemacht hatte. Er stellte zusehends fest, dass er zur Not ohne alles Mögliche auskommen konnte – Mori, ein Klavier, eine funktionierende Lunge –, solange es wenigstens anständigen Kaffee gab.

»Der zweite Hauptsatz der Thermodynamik legt nahe, dass es wahrscheinlich keine Geister sind«, sagte Six, betrachtete dann ihre Knöpfe und sah dabei wie ein Baby aus. »Hast du ihnen das erklärt?«

Thaniel seufzte. »Nein. Ich weiß nicht, ob das angemessen von mir wäre. Das ist hier nicht unser Land, die Leute hier sehen die Dinge anders.«

»Ach was. Die Thermodynamik hat doch nichts mit der Geografie zu tun.«

»Blau und Grün sind hier dieselbe Farbe. Was ist, wenn jemand, der hier blau sagt, damit etwas meint, was ich als grün bezeichnen würde? Was ist, wenn Geist gar nicht Geist bedeutet?«

Six runzelte die Stirn. »Was soll Geist denn sonst bedeuten?«

»Ich weiß es nicht. Das ist es ja.«

Er sah ihr an, dass sie zwar nicht überzeugt war, aber beschloss, nett zu ihm zu sein. »Na gut.«

Sie waren nun an der Tür zum Speisesaal angelangt, und Thaniel setzte sie ab, damit sie allein hineingehen konnte. Sie saß immer mit den Zwillingen des Stallmeisters zusammen, Mädchen in ihrem Alter, die eine angenehm ruhige Art hatten. Sie hatten einen wohltuenden Einfluss auf sie.

Der Speisesaal war voll besetzt. Das Geplauder vermittelte fast den Eindruck, dass man sich auf einer Party befand. Die Tische waren mit Läufern in kaiserlichem Violett gedeckt, und auf dem Selbstbedienungstresen am hinteren Ende des Saals gab es Törtchen, deren Zuckerguss dem Emblem des kaiserlichen Hofs nachempfunden war. Thaniel ging zögernd hinüber und schaute sich das an. Dort standen auch Kaffeekannen. Er berührte eine. Sie war warm. Gott sei Dank. Er schnappte sich die Kanne, ließ sich an einem freien Tischende nieder und freute sich wie ein kleiner Junge.

Zu den Kaffeetassen gehörte immer auch ein Silberschälchen mit Puderzucker. Frau Nakano hatte einmal gesagt, sie wisse durchaus, dass die Ausländer Milch und Zucker in den Kaffee taten.

Doch da sich Zucker in Japan noch nicht richtig durchgesetzt hatte, nahm Thaniel an, dass nicht viele Leute hier wussten, dass es verschiedene Arten von Zucker gab. Und das hatte offenbar noch niemand Frau Nakano gegenüber erwähnt. Es wäre ihm undankbar vorgekommen, sie darauf hinzuweisen, und außerdem machte es ihm Spaß, mit dem Puderzucker herumzuspielen. Er ließ den Löffel in die Schale fallen, und daraufhin erhob sich ein kleines Wölkchen, das süß schmeckte, als er sich darüber beugte.

Allerdings war nirgends Metallbesteck zu sehen; es gab nur Stäbchen – und Teelöffel aus Porzellan. Im ersten Moment fragte er sich, ob das vielleicht eine Art subtile Rache an Vaulker sein sollte, der Essstäbchen für heidnisch hielt, doch dann wurde ihm klar, dass es wahrscheinlich mit der Elektrizität zusammenhing. Wenn seine Manschettenknöpfe zu warm wurden, um sie zu tragen, war wahrscheinlich auch das Metallbesteck zu warm, um es zu benutzen.

Er genoss seinen Kaffee und schaute dabei zu, wie die Stallknechte auf dem Hof die gute Kutsche für den festlichen Anlass mit Bändern schmückten. Und nachdem der Muntermacher gewirkt hatte, nahm er die Schriftstücke in Sachen Grace Matsumoto zur Hand. Um eine Mordermittlung einleiten zu lassen, brauchte es ein vierzigseitiges Formular. Das meiste davon hatte er bereits ausgefüllt, doch er musste sich noch einige gewiefte Lügen einfallen lassen, um Matsumotos Namen aus der Sache herauszuhalten, und das hatte es unter anderem nötig gemacht, sich auf telegrafischem Wege mit Grace' Vater, Lord Carrow, in London in Verbindung zu setzen. Eine Antwort war aufgrund der Zeitverschiebung frühestens in ein paar Stunden zu erwarten. Thaniel hatte sein Telegramm nur mit »Britische Gesandtschaft, Tokyo« unterzeichnet. Sein eigener Name wäre in diesem Fall nicht förderlich gewesen.

Da ließen sich zwei Hände auf seinen Schultern nieder. Er zuckte zusammen.

»Ganz ruhig! Ich störe Sie nur sehr ungern bei Ihren dienstlichen Obliegenheiten, aber: Geht es da um eine Mordermittlung? Und betrifft es jemanden Prominentes?«

»Das ist bloß das übliche Vorgehen, wenn einer unserer Staatsbürger vermisst wird«, erwiderte Thaniel, während sich ein Mann mit einer Nelke im Knopfloch neben ihm niederließ und sich die restliche Milch nahm. Froh über die Unterbrechung, beschloss Thaniel, dass es eine Ehre sei, wenn einem der japanische Bildungsminister die Milch stibitzte.

Arinori verbrachte unnötig viel Zeit in der Gesandtschaft, die er wie einen Gentlemen's Club nutzte; bis fünf Jahre zuvor war er Botschafter in London gewesen, und nun war ihm, wie er sagte, die Vorstellung ein Graus, dass sein Englisch allmählich verkümmern könnte. Thaniel glaubte, dass er damit vor allem die Konservativen ärgern wollte. Kuroda hasste allein schon die Anglisierung der Hutmode, von der Anglisierung der Regierung ganz zu schweigen. »Wissen Sie«, sagte Arinori, »Sie könnten richtig gut aussehen, wenn Sie nicht so einen Matrosenhaarschnitt hätten.«

»Was machen Sie hier?«, fragte Thaniel, der sich die Haare so kurz schneiden ließ, als wäre er bei der Marine, damit er seltener zum Friseur musste.

»Ich habe hier übernachtet. Ich musste eine Rede schreiben.« Arinori tunkte die Spitze seines Zeigefingers in seinen Kaffee und dann in den Puderzucker und lutschte schließlich nachdenklich daran.

»Oh, eine Rede. Wollen Sie immer noch die Kanji abschaffen?«

»Ich hätte gedacht, Sie wären dafür.«

»Warum? Weil ich ein dummer Gaijin bin?«

»Nun … ja«, sagte Arinori. »Ihr habt einfach kleinere Gehirne.

Schauen Sie sich doch mal an: Sie sind doch nicht zum Schreiben geschaffen; Sie sind dazu geschaffen, Mammuts zu erlegen.«

Thaniel nahm seine Milch zurück. »Aber es würde doch weder Ausländern noch sonst jemandem beim Lernen helfen, wenn man Japanisch in lateinischen Buchstaben schreiben würde – oder etwa nicht? *Niwa niwa niwa niwa ga iru.*« (Im Garten sind zwei Hühner.) »Woher soll man wissen, ob da von einem Garten oder von einem Huhn die Rede ist, wenn man die Piktogramme nicht hat? Oder wie soll man den Unterschied erkennen zwischen *jishin* wie Selbstvertrauen und *jishin* wie Erdbeben oder zwischen Ihrer Nase und einer Blume … oder zwischen den sonstigen vierzehn Millionen identischen Wörtern, die ihr nie phonetisch unterschieden habt, weil ihr die gesamte Sprache aus dem Chinesischen geklaut habt, aber zu faul wart, auch die Töne zu übernehmen?«

»Gut gebrüllt, Löwe. Haben Sie das bei den Mammuts geübt?«

»In der Rede geht es gar nicht um die Kanji, nicht wahr?«

»Nein, es geht um die Souveränität des Kaisers«, sagte Arinori lächelnd. »Aber wie dem auch sei … Wie geht es Ihnen?«

»Ich kann mich nicht beklagen«, sagte Thaniel. »Aber was ist denn mit dem Wetter los?« Da er nun darauf zu sprechen kam, fragte er sich, was wohl in der Küche vor sich ging. Die Leute waren so unnachgiebig gewesen, was das Feuer anging, dass er sich nicht vorstellen konnte, dass die Öfen in Betrieb waren. Dennoch gab es hier heißen Kaffee und Gebäck.

Arinori schob seine Tasse beiseite und ließ seinen Kopf auf die Tischplatte sinken. »Ich bin soeben vor Langeweile gestorben. Jetzt werden Sie von meiner Frau was zu hören kriegen.«

»Ich schicke ein paar Blumen zur Beerdigung«, sagte Thaniel und begann zu lachen. Arinori pflegte sich mit den niederen Rängen anzufreunden, wie andere Leute Hamster oder Singvögel hielten; er schaute ab und zu bei ihnen vorbei, um zu sehen, ob sie etwas Interessantes taten, und wenn nicht, kitzelte er sie.

»Ich bin fest entschlossen, Ihnen und Ihren Geheimnissen auf den Grund zu gehen.«

»Ich bin doch gar nicht so geheimnisvoll«, sagte Thaniel verdutzt.

»Wo haben Sie Ihr Japanisch gelernt? Ihr wunderschönes, kaiserliches, höfisches Japanisch, das Sie nur von einem der wenigen Menschen gelernt haben können, die sowohl so sprechen als auch in London gelebt haben – und die ich alle persönlich kenne?«

Thaniel lächelte. »Ich glaube, ich sollte denjenigen doch besser vor Ihnen beschützen, meinen Sie nicht auch?«

»Sie sind wirklich *No Fun*. Das könnte übrigens Ihr chinesischer Name sein.«

Etwas schwirrte am Fenster entlang. Es war der Schnee, der inzwischen kräftiger fiel und der den Hof in der kurzen Zeit, die Thaniel dort saß, mit einer weiteren Schicht bedeckt hatte. Von Süden her, über dem Fuji, ertönte ein Donnergrollen, das ebenso durch den Boden wie vom Himmel herab zu kommen schien. Alle blickten sich um und schauten dann zu den großen Fenstern hinüber, die auf den Garten hinausgingen.

Arinori ächzte widerwillig. »Dann werde ich mich mal umziehen gehen. Vor dem großen Dingsbums müssen noch einige unverdiente Orden angelegt werden.« Er blickte ein wenig nervös, und Thaniel wurde klar, dass er versucht hatte, sich abzulenken. Das Kabinett hatte jahrelang an der neuen Verfassung gefeilt, aber wenn auch nur die Hälfte dessen stimmte, was in den Zeitungen stand, hatte es in den letzten Monaten im Palast so einige Brüllduelle gegeben.

»Sie schaffen das schon«, sagte Thaniel. »Aber … Vorsicht mit den Orden. Alles, was aus Metall ist, wird schnell heiß.«

»Ah, deshalb tragen Sie an diesem so überaus bedeutsamen Tag keine richtigen Manschettenknöpfe; jetzt verstehe ich.« Arinori schürzte die Lippen und fuhr sich mit der Zunge über die Zähne.

»Ich muss sagen, diese Sache mit der Elektrizität macht allmählich keinen Spaß mehr und wird sogar lästig.«

Thaniel pflichtete ihm bei und ging dann nachsehen, was in der Küche los war. Mit fröhlicher Miene zeigte Frau Nakano auf den Haufen Besteck, der im offenen Ofen vor sich hin glühte – und auf den Wasserkessel, der dampfend inmitten der Besteckteile stand. Thaniel ging sofort ein paar kleine Stahlkugeln kaufen, die er dann gemeinsam mit Pringle frohgemut in Taschentücher einknotete. Sie waren zwar schwer, gaben aber hervorragende Handwärmer ab.

SECHSUNDZWANZIG

Als die Kutschen dann vorfuhren, zogen sie schwarze Spuren durch den Schnee. Arinori ging nervös vorzeitig hinaus, mit einem schweren Mantel über seinem Staatsanzug, und schaute den Stalljungen dabei zu, wie sie den Pferden den letzten Putz anlegten. Thaniel gesellte sich zu ihm und überredete ihn dann, noch einmal hereinzukommen in das verwaiste Büro. Die Jungdiplomaten hatten an diesem Tag frei, und alle anderen frühstückten immer noch ausgiebig.

Während sie warteten, entwarf Thaniel in Gedanken das wöchentliche Telegramm an Fanshaw. Ja, sie sehen immer noch Geister; nein, sie wollen mir immer noch nicht sagen, ob noch etwas anderes vor sich geht; wir nutzen inzwischen heißes Besteck als Wärmequelle fürs Kochen; und ich bilde mir ein, dass jemand in meinem Kamin hockt.

Er blickte sich erstaunt um, als Mrs. Vaulker ihn am Ärmel berührte. Dann nahm sie ihn beiseite.

»Ich fürchte, Tom ist krank«, flüsterte sie. »Das kommt von der Kälte. Würde es Ihnen etwas ausmachen, ihn zu vertreten?«

»Er ist doch nicht tatsächlich krank, oder? Er will da bloß nicht hingehen«, sagte Thaniel leicht gereizt, aber auch ein wenig belustigt darüber, dass Vaulker es für nötig hielt, seine schweren Geschütze aufzufahren.

»Er ist zu stolz, um zuzugeben, dass er schwache Nerven hat«, erwiderte sie und neigte unbeeindruckt den Kopf. »Er hat in Afrika gedient, verstehen Sie. Er hat sich die ganze Nacht nicht beruhigen können. Und das Debakel mit dem Feuer war auch nicht gerade hilfreich.«

Thaniel zog die Augenbrauen hoch. »Selbst wenn er gerade einen Arm verloren hätte, wäre das im Grunde keine Entschuldigung; er muss sich bei dieser Sache blicken lassen. Es fällt doch auf, wenn er da fehlt. Und ich habe durchaus bemerkt, dass Sie heute Morgen Feuer gemacht haben.«

»Nein, er geht nicht; ich habe es verboten; und wenn Sie nicht gehen, geht keiner von uns.«

Da tauchte Pringle in der Tür des Übersetzungsbüros auf. »Äh, Sir, wissen Sie eventuell, wie man eine Fliege bindet?«

»Pringle, es ist doch bloß eine Fliege – und nicht die Atomtheorie«, entgegnete Thaniel, denn Pringle wusste ganz genau, wie man eine Fliege band, stellte aber immer, wenn er nervös war, unnötige Fragen – und Thaniel weigerte sich, diese Fragen ernsthaft zu beantworten, weil es ihm herablassend vorgekommen wäre.

»Tut mir leid, Sir«, sagte Pringle und wirkte besänftigt. Er hatte sich für die Parade mit der Dame verabredet, die ihm das Seidenhemd verkauft hatte.

»Ich glaube, der Knabe da trägt Ihren Namen auf die Brust tätowiert«, sagte Mrs. Vaulker in liebenswürdigem Ton.

»Wenn Mr. Vaulker da nicht hingeht«, erwiderte Thaniel und versuchte dabei, dieses Bild wieder aus dem Kopf zu bekommen – leider vergebens –, »steht morgen in sämtlichen Zeitungen, dass die Briten nicht an den Feierlichkeiten teilgenommen haben. Er muss doch weiter nichts tun, als sich in einer Kutsche zur Parade bringen zu lassen, dort eine Stunde lang herumzustehen und anschließend wieder nach Hause zu fahren. Ich begleite ihn gern, wenn er möchte, aber …«

»Wenn das alles so einfach ist, dann kommen Sie doch auch bestens allein klar«, fiel sie ihm ins Wort.

»Das würden die in Whitehall doch mitbekommen. Er will doch schließlich nach Berlin, oder etwa nicht?«

»Die Kutsche ist da«, sagte Arinori. Er hatte höflich Abstand gehalten, musste aber alles mit angehört haben, obwohl er so getan hatte, als würde er sich ganz auf seine Zigarette konzentrieren. Der Luftzug der Eingangstür trug den warmen holzigen Rauch zu ihnen herüber. »Wo ist – ah da!«, trällerte er, denn seine Frau Akiko bog gerade um die Ecke. Sie hatte einen Fotoapparat dabei; sie war Journalistin und arbeitete für die *Times*.

»Habt ihr die Schauspielerin im Kohlenschuppen ausgebuddelt?«, fragte Arinori in vergnügtem Ton.

»Spotte du nur«, sagte seine Frau, »aber ich garantiere dir: Kuroda hat sie beide ermordet.«

»Was sagen die da?«, fragte Mrs. Vaulker ein wenig spitz. »Reden die über Tom?«

»Nein, sie reden über …« Thaniel hielt inne. »Arinori? Was war das gerade mit Kuroda?«

»Ach, wir vermuten, er hat eine Schauspielerin und einen glamourösen Adligen verschwinden lassen, aber es gibt eine Nachrichtensperre, und das hat Akikos Neugier natürlich nur noch mehr geweckt«, sagte Arinori mit einem Augenzwinkern. »Ich glaube, ich habe daheim seit Neujahr kein einziges Gespräch mehr geführt, bei dem es nicht auf die eine oder andere Weise um Takiko Pepperharrow ging.«

»Ob es dir nun gefällt oder nicht, mein Lieber: Wenn berühmte Schauspielerinnen und ihre Ehemänner verschwinden, hat das viel mehr Nachrichtenwert, als wenn irgendwelche Minister sich anschnauzen«, sagte seine Frau. Sie trug einen Pelzmantel über einem prächtigen Kimono und klopfte sich nun den Schnee von ihren westlichen Stiefeln.

»Verzeihung«, sagte Thaniel, »aber … sagten Sie gerade, Kuroda hätte die beiden umgebracht?«

»Ja«, sagte sie. »Das ist alles streng geheim, und keiner gibt irgendwas zu, aber …«

»Ich kenne die beiden«, unterbrach Thaniel sie, ohne es zu wollen. »Ich meine: Ich kenne ihren Mann. Ich bin gemeinsam mit ihm hierhergekommen.«

Arinori richtete seinen Zeigefinger auf ihn. »Sie Schlingel! *Er* hat Ihnen Japanisch beigebracht. Wusste ich doch, dass Sie einen guten Lehrer hatten.«

Seine Frau merkte auf. »Wie meinen Sie das: Sie sind gemeinsam mit ihm hierhergekommen?«

»Was in aller Welt geht hier vor?«, fragte Mrs. Vaulker ungehalten.

Thaniel hätte Vaulker nun eigentlich am Schlafittchen packen und die Treppe herunterzerren müssen, aber er hatte keine Ahnung, wann er Arinori wiedersehen würde.

»Verzeihung. Also gut. Ich gehe hin«, sagte er zu Mrs. Vaulker, die angesichts eines so plötzlichen und unerwarteten Sieges argwöhnisch blickte. »In ein paar Stunden bin ich wieder da.«

• • •

Als sie aus dem Botschaftsviertel hinausfuhren, wurden die Gebäude zusehends traditioneller, und bald bestand alles nur noch aus Holz und Papier. Aus offenen Schiebetüren drangen Kochdampf und Lampenschein in die Morgendämmerung hinaus, und manchmal erhaschte man auch einen kurzen Blick auf die Bewohner der Häuser. Die Straße führte in einer langen Kurve am Palastgraben entlang, dessen dunkles Wasser hier und da zwischen den Gebäuden zu erkennen war. Trotz des Feiertages waren Flussschiffer darauf unterwegs, die unter einzelnen Papierlampen mit ihren Bootsstangen hantierten. Die dräuenden Gewitterwolken hatten sich noch nicht verzogen, und das Licht wirkte eher abendlich. Überall hingen violette Banner.

»Wie kann es angehen, dass die beiden verschwunden sind?«, fragte Thaniel Arinoris Frau. »Das wäre doch bemerkt worden. Sie ist doch ... ziemlich berühmt. Nicht wahr?«

»Nun, die Darsteller ihres Theaters sagen, sie sei im Urlaub, aber niemand weiß, wo«, antwortete sie. »Wenn Sie sagen, Sie kennen Keita Mori ...?«

»Aber warum glauben Sie dann nicht, dass die beiden im Urlaub sind?«, beharrte Thaniel.

»Wie viel wissen Sie darüber, was Mori früher hier getan hat?«, fragte sie.

»Äh ... er war im Staatsdienst. Als Geheimdienstoffizier.«

Ihr Mann und sie lachten.

»Nein, er hat den japanischen Geheimdienst geleitet. Und dann ist er Knall auf Fall nach England übergesiedelt. Alle gingen davon aus, dass er übergelaufen ist. Plötzlich kommt er wieder zurück, genau zu dem Zeitpunkt, als es so aussieht, als stünde eine Invasion der Russen unmittelbar bevor. Also, Sie dürfen mich gern für einen Zyniker halten, aber kein pragmatischer Premierminister – und Kuroda ist der größte Pragmatiker, der mir je untergekommen ist – würde so jemanden frei herumlaufen lassen, auf dass er mit jedem plaudern kann, wie es ihm gefällt. Also, entweder er ist tot, oder Kuroda hat ihn irgendwo festgesetzt«, sagte Arinori.

»Dürfte ich Sie später interviewen?«, fragte seine Frau Thaniel.

»Was? Nein«, sagte Thaniel mit einem Anflug von Angst, die er schnell zu überspielen versuchte. »Ich kenne ihn nicht besonders gut, ich habe bloß sein Gästezimmer gemietet. Hat Kuroda denn irgendwas gesagt?«

»Nein. Aber er hat auch keine Ermittlungen eingeleitet. Wenn er nicht schon wüsste, was da vor sich geht, hätte er längst nach den beiden suchen lassen.«

»Für mich ist der springende Punkt, dass Takiko Pepperharrow ebenfalls verschwunden ist«, sagte Arinori. »Sie ist die Besitzerin des Shintomi-za. Das ist gewissermaßen unser Royal Opera House«, fügte er hinzu, als Thaniel ihn verständnislos ansah. »Wenn sie der Meinung wäre, dass Mori etwas zugestoßen ist, dann hätte sie das binnen einer Woche irgendwie auf die Bühne gebracht. Sie ist dafür bekannt, dass sie sich nicht um irgendwelche Anordnungen schert.«

Thaniel zögerte. Und in dieser kurzen Stille drang die Stimme des Kutschers zu ihnen herein, der sich bemühte, die Pferde zu beruhigen, deren Hufschlag immer unsteter geworden war. Die Kutsche schwankte, und sie ruckten nach links. »Na gut, aber auch Spione und Schauspielerinnen machen mal Urlaub. Sie haben immer noch nicht gesagt, warum Sie glauben, dass die beiden nicht einfach verreist sind.«

Arinori sah zu seiner Frau hinüber.

Die nickte. »Wegen ihres Anwesens. Man kommt da nicht rein. Man kommt nicht mal in die Nähe. Ringsumher ist eine Polizeiabsperrung, und als ich da durchgegangen bin, wurde ich ziemlich nachdrücklich von einem Mann fortgeführt, der behauptete, er sei von den Gaswerken. Es gebe da irgendein Problem, es sei gefährlich, und sie würden das gerade reparieren, doch als ich dann später bei den Gaswerken nachgefragt habe, stellte sich heraus, dass Yoruji gar nicht ans Gasnetz angeschlossen ist.«

»Es stand auch nichts darüber in der Zeitung«, sagte Thaniel ungläubig.

Arinoris Frau nähte sich pantomimisch die Lippen zu. »Gerichtsbeschluss. Wir dürfen nichts darüber drucken. Da kam ein Mann in die Redaktion gestürmt und hat es uns verboten.«

Thaniel konnte sie nur noch anstarren. Wenn sie ihm erzählt

hätte, sein linker Arm sei gestohlen worden, hätte das für ihn nicht befremdlicher geklungen.

»Ist Ihnen denn irgendwas Seltsames aufgefallen, als Sie bei Mori waren?«, fragte sie.

»Kuroda und er haben sich gestritten. Ich habe nicht mitbekommen, worum es da ging. Er hat so getan, als wäre es unbedeutend, aber …« Thaniel schüttelte den Kopf. »Er wirkte schon ein wenig verängstigt, aber er wollte mir nicht sagen, was los war. Dann habe ich meinen Dienst bei der Gesandtschaft angetreten. Und seitdem habe ich ihn nicht mehr gesehen.«

»Wissen Sie, ich würde wirklich gern erfahren, was da vor sich gegangen ist«, sagte Akiko. »Ihren Namen brauche ich überhaupt nicht zu nennen; Sie könnten eine anonyme Quelle sein.«

»Das kann ich nicht machen, ich gehöre zum diplomatischen Korps. Jeder, der dort war, würde sich denken können, dass ich dahinterstecke. Auch Kuroda.«

»Wir könnten Ihnen was zahlen.«

»Nein, das kann ich nicht machen«, sagte er noch einmal.

»Für jemanden, der behauptet, den Mann kaum zu kennen, scheinen Sie mir allerdings sehr besorgt zu sein. Wenn da etwas Schlimmes vor sich geht und wir das drucken, könnte es hilfreich sein. Eine einstweilige Verfügung hätte keinen Bestand, wenn Kuroda damit etwas Illegales vertuschen will.«

Thaniel ballte unwillkürlich die Fäuste. Sie hatte recht, vielleicht wäre es hilfreich, aber Kuroda wüsste sofort, wer die Quelle war. Ein einziges Telegramm nach Whitehall, und Thaniel würde den Rest seines Lebens in einer Anstalt verbringen, und Six würde Gott weiß wohin geschickt. »Ich kenne ihn eigentlich kaum«, sagte er. »Es hat mich bloß erstaunt.«

Sie beugte sich zu ihm hinüber, überreichte ihm mit einem aufmunternden Blick ihre Karte, drang dann aber nicht weiter in ihn.

»Interessanterweise betrifft diese Sache ja nicht nur Keita und

Takiko«, sagte Arinori leise. »Überall verschwinden in letzter Zeit Leute. Die Hälfte aller Flugblattschreiber von Tokyo werden mit einem Mal vermisst. Und auch viele Wissenschaftler. Und es hagelt geradezu Unterlassungsverfügungen.«

»Zu mir ist neulich auch jemand gekommen, dessen Frau verschwunden ist«, pflichtete Thaniel bei und war heilfroh, das Thema Mori fürs Erste wenigstens ansatzweise los zu sein. »Sie ist Physikerin.«

»Eine Physikerin?«, fragte Arinori zweifelnd. »So was gibt's?«

Akiko verpasste ihm einen Klaps.

»Eine reiche Engländerin«, erklärte Thaniel.

»Ah! Sie meinen Grace Matsumoto, nicht wahr? Ich wusste gar nicht, dass sie verschwunden ist. Was ist denn da passiert?«

»Ihr Mann steht vor einem Rätsel. Und als er der Sache nachgegangen ist, hat ihn jemand mit einem Baseballschläger bedroht.«

»*Baron Matsumoto* wurde mit einem Baseballschläger bedroht?«

Thaniel nickte. »Er war ziemlich aufgewühlt.«

»Kuroda entwickelt sich mit jedem Tag mehr zum Tyrannen«, knurrte Arinori.

Thaniel musste sich zum Fenster hin abwenden. Sein Spiegelbild war älter als er selbst. Eine Polizeiabsperrung und ein Gerichtsbeschluss. Sie konnten nicht tot sein. Das hätte Mori nicht geschehen lassen. Nicht, ohne etwas zu sagen.

Bloß, dass er ja keinesfalls auch nur ein Wort dazu gesagt hätte, wenn ihm so etwas vorgeschwebt wäre. Denn wenn Thaniel auch nur im Entferntesten so etwas vermutet hätte, hätte er ihn eigenhändig zurück auf ein Schiff nach England verfrachtet.

Er bemerkte gar nicht, dass er mit der Hand vorm Mund dasaß, bis Arinori sich zu ihm hinüberbeugte und ihn am Arm berührte.

»Geht es Ihnen nicht gut?«, fragte Arinori leise.

Thaniel antwortete etwas Unzusammenhängendes dahin gehend, dass ihm die Elektrizität Zahnschmerzen bereite.

Nun bogen sie um eine Kurve, wodurch die Pferde durchs Fenster in Sicht kamen. Eins von ihnen scheute. Thaniel stutzte, als er einen Funken sah. Bläuliches Licht ging von den Ohrenspitzen und den Zügeln der Pferde aus. Er beobachtete das einen Moment lang und war sich dabei nicht sicher, ob es sich um eine Spiegelung auf dem Fenster oder um etwas Reales handelte.

Dann bäumte sich eins der Pferde auf, und die Kutsche geriet heftig ins Schwanken.

Die Tür neben Thaniel flog auf, und er wurde hinausgeschleudert. Er landete auf der Straße, was nicht so schmerzhaft war, wie es ein Stückchen weiter auf dem Kopfsteinpflaster gewesen wäre – doch dann knallte er auch noch mit dem Kopf an den Sockel eines Telegrafenmasts. Durch ein weißes Wabern hindurch sah er, wie die Kutsche umkippte. Einen ganzen Moment lang schien alles stillzustehen. Später erinnerte er sich, wie die silbernen Beschläge des Pferdegeschirrs die blauen Flammen widerspiegelten, die von den Ohren und Schweifen der Pferde ausgingen – und an das seltsame Gewitterlicht hinter den Wolken, das nur eine entfernte Ähnlichkeit mit Blitzen hatte. Dann rappelte er sich auf und lief los, um die Zügel des ihm nächsten Pferds zu ergreifen. Der Kutscher schrie, er solle da wegbleiben, doch obwohl er den Schrei sah, als orangefarbenen Blitz, hörte er ihn nicht. Später erinnerte er sich nicht, in diesem Moment überhaupt etwas gehört zu haben. Er hob die Arme, um die Aufmerksamkeit des äußerst nervös blickenden Pferds auf sich zu richten, und schnappte sich dann die Zügel. Er löste in aller Eile das Geschirr, bis das erste Pferd sich daraus befreien konnte und dann auch das zweite. Sie preschten sofort los und galoppierten die Straße hinab, die Hufe immer noch funkensprühend und mit blauen Flämmchen an den Schweifen. Thaniel stand auf der Straße und begann nun, die Prellungen an seiner Seite zu spüren und das Brennen an seinen Händen. Als er hinabsah, hatten die Zügel Schürfwunden auf seinen Handflächen hinterlassen. In seinem Kopf heulte immer noch ein silberfarbener Laut.

Die Kutsche lag auf der Seite. Nun öffnete sich die nach oben weisende Tür, und Akiko kletterte heraus und half dann Arinori. Sie wirkten beide unverletzt, wenn auch arg mitgenommen. Arinori schloss seine Frau fest in die Arme und seufzte einen Moment lang in ihr Haar, während seine behandschuhten Fingerspitzen auf ihrem Nacken ruhten. Thaniel wandte den Blick ab.

»Dann gehen wir also zu Fuß weiter«, sagte Arinori schließlich in munterem Ton, auch wenn seine Stimme ein wenig bebte. »Aber mal ehrlich, Steepleton, Sie Vollidiot: Wie verrückt muss man sein, um auf ein panisches Pferd zuzulaufen?«

Thaniel schüttelte nur den Kopf, denn sein Verhalten war schlicht und einfach der Macht der Gewohnheit geschuldet. Jahrelang hatte Mori jede Gefahr, die auch nur am Horizont auftauchte, weiträumig aus dem Weg geschafft. Er war auf das Pferd zugegangen, als ob es ihn nicht mit einem einzigen Tritt töten könnte, weil er sicher gewesen war, dass ihm nichts geschehen würde, auch wenn die Hufe des Pferds nur Zentimeter von seinem Gesicht entfernt waren. Das Pferd hätte ihn aber durchaus töten können. Mori passte nicht mehr auf ihn auf.

Er wollte sofort nach Yoruji aufbrechen. Doch ihm brummte immer noch der Schädel, in seiner Schulter hatte etwas wenig verheißungsvoll geknackt, die Züge fuhren an diesem Tag nicht, und seine Lunge würde den langen Fußmarsch nach Yokohama nicht mitmachen. Und dann war da ja auch noch Six; schon ihretwegen konnte er nicht einfach verschwinden.

»Kommen Sie?«, rief Arinori von vorn.

Er beeilte sich, um zu den beiden aufzuschließen. Und allein davon schon brannte ihm die ganze Brust.

SIEBENUNDZWANZIG

TOKYO, 11. FEBRUAR 1889

Die Straße zur Paradestrecke verlief geradeaus, und daher erblickten sie die violette Beflaggung schon aus einiger Entfernung. Auf den Glühbirnentrick waren offenbar auch andere Leute gekommen, denn gegen Ende der Strecke waren etliche Lichterketten angebracht, die mit weiter nichts als in den Boden gerammten Eisenstangen verbunden waren – und die nun vor dem immer dunkler dräuenden Gewitterhimmel sternenhaft funkelten. Thaniel konnte nicht lange zu ihnen hinaufsehen, denn bei dem Unfall hatte er sich anscheinend irgendwas im Nacken verrenkt. Ein fiebriger Schmerz zog ihm auch wieder in die Gelenke.

Er beschloss, dass er die beiden noch bis zur Parade begleiten und dann auf schnellstem Weg nach Hause gehen würde. Andernfalls bestand eindeutig die Gefahr, dass er auf der Straße zusammenbrach. Zurück in der Gesandtschaft konnte er sich dann telegrafisch an irgendjemanden wenden. Doch an wen? Zumindest an Matsumoto, um ihm mitzuteilen, dass auch Mori vermisst wurde. An Fanshaw? Nein. Es war nicht Fanshaws Aufgabe, sich um so etwas zu kümmern. Mori war kein britischer Staatsbürger. Thaniel überlegte krampfhaft, wessen Aufgabe es war. Er kannte niemanden aus Moris Familie und wusste nur, dass ein Cousin von ihm der Herzog von … Dingsda war. Ach ja, Choshu. Er hatte allerdings keine Ahnung, wie man sich mit einem Herzog in Verbindung setzte. »Schauen Sie mal«, sagte Arinori.

In der Ferne, am Fuße des Fuji, war ein tiefroter Lichtschein zu sehen. »Ist das …? Bricht da etwa gerade der Vulkan aus?«

»Vielleicht ein bisschen.« Arinori klopfte ihm vorsichtig auf die Schulter. »Das sieht man selten; es gibt nicht oft solche Eruptionen. Wir haben Glück.«

»Ah ja«, sagte Thaniel, der nicht recht überzeugt war, dass ein Vulkanausbruch jemals etwas mit Glück zu tun haben konnte.

Von allen Seiten strömten weitere Männer in festlicher Kleidung herbei, die eindeutig ebenfalls zur Parade wollten. Thaniel zog sich den Schal über die Nase und sah zu, wie die Glühbirnen über ihnen zwischen ihrer normalen Helligkeit und fackelhellem Schein changierten. Am Himmel blitzte es fast ununterbrochen, aber immerhin hatte es aufgehört zu schneien. Er hatte gehofft, dass das Gewitter nachlassen würde, doch darauf deutete nichts hin.

Nun gesellte sich aus einer engen Seitenstraße ein weiterer Mann zu ihnen, der die Uniform eines Wachsoldaten trug, und ging etwa einen Meter vor ihnen her. Das war unangenehm nah, und Thaniel nahm den muffigen Geruch wahr, der von seiner Kleidung ausging und der darauf hinzudeuten schien, dass seine Sachen nach der Wäsche nie richtig trockneten. Statt seine Schritte zu beschleunigen, um für ein wenig Abstand zu sorgen, hielt der Mann genau ihr Tempo.

Und weil Thaniel den Mann im Blick behielt, um zu erkennen, ob er bloß geistesabwesend oder bewusst unhöflich war, sah er es sofort, als der Mann zu seiner Dienstpistole griff.

Der Mann zog schnell. Dann schrie er etwas, das Thaniel nicht verstand – vielleicht war es »Verräter!«, vielleicht aber auch nicht –, und richtete die Waffe auf Arinori. Mit einem unbeholfenen Ausfallschritt drehte er sich dabei zu ihm um, und dann stürzten die beiden zusammen zu Boden. Der Pistolenschuss färbte alles blendend weiß, und einen Moment lang konnte Thaniel nichts mehr erkennen. Als er wieder etwas sah, rannte der Mann schon davon, doch zwei Wachsoldaten nahmen sogleich die Verfolgung auf.

»Nichts passiert, nichts passiert. Kommen Sie, stehen Sie wieder auf.«

Nach kurzem Schweigen erwiderte Arinori leise: »Ich fürchte, da irren Sie sich.«

Sein schwarzer Anzug hatte kaschiert, wie viel Blut bereits geflossen war. Er hatte zwar nur einen kleinen Riss in der Jacke, war aber bereits fahl im Gesicht, und Thaniel kniete, wie er jetzt merkte, in einer dunklen Lache. Arinori starrte das Blut an. Thaniel ergriff sein Kinn.

»Nein, sehen Sie mich an. Ganz ruhig.«

»Ich sterbe …«

»Ja, sieht so aus. Ich schlage vor, wir bringen das mit Anstand hinter uns.« Das war das Schlimmste, was er je gesagt hatte.

Arinori atmete aus und lächelte minimal. »Ja. Gute Idee.«

Nun sank auch seine Frau neben ihm auf die Knie. Das Kopfsteinpflaster hinterließ leiterförmige Abdrücke auf ihren Strümpfen. Arinori lächelte noch kurz zu ihr hinauf und hauchte dann sein Leben aus, das Licht der Glühbirnen in den Augen.

Um Thaniel her geriet die Welt ins Wanken; dann wurde alles schwarz.

• • •

Als Thaniel die Augen wieder aufschlug, befand er sich in einem Zimmer, das er nicht kannte. Es war schlicht und hell eingerichtet, doch auf dem Holzboden lag ein Seidenteppich, und die Luft roch nicht nach Krankenhaus. Als er sich aufsetzte, fühlte er sich müde und ein wenig zittrig und benebelt. Er streckte seine Schulter nach hinten und stellte fest, dass ihm der linke Arm vor die Brust geschnallt war. Der Arm tat weh. Irgendjemand hatte ihm ein anderes Hemd angezogen. Er berührte den obersten Knopf. Das fühlte sich auf beunruhigende Weise persönlicher an als das, was auch immer mit seinem Arm geschehen war.

»Hallo?«, sagte er und stutzte, als seine Stimme in dem kahlen Zimmer widerhallte.

Er hatte das deutliche Gefühl, sich an einem belebten Ort zu befinden. Wäre er mit verbundenen Augen aufgewacht, dann hätte er geglaubt, in einem Raum voller Menschen zu sein. Doch dem war nicht so. Er war allein. Dennoch war er sich sicher, dass jemand an ihm vorbeiging, während er lauschte, so sicher, dass es ihm einen Schreck versetzte. Er blickte sich um, soweit er das konnte, doch da war niemand.

Dann kam ein sehr großer Mann herein, der sich sogar unter dem Türrahmen hindurchbeugen musste. Es war Dr. Willis, der Gesandtschaftsarzt; und das bedeutete, dass sich Thaniel in einem der vorderen Zimmer im Erdgeschoss befand, deren Fenster fast bis zum Boden hinabreichten. Thaniel war noch nie auf dieser Krankenstation gewesen.

»Gut. Sie sind wach. Ich fürchte, Sie haben Fieber, aber das war zu erwarten.« Willis wirkte verärgert darüber, dass Thaniel so dumm gewesen war, sich ausgerechnet an einem Feiertag zu verletzen. »Ihr Körper hat lediglich einen Schock erlitten, und ganz auf der Höhe sind Sie ja sowieso nicht. Kein Grund zur Sorge; nichts Wichtiges wurde getroffen.«

»Was ist denn passiert?«

»Sie wurden angeschossen. Die Kugel hat Ihren Oberarm durchschlagen und Ihr Schlüsselbein touchiert. Sie werden noch eine ganze Zeit lang höllische Schmerzen zu erleiden haben, aber mit etwas Glück wird Ihr Arm keine bleibenden Schäden zurückbehalten.«

Thaniel saß still da und ließ das erst mal sacken. Er konnte sich überhaupt nicht erinnern, eine Kugel abbekommen zu haben.

Willis ließ sich unbeholfen auf dem Stuhl neben dem Bett nieder. Er passte nicht ganz drauf. Die Rückenlehne aus Korbgeflecht quietschte. »Wie lautet Ihre Diagnose? Falls Sie schon eine bekommen haben. Das Atmen fällt Ihnen schwer. Das ist deutlich sichtbar, wenn Sie schlafen.«

Deutlich sichtbar. Thaniel lief eine Gänsehaut über den Rücken. Es hatte etwas Grauenhaftes, wenn man etwas über sich gesagt bekam, das man noch nicht wusste. »Irgendwas mit der Lunge. Ich habe das nie richtig untersuchen lassen. Wenn es mich umbringt, dann ist das halt so, und dann muss ich nicht auch noch die genaue Bezeichnung dafür wissen.«

Willis lupfte die Augenbrauen und machte keine Anstalten zu verhehlen, dass er das für eine absolut törichte Vorgehensweise hielt. »Na, dann schauen wir uns das doch mal an.«

Thaniel wandte den Kopf ab, während Willis mit seinem kalten Stethoskop den Saum seines Hemds beiseiteschob. Das Gerät machte ihn verlegen. Dann lauschte Willis mit verdrossenem Blick und nach Thaniels Meinung viel zu lange. Als Willis sich dann wieder setzte, neigte Thaniel den Kopf.

»Also, umbringen wird es Sie noch nicht gleich. Vorausgesetzt, Sie begeben sich in Behandlung«, fügte er unter seinen Augenbrauen hervorblickend hinzu.

Thaniel nickte.

»Wie sehen denn die Symptome aus?«, fragte Willis.

»Mir geht's gut. Ich bin bloß manchmal ein wenig langsam.«

»Und sonst?«

Thaniel zögerte. Er wollte dieses Gespräch so schnell wie möglich hinter sich bringen – er konnte Willis und seine herablassend-scharfe Art nicht ausstehen –, aber es wäre sogar noch törichter gewesen, nicht auf dieses Thema zu sprechen zu kommen. »Ich sehe manchmal Dinge. Sie wissen schon: Traumgebilde, Geister. Wie das Personal.«

»Tun Sie das, ja?«, sagte Willis und blickte nun angewidert.

»Ich glaube nicht daran. Könnten Sie mir da nicht irgendwas geben?«

»Wenn wir nicht gleich zu Laudanum greifen wollen: nein, bedaure. Ich würde vorschlagen, Sie sollten weniger Zeit darauf verwenden, mit den Eingeborenen zu schwatzen. Es ist natürlich bewundernswert, dass Sie das können; es kann aber eben auch zu einer gewissen Schlaffheit im Denken führen. Die Japaner sind, wie Sie ja wissen, im Grunde Heiden; sie leben in einem Zustand, der mit unserem vor etwa dreitausend Jahren vergleichbar ist.«

»Japanisch zu können, ist keine Hexerei, Willis, und die Sprache bringt mich ganz sicher nicht dazu, irgendetwas zu sehen.«

Willis machte eine Handbewegung, die wohl besagen sollte: Sehen Sie? Da liegt Ihr Problem.

Thaniel schüttelte nur kurz den Kopf. Er war zu erschöpft, um darauf hinzuweisen, dass es gleich um die Ecke, im kaiserlichen Palast, eine stattliche Anzahl von Japanern gab, die genau das Gleiche über die Engländer dachten – und dass sich die meisten internationalen Vertragsprobleme über Nacht in Luft auflösen würden, wenn alle nur mal lange genug ihren Snobismus bremsen könnten, um sich gemeinsam an einen Tisch zu setzen, eine Tasse Tee zu trinken und anzuerkennen, dass sie letztlich alle gleich waren und bloß verschiedene Hüte trugen.

Stattdessen fragte er: »Wissen Sie, wo meine Tochter ist?«

»Nein, keine Ahnung«, sagte Willis, als hätte Thaniel ihn nach den Namen der Saturnmonde gefragt. »Sie dürfen noch nicht aufstehen. Ruhen Sie sich aus und lesen Sie ein bisschen Zeitung. Sie sollten auch keinen anstrengenden Besuch empfangen. Wenn Sie es wagen aufzustehen, schnalle ich sie am Bett fest«, fügte er hinzu.

Thaniel war sich sicher, dass dieser Rat weniger mit seiner Ruhe als vielmehr mit Willis' Abneigung gegen Kinder in seiner Praxis zu tun hatte.

»Das ist übrigens für Sie gekommen«, fügte Willis hinzu und reichte ihm einen Umschlag.

Thaniel wartete einen Moment und musste dann sagen: »Könnten Sie das bitte für mich öffnen?«

Willis tat es und reichte ihm dann das einzelne Blatt, das sich darin befand. Es war eine Fotografie von Grace Matsumoto. Sie stand vor einer weißen Wand und hielt eine Zeitung vom vorgestrigen Tag und ein kleines Schild mit der Aufschrift:

ICH BIN NICHT TOT. HÖR AUF, SO EIN THEATER ZU MACHEN.

»Tja, so viel dazu«, sagte Thaniel verwundert. Das Schild klang genau nach ihr, aber der Tonfall passte nicht so ganz zu der Art, wie sie in die Kamera schaute. Sie war noch genau so, wie er sie in Erinnerung hatte, abgehoben und knabenhaft, wirkte aber auch erschöpft. Sie hatte dunkle Schatten unter den Augen. Er seufzte. Doch wie auch immer sie aussah: Ermittlungen konnte er nun nicht mehr einleiten lassen. In diesem Moment bewegte sich wieder etwas nah an ihm vorbei. Es berührte ihn nicht ganz, aber er spürte es mit den Härchen an seinem Arm. »Haben Sie das gerade auch bemerkt?«

»Ja«, sagte Willis unerwarteterweise und atmete laut durch die Nase aus. »Ziemlich unheimlich. Das ist aber bloß das Wetter, weiter nichts.«

Nur für eine Sekunde sah Thaniel nun ganz am Rande seines Blickfelds Mori auftauchen. Er war gekleidet, wie Thaniel ihn noch nie gesehen hatte – er trug einen sehr schönen Frack –, und hielt etwas in den Händen, das er in der Filigree Street nie in der Hand gehabt hatte: eine Zigarette und eine Schachtel Streichhölzer der Marke Lucifers. Nur ganz kurz tauchte er in der staubigen

Luft auf und verschwand dann wieder. Thaniel saß wie erstarrt da und hielt weiter Ausschau nach der Gestalt.

»Am besten einfach ignorieren«, knurrte Willis.

Nachdem Willis hinausgegangen war, war Thaniel zu erschöpft, um eine Zeitung auch nur zur Hand zu nehmen. Die Farbe der gegenüberliegenden Wand, ein heller Cremeton, ähnelte sehr der Farbe des kratzenden Geräuschs, das billige Phonographen von sich gaben, wenn Geigen so hohe Töne spielten, dass Wachswalzen es nicht mehr richtig aufzeichnen konnten. Thaniel zog die Knie ein wenig an, um stattdessen die blaue Bettdecke betrachten zu können, und lag dann ganz still da, die freie Hand im Nacken, wo seine Nerven schmerzten und das Haar dort, wo es ausrasiert war, weicher nachwuchs. Die Prellungen von dem Kutschenunfall begannen zu pochen.

Er konnte Arinoris Blut immer noch an sich spüren; es klebte an seiner unversehrten Hand und an beiden Knien – obwohl dort, als er hinblickte, nichts davon zu sehen war. Als er daran dachte, was er zu Arinori gesagt hatte, war ihm zum Schreien zumute. Das mit Anstand hinter uns bringen … Die Worte loderten auf und brannten durch alles andere hindurch, jedes Wort ein Klumpen Kohle.

Oh Gott, und dann Mori.

Sehr wahrscheinlich war alles in bester Ordnung mit ihm. Er war ja schließlich in keiner Weise mehr verpflichtet, sich um Thaniel zu kümmern. Vielleicht war sein Verschwinden nur ein Bestandteil seiner Auseinandersetzung mit Kuroda.

Dann drang Willis' Stimme scharf aus dem Nebenzimmer. »Miss Steepleton! Sie dürfen hier nicht reinkommen! Sie müssen ihn in Ruhe lassen!«

»Ich bringe ihm was zum Lesen«, sagte Six' Stimme ungerührt.

»Um Himmels willen, Mädchen …!«

Thaniel richtete sich auf. »Willis, lassen Sie sie rein!«

»So ein Betragen sollten Sie ihr nicht durchgehen lassen«, sagte Willis verärgert.

Six tauchte in der Tür auf und sah Thaniel mit einem Blick an, als würde sie ihn eines Tages im Meer versenken.

»Das hat mit Durchgehenlassen nichts zu tun …«

»Nein, ich verbiete es! Miss Steepleton, gehen Sie bitte wieder raus. Das ist hier kein Ort für kleine Mädchen.«

»Willis!«

»Kommst du wohl mit.« Willis ergriff ihren Arm und wollte sie wieder nach draußen führen, in Richtung Treppenhaus.

Six schrie. Es war nicht so, wie Kinder normalerweise schrien. Ihr Schrei hatte etwas Urweltliches und klang, als ob er aus einem inneren Inferno hervordrang; er klang jedenfalls nicht menschlich. Thaniel versuchte aufzustehen, aber seine Beine trugen ihn nicht. Er hatte es im Liegen nicht gespürt, aber Willis hatte ihm irgendetwas eingeflößt, Opium oder Laudanum, und nun schwankte das ganze Zimmer wie eine Hängematte. Dann schrie Willis auf, als Six ihm erst beide Fäuste in die Magengrube rammte und ihn anschließend auch noch in die Hand biss. Er ließ sie los, und sie floh unter einen Beistelltisch in der Ecke, auf dem ein Zimmerfarn stand.

»Was in Gottes Namen …?«

»Wenn Sie sie noch mal anrühren, breche ich Ihnen die Nase«, brachte Thaniel hervor. »Gehen Sie weg von ihr. Sofort!«

Willis wich verblüfft zurück.

»Sie ist anders gestrickt als andere Menschen, Sie Volltrottel, das sieht doch ein Blinder. Lassen Sie sie verdammt noch mal in Ruhe.«

Obwohl Willis ihn um mindestens einen Kopf überragte, blickte er nun eingeschüchtert. Und Thaniel war nicht zum ersten Mal froh, dass er viel ungehobelter aussah, als er war.

»Was in aller Welt geht da vor?«, fragte Vaulker, auf halbem Weg die Treppe hinauf.

»Ich habe nicht geahnt, dass es so schwerwiegend ist«, murmelte Willis. »Sie gehört in eine Anstalt, Mr. Steepleton.«

»Nur über meine Leiche«, erwiderte Thaniel kategorisch.

»Steepleton!«, blaffte Vaulker.

»Schauen Sie sich das Mädchen doch mal an!«, blaffte Thaniel zurück.

Vaulker schaute und wurde weich. »Geht es ihr gut?«

»Nein.«

Vaulker sah kurz zu Willis hinauf und nahm dann wieder Thaniel in den Blick. »Ich verstehe. Also, Mr. Steepleton: Vielleicht könnten Sie sich bereit erklären, unserem hochgeschätzten Gesandtschaftsarzt keine Unflätigkeiten mehr an den Kopf zu werfen. Und Dr. Willis: Ich bin fest davon überzeugt, dass Sie, wie stets, nur die allerbesten Absichten hegten, aber ich glaube auch, dass wohl jedes kleine Mädchen nicht vollkommen gleichmütig bleiben würde, wenn ein Mann von Ihrer Statur Hand an sie legte. Würden Sie beide nun in Erwägung ziehen, sich wieder zu vertragen?«

»Ja, natürlich«, murmelte Willis und sog dann zischend Luft zwischen den Zähnen hindurch, während er Jodtinktur auf die Bissstelle gab.

»Sollte sie in einer Anstalt sein?«, fragte Vaulker Thaniel.

»Nein! Sie ist nicht verrückt, das wissen Sie doch.«

»Beherrschen Sie sich bitte! Ich sage es Ihnen schon zum zweiten Mal!«

»Nein, Sir, sie ist geistig vollkommen gesund, wurde aber früher sehr schlecht behandelt. Sie hat ihre ersten Lebensjahre in einem Arbeitshaus verbracht.«

Vaulker überlegte. Dann: »Nun gut. Miss Steepleton?«, fügte er in dem gönnerhaften Tonfall von jemandem hinzu, der seit seiner eigenen Kindheit nichts mehr mit Kindern zu tun gehabt hatte. »Was sagen Sie zu Dr. Willis?«

»Greifen Sie mich bitte nicht noch einmal an«, erwiderte Six in ihrer emotionslosen Art.

»Ich habe sie nicht angegriffen«, protestierte Willis. »Ich habe lediglich gesagt …«

»Vielleicht sollten wir einen Schlussstrich unter diese Angelegenheit ziehen«, sagte Vaulker mit leicht beunruhigtem Blick. Dann musterte er Thaniel. »Ruhen Sie sich bitte gründlich aus, Steepleton; Sie sehen furchtbar aus. Und wenn ich Sie noch ein einziges Mal so vulgär mit jemandem reden höre, fliegen Sie raus. Haben wir uns verstanden?«

»Jawohl.«

Vaulker wartete darauf, dass Thaniel noch ein »Sir« hinzufügte, und Thaniel wartete darauf, dass Vaulker seinem Blick nicht mehr standhielt.

Dann trottete Vaulker wieder die Treppe hinauf. Willis ging ohne ein weiteres Wort in sein Sprechzimmer und machte die Tür hinter sich zu. Langsam, denn das Zimmer schwankte immer noch, ging Thaniel um das Bett herum, wobei er eine Hand vorsichtshalber auf der Matratze ließ, und hockte sich dann in Six' Nähe auf den Seidenteppich.

»Das hast du sehr gut gemacht, Schatz. Du hast genau das Richtige getan, ja? Tut dir irgendwas weh?«

»Nein.«

»Kommst du jetzt raus?«, versuchte er es leise.

»Nein.« Sie legte ein Stück Papier – es war ein Zeitungsausschnitt – neben sich auf den Boden, schien dann all den Mut zusammenzunehmen, den es Thaniel gekostet hätte, mit bloßen Händen eine Spinne einzufangen, und schob den Artikel schnell in seine Richtung. Da sie nicht weit genug greifen konnte, stieß sie ihn den Rest des Wegs mit der Stiefelspitze voran und riss ihr Bein sogleich wieder zurück in den Schatten des kleinen Tisches. Thaniel hob den Artikel langsam auf. Als er sich vorbeugte, schlugen sämtliche Muskeln in seinem vorgeschnallten Arm und auf dieser Seite seiner Brust Alarm.

In dem Artikel ging es um eine Reihe von Stromschlägen, die sich Leute in Schmieden zugezogen hatten. Er las ihn laut vor und sah, dass Six sich dabei ein wenig entspannte, aber sie kam dennoch nicht heraus.

»Ich habe rausgefunden, was das für ein blaues Licht ist«, sagte sie zu ihren Knien. »Man nennt es Elmsfeuer. Normalerweise sieht man es nur auf dem Meer, vor einem Sturm, an den Masten von Schiffen. Es hat was mit statischer Elektrizität und Dampf in der Luft zu tun.«

»Und warum haben wir es hier?«

Das schien sie nicht gehört zu haben. »Statt Feuer zu machen, haben wir jetzt überall Schrott in den Kaminen. Meiner ist voll mit alten Bettknäufen. Ich habe schon ein Spiegelei darauf gebraten.« Sie blickte in die Ferne. »Ich habe dafür gesorgt, dass sie Hufeisen in deinen Kamin legen, denn ein bisschen Glück kannst du gut gebrauchen.«

»Danke, das ist sehr freundlich«, sagte er hilflos. Da er nun nicht mehr im Bett lag und auch wieder ruhiger war, begann er, die Kälte zu spüren. Er sah, dass auch auf dem Kaminrost in diesem Zimmer etwas vor sich hin glühte – anscheinend ein Stück von einer massiven Kette –, doch das erzeugte längst nicht so eine Wärme wie ein Feuer. »Zeigst du es mir?«

Six schwieg zunächst, doch dann nickte sie und kroch unter dem Tisch hervor. Sie richtete sich auf, strich sich das Kleid glatt und wartete dann darauf, dass Thaniel sich ebenfalls erhob. Das fiel ihm jedoch schwer. Er schluckte. Die Luft schmeckte geradezu sandig, so trocken war sie.

»Könntest du bitte meine Hand halten? Sonst falle ich nämlich um.«

Sie dachte darüber nach. »Nein.«

»Dann … gehen wir einfach ganz langsam.«

»Sie sollen liegen bleiben!«, rief Willis aus seinem Sprechzimmer herüber. »Sonst müssen Sie sich nicht wundern, wenn Sie zusammenbrechen!«

Thaniel schüttelte den Kopf. Ihm fiel keine Erwiderung ein, die Vaulker genehm gewesen wäre.

»Er ist ein Arschloch«, bemerkte Six in düsterem Ton. »Achte nicht auf ihn.«

Da musste Thaniel lachen – und das tat ihm weh. Six hielt mit ihm Schritt, während er langsam die Treppenstufen erklomm und sich dabei mit einer Hand an der Täfelung abstützte. Als er beinahe hingefallen wäre, wartete sie, berührte ihn aber nicht. In der Porzellanschale in seinem Zimmer brannten immer noch die Glühbirnen, die Six hineingelegt hatte. Sie leuchteten heller als zuvor.

»Wo willst du hin?«, fragte er, als sie die Oktopus-Glühbirne herausnahm und wieder zur Tür ging.

»Ich will die hier Herrn Fukuoka zeigen.«

»Äh … Warte mal, Schatz. Warum?«

»Er ist mein Freund. Er hat mir die Hälfte von seinem Marmeladending abgegeben.«

Thaniel biss sich auf die Zunge. Fukuoka war ein netter Mensch, da war er sich fast sicher. »Also gut«, sagte er schließlich. »Aber bleib nicht zu lange bei ihm, er hat viel zu tun.«

»Wie lange wäre zu lange?«

»Mehr als eine halbe Stunde.«

»Eine halbe Stunde«, wiederholte sie und zückte ihre Taschenuhr, um einen Alarm zu stellen.

Dann fiel die Zimmertür hinter ihr ins Schloss. Thaniel lauschte dem braunen Hopsen, mit dem sie die Treppe zum Erdgeschoss nahm, und wäre ihr am liebsten hinterhergegangen – aber es fiel ihm ja schon schwer, sich überhaupt aufrecht zu halten. Eine Zeit lang hielt er am Fenster Ausschau, wobei er sich auf der Fensterbank abstützen musste. Fukuoka befand sich am Rande des Protestcamps, und als Six angelaufen kam, bückte er sich zu ihr hinab, machte viel Aufhebens um sie und hob sie dann hoch, um ihr zu zeigen, was dort vor sich ging. Die Demonstranten hatten sich versammelt und verbrannten nun eine große schlaffe Puppe, die aus weißem Bettzeug bestand und in einen westlichen Anzug gestopft war, inklusive Krawatte und Taschenuhr. Fukuoka nahm Six auf die Schultern.

Mori hätte gesagt, dass es nicht wirklich schlimm stand, wenn die Leute noch so widersprüchlich agierten. Six ging es gut.

Nun tauchte Owlbert auf und hebelte mit seinem Schnabel an der Fensterverriegelung herum. Thaniel ließ ihn hinaus und sah dann zu, wie er zu dem Protestcamp hinabglitt und auf der Querstange eines halb aufgebauten Zelts landete.

Anschließend kauerte sich Thaniel auf den Kaminvorleger und entfachte zwischen den warmen Hufeisen auf dem Rost ein richtiges Feuer, denn ihm war inzwischen so kalt, dass sich die Linsen seiner Augen wie mit Frost überzogen anfühlten und er das deutliche Gefühl hatte, dass er nicht mehr aufwachen würde, wenn er zuließ, dass die Temperatur noch weiter sank. Als die kleine Flamme richtig brannte, ließ er sich seitwärts zu Boden sinken. Dann lag er mit der Wange auf dem Vorleger aus Schafsfell, fror immer noch und atmete das Wollwachsaroma ein. Ihm war so hundeelend, dass ihn eine leichte Panik beschlich. Wenn er jetzt hier starb und Six – wovon auszugehen war – bei ihrer Rückkehr annahm, dass er nur schliefe, würde man ihn erst finden, wenn am nächsten Vormittag jemand vom Personal das Zimmer betrat.

Nach einer ganzen Weile richtete er sich mit großer Mühe halbwegs wieder auf und zog den Beistelltisch näher heran. Darauf stand der Phonograph, ein gutes Stück vom Kaminfeuer entfernt, um die Walzen zu schonen. Thaniel stellte ihn auf volle

Lautstärke, damit, falls er auch am späteren Abend noch lief, jemand hereinkäme. Mehr als die Nadel auf die Walze herabzusenken, brachte er nicht mehr fertig. Dann zog er die über dem Sessel hängende Decke zu sich herab und ließ sich wieder auf den Vorleger sinken. Das mit der Decke empfand er als großen Sieg. Das Feuer flammte auf, als es einige Kiefernnadeln erfasste.

Er versank sofort in Albträumen, in denen er durch fremde Straßen irrte, während er von irgendetwas verfolgt wurde. Er wachte immer wieder kurz auf, und wenn er dann erneut einschlief, war ihm dieser ominöse Verfolger jedes Mal schon näher auf den Fersen.

ACHTUNDZWANZIG

ABASHIRI, HOKKAIDO, 17. JANUAR 1889
(EINEN MONAT ZUVOR)

Takiko war vor der Arbeit an den Waldrand gegangen, um Brennholz zu sammeln, denn die Vorräte im Gefängnis gingen zur Neige. Das Holzsammeln war anscheinend auch etwas, worum sich die vorige Putzfrau gekümmert hatte, ohne dass die Leute dort es groß mitbekommen hatten. Für Takiko war es etwas Neues; sie war Kohle gewohnt. Als sie nun vielversprechende Zweige und kleinere Äste aus dem trockenen Pulverschnee zog, freute sie sich schon darauf, sie anzuzünden. So ein Holzfeuer war eine wunderbare Sache, zumal wenn draußen trotz Sonnenschein minus fünfzehn Grad herrschten.

Ein kleines Stück in den Wald hinein erhob sich vor einem Baum eine verdächtig große Schneewehe. In der Hoffnung, dass es ein Holzstapel war, den ihre Vorgängerin dort aufgeschichtet hatte, schob sie etwas Schnee beiseite. Darunter kam der Kopf eines Pferds zum Vorschein. Takiko erstarrte für einen Moment. Die Kälte hatte das Auge des Tiers ausgetrocknet und glasig gemacht. Sie wischte weiteren Schnee beiseite. Auch der Rest des Pferds war da, mitsamt Zaumzeug und Sattel. Als sie sich wieder aufrichtete, sah sie, dass es weiter in den Wald hinein noch etliche ähnliche Schneehügel gab. Sie wählte einen aufs Geratewohl. Darunter lag ein toter Mann in roter Gefangenenkluft. Der Anblick war erstaunlicherweise gar nicht erschütternd. Takiko hatte bis dahin nur sehr wenige Tote gesehen, doch von der Kälte gebleicht, sah der Leichnam gar nicht mehr nach einem richtigen Menschen aus, sondern eher wie eine unbeholfene Nachbildung – so als hätte irgendeine einsame Person versucht, aus Eissplittern und Birkenrinde eine Menschenfigur zu formen.

Als sie dann ins Büro des Gefängnisdirektors eilte, wich sie vor der dort herrschenden Wärme unwillkürlich zurück. Zwar war es dort gar nicht übermäßig warm, doch nach der beißenden Kälte draußen kam es ihr vor, als wäre sie im Pelzmantel in eine Sauna gestürmt. Ihr wurde ein wenig übel, und sie musste sich am Türrahmen festhalten.

»Fräulein Tsuru«, sagte der Direktor verblüfft. »Wir sind in einer Besprechung.«

Er hatte die verbliebenen Wärter zusammengerufen. Es waren nur noch acht. Als sie dann kurz von ihrem Fund berichtete, wirkten sie alle nicht erstaunt, sondern eher bedrückt.

»Tja«, sagte der Direktor, »dann haben wir also noch zwei Mann weniger. Betrachten Sie die Dienstplanänderungen als dauerhaft, meine Herren.«

»Schickt uns Tokyo denn gar kein neues Personal?«, fragte Tanizaki mit düsterer Miene. Er hatte sich die gelähmte Hand nun vor die Brust geschnallt; sie zitterte allerdings dennoch. Takiko konnte den Dienstplan nicht sehen, konnte sich aber vorstellen, dass das für sie alle nun zusätzliche Nachtschichten bedeutete, für die es nur eine mickrige Lohnzulage gab.

»Leider frühestens im März. Das Meer ist bis auf Weiteres nicht schiffbar. Also, zurück an die Arbeit!«

• • •

Erst in ihrer zweiten Arbeitswoche im Gefängnis fiel Takiko der zentral gelegene Turm dort auf. Er besaß keine Fenster, und sein einziges äußeres Merkmal war ein Blitzableiter auf dem Dach. Sie fragte sich, ob es sich dabei wohl um eines jener seltsamen staatlichen Bauprojekte handelte, die im Grunde nur Arbeitsbeschaffungsmaßnahmen waren. Doch welchem Zweck der Turm auch immer diente: Sie hatte ihn noch nie betreten, obwohl er sich direkt über dem Büro des Gefängnisdirektors befinden musste. Ja, dieses Büro, zu dem eine kleine Treppe hinaufführte, musste im Sockel des Turms untergebracht sein. Sie stutzte, als sie darüber nachdachte, denn von dem Büro führte keine Treppe weiter aufwärts. Es konnte sich also nur um einen hohen, leeren Dachboden handeln. Und dort oben musste auch der Elektrograf installiert sein.

Der Schneefall hatte eine Pause eingelegt, und die Wärter hatten das genutzt. Das Gefängnis war nun beinahe leer, und nur die Gefangenen im Hochsicherheitstrakt waren noch in ihren Zellen. Alle anderen waren draußen im Wald und bauten die neue Straße, und ihre Zellentüren standen offen. Takiko kehrte die Böden, sammelte die Decken ein, damit sie gewaschen werden konnten, und teilte frische Decken aus. Es kam ihr nicht so vor, als würde sie in jemandes Privatsphäre eindringen. In den meisten Zellen gab es so gut wie keine persönlichen Gegenstände. Und das hier war ja, wie Tanizaki einmal bemerkt hatte, auch kein Ort, wo es draußen groß irgendwas Nennenswertes zum Hereinschmuggeln gegeben hätte. Takiko schürte die Kohlenbecken auf den Fluren und musste immer wieder dorthin zurückgehen, um sich die Hände zu wärmen. So kalt es auch zuvor schon gewesen war, hatte die Eiseskälte nun doch etwas zermürbend Dauerhaftes angenommen.

Als sie sich mit der Handkante die Nase rieb, fühlte es sich rauh an. Die Haut an ihren Händen war so rissig, dass es fast schon nach Brandnarben aussah. Dann saß sie dort und starrte ihre Hände an – während ihr die Kälte durch den Boden in die Knie drang. Wenn sie zum Einkaufen in die Stadt ging, traf sie dort Fischhändlerinnen in ihrem Alter, die schon fast greisenhaft wirkten. Selbst die Ainu-Frauen, die für diese Kälte geschaffen waren, sahen mit vierzehn erwachsen und mit dreißig alt aus. All das hatte nicht etwa mit schlechter Ernährung, mangelnder Bewegung oder so etwas zu tun. Es lag einzig und allein am Wetter. Es war zu kalt, um sich anständig zu waschen, zu kalt, um gut zu schlafen, zu kalt, um etwas Frisches oder nicht Gekochtes zu essen, zu kalt, um jemals mehr Sonnenschein abzubekommen als auf den zehnminütigen Wegen zwischen irgendwelchen Gebäuden. Mit jedem Tag in einem solchen Winter wurde man drei Tage älter.

Der Direktor hatte ja gesagt, dass das Meer nun nicht mehr schiffbar sei. Dann saß sie also, egal, was geschah, bis zum Frühjahr dort fest.

»Teepause!«, rief Tanizaki zu ihr hinüber.

»Komme sofort!«, rief sie zurück.

Als sie das kleine Büro betrat, zitterte seine Hand heftiger denn je. Er musste seine Tasse mit der linken greifen. Die rechte schob er sich derweil unters Knie, doch der nächste Krampf war dann so stark, dass ihm das Bein unter die Tischplatte knallte, was die Teekanne zum Ruckeln brachte.

»Sie brauchen Knieschoner«, sagte Takiko.

»Ja, stimmt. Wie diese Dinger, die Gaijin beim Kricketspielen tragen. Könnten Sie bitte mal kurz in die Küche gehen und noch etwas Wasser holen? Wir haben fast keins mehr, und ich fürchte, den Rest werde ich … verschütten«, sagte er mit düsterer Miene.

»Ist es denn gut, dass Sie heute überhaupt zur Arbeit gekommen sind?«

»Ach, das geht immer schnell vorbei.«

Takiko nickte und ging dann die Treppe hinab in die von Dampf erfüllte Küche. Als der Koch sie erblickte, richtete er seine Kelle auf sie. Irgendetwas stimmte nicht mit ihm, oder er war zumindest ein sehr ungewöhnlicher Mensch. Seine Augen waren zu klein und seine Zunge zu groß. Sie verstand meist nicht, was er sagte, diesmal aber ausnahmsweise schon. Du kriegst hier nichts. Sie darauf: Doch. Er wiederum: Nein. Sie nahm sich das heiße Wasser dennoch.

Der Koch grunzte nur, stellte dann ein Tablett in einen Speiseaufzug und betätigte einen Hebel. Der Aufzug fuhr altersschwach klappernd nach oben. Takiko schaute zur Decke und versuchte, sich den Grundriss des Gebäudes vor Augen zu führen. Das Büro des Direktors musste sich direkt über ihnen befinden. Es zeugte schon von einer ziemlichen Bequemlichkeit, wenn man nicht mal willens war, in die Küche zu gehen, um sich sein Essen zu holen, doch andererseits hätte sie selbst, vor die Wahl gestellt, ob sie gern einen Speiseaufzug hätte oder nicht, sich wahrscheinlich auch dafür entschieden.

Anschließend dehnte sie die Teepause mit Tanizaki in der warmen Wachstube so lange aus, wie es ihr gerade noch verantwortbar erschien, und ging dann mit ihren Putzsachen in die obere Etage.

»Fräulein Tsuru«, sagte der Direktor, als sie sein Büro betrat. »Könnten Sie eventuell so freundlich sein, uns auch etwas von Ihrem berühmten Tee zu machen? Wir sind schon ein wenig neidisch auf Herrn Tanizaki da unten.«

»Ja, natürlich, gern«, sagte sie.

»Vielleicht hilft das ja gegen meine Kopfschmerzen.«

»Kopfschmerzen, Herr Direktor?«

»Oh, bitte kein Mitleid, sonst breche ich zusammen. Scheußliche Schmerzen. Ich sehe jedes Mal Sterne, wenn es wieder losgeht, und Sie sehen dann ganz funkelnd aus.«

»Es scheint ja hier niemandem besonders gut zu gehen.«

»Tja, es ist ja auch nicht gerade ein Luftkurort«, erwiderte er. Dann rieb er sich die Schläfe, während er ihr dabei zusah, wie sie die kleine eiserne Teekanne vom Feuer nahm. »Für mich ganz schwach, bitte. Nakamura?«

Der Mann an der Schreibmaschine sagte: »Ja, bitte.« Sie stellte ihm eine Tasse hin, und er wandte sich mit entschuldigendem Blick ab und hustete. Als sie ihm dann sagte, dass es ihm vielleicht helfen würde, wenn er den Dampf inhalierte, tat er das.

»Es ist viel Asche im Kamin«, sagte Takiko. »Das tut ihm nicht gut. Ich wollte Sie fragen, Herr Direktor, ob ich einen Schlüssel haben könnte, damit ich vor Dienstbeginn den Kamin sauber machen kann, während Sie beide noch nicht hier sind. Es wäre ja eine erhebliche Störung, wenn ich das jetzt machen würde.«

Der Direktor schwieg einen ganzen Moment lang, und Takiko beschlich das scheußliche Gefühl, dass er genau wusste, warum sie früher kommen wollte. »Ja«, sagte er schließlich und nahm einen Schlüssel aus seiner Schreibtischschublade. »Den vertraue ich Ihnen an. Aber außer dem Kamin dürfen Sie nichts anrühren.«

»Jawohl, Herr Direktor. Selbstverständlich. Ich würde mir nie irgendwelche Schriftstücke ansehen oder so … Ich kann ja kaum lesen«, sagte sie.

»Nein, natürlich nicht. Sie sind ein braves Mädchen. Ihre Vorgängerin war allerdings recht neugierig. Ich weiß aber, dass Sie so etwas nie tun würden; Sie sind ein viel anständigerer Mensch.«

Sie nickte kurz, und dann fiel ihr wieder ein, dass ihre Vorgängerin in einem Graben erfroren war. »Das will ich hoffen. Das wäre ja unerhört.«

Sie fragte sich, was die vorige Putzfrau wohl gesehen hatte.

Er lenkte ein. »Ich wollte Sie nicht ängstigen; bei mir gehen bloß gerade wieder diese Kopfschmerzen los. Wenn Sie mit der Fensterbank fertig sind, wäre das dann alles für heute.«

»Soll ich auch das Tablett mitnehmen?«

Da sah er von seiner Arbeit auf. »Tablett?«

Es war keine bewusste Entscheidung, sondern reiner Instinkt, der sie nun davon abhielt zu erwähnen, dass sie keine halbe Stunde zuvor gesehen hatte, wie der Koch eine komplette Mahlzeit in den Speiseaufzug gestellt hatte. Sie hatte das deutliche Gefühl, dass es überaus dumm gewesen wäre, das zu erwähnen. Sie blickte sich jedoch kurz um. Nirgends war in den Wänden eine Klappe zu sehen.

»Ach, eines Tages vergesse ich noch meinen Kopf!«, seufzte sie. »Ich war mir sicher, dass Sie gerade gegessen haben, als ich heraufkam.«

Er fuchtelte mit einer Hand in Richtung Fenster. »Das macht dieser Ort; man kommt hier völlig durcheinander. Vielleicht dachten Sie an gestern?«

»Ja, das wird's gewesen sein. Entschuldigung, Herr Direktor.«

Dann bekam also jemand oben im Turm mit dem Aufzug etwas zu essen. Sie wienerte an einem alten Fleck an Nakamuras Schreibtisch herum, um nicht einfach so dazustehen und ins Leere zu starren, und lauschte indessen dem mechanischen Klicken in der Wand. Nakamura lächelte kurz und bewegte dann einige der abstrakten Fotos aus der Reichweite ihres Staubwedels. Als er aufhörte zu tippen, verstummte auch das Klicken in der Wand.

Takiko konzentrierte sich ganz auf den Fleck. Das Klicken klang nach einem Uhrwerk. Es steuerte etwas: ein Schloss, eine Tür, irgendwas. Anfangs war es nur ein flüchtiger Gedanke gewesen, nun jedoch beschlich sie auf geradezu unheimliche Weise die Gewissheit, dass Mori entweder bereits dort oben war oder es bald sein würde.

»Au, mein Kopf«, murmelte der Direktor und ließ sich nach vorn auf seine Arme sinken, die er auf dem Schreibtisch verschränkt hatte. Ihm gegenüber hustete der Sekretär in seine Armbeuge, tippte dann aber tapfer weiter, die Nase trotz der wogenden Wärme des Kaminfeuers gerötet. Takiko konnte ihn beim Ein-

und Ausatmen keuchen hören. Als sie dann die Treppe wieder hinunterging, schlug ihr die Kälte entgegen. Tanizaki saß immer noch jämmerlich zusammengekauert an seinem Tisch und hielt seine zitternde Hand gegen das Holz. Er sprach mit einem Mann, der gerade hereingekommen war. Er hatte noch Schnee auf den Schultern und Ärmeln seines schweren Wintermantels und einen feuchten Schimmer auf seinen Reitstiefeln.

»… sterben wie die Fliegen«, sagte dieser andere Wärter gerade. »Heute Morgen sind zwei hopsgegangen. Und heute Nachmittag wird's schon wieder einen Schneesturm geben; am Berg kann man den schon sehen. Ich bringe die Männer für heute rein.«

Takiko klopfte an die Tür. »Guten Tag zusammen. Soll ich mich um das Mittagessen kümmern?« Es war erst eine halbe Stunde her, dass sie Tanizaki das Wasser gebracht hatte, aber die Kälte war so zermürbend, dass sie ständig Hunger bekam. Alle hier schienen mehr Brennstoff zu brauchen, schon allein um sich auf den Beinen zu halten.

»Sie verwöhnen uns«, sagte Tanizaki mit einem frohen Lächeln.

»Natürlich tu ich das; schauen Sie sich doch mal an; Sie pfeifen ja schon auf dem letzten Loch. – Und Sie sehen aus, als wären Sie am Boden festgefroren«, fügte sie an den anderen Wärter gewandt hinzu. Er war so groß und schlank, dass einer seiner Eltern Chinese gewesen sein musste. Neben Tanizaki, der klein und stämmig war, fiel das besonders auf. Als sich der andere Wärter am Kotatsu niederließ, sah es lächerlich aus, denn er war zu groß dafür und musste seine langen Beine sorgsam einknicken, als wäre er eine Giraffe.

Die beiden schauten erfreut, als Takiko mit Fisch und Onigiri wiederkam. Dann setzte sie sich zu ihnen und löste, ohne darüber nachzudenken, die Gräten von ihrem Lachs, und Tanizaki bemerkte lachend, dass ihre Tischmanieren viel zu gut seien. Er zerfetzte seinen Fisch einfach mit einem Stäbchen in jeder Hand. Sein Zittern hatte ein wenig nachgelassen.

»Herr Tanizaki«, sagte sie, nachdem sie ein wenig über Geishas gescherzt hatten. Er hatte das Thema auf allzu anzügliche Weise aufgegriffen, und sie hatte daraufhin gesagt, sie könne unmöglich eine Geisha sein, denn als sie das letzte Mal Samisen gespielt habe, sei ihre Katze weggelaufen und von einem Karren überfahren worden. Um das Maß vollzumachen, schilderte sie dann auch noch deren zerquetschte Eingeweide. Wenn sie ihn dazu bringen konnte, dass er sie unwillkürlich mit widerlichen Dingen in Verbindung brachte, würde er sich nicht mehr so zu ihr hinüberbeugen, wenn er mit ihr sprach. »Was ist das eigentlich für ein Turm da über dem Büro des Direktors?«

»Den nennen sie ›das Orakel‹. Er wurde erst letztes Jahr erbaut. Oder vorletztes?« Er sah zu seinem großen Kollegen hinüber, der aber nur mit den Schultern zuckte. »Weiß ich nicht mehr.«

»Und wozu dient der?«

»Eigentlich sollte es ein Wachturm sein. Es gab da eine neue Vorschrift, und nach der mussten alle Gefängnisse einen Wachturm mit einer bestimmten Höhe haben. Aber soweit ich weiß, wurde er nie als Wachturm benutzt. Bürokratischer Blödsinn, glaube ich. Sie haben jetzt irgendwelche elektrischen Sachen da eingebaut; es hat irgendwas mit dem Wetter zu tun.«

»Ah«, sagte sie und tat, als würde sie das Interesse verlieren. Sie nippte an ihrem Tee.

»Ja, wir sind tatsächlich auch eine Wetterstation«, schaltete sich nach einigem Schweigen der größere Kollege ein. »Die senden alle Messwerte nach Tokyo. Es gibt keinen besseren Ort, um nach Süden ziehende Stürme zu messen. Wissen Sie, was in der Ainu-Sprache *Shiretoko* bedeutet?«

Sie schüttelte den Kopf. Shiretoko war der Name der ganzen Region, dieser Manta-Kopfflosse am oberen Ende von Hokkaido.

»Das Ende der Welt.«

»Das trifft's«, sagte sie.

»Das hast du dir doch ausgedacht, Oemoto«, lachte Tanizaki. »Es sei denn, du treibst dich an deinen freien Tagen mit den Ainu rum.«

»Nein, das haben wir schon in der Schule gelernt. In den Naturwissenschaften hatte ich eine russische Lehrerin. Es ist ja ganz ähnlich wie das Russische, das Ainu …«

»Ah, die berühmte russische Lehrerin!«, sagte Tanizaki grinsend und verpasste ihm einen Knuff. »Er hat sich in seine russische Lehrerin verliebt; eine sehr traurige Geschichte …«, erläuterte er Takiko und kicherte dann, als Oemoto den Knuff erwiderte. »Hör auf, es ist kein Lästern, wenn es die Wahrheit ist …«

Dann klappte Tanizaki plötzlich zusammen. Oemoto starrte ihn zunächst nur an. »He! Hör auf mit dem Blödsinn! Tanizaki …«

Als Takiko um den Tisch herumkam, hatte er Krämpfe. Sie hockte sich zu ihm und hielt ihn fest, so gut sie konnte. Oemoto kniete daneben und versuchte, ihr zu helfen.

»Gibt es hier einen Arzt?«, fragte sie.

»Im Torhaus, ja. Dr. Fujiwara.«

Als sie schließlich mit dem Arzt wiederkam, war der Krampfanfall vorbei, und Tanizaki richtete sich langsam wieder auf, bleich und zittrig. Der Arzt hörte sein Herz ab, schaute sich seine Augen an und meinte dann, es gehe ihm so gut wie unter den Umständen nur möglich, wirkte dabei allerdings nicht allzu überzeugt. Seine Ernsthaftigkeit trat deutlicher zutage, weil sie eigentlich gar nicht zu ihm passte. Sein Name, Fujiwara, bedeutete Glyzinie, und er trug passend dazu eine leuchtend violette Krawatte. Privat musste er ein ziemlich extravaganter Mann sein.

Nicht nur das Gefängnispersonal war krank. Als Takiko an diesem Tag durch den Lieferanteneingang hinausging, den sie inzwischen auf dem Heimweg nutzte, um sich den Anblick des Schuppens für die Isolationshaft zu ersparen, sah sie ein Stückchen den Hang hinab Tote in roter Kluft in dem langen Abfallgraben liegen, etliche Dutzend oder mehr, vom Neuschnee noch nicht ganz bedeckt. Nicht weit entfernt knarrte und ächzte der Birkenwald, weiß vor weißem Grund, und aus irgendeinem Haus drang leiser Trommelklang. Als sie in diese Richtung sah, bemerkte sie eine Ainu-Frau, die sie beobachtete. Sie trug ein Bündel prächtiger Robbenfelle und sah unheimlich aus, denn sie hatte eine dicke schwarze Tätowierung quer über den Mund, die ein wenig wie ein Knebel wirkte. Ihre Kleidung war in leuchtenden Farben gehalten; es musste wohl gerade ein Feiertag der Ainu sein. Eigentlich hatte man ihnen ihre Feste verboten, doch soweit Takiko das beurteilen konnte, betrachteten die Ainu die Festlandsjapaner als vorübergehendes Ärgernis und hielten an ihren Traditionen fest. Die Frau wandte sich ab und verschwand in dem Birkenwald.

Die Trommeln hatten viele Vögel im Wald aufgeschreckt. Eine Eule glitt direkt über Takikos Kopf hinweg, schwang sich dann hoch empor und landete schließlich auf dem Dachsims des Orakelturms. Dort saßen bereits sechs weitere Eulen.

NEUNUNDZWANZIG

TOKYO, 13. FEBRUAR 1889

Thaniel wurde schlagartig wach. Jemand beugte sich über ihn, so nah, dass sich ihre Nasen beinah berührten. Er spürte die minimale elektrische Wärme, die man ein paar Millimeter vor der Berührung durch menschliche Haut empfand. Aschegeruch ging damit einher. Und Aschegeschmack hing ihm in der Kehle.

Er traute sich nicht, die Augen zu öffnen oder sich zu bewegen. Er lag ganz still da, sagte sich, dass es bestimmt ein Albtraum sei, und kratzte allmählich den Mut zusammen, sich aufzusetzen.

Da packte ihn die Person, das Ding, bei den Schultern und drückte zu. Er wandte sich ruckartig ab und stieß dabei gegen den Kaminsockel. Dann war er auf Händen und Knien, und alle seine Sehnen sangen von dem Drang wegzulaufen.

Doch es war überhaupt niemand da.

Das Feuer rauchte stark, und Qualm erfüllte das Zimmer. Thaniel kippte den Wasserkrug in den Kamin und schob das Fenster auf, so weit es ging. Einen Moment lang bekam er kaum noch Luft, und als er schluckte, fühlte sich die Asche wie Zement an. Als er sich wieder ein wenig beruhigt hatte, bemerkte er, dass seine Lunge bei tieferen Atemzügen zu pfeifen begann. Er ging quer durchs Zimmer und bückte sich, um die Türklinke sehen zu können. Er konnte auch im Übersetzungsbüro schlafen. Da stand eine Couch, und die Luft war dort sicherlich besser. Die Schulter tat ihm fürchterlich weh. Das Liegen auf dem Fußboden hatte ihr nicht gutgetan.

Erst nachdem er die Türklinke betätigt hatte, fiel sein Blick auf seine Hemdsärmel. In diesem Moment wich alle Kraft aus seinen Händen. Auf seinen Schultern waren zwei rußige Handabdrücke zu sehen.

Thaniel schaute überall nach – unter dem Bett, im Schrank, hinter dem Schrank, draußen auf dem Flur –, aber da war niemand. In der Gesandtschaft war es ganz still. Selbst vom Personal war nichts zu hören. Schließlich stand er einen Moment lang in seiner offenen Zimmertür und wartete ab, bis er sich wieder ein wenig beruhigt hatte.

Dann ging er leise über den Flur und öffnete die Tür zu Six' Zimmer. Sie schlief; und auch die Zwillinge schliefen. Er machte die Tür wieder zu und wollte eigentlich nicht mehr zurück in sein eigenes Zimmer. Doch da er dieses Hemd nicht weiter tragen konnte, betrat er es noch einmal und ließ die Tür offen stehen, während er sich umzog, qualvoll langsam, weil er nur einen Arm bewegen konnte. Dabei schaute er sich die ganze Zeit mit bangem Herzen um und ging anschließend sofort wieder hinaus. Absurderweise kam es ihm so vor, als erreichte er, indem er über die Türschwelle schritt und das andersfarbene Parkett des Flurs betrat, sicheren Boden. Immer noch war niemand zu sehen. Und trotz des frischen Hemds konnte er nicht aufhören, über die Stellen an seinen Schultern zu reiben, an denen die dunklen Handabdrücke gewesen waren. Dann stand er auf dem Flur, der nur vom schneeverstärkten Mondschein erhellt wurde, und überlegte, was er nun mit sich anfangen sollte. Sich wieder schlafen zu legen, konnte er sich nicht vorstellen.

Es gab eigentlich keinen Grund, weshalb er nicht ein wenig

Arbeit erledigen sollte. Das konnte er im Sitzen tun, und es war schön langweilig, und beides kam ihm gerade sehr gelegen.

Beruhigenderweise drang aus dem Übersetzungsbüro ein wenig Licht. Frau Nakano hatte ihnen der Flammen wegen den Gebrauch der Schreibtischlampen untersagt, hatte aber ersatzweise Glühbirnen besorgt. Die waren nun mit hübschen kleinen Kupferdrähten an den Metallrohren befestigt – und funktionierten tadellos. Thaniel ließ sich an seinem Schreibtisch nieder und fühlte sich, in elektrisches Licht getaucht, gleich viel wohler. Es war erstaunlich, wie schnell er sich an die schummrigen Waltran-Lampen hier gewöhnt hatte, die immer ein leicht ranziges Aroma verströmten, das ihn an einen Ofen denken ließ, der viel zu lange nicht gereinigt worden war. Das hellere Licht der Glühbirnen ließ alles klar und ganz normal erscheinen. Die Zeitungsstapel, die beiden Telegrafen, Pringles kleine Geisha-Puppe, der saubere Papiergeruch eines Büros, in dem nicht geraucht wurde. Er saß einen Moment lang reglos da und ließ das alles auf sich wirken.

Dann übersetzte er ein paar Nachrichten vom Auswärtigen Amt. Im Laufe des Tages waren allerhand Telegramme eingegangen. Der erste Schwung bestand aus Partyeinladungen, und der zweite, der vom Nachmittag stammte, lobte die Gesandtschaft in trauervollen Worten dafür, dass man die Feierlichkeiten trotz des Todesfalls gut hinter sich gebracht habe.

Plötzlich klingelte das Telefon, und Thaniel krampfte sich der Magen zusammen. Das Klingeln war in dem stillen Büro ein ohrenbetäubendes Weiß. Er nahm den Hörer ab. Er hasste Telefone und hatte es sich zum Prinzip gemacht, sie nie von sich aus zu benutzen. Vaulker hatte die Apparate installieren lassen, weil das neuerdings angeblich zum zivilisierten Leben dazugehörte, aber Thaniel konnte sich kaum etwas Unzivilisierteres vorstellen, als jemanden so lange mit einem schrecklichen Geräusch zu belästigen, bis er oder sie den Anruf entgegennahm. Alle anderen Tokyoter Teilnehmer sahen es offenbar genauso, denn die Einzigen, die bei ihnen anriefen, waren Leute, die unhöflich sein wollten.

»Hallo?«, sagte er.

»Das Büro des Premierministers«, meldete sich eine erschöpfte Beamtenstimme auf Japanisch. »Ist Mr. Steepleton zu sprechen?«

»Am Apparat. Ist Ihnen klar, dass es zwei Uhr nachts ist?«

»Der Premierminister wünscht Sie zu sprechen; ich verbinde«, seufzte der Beamte.

Thaniel legte sich eine Hand an die Stirn. Ein Klicken ertönte, und dann fragte Kurodas Stimme, bei der Thaniel unwillkürlich an Schiefer denken musste: »Hab ich dich geweckt?«

»Nein, Hoheit.«

»Schade. Ich rufe nur an, um dir zu sagen, dass du eine vollkommen nutzlose Drecksau bist. Mori muss dich doch da hingeschickt haben, damit du Arinori beschützt.«

»Ja, es ist definitiv alles meine Schuld. Was haben Sie mit Mori und Takiko Pepperharrow gemacht?«

»Ich habe gar nichts gemacht. Ich dachte, du wärst eifersüchtig geworden und hättest sie beide ermordet.«

»Bei Ihrer Vorgeschichte bin ich mir ziemlich sicher, dass eher Sie so was tun würden. Wo sind die beiden? Geht es ihnen gut?«

»Wenn du noch mal in diesem Ton mit mir redest, teile ich eurem Außenministerium mit, dass wir einen hochrangigen Samurai und seine Gemahlin vermissen, weil man dir dein kleines abgeschmacktes Herz gebrochen hat. Also? Dachte ich's mir doch. Feigling«, sagte Kuroda und knallte den Hörer auf.

Die Schusswunde brannte, als hätte man sie mit Essig ausgespült.

Kuroda log, was Mori anging. Und Arinori und seine Frau hatten recht gehabt: Wenn Kuroda wirklich nicht gewusst hätte, wo er war, hätte er längst halb Tokyo auf den Kopf stellen lassen, um ihn zu finden. Thaniel saß da, starrte das Telefon an und grübelte über die Frage nach, wie man jemanden finden konnte, von dem der Premierminister nicht wollte, dass er gefunden wurde.

Er würde gleich an diesem Morgen nach Yoruji fahren. Diplomatische Immunität war eine praktische Sache, wenn es eine Polizeiabsperrung zu überwinden galt. Bis dahin würde er nicht darüber spekulieren, was er dort eventuell finden oder auch nicht finden würde. Er half niemandem damit, wenn er sich nun in ein hysterisches Wrack verwandelte – schon gar nicht Mori, dem es aller Wahrscheinlichkeit nach gut ging und der vermutlich jeden von einem ungeschlachten Gaijin, mit dem er früher einmal zusammengelebt hatte, unternommenen Versuch, ihn zu finden, für ungefähr so inakzeptabel halten würde, als würde ihm da ein unerwünschter Verehrer nachstellen.

Frau Nakano musste das Telefon gehört haben, denn sie kam mit Kaffee und einem Silberschälchen mit Puderzucker herein. Anstelle des Deckels hatte sie eine Glühbirne auf die Metallkanne gelegt. Und die leuchtete traulich vor sich hin.

»Haben Sie einen gesehen?«, fragte sie.

Er sah zu ihr hoch. »Habe ich Sie geweckt?«

»Nein, nein, Junge, ich war sowieso dabei, die Türangeln zu gießen.« Sie hielt nicht inne, um zu erklären, was sie damit meinte. »Sie hatten Feuer gemacht. Haben Sie einen gesehen?«

»Äh … nein, ich hatte bloß einen Albtraum.« Denn das musste es gewesen sein. Wenn er nun wieder nach oben ginge, wären auf dem anderen Hemd keine rußigen Handabdrücke mehr vorhanden. Er war nur krank und nun auch noch verletzt, und am Tag zuvor war direkt vor seinen Augen jemand ermordet worden. Es war ein Albtraum gewesen.

Sie bedachte ihn mit einem Schulmeisterinnenblick und ging dann wieder hinaus. Dabei quietschten die Dielenbretter mächtig, denn irgendwann im Laufe des Tages mussten sich die Nägel darin überhitzt haben. Jemand hatte sie alle herausgezogen und in einer Glasvase auf dem Boden abgestellt, und von dort ging nun ein Hitzeflimmern aus. Als sie durch den Speisesaal ging, nahm sie eine Gießkanne zur Hand, die dort in einer Ecke stand, und wässerte damit die Türangeln. Die daraufhin dampften.

• • •

In einer Untertasse ließ sich ein leckeres Zucker-Kaffee-Gemisch herstellen, und so goss Thaniel ein wenig Kaffee hinein und streute dann mit der linken Hand, so zart er konnte, den Zucker darüber. Ein wenig von dem Puderzucker ging daneben und schneite stattdessen auf den Tisch, genau dorthin, wo der Luftzug ihn aufnehmen konnte. Er schwebte über die Tischkante davon, und Thaniel sah ihm beim Trudeln zu.

Das Trudeln wurde jedoch unterbrochen, bevor sich der Puderzucker in Luft auflösen konnte. Stattdessen zeichnete der Zucker nun mitten in der Luft die Gestalt einer Hand nach. Thaniel konnte sogar das Signet des Herstellers auf dem Manschettenknopf des zugehörigen Hemds erkennen. Es war von Shirokiya, dem großen Kaufhaus gegenüber von der Bank in Ginza.

Thaniel wich unwillkürlich zurück, doch die Hand schwebte immer noch da. Dann fiel der Zucker nach und nach davon ab, und das Bild verblasste.

Er nahm das Silberschälchen, pustete über die Oberfläche des Zuckers und hielt dann den Atem an, damit er die Kristalle nicht im Flug störte. Der Zucker wehte in die Luft und brachte dann weitere Knöpfe zum Vorschein, eine Weste, eine Uhrkette, Hände, die halb in Hosentaschen steckten, und schließlich den gepflegten Schwung von Arinoris Haar. Er schaute aus dem Fenster. Und während Thaniel zusah, seufzte das Zuckergespenst lautlos und wandte sich vom Fenster ab. Thaniel starrte es an und bewarf es dann mit einer weiteren Ladung Puderzucker. Der Geist schien ihn überhaupt nicht zu sehen, stand dort nur, an den Türrahmen gelehnt, und überflog geisterhafte Papiere.

Thaniel griff zum Telefon und stöpselte die Leitung zu Vaulkers Zimmer ein. Während es klingelte – er konnte es im Obergeschoss hören –, behielt er die Stelle im Zimmer im Blick, an der Arinori nun bereits wieder verblasste. Noch nie hatte es ihn vor Angst kalt überlaufen, und er hatte das immer bloß für eine Redensart gehalten, doch jetzt spürte er, wie ihm langsam das Blut aus den Fingern wich, die nun weiß wurden, während sie den Hörer hielten, und seine Fingernägel färbten sich unnatürlich grau.

»Hallo?« Vaulker klang leicht verwirrt, aber nicht so, als ob er geschlafen hätte.

»Könnten Sie bitte kurz ins Büro kommen?«

»Steepleton? Wissen Sie, wie spät es ist?«

»Es ist Viertel nach zwei nachts«, erwiderte Thaniel, immer noch den Puderzucker im Blick. Der Geist war gerade noch sichtbar. Thaniel spürte seinen Puls in seinem Schädel pochen, doch der Instinkt zu fliehen wurde immer schwächer, je länger der Geist nichts Abruptes tat. »Es gibt hier etwas, das Sie sich ansehen sollten.« Er musste schlucken, denn nun schmeckte er den Puderzucker in der Luft, süß, aber auch trocken. »Jetzt sofort.«

Vaulker kam herunter, immer noch vollständig bekleidet. »Was ist denn los?«

»Warten Sie, ich muss ihn erst mal … wiederfinden«, sagte Thaniel stockend, denn er hatte gerade ein Flackern in dem Zucker bemerkt. Nun schleuderte er den ganzen Rest aus dem Schälchen in die Luft. Der Zucker sammelte sich sofort um eine Gestalt. Arinori blätterte immer noch in Papieren. Es waren Akten der Regierung. Der Puderzucker haftete mehr am Weiß des Papiers als an der schwarzen Schrift, und dadurch wurden die Buchstaben auf seltsame Weise umrandet. »Können Sie das sehen?«

Vaulker trat ein wenig zur Seite, um es besser in den Blick zu bekommen. »Das ist … Was in Gottes Namen ist das?« Er sah zu Thaniel hinüber. »Kann es uns sehen?«

Thaniel schüttelte den Kopf.

Vaulker ballte die Hände, ging aber noch näher heran. »Hallo?«

Der Geist sagte nichts und ließ sich auch nicht anmerken, dass er sie bemerkte. Thaniel und Vaulker sahen einander an, und beide warteten darauf, dass der Geist sich umdrehte und sie anschrie.

Dann pustete Thaniel sachte und sah zu, wie die Zuckerpartikel durch die Luft trudelten. Sie flogen dabei in ganz natürlichen Mustern, bis sie schließlich bei dem Geist anlangten, wo sie sich über dessen Umrisse bewegten, als wären sie magnetisiert. Thaniel fuhr mit den Fingerspitzen durch die Gestalt hindurch und wandte dabei den Blick ab, um herauszufinden, ob er sie spüren konnte. Es gab ein minimales Knistern. Wenn er sich nicht so konzentriert hätte, hätte er es nicht bemerkt. Beide zuckten sie zusammen, als sich der Geist nun in Bewegung setzte. Er ging jedoch nicht auf sie zu und schien sie auch immer noch nicht zu bemerken, sondern schlenderte lediglich zu dem Schreibtisch hinüber.

»Ich sollte meine Kamera holen«, sagte Vaulker mit stockender Stimme, rührte sich aber nicht von der Stelle.

Thaniel fuhr noch einmal mit der Hand quer durch den Geist. Der Zucker teilte sich und kehrte gleich anschließend wieder zur vorigen Form zurück. Er war ein geradezu hypnotischer Anblick. »Kein Wunder, dass die in der Küche Dinge gesehen haben. Da ist ja überall Mehl.«

»Aber das kann doch nicht schon seit Monaten so gehen. Das hätten wir doch bemerkt«, murmelte Vaulker.

»Hätten wir das? Wie oft werfen Sie denn irgendein Pulver in die Luft?« Thaniel war sich noch nie so dumm vorgekommen. Auf Moris Anwesen hatte der kleine Hotaru in Kalkpartikeln Geister gesehen. Die Salzsieder sahen sie im Rauch. »Mein Gott: Das Feuer! Es ist der Rauch. Das Personal feuert ja immer die Öfen und Kamine an, und da sehen sie natürlich, was sich im Rauch abzeichnet.«

Vaulker fuhr sich mit den Zähnen über die Unterlippe. »Was zum Teufel sollen wir jetzt tun? Zur Missionskirche gehen?«

»Nein … Ich glaube nicht, dass es sich um diese Art von Geistern handelt.« Thaniel fuhr noch einmal mit der Hand hindurch, und diesmal bekam er einen elektrischen Schlag, sodass er die Hand unwillkürlich zusammenkrampfte.

»Was war das?«, fragte Vaulker.

»Elektrizität.« Mori hatte gesagt, Yoruji werde bei schlechtem Wetter davon heimgesucht. Oh Gott. »Wie lange ist das Wetter schon so gewittrig? Seit November?«

»Ja. Ungefähr seit Mitte November.«

»Und zu dieser Zeit hat das Personal auch angefangen, sich zu beschweren?«

Vaulker zog die Augenbrauen hoch. Sie blickten beide aus dem Fenster, wo das Leuchten am Fuji immer noch deutlich zu erkennen war.

»Rund um den Fuji gibt es Eisen im Boden, nicht wahr?«, sagte Vaulker. »Waren Sie nicht derjenige, der gesagt hat, dass die Luft deshalb so elektrisch aufgeladen ist? Hat das irgendwas mit elektromagnetischem Dingsbums zu tun, wenn der Vulkan aktiv ist?«

»Das behauptet jedenfalls das Wetteramt. Ich weiß aber nicht, ob Eisen im Boden wirklich all das verursachen könnte, egal, wie gewittrig das Wetter ist. Dann müsste das ja schon mal irgendwo vorgekommen sein, nicht wahr?«

»Vielleicht ist es das ja, und vielleicht spukt es deshalb an manchen Orten und an anderen nicht.«

Thaniel griff sich wieder an die Schulter. Dunkle Handabdrücke. Einer von denen hatte ihn berührt – hatte ihn mit einem elektrischen Schlag geweckt. Ihn überlief es am ganzen Körper eiskalt.

»Papa«, sagte Six, die in der Tür stand.

Thaniel ging einen Schritt vorwärts, in den Geist hinein, um den restlichen Puderzucker zu zerstreuen. Bei Tageslicht hätte er es ihr gezeigt, aber um zwei Uhr früh kam das nicht infrage, da konnte sie noch so rational gesinnt sein. »Hast du schlecht geträumt, Schatz?«

»Nein. Draußen brennt es.«

»Das ist am Fuji, das ist weit weg.«

»Nein.« Sie zeigte in Richtung Kanal. Es war schwer zu erkennen, wie weit der Brand entfernt war, aber sie hatte recht. Nun tauchte auch Vaulkers Spiegelbild hinter ihnen auf der Fensterscheibe auf.

»Ist das eines der Lagerhäuser am Kanal?«

»Ja, das muss es sein.« Thaniel nahm Six auf die Schultern, weniger zu ihrer als vielmehr zu seiner Beruhigung. Wie stets lehnte sie sich nicht an ihn und saß kerzengerade.

»Schauen Sie mal, wie hell die Stadt ist«, hauchte Vaulker.

Er hatte recht. Die ganze Stadt leuchtete, und zwar so hell, dass die Wolkenbäuche das Licht orangefarben zurückwarfen. Es sah vollkommen anders aus als sonst. Nachts war Tokyo normalerweise eine Stadt der schiefen Holztore, die sich in schummrigem Lampenschein verloren, und dann tauchten plötzlich neue Steingebäude auf. Es gab große düstere Flächen, bei denen es sich um Parks handelte, und am Fluss bewegten sich einzelne Kerzenflammen, wo Schiffer Frachtkisten für den Morgen zusammenstellten. Jetzt aber war die Stadt hell erleuchtet. Thaniel konnte die Konturen der Straßen erkennen, die an den Kanälen entlang verliefen. Halb Tokyo musste sich in den vergangenen Tagen Glühbirnen zugelegt haben. Es sah aus wie das Innere eines phosphoreszierenden Bienenstocks.

Dann explodierte etwas in dem brennenden Gebäude. Der Knall erschütterte die Fenster der Gesandtschaft, und sie alle wichen ein Stück zurück. In diesem Moment kamen einige der Jungdiplomaten ängstlich und aufgeregt die Treppe herab.

»Auf der anderen Seite brennt es jetzt auch«, sagte jemand. »Au! Verdammt!«

»Was ist?«, fragte Thaniel.

»Die vermaledeite Türklinke. Sie ist glühend heiß. Selbst durch das Tuch hindurch.«

»Gibt es da drüben nicht irgendwo … eine Baumwollfabrik?«, fragte Thaniel stockend.

»Das Geschirrtuch qualmt«, meldete der Jungdiplomat.

»Die Baumwollfabrik befindet sich direkt neben dem brennenden Gebäude«, sagte Six in dem leisen Ton, in dem sie sprach, wenn sie fürchtete, dass sie eigentlich den Mund halten sollte.

»Oh Gott – alle weg von den Fenstern! Sofort!«

Sie eilten in die hinteren Räume, und kurz darauf ließ eine viel größere Explosion die Fenster ins Haus hinein zerbersten. Thaniel schnappte sich Six und schaute sich gerade noch rechtzeitig um, um zu sehen, wie die Seidenvorhänge Feuer fingen. Sie gingen in Flammen auf, als wären sie mit Öl getränkt, und wogten in der heißen Luft und den schwebenden Ascheflocken. Geschwärzte Fetzen davon lösten sich und ließen sich auf den Papieren auf den Schreibtischen nieder. Dann sah Thaniel, wie ein Blatt zu brennen begann, das in einer Smith-Corona-Schreibmaschine steckte.

• • •

Eine Viertelstunde später saßen sie in zusammengewürfelten Grüppchen im Speisesaal der niederländischen Gesandtschaft, und die Frauen der dortigen Diplomaten machten mit warmen Getränken, Decken und Süßigkeiten für die Kinder die Runde. Six schien das als interessante Abwechslung zu ihren normalen nächtlichen Abläufen anzusehen. Thaniel verstand nicht, warum sie hiergegen nichts einzuwenden hatte, während sie es anscheinend für undenkbar hielt, einen Flur auch einmal in die andere Richtung entlangzugehen. Gemeinsam mit den anderen Kindern baute sie nun unter dem Tisch eine Deckenburg. Thaniel sah immer noch Nachbilder der Explosion, und wenn sie an den Rändern seines Sichtfelds aufblitzten, klangen sie wie Xylofone.

Die Niederländer hatten schon viel früher als die Briten auf ihre Bediensteten gehört. Die Böden waren mit fabrikneuem Linoleum belegt, an den Dachsparren hingen überall Glühbirnen, und sämtliche Türklinken und -angeln waren mit Gummi verkleidet. Zudem standen beiderseits jeder Tür und jedes Fensters Sandeimer bereit.

»Steepleton«, sagte Vaulker und hielt dann inne. Thaniel saß bei dem niederländischen Arzt, der ihn dazu gebracht hatte, sein Hemd auszuziehen. Der Arzt zupfte ihm gerade mit einer Pinzette Glassplitter aus den Schultern. »Mein Gott, Sie haben ja überall Prellungen. Haben Sie etwa … gegen den Mann gekämpft, der Arinori ermordet hat?«

»Nein, wir hatten vorher einen Kutschenunfall. Die Pferde hatten sich erschreckt.« Es war ihm bis dahin gar nicht aufgefallen – er hatte sich einfach nicht im Spiegel angesehen –, aber auch die Seite, die er für unversehrt gehalten hatte, war von blauen Flecken überzogen. Die Schmerzen von der Schusswunde hatten offenbar alle anderen überlagert, sogar die von den Glassplittern.

Vaulker sah aus, als wolle er etwas sagen, doch dann gab es in der Nähe eine weitere Explosion, und sie beide zuckten zusammen. »Was war das?«

Ein paar Sekunden später hörte man krachend ein Dach einstürzen.

»Die Feuerwehr reißt die Häuser nieder, um die Brände zu stoppen. Die Häuser sind hier ja alle aus Holz. Es gibt keine andere Möglichkeit, um so einen Großbrand in den Griff zu kriegen, bevor er irgendwann einen der Kanäle erreicht. Geht es Ihnen gut?«, fügte Thaniel hinzu, denn er hatte allmählich das Gefühl, dass es um sie beide nicht zum Besten bestellt war. Er selbst war normalerweise nicht schreckhaft, doch der Lärm gerade hatte ihm einen Schauer über den Rücken gejagt. Auch vor leiseren Geräuschen schreckte er neuerdings zurück, scheu wie ein Hase. »Haben Sie sich überhaupt schon mal hingesetzt?«

»Was wir da gesehen haben …«, begann Vaulker und ließ sich dann neben Thaniel auf einen Stuhl sinken. Sämtliche Falten seines Gesichts und seiner Kleidung waren mit Ruß nachgezeichnet. »Falls das von diesem Wetter verursacht wird – nun ja … Dann müssen wir rauskriegen, ob es noch schlimmer wird. Und vor allem, ob es etwas mit dem Fuji zu tun hat. Wenn das ein Vorzeichen dafür ist, dass der Vulkan bald ausbricht, müssen wir evakuieren.« Er sprach nun sehr leise, und als er geendet hatte, blickte er sich im Raum um. Als Thaniel seinem Blick folgte, sah er, dass einige der niederländischen Diplomaten auf die gleiche Weise flüsternd die Köpfe zusammensteckten. Niemand wollte das Wort Vulkan laut aussprechen. Der Saal war voller Kinder. »Der niederländische Gesandte hat gerade jemanden losgeschickt, der den Leiter des Wetteramts wecken soll, aber ich glaube nicht, dass die irgendwas sagen dürfen, selbst wenn unmittelbar irgendwas bevorsteht. Am Hafen herrscht jetzt schon Chaos.«

Thaniel nickte. »Wollen Sie evakuieren, für alle Fälle?«

»Francis Fanshaw würde mich einen Kopf kürzer machen, wenn ich alle evakuieren würde und dann nichts geschieht. Ich stehe momentan ohnehin schon nicht allzu hoch in seiner Gunst, nehme ich mal an«, sagte Vaulker und warf Thaniel einen Blick zu.

»Ich habe ihm nichts gesagt«, erwiderte der. »Wenn niemand bemerkt hat, dass Sie nicht bei der Verkündigung waren, ist alles gut. Aber was machen wir denn sonst, wenn wir nicht evakuieren?«

Vaulker sah ihn verblüfft an. »Sie haben ihm nicht gesagt, dass ich nicht hingegangen bin?«

»Nein. Warum sollte ich?«

»Weil Sie mich nicht mögen.«

»Wohl wahr«, bestätigte Thaniel lächelnd.

»Nun …«, sagte Vaulker und lächelte ebenfalls, wenn auch verkniffen. »Vielen Dank. Tja, also: Wir müssen jemanden zum Fuji schicken, der sich anschaut, was da vor sich geht.«

»Ausländer brauchen bestimmte Papiere, wenn sie Tokyo verlassen wollen. Die werden sie uns niemals ausstellen, wenn sie glauben, dass wir da rumschnüffeln wollen.«

»Ich denke mal, die Polizeidienststellen auf dem Weg dorthin haben momentan ganz andere Sorgen«, erwiderte Vaulker und zögerte dann. »Schauen Sie, ich sehe ja, dass Sie nicht in der besten Verfassung sind, aber ich habe so das ungute Gefühl, dass Sie der Einzige von uns sind, der gut genug Japanisch kann, um das zu übernehmen. Wir werden auch noch die Chinesen und die Holländer fragen, aber … machen Sie sich schon mal darauf gefasst.«

Thaniel nickte langsam. Er hätte am liebsten Nein gesagt; er musste unbedingt nach Yoruji, nun dringender denn je. Irgendetwas war mit Mori geschehen. Das war die einzige Erklärung, die ihm noch blieb. Er konnte akzeptieren, dass Mori zulassen würde, dass eine Kutsche umstürzte und ein Minister ermordet wurde, aber es wäre töricht, sich vorzustellen, dass er zulassen würde, dass Six in Gefahr geriet. Die Fenster waren zerborsten. Sie hätte dabei ums Leben kommen können. Wenn Mori das hätte verhindern können, hätte er es getan.

Doch wenn der Vulkan tatsächlich kurz davor war auszubrechen, bestand die erste Priorität darin, Six von hier fortzuschaffen. Gar nicht zu reden von den Kindern der anderen und den Jungdiplomaten, die im Grunde auch noch Kinder waren.

»Ich könnte heute früh einen Zug nehmen.«

Vaulker atmete auf, als hätte er erwartet, dass Thaniel sich weigern würde. »Hören Sie«, sagte er dann mit einem Mal. »Ich weiß, dass ich schuld daran war, dass Sie in dieser verdammten Kutsche saßen. Glauben Sie nicht, dass ich nicht wüsste, dass eigentlich ich hier mit einer Schusswunde sitzen sollte.«

Thaniel erwiderte, nicht gänzlich aufrichtig: »Daran hatte ich noch gar nicht gedacht.«

»Nun, das ist sehr …«, sagte Vaulker und schüttelte dann den Kopf, was sein helles Haar zum Schimmern brachte. Er musste es schon mit Wasser durchgekämmt haben, denn es war das Einzige an ihm, was sauber war. Das hatte einen seltsamen Effekt, so als wäre er aus zwei Fotografien desselben Mannes in unterschiedlicher Beleuchtung zusammengesetzt. »Ich sollte dem niederländischen Gesandten jetzt mal meine Aufwartung machen. Und Sie sind bitte nett zu den niederländischen Übersetzern, ja?«

Es war fast beruhigend zu sehen, dass er zu seinen gewohnten Umgangsformen zurückkehrte.

»Was ist denn das für ein Krach?«, fragte Vaulker dann.

Nun bemerkte auch Thaniel das stakkatoartige weiße Klappern, das das Gemurmel im Saal übertönte. Es klang nach Telegrafen. Und tatsächlich spielten in einem Büro gleich nebenan fünf Telegrafen verrückt und spulten Spiralen um Spiralen Transkriptionspapier auf den Fußboden. Einige Niederländer versuchten, dem Einhalt zu gebieten, doch die Kabel herauszuziehen, hatte nichts gebracht.

»Verzeihung, dürfte ich mal durch?«, fragte Six.

Thaniel trat für sie beiseite, und sie ging zu einem der Apparate, griff, die aufgeschreckten Schreie überhaupt nicht beachtend, an der hämmernden Morsetaste vorbei und riss die Funkenstrecke heraus. Der Telegraf stand augenblicklich still. Die Anwesenden guckten erstaunt.

»Die sind elektrisch«, erklärte sie. »Punkt/Strich heißt an/aus.«

Sie musterte die Männer ringsumher. »Ich kann kein Holländisch«, fügte sie hinzu, als alle weiterhin schwiegen.

»Was sagten Sie, wo haben Sie die Kleine her?«, fragte Vaulker. »Und … gibt es noch mehr von dieser Sorte?«

Six sah zwischen ihnen hin und her. »War das gerade beleidigend oder nett?«, fragte sie Thaniel.

»Nett«, versicherte er. Er wollte sie in den Arm nehmen, aber das wäre ihr sehr unangenehm gewesen. Zu seinem Erstaunen tätschelte sie ihn nun geistesabwesend, ohne ihn anzusehen. Während sich die Niederländer daran machten, ihre Telegrafen stillzulegen, schaute er in die Stadt hinaus. In der Umgebung des Kanals waren inzwischen riesige Rauchwolken zu sehen. Die Luft war erfüllt von Glutpartikeln, sodass es aussah, als flögen dort große Glühwürmchenschwärme. Und während sie zusahen, explodierte in der Ferne etwas mit einem gewaltigen Knall, und dann sprühte Feuerwerk in alle Himmelsrichtungen. Leute lachten und johlten, und Six schaukelte frohgemut hin und her. Es war ein prächtiger Anblick. Allerdings wurde das Feuer dabei über den Kanal geschleudert, und die Bäume am anderen Ufer fingen an zu brennen. Das nächste Gebäude dahinter war der Kaiserpalast.

• • •

Kurz vor Morgengrauen kehrte der Mann, den der niederländische Gesandte losgeschickt hatte, mit Asche bedeckt zurück und berichtete, das Wetteramt habe gerade eine Stellungnahme für die Morgenzeitungen herausgegeben. Darin hieße es, das Wetter sei zwar alarmierend, habe aber definitiv nichts mit irgendwelchen vulkanischen Aktivitäten am Fuji zu tun, und in der Stadt bestehe, abgesehen von den Gefahren durch die erhöhte Elektrizität, im Allgemeinen keine Gefahr. Die Vorhersage ginge von einem Ende der Störungen aus, sobald sich der Sturm gelegt haben würde.

Thaniel wusste nicht, wie man »absoluter Schwachsinn« auf Niederländisch zum Ausdruck brachte, nahm aber an, dass ihre hiesigen Kollegen es genauso empfanden. Die Briten sahen es auf jeden Fall so und auch die Amerikaner, die nun vorbeikamen, um nach ihnen zu schauen. Auch die chinesischen Diplomaten wirkten nicht allzu überzeugt davon. Sie brachten netterweise Essen für alle mit.

Der amerikanische Gesandte ließ schließlich durchblicken, dass er geneigt war, in der Sache noch ein paar Tage lang abzuwarten. Der niederländische Gesandte äußerte sich ähnlich, und dann schloss sich dem auch der chinesische Botschafter an. Die Verständigung war nicht ganz einfach, denn manche der Beteiligten sprachen kein Englisch, und nicht alle konnten Japanisch, doch nach einiger Dolmetscherei lehnte sich der chinesische Botschafter, der unter den anwesenden Diplomaten der älteste und ranghöchste war, in seinem Sessel zurück.

»Wir müssen eindeutig jemanden zum Fuji entsenden, aber Mr. Steepleton ist nicht reisetauglich. Es muss hier doch auch noch andere Übersetzer geben.« Die Niederländer und die Amerikaner sahen einander mit schuldbewusster Miene an und räumten dann ein, dass sie nur über mies bezahlte Freiberufler verfügten, die ihnen ins Gesicht lachen würden, wenn man sie ohne Vorankündigung zum Fuji schicken wollte.

»Was ist denn mit Ihnen?«, fragte Vaulker in leicht vorwurfsvollem Ton. »Das Chinesische ist dem Japanischen doch viel ähnlicher als das Englische; sprecht ihr das denn nicht alle?«

»Es ist ungefähr so ähnlich«, sagte der chinesische Botschafter langsam und in ausdruckslosem Ton, »wie Englisch und Norwegisch. Natürlich haben wir einen Übersetzer, aber er stammt aus der kaiserlichen Familie, und dieses Risiko kann ich leider nicht eingehen.« Er deutete mit einem Blick auf einen sehr jungen Mann, der sich über eine Tasse Tee beugte. Er war anscheinend eine chinesische Version von Pringle. Der Botschafter seufzte. »Mr. Steepleton, ich frage Sie das nur höchst ungern: Trauen Sie sich das zu?«

»Ich schaff das schon«, sagte Thaniel. Er war sich da zwar nicht allzu sicher und sah auch immer noch die Xylofonblitze, aber eher würde die Hölle zufrieren, als dass er irgendeine Version von Pringle in die Nähe so einer Gefahr ließ. Er verschränkte die Arme und versuchte zu ignorieren, dass alle seine väterlichen Alarmglocken zu schrillen begannen.

Der chinesische Botschafter wirkte immer noch nicht allzu überzeugt. »Dann hätten wir das also geklärt. Wir warten ab, bis Mr. Steepleton vom Fuji zurückkehrt, und wenn er schlechte Nachrichten bringt, wird meine Regierung Sie alle herzlich einladen, in Peking unsere Gäste zu sein.«

»Steepleton«, murmelte Vaulker, als man anschließend auseinanderging, und legte Thaniel eine Hand auf den Rücken, damit der den Kopf neigte und ihm lauschte. »Hören Sie zu. Was auch immer Sie da oben finden: Ich glaube, es wäre klug, offiziell zu melden, dass es gefährlich ist.«

»Warum?«

»Weil uns das Auswärtige Amt heute Nacht eine Depesche geschickt hat. Premierminister Kuroda hat vor einigen Wochen offiziell den Auftrag über eine ganze Flotte von Panzerschiffen erteilt. Der betreffende Vertrag bestand in Wirklichkeit aber schon seit Jahren. Die verdammten Dinger wurden längst gebaut, unter der geheimen Vereinbarung, dass die Amerikaner sie kaufen würden, falls Tokyos Zahlungen ausbleiben sollten. Sie werden gegenwärtig von Liverpool aus hierhergeliefert.«

Thaniel richtete sich unwillkürlich auf. »Also … was auch immer gerade mit dem Fuji vorgeht …: Die russische Flotte liegt immer noch vor Nagasaki, und die Briten liefern eine ganze Flotte neuer Kriegsschiffe nach Tokyo.«

»Mhm. Sie werden die Russen buchstäblich beiseiteschieben müssen, um hierherzukommen. Ich denke mal, ein Feuergefecht ist da fast unausweichlich. Was auch immer Sie da oben sehen: Finden Sie einen Grund, um uns aus Tokyo herauszuholen, bevor Gott und die Welt vor einem Krieg zu fliehen versuchen und es verdammt noch mal keine Schiffspassagen mehr gibt.«

TEIL VIER

DREISSIG

AOKIGAHARA, 13. FEBRUAR 1889

Wenn man auf direktem Wege zum Fuji reiste, gelangte man zunächst in den Aokigahara-Wald. Der sah tatsächlich bläulich aus in dem dort herrschenden dichten Nebel und im Schatten des Berges, der als gigantische weiße Schneewand den Himmel beherrschte. Je näher Thaniel dem Berg kam, desto mehr schmeckte die Luft nach Eisen. Er bekam auch wieder Zahnschmerzen, und das, obwohl ihm Willis für die Reise Morphin verabreicht hatte.

Er hatte eine Postkutsche ganz für sich allein. Alle anderen, so der Kutscher, wollten nur noch in die entgegengesetzte Richtung.

Auf der anderen Straßenseite zogen Menschen in einer langen Karawane gen Norden. Wenn sie keine Ochsen dabeihatten, schleppten sie ihre Bündel und kleinen Kinder selbst. Alle hatten Rauchflecken, viele auch sichtbare Verbrennungen, und jedermann starrte die Kutsche an. Einer rief, ob Thaniel etwa von der Regierung sei. Als ein anderer sah, dass er Westler war, schleuderte er eine Melone gegen die Kutsche und schrie irgendwas von wegen Scheißamerikaner. Da wurden auch andere Leute aufmerksam und fingen ebenfalls an zu schreien, und weitere Dinge prallten an den Kutschenschlag und das Fenster. Thaniel zog den Sichtschutz herunter. Das musste mit dem Vulkan zusammenhängen; doch für den Vulkan konnte man ja wohl kaum die Amerikaner verantwortlich machen. Als er den Kutscher fragte, ob er kurz aussteigen und jemanden fragen dürfe, erwiderte der nur, dass sich seine Angehörigen nicht einbilden sollten, er würde den Fahrpreis erstatten, wenn Thaniel aus der Kutsche heraus gelyncht wurde.

Bald leerte sich die Straße. Alle, die gehen wollten, waren gegangen, und auf der Strecke wurde es wieder still. Thaniel schob den Sichtschutz hoch. Die Bäume am Straßenrand waren grau. Im ersten Moment dachte er, dass es schneite, doch dann sah er, dass sie mit Asche bedeckt waren. Die zuvor so grüne Landschaft war wie abgetötet. Farbenfroh waren dort nur noch die Dinge, die man am Straßenrand zurückgelassen hatte.

Einige davon waren groß, etwa Ochsengeschirre oder Wagenräder. Hauptsächlich aber lagen dort Schmuck und Geld. Die Leute hatten ihre Münzen und Uhren einfach weggeworfen, und die aschfahlen Straßenränder glitzerten vor Gold und Silber. Jemand hatte eine ganze Sammlung von Ringen auf einem alten Baumstumpf abgelegt, und die Ringe waren inzwischen so heiß, dass das Holz davon qualmte.

Ein ganzes Stück vor dem Eingang des Waldes musste der Kutscher halten. Die Straße war ab dort für den Verkehr gesperrt. Das sei schon seit Monaten so, sagte er; es habe irgendwas mit der Armee zu tun. Thaniel stieg aus und ging die letzte Meile zu Fuß – ganz langsam und nicht allzu sicheren Schritts –, und als er dann an die eigentliche Sperre kam, verstand er, warum der Kutscher dem nicht zu nahe kommen wollte.

Quer über die Straße und von dort beiderseits bis in die waldige Ferne zog sich ein hoher Zaun. Zwischen den etwa drei Meter hohen Pfosten waren Kupferdrähte gespannt, und die flirrten geradezu vor Elektrizität. Thaniel warf einen Stock dagegen. Der fing sofort Feuer.

Eine Sirene ging los. Das war in dieser Waldesstille – und es war dort tatsächlich still, denn zwischen den Nadelbäumen raschelten keine Tiere und sangen keine Vögel – ein erschreckendes, fast ohrenbetäubendes Geheul. Die ganze Welt wurde davon schlagartig in Weiß getaucht, das mit dem An- und Abschwellen der Sirene abwechselnd ergraute und schmerzhaft grellweiß strahlte. Thaniel ließ sofort die Straße hinter sich und lief zur dunkelsten Stelle des Waldes, die er sah. Dort musste es unter der Erde Eisenflöze oder so etwas geben, denn der Schnee war auf einer ganzen Fläche weggetaut, und die Bäume rochen saftstrotzend und nach warmen Nadeln.

»Diese verdammten Kinder!«, wetterte eine Männerstimme. »He, ihr kleinen Pissnelken! Ich weiß genau, dass ihr euch hier irgendwo versteckt!«, rief er in den Wald.

Thaniel hielt den Atem an, während die Soldaten stehen blieben und lauschten. Anstelle der Schneedecke auf der Straße bestand der Boden hier aus Schneematschresten und toter Erde. Er spürte, wie er in diesem Schlamm einsank, und wechselte auf das Wurzelwerk eines Baums. Es war allerdings kein Baumstamm, hinter dem man sich gut verstecken konnte; er war schmal und krumm; und Thaniel musste sich hinhocken.

Als die Männer dann weitergingen, richtete er sich wieder auf, überlegte kurz, verstaute seine Tasche in einer trockenen Bodenmulde und gingen ihnen nach. In der Nähe stand ein kleiner Wachturm. Er sah nicht neu aus und gehörte offenbar zur Ruine eines alten Gebäudes, eines ehemaligen Tempels oder so etwas, die man lediglich mit einem neuen Dach versehen hatte. Vor der Tür angelangt, hielt er inne, gab sich Mühe, ruhig Blut zu bewahren, und klopfte dann an.

»Du hast ja vielleicht Nerven, du kleiner – oh«, sagte der Soldat und runzelte die Stirn. »Wer sind Sie?«

»Ich bin vom Ministerium«, sagte Thaniel. Wenn er sich Mühe gab, konnte er Mori täuschend echt nachahmen. Es tat zwar weh, denn er musste dabei Moris goldfarbener Stimme in seinem Gedächtnis lauschen, doch sie klang nun einmal vornehm und keinesfalls wie die Stimme eines Mannes, der sich als ein anderer ausgab. »Sie hätten mich eigentlich erwartet, aber in Tokyo sind leider sämtliche Telegrafen ausgefallen, und Sie wissen ja, was passiert ist, als wir es mit den verdammten Brieftauben versucht haben.«

Der Soldat hielt unsicher inne. Er war gerade noch jung genug, um sagen zu wollen, ja, er wisse Bescheid – obwohl er noch nie von einem Versuch mit Brieftauben gehört hatte. »Ja, natürlich. Sie sehen bloß gar nicht aus wie jemand vom …«

»Das sagen sie alle; es ist wirklich lästig. Sie haben nicht zufällig eine Tasse Tee für mich, bevor ich mich dann den Berg raufschleppen muss?«

»Äh … Verzeihung. Dürfte ich bitte Ihre Papiere sehen?«

»Leider nein.« Thaniel ließ die Schultern ein wenig sinken und konzentrierte sich darauf, betrübt und verlegen dreinzuschauen. »Versuchen Sie mal, in einem schönen Mantel gegen den Strom zu gehen, während alle anderen in die Gegenrichtung fliehen, mit weiter nichts als dem, was sie gerade noch tragen können. So was provoziert die Leute.«

»Wie bitte?«

»Ich wurde ausgeraubt«, sagte Thaniel. »Papiere, Geld, alles futsch.« Er breitete seine Arme aus, um zu zeigen, dass er nichts bei sich trug. Als er sich so streckte, brannte die Schusswunde, und auch die Prellungen an seinem Brustkorb schmerzten. Er fühlte sich ein wenig benommen und versprach sich noch etwas Morphin, sobald er den Zaun passiert haben würde. »Sie werden mich doch jetzt nicht etwa den ganzen weiten Weg nach Tokyo zurückschicken, oder? Da wäre der Minister aber sehr ungehalten.«

»Tja …«

»Wie ist Ihr Name? Gefreiter …?«

»Oh. Äh … natürlich nicht, kommen Sie rein«, sagte der junge

Mann, der plötzlich aussah, als stünde er kurz vor einem Nervenzusammenbruch. »Wir haben Tee. Kommen Sie rein.«

• • •

Die Soldaten waren Einheimische, die man eigens für diesen Wachdienst rekrutiert hatte, und sie schienen erleichtert, mit jemandem plaudern zu können, der nicht bloß irgendwas nach ihnen schmeißen wollte. Nach dem Tee begleiteten sie ihn noch ein Stück die Straße hinauf und warnten ihn, dass es dort oben nun womöglich anders aussah als bei seinen früheren Besuchen.

Als er außer Sichtweite der Soldaten war, nahm er noch etwas Morphin und lehnte sich, bis die Wirkung einsetzte, an einen Baumstamm. Als Willis ihm die Arznei mitgegeben hatte, hatte Thaniel befürchtet, dass sie ihn benebeln und schwerfällig machen würde, doch wie sich zeigte, linderte sie lediglich einen Großteil seiner Schmerzen und erfüllte ihn darüber hinaus sogar mit einer gewissen Zuversicht.

Anschließend ging er langsam zu dem Dorf, bei dem der Weg den Berg hinauf begann. Er spürte, wie seine Taschenuhr immer wärmer wurde. Er hatte sie bereits in ein Taschentuch eingewickelt, doch wenn sie sich weiter erhitzte, würde er sie zurücklassen müssen, und daran mochte er gar nicht denken. Mori hatte sie eigens für ihn gebaut. Ringsumher schwebten Aschepartikel in der Thermik. Sie verwandelten das Weiß des Schnees in ein totes Zementgrau.

Trotz der morphingespeisten Euphorie verspürte er allmählich das gleiche Unbehagen, das er auch schon in Yoruji empfunden hatte: die seltsame Gewissheit, dass er, obwohl er offenkundig allein war, nicht nur von einer Person, sondern von ganzen Heerscharen beobachtet wurde.

Er blieb stehen, als vor ihm eine Herde Ziegen auftauchte, die im Schlamm am Rande der Schotterstraße an Grasresten nagten.

Niemand schien sie zu hüten. Statt mitten durch die Herde hindurchzugehen, machte er einen großen Bogen um sie, denn er hatte bemerkt, dass eine der älteren Mutterziegen ihn beäugte und auch schon die Hörner senkte.

Als er sich übers Haar fuhr, knisterte es vor statischer Elektrizität. Nun setzte die Abenddämmerung ein, früher als in Tokyo. Der Himmel war sehr klar, und es war kalt.

Vor ihm tauchten wieder Lichter auf. Thaniel dachte zunächst, es seien die Lampen in dem Dorf, doch als er dann schließlich in dem Dorf ankam, wirkte es, als wären die Lichter nicht näher gekommen. Die Häuser dort waren alle dunkel. Die Aschepartikel wurden indes immer dicker und sammelten sich in den Falten seiner Mantelärmel.

Die Lichter waren, wie sich nun herausstellte, nur etwa zwanzig Meter entfernt, und es handelte sich dabei nicht um Lampen, sondern um Flammen in einem Strohdach.

Das Stroh musste feucht gewesen sein, als es in Brand geriet, denn es qualmte wie die Hölle, während es an einigen Stellen gedämpft, an anderen lebhafter brannte. Aschepartikel trudelten von dort empor. Es war niemand mehr da, der den Brand hätte löschen können. Auch andere Dächer brannten, ja sogar ganze Häuser. Es ging ganz langsam vor sich; manche brannten vermutlich schon seit Tagen. Und der Rauch hatte einen dichten Nebel gebildet. Thaniel zog seinen Schal höher und band ihn fest. An einigen Stellen zeichneten sich im Rauch die Geister von Menschen ab, die ganz gewöhnliche Dinge taten: Sie hüteten Kühe, unterhielten sich oder kehrten vor ihrer Haustür. Die Menschen aus Fleisch und Blut aber waren alle fort.

Dann lag da etwas auf der Straße, etwas Großes, Geschwärztes. Thaniel verlangsamte seine Schritte, als er es sah, und seine Kehle schnürte sich in der Vorahnung zu, dass es sich um einen Menschen handelte.

Für einen Menschen war es jedoch zu groß. Es war eine Kuh – eine tote Kuh, die vom Kopf bis zu den Vorderbeinen fast vollkommen verbrannt war, dahinter aber intakt, bis auf die Stellen, an denen sich die Raben gütlich getan hatten. Etwas schimmerte aus den verkohlten Knochen hervor. Und dieses Etwas dampfte. Thaniel bückte sich und warf einen Blick darauf. Es war eine Glocke, eine ganz gewöhnliche Kuhglocke. Er wich zurück und wartete ab, bis sich seine Übelkeit wieder gelegt hatte. Selbst eine heiße Tasse Tee würde unter diesen Umständen durch einen hindurchbrennen, wenn man sie lange genug hielt. Die Kuh musste fürchterliche Qualen gelitten haben, als die Glocke immer heißer und heißer geworden war. Thaniel berührte wieder seine Uhr. Sie fühlte sich noch wärmer an, selbst durch das Taschentuch hindurch.

Erst als er sich wieder aufgerappelt hatte, wurde ihm klar, dass er sich darauf verlassen hatte, dass es hier irgendwo einen Ort gab, an dem er übernachten konnte. Nicht recht wissend, was er nun tun sollte, aber sehr sicher, dass er aus dem Rauch herausmusste, stapfte er weiter, vorbei an einer qualmenden Ruine, die einmal ein Gasthaus gewesen war. Auf einem Holzschild, das an den Rändern auch schon zu glimmen begann, wies ein Pfeil aufwärts, und darunter stand: *Zum Berg.*

• • •

Neben der Einmündung zum Bergweg stand ein Schrein. Die Bäume dort waren größer, hohe Kiefern, deren Wipfel sich in Rauch und Nebel verloren. Kleine Feuer knisterten im oberen Geäst, und hin und wieder hörte man Kiefernnadeln in Brand geraten, die Stämme aber hatten, von dem feuchten Winter durchnässt, wie sie waren, noch kein Feuer gefangen. Zwischen zwei dieser Bäume befand sich, eine kleine Treppe hinauf, ein Holzgehäuse mit der Statue einer lokalen Gottheit darin. Dahinter gelangte man durch ein geschwungenes Tempeltor zu dem eigentlichen Schrein, der kaum größer war als das Gehäuse davor. Dort stand ein kleines Fenster offen, wodurch das Ganze eher wie ein Souvenirkiosk als wie eine religiöse Stätte aussah, und durch Ritzen in den Bretterwänden drang Licht hinaus.

Als Thaniel näher heranging, sah er, dass das Innere dieser kleinen Hütte mit Glühbirnen angefüllt war. Sie hatten die unterschiedlichsten Größen und Formen, und keine schien mit irgendwas verkabelt zu sein. Sie hingen in Grüppchen an Schnüren und wirkten dadurch ein wenig wie Schwimmer an Fischernetzen. Thaniel wünschte sich, Six hätte das sehen können. Die Luft in der kleinen Hütte war von der Wärme all der Glühbirnen erfüllt. Sie beleuchteten Regale voller Gebetskarten samt Bändern, Talismanen, Reiskuchen. Thaniel betrachtete das alles, als mit einem Mal ein feuchter Nebel auf ihn herniederging. Auf dem Dach der Hütte befand sich ein Motor, der einen Wassersprenger antrieb, der aus einem großen Eimer gespeist wurde. Auf diese Weise wurde das alles feucht genug gehalten, sodass es nicht in Brand geraten konnte.

In der Hütte saß ein Mönch und las Zeitung.

»Ein Licht für den Weg?«, sagte er frohgemut. Er war sehr klein und uralt. »Das vertreibt die Geister. Du meine Güte, Sie sind ja ein Fremder … äh …«

»Schon gut, ich verstehe, was Sie sagen«, erwiderte Thaniel verwirrt. Wenn ihm jemand in diesem Moment gesagt hätte, dass er träumte, hätte er demjenigen auf die Schulter geklopft und gesagt: Ja, natürlich.

»Oh!« Der Mönch wirkte hocherfreut. Er hielt eine Lampe am Ende einer Stange, eine Glühbirne mit einem Papierschirm darüber, und die reckte er nun empor, um Thaniel besser zu beleuchten. »Wie um alles in der Welt haben Sie denn Japanisch gelernt?«

»Es war eine ziemliche Plackerei. Wie kommt es, dass Sie noch hier sind?«

»Jemand muss sich doch um den Schrein kümmern.«

»Ach so, natürlich.« Thaniel betrachtete die Glühbirnen noch ein wenig länger, und dann fiel ihm wieder ein, was er hier eigentlich wollte. »Ich wollte Sie fragen, ob Sie mir vielleicht helfen könnten. Äh … eigentlich geht es um zwei Dinge.«

»O ja, gern. Was ist das erste?«

Thaniel lächelte. »Wie lange herrscht hier schon so eine Elektrizität? Die so stark ist, dass sie …?« Er wies in Richtung Dorf, und der motorisierte Sprenger befeuchtete ihm prompt den Ärmel.

»Oh, schon seit Monaten immer mal wieder«, sagte der Mönch frohgemut. »Dahinter stecken natürlich die auf dem Berg. Falls Sie sich umbringen wollen, müssten Sie da noch irgendwo einen Strick finden können, wenn Sie sich ein wenig umschauen«, fügte er hinzu und wies auf den Wald. »Die Förster lassen die immer hängen. Möchten Sie gern eine Glühbirne haben?«

»Ja, gerne, danke.« Thaniel nahm die Glühbirne und wechselte sie dann zweimal von einer Hand in die andere. Sie hörte währenddessen nicht auf zu leuchten. »Was meinten Sie damit, als Sie gerade sagten: Die auf dem Berg?«

»Die Wissenschaftler. Was auch immer die da tun – in letzter Zeit war es schon sehr stark. Sie scheinen die Geister damit aufzustören; man sieht viel mehr von ihnen als normalerweise.«

»Dann hat es also nichts mit dem Vulkan zu tun?«

Der Mönch lachte. »Wie um alles in der Welt sollte der Vulkan denn Geister erschaffen? Nein, nein, die haben da Apparaturen, große, große Dinger. Die machen das mit Absicht. Und ich muss sagen, mir gefällt es ganz gut.« Falls er traurig war, dass das Dorf gerade abbrannte, ließ er es sich jedenfalls nicht anmerken. Er deutete nur nach unten, wo neben Thaniels linkem Fuß der Geist einer Katze zusammengerollt schlief, und hob dann, in Erwartung der wahrscheinlichen Frage, die echte Katze hoch, um zu zeigen, dass sie quicklebendig war. Sie hatte kleine Gummistiefel an den Pfoten.

»Die sind also gar nicht alle tot, die Geister?«, fragte Thaniel vollkommen verblüfft.

»Nein, nein. Manchmal schon, manchmal nicht«, sagte der Mönch.

»Aber dann …« Doch er konnte sich nicht vorstellen, was das bedeutete. Er konnte sich auch nicht vorstellen, was für eine unglaubliche Apparatur im Umkreis von achtzig Meilen freischwebende Elektrizität erzeugen konnte. Mit einem Mal schien es ihm keine gute Idee mehr zu sein, den Berg noch weiter hinaufzugehen.

Rings um sie her ging immer noch die Asche nieder, und das erschwerte ihm das Denken – denn es sah aus wie weißes Rauschen. Wenn die Asche zu schwer für die Kiefernzweige wurde, fiel auf einmal ein größerer Schwung davon herab und legte sich als weicher Haufen um den Stamm. Wo sich die Asche dann blähte, tauchten irre Halbgestalten auf, die weder nach Menschen noch nach Tieren aussahen. Das machte Thaniel zusätzlich nervös. Er hatte sich nie an Menschenmengen gestört, das hier aber waren Mengen, die er weder sehen noch benennen konnte, und eine schreckliche Beklemmung erfasste seine Brust. »Was sind sie denn sonst?«, fragte er.

»Pscht«, machte der Mönch gänzlich ungerührt.

Seine Nonchalance munterte Thaniel ein wenig auf. »Ist es weit den Berg hinauf? Bis dorthin, wo die Wissenschaftler sind, meine ich.«

Nun blickte der Mönch doch besorgt. »Sie sollten nicht in der Dunkelheit gehen. Bleiben Sie besser hier bei mir.«

Es wäre nun viel höflicher gewesen, sich noch ein wenig zu zieren und noch ein wenig zu zaudern, doch Thaniel war mit einem

Mal so müde und so dankbar, dass er alles dafür gegeben hätte, sich irgendwo hinlegen zu dürfen. Er sagte das auch und bot dem Mönch an, ihm Geld dafür zu geben.

»Ach was«, sagte der Mönch. »Ich freue mich doch über ein wenig Gesellschaft. Sie spielen bestimmt Go, oder? Na, dann bringe ich es Ihnen bei, es ist nicht schwer«, fügte er mit einem verschmitzten kleinen Funkeln in den Augen hinzu. »Und keine Sorge, ich habe überall Gummi angebracht. Sie sind hier in Sicherheit. Ich heiße übrigens Daichi. Sie wissen schon: große Hilfe …« Er zeichnete die Kanji mit dem Finger in die Luft. »Aber in meinem Alter bin ich eher eine mittlere Hilfe.«

Thaniel lachte und stellte sich ebenfalls vor. Der Mönch überlegte kurz, sagte dann, dass er den Namen Nathaniel auch in einer Million Jahre nicht würde aussprechen können, und schlug vor, dass er ihn der Einfachheit halber Natsu nennen werde. Thaniel hatte nichts dagegen. Das bedeutete Sommer, und ihm gefiel der Gedanke, dass der Mann ihn irgendwie als sommerlich empfand.

• • •

Thaniel verlor vier Partien Go, schlief unerwartet gut auf einer Matratze auf dem Fußboden, bedankte sich dann noch einmal herzlich bei dem Mönch und brach um halb sieben in der Früh wieder auf. Der Mönch gab ihm eine Glühbirne mit und wollte keinesfalls Geld dafür annehmen. Als Thaniel sie in seine Manteltasche steckte, leuchtete sie trotz der Isolation durch den Stoff munter weiter. Es sah aus, als hätte er einen kleinen Stern eingesteckt.

Der Nebel war dicht, und die hohen Kiefern standen nah beieinander, und daher reichte der Schein der Glühbirne nicht weit. Sie leuchtete mal stärker und mal schwächer, und dann erlosch sie plötzlich. Der Unterschied, der damit einherging, war erstaunlich.

Die Luft fühlte sich mit einem Mal ganz klar an. Die Schmerzen in den Zahnwurzeln waren weg. Thaniel nahm den Geruch der Kiefern wieder wahr, jenes herrliche harzig-frische Aroma, und auch den Geruch, der von den feuchten Steinen des Wegs ausging. Er ließ sich auf einer Baumwurzel nieder, um das alles zu genießen und wieder zu Atem zu kommen. Nun verschwand auch das permanente ungute Gefühl.

Als die Elektrizität schließlich wiederkam, geschah es mit einem scheußlichen Stechen, bei dem sich jede Zelle in seinem Leib zusammenzog. Er nahm noch eine Morphintablette.

Dann strich etwas Kaltes kaum wahrnehmbar über seine Schultern. Als er sich umblickte, war es der Zehennagel eines Menschen.

Er wich von dem Baum zurück und hätte fast die Glühbirne fallen lassen. Der Tote hing an einem der unteren Äste. Nun sah Thaniel in der Umgebung auch noch weitere Tote hängen, vielleicht zwei Dutzend, alle jeweils ein gutes Stück voneinander entfernt. Manche waren deutlich zu sehen, andere nur schemenhaft. Thaniel brauchte einen Moment, bis ihm klar wurde, dass sie alle nur Nebelgestalten waren. Keiner von ihnen war echt. Als er das Licht auf sie richtete, waren sie farblos. Der Nebel hatte sich in die Hohlräume gelegt, die die Menschen hinterlassen hatten – so ähnlich wie bei Gipsabdrücken von Fossilien. Der ihm nächste Tote schwankte ein wenig an seinem Strick, der dabei jedoch keinerlei Geräusch von sich gab. Ganz vorsichtig streckte Thaniel eine Hand nach dem Fußknöchel des Mannes aus. Seine Finger glitten einfach so hindurch. Zu spüren war da nur die Feuchtigkeit des Nebels – die gerade genug Widerstand bot, um den Eindruck zu erwecken, es handelte sich um etwas anderes als normale Luft, und deshalb hatte er sich zuvor so erschreckt.

Thaniel stand noch eine ganze Weile da und beobachtete die Geister, doch keiner von ihnen trat in irgendeiner Weise in Aktion. In weiter Ferne riefen Krähen – die Krähen hier krächzten nicht –, doch das war alles. Sein Atem stieg spiralförmig empor. Er wollte nicht mehr weitergehen. Doch wenn er jetzt kehrtgemacht hätte, hätte er erneut bei den Geistern der Selbstmörder vorbeigemusst. Er war nun wieder angespannt und ängstlich, auf eine Art, wie er es seit den Albträumen seiner Kindheit nicht mehr erlebt hatte. Vielleicht lag es an der Höhe – Höhe flößt einem leicht Panik ein, hatte Mori einmal gesagt –, doch das glaubte Thaniel nicht.

Schließlich ging er dann doch den Weg weiter bergauf. Hinter der nächsten Kurve leuchtete die Glühbirne wieder heller. Auf den nun folgenden sieben- oder achthundert Metern wurde ihr Lichtschein nach und nach stärker, und auch die Geister zeichneten sich nun immer deutlicher ab. Nicht alle hingen von den Bäumen. Er sah im Nebel auch einen Mann, der zwischen den Bäumen einen langen Strick abrollte. Ein Ende davon war noch um einen Baumstamm am Wegesrand gebunden, während das längere Ende schon vor langer Zeit herabgefallen und von der ganzen Feuchtigkeit verrottet war.

Dann zuckte ein blauer Lichtblitz über den Himmel. Thaniel fragte sich noch, was das wohl war, als er etwas Heißes in seiner Tasche spürte. Als ihm die Uhr wieder einfiel, brannte sie bereits. Er zog sich schnell den Ärmel über die Hand und riss sie an ihrer Kette hervor. Sie war zu heiß, um sie anzufassen. Er legte sie auf den Boden und kniete sich daneben. Das feuchte Moos dampfte, als die Uhrkette es berührte.

Es wäre nur vernünftig gewesen, sie dort liegen zu lassen. Doch diese Taschenuhr war ein kleines Schatzkästlein des alten Glücks, und obwohl er sich selbst ohne Elektrizität davon hätte trennen sollen, brachte er es nicht übers Herz.

Vorsichtig steckte er die Uhr in seine Brieftasche und wartete ab, ob es nun verbrannt riechen würde, doch fürs Erste schien das zu funktionieren. Die Uhr war zwar immer noch heiß, aber nun eher auf dem Niveau einer Wärmflasche. Er steckte das Ganze in seine Brusttasche, damit seine Lunge etwas von der Wärme abbekam. Beschämt beschloss er, dass er sich lieber daran verbrennen würde, als sie zurückzulassen.

EINUNDDREISSIG

ABASHIRI, HOKKAIDO, 19. JANUAR 1889

Horikawa, der Pförtner, ballerte mit einem Uraltgewehr aus dem Fenster des Torhauses in den Wald. Takiko, die in diesem Moment zur Arbeit erschien, sah gerade noch, wie ein Ainu-Mann hinter einem Baumstamm in Deckung ging.

»Diese verdammten Wilden«, sagte Horikawa, »mit ihrem Scheißbärenfest. Was haben ihnen die Bären denn je getan?«

Takiko schob das Tor mit der Schulter auf und beschloss, dass ihr Leben von nun an viel angenehmer wäre, wenn sie einfach so tat, als gäbe es ihn nicht.

Die Eulen saßen immer noch auf dem Dach des Orakelturms. Takiko blieb stehen und betrachtete sie eine Weile. Am Vortag war sie einmal ganz um den Turm herum gegangen, hatte aber keine Tür entdeckt. Es musste dort oben eine Zelle geben, aber es war ihr weiterhin ein Rätsel, wie man Mori dort hinaufgeschafft hatte. Eine dunkle Ahnung sagte ihr sogar, dass man ihn dort oben eingemauert hatte. Sie war an diesem Tag eine halbe Stunde früher gekommen, um zu sehen, ob sie vom Büro des Direktors aus einen Zugang fand.

Nur um sich zu vergewissern, dass mit Mori alles in Ordnung war. Wenn ja, würde er schön dort eingesperrt bleiben.

Das kleine Wärterbüro war unbesetzt. Tanizaki war in der

Nacht gestorben. Ein Krampfanfall. Sie erfuhr es von den Gefangenen. Die äußerten sich im vierten Trakt in Sprechchören dazu.

»Und?«, schnauzte Oemoto. Er war der große Mann, den Tanizaki geneckt hatte, und er war nun gereizt vor Nervosität. Es waren inzwischen viel zu wenige Wärter für die vielen Gefangenen, und er wirkte entsprechend gehetzt. »Machen Sie jetzt Tee, oder haben Sie das nur getan, um Tanizaki schöne Augen zu machen?«

»Tee mache ich um zehn«, sagte sie. »Bis dahin müssen Sie sich noch ein paar Stunden gedulden.«

»Verdammte Scheiße, ich will jetzt auf der Stelle meinen Tee! Tun Sie gefälligst, was man Ihnen sagt!«

»Um zehn«, erwiderte sie und sah dann, als er damit zuckte, zu der Peitsche in seiner Hand.

Als Takiko sich nun umwandte, wusste sie genau, dass er sie schlagen würde. Als der Peitschenhieb dann kam, tat es unglaublich weh. Es fühlte sich an wie ein harter Schlag auf den Hinterkopf. Den stechenden Schmerz spürte sie erst einen Moment später. Sie fuhr sich mit der Hand durchs Haar, und ihre Fingerspitzen berührten etwas Feuchtes. Ganz langsam blickte sie sich um. Aus Oemotos Gesicht sprach ebenso Dreistigkeit wie Entsetzen.

»Das tun Sie nicht noch mal«, sagte sie leise. Sie musste sich sehr zusammenreißen, um ruhig zu bleiben. Sie hatte zwar gewusst, dass der Hieb kommen würde, aber nicht geahnt, wie wütend sie das machen und wie stark der Drang sein würde, ihm nun die Fresse zu polieren. Sie musste sich auf alles besinnen, was Ayame ihr für die Bühne eingebläut hatte. Einmal hatte er ihr sogar ins Gesicht gebrüllt, um sicherzugehen, dass sie selbst dann so ruhig bleiben konnte, wie es sich für eine Prinzessin geziemte. Obwohl sie gewusst hatte, dass es nur gespielt war, war es ihr damals schwergefallen, ihm keinen Kopfstoß zu verpassen. Man musste sich in seiner Vorstellung hinter eine Glasscheibe zurückziehen. »Ihren Tee können Sie sich ab jetzt selbst machen.«

Mit schmerzendem Schädel schleppte sie den Eimer und ihre Putzsachen zum Büro des Direktors hinauf. Ihr war nun sehr deutlich bewusst, dass sie ein kleiner Mensch inmitten vieler großer, gereizter, wütender Menschen war, die darüber hinaus auch noch zu Jähzorn neigten. Doch das änderte natürlich gar nichts. Ihre Mission war immer noch die gleiche. Finden, worum auch immer es Mori ging, sich entscheiden, ob sie ihm helfen wollte oder nicht, und dann auf schnellstem Wege wieder nach Hause schippern. Es war ganz einfach. Aber es erschien nun weiter entfernt denn je.

Es dauerte ein wenig, bis sie mit ihrem Schlüssel die Bürotür aufbekam. Sie war davon ausgegangen, dass niemand dort sein würde, und erschrak nun, als sie an Nakamuras Tisch einen Mann erblickte, der auf der Schreibmaschine tippte. Er hob eine Hand und senkte dann wieder den Kopf, um sich erneut den Fotografien und Zahlen zu widmen.

»Ich mache nur den Kamin sauber«, sagte sie.

Der Mann berührte sein Ohr und machte dann eine schneidende Bewegung mit der Handkante. Er war also taub. Takiko zeigte auf den Kamin und tat, als würde sie schrubben. Er nickte.

Ihr knackten die Knie, als sie sich davor niederließ und den Rost herausnahm, um in den Rauchfang zu spähen, in der Hoffnung, dort eine Treppe oder Leiter zu entdecken. Nichts. Es wäre aber auch viel zu eng für einen Menschen gewesen.

Sie konnte jedoch ein ganzes Stück weiter oben einen weiteren Kaminrost erkennen.

Sie sah sich kurz zu dem Mann an Nakamuras Tisch um. Er tippte vor sich hin und sah sie nicht an.

»Hallo?«, rief sie den Schacht hinauf.

Keine Antwort. Doch nachdem sie sich dort wieder hingehockt hatte, raschelte mit einem Mal Papier, und dann fiel ein Origami-Kranich aus dem Rauchfang und landete direkt vor ihr. Vorsichtig nahm sie ihn aus der Asche. Auf einem der Flügel stand mit zittriger Handschrift etwas geschrieben.

Hilfe!

In diesem Moment öffnete sich hinter ihr die Tür, und der Direktor kam herein.

»Guten Morgen, Fräulein Tsuru.« Er winkte dem jungen Mann zu, der anscheinend die ganze Nacht hier verbracht hatte, und deutete mit einer Geste an, dass er nun gehen dürfe. Mit dankbarem Blick holte der junge Mann schnell seinen Mantel.

Takiko zerknüllte den Kranich und ließ ihn durch den Rost in den dunklen Aschekasten fallen. »Guten Morgen, Herr Direktor.«

»Oemoto ist unten ganz außer sich. Er hört gar nicht mehr auf, davon zu brabbeln, dass Sie angeblich Fragen gestellt haben. Über den Turm.« Der Direktor deutete nach oben und hob die Augenbrauen. »Ich habe ihm gesagt, dass das nicht sein kann, da Sie und ich ja klar vereinbart haben, dass Sie sich nur um Ihre eigenen Angelegenheiten kümmern.«

Takiko erhob sich vorsichtig und strich sich die Asche von den Knien. »Er lügt. Und außerdem hat er mir gerade mit seiner Peitsche einen Schlag auf den Hinterkopf verpasst. Ich nehme an, er hatte Angst, dass ich Ihnen das sagen würde.« Sie senkte den Kopf, damit er das Blut sehen konnte, das ihr bis in den Kragen gelaufen war.

»Warum hat er Sie geschlagen?«

»Weil ich nicht schnell genug Tee gemacht habe.«

»Tatsächlich? Herr Horikawa schien nämlich der Meinung zu sein, dass Sie diese Arbeit nur angenommen haben, um … hier anderweitig geschäftlich tätig zu sein.« Sie hatte Leute das Wort »Hure« schon mit deutlich weniger Nachdruck sagen hören. »Und außerdem kenne ich Herrn Oemoto als sehr rechtschaffenen Mann.«

»Ich sage die Wahrheit, Herr Direktor, und Herr Horikawa irrt.

Das Einzige, was ich hier tue, ist putzen. Und schauen Sie mich doch mal an: Ich bin so alt, dass ich schon Enkelkinder haben könnte.«

Er betrachtete sie einen Moment lang. »Ich achte Herrn Oemoto sehr und gebe viel auf seine Meinung, verstehen Sie? Sein Vater war zu seiner Zeit in der Armee sehr angesehen.«

»Jawohl, Herr Direktor«, erwiderte sie und fragte nicht, was für einen kapitalen Bockmist Oemoto gebaut hatte, dass man ihn hierher, an den Rand der Arktis, an den Arsch der Welt versetzt hatte.

»Noch ein Wort von ihm, und ich müsste Sie entlassen.«

»Jawohl, Herr Direktor.«

Er hielt beklommen inne. Strenge lag ihm eigentlich gar nicht. »Wenn er Sie wirklich nur des Tees wegen geschlagen hat, wäre das natürlich schlimm.«

»Die Wärter sind momentan alle sehr angespannt, glaube ich.«

»Also, wenn Sie ihm das verzeihen könnten, würde ich … über seine Behauptung hinwegsehen, dass Sie hier herumschnüffeln.«

»Das ist sehr freundlich von Ihnen, Herr Direktor.«

»Also dann: Zurück an die Arbeit.«

Takiko verbeugte sich knapp und schleppte die Putzsachen wieder nach unten – auch wenn fast alles in ihr darauf drängte, nun in jenes Turmzimmer zu gelangen. Die zittrige Handschrift hatte ein Flattern in ihrem Magen ausgelöst. Moris Handschrift sah anders aus – doch das wollte nichts besagen. Denn so schrieb man, wenn man nur noch im Liegen schreiben konnte, weil man schwer krank war. So schrieb jemand, der im Sterben lag.

Mori hatte gesagt, dass er möglicherweise bei dieser Sache ums Leben kommen würde. Er hatte es verdient, in einem Käfig zu stecken, aber er hatte es nicht verdient, in einem Käfig zu sterben.

Es musste einen Weg dort hinauf geben, doch solange Oemoto nach einem Vorwand suchte, um sie rausschmeißen zu lassen, würde sie diesen Weg niemals finden.

Unten in dem Trakt für die leichteren Fälle, den sie gleich zu Beginn ihres ersten Arbeitstages kennengelernt hatte, zählte sie die Zellen ab, bis sie zur Tür der beiden Männer kam, die mit ihr über die Kälte und den Marquis de Sade gesprochen hatten. Leise klopfte sie ans Gitter.

»Hallo, Fräulein«, sagte der größere der beiden ein wenig argwöhnisch.

»Haben Sie nicht gesagt, dass Sie für ein paar Zigaretten einen Mord begehen würden?«

Sie griff sich in die Ärmeltasche und hielt dann die frische Schachtel Zigaretten hoch, die sie an diesem Morgen von zu Hause mitgebracht hatte. Es würde eine Qual sein, denn sie sehnte sich selbst danach, aber sie würde es überleben.

Er warf einen sehnsüchtigen Blick darauf. »Was muss ich denn dafür tun, gnädige Frau?«

»Also, Sie könnten mich packen, und dann würden wir beide ein bisschen schreien. Und wenn dann Herr Oemoto kommt, um mich zu befreien, könnten Sie ihn bitte krankenhausreif schlagen. Anschließend gehört die ganze Packung ihnen. Er hat mir nämlich gerade die verdammte Peitsche, die er immer mit sich rumträgt, über den Hinterkopf gezogen.«

Der Mann war an die Gittertür gekommen, um sich die Zigaretten anzusehen. Er musste der Mafia angehört haben, denn ihm fehlten an zwei Fingern die Endglieder – so was machten die da mit einem, wenn man bei der Arbeit Mist baute –, und er trug auch eine Tätowierung auf dem Arm. Er schaute verblüfft. »So sehr vertrauen Sie mir?«

»Natürlich«, sagte sie. Sie tat es nicht, aber manchmal war Vertrauen eine Kraft für sich. »Ich denke, wir wissen doch alle, auf welcher Seite dieser Gitter die wahren Psychopathen zu finden sind.«

Sie sah, dass er sich für die Idee, und sei es auch nur ein klein wenig, erwärmen konnte. Dann legte sie die Zigaretten neben dem Ofen ab, wo niemand sie sich im Vorbeigehen schnappen konnte, ging zu der Gittertür und half dem Mann, ihr Haar so zu greifen, dass es ihr trotz der frischen Verletzung am Hinterkopf nicht allzu wehtat.

• • •

Um zehn Uhr brachte sie Oemoto dann einen Tee. Er lag auf der Krankenstation, und der Arzt tupfte gerade seine geschwollene Gesichtshälfte ab.

»Ich bin Ihnen wirklich sehr dankbar, dass Sie mich gerettet haben«, sagte sie und bedachte beide Männer mit einem ernsten Blick. »Ich habe Ihnen Tee gemacht, wie versprochen. Es ist doch gut, dass Sie meinen Tee so mögen, denn wie Sie aussehen, werden Sie in nächster Zeit wohl nichts anderes als Tee zu sich nehmen können.«

ZWEIUNDDREISSIG

AOKIGAHARA, 14. FEBRUAR 1889

Nach einem langen Aufstieg endete der Weg schließlich am Ufer eines Stausees. Das Wasser darin war ganz still, und am gegenüberliegenden Ufer brummte ein schlanker Metallturm nur so vor statischer Elektrizität, die in blauen Spiralen von ihm ausging. Thaniel musste sich einen Moment hinsetzen und sich das ansehen, denn die ganze Brust tat ihm weh. Er mochte gar nicht daran denken, dass er den ganzen Weg auch wieder bergab gehen musste. Der Aufstieg hatte Stunden gedauert.

Thaniel mochte keine Stauseen. Er war in Wäldern aufgewachsen, die gelegentlich überschwemmt wurden, woraufhin sich temporäre Tümpel bildeten, die keine klar umrissenen Ufer hatten, und nachdem er so miterlebt hatte, wie das Wasser einfach tat, was es wollte, ging ihm schon die Idee eines Staudamms gegen den Strich. Da jedoch der kürzeste Weg zu dem Turm über den Damm führte, lief er notgedrungen hinüber und war sich dabei die ganze Zeit der ungeheuren Wassermassen auf der einen und des tiefen Abgrunds auf der anderen Seite sehr deutlich bewusst. Irgendwo klang es nach Turbinen. Unter ihm rauschten die Fluten in ein enges Flussbett und tosten gischtweiß über Felsen und Katarakte, bis sie sich schließlich tief unten in der Ebene zu einer silbernen

Kurve glätteten. Auf der anderen Seite des Damms herrschte Totenstille. Kein einziger Vogel war zu hören.

Am Ende des Staudamms befand sich ein Tor mit einem Torhaus daneben. Da der Turm hier nur noch von dem Berg selbst überragt wurde, wirkte er aus der Ferne kleiner, als er war. In Wirklichkeit war er riesig.

»Halt!«, rief jemand. Thaniel erschrak. »Hinter der weißen Linie bleiben!«

Thaniel sah zu Boden. Da hatte tatsächlich jemand einen weißen Strich quer über die Straße gemalt. Oben im Torhaus stand ein Soldat, der ein Gewehr auf ihn richtete. Thaniel hob die Hände.

»Ich bin vom Ministerium!«, rief er zurück. »Ich bin hier, um den Direktor zu sprechen!«

»Mir wurde niemand angekündigt!«

»Natürlich nicht, die Telegrafen sind ja alle ausgefallen!«

Es entstand eine Pause. Vom Torhaus aus musste er selbst im Nebel eindeutig als Ausländer zu erkennen sein, doch Moris kaiserliches Japanisch tat seine Wirkung, und der Soldat ging hinein, um mit jemandem zu sprechen.

»Er kommt gleich!«, rief der Soldat, als er wieder auftauchte. »Rühren Sie sich nicht vom Fleck!«

»Darf ich die Hände runternehmen?«

»Ja, aber nicht in die Taschen greifen!«

Thaniel verschränkte die Arme vor der Brust und ging ein wenig auf und ab, um sich warm zu halten. Da er nun nicht mehr in Bewegung war, tat ihm die Schusswunde noch mehr weh. Zum Glück kam der Soldat bald herab und schloss das Tor auf.

»Er sagt, Sie können reinkommen.« Er musterte Thaniel neugierig, sagte aber weiter nichts.

Am Fuße des Turms öffnete sich eine Tür, und ein sehr gepflegt wirkender Herr in einem Anzug schaute heraus. »Entschuldigen

Sie bitte, dass ich Sie in der Kälte habe warten lassen. In letzter Zeit haben einige Leute versucht, hier einzudringen … Oh … Sie sind gar nicht vom Ministerium?«

»Das denkt jeder, der mich zum ersten Mal sieht«, erwiderte Thaniel. Als er über die Schwelle trat, roch die Luft auch weiterhin nach Metall und Wasserdunst, nun lag aber auch noch ein stahlsaitenartiges Brummen darin. Im Innern des Turms war es schummrig, da die kleinen Fenster dort mit fantastisch aussehenden Eisblumen überzogen waren.

»Ah. Halb und halb?«

»Ja, aber japanischer Staatsbürger und so weiter.« Er glitt wie mit einem Fallschirm über das Antlitz der offenkundigen Wahrheit hinweg, dass nämlich selbst manches Mondgestein japanischer war als er, aber richtig zu klingen, zählte eben weit mehr, als richtig auszusehen.

»Aha. Erstaunlich. Wissen Sie, im ersten Moment habe ich Sie für einen Geist gehalten.«

»Von denen habe ich auf dem Weg hier herauf jede Menge gesehen.«

»Ja, ja; im Nebel sieht man sie recht deutlich, nicht wahr? Was kann ich für Sie tun?«

»Sagen Sie mir einfach nur, wie Sie vorankommen, wenn es nicht zu viele Umstände macht.«

»Mir wurde gesagt, ich hätte hier völlig freie Hand«, erwiderte der Mann stirnrunzelnd.

»Tja … Tokyo steht in Flammen.«

Der Direktor reagierte leicht gereizt, nickte dann aber. »Ja, selbstverständlich. Ich habe natürlich nicht viel Zeit, aber es macht Ihnen ja bestimmt nichts aus, wenn Ihnen einer unserer Wissenschaftler alles erklärt. Sie beide werden sich gut verstehen. Das ist auch ein Ausländer.«

»Danke, gern«, sagte Thaniel und fragte sich, wie lange er das

Spielchen wohl noch treiben konnte. Einerseits war es lächerlich, doch andererseits hatten sie ja keine Möglichkeit zu überprüfen, wer er war. Wenn er die Nerven behielt, würde schon alles glattgehen. Er musste lediglich herausfinden, was sie dort taten, und das konnte er mit etwas Glück in zwanzig Minuten schaffen.

Der Direktor führte ihn eine Holztreppe hinab in ein Untergeschoss, und dann kamen sie zu einer breiten massiven Tür, die mit Gummi verkleidet war. Ein tiefes violettes Dröhnen drang darunter hervor. Die Tür öffnete sich hydraulisch, war offenbar zu schwer, um von Hand bewegt zu werden, und von diesem Moment an war das violette Dröhnen allgegenwärtig.

Thaniel wusste nur, wie ein Generator aussah, weil Mori einen zu Hause hatte. Ihrer in London war ein kleiner Apparat, der sich leicht auseinandernehmen ließ. Der Generator hier war mindestens dreißig Meter hoch. Er strahlte eine so enorme Wärme ab, dass Thaniel sich den Mantel ausziehen musste. Dann schoss eine Lanze aus statischer Elektrizität aus dem Gerät hervor und berührte seinen Ärmel. Erschrocken zuckte er zusammen und erwartete einen furchtbaren Stromschlag – spürte dann aber nur einen Hauch auf seinem Handrücken. Mit leicht bitterer Miene ließ er sich von Six' Stimme in seinem Kopf daran erinnern, dass man nur dann einen Schlag bekam, wenn man ein geladenes *Objekt* berührte, nicht einfach nur die statische Elektrizität selbst.

Diese flackerte erneut zu ihm herüber, als er sich nun von dem Generator entfernte; sie folgte ihm, und obwohl er wusste, worum es sich da handelte, wurde er das Gefühl nicht los, dass es eine Art leuchtendes Tier war, das herauszufinden versuchte, was er für einer war.

Und dann schneite es auch noch – obwohl sie sich hier im Innern eines Gebäudes befanden.

Erst als er sich über den Ärmel strich, wurde ihm klar, dass es sich bei den weißen Partikeln nicht um Schnee, sondern um Kreidestaub handelte. Die Luft war auch ganz trocken davon, und als er zu Boden blickte, lag dort schon eine dicke Kreideschicht. Sie hatten Schuhabdrücke darin hinterlassen, und bei jedem Schritt puffte der Kreidestaub ein wenig empor. Er rieselte schleierförmig von großen Ventilatoren herab, die sich träge unter der Decke drehten.

Und während Thaniel dort so stand, wurde er sich der gewaltigen Masse des Stahlturms über sich erst so recht bewusst. Erneut wurde er von statischer Elektrizität gestreift, ganz sanft nur, doch das damit einhergehende Geräusch war infernalisch. Mit einem Mal wollte er nur noch raus. Irgendwo tief unter seinen Füßen war die Quelle des erdbebenhaften violetten Dröhnens. Es machte ihn nervös, auch nachdem er sich klargemacht hatte, dass es bloß das durch den Damm strömende Wasser war und vielleicht noch andere Apparaturen, die sich irgendwo tief unter dem Generator befanden.

Den Geist sah er erst auf den zweiten Blick. Er war klar und deutlich zu erkennen, zeichnete sich trotz all der Kreide aber nur so schwach ab wie ein Mondstrahl.

»Was zum Teufel ist das?«, fragte er leise.

»Erstaunlich, nicht wahr?«, erwiderte der Direktor. »Wir wissen es nicht. Aber er kommt und geht immer wieder, also muss sein Revier wohl ziemlich klein gewesen sein.«

Es war ein riesenhaftes Wesen, viermal so hoch wie ein Mensch. Mit seinem groben, dicken Schnabel wirkte es fast vogelhaft, doch obwohl es prächtige lange Schwanzfedern hatte, mit denen es um den Generator herumwedelte, besaß es keine Flügel, sondern nur seltsame kleine Vorderarme mit Klauen. Es schritt langsam hin und her und betrachtete irgendwelche Schemen, die weitaus schwächer zu erkennen waren und bei denen es sich eventuell um Bäume handelte. Und während sie zusahen, richtete es sich mit einem Mal auf den Hinterbeinen auf, um nach etwas zu schnappen. In voller Größe, mit ausgestrecktem Hals, musste es deutlich über fünfzehn Meter hoch sein.

»*Hic sunt dracones*, nicht wahr?«, meinte der Direktor mit zufriedener Miene. »Ich vertraue Sie nun jedenfalls der Obhut von Baronin Matsumoto an.«

Thaniel drehte sich um und musste sich sehr zusammenreißen, damit ihm der Gesichtsausdruck nicht entgleiste. Er erkannte sie schon, bevor sie sich zu ihm umdrehte. Ihr wiederum gelang es, sich überhaupt nichts anmerken zu lassen, als der Direktor auf ihn zeigte. Sie schritt auf den äußeren Rändern ihrer Schuhsohlen auf ihn zu wie bei einem Drahtseilakt, um möglichst wenig Kreidestaub aufzuwirbeln.

Er kam sich vor, als hätte er gerade einen Mundvoll Sand geschluckt. Er hatte völlig vergessen, wie sehr er sich vor ihr fürchtete. Es war nicht die Art von Furcht, die man vor Geistern empfand oder vor einem Sprung in die Tiefe. Diese Furcht hatte einen unangenehmen Beigeschmack, der dem von Elektrizität ähnelte. Sie war außer Mori der einzige Mensch auf der Welt, der wusste, warum sie sich hatten scheiden lassen.

Er gab sich alle Mühe, weiterhin ein freundliches Gesicht zu machen und die unangenehme Wahrheit beiseitezuschieben, dass sie die ungelegenste Person war, der er hier begegnen konnte. Nicht nur konnte sie ihn auf der Stelle vor die Tür setzen lassen, weil er hier illegalerweise herumschnüffelte, nein, sie konnte auch mit einer einzigen Anschuldigung, die zu seiner Einweisung in eine Anstalt führen würde, seine gesamte Existenz vernichten.

Sie schüttelte ihm die Hand, als wären sie einander nie begegnet, und lächelte. »Tu weiter so, als ob du mich nicht kennst. Man wird hier überall beobachtet. Hast du verstanden?«, flüsterte sie leise.

»Ja«, sagte er und musste sein Bild von ihr und seine Sicht der Welt kurzerhand neu justieren.

»Der Direktor hat mir leider Ihren Namen nicht genannt«, sagte sie nun überhöflich in normaler Lautstärke.

»Compton. Ich bin vom Ministerium.«

»Freut mich sehr, Sie kennenzulernen, Mr. Compton. Ich bin Grace Carrow. Womit kann ich Ihnen behilflich sein? – Es sei denn, Sie wollen wissen, was das für ein Echsenwesen ist. Das wissen wir nämlich nicht. Wir wissen nur, dass es sehr, sehr alt sein muss. Millionen Jahre. Jemand hier kennt sich ein wenig mit prähistorischer Flora aus, und den Farn dort drüben gibt es anscheinend schon seit dem Jura nicht mehr.«

Sie hatte sich kaum verändert. Sie war klein und schlank und trug ihr Haar nun in einem sehr gepflegten Bob. Sie wirkte überhaupt wie eine sehr gepflegte Person. Da sie ein graues Kleid trug, hätte man sie aus der Ferne für eine Gouvernante halten können, doch aus der Nähe sah man, dass es ein exquisites Kleidungsstück war. Auch bei ihr waren die Falten mit weißem Kreidestaub benetzt.

»Was zum Teufel geht hier vor?«, flüsterte er.

»Sie wünschen einen Fortschrittsbericht?«, sagte sie laut. »Selbstverständlich. Dann begleiten Sie mich doch bitte in mein Büro.«

Sie führte ihn durch einen Seitenausgang hinaus, dessen Tür wie die eines Banktresors aussah. Nachdem sie die Tür hinter ihnen verriegelt hatte, forderte sie ihn mit einem Nicken auf, eine schmale Treppe zu erklimmen, und als sie dann in dem Büro angelangt waren, schlug sie die Tür hinter ihnen zu und atmete erst einmal tief durch.

»Gott sei Dank«, hauchte sie. »Ich warte schon seit Monaten darauf, dass du hier auftauchst.«

»Wie bitte?«

»Bitte glaub mir: Ich wusste nicht, dass es um Mori geht, bis wir hier ankamen, und da war es dann schon zu spät. Wir sitzen hier fest. Sie haben uns die Ausweise abgenommen, die Tore sind verriegelt, wir kommen hier nicht raus. Als der Ornithologe versucht hat zu fliehen, haben die Wachen ihn erschossen. Man stelle sich das vor: einen Ornithologen! Der Eulen erforscht hat!«

»Moment mal, entschuldige«, schaltete Thaniel sich ein. »Mori ist hier?«

»Nein, oh Gott, das würden sie niemals riskieren. Ich weiß nicht, wo er ist, aber sie halten ihn irgendwo gefangen. Wie hast du diesen Ort gefunden? Hat Akira dich gebeten hierherzukommen?«

Mit Akira war natürlich Matsumoto gemeint. »Er hat dich als vermisst gemeldet. Ganz Tokyo steht kopf, überall diese Elektrizität, und überall brennt es. Alle dachten, es hätte etwas mit dem Vulkan zu tun, und darum bin ich hergekommen, um zu sehen, ob er vielleicht ausbricht, und dann habe ich all die Geister gesehen und einen Mönch, der mir erzählt hat, dass hier oben irgendwelche Wissenschaftler sind … Was hast du gerade über Mori gesagt?«

»All das hier dreht sich nur um ihn. Es …« Sie hob den Blick, denn am oberen Ende der Treppe hatte jemand eine Tür geöffnet, und nun kamen Schritte von dort herab. »Kommen Sie doch mit, ich zeige es Ihnen«, sagte Grace mit falscher Munterkeit. Ein anderer Mann ging an ihnen vorbei und nickte. »Dr. Shirakawa.«

»Frau Matsumoto«, murmelte er.

Sie verzog ein wenig das Gesicht. »Ich glaube, die Universität hat nicht den Fakultätsleiter hergeschickt, sondern mich, weil sie schon wussten, dass die Sache nicht ganz astrein ist«, erklärte sie.

»Idioten.«

Sie lachte. »Allerdings«, sagte sie und eilte dann die Treppe hinauf. Nach dem bizarren Versuchsraum wirkte das kleine Treppenhaus ganz normal. Der Boden war mit grauem Teppich bespannt, und die Kanten der Stufen waren mit nagelneuem Linoleum gesäumt.

Oben gelangten sie in ein Großraumbüro, dessen Fenster einen Blick auf den mit Kreide bestreuten Boden des Versuchsraums boten. Dort waren einige Leute, die ihnen aber keine Beachtung schenkten; sie schauten in den Versuchsraum hinab und machten sich Notizen, und neben ihnen standen sperrige, in Gummi eingewickelte und auf Stativen angebrachte Apparate. Irgendwelche Kameras. Im Raum befanden sich auch noch alle möglichen anderen Gerätschaften, von denen Thaniel die meisten aber nicht einmal ansatzweise benennen konnte. Vor einem Fenster stand etwas, das eventuell ein Teleskop war; es war jedoch größtenteils aus Pappe, und an einer Seite führten etliche Kabel daraus hervor. Daneben ging irgendetwas Kompliziertes vor sich, das mit Büroklammern und Uhrwerkbauteilen zu tun hatte. Auf einem Schreibtisch in der Ecke stand eine seltsame Mutation eines Mikroskops, unter dem eine Glühbirne brannte. Sie brannte wohl schon eine ganze Weile, denn aus dieser Richtung roch es nach heißem Metall.

»Mist«, murmelte Grace und wickelte ein Geschirrtuch um die Birne. »Die Leute vergessen immer das Ausschalten.«

»Was ist denn das?«

»Ich versuche herauszufinden, ob es möglich ist, Ätherpartikel zu sehen – das wäre nämlich sehr hilfreich –, aber normale Mikroskope verfügen bei weitem nicht über die nötige Vergrößerung. Daher fokussiere ich nun Elektronenströme anstelle von sichtbarem Licht … Ach was, das ist langweilig, das interessiert dich ja doch nicht«, schloss sie, fuhr sich dann mit der Hand durchs Haar und ließ den Blick über den Boden schweifen, als wären ihre Gedanken gerade in mehrere verschiedene Richtungen fortgekullert. »Entschuldige. Ich krieche nervlich auf dem Zahnfleisch; hier oben halten sie nämlich nichts von Schlaf. Was ich dir eigentlich zeigen wollte …«

Sie ging zu einem Aktenschrank und nahm einen dicken Ordner heraus. Im Hintergrund brummte der riesige Generator leise und nervtötend vor sich hin.

»Den ganzen Januar«, flüsterte sie, »haben wir jeden Tag Informationsanfragen an eine Forschungseinrichtung gestellt, von der wir nicht wissen, wo sie sich befindet; das lief immer übers Innenministerium. Und jeden Tag haben wir Antworten auf die Anfragen bekommen, die wir zwei Tage zuvor gestellt hatten. Das hier sind die Akten dazu.«

Thaniel warf einen Blick auf die Seite, die sie aufgeschlagen hatte. Es waren Telegrammtranskripte, die auf schwarzes Papier geklebt waren, wodurch das Ganze zebrastreifenartig wirkte. Grace machte schnell ein wenig Platz auf dem Schrank und legte dann dort einige der Seiten aus.

F: Platzieren Sie die Versuchsperson bitte in völlige Dunkelheit. Legen Sie ihr drei Blätter farbiges Papier vor. Gestatten Sie niemandem, auch nicht sich selbst, ihr zu sagen, um welche Farben es sich handelt. Bitten Sie die Person, die Farben zu benennen. Ist sie dazu in der Lage?

A: Nein.

F: Wie reagiert die Versuchsperson auf die ANDROHUNG einer körperlichen Züchtigung, wenn diese a) beabsichtigt oder b) unbeabsichtigt ist?

A: a) Die Versuchsperson reagierte, als hätte ich ihr zwei Finger abgetrennt, obwohl ich den Meißel noch gar nicht ergriffen hatte. Die Versuchsperson versicherte mir anschließend unmissverständlich, dass sie mich in Kürze dazu bringen werde, dass ich Hand an mich selbst lege.

b) Die Versuchsperson ließ sich nicht anmerken, dass sie angesprochen wurde.

F: Bitte platzieren Sie die Versuchsperson in einem Vakuum, mit Atemgerät, in völliger Dunkelheit. Ist sie in der Lage vorherzusagen, wie oft Sie vorhaben, ihr an die Hand zu tippen?

A: Ja. Aber das machen wir nicht noch mal. Er hat ein Streichholz in den Raum geschmuggelt und damit die Sauerstoffflasche in Brand gesetzt. Ich habe jetzt keine Augenbrauen mehr.

Es waren Seiten über Seiten, beidseitig beschrieben. Thaniel blätterte immer weiter und hielt dabei den Atem an. Die letzte Seite war von Ende Januar. Die Telegramme brachen nach der Hälfte der Seite ab.

»Da haben sie aufgehört«, sagte Grace leise. »Seitdem haben wir nichts mehr von ihnen gehört. Ich habe versucht, mich nach dem Grund dafür zu erkundigen, aber das Innenministerium hat nur gesagt, wir sollten uns mit dem begnügen, was wir bis dahin bekommen hätten.«

Thaniel hob den Blick nur langsam, denn seine Augen fühlten sich sehr schwer an. »Was soll das alles?«

»Diese Anlage wurde erbaut«, flüsterte Grace, »um herauszufinden, was Mori tut – und um es zu reproduzieren. Ich darf eigentlich gar nicht wissen, wie er heißt. Im offiziellen Schriftverkehr wird er immer nur Versuchsperson A genannt.« Sie blickte kurz zu dem großen Fenster hinüber, doch die Männer dort schenkten ihnen immer noch keinerlei Beachtung. »Aber es kann niemand anderer sein als er. Wann hast du ihn zuletzt gesehen?«

Thaniel schüttelte leicht den Kopf und blätterte zum Anfang des Ordners zurück. Das erste Datum war der zweite Januar. Er ballte die Faust, als sein Blick wieder auf das Wort »Meißel« fiel. »Weihnachten. Grace – warum diese Geister?«

»Mori erinnert sich an die Zukunft. Er kann einem sagen, wie sie aussehen und wie sie sich anhören wird.« Sie hustete. Es klang nicht gut. Sie musste nun schon seit Wochen Kreidestaub eingeatmet haben. »Daher wussten wir, dass es visuelle Informationen geben muss. Wir wussten auch, dass jede Wahrnehmung zukünftiger Ereignisse schneller als mit Lichtgeschwindigkeit ablaufen muss, und – ach Gott, das interessiert dich ja doch nicht«, sagte sie und schüttelte den Kopf. »Was wir jedenfalls sehr schnell herausgefunden haben, ist Folgendes: Wenn man die Atmosphäre elektrisch auflädt und ein feines Medium einbringt – Kreide, Zucker, Mehl, Rauch –, zeichnen sich darin Spuren ab. Du weißt ja, was der Lichtäther ist. Eine ungeheuer feine Substanz, die alles durchdringt und durch die sich das Licht bewegt.«

»Wie Schall sich durch die Luft bewegt.«

»Nun ja …« Sie setzte eine leicht gequälte Miene auf, ging dann aber nicht weiter darauf ein. »Ja, gut. Und wie sich herausgestellt hat, hinterlässt das Licht Abdrücke darin. Die Geister sind sozusagen Lichtfossilien. Sie sind die Abdrücke, die das sichtbare Licht im Äther hinterlassen hat. Der wiederum gewissermaßen das Urgestein des ganzen Universums darstellt. Er bewegt sich nicht, kann aber, wie echtes Urgestein, Abdrücke in sich aufnehmen.«

»Aber was hat das alles mit Mori zu tun?«

»Wenn man Geister der Vergangenheit hervorbringen kann«, sagte sie leise, »und wenn man einen Hellseher hat, der sich an jede nur mögliche Zukunft erinnert, dann muss es auch Geister der Zukunft geben. Und wir suchen nach einer Möglichkeit, sie zu sehen.«

»Oh Gott«, murmelte Thaniel.

Sie nickte minimal. »Ich habe immer eingewandt, dass wir nicht genug Daten hätten, um sie sichtbar zu machen«, sagte sie leise. »Aber – wir haben genug.«

Er sah sie an. »Was?«

»Und irgendwann wird jemand anderem hier das klar werden …« Sie schüttelte den Kopf. »Ich habe alle hier auf so viele falsche Fährten gesetzt, wie ich nur konnte, aber das kann ich nicht mehr lange durchhalten. Du musst unbedingt herausfinden, wo Mori ist, und ihn befreien. Ich glaube, niemand sonst kann sich dem jetzt mehr in den Weg stellen. Stell dir nur mal vor, Graf Kuroda hätte die Fähigkeit, die Zukunft vorherzusagen. Das wäre die letzte Waffe, die die Menschheit je entwickeln würde. Und wenn sie erst einmal über diese Fähigkeit verfügen, werden sie Mori töten. Ich hätte nicht gedacht, dass ich das mal befürchten würde, aber er ist ja zumindest ein vernünftiger Mensch.«

»Seit Ende Januar sind keine Telegramme mehr gekommen?«

Sie nickte unmerklich. »Vielleicht verlegen sie ihn an einen anderen Ort. Vielleicht hat auch jemand nach dem Zwischenfall mit der Sauerstoffflasche entschieden, dass die ganze Sache zu gefährlich ist. Vielleicht weigert er sich auch zu kooperieren.«

»Oder er ist tot«, sagte Thaniel. Er hatte das Gefühl, dass sein logisches Denken losgelöst vor sich hin ratterte. Der Rest seines Geistes befand sich in einem akustisch versiegelten Raum und schrie aus voller Kehle.

Meißel. Vakuum. Und er hatte zugelassen, dass Mori in diese Falle tappte.

»Ich hoffe sehr, dass er noch am Leben ist.«

Thaniel schluckte. »Was macht dich so sicher, dass sie kurz davor sind, die Geister der Zukunft zu entdecken?«

Sie beugte sich über den Tisch, als würde sie sich in eines der Schriftstücke vertiefen, und forderte ihn mit einem Nicken auf, es ihr gleichzutun. Dann steckten sie die Köpfe zusammen. Nun sprach sie so leise, dass sie trotz der Nähe kaum zu verstehen war.

»Weil man sie schon sehen kann.«

In diesem Moment kam der Direktor hereinspaziert. »Ah, Dr. Matsumoto! Sie kümmern sich gut um unseren Gast, hoffe ich?«

»Aber gewiss doch«, erwiderte sie lächelnd. »Ich dachte, ich zeige ihm mal die Eishöhlen. Das ist doch sehr sehenswert da unten.«

»Sehr gut, sehr gut«, sagte er und ging direkt zu den Wissenschaftlern am Fenster weiter, die er offenkundig für wichtiger hielt.

•••

Am Fuß der Treppe kamen sie an eine weitere Tür. Die führte in einen tiefen Kellerraum voller riesiger Maschinen. Neben einer gewaltigen Dampfmaschine, deren Bauch rot glühte und die ringsumher eine herrliche Wärme verbreitete, führte eine weitere Treppe noch tiefer hinab. Dort gelangten sie in einen senkrechten unterirdischen Schacht, der wie das Innere eines Brunnens rundherum grob gemauert war. Er führte tief hinab und wurde in unzureichenden Abständen von nackten elektrischen Lampen erhellt. Die Wärme von oben reichte nicht einmal bis zu einem Viertel des Wegs, und ab dort war es bald eiskalt. Thaniel schritt hinter Grace hinab, und die Art, wie ihr Rocksaum über die Stahlstufen glitt, wirkte nach einer Weile geradezu hypnotisch auf ihn.

»Eishöhlen?«, fragte er, als er sicher war, dass sie ganz allein waren und niemand sie hören konnte.

»Geister sind am einfachsten an einem Ort zu sehen, an dem es nicht viel Leben gibt«, erklärte sie. Ihre Stimme hallte blau wider, auf und ab. »Und hier unten haben wir nur Eulen. Eulen sind – nun ja, ich werd's dir zeigen.«

Am Grund des Schachts angelangt, passierten sie einen langen, engen Gang, der gerade breit genug für einen Menschen war. Thaniel hatte fast den Eindruck, in einem Bergwerk zu sein. Die Wände waren aus rohem Felsen, der mit Eisenerz durchsetzt war. Und das Eisenerz war warm. Die Generatoren konnte er nun nicht mehr hören und auch nicht das Donnern des Staudamms. Sie befanden sich jetzt irgendwo unterhalb des Wasserfalls, vielleicht sogar unterhalb des darunter liegenden Flusses.

Es folgten weitere Stufen hinab, grob aus dem Felsen gehauen, und dann gelangten sie mit einem Mal auf eine nagelneue Balustrade, die noch wunderbar nach frischem Zedernholz roch.

Sie befanden sich nun in einer niedrigen, breiten Höhle, deren Wände mit einer Eisschicht bedeckt waren. Das Eis hatte auch große Stalaktiten ausgebildet, die im Schein der Glühbirnen, die an einer Schnur am Geländer der Balustrade hingen, blau glitzerten. Auch auf dem Boden ragten dicke mannshohe Eissäulen empor. In der Mitte der Höhle befand sich ein tiefes Becken. Das Wasser darin war so klar, dass es nicht wie Wasser wirkte. Die Felsen auf dem Grund zeichneten sich deutlich vor dem Boden ab. In dem Becken waren keinerlei Pflanzen zu sehen, nur kleine Fische. Und während Thaniel immer noch all das betrachtete, glitt eine graue Eule hernieder und schnappte sich einen dieser Fische, der knapp unter der Oberfläche schwamm. Dann landete sie auf einer Eissäule und blinzelte ihnen zu.

»Bevor sie die Generatoren und all das hier erbaut haben«, sagte Grace leise, »haben sie ein ganzes Team von Leuten darauf angesetzt, alte Geschichten zu recherchieren über das, was … nun ja, was Mori sein könnte. Davon gibt es durchaus einige. Hauptsächlich geht es da um Märchen. Da gab es einen Winterkönig, der Leute in den Wäldern in den Tod führte, oder Todesgötter, die bestimmte Leute ausersahen, oder halbteufelsartige Gestalten, mit denen man Pakte schließen konnte, um widernatürliches Glück zu erlangen. Diese Geschichten sind sich alle bemerkenswert ähnlich. Sie scheinen alle einen Menschen zu schildern, nicht einen Gott im strengen Sinne. Und diese Menschen sind alle Trickster: Man bekommt von ihnen nie das, was man erwartet. Und sie werden immer von Eulen begleitet.«

Während sie sprach, öffnete sie eine Kiste. Thaniel hätte sie gern gebeten, sich etwas zu beeilen. In seiner Schulter machte sich ein frischer Schmerz bemerkbar, der sich anfühlte, als hätten sich die Fäden gelöst, und die Vorstellung, all diese vielen Stufen wieder erklimmen zu müssen, machte es noch schlimmer.

»Aberglaube über Eulen ist hier sehr verbreitet. Manche Leute halten sie für Glücksbringer, andere glauben, wenn eine Eule auftaucht, wird man bald sterben. Aber sie deuten in jedem Fall auf eine Veränderung hin.«

Thaniel nickte. Grace' Kiste war voller Kreidestaub, und außerdem befand sich ein kleiner Blasebalg darin. Den betätigte sie nun, und der Staub wehte über das Becken.

»Die Forscher fanden heraus, dass die Eulen in den Trickster-Geschichten immer vor dem Auftauchen des Tricksters in Erscheinung traten. Das könnte natürlich nur ein erzählerisches Mittel sein, aber das glaube ich nicht. Und ich gehe mal davon aus, dass unser Ornithologe das auch nicht geglaubt hat«, sagte sie und seufzte. »Ich glaube, er hat irgendwas herausgefunden. Und ich glaube, deshalb hat er versucht zu fliehen.«

Über dem Wasser schwebten nun wabernde Kreidewolken. Thaniel wollte ihr schon anbieten, ihr mit dem Blasebalg zu helfen, denn sie sah so dünn und erschöpft aus, doch dann musste er gegen eine erneute Woge von Schwindelgefühlen ankämpfen. Er spürte, wie sein Hemd an den Schnittverletzungen von den Glassplittern hängen blieb.

Grace zeigte auf das Becken. »Nun achte mal auf die Kreide.«

Es bildeten sich Muster darin. Ein Netz von Linien zeichnete sich in dem weißen Staub ab, ziemlich breite Linien, die sich nun zu eulengroßen Tunneln weiteten. Eine Zeit lang bewegte sich nichts außer dem Staub. Dann nahm einer dieser seltsamen Lufttunnel deutlichere Gestalt an, und eine Eule flog geisterhaft genau hindurch, schnappte sich einen Fisch aus dem Wasser und flog dann durch einen anderen Tunnel wieder davon.

»Was war das?«, fragte Thaniel.

»So«, sagte Grace, »sieht ein Geist der Zukunft aus. Dieser Tunnel in der Luft, diese Linie … das ist die zukünftige Flugbahn der Eule. Verstehst du?«

Thaniel dachte kurz darüber nach und beschloss dann, dass er in fünf Sekunden die Hand ausstrecken und ihre Schulter berühren würde. Und tatsächlich tauchte in dem Kreidestaub zwischen ihnen eine dünne, schwache Linie auf. Grace nickte.

»Ja. Wir können das auch, aber bei uns ist es nicht mal halb so deutlich sichtbar wie bei den Eulen. Ich glaube, das liegt daran, dass wir meist nur vage Pläne fassen. Aber stell dir mal vor, du könntest die Zukunft wahrnehmen – und sei es auch nur die unmittelbare Zukunft: Dann wüsstest du ja viel genauer, was du tun wirst. Du würdest die ganzen Variablen kennen. Du würdest nicht nur beschließen, die Straße zu überqueren, sondern wüsstest genau, wann und wo du sie überquerst, denn du wüsstest ja auch, wo sich die ganzen Fahrzeuge befinden. Viel genauer, viel klarer. Eine viel eindeutigere Zukunft. Ich glaube, je unabwendbarer die Zukunft ist, desto deutlicher zeichnet sich der Geist der Zukunft ab. Schau dir das an.«

Sie schnippte eine Sovereign-Münze in die Luft. Sie fiel in einem deutlich sichtbaren Münztunnel durch den wirbelnden Kreidestaub, und im letzten Moment verzweigte sich der Tunnel in zwei undeutlichere Tunnel. Kopf und Zahl. Die Münze landete bei Kopf. Und sämtliche Geisterspuren verschwanden.

»Die Schwerkraft. Die ist gewiss«, sagte sie. »Gefolgt von einer Fifty-fifty-Chance, die deshalb schon ein wenig undeutlicher zu erkennen ist.« Sie seufzte. »Genauso läuft es bei Mori ab, nicht wahr? Er nimmt mögliche Zukünfte wahr. Und das ist es, was er dabei sieht.«

»Ja.« Thaniel zögerte. Er hatte sich so darauf getrimmt, nie über Mori zu sprechen, dass es ihm nun schwerfiel. »Manchmal kann man … Also, Six war vor einiger Zeit wütend auf ihn. Sie hat einen Würfel geworfen, und wenn der bei der Sechs gelandet ist, hat sie einen Knallfrosch explodieren lassen. Doch auch wenn der Würfel nicht bei der Sechs landete, hat Mori den Knallfrosch gehört. Den … potenziellen Knallfrosch.« Diese Erinnerung aus seinem Herzen loszueisen und sie Grace anzuvertrauen, hinterließ ein Gefühl der Leere.

»Weil die nicht eingetretene Zukunft einen Moment braucht, bis sie verblasst«, sagte sie und betrachtete ihn nun mit leicht reumütiger Miene. Die beiden hatten sich nicht nur deshalb scheiden lassen, weil Thaniel sich in einen Uhrmacher verliebt hatte. Mindestens ebenso sehr lag es daran, dass Grace immer der Meinung gewesen war – so jedenfalls sein Eindruck –, dass sich Mori eigentlich für sie hätte interessieren sollen statt für so einen Nobody aus dem öffentlichen Dienst.

Thaniel wandte den Blick ab und sah wieder zu den Eulen hinüber. Sie boten einen faszinierenden Anblick. Einige waren grau, andere kohlrabenschwarz. Draußen im Wald hätten sie vielleicht nur ungewöhnlich ausgesehen, hier aber, inmitten des Eises und über dem tiefen, stillen Wasserbecken, wirkten sie geradezu übernatürlich. »Aber woher wissen die denn so genau, wohin sie fliegen werden?«

Grace nickte. »Ohne die Glühbirnen gäbe es in dieser Höhle überhaupt kein Licht. Woher wissen sie also …«

»… wo die Fische sind?«, sprach Thaniel die Frage zu Ende. Und dann glitt eine weitere Eule durch einen weiteren Kreidetunnel herab. Sie fing ihren Fisch so geschickt, dass sie das Wasser kaum berührte.

»Genau. Was, wenn die Eulen ihre Beute nicht nur sehr gut hören können – was, wenn sie irgendwie wahrnehmen können, wohin sich der Fisch gleich bewegen wird? So wie Mori es tun würde?«

»Oh Gott.«

Sie blickte zögernd auf. »Natürlich ist noch nichts davon bewiesen, aber was wäre, wenn all die Trickster-Figuren in den Geschichten Menschen wie Mori waren, und was wäre, wenn die Eulen ihnen folgten, weil sie die sehr deutlichen Absichtslinien eines Hellsehers fälschlich für die einer weiteren Eule hielten?«

»Ja, du hast recht. In der Filigree Street hat es von Eulen nur so gewimmelt. Ich dachte immer, das läge daran, dass der Hyde Park in der Nähe ist. Mori hat nie was dazu gesagt.«

Grace neigte nachdenklich und müde den Kopf. »Es ist nur eine Hypothese. Eulen, du meine Güte …« Nun sah sie ihn zum ersten Mal richtig an. »Was ist mit ihm geschehen? Wie haben sie ihn gekriegt? Ich grübele seit Monaten darüber nach: Es ist doch vollkommen undenkbar, dass er nicht wusste, was Kuroda mit ihm vorhatte. Es sei denn, er hat aus freien Stücken mitgemacht.«

Thaniel nickte ein wenig. »Ja, er hat sich bewusst darauf eingelassen. Schon als wir hier ankamen, wusste er, dass etwas nicht stimmte. Ich habe ihn danach gefragt, aber er hat nur gesagt, es sei alles in Ordnung. Und dann hat er mich weggeschickt.« Er musste husten und hatte diesmal nicht nur Kreide-, sondern auch Eisengeschmack im Mund. Er hoffte nur, dass es kein Blut war. Er musste von diesem Berg runter und zurück nach Tokyo, bevor er umkippte. Das Morphin schien kaum mehr zu wirken. »Und ich bin einfach gegangen, ich Idiot.«

Grace fuhr sich mit den Zähnen über die Lippe. »Er hat dir nichts gesagt?«

»Nein. Aber dann muss irgendwas schiefgelaufen sein. Er würde niemals zulassen, dass Six etwas geschieht, selbst wenn er weg wäre. Ich habe gesehen, wie Männer, die sie allzu genau angeschaut hatten, von Pferden niedergetrampelt wurden. Nein, ich scherze nicht.« Dann erzählte er ihr von dem Kutschenunfall und von Willis und von den zerberstenden Fenstern in der Gesandtschaft.

Grace nickte, während er sprach. »Du denkst, er ist tot.«

Thaniel brachte es nicht über die Lippen. »Ich denke, das ist alles nicht seine Art.« Er wandte sich ab und hustete erneut.

Er musste inzwischen wohl wirklich schlecht aussehen, denn Grace stand nun geradezu der Schreck ins Gesicht geschrieben. »Herrgott, du bist ja krank … Komm, das reicht jetzt. Keine Kreide mehr.« Sie nahm ihn beim Ellenbogen. »Wir haben hier Hütten für das Personal. Wir besorgen dir jetzt etwas zu essen, und dann kannst du da übernachten.«

DREIUNDDREISSIG

YORUJI, 15. FEBRUAR 1889

An diesem Vormittag hatte Kuroda ein Kohlelager besucht. Es war nicht mehr in Betrieb, denn die Arbeiter hatten Reißaus genommen, und nun spukten dort nur noch schwarze Geister aus Kohlenstaub. Die Regierung hatte die kleine Exkursion organisiert, um der zusehends ängstlichen Öffentlichkeit zu beweisen, dass die Geister im Grunde ganz harmlos waren. Die Pressefotografen schossen ihre Bilder, und alle waren vergnügt. Mit den ungefähr zehn Geistern war dies der am meisten heimgesuchte Ort, den Tanaka hatte finden können. Und selbst die Journalisten, die während Kurodas Zeit bei der Marine kein gutes Haar an ihm gelassen hatten, räumten ein, dass er der Bevölkerung damit einen Dienst erwiesen habe. Für Kuroda war es ein erfolgreicher Tag.

Nachdem die Fotografen gegangen waren, nahm Tanaka ihn beiseite und sagte, es gebe ein Problem.

»Die Jungs behalten Yoruji ja weiterhin im Blick«, sagte Tanaka auf für ihn ungewöhnlich verblümte Weise und machte dabei ein grimmiges Gesicht. »Und sie haben dort im Schnee Geister gesehen. Und zwar viele.«

Kuroda stutzte, denn er hatte Tanaka noch nie so unsicher erlebt. »Tja, das war doch zu erwarten, oder? Yoruji liegt näher am Berg als Tokyo …«

»Nein, wenn ich viele sage, meine ich *sehr* viele. Die Männer werden langsam nervös. Also bin ich heute früh hingefahren, um mir das mal anzusehen und sie zu beruhigen. Bei der Gelegenheit habe ich auch ein bisschen Mehl in die Luft gestreut.« Er hielt inne. »Und da sind tatsächlich *Hunderte* Geister. Ich glaube … an diesem Ort wird aus irgendeinem Grund so ziemlich alles aufgezeichnet, was dort geschieht. Ich war nur eine Viertelstunde vor Ort, und was ich allein in der Zeit da gesehen habe … nun ja. Das ganze Anwesen ähnelt einem riesigen Geisterphonographen. Und ich denke, dort könnten auch Dinge aufgezeichnet sein, von denen wir nicht wollen, dass jemand sie zu sehen bekommt.«

»Wie deutlich sieht man das?«

Zum ersten Mal, seit Kuroda ihn kannte, schien sich Tanaka unbehaglich zu fühlen. »Ich kann es nicht beschreiben. Ich glaube, Sie sollten sich das mal mit eigenen Augen ansehen.«

Daraufhin ließ Kuroda seine Nachmittagstermine absagen.

• • •

Tanaka hatte in Yoruji überall kleine Fächer und Kreidepäckchen unter der Decke anbringen lassen. Von dort fiel ein zarter Kreideschnee herab, der sämtliche Geister sichtbar machte und sich dann auf die Nachtigallenböden legte. In dieser Kreideschicht zeichneten sich die Stiefelabdrücke der Anwesenden ab. Kuroda bekam am Eingang eine Gesichtsmaske aus Baumwolle gereicht.

Wie Tanaka gesagt hatte, waren die Geister überall. Auf jedem Korridor, in jeder Ecke, an jedem Wasserbecken und auf jedem Balkon drängten sie sich in lautlosen Scharen. Es tauchten immer wieder dieselben Personen auf: Suzuki, Mrs. Pepperharrow und Mori; und Kuroda erhaschte sogar einen Blick auf sich selbst, wie er gerade in die Gegenrichtung ging. Und sämtliche Geister waren makellose Aufzeichnungen von Momenten, die Monate, ja sogar

Jahre zurücklagen, und sie alle überlagerten einander. Die jüngeren Aufzeichnungen – oder die, die nach den Frisuren und der Kleidung der Leute zu urteilen, die jüngeren sein mussten – waren am deutlichsten sichtbar. Das ergab einen Sinn: Neuere Aufzeichnungen überlagerten die älteren.

Kuroda krampfte sich der Magen zusammen. Vorsichtig schritt er durch die Kreide, durchquerte zwei der kleinen Gärten und ging dann zu dem alten Rauchzimmer – dem Rauchzimmer, das Mori seit dem Tod der Gräfin verschlossen gehalten hatte. Es war immer noch verschlossen. Kuroda brach die Tür auf. Tanaka folgte ihm und warf auch dort ein Päckchen Kreidestaub in die Luft.

Da war die Gräfin. Sie lief – und zwar so, als hätte sie ihn all die Jahre verfolgt.

Kuroda knallte die Tür wieder zu. »Er wusste davon«, sagte er leise. »Er wusste es ganz genau, Tanaka, und deshalb hat er dieses Zimmer abgeschlossen, damit hier nichts das überlagern konnte.«

Tanaka legte ihm vorsichtig eine Hand auf den Arm. »Mit Verlaub, Hoheit: Das ist jetzt nicht unsere größte Sorge.«

»Was denn sonst?«

»Das Letzte, was im Speisesaal geschehen ist«, sagte Tanaka leise. »Es ist dort ganz deutlich zu sehen.«

»Aber doch bestimmt verwischt durch alles andere, was da jemals passiert ist, oder?«, entgegnete Kuroda schärfer als gewollt. Eine dreckige Tätowiernadel der Panik begann ihm in die Lunge zu stechen.

Es war lächerlich, wie leicht es gewesen war, sich einzureden, dass er der Angst entwachsen sei. Das war er natürlich nicht. Er war lediglich so groß geworden, dass es auf der Welt nicht mehr viel gab, was ihm noch Angst machen konnte – doch hier hatte er nun mit so etwas zu tun. Er fühlte sich, als hätte Mori ihn an jenen beschämenden Morgen zurückversetzt, an dem er bei der Marine zum ersten Mal in die Schlacht gezogen war, bleich und schwitzend und sich absolut sicher, dass er in Stücke gerissen würde. Diese schreckliche Angst, von der er sich eingeredet hatte, dass sie kindisch sei, war in diesem Moment wieder genauso lebendig wie damals.

Tanaka schüttelte den Kopf. »Nein, es überlagert alles andere. Es ist, als ob … es so brutal oder so bedeutsam war, dass es sich viel deutlicher eingebrannt hat …«

Kuroda drängte sich an ihm vorbei und schritt zurück zum Speisesaal. Dort rieselte der Kreidestaub hernieder und zeigte alles, was mit Mori geschehen war. Kuroda hatte es befohlen, doch als er es nun sah, drehte sich ihm fast der Magen um. Tanaka hatte recht: Diese Geister waren klar und deutlich zu sehen, wohingegen die Geister, die sie überlagerten, zu einer Art Hintergrundrauschen verblasst waren.

»Was zum Teufel hat er mit diesem Haus gemacht?«, fragte Kuroda schließlich. »Wie hat er das angestellt? Wie hat er es geschafft, dass hier alles auf diese Weise aufgezeichnet wird? Das gibt es sonst nirgendwo, nicht mal in Aokigahara.«

Tanaka nickte. »Ich weiß es nicht. Aber ich glaube nicht, dass er das absichtlich gemacht hat. Es hat ihn nämlich auch in Momenten aufgezeichnet, in denen man normalerweise nicht aufgezeichnet werden möchte.« Er hielt inne. »Kommen Sie, schauen Sie sich das an. Es ist … sehr, sehr seltsam.«

»Tanaka, ich weiß nicht, wie viele Seltsamkeiten ich mir heute noch ansehen mag.«

»Bitte«, erwiderte Tanaka unerwartet unterwürfig.

Kuroda biss die Zähne zusammen. Er war davon ausgegangen, dass der schwierigste und nervenaufreibendste Teil der Mission darin bestehen würde, Mori zu ergreifen, doch da hatte er sich getäuscht. Er fühlte sich, als würde tief in seinem Bauch eine Feder immer fester und fester zusammengezogen. Er rechnete ständig damit, dass irgendwas direkt vor seinem Gesicht explodieren würde. Er hatte seit Tagen nicht mehr richtig geschlafen. Das lag an den Eulen: Diese verdammten Eulen ließen ihm keine Ruhe. Sie saßen auf sämtlichen Fenstersimsen, vertilgten dabei in aller Ruhe Mäuse oder Eichhörnchen, die sie erlegt hatten, und beobachteten ihn, als warteten sie gespannt auf irgendetwas.

Tanaka führte ihn durch das Labyrinth der Korridore und zwischen all den Geistern hindurch zu einem Zimmer, das einen Blick auf die heißen Becken bot. Dort, direkt an der Verandatür, saßen zwei weitere Geister, und auch sie waren aus irgendeinem Grund viel deutlicher zu erkennen als die allermeisten anderen. Bei dem einen handelte es sich um Mori, und der andere war sein Musiker. Sie unterhielten sich gerade und hockten nah beieinander.

»Ich muss ihn mir wirklich nicht auch noch beim Sex ansehen«, schnauzte Kuroda.

»Nein«, sagte Tanaka. »Darum geht es nicht. Schauen Sie mal zu.«

Kuroda konnte Mori das, was er sagte, tatsächlich von den Lippen ablesen. So etwas lernte man bei der Marine notgedrungen.

… langweilig. – Ich möchte nur, dass jemand ein wenig früher …

Sie diskutierten hin und her, und es ging irgendwie um Mikroskope, und zweimal blickte sich Steepleton um, als ob er spürte, dass jemand zusah, doch das lag nur an Yoruji, glaubte Kuroda zumindest, bis er ihn dann fragen sah:

Werden wir beobachtet?

Und daraufhin sah Mori ihn, Kuroda, direkt an. Das war unverkennbar.

»Weiß er etwa, dass wir ihn beobachten?«, fragte Kuroda langsam. »Kann er uns etwa sehen?«

»Das kann ich Ihnen nicht sagen«, antwortete Tanaka sehr leise. »Aber oben auf dem Berg halten sie Geister der Zukunft ja schließlich für möglich, nicht wahr?«

Kuroda nickte.

»Und wir könnten in diesem Moment Geister der Vergangenheit erschaffen. Die Elektrizität ist ziemlich hoch aufgedreht, und dieser Ort … scheint viel besser als jeder andere dazu geeignet zu sein, Abdrücke zu erzeugen.«

Die Stille knisterte. Der Kreidestaub rieselte weiter hernieder, und Moris Geist erhob sich und ging davon. Steepleton blieb noch einen Moment lang reglos dort sitzen und krümmte sich dann zusammen, als hätte Mori ihm einen Schlag in die Magengrube verpasst.

Kuroda konnte ihm das nachfühlen. Er hatte in seiner Residenz und in seinem Amtssitz das Sicherheitspersonal aufgestockt und hatte gegenwärtig vier Leibwächter dabei, doch wie dem letzten Dorftrottel war ihm bis zu diesem Moment nicht in den Sinn gekommen, dass er hier gerade in eine Falle getappt sein könnte.

»Falls er uns die ganze Zeit gesehen hat«, sagte Kuroda leise und bemühte sich sehr, seine Stimme ruhig zu halten, »falls unsere Geister schon in der Vergangenheit für ihn sichtbar waren, dann sind wir hier nicht mehr sicher. Er könnte hier irgendwas installiert haben. Wir müssen hier weg. Er ist ja schließlich Uhrmacher, verdammt noch mal; was ist, wenn er im Keller eine Zeitbombe versteckt hat?«

Tanaka kniff kurz die Augen zu. »Ja. Das stimmt. Alle raus!«, rief er nun so laut, dass seine Stimme durchs ganze Haus hallte. »Alle sofort raus!«

Zwei von Kurodas Leibwächtern packten ihn bei den Schultern und liefen mit ihm zum Hauptausgang. Tanaka lief hinterher.

Doch da war keine Bombe. Nichts explodierte. Niemand wurde verletzt. Sie alle standen draußen im Schnee, und das Haus blieb, wie es war, nur das Gebälk ächzte ein wenig von der Kälte.

»Brennt es nieder«, sagte Kuroda schließlich.

»Wir wissen aber nicht, ob ein Feuer auch die Geister zerstören würde …«

»Dann wird es aber viel schwieriger, nach ihnen zu suchen.« Sein Herzschlag raste nun. »Wenn auch nur ein einziger Scheißreporter ein einziges Foto macht …«

»Wir haben niemanden reingelassen. Für alle Fälle.« Tanaka sah auf erschöpfte Weise froh aus, dass er zumindest das richtig hinbekommen hatte. »Ein Problem mit den Gasleitungen, haben wir gesagt.«

»Ausgezeichnet, dann wird sich ja auch niemand wundern, wenn es hier brennt.«

Tanaka zögerte. »Aber wenn Mori dann nicht auftaucht, um zu fragen, wo sein Haus abgeblieben ist, werden die Leute anfangen, Fragen zu stellen. Dem Herzog wird klar sein, dass ihm etwas zugestoßen ist.«

»Ja, ich weiß. Wo ist die Leiche?«

»Auf diesem Friedhof im Wald. Niemand würde in einem Grab danach suchen.«

»Sehr gut. Wartet ab, bis alles niedergebrannt ist, und bringt die Leiche dann zu dem Herzog. Die haben wir hier entdeckt, als wir von dem Brand erfuhren. Soll er sich doch seine eigene Theorie zurechtlegen. Dann riegelt ihr das ganze Anwesen ab. Gaslecks, Ermittlungen, was auch immer.«

Tanaka nickte. »Da wäre bloß noch eine Sache.«

»Welche?«

»Moris Gaijin. Er ist Diplomat. Er könnte herkommen und jede Polizei und jede Absperrung ignorieren, und wir könnten ihm nichts anhaben. Er wird von dieser Sache erfahren. Und er wird kommen, um sich hier umzuschauen. Und außerdem weiß er, dass wir dahinterstecken könnten.«

»Dann haust du ihm halt einen Ziegelstein auf den Kopf und schmeißt ihn in den Schwefelbrunnen. Verdammt noch mal, Tanaka, zeig doch mal ein bisschen Eigeninitiative«, sagte Kuroda und wusste im gleichen Moment, dass das unfair war. Eigeninitiative war Tanakas zweiter Vorname.

Tanaka schüttelte den Kopf. »Wir können es nicht riskieren, einen Diplomaten umzubringen. Die Briten würden hier sofort mit Kameras auftauchen und nach irgendwelchen Geistern suchen, die zeigen könnten, was mit ihm geschehen ist, und wir könnten das nicht verhindern.«

»Ja, da hast du recht«, sagte Kuroda und seufzte. »Also gut. Ihr behaltet die Absperrung bei. Und falls er tatsächlich kommt, gehst du direkt zum Herzog und sagst ihm, dass wir glauben, Steepleton hätte es getan. Aus Eifersucht. Und als er erfahren hat, dass Yoruji niedergebrannt ist, ist er dorthin zurückgekehrt, um die Leiche wegzuschaffen, für den Fall, dass auf dem Gelände Ermittlungen angestellt werden. Er mag ja Diplomat sein, aber er sieht aus wie so ein richtiger Straßenschläger. Der Herzog wird ihm kein Wort glauben, selbst wenn er ihm die reine Wahrheit erzählt.«

Tanaka atmete erleichtert auf. »Jawohl, Hoheit.«

Yoruji brannte lichterloh, nachdem Tanakas Männer dort Feuer gelegt hatten. Kuroda stand am Waldrand und sah zu. Nach einer Weile ertappte er sich dabei, dass er seinen Hut immer wieder an einen Baumstamm schlug. Anfangs hatte er nur den Kreidestaub von der Krempe klopfen wollen, doch dann hörte er nicht mehr damit auf. Seine innere Feder war fester gespannt denn je. Irgendetwas würde geschehen, und Mori ließ ihn einfach warten und warten und warten.

VIERUNDDREISSIG

AOKIGAHARA, 15. FEBRUAR 1889

Die Hütten standen, ein wenig hinter Bäumen verborgen, auf der anderen Seite des Staudamms. Ein Soldat schloss eine davon für Thaniel auf und überreichte ihm dann die Schlüssel und eine Holzkiste mit Reis und Gemüse.

Die Dächer der Hütten, die mit dicken Gummiplatten isoliert waren, reichten fast bis zum Boden. Thaniel hatte drinnen ein leeres Zimmer erwartet, doch in einem Schrank gab es dort einen Futon samt Bettzeug, und außerdem war die Hütte sogar mit einem Klavier und einem Phonographen ausgestattet. Auch Regale voller Bücher standen dort, alle über Ornithologie. Das Einzige, was darauf hindeutete, dass hier schon eine ganze Weile niemand mehr gewohnt hatte, war ein intensives Staubaroma und dass neben der Tür die Tapete ein wenig abblätterte. Thaniel drückte sie im Vorbeigehen wieder fest und hielt dann inne, als die Wand darunter ein wenig nachgab. Auch sie war mit einer dicken Gummiplatte isoliert.

Er schaute sich an, was für eine Walze auf dem Phonographen eingelegt war. Dann betätigte er die Kurbel und wartete. Wenig später erblühten Händel-Klänge in dem kleinen Raum. Erst als er diese leuchtend bunten Farben sah, bemerkte er, wie dunkel es draußen geworden war. Er nahm die Glühbirne, die ihm der

Mönch geschenkt hatte, aus seiner Manteltasche und legte sie auf den niedrigen Kotatsu-Tisch. Der Glühfaden gab ein leises Summen von sich, das den Glaskörper mit einer Art Glorienschein erfüllte. Es wirkte heimelig.

Dann lehnte er sich mit dem Rücken an die Wand. Die Luft war immer noch hochgebirgsdünn und schmeckte elektrisch-kupfern, und es fiel ihm immer noch schwer, tief einzuatmen, doch davon abgesehen war es ein schöner Abend, und die Sonne ging gerade unter. Nachdem er gegessen hatte, fühlte er sich besser. Er erhob sich wieder vom Kotatsu, holte von dem Stapel neben der Tür etwas Brennholz herein und nahm damit den altmodischen kleinen Ofen unter dem Tisch in Betrieb. Dann legte er das Gitter wieder drüber, breitete eine Decke über den Tisch und schlüpfte unter deren Rand, um die Wärme abzubekommen. Er genoss es, nicht mehr wandern zu müssen und im Warmen zu sein.

Dann erklang irgendwo zu seiner Linken ein sehr leises Geräusch. Es war so leise, dass er schon glaubte, es sich nur eingebildet zu haben, doch als er sich aufrichtete, hörte er es erneut, und diesmal hatte es einen etwas anderen Rotton. Es entsprach der Tonlage einer Männerstimme.

Er stand wieder auf und versuchte herauszufinden, woher es kam. Aus der richtigen Entfernung hatte fließendes Wasser – vor allem in Regenrinnen – den Farbton einer menschlichen Stimme. Er öffnete die Tür. Draußen war ein leises Geräusch zu hören, das er blind entweder für einen murmelnden Bach oder für Kindergeplapper gehalten hätte, doch das Gewässer konnte er von dort aus sehen, oder, genauer gesagt, er konnte zwischen den Bäumen hindurch eine Art Storch darin herumstaksen sehen.

Als er die Tür wieder schloss, hörte er es erneut, und diesmal war es ein Hauch von Gold zu seiner Linken. Darunter trat ein tieferes, dunkles Rot hervor: Klaviersaiten, aber nur das Geräusch, das sie machten, wenn man sie anblies, nichts Stärkeres. Er schlenderte hinüber und legte ein Ohr an die Oberseite des Klaviers. Dort war der Klang ein wenig lauter. Es war keine Melodie, wirkte aber auch nicht wie eine zufällige Tonfolge. Es waren Fetzen von irgendetwas, die aber zu leise waren, als dass er sie ganz mitbekommen und die Lücken hätte ausfüllen können. Er lauschte einen Moment lang und klappte dann den Deckel hoch. Die Scharniere quietschten.

Zunächst verstand er nicht, was er da sah, doch als er es verstand, wich er ruckartig zurück, und der Deckel schlug zu, was die Saiten zum Schwingen brachte und den Fußboden aussehen ließ, als würde von dort ein Nebel in allen Regenbogenfarben ausgehen, während der Nachhall durch die Bodenbretter heraufklang. Aus dem Innern des Klaviers drang ein aufgestörtes Huschen. Er wartete, bis es sich gelegt hatte, und klappte den Deckel dann wieder hoch.

Die Saiten waren mit Nachtfaltern bedeckt, einer ganzen Kolonie von ihnen. Sie bewegten sich über den gesamten Resonanzboden, und ihre Flügel und Beinchen waren gerade schwer genug, um die Saiten sehr leise zum Klingen zu bringen. Thaniel starrte sie nur an und fragte sich, was zum Teufel er nun ihretwegen unternehmen sollte.

Schließlich ging er mit der Glühbirne des Mönchs nach draußen und klemmte sie in eine Astgabel, die sich direkt vor seinem Fenster befand. Dann schob er das Fenster auf, was gar nicht so einfach war, weil es sich verzogen hatte. In dem schummrigen Licht waren die Falter nur als schemenhaftes Schwirren auf den Saiten zu erkennen. Um sie nicht zu verletzen, betätigte er das Dämpferpedal und strich dann, um sie aufzuscheuchen, ganz leicht über die Tasten. Sie hoben sich von den Saiten, schwirrten zunächst verwirrt umher und begannen dann, zum Licht hin nach draußen zu flattern.

Einer von ihnen landete auf Thaniels Fingerknöcheln und ging dort ein wenig hin und her – was sich sehr weich anfühlte –, ehe er schließlich weiterschwirrte. Thaniel kannte sich zwar nicht mit Insekten aus, doch es erschien ihm als allzu großer Zufall, dass er hier auf diese Winterschmetterlinge stieß, nur zwei Monate, nachdem Mori ihn gebeten hatte, ein Päckchen mit Schmetterlingskokons an eine Adresse in ebendiesem Wald zu schicken. Doch selbst wenn es sich um dieselben Tiere handelte, hatte er doch nicht die leiseste Ahnung, was das alles bedeuten sollte.

Der abscheuliche Gedanke, den er nach der Explosion in Tokyo und bei Grace gehabt hatte, schlich sich wieder in sein Hirn. Irgendetwas war schiefgelaufen. Nichts von alldem wirkte, wie Moris Pläne normalerweise wirkten, wenn alles glattlief. Es gab zu viele Lücken und Bruchstücke.

Auf ihrem Weg nach draußen wichen die letzten Falter einer deutlich sichtbaren Lücke in der Luft aus, als ob sie an den Rand eines unsichtbaren Dings stießen. Nur eine Sekunde lang nahm diese Lücke die Umrisse eines Menschen an. Dann waren auch die letzten Falter draußen und sammelten sich um die dortigen Lampen.

Thaniel beobachtete die Stelle, an der der Geist aufgetaucht war, und ihn beschlich das unheimliche Gefühl, dass der Geist auch ihn beobachtete.

Als er sich dann zur Nacht hingelegt hatte, konnte er nicht einschlafen. Jedes Mal, wenn er kurz davor war, störte ihn ein Blitz von dem Metallturm auf oder raschelte draußen irgendetwas, vielleicht eine Fledermaus oder so, und dann war er wieder hellwach. Und die ganze Zeit wurde er das Gefühl nicht los, dass sich da jemand in der Zimmerecke befand.

Er zog sich die Decke weiter über die Schultern und schmiegte sich tiefer hinein. Es kam ihm vor wie eine jener Nächte, in denen irgendetwas schiefgegangen war und alle schließlich auf dem Fußboden kampierten. Das war einmal in der Filigree Street geschehen, als sie ihre beiden Schlafzimmer an Dr. Haverly und seine jüngsten Söhne abgetreten hatten, weil Mrs. Haverly in den Wehen lag. Über das Prasseln des Hagels draußen konnte man manchmal durch die Schornsteine hindurch die eindringlichen Gespräche der Hebammen hören, und daher hatte Mori den Phonographen auf dem kalten Herd laufen lassen, um die Musik durch den Kaminschacht nach oben zu den Jungen zu schicken. Da es in der Weihnachtszeit war, hatte er Weihnachtslieder aufgelegt, die von der Mutter und dem Kind handelten, und Mrs. Haverly und das Neugeborene waren dann schließlich ebenso wohlauf.

Mori und er hatten eine Kerze zwischen sich gestellt und ein Backgammonspiel, dessen lackierte Steine schimmerten.

Er wusste nicht mehr, wer gewonnen und wer verloren hatte, doch nach dem Spiel hatte Mori ihn an sich gezogen, sodass sie Rücken an Bauch unter der Decke lagen. Thaniel ergriff seine Hand und führte sie hinab, wenn auch nicht ganz, und drückte dann seine Fingerknöchel, um ihn zu bitten, die Hand dort zu lassen. Mori tat es und bewegte sich nicht, außer dass er mit der Kante seines Daumens über Thaniels unterste Rippe strich, als wäre sie aus etwas viel Kostbarerem als Knochen. Von irgendwo draußen drang das helle Klirren von berstendem Glas herein. Es kam ihm überhaupt nicht in den Sinn, dass auch ihre eigenen Fenster in Gefahr sein könnten. Dann war er langsam eingeschlafen, zum Klang der Weihnachtslieder, des Hagels und des Winds, der ums Haus toste.

In seinem Gedächtnis war immer noch ein Rest von jener Ruhe gespeichert, und es war genug, dass sie nun auf ihn abfärben und er zumindest einen Silberstreif davon erhaschen konnte. Er hielt sich daran fest, bis er schlafen konnte. In der Dunkelheit wurde das Zimmer hin und wieder erhellt, wenn es am Turm zischend blitzte.

•••

Am nächsten Morgen war draußen alles in leuchtend weißen Nebel getaucht. Einzelne Nebelschemen waren auch ins Zimmer gedrungen, weil Thaniel der Frischluft wegen die Tür einen Spaltbreit offen gelassen hatte. Er lag nur halb wach da und betrachtete sie und dachte auch vage, dass das Gewicht seiner Hände auf seiner Brust unangenehm war. Ein neuer Schauplatz der Schwäche. Er bewegte sich nicht, denn er wollte nicht sogleich in die Kälte hinein aufstehen, aber ihm war auch bewusst, dass die unterschwellige Panik, die sich in seinem Brustkorb breitmachte, nur noch schlimmer würde, wenn er so liegen blieb. Er hatte sich nachts nicht mehr vollkommen entspannt, seit der Geist in der Gesandtschaft seine Schultern ergriffen hatte.

Er regte sich ein wenig, als Ouvertüre fürs Aufstehen, und erstarrte, als ihm klar wurde, dass es gar nicht seine eigenen Hände auf seiner Brust waren.

Er konnte es nicht richtig sehen, ohne den Kopf zu wenden, aber da war etwas neben ihm, das aus den Leibern und den sich bewegenden Flügeln der Falter bestand. Ruckartig sprang er auf und lief zur Tür. Und in dem Moment, da er sich bewegte, löste sich die Gestalt auf; aber er sah sie gerade noch: ein Mann, der dort kniete. Die Falter stoben in alle Richtungen auseinander.

Thaniel stand wie erstarrt auf der Türschwelle und wartete, ob der Mann noch einmal wiederkommen würde.

Die Falter begannen sich nun an der Wand zu versammeln. Thaniel beugte sich wieder ins Zimmer hinein. Nach und nach schlossen sich so viele von ihnen zusammen, dass sie erneut die Gestalt eines Menschen bildeten. Und dieser Mensch tat etwas: Er schrieb oder malte. Dann bückte er sich und schien etwas Unsichtbares an der Wand abzurollen, das er anschließend festzunageln schien. Das Gummi: Es war der Handwerker, der die Isolierung angebracht hatte.

Nun sah ihn der Geist direkt an und zeigte eindringlich auf die

Wand. Dann löste es sich wieder auf. Die Falter schwirrten alle in Richtung Fenster.

Ganz langsam trat Thaniel wieder zurück ins Zimmer. Nach kurzer Suche fand er einen Hammer, doch dann ließen sich die Nägel in der Gummidämmung auch so ganz leicht herausziehen. Die Gummiplatte fiel ab. Die Wand darunter war aus nacktem Holz. Mit weißer Farbe stand in großen japanischen Buchstaben darauf geschrieben:

GEH NICHT ZURÜCK NACH YORUJI.

Thaniel starrte die Schrift lange an. In seiner Brust flatterte es vor Freude, ein Zeichen von Mori zu sehen, wenn auch nur ein sehr kleines. Mori hatte einen enormen Aufwand betrieben, um ihn dies sehen zu lassen. Irgendetwas Schreckliches musste in Yoruji geschehen sein.

Thaniel starrte die Schrift an. Yoruji sei abgeriegelt, hatte Arinoris Frau gesagt. Seit Monaten schon hatte niemand mehr etwas von Mori gehört – bis auf Grace und die anderen Wissenschaftler, die aber nicht wussten, wo er gefangen gehalten wurde. Irgendwie waren alle davon ausgegangen, dass Mori irgendwo weit weg sei, doch in Wirklichkeit hatte Kuroda in Yoruji selbst alles perfekt eingefädelt.

Kuroda hätte Mori die ganze Zeit dort festhalten können. Zumindest bis Ende Januar, als Grace dann keine Telegramme mehr bekam.

Er war nicht zwangsläufig tot. Alles Mögliche konnte passiert sein. Vielleicht war er krank, weil sie irgendwas mit ihm angestellt hatten – oder vielleicht sogar, weil sie noch vorhatten, etwas mit anzustellen. Er spürte Schmerzen ja schon im Vorhinein.

Und er war verdammt noch mal zu dickköpfig, um irgendjemanden um Hilfe zu bitten. Er tat, was er immer getan hatte: Er räumte Leute aus dem Weg. Und Thaniel hatte die Nase davon voll gehabt.

Thaniel nagelte die Gummiplatte wieder fest, packte seine Sachen, schloss die Tür hinter sich ab und schaute dann noch kurz im Büro vorbei, um sich von dem Direktor zu verabschieden. Er hätte sich auch gern von Grace verabschiedet, wollte aber nicht, dass jemand merkte, dass er ihr mehr Aufmerksamkeit schenkte, als es ein x-beliebiger Ministerialbeamter an seiner Stelle getan hätte. Er fühlte sich wieder einigermaßen bei Kräften, und so machte er sich auf den Weg den Berg hinab, und ihm ging dabei die ganze Zeit so viel durch den Kopf, dass er die aufgeknüpften Geister unterwegs kaum bemerkte.

• • •

Er konnte es kaum glauben, als er schließlich wieder den Lichtschein des kleinen Glühbirnenschreins erblickte. Auch der Mönch war da und so fröhlich wie eh und je. Thaniel dankte ihm noch einmal für alles und bezahlte ihn dann dafür, dass er ein Pferd einfing und sich damit, wenn er konnte, den Berg hinauf begab und der westlichen Dame dort oben ausrichtete, dass sie jederzeit von dort fliehen könne, auch ohne Geld und ohne Papiere, solange sie sich nicht auf den Hauptstraßen blicken ließ. Der Mönch versprach ihm, das zu tun.

Dann ging Thaniel wieder durch das immer noch brennende Dorf, passierte den Zaun, holte an dem schiefen Baum seine Tasche und ging dann schließlich hinaus auf die Straße, um mal zu sehen, ob von dort irgendwelche Postkutschen in Richtung Tokyo fuhren.

Im Geiste ging er sämtliche Gespräche noch einmal durch, die sie in Yoruji geführt hatten, wie nervös Mori gewesen war und wie misstrauisch. Wenn er die ganze Zeit eine Zukunft als Gefangener vor sich gesehen hatte, ja vielleicht sogar, wie seine eigene Ermordung in jenem gottverlassenen Haus immer näher rückte, war es wirklich eine Leistung gewesen, wie aufrecht er dabei geblieben war.

Thaniel konnte nicht anders, als einem Baumstamm einen Boxhieb zu verpassen, als die Vorstellungen von dunklen Räumen und Meißeln zu sehr in ihm hochkochten. Er hätte Yoruji nie verlassen dürfen. Und nun musste er dringend dorthin zurück.

FÜNFUNDDREISSIG

YOKOHAMA, 15. FEBRUAR 1889

Die Müdigkeit holte Thaniel auf der letzten Etappe der langen Postkutschenfahrt ein. Die Kutsche war auf dieser Rückfahrt viel voller als auf dem Hinweg, und er zwängte sich ans Fenster, um einer Dame, die mit ihrem Baby und zwei Hühnern rechts neben ihm saß, etwas mehr Platz zu lassen. Trotz der Enge schlief er an die Glasscheibe gelehnt ein, und als er verwirrt wieder aufwachte, sah er das Kammmuster, das sich vom Kondenswasser der Scheibe in seinem Haar gebildet hatte. Die Dame stupste ihn an und sagte, sie seien in Yokohama.

• • •

In Yoruji war das Tor zum Anwesen mit einem Seil versperrt. Daran hing ein Schild mit der Aufschrift: *Auf Befehl des Innenministeriums: Zutritt verboten. Lebensgefahr.* Ein Polizist eilte herbei und forderte ihn auf weiterzugehen. Thaniel schlug ihn k.o., legte ihn unter einer Hecke ab und duckte sich unter der Absperrung durch.

Der Weg zum Haus hinauf war ein Band aus unberührtem Schnee. Fasane ließen sich unter den Bäumen blicken, und ihre Schwanzfedern zogen blaue Flämmchen hinter sich her. Es herrschte eine unheimliche Stille, denn all die Möwen, die sonst über dem Meer geschrien hätten, waren längst fortgeflogen – oder irgendwo gegengeknallt. Wo der Weg steil war, war der Schnee fest und rutschig. Niemand war zu sehen, und niemand schien auch nur den Versuch unternommen zu haben, die Zugangswege schneefrei zu halten. Da lehnte bloß ein Spaten an einem Baumstamm, und auf seinem Griff hatten sich zehn Zentimeter Neuschnee angesammelt. Der Wind brachte die Friedhofsglöckchen ein wenig zum Klingen. Das war alles. Das Innenministerium musste das gesamte Personal nach Hause geschickt haben.

Als er schließlich die Anhöhe erreicht hatte, blieb er wie angewurzelt stehen. Von dort aus hätte man eigentlich ganz Yoruji sehen müssen, mit all seinen Dächern und Balkonen. Doch da war nichts mehr. Wo das Haus gestanden hatte, lag ein scheußliches schwarzes Durcheinander, in dem nur die schneebedeckten zerschmetterten Querbalken noch zu erkennen waren und die verkohlten Überreste eingestürzter Portale. Es war komplett niedergebrannt.

SECHSUNDDREISSIG

ABASHIRI, HOKKAIDO, 20. JANUAR 1889

Der Sekretär des Gefängnisdirektors, Herr Nakamura, war, seit Takiko ihm das erste Mal begegnet war, beständig kränker geworden. Kurz nachdem Horikawa von einem wütenden Ainu-Mann getötet worden war, der sich schließlich dazu entschlossen hatte, einfach mal zurückzuschießen, traf sie Nakamura eines Nachmittags, wie er vor der Tür des Büros stand und in seine Armbeuge hustete. Mit einem Blick bat er um Verzeihung. Er trug einen Schal unter dem Kragen seiner Kimonojacke und hatte sich das Haar, das sogar noch ungepflegter war als in der Woche zuvor, halb unter ein Kopftuch gestopft.

»Er sagt, ich soll draußen husten«, erklärte er und wies mit dem Ellenbogen auf die Tür. »Er sagt, bei seinen Kopfschmerzen kann er es nicht ertragen, wenn ich auch noch ekelhafte Geräusche mache.«

»Können Sie denn nicht nach Hause gehen?«, fragte Takiko. Ihre Stimme klang allmählich etwas angespannt. Sie hatte immer noch nicht herausgefunden, wie man in den Turm gelangte. Die Handschrift auf dem Papierkranich setzte ihr sogar mehr zu als die gefrorenen Leichen draußen im Wald. Mori lag womöglich in diesem Moment dort oben im Sterben, wegen etwas, das sie ihm noch gar nicht angetan hatten; da würde es nicht die erhoffte Wirkung haben, wenn jemand mit ihm sprechen würde oder zumindest jemand, der ihn nicht kannte. Wenn sie doch bloß dort hinaufgehen und sich vergewissern könnte, dass er noch unversehrt war – zeitlich, körperlich, wie auch immer. Dann würde sich die schmerzhafte Anspannung in ihrer Brust bestimmt lösen. Sie hatte sich ja schließlich ausdrücklich nicht dazu verpflichtet, ihm wehzutun.

In ihrem Kopf wollte eine sarkastisch klingende Stimme, die leider sehr nach Ayame klang, gerne wissen, was sie denn geglaubt habe, was sie hier tun würde.

»Nein«, antwortete Nakamura in jämmerlichem Ton, »die Eingabe der elektrischen Werte darf nicht unterbrochen werden.«

»Warum?«

»Das weiß ich nicht. Ich weiß nur, dass ich zwanzig Sen pro Tag dafür kriege.« Er fing wieder an zu husten und warf dann einen bedeutungsschwangeren Blick zur Tür. Als er sich dann zu ihr herüberbeugte, roch er nach Muff und ungewaschener Kleidung. »Es ist für ein Schloss«, flüsterte er. »Ein ganz besonderes neues Schloss. Supersicher. Die Kombinationen ändern sich auf Zufallsbasis. Und das hat irgendwas mit den Werten auf den Diagrammen zu tun.«

»Sie gehen jetzt nach Hause«, sagte sie. »Das kann ich doch übernehmen. Es sind ja bloß Zahlen, nicht wahr? Also, Zahlen abtippen, das kann sogar ich.«

»Das würden Sie tun? Wirklich?«

»Los, ab nach Hause. Entschuldigen können Sie sich später.«

»Vielen, vielen Dank!«, sagte er von Herzen und ging, immer noch hustend, die Treppe hinab.

Takiko nahm an, dass sie bei dem Direktor noch einiges an Überzeugungsarbeit würde leisten müssen, doch als sie das Büro betrat, war er mit einer Migräne auf seinem Schreibtisch zusammengesunken und erklärte sich sofort mit einer vagen Handbewegung einverstanden.

»Tippen Sie die Werte aus dem Diagramm in die Schreibmaschine. Neue Diagramme landen in dem kleinen Briefkasten neben Ihnen. Können Sie Zahlen lesen? Dann fangen Sie an. Ich würde es Ihnen gern genauer erklären, aber das Zimmer spaltet sich gerade in meinem Kopf in zwei Hälften«, sagte er in seine Arme.

Sie hob die Augenbrauen und schaute sich auf dem unordentlichen Schreibtisch um. Er lag voller Fotografien, die alle das Gleiche zeigten: zwei weiße spiegelbildliche Wellenlinien vor einem grauen Hintergrund. Diese Fotos waren alle auf Papier abgezogen, auf dem die Achsen eines Diagramms bereits aufgedruckt waren, und daher zeigten die weißen Wellenlinien mit ihren Höhen und Tiefen Punkte in einem Koordinatensystem. Als sie nun darauf lauschte, konnte Takiko irgendwo über ihnen ein leises Kratzen hören. Das musste der Elektrograf sein, der da vor sich hin werkelte.

»Welche Linie soll ich …?«

»Eine von beiden, vollkommen egal.«

Und noch während sie das eine Diagramm betrachtete, glitt bereits ein weiteres in den Briefkasten, der neben ihr in die Wand eingelassen war. Er hatte ein Glasfach, das man mit einem Hebel herunterziehen konnte. Sie nahm das Diagramm heraus und hielt es in der linken Hand, während sie mit der rechten die Koordinaten der oberen Linie eintippte. Und während sie das tat, begann etwas tief in der Wand zu klicken. Wenn sie kurz innehielt, hörte auch das Klicken auf. Als sie dann einen Rhythmus gefunden hatte und schneller tippte, begann es zu surren. Es klang wie ein Uhrwerk.

Der Direktor winkte vage in ihre Richtung. »Hören Sie nie länger als zehn Minuten mit dem Tippen auf. Verstanden?«

»Warum denn das, Herr Direktor?«

»Sagen Sie einfach nur, dass Sie verstanden haben.«

»Ich habe verstanden, Herr Direktor.«

»Braves Mädchen. Und nun entschuldigen Sie mich bitte; ich lege mich jetzt zum Sterben nieder«, sagte er und rollte sich unter seinem Schreibtisch zusammen.

Also tippte sie, und alle halbe Stunde, kurz bevor sie mit einem Diagramm fertig war, flatterte das nächste in den gläsernen Briefkasten. Die Diagramme waren immer ein wenig verschieden. Manchmal verliefen die weißen Linien gezackt, manchmal fast gerade. Am Nachmittag kam eines herein, bei dem die Linien ganz wild ausschlugen, oben über den Rand des Diagramms hinaus und unten bis in die negativen Zahlenwerte hinein, und kaum hatte sie es zur Hand genommen, da donnerte es auch schon am Himmel, und Schnee wirbelte herab, so dicht, dass die Stadt und das Meer nicht mehr zu sehen waren. Sie schaute eine Weile aus dem Fenster, um sich eine kleine Pause zu gönnen. Von dem Peitschenstriemen ging inzwischen ein Schmerz aus, der ihren ganzen Schädel umfasste und sich sogar bis zu ihren Augenbrauen erstreckte.

»Ich habe Ihnen doch gesagt, Sie sollen nicht anhalten«, drang eine Stimme unter dem Nachbarschreibtisch hervor. »Das ist für ein Schloss, Mädchen. Wenn Sie anhalten, ist es nicht mehr zugesperrt, verdammt.«

• • •

Wie sich herausstellte, hatte Nakamura eine besonders schlimme Grippe, und daher versah Takiko auch weiterhin den Dienst als Sekretärin des Direktors. Die Zeit dehnte sich zäh und zerfloss dann wieder klumpenförmig. Takiko tippte die Koordinaten aus den Diagrammen in die Schreibmaschine und hörte sich an, wie der damit verbundene Mechanismus in der Wand neben ihr surrte und klickte. Nach einer Weile fing sie an, sich Rechenspiele mit den Zahlen auszudenken. Drei Tage später konnte sie mit siebenundzwanzig multiplizieren, ohne sich anzustrengen.

Währenddessen ergab sich nie eine Gelegenheit, um durch den Kaminschacht mit dem Turmzimmer Kontakt aufzunehmen. Jeden Abend wurde sie von dem schweigsamen Mann abgelöst, der die Nachtschicht übernahm, und jeden Morgen überließ er ihr ebenso schweigend wieder den Platz. Der Direktor sagte, er habe einen Gehörlosen dafür eingestellt, weil Gehörlose nicht plaudern könnten.

An ihrem vierten Morgen lag jedoch, als sie hereinkam, ein Papierkranich im Kamin. Der Mann von der Nachtschicht hatte ihn natürlich nicht herabfallen hören, und das Feuer war schon ganz heruntergebrannt. Als sie mit Schrecken bemerkte, dass die Papierflügel zu qualmen begannen, winkte sie ihrem Kollegen fröhlich zu, um ihm einen guten Morgen zu wünschen, und er verneigte sich lächelnd und deutete pantomimisch an, wie kalt es sei. Sie stimmte zu. Im Kamin regte sich der Kranich auf der Asche.

Endlich ging der Mann hinaus.

Takiko schnappte sich schnell den Kranich. In noch krakeligerer Handschrift als zuvor stand darauf: *Sind Sie noch da?*

Das erinnerte sie an die Flüsterstimme draußen beim Schuppen für die Isolationshaft, und fast hätte sie aufgeschrien. Sie wollte gerade etwas den Rauchfang hinaufrufen, als der Direktor mit einem Schwall kalter Luft ins Büro gepoltert kam und sich dann den Schnee von den Stiefeln und vom Mantel stapfte. Da blieb ihr nichts anderes übrig, als das Feuer im Kamin wieder anzufachen, um zu zeigen, dass jemand da war. Anschließend ließ sie sich, der Verzweiflung nah, wieder auf ihren Stuhl plumpsen.

• • •

Das Gefängnis verfügte über einen kleinen Schrein. Es war ein eher jämmerliches Ding, mit einer scheußlichen kleinen Keramikstatue irgendeines Fischergottes, und Takiko war ohnehin nicht religiös gesinnt. Doch um sechs Uhr an jenem Morgen – bevor sie die Bürotür öffnete, um festzustellen, dass der Direktor dazu übergegangen war, an seinem Schreibtisch zu nächtigen – läutete sie die Glocke des Schreins und legte eine Zigarette in die Opferbox, denn an Geld hatte sie inzwischen nur noch das übrig, was sie für ihre Heimreise brauchte. Für den Fall, dass jemand zuhörte, sprach sie ihr Gebet nur in Gedanken, das aber so klar und deutlich, wie sie nur konnte: *Lass Mori bitte noch am Leben sein.*

Dass er in einem Turm eingesperrt war, erklärte, warum er nicht gewusst hatte, wonach sie suchen sollte, als er sie gebeten hatte hierherzukommen. Er hatte sich damals an eine Zukunft erinnert, in der er zu isoliert und zu krank sein würde, um groß etwas mitzubekommen, außer vielleicht, dass der Ort Abashiri hieß.

Wütend auf sich selbst, schlug sie die Glocke des Schreins noch einmal kräftig an. Wahrscheinlich würde sich der Fischergott daran stören, aber das war keinesfalls schlimmer, als allgemein so dämlich zu sein. Sie wusste nicht mehr, was sie gedacht hatte, was passieren würde, wenn Kuroda Mori erst einmal in seiner Gewalt hatte. Eine kurze Gefangenschaft unter Gentlemen bei den Wissenschaftlern in Aokigahara; akademische Befragungen und zwischendurch vielleicht ein paar Drohungen, um ihm zu entlocken, was er womöglich an Nützlichem über die Russen wusste. Im Grunde hatte sie sich dabei lediglich einen modernen da Vinci der etwas befremdlicheren Art vorgestellt, der sich in einer geheimen Werkstatt aufhielt.

Eine idiotische Vorstellung. Kuroda ging immer zu weit. Sie wusste das, jeder wusste das.

Links neben ihrem Schreibtisch im Büro des Direktors stand ein Telegraf. Sie hatte ihn bisher nicht weiter beachtet, da er nie einen Mucks von sich gegeben hatte, und daher zuckte sie erschrocken zusammen, als er nun mit einem Mal zum Leben erwachte. Der Direktor eilte herbei, um den Papierstreifen zu ergreifen. Ratternd transkribierte der Apparat den Morsecode in normale Schrift. Takiko konnte erkennen, wo sich im Innern die Typen befanden. Die langen Stahlhebel, an denen sie befestigt waren, bewegten sich wie Klaviersaiten. Die Miene des Direktors verdüsterte sich.

»Es hat ein Lawinenunglück gegeben«, sagte er leise. »Das Gefängnis von Kabato wird evakuiert.« Er hob den Blick. »Sie bringen sie alle hierher.«

Takiko runzelte die Stirn. »Wie viele Gefangene gibt es denn in Kabato, Herr Direktor?«

»Fast tausend.«

Sie blickte auf ihre Schreibtischplatte hinab und fragte sich, wie sie Mori herausschaffen sollte, wenn sich mit einem Mal doppelt so viele Gefangene und Wärter hier aufhielten. Da würde man sich im ganzen Gebäude kaum noch bewegen können, ohne jemanden anzurempeln.

Sie lehnte sich ein wenig zurück, als sie sich ihrer eigenen Gedanken gewahr wurde. Ihr war noch gar nicht klar gewesen, dass sie in der Zwischenzeit beschlossen hatte, Mori zu befreien. Doch irgendwann im Laufe der vergangenen eiskalten Tage musste sich dieser Entschluss verfestigt haben. Falls es ihr gelang, in das Orakel einzudringen, würde sie ihn dort nicht zurücklassen können.

Der Direktor seufzte. »Mit etwas Glück werden die meisten von denen schon auf dem Weg hierher draufgehen.« Er gab einen leisen Laut von sich und berührte dabei mit der Zeigefingerspitze seine Schläfe.

Takiko sah zu ihm hoch. »Herr Direktor, wenn das nun auf uns zukommt … vielleicht sollten Sie dann wirklich nach Hause gehen und sich ein wenig ausruhen? Denn wenn die alle erst mal hier sind, werden Sie keine Ruhe mehr bekommen.«

Im ersten Moment konnte sie es nicht glauben, als er daraufhin sagte, sie habe recht, und seinen Mantel nahm. Bevor er hinausstapfte, sagte er noch, sie solle bleiben, bis der Mann von der Nachtschicht sie ablösen würde.

»Und erzählen Sie niemandem von diesem Apparat, sonst stecke ich Sie eigenhändig in den Schuppen für die Isolationshaft«, sagte er und ging.

Sie sah zu der Stelle hinüber, wo er gerade noch gestanden hatte. Sie ging nicht davon aus, dass er das scherzhaft gemeint hatte. Es schien eine ganze Weile zu dauern, bis seine Schritte verklangen.

• • •

Schließlich hörte Takiko dann aber doch auf zu tippen, ging zu der Wand und klopfte dort leise an der Vertäfelung entlang. Als sie den Hohlraum endlich entdeckte, befand er sich direkt neben dem Kamin und ungefähr dreißig Zentimeter über ihrem Kopf. Er war ganz klein; nur eine Platte von der Größe eines Tellers, die nach außen klappte. Dahinter kam das Rad einer Tresortür zum Vorschein. Sie musste kräftig anpacken, um es aufzudrehen, und als sich die Tür endlich öffnete, verstand sie, warum die restliche Wand so massiv geklungen hatte: Sie war massiv. Nun schwang ein ganzes gemauertes Segment davon gerade so weit hervor, dass jemand hindurchschlüpfen konnte. Dahinter gelangte man in einen sehr engen Treppenaufgang.

Da der sich direkt neben dem Rauchfang befand, waren die Stufen warm. Takiko nahm sich eine Laterne und zog die Vertäfelungstür hinter sich zu, ohne sie aber zu schließen. Die Tür hatte auf der Innenseite keine Klinke. Die Laterne flackerte in der Dunkelheit. Als Takiko dann die Treppe hinaufstieg, war die Luft dort erfüllt von dem warmen Geruch von trockenem Holz. Über ihr war ein Scharren zu hören.

Am oberen Ende der Treppe befand sich eine metallisch glänzende Tür. Sie war mit einem mannshohen Räderwerk und acht verschiedenen Schlössern ausgestattet, die in Mechanismen eingebaut waren, die nun langsam aufhörten, sich zu bewegen. Takiko wartete, bis sie ganz zum Stillstand gekommen waren, und öffnete die Schlösser nacheinander. Sie alle waren massiv und schwer.

Als sich die Tür dann auftat, war in dem Raum dahinter kein Tageslicht zu sehen. Es gab dort nur eine Öllampe, die eine Art ewiges goldenes Abendlicht verbreitete, und einen Kamin direkt neben ihr, in dem nur noch ein paar Kohlebrocken vor sich hin glommen. Der Fußboden war, soweit sie das erkennen konnte, kahl. Eine Leiter führte zu einem kleinen Hochbett unter den Dachsparren des Turms hinauf, und dort konnte sie eine ordentlich zusammengelegte Decke erkennen.

»Mori?«, sagte sie leise.

»Wer?«

Der Mann saß reglos mit dem Rücken zum Kamin. Er las in einem Buch oder hatte das zumindest gerade noch getan; jetzt sah er sie verblüfft und interessiert an. Er war alt, hatte einen gepflegten Bart, und seine Kleidung wirkte wärmer als die der anderen Gefangenen, war aber ebenfalls rot.

Takiko bemerkte, dass ihr die Kinnlade heruntergeklappt war, und nun drückte sie die Backenzähne ordentlich aufeinander, um sicherzugehen, dass das nicht noch mal passierte. »Verzeihung … Wer sind Sie?«, fragte sie.

»Nur ein unbedeutender Prinz. Sie haben wahrscheinlich noch nie von mir gehört«, antwortete er mit hoffnungsvollem Blick. »Und wer sind Sie?«

»Die Putzfrau. Entschuldigung, ich … dachte, Sie wären jemand anderes.« Sie schluckte. Ihre Kehle war mit einem Mal wie ausgetrocknet. »Verzeihung – darf ich fragen, was Sie hier oben machen? Warum hat man Sie hier eingesperrt?«

»Ich glaube, sie wollten einen Prinzen nicht zu den anderen Gefangenen stecken«, sagte er traurig. »Mir hätte ein wenig Gesellschaft aber gut gefallen.«

»Was haben Sie denn verbrochen?«

»Ich war einige Male zu oft anderer Meinung als der Kaiser. Und dann habe ich auch noch ein Pamphlet verfasst.«

»Und was soll das ganze Theater mit dieser Tür?«, fragte sie in etwas strengerem Ton und streckte dann beschwichtigend die Hände aus, um ihm zu sagen, dass sie sich nicht über ihn, sondern über die Umstände ärgerte.

»Das weiß ich nicht. Die war schon da, als ich hier angekommen bin. Ziemlich clever, nicht wahr? Aber wollen Sie sich nicht ein bisschen zu mir setzen, wo Sie doch schon mal hier sind? Ich bekomme sonst immer nur den Direktor zu sehen, und der ist wirklich ein fürchterlicher Langweiler.«

»Das geht nicht. Wenn mich jemand erwischt, stecken sie mich in die Isolationshaft.«

»Ja, das verstehe ich natürlich«, sagte er mit einer schrecklichen Fügsamkeit. Nachdem sich ihre Augen nun an das Dämmerlicht gewöhnt hatten, bemerkte sie, dass sein Blick allzu eindringlich war und seine Freundlichkeit etwas leicht Hysterisches hatte. »Aber vielleicht nur für fünf Minuten? Oder auch nur für vier?«

»Ich sollte jetzt wirklich besser …«

Er hielt sie am Rocksaum fest. »Bitte …«

Er war weiter nichts als ein alter Mann, der zu lange allein gewesen war, aber dennoch verlor sie die Nerven. Sie riss sich los, schloss die Räderwerktür hinter sich und verriegelte all ihre unnötigen Schlösser. Als sie dann ein Ohr an das warme Messing legte, hörte sie ihn auf der anderen Seite weinen. Eine unheimliche algenartige Kälte machte sich in ihr breit, als ihr klar wurde, dass sie keine Ahnung hatte, was sie nun tun sollte. Dies war ein Käfig, der für Mori bestimmt war. Doch Mori saß nicht darin. Und je mehr sie versuchte, sich einzureden, dass es doch gut sei, dass er nicht in dieser schrecklichen perfekten Zelle eingesperrt war, desto lauter hörte sie ihn sagen, dass er nicht wüsste, was vor sich ging, weil er sehr wahrscheinlich bald ums Leben kommen würde.

Als sie am Fuß der Treppe angelangt war, kam eine weitere telegrafische Nachricht herein. Diese stammte von dem Gefängnis in Hakodate. Dort hatte es einen Typhusausbruch gegeben, und die überlebenden Gefangenen wurden nun nach Abashiri verlegt.

Ganz langsam richtete sie sich wieder auf und faltete das Telegramm so klein zusammen, wie es nur ging. Kuroda hatte sie hierherkommen lassen, obwohl er genau wusste, dass Mori nicht hier sein würde. Mori war damals – eventuell – verwirrt gewesen, Kuroda aber nicht. Der einzige Grund, weshalb man sie völlig sinnloserweise diese weite Reise hatte machen lassen, war der, sie ihm aus dem Weg zu schaffen. Mit etwas Glück würde sie vielleicht sogar hier sterben, entweder im Gefängnis oder einfach nur draußen in der klirrenden Kälte.

Im Grunde hätte ihr das klar sein müssen.

Sie wollte auf der Stelle abreisen, ein Schiff nach Hause nehmen. Sie wandte sich zum Fenster und hielt abrupt inne. Das ging natürlich nicht. Die Küste war ein menschenleerer weißer Streifen, und das Meer dahinter war gefroren – eine nicht mehr schiffbare Einöde aus Packeis und Schnee. Die Schiffe in der Bucht lagen dort so fest, als steckten sie in Teer.

SIEBENUNDDREISSIG

YORUJI, 16. FEBRUAR 1889

Etwas stieß gegen Thaniels Fußknöchel.

Kurz hielt er es für eine schrecklich entstellte Katze, doch dann sah er, dass es sich um etwas Schimmerndes handelte, und die bizarre Gestalt entpuppte sich als Katsu. Der kleine Krake wich ein Stück zurück und versuchte dann erneut, sich durch Thaniel hindurchzuschlängeln. Dann schien er es jedoch aufzugeben und bewegte sich stattdessen beiseite. Thaniel kniete sich hin und zog sich den Ärmel über die Hand. Katsu war dennoch fast zu warm, um ihn anzufassen. Als Thaniel ihn aufhob, winkte er nur schläfrig, als glaubte er, immer noch auf dem Boden zu sein.

Thaniel konnte ihn nicht richtig festhalten. Normalerweise wickelte sich Katsu um den Arm und setzte sich dann auf die Schulter, und wenn er nicht loslassen wollte, erforderte es eine enorme Anstrengung, sich wieder von ihm zu befreien. Wenn er sich jedoch nicht festhielt, war er schwer. Er entwand sich Thaniels Händen und bewegte sich dann wieder auf denselben Wegen, die er bereits zurückgelegt hatte, was an der feinen Schneeschicht zu erkennen war, die sich inzwischen darüber gelegt hatte. Wie es aussah, hatte er, seit es angefangen hatte zu schneien, immer und immer wieder dieselben Runden gedreht. Und welche Verschränkung zwischen Uhrwerk und Leben es in seinem Innern auch gab:

Nichts in ihm glaubte, dass Thaniel tatsächlich und leibhaftig dort war.

Da Thaniel die Vorstellung, ihn zurückzulassen, nicht ertragen konnte, folgte er ihm zu den Ruinen. Wenigstens lagen dort keine Toten. Aus der Ferne sah manches zwar nach zertrümmerten Skeletten aus, doch aus der Nähe betrachtet, waren es nur verbrannte Möbelstücke, eingestürzte Türrahmen oder Bretter, die sich im Feuer rippenförmig gekrümmt hatten. Katsu bewegte sich durch all das hindurch. Thaniel musste über einige Trümmer hinwegklettern und hielt dabei auch immer wieder Ausschau nach irgendwelchen unversehrten Textilien, in die er Katsu hätte einwickeln können. So etwas gab es dort jedoch nicht. Der Brand hatte ganze Arbeit geleistet.

Dann huschte Katsu plötzlich eine Steintreppe hinunter, die Thaniel noch gar nicht kannte. Sie führte in völlige Dunkelheit hinab. Thaniel blieb am oberen Ende stehen. Ringsumher waren die Dielen verbrannt, und ihm wurde klar, dass hier früher einmal eine Falltür gewesen sein musste. Er schaute sich um und versuchte, sich darüber klar zu werden, wo er sich in dem Haus befand. Erst nach einer ganzen Weile begriff er, dass er hier dasselbe heiße Becken sah, das er bei seiner Ankunft erblickt hatte. Er befand sich in dem Zimmer, in dem Mori damals geschlafen hatte.

Irgendwo in der Dunkelheit klapperte Katsu eine weitere Treppe hinab. Thaniel zögerte, denn das Tageslicht schwand zusehends dahin, doch andererseits waren Katsus Bewegungen auf den Steinböden deutlich zu hören. Wenn es sein musste, konnte er sich mehr oder weniger an ihren Klangfarben orientieren und an der Art, wie sie von irgendwelchen Oberflächen widerhallten.

Es war ein langer Abstieg. Die Treppe führte unter den heißen Becken hindurch, und nach ein paar Metern wurde die Luft warm. Am unteren Ende angelangt, stolperte Thaniel fast über eine Lampe, die auf der letzten Stufe abgestellt war. Es war eine Öllampe, und daneben lag eine Schachtel Streichhölzer. Mit einem Zischen riss er eins der Hölzer an der Wand an.

Er wusste nicht, worauf er hier gehofft hatte. Das Licht erhellte Bögen, die in den Stein gemeißelt waren, und Striche, die sehr alt aussahen: die seltsamen Schriftzeichen, die man verwendet hatte, bis all das von irgendeinem vernünftigen Menschen mal standardisiert worden war. Generationen über Generationen von Novizen mussten aus irgendeinem Grund an diesen Wänden das Schreiben geübt haben, als dieses Gebäude noch ein Kloster gewesen war. Es war schwer zu sagen, wozu sonst dieser Raum einmal gedient hatte. Vor den meisten der grob aus dem Felsen gehauenen Wänden standen nun Regale. Das Licht reichte gerade, um sie zu streifen. Die Flamme der Lampe flackerte zunächst rot und blau, bis sie gleichmäßiger brannte.

Dann ertönte unter der Decke des Raums ein seltsames leises Klicken. Es tauchte alles in ein schwaches Gelb.

Auf all den Regalen standen Dutzende Glaskolben aufgereiht, bei denen es sich aber nicht um Lampen handelte. Statt Glühfäden enthielten sie miniaturisierte schwarze Windmühlen. Einige davon drehten sich bereits, und während Thaniel sich das nun ansah, begannen sich auch weitere zu drehen. Er beugte sich hinab, um eine davon zu betrachten. Als sein Schatten auf die Windmühle fiel, hörte sie auf, sich zu drehen, und als sie dann wieder Licht abbekam, drehte sie sich weiter. Mit ihren kleinen Segeln trieb sie einen winzigen, zerbrechlich wirkenden Mechanismus im Sockel des Glaskolbens an. Von dort verlief ein haarfeiner Faden aus dem Sockel hinaus. Es war ein Faden, kein Kupferdraht.

Die Wände schillerten, denn von all den kleinen Lichtmühlen verliefen solche Fäden daran aufwärts, und es waren Fäden in den unterschiedlichsten Farben. Ganz oben, in die Decke eingebaut, befanden sich kleine Fläschchen. Die Fäden zogen dort an Federn, die wiederum die Fläschchen in Bewegung versetzten, und dadurch begann von ihnen nun etwas Weißes herabzuschneien, das eine ganze Weile in der Luft schwebte. Thaniel streckte eine Hand danach aus. Es war Kreidestaub.

»Hallo.«

Er drehte sich ruckartig um, denn es war Moris Stimme, und Mori war auch tatsächlich da. Er saß hinter einem Schreibtisch, der in einer Nische hinter der Treppe stand. Er sah erschöpft aus.

»Ich konnte hier leider keinen Zettel auf dem Schreibtisch liegen lassen, denn den hättest du vielleicht nicht gefunden. Tut mir leid, dass das alles so obskur ist.«

»Ich verstehe das nicht«, begann Thaniel, doch als er dann auf den Schreibtisch zuging, verstand er es durchaus.

Mori war halb durchsichtig. Er klang auch falsch, zu weit entfernt. Er sprach aus einem Phonographen. Die Aufnahme war allerdings ungewöhnlich klar, und der Phonograph, der direkt neben ihm auf dem Schreibtisch stand, war umgebaut worden. Seine Walze war nicht aus Wachs, sondern aus einem anderen Material, das seltsam schimmerte.

Draußen ließ inzwischen die Elektrizität allmählich nach. Das blaue Leuchten in den Bäumen drang nicht mehr die Treppe herab, und Mori verschwand in dem herniederrieselnden Kreidestaub. Der Phonograph lief jedoch weiter.

»Ich … hinterlasse das hier für den Fall, dass ich nicht den Mut aufgebracht habe, dich persönlich um Hilfe zu bitten. Ich habe es fest vor, aber ich weiß sehr wohl, dass mir so etwas einfach nicht liegt.«

Thaniel trat näher an den Schreibtisch heran, und ihm schnürte sich die Kehle zu.

Dann kehrte das Elmsfeuer zurück, und damit tauchte auch der Geist wieder auf. Er war gerade damit beschäftigt, die über den Tisch verstreuten Gerätschaften wegzupacken, Geisterdinge, die nicht mehr da waren. Aus der Nähe konnte Thaniel sehen, welche

Wirkung die Gestalt auf den Kreidestaub hatte. So ein Staubpartikel schwebte ganz normal in der Luft herum und verharrte dann plötzlich, um zu einem Teil der Gestalt zu werden. In diesem Raum war die Gestalt gestochen scharf zu sehen. Mori trug einen fadenscheinigen Pullover, und durch eine lockere Stelle in dessen Gewebe bildete die Kreide sogar die Nähte des Lederflickens auf der Schulter der Weste ab, die er darunter trug. Den hatte er selbst dort aufgenäht, weil er sich immer Uhrwerknadeln in die Weste steckte und damit den Tweed beschädigt hatte.

»Was sich in den Geistern zeigt«, sagte Mori durch den Phonographen, »sind Momente, in denen mehrere Möglichkeiten von ihnen abhängen, und deshalb dürfte ich jetzt selbst einen Geist darstellen. Je größer der von ihnen abhängende Wahrscheinlichkeitsbaum, desto deutlicher zeichnen sich die Geister ab.« Er schluckte und schaute wieder auf seine Uhr. »Das ist der Grund, weshalb viele der Geister, die du siehst, im Augenblick ihres Todes festgehalten sind. Der Tod erschafft riesige Wahrscheinlichkeitsbäume, denn der Tod eines Menschen hat Auswirkungen auf Dutzende andere Menschen und auf Tausende weitere Entscheidungen. Und deshalb ist Yoruji so von Geistern heimgesucht, seit ich hier lebe. Denn ich weiß alles, was geschehen könnte, und alles, was ich tue, ist … darauf ausgerichtet, das Geschehen zu befördern, das ich erreichen möchte. Letztlich tue ich viele kleine Dinge, die sich später auf viele größere Dinge auswirken werden. Und das bedeutet, dass ich mich sehr darum bemühe, große Wahrscheinlichkeitsbäume zu erschaffen. Ganze Wälder davon.« Er lachte kurz auf merkwürdige Weise. »Man kann stets erkennen, wenn jemand wie ich irgendwo gelebt hat; das wird dann der am meisten von Geistern heimgesuchte Ort weit und breit sein. Um die Geister sichtbar zu machen, muss man die Luft sehr stark elektrisch aufladen – weshalb sich Geister auch stets bei Gewitter zeigen. Gegenwärtig liegt sehr viel Elektrizität in der Luft, denn die wird künstlich erzeugt. In einem Bauwerk in Aokigahara sind große Generatoren in Betrieb. Die Wissenschaftler dort haben den Auftrag herauszufinden, was ich tue, und es zu reproduzieren. Besonders nachts drehen sie die Elektrizität stark auf; ich glaube, damit Tokyo weniger dadurch gestört wird. Hier geht also gar nichts Mysteriöses, Unerklärliches vor – falls du dir da Sorgen gemacht hast. Aber ich schweife ab«, sagte er und hielt für ein paar Sekunden inne. »Ich hoffe jedenfalls, dass der Geist im oberen Geschoss auch jetzt noch sichtbar ist. Das spielt sich alles wieder von vorne ab, sobald die Elektrizität stark genug dafür ist.«

»Im oberen Geschoss …«, murmelte Thaniel.

Mori nickte knapp, als hätte er ihn gehört. »Kurodas Männer werden mich festnehmen und abführen. Es ist wichtig, dass sie das tun, und deshalb werde ich sie nicht daran hindern. Ich weiß nicht, wohin sie mich bringen werden; das werden sie ganz willkürlich entscheiden; aber das spielt auch keine Rolle. Glaube ich zumindest. Ich glaube, ich habe alles richtig arrangiert. Das Einzige, was ich nun noch brauche, ist, dass jemand nach Abashiri reist und … tja …« Er hatte sich nun auf dem Schreibtisch nach vorne gebeugt, um direkt in den Phonographen zu sprechen. Er sah regelrecht krank aus. »Es tut mir leid. Ich weiß nicht mehr, was ich tue. Ich kann mich an nichts mehr erinnern, das über die nächste Woche hinausgeht. Jedenfalls nicht deutlich. Da sind nur Bruchstücke – der wahrscheinlichsten Zukunft, so wie es gegenwärtig aussieht.«

Thaniel starrte ihn an. Hinter seinem Herzen befand sich ein Elektromagnet, der ihn sinnloserweise zu dem Geist hinzog. Er war so stark, dass es wehtat, und er musste mit beiden Händen die Schreibtischkante ergreifen und seine Fingernägel in den Lederbezug drücken, sodass halbmondförmige Kerben in dessen filigraner Einfassung zurückblieben. Mori blieb einen Moment lang still, allzu still, um den Rhythmus seines Atems wiederzufinden.

Thaniel wollte die Hand nach ihm ausstrecken, so unsinnig und banal das auch gewesen wäre. Er blieb dort reglos stehen und wartete. Neben dem elektromagnetischen Schmerz empfand er nun auch etwas Schöneres. Ein zartes, zaghaftes Glück. Mori hatte ihn nicht vergessen.

Katsu stieß von hinten gegen seinen Schuhabsatz.

Der Phonograph knisterte.

»Wenn du nun hingehen und dir ansehen könntest, was mit mir geschieht, wäre das vielleicht hilfreich«, sagte Mori. »Es wird im Speisesaal passieren. Wie gesagt: Nachts müsste es am deutlichsten zu sehen sein. Es tut mir leid. Ich wünschte, ich könnte dir etwas Genaueres dazu sagen, und ich wünschte auch, ich könnte dir sagen, was du tun sollst. Aber ich weiß leider nur, dass dies geschehen muss und dass ich Hilfe brauchen werde. Es hat etwas mit einem Ort namens Abashiri zu tun.«

Thaniel hatte gedacht, er sei erleichtert gewesen, als er wohlbehalten von dem Berg wieder heruntergekommen war – doch das war gar nichts verglichen mit der wunderbaren, geradezu strahlenden Erleichterung, als er nun auf diese Weise erfuhr, dass es etwas Nützliches gab, was er tun konnte.

»Ich danke dir, Pepper«, sagte Mori nach einer kurzen Verzögerung.

Thaniel schaute sich unwillkürlich um. Mori schaltete den Phonographen ab. Es klapperte, als die Aufnahme stoppte, und das war unheimlich, denn es sah so aus, als hätte der Geist das bewirkt, obwohl dem natürlich nicht so war; es lief nur parallel ab.

Der Geist verschwand nicht sofort. Er verblasste, sobald er sich aus dem Kreidestaub zurückzog, von dem allerdings einiges an ihm haften blieb. Es dauerte etwa eine halbe Minute, bis auch der letzte Umriss seiner Schulter nicht mehr zu sehen war.

Thaniel wandte sich ab, ging schnell hinaus und klappte dann auf der Treppe zusammen. Er zog sich die Ärmel über die Hände und drückte sie dann auf die Augen, wobei er von der Anstrengung zitterte, wenigstens ein bisschen die Ruhe zu bewahren, denn jeder Schluchzer in seinen Schultern ließ seine Schusswunde noch mehr schmerzen. Es nützte jedoch nichts.

ACHTUNDDREISSIG

Thaniel wartete in der relativen Wärme des Treppenhauses, bis die Nacht vollends hereinbrach und die Elektrizität zunahm. Wie Mori vorhergesagt hatte, war es kurz nach neun Uhr so weit. Der Wind frischte auf, und ein blaues Leuchten seufzte durch die Ginkgo-Bäume, als die elektrische Spannung stieg. In der Ferne liefen aus dem Hafen zwei große Passagierschiffe aus, deren Schornsteine polarlichtartige Schemen hinter sich herzogen.

Es hatte aufgehört zu schneien. Die Ruinen des Hauses glitzerten im blauen Lichtschein von den Bäumen her, die Luft war eiskalt und klar, und vom Strand wehte ein feines Salzaroma herüber. Da Thaniel nicht wusste, wo er nach den Geistern suchen sollte oder ob sie überhaupt dort erscheinen würden, wo nun der Boden war, sammelte er halb verbrannte Holzstücke und entfachte rings um die Grundmauern des Hauses einige kleine Feuer. Das Holz war zwar feucht, doch nachdem er es mit Lampenöl übergossen hatte, war bald die ganze Szenerie in Qualm gehüllt.

Als der Qualm die Stelle erreichte, an der sich einst der Speisesaal befunden hatte, waren die Geister mit einem Mal fast so klar und deutlich sichtbar, als wären es leibhaftige Menschen. Durch seinen Ärmel atmend, überquerte Thaniel die verbrannten Überreste des Korridors, um sie besser sehen zu können.

Mori saß dort, wo früher das Fenster gewesen war, hielt eine Uhr in der Hand, die nun teilweise aus Asche bestand, und wartete. Thaniel nahm sich ein paar Bretter, um in der Nähe ein weiteres kleines Feuer zu entfachen. Trotz all der Wärme war ihm das Blut aus den Händen gewichen, und er konnte kaum mehr greifen. Noch nie im Leben war ihm so kalt gewesen.

Funken wirbelten durch Moris Geist. Sie flogen seinen Arm hinauf, dann hinter seine Augen und in sein Haar. Die hellsten folgten Strähnen darin, verblassten, als sie bei den Spitzen ankamen, wurden rot und dann zu grauer Asche. Thaniel hätte es fast übersehen, als Mori eine Hand hob, wobei die Enden seiner Fingernägel von aufwirbelnden Funken leuchteten. Er zählte rückwärts: fünf, vier, drei, zwei, eins.

Da platzten Geistermänner herein, lautlos den Rauch aufwühlend. Mori regte sich nicht. Er ließ zu, dass der erste Mann ihm die Hände auf den Rücken drehte, und wandte nicht einmal das Gesicht ab, als ein zweiter Mann ihm etwas, das ein mit Chloroform getränkter Lappen sein musste, auf Mund und Nase drückte. Als er dann zusammenklappte, wirkten die Männer geradezu entsetzt darüber, dass er sich gar nicht gewehrt hatte, und der Mann mit dem Chloroform nahm den Lappen erst fort, als er sich offenbar erinnerte, dass zu viel davon tödlich war. Ein anderer Mann, ein Riese, der aussah, als wäre er früher mal Ringer gewesen, hob Mori hoch und trug ihn fort. Das alles geschah lautlos, doch dann winkte einer der anderen dem Riesen zu und hielt ihn zurück, als wäre es falsch, schon zu gehen. Aschenglut glimmerte auf dem Fabergé-Ei-Knopf an seinem Mantel.

Dieser Geist zog zwei Würfel und einen Notizzettel hervor. Thaniel wandte sich ab, atmete tief die dort klarere Luft ein und trat dann näher heran, um sich das anzusehen. Der Geist warf die Würfel und betrachtete anschließend den Zettel, doch durch den Rauch war nicht zu erkennen, was darauf geschrieben stand.

Damit war die Sache offenbar entschieden. Der Riese eilte mit Mori auf den Armen hinaus. Er ließ dabei Moris Handgelenk gegen den nicht mehr vorhandenen Türrahmen knallen und verschwand dann, als der Rauch nicht mehr weiter reichte, in der klareren Luft.

• • •

Thaniel ging auf den Rasen hinaus, um Luft zu schöpfen. Er ging jedoch zu schnell, und daher musste er zunächst fürchterlich husten, bis ihm schwindelig wurde und er dann wie aus weiter Ferne bemerkte, dass er auf allen vieren gelandet war. Der feuchte Schnee durchnässte ihm an den Knien die Hose, und mit einem Mal spürte er wieder, wie entsetzlich und elendig kalt es war. Die Luft hatte nun nichts Klares oder Reines mehr an sich. Es fühlte sich an, als versuchte man, Rasierklingen einzuatmen. Doch als er die Augen schloss, sah er immer wieder Moris Handgelenk gegen den Türrahmen knallen.

Sobald er sich wieder aufrichten konnte, schaute er sich nach Katsu um, doch von dem waren nicht einmal Spuren zu sehen. Da machte er sich wieder auf den Weg, den Hügel hinab in Richtung Bahnhof. Er selbst konnte offiziell nichts unternehmen, doch nachdem es nun Beweise für einen Überfall und Brandstiftung gab, war er überzeugt, dass das Oberhaupt von Moris Familie dazu einiges zu sagen haben würde.

Als sich Thaniel wieder unter dem Absperrseil am Tor hindurchduckte, erblickte er auf der anderen Straßenseite einen Mann, der dort unter einer Laterne stand und ihn beobachtete. Der Mann, der einen leuchtend roten Mantel mit einem Fabergé-Ei-Knopf daran trug, winkte ihm entspannt zu, stieg dann in eine bereitstehende Kutsche und fuhr davon, und das ging so schnell, dass Thaniel ihm nicht folgen konnte.

NEUNUNDDREISSIG

TOKYO, 17. FEBRUAR 1889

Der riesige rote Backsteinbau des Bahnhofs Shimbashi war fast menschenleer. Schnee wehte in Schlangenlinien die Straße entlang und blieb kurz an den Hemden und Mantelsäumen der Geister dort hängen. Echte Passanten waren kaum zu sehen. Die Elektrizität war hier schwächer als in Yokohama, doch als der Zug in den Bahnhof einfuhr, zog Brandgeruch durch den Waggon, und die Feuerwehr scheuchte die aussteigenden Fahrgäste den Bahnsteig hinab. Ihr Zug war der letzte an diesem Abend. Als alle draußen waren, wurde der Haupteingang verriegelt, und die Männer von der Feuerwehr spannten ein offiziell aussehendes Seil quer über die breiten Türen und hängten ein Schild daran, auf dem stand: *Bis auf Weiteres geschlossen.*

Die Turmuhr des Bahnhofs schlug Mitternacht. Es gab noch eine letzte Droschke, deren Kutscher sich über seine Zigarette beugte. Thaniel hatte keine Ahnung, wo der Herzog von Choshu residierte, aber der Kutscher wusste es und wirkte auf misstrauische Art beeindruckt, dass Thaniel willens war, eine so bedeutende Persönlichkeit zu dieser späten Stunde noch zu stören.

•••

Das Stadthaus des Herzogs von Choshu befand sich so nah am Kaiserpalast, dass man von dort in die oberhalb der Palastmauer befindlichen Fenster sehen konnte. Beiderseits der Torpfosten hingen die Banner des Hauses Mori, von unten mit elektrischen Lampen angestrahlt. Die Insignien japanischer Adelshäuser sahen seltsam aus, wenn man sie aus englischer Perspektive betrachtete – wenn man also liegende Löwen oder heraldische Lilien erwartete, etwas, das auf den ersten Blick wiedererkennbar war. Die hiesigen waren vielleicht ursprünglich mal ein Bildsymbol gewesen, waren aber so uralt, dass sie im Laufe der Jahrhunderte immer wieder neu gestaltet und vereinfacht worden waren, bis man sie auf so wenige Zeichen wie möglich reduziert hatte. Das Siegel des Hauses Mori bestand lediglich aus drei Kreisen, dreiecksförmig angeordnet, und darüber einem Balken, und das Ganze schwarz auf rot.

Auf Farben verstand man sich hierzulande. Wenn Thaniel früher die Siegel der Samurai auf Fotografien betrachtet hatte, hatten sie für ihn überhaupt nichts Furchterregendes gehabt, doch das rot-schwarze, das hier am Tor flatterte, wirkte wie für Schlachtfelder gemacht.

Ein Diener öffnete die Tür und wirkte nicht allzu erstaunt, zu so später Stunde einen Besucher auf der Eingangstreppe vorzufinden. Er beäugte Thaniel skeptisch, ließ ihn aber schließlich herein.

Das Innere des Hauses war ein einziges Stilgemisch: so traditionell, wie es anging, ohne einfallslos zu wirken, und so westlich, wie es anging, ohne als platte Nachahmung zu erscheinen. Das Ergebnis wirkte verwässert und fade, aber absolut vernünftig.

Die Schiebetüren waren größtenteils geschlossen, Thaniel erhaschte nur einen Blick in einige der herrschaftlichen Räume. Er sah eine Bibliothek und einige Frauen, die sich an einem niedrigen Tisch beim Tee unterhielten. Der Boden knarrte, und an den Wänden hingen Banner mit verschiedenen Siegeln – vielleicht die kleinerer Häuser, die Vasallen dieses Hauses waren, aber er erkannte sie nicht.

Das Gebäude war so verwirrend angelegt, dass Thaniel, als sie schließlich zum Arbeitszimmer des Herzogs kamen, nicht mehr allein zum Ausgang gefunden hätte, und auch den Blick aus dem Fenster erkannte er nicht wieder. Der Herzog empfing ihn an einem asketisch wirkenden und mit Akten überhäuften Schreibtisch. Er war ein zierlicher, eher hässlicher Mann mit einer Goldrandbrille und dem Gehabe eines Bankiers. Seine Kleidung war schön, aber schlicht. Es war inzwischen schon fast ein Uhr nachts, aber er wirkte nicht müde, sondern so frisch wie um neun Uhr morgens.

»Wie ich höre, haben Sie Neuigkeiten über das Verschwinden eines Angehörigen meiner Familie«, sagte er. Er hatte eine Stimme wie aus Pergament.

Thaniel nickte. »Ja, Hoheit. Ich komme gerade aus Yoruji. Ich habe dort Geister gesehen. Sie zeigen einige Männer des Grafen Kuroda, wie sie Keita Mori entführen. Das ganze Haus ist niedergebrannt.«

Der Herzog hob eine Augenbraue, wodurch seine Brille minimal verrutschte. Er richtete sie sogleich wieder und schürzte die Lippen. »Und warum sollten sie versucht haben, ihn zu entführen? Haben Sie da eine Vermutung?«

»Sie wollten ihn irgendwo hinbringen. Er hat dort im Keller eine Phonographenaufzeichnung hinterlassen, und darauf erwähnt er einen Ort namens Abashiri.«

»Ich glaube, Sie kennen den Baron recht gut, Mr. Steepleton?«, erwiderte der Herzog mit fester Stimme. Thaniel schluckte, denn er hatte dem Diener zwar seinen Namen genannt, hatte aber nicht gesagt, wer er war, und schon gar nicht, in welchem Verhältnis er zu Mori stand. »Sie sind mit seinen besonderen Fähigkeiten vertraut?«

»Äh … ja, durchaus.«

»Könnten Sie mir dann bitte erklären, warum er sich entführen und ins Gefängnis Abashiri bringen lassen sollte?«

»Das ist ein Gefängnis?«

»Es handelt sich um ein Arbeitslager mit über tausend Strafgefangenen im äußersten Norden Hokkaidos, wo aufgrund der permanenten Bedrohung durch eine russische Invasion alle Gefangenen dazu eingesetzt werden, Straßen durch die Wälder zu bauen, um unseren Truppen den Aufmarsch zu ermöglichen, wenn das eines Tages nötig sein wird.« Er sprach langsam und so deutlich, dass Thaniel die Interpunktion hören konnte. »Im Winter liegt dort die Sterberate, soweit ich weiß, bei fünfzehn Prozent – die tägliche Sterberate, wohlgemerkt. Das scheint mir kein Ort zu sein, an den Keita sich bringen lassen würde.«

Thaniel schüttelte den Kopf – was ihm einen stechenden Schmerz durch die Schulter fahren ließ. Er hatte während der Droschkenfahrt etwas Morphin genommen, und das hielt ihn gerade so aufrecht, aber mehr auch nicht. »Ich habe gesehen, wie sie ihn entführt haben.«

Der Herzog bewegte seinen Kopf gerade so weit, dass die Spiegelung des Fensters auf seiner Brille seine Augen verdeckte. »Und wie sollte man ihn in einer Zelle festhalten?«

Der Herzog beunruhigte Thaniel auf eine Weise, wie Kuroda es nie getan hatte. Choshu klang anders. Er wog jedes Wort gewissermaßen auf einer inneren Buchhaltungswaage ab, und bei den Akten, die dort vor ihm lagen, handelte es sich um Kontenbücher. Er klang nicht nach einem Politiker, er klang nach einem steinreichen Mann. Er wollte niemandem etwas beweisen, und es gab für ihn nichts zu wollen und nichts anzustreben. Es ging ihm ausschließlich um die Wahrung des Status quo.

»Mit einer ständigen Zufuhr von Zufallszahlen«, sagte Thaniel. »Zufällige Dinge kann er nicht vorhersagen. Würfel … oder atmosphärische Elektrizität. Man speist diese Zahlen in ein … Vielleicht haben sie dort ein Zahlenschloss, dessen Kombination sie ständig ändern, oder es gibt irgendeinen Wechselmechanismus.« Er merkte selbst, wie unwahrscheinlich das klang, fuhr aber dennoch unbeirrt fort. »Das wäre ein ziemlicher Aufwand, aber es wäre machbar, wenn man genug Zahlen hätte. Ich habe so etwas schon gesehen: Kuroda hatte einen ähnlichen Apparat auf einem Leuchtturm in Yokohama installieren lassen. Gibt es in Abashiri einen Elektrografen? Das ist ein Gerät, das …«

»Ich weiß, was ein Elektrograf ist. Die Gefängnisse in Hokkaido dienen zugleich auch als Wetterstationen«, sagte der Herzog, schien aber zu dem, was Thaniel ihm gerade erzählt hatte, keine Meinung zu haben – weder so noch so.

»Ich komme gerade von einer Forschungsstation in Aokigahara. Dort wird diese ganze Elektrizität erzeugt, und bis Ende Januar bekamen die dortigen Wissenschaftler Informationen über Experimente geschickt, die man mit Mori angestellt hat; sie haben Unmengen an Telegrammen darüber, sie nennen ihn Versuchsperson A …«

Bei diesen Worten leuchteten die Augen des Herzogs auf, und Thaniel schöpfte ein wenig Hoffnung.

»Entschuldigen Sie mich bitte einen Moment«, sagte der Herzog, erhob sich, ohne das Rückgrat zu beugen, und ging hinaus.

Und so wartete Thaniel erneut und starrte auf den Perserteppich hinab. Dort saß eine Katze, eine wunderschöne graue mit großen grünen Augen. Die Stille hatte etwas Unergründliches an sich. Dann hörte er mit einem Mal durch die Wände, wie zwei Männer lautstark zu streiten begannen, verstand aber nicht, was sie sagten. Anschließend kehrte die Stille zurück. Als der Herzog dann die Schiebetür wieder öffnete, kam Thaniel dieses Geräusch geradezu laut vor.

»Folgen Sie mir«, sagte der Herzog. Dann trat er beiseite und wirkte nicht im Mindesten eingeschüchtert davon, dass Thaniel einen Kopf größer war als er.

Sie gingen durch ein weiteres Zimmer, das viel größer war und in dem prächtige alte Stadtpläne an den Wänden hingen, und dann nach draußen, über einen verschneiten Hof, zu einem Schrein. Der Schrein befand sich unter einer großen Kiefer, deren Stamm mit einem dicken roten Seil umschlungen war. Thaniel hatte so etwas schon bei anderen Schreinen gesehen, wusste aber nicht, was es zu bedeuten hatte. Die Säulen im Innern des Schreins waren mit Gebetszetteln behangen. Es roch hier nach frisch geschlagenem Holz, was ihm unweigerlich als warmer Geruch erschien, selbst wenn er wie in diesem Fall mit Schneefall einherhing. Unterhalb der Glocke des Schreins befand sich etwas, das er als Altar bezeichnet hätte, das aber wahrscheinlich keiner war, und darauf lag etwas, das die Maße eines Mannes hatte und mit einem Leichentuch bedeckt war. Es stand dort auch noch jemand anderes, ein breiter Mann in einem westlichen Anzug, der sich von ihnen abwandte. Ein Priester verlas gerade die Gebetszettel des Tages und schlug nach jedem Gebet die Glocke an. Thaniel verspürte ein ungutes Gefühl in der Brust.

»Keita Mori ist nicht in Abashiri, Mr. Steepleton«, sagte der Herzog. »Er ist hier. Zumindest seine sterblichen Überreste.«

Alles drehte sich – ohne sich zu bewegen. Als das wieder aufhörte, hatte Thaniel mit einem Mal das Gefühl, ringsumher von Glasscheiben umgeben zu sein. Die Welt war noch da, er konnte sie noch hören und sehen, aber alles war gedämpft, und es hätte auch ein Theaterstück sein können. Dann schritt er ganz unwillkürlich auf das Leichentuch zu. Der Mann, der dort abgewandt stand, drehte sich um. Thaniel erkannte gerade noch, dass es Kuroda war – dann wurde er rücklings in den Schnee geschleudert. Kuroda packte mit einer Pranke seine Kehle und drückte ihn so zu Boden.

Thaniel konnte nicht mehr sprechen und bekam keine Luft mehr. Wie von allein schnellten seine Hände hoch, um nach Kurodas Handgelenk zu greifen, doch dann bremste er sich im letzten Moment. Er konnte gerade noch klar genug denken, um zu erkennen, dass er für den Rest seines Lebens in einem japanischen Knast landen würde, wenn er Kuroda jetzt auch nur berührte. Die Narbe an seiner Schulter brannte.

Da ließ Kuroda von ihm ab, als empfände er es als widerlich, ihn überhaupt zu berühren.

»Hoheit«, sagte Kuroda zu dem Herzog, »ich hoffe, Sie üben Nachsicht, was all diese Umstände angeht. Ich lasse diesen Kerl jetzt fortschaffen. Mr. Steepleton, Sie sind festgenommen. Wegen Mordes.«

»Nein!«, sagte Thaniel über ihn hinweg und kam ruckartig wieder auf die Beine, um sich an den Herzog zu wenden. »Es waren Kurodas Männer, die Geister sind immer noch da! Sie können hingehen und sich das mit eigenen Augen ansehen!«

Auf einen Wink von Kuroda hin traten von links und rechts zwei Männer auf Thaniel zu. Einer war der Mann im roten Mantel mit dem Fabergé-Ei-Knopf. »Wenn Sie wünschen, können Sie hingehen und sich das ansehen, Hoheit. Dann werden Sie aber sehen, wie dieser Parasit Ihren Verwandten ermordet und anschließend in einem Eifersuchtsanfall das Haus in Brand gesteckt hat. Er hatte erfahren, dass Mori verheiratet war, verstehen Sie? Jetzt schauen Sie sich mal seine Augen an: Er steht unter irgendwelchen Drogen. Wahrscheinlich hat er es mit der Angst bekommen, als ihm klar wurde, dass die Geister seine Tat aufgezeichnet haben, und dann hat er irgendwas genommen und ist hierhergekommen, um Ihnen etwas vorzufantasieren.«

»Gehen Sie hin und schauen Sie es sich an«, flehte Thaniel den Herzog an. »Dann werden Sie sehen, was wirklich passiert ist.«

»Ich wäre Ihnen dankbar, wenn Sie es unterlassen könnten, mir

Anweisungen zu geben«, sagte Choshu so kühl und ruhig, wie er es die ganze Zeit gewesen war. »Und ich werde den Premierminister nicht beleidigen, indem ich an seinen Worten zweifle, bloß weil irgendein ausländischer Höhlenmensch mich dazu auffordert.«

»Bringt ihn zur britischen Gesandtschaft«, sagte Kuroda zu seinen Männern. »Und macht dem Gesandten Vaulker klar: Wenn er auch nur noch ein Mal britischen Boden verlässt, wird er in Einzelteile zerlegt zurückgebracht. Ich will, dass er ausgewiesen und in London vor Gericht gestellt wird. Hoheit, vielen Dank für die Einladung, das war sehr freundlich von Ihnen.«

Der Herzog verneigte sich minimal, und Kuroda verneigte sich deutlich tiefer. Zwei Männer zerrten Thaniel fort. Er spürte nichts mehr. An der Tür blickte er sich noch einmal zu dem Schrein um, in der Hoffnung, irgendein Anzeichen dafür zu entdecken, dass es sich nicht um Mori handelte, doch die Gestalt unter dem Leichentuch hatte die richtige Größe.

• • •

Thaniel erinnerte sich nicht mehr an die Fahrt zurück zur Gesandtschaft. Das Erste, woran er sich wieder erinnerte, war lächerlich: Er musste in der dritten Person erklären, was gegen ihn vorgebracht wurde, denn Vaulker verstand kein Japanisch, und Kurodas Männer weigerten sich, Englisch zu sprechen, und er war der einzige Mitarbeiter dort, der fähig war, es zu dolmetschen.

Vaulker war nicht überrascht. Er führte sie alle zu einem der Gästezimmer für Diplomaten in der obersten Etage. Dann gingen die Männer wieder. Vaulker folgte Thaniel ins Zimmer und schloss hinter sich die Tür.

»Ich habe nichts getan«, sagte Thaniel. Es klang allerdings mechanisch.

»Nun, dann erzählen Sie mir mal Ihre Version.«

Thaniel schüttelte den Kopf. Er hätte vielleicht versuchen können, ihm etwas über Hellseherei und den ganzen Rest zu erklären, wenn er in normaler Verfassung gewesen wäre, doch das war er nicht. Und außerdem war es halb zwei Uhr nachts.

Six musste inzwischen schon am Rande des Nervenzusammenbruchs sein. Er konnte sich nicht vorstellen, dass jemand sich die Zeit genommen hatte, ihr etwas zu erklären. Die hatten ihr bestimmt alle nur gesagt, nein, sie dürfe ihn nicht sehen und solle aufhören, so eine Plage zu sein, und wieder spielen gehen.

Auf die distanzierte Art, die er von Fieberschüben her kannte, bemerkte er, dass er nicht sehr lange bei einem Gedanken verharren konnte, ehe er zum nächsten sprang. Seine Gedanken sprangen überhaupt in alle Richtungen hin und her, bloß eben nicht zu der Erinnerung an das Leichentuch und die Kapelle und die zarten Knochen; es war, als versuchte man, Dutzende Frösche einzufangen, die gerade vor einer Katze davonhüpften.

»Tut mir leid«, sagte Vaulker schließlich, nachdem er das Schweigen eine ganze Zeit lang über sich hatte ergehen lassen, »aber ich schicke Sie nach England zurück. Diese Sache ist viel zu riskant. Sie nehmen das nächste Schiff.« Dann atmete er fast pfeifend tief aus. »Wenn ich Ihnen einen Rat geben darf: An Ihrer Stelle würde ich denen sagen, dass man Sie von vornherein niemals auf einen solchen Posten hätte versetzen dürfen, der mit einer solchen Verantwortung verbunden ist. Sie haben dafür weder die nötige Ausbildung noch die nötige Erziehung erhalten, und daher ist es überhaupt nicht verwunderlich, dass es schiefgegangen ist. Natürlich haben Sie niemanden umgebracht; Sie sind da bloß in irgendwas verwickelt worden, das Sie nicht verstehen. Es ist nicht Ihre Schuld.«

Thaniel lächelte ein wenig. »Wissen Sie, es gibt nicht nur London und drum herum eine große Mauer und dahinter gleich das Pandämonium. Ich habe zwar nicht lange die Schulbank gedrückt, weiß aber noch, dass meine Lehrer sehr dagegen gewesen wären, dass man den Patenonkel seines Kinds umbringt. Das ist etwas anderes, als wenn man den Dativ und den Lokativ durcheinanderbringt, wenn man seine Deklinationstabellen nicht richtig gelernt hat.«

Vaulker starrte ihn an. Als er dann wieder das Wort ergriff, brach ihm die Stimme. »Das ist mir klar. Ich rate Ihnen lediglich, was Sie diesen Fossilien im Auswärtigen Amt sagen sollen. Da gibt es Männer, die immer noch Leute ablehnen, die nur vermögend sind, weil ihre Großväter bei Trafalgar befördert wurden. Leute wie … Aber Sie glauben natürlich, dass ich auch so einer bin, bloß weil ich mir die Mühe gemacht habe, die Feinheiten unserer Muttersprache zu erlernen. Steepleton, ich weiß nicht, warum Sie das getan haben, und vielleicht … Wer weiß? Vielleicht haben Sie es ja gar nicht getan … Aber mehr kann ich nicht für Sie tun. Ich werde Sie jetzt in diesem Zimmer einschließen. Kurodas Männer sind draußen vor dem Haus postiert, und … falls Sie versuchen sollten zu fliehen, werden sie auf Sie schießen. Um Himmels willen, denken Sie an Ihre Tochter.«

Und damit ging er hinaus. Thaniel sah zu, wie die Tür sich schloss, hörte das grüne Klacken, mit dem der Schlüssel umgedreht wurde, und spürte lange, lange nichts, bis schließlich alles über ihn hereinbrach. Er drückte sich die Hände auf den Mund, um keinen Laut von sich zu geben.

TEIL FÜNF

VIERZIG

ABASHIRI, HOKKAIDO, 19. FEBRUAR 1889

Das Gefängnis von Kabato war zweihundert Meilen entfernt. Die Strecke verlief größtenteils durch straßenlose Waldgebiete, und die Gefangenen brauchten dreißig Tage für den Weg.

Es war ein sehr, sehr langer Monat. Takiko fiel nichts mehr ein, was sie noch hätte tun können. Sie hatte ja von Anfang an nicht gewusst, was sie tun sollte, und diese Hilflosigkeit machte sie so wütend, dass sie gelegentlich alle Vorsicht fahren ließ. So schnappte sie beispielsweise einem Erschießungskommando fünf darob sehr verwirrte Gefangene weg – darunter auch den Yakuza-Mann, der Oemoto verprügelt hatte –, mit der Behauptung, wenn so viele neue Leute aus Kabato kämen, bräuchte sie Hilfe beim Putzen. Sie hatte die Erschießungskommandos zu diesem Zeitpunkt schon seit Tagen beobachtet. Es ging offenkundig darum, Platz in den Zellentrakten zu schaffen. Man überließ ihr die fünf Männer. Der Direktor rappelte sich so weit auf, dass er vorbrachte, das sei ein Verstoß gegen irgendwelche Regeln. Sie konterte, es seien Arbeitskräfte, die nichts kosteten. Thema erledigt.

Und die ganze Zeit über saßen die Eulen auf dem Dach des Orakelturms.

• • •

Am frühen Morgen des dreißigsten Tages traf dann die erste Kolonne ein. Takiko erblickte sie vom Gefängnistor aus. Wie die Gefangenen in Abashiri trugen auch die aus Kabato eine leuchtend rote Kluft, wobei ihre jedoch verwittert und vereist war. Sie waren quer durch die Wälder gewandert, nicht an der Küste entlang. Höchstens auf einem Zehntel der Strecke hatte es Straßen gegeben, und sie sahen vollkommen erschöpft aus. Nur einige wenige Wachen ritten an ihren Reihen entlang. Das Ganze wirkte wie eine geschlagene Armee, die sich auf dem Rückzug befand. Takiko war zu weit entfernt, um das richtig sehen zu können, aber die steife Art, wie sich die vorderen Männer bewegten, deutete darauf hin, dass sie aneinandergekettet waren.

Wieder ertönten Schüsse aus dem Innern des Gefängnisses. Takiko blickte sich um und hoffte, dass sie die Kühe erschossen. Das Gefängnis besaß eine eigene Herde, weil die Leute in der Stadt Irrsinnspreise für Käse verlangten, aber in der ganzen Zeit, die Takiko nun hier verbracht hatte, hatten sich die Kühe in ihren Augen nur als nutzlose Getreidevertilgungsmaschinen erwiesen. Sie war normalerweise keine große Freundin von Rindfleisch oder Milch, hatte sich aber schon die ganze letzte Woche so sehr nach einem richtigen englischen Sonntagsessen gesehnt, dass sie nur für sich allein eine minutiöse Speisefolge entworfen hatte, für die Zeit, wenn im Frühjahr der Schiffsverkehr mit Tokyo wieder aufgenommen würde. Sie war allmählich an dem Punkt angelangt, an dem sie für eine Portion anständiger Bratkartoffeln, wie es sie in der alten Gesandtschaft gegeben hatte, als ihr Vater dort Übersetzer gewesen war, mit Freuden jemanden umgebracht hätte.

Doch es waren nicht die Kühe. Die Wärter erschossen Gefangene direkt an einem offenen Massengrab. Takiko sah eine Sekunde lang zu und dachte dann kurz, dass, wenn der Boden eines Tages auftaute, alle hier Cholera bekommen würden.

»So eine Scheiße!«, schrie jemand von drinnen.

Es klang nach dem Direktor. Takiko eilte hinein, falls er nun doch endlich zusammengebrochen war, doch stattdessen stand er oben an der Treppe, in der Tür seines Büros, und wedelte mit einem Telegramm.

»Das kommt aus Kushiro«, sagte er. »In dem Bergwerk da gab es einen Wassereinbruch. Das Gefängnis wird nun auch geschlossen. Die Überlebenden verlegen sie hierher. Wie auch schon die aus Kabato und Hakodate, verdammt noch mal. Wo soll ich die alle unterbringen? In einer Kiste? Da müssen wir noch einen Zellentrakt bauen – au, mein Kopf!«, sagte er und rammte ihn gegen die Wand. Durchs Fenster sah Takiko, wie das Gefängnistor geöffnet wurde und die ersten Männer hereinkamen. Der Direktor richtete sich seufzend wieder auf, und dann schien er sich an etwas zu erinnern. Er tastete sich selbst ab, ging dann zu der Geheimtür in der Vertäfelung, öffnete sie und verschwand die Treppe hinauf. Takiko stutzte und schlenderte ins Zimmer, wo sie beinahe mit dem Direktor zusammengestoßen wäre, als er wieder herauskam. Den Prinzen zerrte er am Arm hinter sich her.

»Du bist frei, mach die Biege«, sagte der Direktor.

»Ich bin was?«, fragte der alte Mann völlig verwirrt.

»Frei! Hau ab! Vielleicht kannst du bei den Fischern unterkriechen oder was auch immer.«

Der Mann sah völlig ratlos zu Takiko hinüber, und sie beschrieb ihm den Weg zum Haus ihres Onkels und hoffte, die beiden würden sich so gut verstehen, wie sie glaubte.

Nun hätte sie den Mund halten sollen, doch es war einfach zu viel. Ein Teil von ihr verspürte Aufwind wie ein startbereiter Heißluftballon. Sie mussten die Zelle frei machen. »Wozu war das alles gut, das Schloss und …?«

»Oh, jedes Gefängnis in Hokkaido muss so was haben«, antwortete der Direktor und sah dann zu ihr hinab. »Und die Vorschriften verlangen, dass wir es immer in Betrieb halten. Aber warum kommen Sie mir hier mit Fragen? Ich habe zu tun. Sie ja wohl auch. Also Abmarsch!«

•••

Der Gefängnisdirektor von Kabato schritt als Erster durchs Tor. Er sah fürchterlich aus. Er hatte schwarze Erfrierungen an beiden Händen und im Gesicht, verneigte sich aber dennoch steifgliedrig und dankte für die Aufnahme seiner Männer. Zwei Drittel von ihnen, erklärte er, seien unterwegs erfroren, und daher sei die Lage nicht ganz so dramatisch wie ursprünglich gedacht. Er selbst sei auch fast schon der Kälte erlegen, habe aber noch etwas zu einem bestimmten Gefangenen zu erläutern. Dabei schaute er mit bitterer Miene zurück zum Tor, durch das seine rot gekleideten Männer gerade hereinstapften. Sie hatten Säcke über die Stiefel gebunden und gingen gebeugt.

»Es ist eine ziemlich seltsame Sache«, begann der Direktor von Kabato.

»Schon gut, Sie müssen mir nichts erklären«, sagte der Direktor von Abashiri. »Ich wurde schon vor Monaten informiert.«

Da schrumpfte der Direktor von Kabato in mehrfacher Hinsicht in sich zusammen. »Aha, nun gut. Wenn das so ist, wäre ich Ihnen dankbar, wenn Sie mich jetzt erschießen würden, Herr Kollege«, sagte er und überreichte ihm mit einiger Mühe seinen Revolver. »Ich werde beide Hände und mein halbes Gesicht verlieren. Ich wäre weiter nichts als eine schreckliche Last für meine Frau.«

»Selbstverständlich«, erwiderte der hiesige Direktor in sanftem Ton. Er sah traurig aus, war aber zu höflich, um etwas so Gönnerhaftes zu sagen wie: Sind Sie sicher? »Dann gehen wir doch nach draußen und suchen uns eine schöne Stelle, auf die Sie Ihren letzten Blick richten können.«

Die beiden gingen gemeinsam hinaus und ließen Takiko allein

zurück, die weiter beim Einmarsch der Männer zusah. Es waren so viele. Sie war den Anblick von Menschenmengen nicht mehr gewohnt. Die Arbeitstrupps bestanden in Abashiri nur aus ein paar Dutzend Mann. Während sich der Hof allmählich füllte, begannen die Wärter, die Gefangenen ins Gebäude zu treiben. Die Wärter aus Kabato überreichten ihren hiesigen Kollegen ihre schwer lädierten Klemmbretter und wiesen sie, wie Takiko annahm, auf verschiedene Gruppen von Verbrechern hin. Die Mörder, die für den Hochsicherheitstrakt bestimmt waren, waren als Erste hereinmarschiert.

Dann jedoch entstand eine seltsame Lücke in der Karawane. Gefangene waren schneller oder langsamer gegangen, um sich von einer bestimmten Person in ihrer Mitte fernzuhalten. Es war ein großer breitschultriger Wärter, der in seinem Winterpelz wie ein Bär aussah. An einer Kette führte er einen viel schmächtigeren Mann hinter sich her. Takiko wurde mit einem Mal klar, dass sie wahnsinnig werden würde, wenn das nicht Mori war und sie noch mehr Geduld aufbringen musste, und daher wandte sie sich lächerlicherweise schnell ab, um den Moment hinauszuzögern, in dem sie es herausfinden würde, und versuchte, nur noch an ihre Arbeit zu denken. Tee? Ja. Sie ging ins unbesetzte Wärterbüro, um Tee zu kochen, und machte gleich sechs Kannen, damit sie und ihre fünf Gefangenengehilfen genug hatten, um den Tee an eine ganze Anzahl von Leuten zu verteilen.

»Es sind ja so wenige«, sagte einer von ihnen leise.

Als Takiko mit ihren Gehilfen wieder hinauskam, löste der große Wärter gerade die Kette von den Handgelenken des kleineren Mannes. Takiko wusste sofort, dass es Mori war, noch bevor er sich umdrehte; sie kannte niemanden, der sich so bewegte wie er, schnell und dann gleich wieder langsam. Er musste irgendwas gegen irgendwen in der Hand haben, denn trotz all der Vorsichtsmaßnahmen war er glatt rasiert.

»Hallo«, sagte sie zu dem Wärter, und ihre Stimme klang erstaunlich ruhig. Die Tassen auf dem Tablett klirrten ein wenig, als sie es darbot, doch es gelang ihr fast, sich einzureden, dass es nur an der Kälte lag. »Sie sehen aus, als hätten Sie ziemliche Strapazen hinter sich. Tee?«

Angelockt durch das Klirren der Porzellantassen und den Dampf des Tees kamen nun auch einige der berittenen Wärter herbei. Takikos Gehilfen begannen, Tassen auszuteilen. Die Wärter starrten sie zunächst nur an, als wäre der Tee etwas Fantastisches aus einem Märchen.

»Oh, wie schön«, sagte der große Wärter. Seine Ärmel waren mit Reif bedeckt, und dennoch reichte er seine Tasse sogleich an Mori weiter und schob sie ihm zwischen die gefesselten Hände. Er tat das mit einer scheuen Ehrfurcht und einem flatternden Blick, der bei Takiko den Verdacht weckte, dass er etwas wiedergutmachen wollte – die Kette vielleicht.

»Wer ist denn das?«, fragte sie. Sie hatte einen Kloß im Hals. Mori hatte sie bereits angesehen, doch sein Blick war durch sie hindurchgegangen, als wäre sie aus Luft, und hatte sich dann abrupt auf die unerwartete Wärme an seinen Handflächen gerichtet. Die hatte ihn zusammenzucken lassen, und er runzelte daraufhin die Stirn. Er wirkte wie jemand, der nur halb wach war und halb noch träumte, und als er sich dann umschaute, wurde er sich offenbar erst in diesem Moment bewusst, was um ihn herum geschah.

»Unser Glücksbringer«, sagte der Wärter und lächelte über seine Tasse hinweg, während nun auch die anderen sich einen Tee holen kamen. »Er hat uns den ganzen weiten Weg durch den Wald geführt, ohne dass wir auch nur einen Kratzer abbekommen haben.«

»Wie denn das?«

»Er kennt die Zukunft. Hey«, sagte er sanft zu Mori, »sag doch mal Hallo zu der Dame … Tut mir leid, mit der Gegenwart hat er's nicht so. Er meint es nicht unhöflich.«

»Hallo«, sagte sie daraufhin zögernd, in der Hoffnung, dass Mori nur schauspielerte. Gleichzeitig war sie sich absolut sicher, dass dem nicht so war.

Da kam der Direktor wieder hereingestapft, diesmal allein. »Aha. Sie müssen Herr Nishi sein.«

»Ja, das bin ich, Herr Direktor«, erwiderte der Wärter und verneigte sich. »Ist unser Direktor …?« Sein Blick schweifte für einen Moment zu dem Seiteneingang hinüber, durch den der Direktor von Kabato nicht wieder hereingekommen war, und huschte dann kurz zu Mori.

»Ja«, sagte der hiesige Direktor und klang ermattet. »Und obwohl es sehr anständig und aufrecht und so weiter ist, wünschte ich doch, ich wäre nicht verpflichtet, Menschen vor meiner Lieblingsaussicht zu erschießen. Das kann einem diesen Ausblick wirklich verleiden. Nun gut; wie dem auch sei … So!« Er musterte Mori zugleich neugierig und argwöhnisch und schaute sich dann auf dem sich leerenden Hof um und zu den Männern hinüber, die Takikos Teetassen hielten. In einer sehr anständigen Geste, die Takiko nicht erwartet hätte, hatten die Wärter von Abashiri die Wärter aus Kabato, ohne zu murren, abgelöst. »Sind die Gefangenen alle gut untergebracht, meine Herren?«

»Jawohl, Herr Direktor«, murmelten sie im Chor.

»Also dann – rauf in den Turm. Ich finde, ihr habt es verdient, euren Tee im Warmen zu trinken. Fräulein Tsuru wird sich bestens um euch kümmern.«

• • •

Takiko ging mit ihnen hinauf und machte noch eine weitere Runde Tee. Im Kamin wurde Holz nachgelegt, und bald schon war das Büro des Direktors von den animalischen Gerüchen von Schweiß und trocknenden Pelzen erfüllt. Auch Dr. Fujiwara war heraufgekommen, um sich die Wärter aus Kabato anzusehen, die sich Erfrierungen zugezogen hatten. Als der Direktor dann eine Tasse Tee ergriff, fuhr er sich zunächst mit deren warmem Rand über die Schläfe und zuckte dabei zusammen.

»Geht es Ihnen nicht gut, Herr Direktor?«, fragte Takiko leise, auch um das Pochen ihrer Halsschlagader zu überspielen. Es war so stark, dass sie sicher war, dass alle es sehen konnten.

»Ach was; von den Spritzern hab ich nichts abgekriegt«, sagte er. »Aber ich glaube, ich werde wohl bald an einem Hirntumor sterben. Ich sehe Sie alle nur verschwommen, inmitten funkelnder Lichter.«

»Sie brauchen eine Brille«, sagte Mori.

»Wie bitte?« Der Direktor stutzte. Und dann sah er, als hätte ein Vogel zu ihm gesprochen, zu dem freundlichen Wärter hinüber, auf dass der es ihm aus der Vogelsprache übersetzen sollte. »Was hat er gesagt?«

»Sie brauchen eine Brille«, wiederholte Mori. »Es ist kein Tumor. Sie haben solche Kopfschmerzen, weil Ihre Augen überanstrengt sind.«

»Was?«, erwiderte der Direktor verständnislos. »Aber ich kann doch sehen.«

Doch Mori hatte bereits das Interesse verloren. Er sah den freundlichen Wärter an und überreichte ihm einen kleinen Origami-Reiher, den er aus einem Papierfetzen vom Schreibtisch gefaltet hatte. Der Wärter lächelte sanft.

»Tsuru, ja richtig. Bitte sehr, meine Liebe; ich glaube, das ist für Sie.«

Takiko nahm den Reiher zögernd entgegen. Sie hätte nicht sagen können, ob einfach nur ein halb wacher Teil seines Geistes ihren – fiktiven – Nachnamen und dessen Bedeutung zusammengefügt hatte oder ob dies seine Art war, sie vor all diesen Leuten zu begrüßen. Sie steckte sich den Papierreiher in den Gürtel. Der Direktor starrte Mori immer noch an.

»Mein lieber Freund, ist das Ihr Ernst?«

»Oh«, sagte der Wärter mit einem Mal und holte eine Brille hervor. »Die hat er mir schon vor Ewigkeiten gegeben und hat gesagt, ich soll sie aufbewahren. Ich hab damals überhaupt nicht verstanden, was er von mir wollte, aber, na ja: Irgendwann fängt man an, ihm zu vertrauen. Die ist dann wohl für Sie.«

Der Direktor nahm die Brille zögernd entgegen, setzte sie auf und las dann eine Notiz, die er sich auf den Handrücken geschrieben hatte. Er wirkte nun vollkommen baff.

»Ich denke«, sagte der Direktor schließlich, als er wieder Worte fand, »wir haben uns alle etwas Stärkeres als Tee verdient.« Statt des ganzen Raums hatte er immer noch Mori im Blick. »Und ich denke, wir können es uns leisten, diesen Herrn mal für ein paar Minuten von seinen Fesseln zu befreien.«

•••

Nach einer halben Stunde war es unten auf dem Hof wieder so ruhig wie am Morgen, und erneuter Schneefall begann, die Spuren zu bedecken. Bei einem Glas Wein und einem Kaminfeuer dort oben zu sitzen und auf das weiße Torhaus mit seinen kleinen Lichtern hinauszuschauen, hatte etwas geradezu Weihnachtliches.

Dann klingelte plötzlich die Taschenuhr des freundlichen Wärters. Alle sahen sich um außer Mori, der die Hände flach auf den Fußboden gelegt hatte, als würde der sich bewegen.

»Ah«, sagte der Direktor. »Das bedeutet eine neue Dosis?«

»Jawohl«, sagte der Wärter. Er blickte beklommen, zog dann aber eine reinliche Arzneibox aus seinem Rucksack und nahm eine Phiole und eine Spritze heraus. Moris Arm war bereits von

Einstichnarben übersät. Er zog die Stirn kraus, als die Nadel eindrang, doch dann löste sich sein Gesichtsausdruck auf schreckliche Weise, und sein Blick schweifte nun in weiteste Ferne.

Dr. Fujiwara schürzte die Lippen, ergriff Moris Handgelenk und blickte in die Luft, während er zählte. Trotz seiner Ernsthaftigkeit wirkte er mit seiner violetten Krawatte einigermaßen festlich. Noch bevor genug Zeit vergangen war, um den Puls seriös zu ermitteln, fuhren seine Augenbrauen in die Höhe, doch dann sah er offenbar keinen Sinn darin, dem Direktor etwas zu sagen, der ihn sehr gewissenhaft ignorierte.

Takiko konnte das nicht länger mit ansehen. »Was ist denn das für ein Mittel?«, fragte sie.

»Oh, was ganz Raffiniertes. Kommt aus China«, erwiderte Moris Wärter. »Damit kann er sich besser erinnern. So nennt er das: sich erinnern. Bloß eben an die Zukunft statt an die Vergangenheit. Wie es aussieht, scheint es aber viel mehr Zukunft als Vergangenheit zu geben, und … nun ja, in letzter Zeit weiß ich nicht, ob er das, was schon passiert ist, noch von dem unterscheiden kann, was hätte passieren können – oder das, was passieren könnte, von dem, was gerade passiert. Vom Hier und Jetzt scheint er dabei ein wenig losgelöst zu sein. Glaube ich zumindest.« Sein Blick huschte kurz zu Mori hinüber, der sich immer noch nicht bewegt hatte.

»Es geht ihm immer schlechter«, bemerkte jemand.

»Es ist aber die gleiche Dosis«, murmelte sein Wärter.

»Ja, aber es geht ihm immer schlechter.«

»Darf ich das mal sehen?«, fragte Dr. Fujiwara und streckte die Hand nach der Arzneibox aus. Moris Wärter reichte sie ihm, und Fujiwara nahm eine der Phiolen. Das Etikett war mit winzigen chinesischen Schriftzeichen bedeckt. Er stutzte. »Das ist für Patienten mit hysterischen Störungen.«

»Zu den Einzelheiten weiß ich nichts, tut mir leid«, sagte der Wärter.

»Ja … Es führt jedenfalls zu hohem Blutdruck«, sagte Fujiwara und runzelte die Stirn. »Bei Hysterikern ist das in Ordnung, denn da muss ein Ungleichgewicht behoben werden; da hat es die Wirkung, dass es ihnen ermöglicht, ruhig dazusitzen und durch die Verlangsamung der Blutzufuhr zum Gehirn wieder zu einem ruhigeren Bewusstsein zu kommen. Wenn man das aber einem gesunden Menschen verabreicht, führt es letztlich zu … nun ja: Schlaganfall, Herzinfarkt, Demenz.« Beim letzten Stichwort hob er den Blick. »Studenten nehmen das oft, wenn sie für Prüfungen büffeln: Es sorgt für eine enorme Konzentration, und man zappelt nicht rum und langweilt sich nicht. Wunderbare Sache – bis man dann umkippt. Starkes Kopfweh, plötzliche Schmerzen in der Wirbelsäule, Schwindelgefühle: Kommt Ihnen da irgendwas bekannt vor?«

»Er hätte es mir nicht gesagt, wenn er irgendwas davon hätte«, bemerkte Moris Wärter und runzelte nun ebenfalls die Stirn. »Unser Arzt hat gesagt … nun ja. Es war ein Befehl von ganz oben, verstehen Sie?«

»Diese verdammten Tokyoter, das sieht ihnen wieder mal ähnlich. Da entdecken sie ein Klavier, und dann beschließen sie, dass man am besten darauf spielen sollte, indem man mit einem Vorschlaghammer darauf eindrischt.« Fujiwara war auf die Knie gegangen, um Mori in die Augen zu sehen. »Können Sie mir sagen, ob Sie in letzter Zeit Kopfschmerzen gehabt haben?«, fragte er behutsam.

»Natürlich hatte ich Kopfschmerzen«, sagte Mori und klang dabei vor allem amüsiert. »Was dachten Sie denn?«

»Na großartig«, sagte Fujiwara und warf dem Wärter einen finsteren Blick zu.

Mori schaute nun aus dem Fenster in den Hof hinab, als erwartete er, dass dort gleich etwas geschehen würde. Takiko sah ebenfalls dorthin. Der Hof war leer.

»Also, ich habe Befehle aus Tokyo erhalten«, meldete sich der Direktor auf eine Art und Weise zu Wort, die offenkundig jedwede Diskussion beenden sollte. Er holte ein Telegramm hervor und entfaltete es, um es allen zu zeigen. »Die russische Flotte liegt immer noch sehr nahe vor Nagasaki, aber unsere neue Flotte ist, dem Himmel sei Dank, auch schon fast da. Wir sollen Mori fragen, wie ein Schlachtplan aussehen müsste, mit dem es gelingen würde, die Russen abzuwehren. Der Premierminister will, dass sämtliche Schiffe ihrer Flotte versenkt werden.«

Draußen erhob sich ein Flattern. Die Eulen flogen davon, in Richtung Stadt und Meer. Takiko sah zu Mori hinüber, doch der behielt immer noch den Hof im Blick.

EINUNDVIERZIG

Der Direktor breitete eine Seekarte auf dem Fußboden aus. Das Land war darauf zwar auch eingezeichnet – Korea, China und Japan –, die Details aber betrafen das Meer: die Untiefen, die Strömungen im Ochotskischen Meer, die Windrichtungen. Die Karte hatte einen großen Maßstab und nahm fast den gesamten Freiraum vor dem Kamin ein. Das Papier knisterte und hatte messerscharfe Faltkanten. Die Karte war ganz neu und noch nie aufgeschlagen worden. Sie stammte aus einem Umschlag, der nun geöffnet auf dem Schreibtisch des Direktors lag und mit *Projekt Wetterstation* beschriftet war. Und weil die Karte so groß war, mussten vier Mann sie an den Ecken mit Tassen und Büchern fixieren.

»So«, sagte der Direktor. »Und was macht er jetzt?«

Moris Wärter zog ihn vorsichtig vom Kaminsockel herab und brachte ihn dazu, sich am Rand der Karte auf den Boden zu knien. Takikos Rocksaum verdeckte derweil Siam. »Sie müssen ihn was fragen. Aber Sie müssen aufpassen, wie Sie fragen. Die Frage muss ganz präzise formuliert sein, sonst versteht er sie nicht«, sagte der Wärter und zögerte. »Wahrscheinlich wird er Sie aber sowieso nicht verstehen. Sie müssen darauf achten, immer nur eine Frage gleichzeitig im Kopf zu haben. Sonst antwortet er auf etwas, das Sie vielleicht erst in zehn Minuten gefragt hätten. Sie dürfen nicht … hastig sein.«

»Ich verstehe, ich verstehe«, sagte der Direktor. Die anderen Wärter aus Kabato hatten sich ebenfalls um die Karte versammelt und wirkten gespannt darauf, was jetzt geschehen würde. »Aber woher weiß er das? Er sieht die Zukunft, ja? Aber doch nicht die allgemeine Zukunft, sondern nur *seine* Zukunft. Woher um alles in der Welt soll er also wissen, was in Busan oder draußen auf See vor sich geht, wo er doch hier bei uns ist?«

Der Wärter nickte. »Zeitungen. Wir haben Hunderte von Zeitungen herbeigeschafft. Die sind zwar immer alt, aber solange wir sie weiter geliefert bekommen, kann er sich daran erinnern, sie gelesen zu haben.«

»Fräulein Tsuru«, sagte der Direktor zu Takiko. »In dem Umschlag da befindet sich die Durchwahl der Abteilung im Innenministerium, die für all das hier zuständig ist. Ansprechpartner ist ein gewisser Herr Tanaka. Setzen Sie sich sofort telegrafisch mit ihm in Verbindung und bitten Sie ihn, uns sofort Ausgaben sämtlicher Tageszeitungen zu schicken.«

Takiko nickte und zog den betreffenden Zettel hervor. Es war nicht ganz einfach. Man musste insgesamt drei Kennwörter übermitteln. Alle sahen ihr dabei zu, wie sie sich an den Telegrafen setzte, dessen Klappern dann laut durch den ansonsten stillen Raum tönte. Das Rattern, mit dem der Telegrafist am anderen Ende antwortete, war viel schneller und professioneller als ihr zögerlicher Morsecode. Auftrag bestätigt.

Der Direktor, der nun nervös wurde, nickte allzu lange vor sich hin. »Dann wollen wir es mal versuchen, nicht wahr? Herr Mori …«, sagte er und suchte dann zögernd nach den richtigen Worten. »Zeigen Sie mir die Koordinaten, an denen sich die Schiffe der japanischen Flotte befinden müssen, damit Sie in der Zeitung von der Versenkung von hundert Prozent der russischen Flotte lesen können.«

Der Wärter hatte Mori einen Bleistift in die Hand gedrückt.

Der setzte sich nun auf der Karte in Bewegung, während der Direktor noch sprach, und der ganze Raum verfiel in gespanntes Schweigen. Mori tat nicht das, was Takiko erwartet hatte; er zeichnete nicht einfach nur ein paar Kreuze auf der Karte ein. Vielmehr hielt er den Bleistift locker ganz am Ende, als wäre er eine Wünschelrute, und bewegte ihn langsam über der Karte hin und her, wobei er sich von der koreanischen Seite aus in Richtung Osten bewegte. Auf halber Strecke über dem Japanischen Meer verharrte seine Hand plötzlich, als hätte er gespürt, wie die Bleistiftspitze gegen etwas Unsichtbares auf dem Papier stieß. Er bewegte die Spitze noch drei- oder viermal hin und her und markierte dann die Stelle. Dies war das erste Kreuz, und er fügte ihm schließlich noch vierundzwanzig weitere hinzu, alle vor der japanischen Westküste. Einige befanden sich nah beieinander direkt vor Nagasaki, andere wiederum ganz in der Nähe von Abashiri, kaum eine Meile aufs Meer hinaus. Es sah ganz so aus, als hätten die Russen ein großes Ablenkungsmanöver vor dem japanischen Festland inszeniert, um alle Blicke auf Nagasaki zu lenken, während sie im Norden eine umfassende Invasion Hokkaidos anstrebten.

»Ach du meine Güte«, sagte der Direktor leise.

Mori war noch immer mit Schreiben beschäftigt. Er versah die Kreuze mit den Namen von Kriegsschiffen. *Takao-maru, Katsuyamaru, Heian-maru.* Takiko kannte dank Kuroda die meisten davon. Mori platzierte kleinere Kriegsschiffe und Fregatten vor der Küste des Festlands. Die großen Schlachtschiffe mit tausend Mann Besatzung positionierte er vor Hokkaido auf Höhe von Abashiri.

»Bloß gut, dass es hier gerade in vielen Gefängnissen Schwierigkeiten gab«, sagte Moris Wärter, als Mori damit fertig war. Er klang ein wenig ehrfürchtig. »Wir haben praktisch alle unsere Arbeitskräfte an der richtigen Stelle, falls es den Russen tatsächlich gelingen sollte, hier zu landen. Glauben Sie … er hat das absichtlich getan, um dafür zu sorgen, dass wir die Küste verteidigen können?«

Der Direktor betrachtete immer noch die Karte. Dann schnippte er plötzlich mit den Fingern in Richtung Takiko. »Zurück an den Telegrafen. Senden Sie denen diese Namen und Koordinaten. – Könnte mal bitte jemand die Koordinaten für sie aufschreiben?«, fügte er hinzu.

Mit einem unauffälligen Rascheln ließ Mori den Bleistift fallen. Er befand sich ja bereits auf Knien, aber nun beugte er sich vor und legte beide Hände flach auf den Boden. Er wirkte, als wäre ihm schwindelig. Sein Wärter blickte beklommen.

»Was hat er denn?«, fragte der Direktor.

»Er … Das ist auch vor der Lawine in Kabato passiert. Ihm wurde schwindelig, wenn er versucht hat, auf die Nordseite seiner Zelle zu gehen.«

»Warum das denn?«

Der Wärter zögerte. »Nun ja, die Lawine … hat die Nordseite seiner Zelle weggerissen.«

Alle blickten sich um. Es war jedoch keine herabdonnernde Lawine zu sehen, und nach einem Moment lachten sie alle. Takiko sandte die Koordinaten ab und lehnte sich dann auf dem Stuhl zurück. Auch ihr war beklommen zumute, denn Moris Wärter hatte nicht mitgelacht, er hatte ja auch nicht erwähnt, wie lange im Voraus Mori das Fehlen des Bodens gespürt hatte.

»He«, sagte jemand und nickte in Richtung Fenster. »Schauen Sie mal.«

Sie sah hinaus, halb in der Erwartung, eine Flutwelle herbeidonnern oder den Vulkan Iou ausbrechen zu sehen, doch so hatte der Mann das gar nicht gemeint. Die Sonne war mit einem Mal herausgekommen und strahlte nun in einem leuchtend blauen Himmelsstreifen. Der Schneefall hatte aufgehört. Sie musste sich das eingebildet haben, denn durch die Fensterscheibe hätte sie es unmöglich hören können, aber dennoch glaubte sie, dass da gerade das leise Knacken von schmelzendem Eis an ihr Ohr gedrungen war.

»Darauf trinken wir«, entschied der Direktor. »Auf den Frühling, meine Herren! Das ist der erste blaue Himmel, den wir seit Oktober hier zu sehen bekommen haben.«

Mori war der Einzige, der da nicht mitmachte. Er hockte immer noch auf allen vieren, und sein Atem war sichtbar. Sein Wärter versuchte ihn zu überreden, einen kleinen Sake-Becher anzunehmen, doch falls er ihn überhaupt hörte, ließ er es sich nicht anmerken. Er hatte immer noch keinen Laut von sich gegeben. Takiko wünschte, er hätte es getan; dann wäre den anderen vielleicht klar geworden, dass er vor ihren Augen um sein Leben rang.

Plötzlich knallte direkt neben ihr von außen etwas ans Fenster. Alle erschreckten sich – nur Mori nicht.

Es war jedoch nichts Schlimmes. Jemand hatte einen Schneeball geworfen. Unten auf dem verschneiten Hof stand ein gänzlich unbewachter Gefangener in roter Kluft. Er lächelte zu Takiko hoch und schleuderte dann noch einen Schneeball. Der traf die Scheibe über ihrem Kopf.

»Äh, sollte der nicht eher …?«

»Wieso werfen hier unbegleitete Häftlinge Schneebälle an mein Bürofenster, verdammt noch mal?«, schimpfte der Direktor und eilte die Treppe hinab.

Takiko verspürte plötzlich ein Prickeln im Nacken. Während sie hier oben miteinander gesprochen hatten, war es unten die ganze Zeit befremdlich still gewesen. Es hatte sich nicht so angehört, als würden fünfhundert Mann ihre neuen Zellen beziehen oder sich darin drängeln oder den fünfhundert schon anwesenden Gefangenen ihre Geschichten erzählen. Auch von den Wärtern war kein Geschrei zu hören gewesen. Takiko schaute wieder hinab in den Hof. Der Mann stand immer noch da. Und nun waren dort auch drei Pferde zu sehen, neue Pferde aus Kabato. Sie gingen dort unangeleint umher. Sie waren noch nicht mal abgesattelt worden.

»Mit wie vielen Wärtern sind Sie eigentlich hier angekommen?«, fragte Takiko.

»Am Ende waren wir nur noch etwa fünfzehn. Aber die Männer waren alle zu durchgefroren, um auf dumme Ideen zu kommen.«

Der Arzt versuchte nun, mit Mori zu sprechen, der ihn aber offenbar immer noch nicht hören konnte.

Unten, am Fuß der Treppe, knallte ein Schuss, und der Direktor schrie auf. Alle waren mit einem Mal hellwach, stürmten zur Treppe, griffen nach ihren Waffen und Handschuhen. Dann zerschellte etwas mit lautem Knall, und eine Sirene heulte ohrenbetäubend über den Hof. Takiko ergriff Moris Hand und wollte den anderen folgen, um mit ihm durch das Haupttor zu fliehen, doch der Hof färbte sich bereits rot von all den herumlaufenden Gefangenen. Stattdessen öffnete Takiko nun die verborgene Tür, die in den Turm hinaufführte.

Mori wollte sich entweder nicht bewegen oder konnte es nicht. Um ihn in Bewegung zu setzen, musste Takiko ihm zunächst einen Arm um den Brustkorb legen und ihn dann auf die erste Stufe hinaufheben. Er musste die ganze Zeit, die er im Gefängnis verbracht hatte, gehungert haben, denn es war nicht schwer.

Als sie dann drinnen waren, zog sie die Tür hinter ihnen zu. Nun waren sie in vollkommene Dunkelheit gehüllt – bis auf den zarten Lichtstrahl vom Schlüsselloch her, der, wenn er eine Schnur gewesen wäre, kaum breit genug gewesen wäre, dass eine Heuschrecke darauf hätte balancieren können. Nur wenige Sekunden später polterten etliche Gefangene die Treppe herauf, und als sie dann die Weinvorräte des Direktors entdeckten, lachten sie auf die hyänenhafte Art von Menschen, die etwas kurz und klein schlagen wollen. Takiko wich von der Tür zurück und war sich auf schreckliche Weise bewusst, dass sie sie nicht ganz schließen konnte, ohne sich damit zugleich einzusperren.

Obwohl Takiko unbedingt alles im Blick behalten und mitbekommen wollte, ob jemand die Tür bemerkte, wich sie doch davor zurück, damit in dem Lichtstrahl nicht ihre Augen oder ihre Kleidung sichtbar wurden. Sie hörte, wie die Männer direkt vor der Tür hin und her gingen und alle möglichen Sachen zerschlugen. Neben ihr schwankte Mori, als wäre er sich auch hier drin des Bodens nicht sicher. Takiko hielt ihn an den Schultern fest. Sie spürte seine Knochen. Ihr Mund war inzwischen so trocken, als hätte sie eine ganze Flasche Wodka getrunken.

Wenn sie ihn dort nun zurückgelassen hätte, hätte er keine fünf Minuten mehr überlebt. Die Männer dort hinter der Tür würden jeden töten, der nicht weglief. Sie waren jetzt wie wilde Bestien, das hörte sie ihren Stimmen an, und waren derart geschunden worden, dass sie meinten, sich ein paar Morde verdient zu haben. Allein konnte sie ihnen entkommen, da war sie sich ziemlich sicher. Sie war schnell. Es würde verdammt wehtun, wenn sie das Fenster einschlug und hinaussprang, aber sie würde am Leben bleiben, und die Männer wären durch Mori abgelenkt.

Und dann: wäre sie frei. Frei von dieser scheußlichen Angst, die sie mit sich herumschleppte, seit sie mit angesehen hatte, wie Gräfin Kuroda in Yoruji auf dem Fußboden aufgeprallt war.

Sie wäre die Herrin von Yoruji und könnte sich neu verheiraten – diesmal aber mit etwas mehr Verstand. Es würde niemanden überraschen, dass es ihr gelungen war, einen unbequemen Ehemann loszuwerden. Kali, die Zerstörerin.

Mori beobachtete sie; in der Dunkelheit war fast nur der Glanz seiner Augen zu erkennen. Er sagte nichts, aber er hatte Angst – und nicht etwa, weil er befürchtete, dass sie ihn verlassen würde. Er glaubte, das hätte sie bereits getan. Er trug keinerlei Hoffnung mehr in sich, und als er den Blick von ihr abwandte, füllten sich seine Augen mit einer Traurigkeit, die sie noch nie bei jemandem gesehen hatte. Fast konnte sie sehen, wie alle Sterne seiner bereits kaum mehr möglichen Zukünfte erloschen. Sie sah auch, wie er es akzeptierte. Er sträubte sich nicht mehr dagegen.

In dem Raum hinter der schweren Tür war es nun still geworden. Takiko ergriff Moris Hand und stieg mit ihm hinaus. Die Männer waren fort. Takiko eilte mit Mori zur Treppe. Nun endlich bewegte er sich im Einklang mit ihr.

Unten plünderten mindestens dreißig Mann die Spinde der Wärter, rissen Mäntel und Schals heraus, und einige prügelten sich auch schon um die Vorräte. Takiko duckte sich schnell hinter die Ecke der Treppe und hielt auch Mori mit einem Arm vor der Brust zurück.

»Nein!«, fauchte sie leise, als er sich unter ihrem Arm hindurchbückte.

Als die Männer Mori bemerkten, herrschte augenblicklich Stille. Alle machten ihm den Weg frei. Er sah sich zu Takiko um, und sie schloss sich ihm schnell an und hoffte sehr, dass ihn niemand seines Mantels wegen angreifen würde.

Einer der fünf Gefangenen, die sie vor dem Erschießungskommando gerettet hatte, kam auf sie zu, und einen Moment lang dachte sie, er würde sie gleich schlagen, doch dann schloss auch er sich ihnen an.

»Auf dem Weg nach draußen?«

»Allerdings. Wollen Sie mitkommen? Ich muss diesen Mann nach Tokyo bringen.«

»Wer ist das?«

»Mein Ehemann. Er hat sich idiotischerweise von denen mit Drogen vollpumpen lassen. Ich werde jetzt ein Schiff klauen – falls Sie für so was zu haben sind.«

Mit großer Erleichterung sah sie, dass die anderen vier sich ihnen ebenfalls anschlossen. Sie bildeten einen schützenden Halbkreis um Mori und Takiko, und niemand wagte, sich ihnen in den Weg zu stellen.

Auf dem Hof herrschte Chaos, aber keiner der Gefangenen kannte den Lieferanteneingang hinter der Küche. Auf der kleinen Straße in die Stadt hinab war es ruhig, auch wenn von der Anhöhe her Schreie und Gebrüll zu hören waren. Takiko hatte keinen Mantel an, und die Luft war bitterkalt, aber es war nicht weit in die Stadt, und an einem Anlegesteg im Hafen, vor dem allmählich tauenden Meer, dümpelte ein kleiner, aber kräftiger Eiskutter namens *Narwhal*. Sie beide kamen als Erste dort an.

Mori blieb auf dem Steg stehen. Die anderen liefen weiter. Takiko rüttelte ihn am Arm. »Komm, beweg dich, sonst lassen die uns hier zurück.«

Ihm fiel das Sprechen sichtlich schwer. »Dieser … Steg wird bald in Flammen stehen. Ich kann nicht richtig sehen. Ich …«

»Mach die Augen zu. Halt dich an meinem Arm fest.«

Als sie schließlich bei dem Kutter angelangt waren, hatte einer der Männer bereits den Motor angeworfen. Der Yakuza-Mann half erst Mori und dann auch Takiko über die Reling. Sie dankte ihm und setzte ein Dauerlächeln auf, damit niemand mitbekam, dass sie fast sicher war, dass die Männer das Schiff nicht nach Tokyo, sondern an einen Ort ihrer Wahl steuern würden, und dass sie Mori und sie über Bord werfen würden, wenn sie sich zu sehr darüber beschwerten.

Als sich Takiko dann in die Richtung umblickte, aus der sie gekommen waren, stand das Gefängnis in Flammen.

ZWEIUNDVIERZIG

Wenn man Mori zusah, kam man sich vor, als wäre man in einer tückischen Zeitschleife gefangen. Jedes Mal, wenn der Kutter auf seiner mühsamen Fahrt durchs Eis ruckte, lehnte sich Mori eine Sekunde früher als nötig an die Wand hinter seinem Sitz. Es war zum Verrücktwerden, denn das war eine zu kurzfristige Warnung, um es ihm nachzutun, und so musste sich Takiko immer wieder hin und her werfen lassen, obwohl sie jedes Mal kurz zuvor wusste, dass der Ruck gleich kommen würde. Mori sah ihr dabei zu, als verstünde er nicht, was so schwierig daran sein sollte. Als einer der Männer etwas von dem Fisch brachte, den sie von der Reling aus gefangen hatten, rührte Mori ihn nicht an. Die anderen, auch Takiko, hatten hingegen einen Mordshunger.

»Gar keinen Appetit?«, fragte sie. Sie konnte es nicht glauben. Seine Hände sahen schon ganz knochig aus.

»Wie bitte?«

»Du hast noch gar nichts gegessen.«

Mori zog die Schale zu sich heran und stocherte langsam darin herum, so als hätte er gerade eine große Mahlzeit zu sich genommen und als brächten ihn allein seine guten Manieren dazu, sich nun auch noch diese Speise wenigstens kurz anzusehen. Nach ein paar Bissen ließ er die Schale jedoch stehen und ignorierte Takiko, als sie ihn zum Weiteressen überreden wollte. Stattdessen schaute er in die hintere Ecke der Kabine, wo ein Stapel Zeitungen lag.

»Möchtest du …?«

»Nein. Da drüben hat jemand ein paar französische Pornohefte liegen lassen; abscheulich.«

Rings um das Schiff brach das Eis und knirschte und ächzte. Manchmal hätte Takiko nicht sagen können, welche Geräusche vom Eis und welche vom Schiffsrumpf kamen. Einer der Männer wusste, wie man ein Schiff steuerte, und sie alle waren ziemlich gut gelaunt, wobei sie allerdings ausdauernd darüber schwiegen, wie rostig der Rumpf war und dass die *Narwhal* wahrscheinlich für Reparaturen im Hafen gelegen hatte.

Takiko stupste Mori an und hielt ihm dann etwas Suppe hin – es war nur Miso, zubereitet aus einem alten Brühwürfel, den jemand entdeckt hatte, kaum mehr als aromatisiertes Wasser, aber besser als nichts –, in der Hoffnung, dass eine Schale mit einer heißen Flüssigkeit zu halten, ein besserer Anker für ihn wäre, als eine Schale roher Fisch, die er ignorieren konnte, ohne sich zu verbrennen. Mori berührte den Rand der Schale, hielt dann aber inne und schaute stattdessen aus dem Fenster, wo auf einer Eisscholle ein Seeadler saß. Takiko sah mit an, wie er die Suppe vergaß.

Dann kam jemand herein und durchstöberte den Zeitungsstapel. »Oh, nicht schlecht«, sagte er, als er ein Heft mit schwarzem Umschlag aufschlug.

Mori fuhr sich mit der Hand über die Augen und schien dann wieder alles Mögliche zu vergessen. »Radio fehlt mir«, sagte er. »Was machen die Leute denn so auf langen Reisen?«

»Radio? Was ist das?«, fragte Takiko und seufzte dann. »Nein, ich will's gar nicht wissen. Hör mal, ich weiß, dass du keinen Appetit hast, aber du hast immer noch nichts gegessen. Überleg's dir doch mal. Bitte.« Sie nahm die Schale und drückte sie ihm in die Hände. Er stellte sie wieder weg.

»Ich kann keine Romane lesen; ich weiß ja immer, was als Nächstes passiert.«

»Wenn du das hier nicht isst«, sagte Takiko versuchsweise, »verpasse ich dir ein blaues Auge.«

Er hielt sich sofort eine Hand vors Auge und ergriff mit der anderen Hand die Schale.

Als er die Suppe dann fast aufgegessen hatte, lehnte sie sich zurück und kam sich ein wenig tyrannisch vor. »Was wird geschehen, wenn wir in Tokyo ankommen?«, fragte sie.

Mori fuhr mit den Fingerspitzen ein kleines Stück weit an der Fensterscheibe entlang, genau auf Höhe seiner Schläfe. Dort wäre sein Kopf aufgeprallt, wenn sie ihn kräftig genug geschlagen hätte. »Wie bitte?«

»Ist … irgendwas schiefgelaufen?«, fragte sie. Sie hatte das nicht fragen wollen, doch hier ging es um Selbsterhaltung: Wenn sie die Frage nicht gestellt hätte, wäre sie daran erstickt. »Dir geht es nicht gerade gut.«

»Die Gesandtschaft könnte schwierig werden«, sagte er leise. »Da gibt's Probleme …«

Sie kam sich vor, als würde sie versuchen, ihr eigenes Herz herunterzuschlucken. Es war eine Qual, ihn so zu sehen, nur noch eine Ruine seiner selbst. »He! Kennst du mich überhaupt? Weißt du überhaupt, wer ich bin?«

Keine Antwort. Sie nahm eine Decke aus dem Regal hinter ihnen, denn ihm musste doch kalt sein – auch wenn der Teil von ihm, der ihn nun eigentlich hätte zittern lassen müssen, offenbar den gleichen Weg gegangen war wie der Teil, der ein Hungergefühl hätte auslösen müssen. Mori war gerade noch so weit da, dass er die Decke, die sie ihm umlegte, festhalten konnte. Nach einer Weile erschlafften jedoch seine Finger, und die Decke sank herab.

»He, Fräulein«, sagte der Yakuza-Mann vom Durchgang zur Brücke aus. »Das sollten Sie sich ansehen.«

Als sie aufstand, dröhnte in der Ferne etwas Gewaltiges. Der ganze Kutter erbebte davon. Takiko musste sich am Türrahmen festhalten, als sie auf die Brücke ging, und als sie dann aus dem Fenster sah, blieb sie wie angewurzelt stehen.

Auf dem eisigen Meer war eine ganze Flotte von Panzerschiffen aufgereiht. Jedes einzelne wirkte wie eine schwimmende Festung. Obwohl sie noch drei oder vier Meilen entfernt sein mussten, konnte Takiko ihre Schaufelräder erkennen und den Rauch, der in kathedralenartigen Säulen aus ihren Schornsteinen stieg. Sie befanden sich genau dort, wo Mori es vorhergesagt hatte, waren direkt vor der Küste postiert und blockierten die Schifffahrtswege nach Abashiri und darüber hinaus. Takiko nahm ein Fernglas, um absolut sicherzugehen. Ja, die Schiffe trugen alle russische Namen. Und alle paar Sekunden stiegen riesige, schöne Rauchbögen aus ihren Kanonen auf. Sie führten Übungen durch.

»Wo unsere Jungs wohl sind?«, murmelte der Yakuza-Mann.

»Ich glaube, die sind schon hierher unterwegs«, erwiderte Takiko. »In Abashiri hat man Informationen gesammelt, und die habe ich vor einer halben Stunde telegrafisch an unsere Marine durchgegeben. Wir sollten einen großen Bogen um die machen. Ich glaube, heute Abend schon wird das alles hier ein Schlachtfeld sein. Moment mal, ich glaube, sie senden uns ein Signal. Was bedeutet das? Beherrscht hier jemand den Morsecode?«

Eines der russischen Schiffe nahm mit einer Nebelleuchte Kontakt zu ihnen auf.

Der Mann, der früher Fischer gewesen war, spähte hinüber und lächelte dann. »Sie sagen, dass sie gleich aufhören werden zu schießen. Wir können auf direktem Kurs weiterfahren.«

Das taten sie dann auch, und die Passage zwischen zwei Schlachtschiffen hindurch ähnelte einer Bootsfahrt am Grund einer Schlucht. Die stählernen Rümpfe ragten beiderseits über dem Kutter empor, und sie waren so riesig, dass die Geräusche des Wassers und des Eises von ihnen widerhallten. Die Geschützpforten glitten langsam an ihnen vorbei. Aus einigen stieg noch Qualm.

Takiko schaute sich kurz zur Kabine um, wo Mori noch genau dort saß, wo sie ihn zurückgelassen hatte, und hoffte bei Gott, dass er nicht gelogen hatte, was den Schlachtplan anging.

»Wollen wir wirklich in Tokyo sein, wenn all das losgeht?«, fragte der Fischer und machte Takiko damit ein wenig nervös. »Ich meine: Jetzt mal im Ernst. Gegen Russland haben wir doch nicht den Hauch einer Chance …«

»Wir fahren nach Tokyo«, sagte der Yakuza-Mann in entschiedenem Ton. »Die Dame will es so, also tun wir es.«

Sie musste ganz erschüttert geblickt haben, denn nach einer Weile stupste er sie an.

»Sie haben sich für uns einem Erschießungskommando in den Weg gestellt. Da können wir Sie schon mal nach Tokyo bringen. Die Menschen sind nicht alle Scheusale, wissen Sie.«

• • •

Die Fahrt nach Tokyo dauerte selbst mit dem motorbetriebenen Kutter zwei Tage. Als sie schließlich in die Bucht einfuhren, sah es am Himmel nach Morgendämmerung aus, doch in Wirklichkeit war es Gewitterdüsternis. Die Stadt darunter leuchtete, und eine ganze Weile verstand Takiko nicht, was sie da sah. Es war elektrisches Licht, das die Bäuche der Schneewolken orange färbte. Die anderen betrachteten es ebenfalls. Es hatte etwas Weltuntergangshaftes.

Als sie dann in den großen Hafen kamen, tauchte eine andere Art von Licht auf, blaues Fuchsfeuer, das die Silhouetten des Bugs und der Brücke umspielte. Es wurde immer heller und heller und leuchtete den Mast hinauf. Takiko bekam einen seltsamen metallischen Kopfschmerz.

Mori hatte sich die ganze Fahrt nicht von seinem Platz am Fenster in der kleinen Gemeinschaftskabine wegbewegt. Es fiel ihm sehr schwer, sich aufrecht zu halten; er war nicht mehr gut genug auf die unmittelbare Gegenwart eingestellt, um sich synchron mit dem Seegang zu bewegen. Stattdessen drückte er sich nun fortwährend mit dem Rücken an die Wand der Kabine. Wenn er zeitweise bei klarem Verstand war, konnte er auch sprechen, doch Takiko hatte ihn nicht dazu bringen können, richtig zu essen oder zu schlafen. Sein Geist funktionierte, aber in seinen Organen und Knochen waren die Uhren stehen geblieben.

»Ich werde dich zur britischen Gesandtschaft bringen. Ich bin ja britische Bürgerin, und da kommt Kuroda nicht an dich ran.« Sie schaute nach oben, denn die Mastspitze zog nun eine wunderschöne blaue Lichtlinie hinter sich her, die mindestens vierzig Meter weit reichte. Das erinnerte sie an die berühmte Szene in *Prinzessin Yaegaki*, in der die Prinzessin, vom Geist eines Fuchses besessen, zwischen kleinen herabfallenden Feuern hindurchflog, um einen Kampf zu verhindern. In ihrem Theater stellten sie das immer mit kleinen Papierlampen dar, die mit Petroleum getränkte Körbchen enthielten. Takiko hatte gar nicht gewusst, dass es Fuchsfeuer tatsächlich gab.

Mori zögerte mit besorgter Miene. Dann sagte er: »Takiko.« Sie stutzte, denn so nannte er sie sonst nie. Er hatte immer Pepper zu ihr gesagt. Weiter sagte er nichts und schien wieder in Gedanken verloren.

»Es wird alles gut«, versuchte sie es. »Wir sind bald in Sicherheit.«

Mori sah auf seine Hände hinab. Etwas in ihm schwand dahin. »Bist du dir sicher mit Eton?«

Sie berührte seinen Arm. »Versuch bitte, noch ein wenig durchzuhalten, ja? Nur noch ein paar Minuten. Joy – sieh mich an. Schaffst du das?«

Er hatte etwas anderes gehört, aus einer anderen Zeit. »Er ist noch so klein. Er ist erst sieben. Es kommt mir nur sehr …«

Da erstarrte sie und war sprachlos, denn sie konnte die Zukunft, von der er sprach, beinahe schon zwischen ihnen beiden angedeutet sehen. Ein kleiner Junge. Als ihr das klar wurde, war sie wie gelähmt; sie schlug sich auf den eigenen Handrücken, um sich aus diesem Zustand zu lösen. Es tat so weh, dass es wirkte. Dann öffnete sie die Tür und führte Mori hinaus an Deck.

Sie hatte nie an Kinder gedacht. Es hätte keinen Sinn gehabt. Wenn ihre Schwestern sie fragten, ob sie Kinder wolle, hatte sie dazu nie etwas sagen können, denn ihre Ehe war von Anfang an nicht von dieser Art gewesen, und daher wurde diese Vorstellung von einem Damm versperrt. Und diesen Damm zu durchbrechen, wäre nie der Mühe wert gewesen. Wenn sie festgestellt hätte, dass sie sich Kinder wünschte, hätte das grauenhafte Konsequenzen gehabt. Sie hätte sich in eine dieser Frauen mittleren Alters verwandelt, die Puppen sammelten, und hätte letzten Endes in einem Raum voller glänzender Glasaugen in Porzellangesichtern gehockt, die vor kinderzimmerfarbenen Wänden in Regalen aufgereiht waren. Etwas Abscheulicheres konnte sie sich gar nicht vorstellen.

»Wir sind gleich da!«, rief der Yakuza-Mann. »Wenn wir angelegt haben, trennen sich unsere Wege. Ich wünsche Ihnen beiden schon mal viel Glück!«

DREIUNDVIERZIG

TOKYO, 22. FEBRUAR 1889

Aufgrund des Sturms und all der Elektrizität waren sämtliche Schiffe, die in der nächsten Woche nach England abgingen, ausgebucht, und daher war Thaniel inzwischen seit vier Tagen im Gästezimmer für Diplomaten eingesperrt, und lediglich der Flügel leistete ihm Gesellschaft. Six durfte nur für eine Stunde pro Tag zu ihm. Er hätte sich darüber ärgern sollen, das war ihm klar, doch im Grunde war er froh darüber, denn länger als eine Stunde gute Laune zu heucheln, wäre ihm sehr schwergefallen. Das Protestcamp draußen vor dem Gebäude war inzwischen enorm angewachsen. Jemand mit einem guten Wurfarm hatte mitten in der Nacht eine Weinflasche durchs Fenster geschleudert, wobei sich Thaniel allerdings schon nicht mehr erinnern konnte, in welcher Nacht das gewesen war. Er hatte eine Zeitung über das Loch geklebt, eine Seite immer über die andere, bis sich die Artikel über ihn zu einem sinnlosen Textbrei überlagerten. Es war immer noch kalt, denn das Personal brachte kein Brennholz, aber Six schmuggelte bei jedem ihrer Besuche weitere Glühbirnen herein, und deren gemeinsame Wärme reichte aus, um seine Ecke des Raums bei einigermaßen erträglichen Temperaturen zu halten. Die Glühbirnen leuchteten heller denn je, und auch die Brände in der Stadt nahmen kein Ende. Die Zeitungen waren voller Berichte über mit einem Mal aufgeklärte Verbrechen, und im Mittelteil wurden große Debatten darüber geführt, ob Geistersichtungen als Beweis vor Gericht zugelassen werden sollten – ob da eine Zeugenaussage genügte oder ob man die Szene fotografisch festgehalten haben musste. Doch da sein eigener Name viel zu oft in den Zeitungen auftauchte, beschränkte er sich bald auf die Lektüre der Wetterberichte.

Er konnte nicht schlafen. Nachts musste er die Zeitung vom Fenster abnehmen, denn sobald es dunkel war, überkam ihn eine Klaustrophobie, wie er es noch nie erlebt hatte, und schnürte ihm die Kehle zu, bis er kaum noch atmen konnte. Aufgrund des Lochs in der Fensterscheibe war es dann eiskalt, aber das war immer noch besser, als zu ersticken. Er konnte nichts anderes tun, als erschöpft und hellwach dazuliegen, seinen Atemwolken zuzusehen und sich anzuhören, was sich die Demonstranten draußen erzählten. Er war gefangen. Es hatte ihn früher nie gestört, in beengten Räumlichkeiten herumzusitzen, aber das hier war etwas anderes.

Vor seinem inneren Auge tauchten immer wieder Bruchstücke von Zeitungsschlagzeilen auf. *Mörder – Gericht – Herzog von Choshu wird beim Begräbnis sprechen.*

Er hatte es Six sagen müssen, bevor sie es selbst gelesen hätte. Sie hatte ihm nicht geglaubt. Owlbert, hatte sie beharrt, sei bei ihnen, weil er auf Mori warte. Eulen taten so etwas. Thaniel hatte versucht, ihr zu erklären, dass Eulen manchmal auch nur Eulen waren. Daraufhin hatte sie nichts mehr gesagt. Er hatte keine Ahnung, wie sie es aufnahm.

In der ersten Nacht hatte er versucht, die Erinnerungen an die Weihnachtslieder aus dem Kamin wieder heraufzubeschwören und wie er mit Mori auf dem Wohnzimmerboden geschlafen hatte, doch diese Erinnerungen waren in seinen Händen zu Asche zerfallen. Er hatte sie zu oft bemüht. Die Ruhe, die sie ihm einst gespendet hatten, hatte sich verbraucht. Er konnte sich nicht mehr vergegenwärtigen, wie es sich angefühlt hatte, wusste nicht einmal mehr, welche Lieder es gewesen waren. Und wenn er es krampfhaft versuchte, funktionierte der Teil von ihm, der all das damals empfunden hatte, nicht mehr.

Das Einzige, was er noch tun konnte, war zu lauschen. Für sich genommen hörten sich die Demonstranten wie ganz normale Leute an. Wenn sie an dem Außenhahn unter seinem Fenster Wasser holten, hörte er sie reden, und sie schienen alle Zimmerleute oder Lehrer zu sein. Die Lehrer waren in dieser Woche nur hier, weil aufgrund der Verfassungsfeierlichkeiten im ganzen Lande schulfrei war. Fukuokas Freund Yuna, der mit dem irren Blick, war Buchhalter von Beruf. Bald hatte Thaniel das Gefühl, sie alle zu kennen. Das war fieberhaft und lächerlich, und er hasste es, denn gleichzeitig konnte er spüren, wie ihm die Reste seines klaren Verstands durch die Finger rannen. Er hatte nicht geahnt, dass weiter nichts als ein paar Tage Einzelarrest nötig waren, um so etwas bei ihm zu bewirken.

Am vierten Tag war Six ängstlich und spröde.

»Die Diplomaten sagen, dass keiner mehr vors Haus gehen darf. Und niemand sagt, warum.« Sie wechselte inzwischen ganz selbstverständlich ins Japanische. Englisch war für die Schule. »Sie sagen, wir sollen uns ruhig verhalten. Und Mariko hat gesagt, die Männer da draußen wollen mich töten. Nicht sie, nur mich.«

»Nein, sie wollen nicht dich persönlich töten.« Thaniel hob sie neben sich auf den Klavierhocker, obwohl er sie am liebsten auf den Schoß genommen hätte. Er hatte das Gefühl, dass sie die würdevolle Behandlung mehr brauchte als eine Umarmung. Sie trug eine Tüte Mehl mit sich herum, und ihre Ärmel waren schon ganz weiß davon. Wie alle anderen auch hatte sie in den letzten Tagen viel Mehl in die Luft gestreut. Alle wollten wissen, in wessen Geist sie da gerade saßen. Thaniel machte sie ein wenig sauber. »Es geht dabei um uns alle. Wir sind Briten. Die Leute da draußen sind wütend, weil Leute wie wir hier früher schreckliche Dinge getan haben.«

»Was denn für Dinge?«

»Bomben, Kriegsschiffe. Menschen zu behandeln, als wären sie weniger wert als wir. Man kann es ihnen nicht übel nehmen, dass sie finden, dass wir nicht hier sein sollten.«

»Aber *wir* haben doch gar nichts getan, wir …«

»Nein, nein, nein, nein«, fiel er ihr ins Wort und wollte diese Geisteshaltung im Keim ersticken, ehe sie weiter heranwachsen konnte. »Das spielt keine Rolle. Du kennst doch die Geschichte von den Trollen unter der Brücke, die Menschenfresser sind, nicht wahr? Da könnte man es ja auch niemandem übel nehmen, wenn er die Trolle aus der Gegend vertreibt, statt abzuwarten, ob er gefressen wird. Und selbst wenn die Trolle, um die es in diesem Fall geht, gar nichts von Menschenfresserei halten und stattdessen jedem, der zu ihnen kommt, eine Tasse Tee anbieten, sehen sie ja trotzdem genauso aus wie die gefährlichen Trolle.«

Six lächelte.

Er drückte sie vorsichtig. »Wir sind wie die netten Tee-Trolle. Und das da draußen ist der Preis, den wir dafür zahlen, dass wir wie die bösen Trolle aussehen. Obwohl wir keine Bösen sind. Du musst da ein wenig Geduld haben. Ich glaube nicht, dass es irgendwas nützen würde, wenn wir nun wütend werden. Na, was meinst du?«

»Ja«, sagte sie. Und fügte dann feierlich hinzu: »*Rar. Arg.* Tee-Troll.«

Er grinste. »Aber wir fahren sowieso bald nach Hause, und daher ist das mehr oder weniger egal.«

»Nach London.«

»Ja.«

Sie runzelte die Stirn. »Aber da müssen wir doch die ganze Zeit Englisch sprechen.« Nun schaute sie auf die gleiche Weise in die

Ferne, wie Mori es tat, wenn er sich an eine Zukunft erinnerte, die er keinesfalls erleben wollte. »Es gibt Dinge, die man auf Englisch nur schwer denken kann. Es gibt keine Worte dafür. Man kann sie denken, aber man kann sie nicht richtig erklären, und wenn man keine Worte für etwas hat, löst sich der Gedanke irgendwann in Luft auf. Was ist, wenn wir verlernen, wie man richtig denkt?«

»Das werden wir nicht. Wir werden auch weiterhin viel Japanisch sprechen. Und Osei ist ja auch noch da.« Er biss sich auf die Zungenspitze. »Außerdem: Man kann zwar nicht alles auf Englisch sagen, aber das hält einen ja nicht davon ab, es zu denken.«

»Das macht es aber schwieriger«, murmelte sie.

»Hilf mir mal bitte hierbei«, sagte er leise, denn er wollte sie ablenken und musste auch einfach den Blick abwenden. Er deutete auf die Noten auf dem Ständer.

»Was ist das?«

»Weißt du noch, was ich dir über die Falter in dem Klavier in Aokigahara erzählt habe? Das ist es, was sie gesungen haben – mehr oder weniger. Aber ich weiß nicht, wie es jetzt weitergeht. Du übernimmst die linke Hand, meine tut weh.«

Sie war zwar nicht sehr musikalisch, ließ sich aber nun mit vor Konzentration gerunzelter Stirn darauf ein. Die Töne hüllten in dem kargen, kalten Zimmer alles in Waldfarben und ließen es damit zumindest warm aussehen.

»Das gefällt mir«, sagte sie schließlich verblüfft. »Das ist anders als normale Musik.«

»Danke.«

»Papa …«, sagte sie langsam. Er merkte, dass sie schon eine Weile über etwas brütete, und machte sich auf ein schwieriges Thema gefasst. »Wie kommt es, dass wir hier so viele Geister haben?«

»Wie meinst du das?«

»Na ja, in der niederländischen Gesandtschaft hatten sie drei.

Aber wir haben sie überall.« Sie deutete nach unten. »Bei Dr. Willis drängen sie sich geradezu. Wenn man da Mehl verstreut, sieht man jede Menge Geister. Es ist wie auf einer Party.«

»Ich weiß es nicht, Schatz. Vielleicht hat man bei uns den besten Ausblick.«

»Sehr witzig«, seufzte sie.

Jemand klopfte an die Tür. »Die Zeit ist um.«

Thaniel legte ihr eine Hand auf den Rücken. »Six. Was du vorhin über das Sprechen gesagt hast: Dafür ist Musik da. Jeder kann sie verstehen.«

Sie sah zu ihm hoch. »Nein. Dafür gibt's doch Zahlen. Deshalb sprechen Wissenschaftler aus verschiedenen Ländern in Zahlen miteinander. Die brauchen dazu keine Klaviere.«

Er hütete sich davor zu lachen. Sie hätte sein Lachen auf sich bezogen, obwohl es eher der Vorstellung gegolten hätte, dass eine Neunjährige solche Sachen sagte. »Musik ist für die Dinge da, die sich mit Zahlen nicht so gut ausdrücken lassen.«

»Aber man kann alles mit Zahlen ausdrücken«, sagte sie verwirrt.

»Na ja, wie dem auch sei.« Er gab ihr einen sanften Schubs in Richtung Vaulker, der sich inzwischen an sie gewöhnt haben musste, denn er wirkte nun wohlwollender im Umgang mit ihr.

»Wir geben uns Mühe, die Sache zu beschleunigen«, murmelte Vaulker und musterte Thaniel rasch von Kopf bis Fuß. Er selbst sah müde und zerknittert aus und auch so, als hätte er noch nie im Leben jemanden so sattgehabt. »Verrammeln Sie doch mal das Fenster, um Himmels willen.«

Thaniel nickte. Die Tür schnappte zu und wurde wieder abgeschlossen. Thaniel beugte sich nach vorn und sah zu, wie ihm rechts das Haar übers Auge fiel. Er wusste genau, warum Vaulker keine Geduld mehr mit ihm hatte. Musik machen und mit kleinen Mädchen spielen, das sollte etwas sein, das anständige Menschen taten, nicht irgendwelche Idioten, die internationale Skandale verursachten.

Dann lehnte er den Kopf an die Wand. Direkt dahinter verliefen Rohre, die den Schall sehr gut leiteten; er bekam alles mit, was im Übersetzungsbüro vor sich ging, wenn auch in einem kupferfarbenen Ton. Als die Stimmen lauter wurden, hörte er hin.

»Was soll das heißen: Sie können uns die Miliz nicht schicken?«, fragte Vaulker in gereiztem Ton.

»Sie sagen, aufgrund der vielen Brände haben sie nicht genug Einsatzkräfte, Sir.«

»Da geht es doch in Wirklichkeit um Steepleton. Solange er noch hier ist, werden sie uns niemanden zu unserem Schutz schicken.«

»Tja, Sir, da können wir dann wohl nicht viel machen, es sei denn, wir setzen ihn auf ein Floß und lassen ihn aufs Meer hinaustreiben.« Vaulkers Gegenüber war Pringle, der sich Thaniel gegenüber als unerwartet loyal erwies.

»Die Männer da draußen wollen dieses Gebäude stürmen, sie bereiten sich schon seit Tagen darauf vor. Hören Sie … Schicken Sie die Glaser wieder weg. Wir müssen die Fenster mit Brettern vernageln. Und … setzen Sie sich telegrafisch mit der Royal Navy in Verbindung. Das ist doch lächerlich, wir hätten schon vor Tagen evakuiert werden müssen. Die werden ja sowieso bald hier sein, mit Kurodas neuer Flotte.«

Thaniel hätte fast hinuntergerufen, dass die britische Marine die Letzten seien, die sich in diesem Moment in der Bucht von Tokyo blicken lassen sollten. Die Russen würden die britischen Kriegsschiffe, die die neuen japanischen Schiffe eskortierten, nicht als speziellen Kurierdienst ansehen. Falls die britische Eskorte – und es würde eine Eskorte geben, die auch den Auftrag haben würde, die britischen Besatzungen von Kurodas Schiffen wieder nach Hause zu befördern – hier anlegte, um britische Bürger zu evakuieren, würden sich die Russen auch durch noch so viele weiße Flaggen nicht davon abhalten lassen, das Feuer auf sie zu eröffnen.

Da ertönte von der Auffahrt her Gejohle und Geschrei – wie es inzwischen jedes Mal geschah, wenn jemand versuchte, vor der Gesandtschaft vorzufahren. Thaniel dachte im ersten Moment, es sei bloß die Post, doch die Schreie hatten eine andere Tonlage, und da wurde ihm klar, dass es eine Kutsche mit einer Frau darin sein musste. Er trat ans Fenster und schaute durch den kleinen Teil, der weder zertrümmert noch mit Zeitungspapier bedeckt war. Er kam gerade noch rechtzeitig, um zu sehen, wie Takiko Pepperharrow aus einer Droschke stieg. Sie ging hinten um das Fuhrwerk herum und ignorierte die Demonstranten so vollständig, dass sie nicht einmal zusammenzuckte, als ein Apfel gegen den Kutschenschlag geschleudert wurde.

»Beruhigen Sie sich bitte, meine Herren!«, sagte sie. Und es wirkte. Thaniel fragte sich, ob es nur daran lag, dass die Demonstranten im Grunde niemandem wehtun wollten, oder ob es ihr gelungen war, sie zum Publikum einer improvisierten Theatervorführung zu machen. Es war theatralisch, wie sie das gesagt hatte, aber es waren genau die richtigen Worte gewesen. Sie war klein und wirkte zerbrechlich, und auch darin lag eine gewisse Macht. Niemand wollte sie mit irgendetwas bewerfen. Nun lächelte sie den Demonstranten zu. »Und wenn Sie jetzt bitte so freundlich wären und uns durchlassen würden …?«

Es war geradezu magisch. Die Männer machten ihr den Weg frei.

Dann öffnete Takiko die andere Tür der Droschke und half jemandem heraus. Mit einem Mal herrschte eine seltsame Stille.

»Ist das nicht der Mann aus der Zeitung?«, fragte jemand.

»Würden Sie uns bitte durchlassen? Vielen Dank.«

Thaniel starrte hinab, bis er sich sicher war, und blickte sich dann zu seiner Zimmertür um. Die hatte soeben der nun verwirrt dreinschauende Pringle aufgeschlossen. Alle befanden sich jetzt in einem Gewirr von Leuten am unteren Ende der Treppe. Takiko fragte nach einem Arzt, und Vaulker versuchte derweil – auf eine Art und Weise, der anzumerken war, dass er nicht wusste, wovon er sprach – zu argumentieren, dass der Mann nicht der sein könne, für den die anderen ihn hielten. Zwei der jüngeren Übersetzer widersprachen ihm vehement.

»Keita?« Thaniel lief die Treppe hinab.

Mori sah schwer angeschlagen und abgemagert aus, schob aber dennoch Vaulker beiseite und schaffte es bis zum Fuß der Treppe, ehe er zusammenbrach. Thaniel fing ihn auf und musste sich auf dem Boden abstützen, denn Mori war schwerer, als er aussah. Es war, als sähe man, wie eine Lampe ausgeschaltet wurde; das Licht in seinen Augen glühte noch einen Moment lang nach, ehe es erlosch.

VIERUNDVIERZIG

Willis war ohnehin schon groß, doch als er nun Moris Handgelenk hielt, wirkte er geradezu riesig. Er runzelte die Stirn, während er mithilfe einer Taschenuhr Moris Puls maß. Sie befanden sich in dem luftigen Behandlungszimmer, in dem nun ein anständiges Kaminfeuer brannte. Takiko schenkte ihnen allen großzügig von Willis' offenbar medizinischem, aber auch sehr teurem Brandy ein. Sie hatte eine Probe des Mittels mitgebracht, das Mori gespritzt worden war. Willis hatte es fast auf Anhieb erkannt. Normalerweise solle es das Denken fördern, sagte er. In hohen Dosen diene es zur Behandlung von Blutgerinnseln. Es könne Schlaganfälle auslösen, aber eigentlich keine Katatonie.

»Also«, sagte Willis und trat einen Schritt beiseite. »Wenn ich nicht wüsste, dass ich es hier mit den Wirkungen eines Arzneimittels zu tun habe, würde ich sagen: Er schlafwandelt. Man kann ihn bewegen, er kann einen sehen, man kann sogar mit ihm reden und bekommt eine Antwort, aber er ist nicht bei Bewusstsein.«

»Können Sie da irgendwas tun?«, fragte Thaniel leise. Seine Stimme klang falsch, nachdem er sie fast eine Woche lang kaum genutzt hatte.

»Nein«, sagte Willis und hielt inne. »Es ist zwar ein allgemein gebräuchliches Mittel, aber ich kann nicht genau sagen, was es mit ihm gemacht hat. Man sollte sich hüten, ihm jetzt versuchsweise irgendein anderes Mittel zu geben, aber es besteht ja auch keine unmittelbare Gefahr. Sein Herzschlag ist langsam; er könnte die ganze Woche so dasitzen, ohne etwas zu essen, ohne dass es ihm groß schaden würde. Es ist fast ein statischer Zustand. Ich vermute, es ist letztlich weiter nichts als eine allergische Reaktion.«

Thaniel schluckte, wollte jetzt aber nicht darüber diskutieren. »Aber – wenn er wach ist, warum spricht er dann nicht? Er schlafwandelt doch nicht.«

»Das kann ich Ihnen wirklich nicht beantworten«, sagte Willis, der sich über das ganze Problem zu ärgern schien, so als hätte er Mori im Verdacht, einfach nur kapriziös zu sein. Er seufzte. »Nun denn. Ich habe einen Bärenhunger. Sie auch, nehme ich an, Ma'am?«

»Ja, durchaus«, sagte Takiko in ihrem edlen Englisch, das völlig anders klang als ihr Japanisch.

»Dann werde ich uns mal ein paar Happen besorgen«, sagte Willis. Er hatte auf Anhieb Gefallen an Takiko gefunden und ging nun mit fröhlicher Miene die Treppe hinauf. Thaniel sah ihm nach, musterte Takiko dann und fragte sich, ob sie wohl davon ausging, dass die ganze Welt voller wohlgesonnener und hilfsbereiter Menschen sei, so wie die Queen davon ausging, dass außerhalb vom Buckingham Palace alles nach frischer Farbe roch.

Dann ging er zu Mori hinüber und setzte sich neben ihn auf die Fensterbank. Dort war es kühler, aber Mori hatte sich wie selbstverständlich dorthin begeben, als Willis versucht hatte, ihn in die Nähe des Kamins zu bugsieren. Er schaute auf den Rasen hinaus, der, da sich das Gebäude auf einer kleinen Anhöhe befand, von dort aus trotz der niedrigen Fenster gut zu überblicken war. Die Demonstranten waren in ihr Camp zurückgekehrt. Das sah nun wie ein richtiges Zeltdorf aus und bot dank der an Schnüren baumelnden Glühbirnen und der kleinen Lagerfeuer hier und da einen regelrecht heiteren Anblick. Nun wurden dort neue Transparente aufgehängt. Wieder hieß es darauf »Barbaren raus!«, aber es gab auch andere Parolen, schärfere, weniger offiziöse. Seit dem gestrigen Tag hatte der Lärm im Camp zugenommen.

Doch Mori betrachtete nicht die Demonstranten. Vielmehr sah er zu einem Punkt in der Luft hinüber, der sich direkt über einem jungen Kirschbaum befand. Und er starrte auch nicht, nein, seine Augen bewegten sich, aber sein Blick war die ganze Zeit auf eine höhere Ebene gerichtet als auf die, auf der sich die Pflanzen und die Menschen befanden. Thaniel beugte sich zu ihm hinüber und versuchte, seinem Blick zu folgen, falls dort in der Luft etwas war, das er bisher nicht bemerkt hatte, doch außer Schneeflocken war dort nichts zu sehen.

»Sie waren im Gefängnis von Abashiri?«, fragte Thaniel schließlich Takiko.

Sie nickte. »Und er war im Gefängnis von Kabato«, sagte sie und schnaubte. »Er hat es geschafft, zu mir zu kommen, und ich habe ihn dann hierhergebracht.« Sie klang nicht so, als ob sie mit sich zufrieden wäre. Und aus der Nähe betrachtet, sah sie schlecht aus. Ihre Fingerknöchel waren rissig von der Kälte, und der Glanz des Reichtums, der sie in Yoruji umgeben hatte, war wie weggeblasen. Thaniel meinte, auf ihrer Stirn Falten zu sehen, die vorher nicht da gewesen waren.

»Geht es Ihnen gut?«

Sie hob die Augenbrauen, als hätte er sie eine dumme Ziege genannt. »Was?«

Thaniel lächelte. Auf genau diese Art hätte auch Mori auf so eine Frage reagiert. »Wie sagt man das auf Samurai? Kopf hoch, Pferdegesicht?«

Sie lachte. »Sie sollten ein Wörterbuch schreiben. Ja, mir geht's gut. Sorry.«

Er zuckte nur mit den Achseln. Mori, der zwischen ihnen saß, gab immer noch keinen Ton von sich.

»Ich glaube, er kann nicht feststellen, wo das Jetzt ist«, sagte Takiko.

»Wie bitte?«

»Anfangs hat er sich um … ein paar Minuten geirrt, und später waren es Stunden, dann Tage, und als wir im Hafen einfuhren, konnte ich mich schon nicht mehr mit ihm unterhalten. Ich glaube, er liegt jetzt noch weiter daneben.« Sie schluckte, und Thaniel hörte es. Es klang nicht gesund. »Um Jahre, glaube ich. Er hat von unserem Sohn gesprochen, der da schon zur Schule geht.«

Ein Kind. Thaniel war einen Moment lang sprachlos – und dann wollte er nie wieder ein Wort sagen. Er wollte sich nur noch eine schöne Schneewehe suchen und darin sterben – nur, um Moris künftigem Leben nicht im Weg zu stehen.

Er hatte sich schon seit Wochen gefragt, was das alles eigentlich sollte – warum Mori überhaupt nach Japan gekommen war, wo er doch gewusst hatte, was hier mit ihm geschehen würde. Ein Kind war aber tatsächlich ein sehr guter Grund dafür. Vielleicht sogar ein Kind, das Moris Fähigkeiten erben würde. Vielleicht würde dieses Kind die Welt verändern, oder vielleicht ging es auch gar nicht darum, sondern nur darum, einen Menschen zu haben, der ihn verstand – jemanden, der wirklich zu Mori gehörte und nicht bloß zu einer zusammengewürfelten Ersatzfamilie an einem Ort so fern seiner Heimat, dass jedes einzelne Gespräch über die Ozeane hinweg gefunkt werden musste, die ihre Denkweisen voneinander trennten.

»Er hat eine Frau auf dem Gewissen«, sagte Takiko unvermittelt. »Ich habe es mit eigenen Augen gesehen. Kuroda war eines Abends betrunken und wütend und hat seine Frau umgebracht. Sie war meine beste Freundin. Und Mori hat tatenlos zugesehen. Als ich ihn zur Rede gestellt habe, war sein Argument, dass er Kuroda für irgendwas brauchen würde, und seine Frau stand halt kurz davor, Kuroda ins Gefängnis stecken zu lassen. Das war alles. Mori hatte seine Pläne, und deshalb musste sie sterben. Und ich glaube, er ist jetzt hier bei uns, weil wir ihm helfen sollen, aber … ich will das nicht. Finden Sie wirklich, dass er die Freiheit haben sollte, so etwas zu tun? Denn darum scheint es ja hier zu gehen. Entweder er bleibt so, wie er jetzt ist, oder … wir lassen etwas Gefährliches und Unmenschliches wieder auf die Welt los.«

Thaniel fuhr sich mit beiden Händen übers Gesicht. »Er ist nicht unmenschlich. Es dient irgendeinem Ziel.«

Da ging Takiko noch ein wenig mehr die Geduld aus, und sie erwiderte ungewöhnlich scharf: »Ja, natürlich dient es irgendeinem Ziel. Was ist, wenn es auf lange Sicht besser wäre, wenn jetzt Tausende Menschen sterben und Japan der russischen Herrschaft unterworfen wird? Was ist, wenn sich herausstellt, dass verrückte Nationalisten wie die Blödmänner da draußen irgendwann das Sagen haben werden und ein mächtiges japanisches Imperium, das jetzt entsteht, eines Tages entsetzliche Gräueltaten begeht?«

Thaniel hätte fast gelacht. »Wenn er so etwas verhindern wollte, würde er doch keinen Krieg dazu brauchen. Dann würde irgendein Minister über eine herumliegende Schraube stolpern und daraufhin seine Pläne fürs Abendessen ändern, und schon würde die Geschichte einen anderen Verlauf nehmen.«

»Sie hören sich an wie jemand, der, wenn er Hufgetrappel hört, krampfhaft nach Gründen sucht, warum das Zebras sein müssen und keine Pferde.«

Thaniel schüttelte den Kopf. »Und Sie hören sich an wie jemand, der, wenn er in einer Uhrmacherwerkstatt ein Ticken hört, glaubt, das müsse eine Uhr sein und kein mechanischer Krake.« Er seufzte. »Er ist eher der Zebra-Typ, mehr will ich damit gar nicht sagen. Er ist einfach … ein guter Mensch. Ja, das ist er. Wofür auch immer Ihre Freundin gestorben ist: Es wird für ein gutes Ziel gewesen sein.« Er hob den Blick. »Und Sie müssen das doch auch so sehen, sonst hätten Sie ihn doch nicht aus Abashiri gerettet.«

Sie rang die Hände. »Ich war ihm diesen einen Gefallen schuldig. Aber nicht mehr. Wenn er mir gesagt hätte, wozu das gut sein sollte … Aber das hat er nicht getan. Er hat nur gesagt, dass er Kuroda noch brauchen würde.«

»Mir wollte er auch nichts sagen, aber als ich ihn danach gefragt habe, hat er sich schwierig aufgeführt. Ich glaube, er hat sich geschämt.«

»Was hat Scham denn damit zu tun?«

»Scham lässt einen verstummen, nicht wahr?«

»Tatsächlich?«

»Tatsächlich?«, echote Thaniel und konnte nicht ganz glauben, dass sie das fragte, aber sie hatte ja schließlich auch nichts, wofür sie sich zu schämen hatte. »Ich liege nachts oft wach und denke darüber nach, was ich meiner Schwester sagen werde, falls sie es jemals erfährt …« Er brachte es nur über sich, mit einem Nicken auf Mori zu deuten. »Und ich weiß es immer noch nicht. Gar nichts wahrscheinlich.«

Takiko schwieg eine ganze Weile. Dann sagte sie: »Er hat zugelassen, dass ich ihm wehgetan habe. Ziemlich schlimm sogar. Ich habe ihn geschlagen. Er hat nicht mal die Hände gehoben.«

»Warum wundert Sie das? Er würde Sie doch nie im Leben zurückschlagen, oder? Nicht mal bei mir würde er zurückschlagen.«

»Ich bin aber mein ganzes Leben lang geschlagen worden.«

Er wusste nicht, was er darauf sagen sollte. Er neigte den Kopf und starrte zu Boden. Er glaubte nicht, dass es für ihn darauf etwas zu erwidern gab. Die Welt war ziemlich brutal mit ihr umgesprungen, und ein paar Worte von einem Gaijin-Musiker würden sie nicht davon überzeugen, dass Mori anders war.

»Was zum Teufel schaut er denn jetzt an?«, seufzte sie. Sie hatte recht: Mori hatte seinen Blick in die hintere Ecke gerichtet, als ob dort etwas vor sich ginge. Dort stand aber bloß ein Bücherregal.

»Wahrscheinlich sieht er irgendwas, das da eventuell in zehn Jahren passiert«, erwiderte Thaniel.

Sie nickte. »Das ist wirklich nicht der ideale Ort für ihn. Wir sind hier früher jahrelang ein und aus gegangen. Er erkennt wahrscheinlich nicht, aus welchem Anlass er gerade hier ist.«

»Und warum waren Sie so oft hier?«, fragte Thaniel, ohne dass es ihn eigentlich interessierte.

»Nun ja, er war damals fürs Innenministerium tätig. Und zu seiner Arbeit gehörte auch, sich auf den Partys in der britischen und der amerikanischen Gesandtschaft blicken zu lassen. Wir sind da immer zu viert hingegangen. Ich meine, Gräfin Kuroda und …« Sie schüttelte den Kopf und bewegte die Hand, als wollte sie einen Geist verscheuchen, der zu nah vor ihr herumspukte. Dann ließ sie den Blick durchs Zimmer schweifen. »Dieser Raum wurde früher als Garderobe genutzt. Wenn man die ganzen Diplomaten satthatte, kam man hier herunter, rauchte eine Zigarette, lästerte über die Gaijin und stürzte sich dann wieder ins Getümmel.«

Thaniel hätte fast gelacht. Alle hatten sich gefragt, warum es in der Gesandtschaft so spukte, und dabei hatte Mori es in jener Aufnahme in Yoruji erklärt: Wo ein Hellseher ein und aus ging, wimmelte es anschließend von Geistern.

»Er braucht … irgendein Signal. Irgendwas, das ihm zeigt, wann jetzt ist«, sagte er stattdessen. »Irgendetwas Auffälliges.«

Takiko sah nur kurz zu ihm hinüber und zuckte dann matt mit den Achseln, wie um zu sagen, dass sie ihm nicht dabei helfen würde, darüber nachzudenken. Dann glitt ihr Blick wieder beiseite, und ihre Augen waren voller Traurigkeit, aber Thaniel konnte sehen, dass diese Traurigkeit sie nicht umstimmen würde.

• • •

Bald darauf kam Six mit vorsichtigen Schritten die steile Treppe herab. Thaniel ging zu ihr und hob sie hoch, bevor sie Mori zu nahe kommen konnte. Sie versteifte sich. »Lass mich runter, ich hab zu tun«, sagte sie, wünschte Takiko dann einen guten Abend und schien sich überhaupt nicht über ihre Anwesenheit zu wundern. »Ich habe zu tun«, sagte sie noch einmal zu Thaniel, der sie daraufhin wieder absetzte.

Sie hatte wieder eine Tüte Mehl dabei, und sobald sie auf eigenen Füßen stand, streute sie kleine Handvoll davon in die Luft und beobachtete aufmerksam, wie die Geister zum Vorschein kamen.

»Warum hast du gesagt, dass Mori tot ist, wenn das gar nicht stimmt?«, fragte sie.

»Ich dachte, er wäre es.«

»Hm«, machte Six und eilte dem Frackschoß eines schon halb sichtbaren Geistes hinterher.

»Was …?«, sagte Takiko, die aufgestanden war. Sie starrte den Geist an.

»Wir haben hier jetzt Geister«, erklärte Six. »Wo bist du denn in letzter Zeit gewesen?«

»Weit weg«, sagte Takiko und wirkte schockiert.

Halbherzig erzählte Thaniel ihr von den Apparaturen in Aokigahara, den Wissenschaftlern, der Elektrizität und dem, was Mori über Geister und Hellseher gesagt hatte.

»Six, Schatz … kannst du mal bitte damit aufhören?«, sagte er dann. Er hatte schon Mehlgeschmack im Mund. »Mir fällt das Atmen sowieso schon schwer.«

»Nein. Du hast gesagt, er ist tot, und das stimmt gar nicht.«

Thaniel beugte sich nach vorn und fuhr sich mit beiden Händen übers Gesicht.

»Six«, sagte Takiko. »Was ist denn da drüben?«

»Ein Bücherregal«, antwortete Six in leicht schnippischem Ton.

Takiko hob eine Augenbraue. »Du bist nicht mehr so klein und auch nicht wunderlich genug, dass man dir solche Frechheiten durchgehen lassen würde. Schau mal, wohin Mori schaut.«

Six tat es, runzelte die Stirn, ging hinüber und streute dort Mehl in die Luft. Da es ein breiter Bereich war, würde sie damit einige Zeit beschäftigt sein. Thaniel nickte Takiko mit leicht kläglicher Miene zu.

Da kam Willis wieder herein und brachte ein Tablett mit Sandwiches, Onigiri und Tee.

»Das könnte das letzte Essen sein, das wir für eine ganze Weile bekommen; stellen Sie sich schon mal drauf ein«, sagte er etwas unwirsch. Als Takiko zu ihm ging, um zu sehen, was es gab, wirkte sie neben ihm so klein wie eine Wachtel. »Das Küchenpersonal hat fluchtartig das Haus verlassen. Sie haben gesehen, dass die Übersetzer das Büro verbarrikadiert haben.«

»Oh, echtes Hähnchen«, sagte Takiko geradezu ehrfürchtig. Willis lachte. Sie nahm sich zwei Sandwiches und reichte eins davon an Six weiter. Six guckte erstaunt und nahm einen Bissen davon, während Takiko es noch in der Hand hielt. Bei diesem Anblick spürte Thaniel einen abscheulichen kleingeistigen Hass gegen die beiden in sich aufwallen und empfand einen Drang, sie daran zu erinnern, dass er auch noch da war und dass Six, zumindest vorläufig, immer noch zu ihm gehörte. Über sich selbst erschrocken, rang er diese Regungen sogleich nieder.

»Vaulker treibt sich übrigens oben im Treppenhaus herum. Wahrscheinlich versucht er, sich eine Entschuldigung abzuringen«, sagte Willis.

»Nicht nötig.«

»Wie hochherzig.«

»Das ist alles nur ein Übersetzungsproblem«, erwiderte Thaniel und fragte sich im gleichen Moment, ob es nicht eine Möglichkeit gab, wie man Mori dazu bringen könnte, etwas zu sich zu nehmen.

Er sah zwar noch nicht gänzlich abgemagert aus, wirkte aber sehr fragil. »Zwischen Eton und Lincoln hin und her zu übersetzen, ist schwieriger als zwischen London und Tokyo – da wäre es töricht zu erwarten, dass es zu keinen Missverständnissen kommt. Sie haben mir ja schließlich auch nicht geglaubt, nicht wahr?«

»Nein. Ich habe mich allerdings immer gefragt, warum Sie nicht einfach Ihren Akzent geändert haben. Damit hätten Sie sich eine Menge Ärger erspart.«

Thaniel brachte nicht die Energie auf, ihm zu erklären, dass man gewissen Dingen treu bleiben musste, wenn man sich nicht vollkommen verleugnen wollte.

»Ich nehme an, dass er sich früher oder später von selbst wieder aus diesem Zustand befreien wird«, sagte Willis in das Schweigen hinein.

Thaniel nickte. Aber Mori sollte sich da besser beeilen, bevor er noch verhungerte.

• • •

Erneut spielten nun die Telegrafen verrückt. Einige sprühten Funken und ratterten von allein vor sich hin. Als Thaniel ins Übersetzungsbüro kam, zogen die Jungdiplomaten gerade die Kabel heraus, wobei sie sich die Ärmel über die Hände gezogen hatten und trotzdem Stromschläge abbekamen. Einer der Übersetzer hatte sich gerade bereit erklärt, irgendwohin weiter nördlich zu fahren, wo weniger Elektrizität in der Luft lag. Dann bemerkten sie alle Thaniel und verstummten.

»Mr. Steepleton«, sagte Vaulker allzu energisch. »Sie können gehen. Wir müssen einen funktionierenden Telegrafen auftreiben und ein Schiff der Royal Navy organisieren.«

»Wir können die Navy nicht rufen«, entgegnete Thaniel. »Damit würden wir einen Krieg auslösen. Pringle, gehen Sie zum Hafen und chartern Sie ein Schiff. Die Schwierigkeit besteht ja darin, Plätze an Bord eines Linienschiffs zu bekommen, aber für die Fahrt nach Peking brauchen wir kein Linienschiff; da tut's auch ein Klipper. Zahlen Sie den Leuten, was sie verlangen; es wäre sinnlos zu feilschen, wenn alle anderen das Gleiche tun.«

»Moment mal«, sagte Vaulker.

»Gehen Sie, Pringle, am besten durch den Pferdestall.« Pringle ging.

»Nein … nein! Ich sagte, die Navy!«

»So ist es schneller und unauffälliger als mit der Navy«, sagte Thaniel, und dann ergriff Vaulker ihn am Ellenbogen. Thaniel wartete und sah auf seinen Arm hinab. Nach zwei sehr langen Sekunden ließ Vaulker ihn wieder los und hob in einer versöhnlichen Geste die Hand. Er sah mit einem Mal ängstlich aus.

»Es ist aber nicht so sicher«, sagte Vaulker. »Denken Sie dran, wir haben Frauen dabei.«

»Es ist sogar sicherer. Niemand schießt auf einen gecharterten Klipper. Und wir müssen hier weg, bevor denen da draußen klar wird, dass die Miliz nicht kommt, egal, was die Demonstranten tun. Apropos Frauen und Kinder: Haben alle ihre Sachen gepackt?«

»Noch nicht.«

»Dann sollen sie das schnell tun, aber nur so viel, wie sie tragen können, und sagen Sie den Frauen, dass sie flache Schuhe anziehen sollen.«

»Flache Schuhe …«, wiederholte Vaulker nickend und ging zur Treppe, und zwar langsamer als sonst, als würde gerade ein Erdbeben stattfinden und als rechnete er jeden Moment mit dem nächsten Stoß.

Da drang ein Blitz aus dem Protestcamp herüber. Es war allerdings nichts Explosives, sondern der grelle Magnesiumschein einer Kamera. Es folgte noch einer und noch einer; ein ganzer Schwarm von Reportern stand draußen vor dem Tor. Thaniel biss sich auf die Zunge. In ein paar Stunden würde die Regierung wissen, dass Mori hier war. Und dann würde nichts sie davon abhalten, von Vaulker zu verlangen, er solle Mori ausliefern, andernfalls: Viel Spaß mit dem Mob!

Vaulker wandte sich ab, um einigen der Jungdiplomaten zu sagen, sie sollten dafür sorgen, dass die Frauen sich bereit machten. Alle anderen widmeten sich wieder dem, was sie zuvor getan hatten: mit den verrücktspielenden Telegrafen kämpfen oder Bretter vor die Fenster nageln. Thaniel hätte gern geholfen, konnte aber seiner ganzen Blessuren wegen kaum die Arme heben. Um ihn her ließen die Hammerschläge unangenehme grüne Sterne auffliegen.

Da kam Pringle zur anderen Tür herein, außer Atem und verängstigt. »Ich bin nicht durchgekommen«, sagte er. Tränen standen ihm in den Augen. Die anderen hielten inne, und nach dem ganzen Hämmern war es plötzlich sehr still. Die Rufe aus dem Camp klangen mit einem Mal viel näher. »Sie haben mich entdeckt. Einige Männer haben Jagd auf mich gemacht. Sie … sie hatten Messer. Es tut mir leid, Sir«, sagte er in jämmerlichem Ton.

Thaniel bugsierte ihn auf einen Stuhl und schenkte ihm ein Glas von dem Pflaumenwein ein, der normalerweise diplomatischen Gästen vorbehalten war. Er war stark wie Rum. Pringle fuhr sich mit dem Ärmel über die Augen. Der Wein tanzte im Glas, als er es nahm.

Im Raum war es einen ganzen Moment lang still.

»Wenn wir hier in der Falle sitzen und nicht mal die Telegrafen benutzen können …«, sagte schließlich jemand. »Was machen wir dann?«

»Nageln Sie erst mal weiter die Fenster zu«, sagte Thaniel. »Und dann … könnten wir den richtig guten Wein aufmachen. Einen besseren Zeitpunkt dafür wird es nicht mehr geben.«

Damit erntete er halbherzigen Applaus. Pringle entkorkte eine weitere Flasche und ließ sie herumgehen, und die Leute fingen an, sich ihrem Galgenhumor hinzugeben. Da es kräftiger Wein war, dauerte es nicht lange, bis das Lachen nicht mehr gezwungen klang. Auch die Frauen und die Kinder fanden sich nun ein. Six kam aus der Arztpraxis, um zu sehen, was es mit dem Lärm auf sich hatte. Thaniel gab ihr einen kleinen Schluck Wein zum Probieren. Pringle fragte Thaniel mit verlegener Miene, ob er nicht etwas auf dem Klavier spielen wolle, und so stimmte Thaniel etwas an, das er auch in einer Kneipe gespielt hätte, ein Lied, bei dem alle mitsingen oder, wenn sie den Text nicht kannten, wenigstens mitklatschen konnten. Bei dieser Gelegenheit stellte sich heraus, dass Mrs. Vaulker früher Sängerin von Beruf gewesen war. Sie gaben einander über das Klavier hinweg die Hand.

»Wir hätten längst schon mal ein Glas Wein miteinander trinken sollen«, sagte sie mit einem Augenzwinkern. »Aber ich war immer so mit dem Trommelunterricht der Mädchen beschäftigt, und ich habe Tom geglaubt, als er sagte, Sie seien ein blöder Scheißkerl.«

Thaniel fing an zu lachen. Vaulker blickte zunächst tief beschämt, lachte dann aber ebenfalls und prostete ihr in einer recht verzweifelten Geste mit seinem fast schon leeren Glas zu.

• • •

Anschließend ging Thaniel wieder nach unten, um Willis und Takiko zu erzählen, was passiert war, und ihnen auch etwas Wein zu bringen. Mori hatte sich immer noch nicht von der Stelle gerührt, und Willis wirkte, selbst während Thaniel noch berichtete, besorgter als zuvor.

»Unter Belagerung … Das ist ja drollig«, sagte Willis, als beträfe ihn das überhaupt nicht. »Hören Sie … Ich fürchte, ich habe mich geirrt, als ich ihn für stabil gehalten habe. Sein Herzschlag verlangsamt sich. Und seine Atmung auch.«

»Woran könnte das liegen?«

»Vielleicht ist es nichts Schwerwiegenderes als eine Art katatonischer Zustand, der durch ein Trauma oder einen Schock ausgelöst wurde«, sagte Willis unbehaglich, offenkundig selbst nicht zufrieden mit dieser Theorie. »Aber ehrlich gesagt: Ich weiß es nicht. Ich habe so etwas noch nie gesehen.« Er hob die Hände und ließ sie dann in einer Geste der Ratlosigkeit auf seine Knie klatschen, was bei ihm mehr Lärm machte als bei den allermeisten anderen Menschen. Er wirkte doppelt so groß wie Mori, und Thaniel wünschte sich, dass er sich mal ein wenig zurückgenommen hätte, so freundlich er auch war.

Takiko erhaschte Thaniels Blick und fragte mimisch: Sollen wir es ihm verraten? Thaniel schüttelte den Kopf. Willis war nicht der Typ, der an Hellseherei glaubte – selbst dann nicht, wenn direkt vor seinen Augen ein Hellseher um sein Leben rang.

Nun setzte sich Thaniel auf Moris andere Seite und verschränkte die Arme vor der Brust, um sich davon abzuhalten, ihn zu berühren. Unter dem Brustbein spürte er ein panisches Flattern. Es gab hier zu viele Dinge, an denen er nichts ändern konnte, und sie kamen immer näher, und es gab kein Entkommen.

»Ich glaube, ich habe ein Buch, in dem irgendwas darüber steht«, murmelte Willis und ging zurück in sein Sprechzimmer.

Falls Mori mitbekam, dass sie miteinander sprachen, ignorierte er sie. Dann prallte von außen ein Kiessplitter an der Fensterscheibe ab, und spinnennetzartige Risse zeigten sich darauf. Mori regte sich nicht. Draußen johlten einige Jungen.

»Wir müssen ihn in ein anderes Zimmer bringen«, sagte Willis hinter ihnen. »Die schmeißen gleich das Fenster ein.«

»Nein, das werden sie nicht«, sagten Thaniel und Takiko wie aus einem Munde. Ein Gesicht voller Glassplitter – das wäre unvergesslich gewesen, selbst zwanzig Jahre im Voraus.

Fukuoka rief den Jungen etwas zu, und die schleuderten ihre

Steinchen daraufhin auf irgendetwas anderes. Dann sah Fukuoka in ihre Richtung – da Licht im Zimmer brannte, musste er sie deutlich sehen können – und verbeugte sich schnell mit betretener Miene, wobei er offenkundig nicht von den anderen Demonstranten gesehen werden wollte. Thaniel nickte ihm zu.

Oben stellte jemand den Phonographen auf volle Lautstärke. Irgendein Witzbold hatte Tschaikowskys *Ouvertüre 1812* aufgelegt, und die Kanonenschüsse des Stücks übertönten die kleinen Flaschenbomben, die nun an die Hausmauern krachten. Thaniel betrachtete das Fenster. Wenn es einwärts zerborsten wäre, hätte Mori das längst gespürt – selbst, wenn er sich derart in der Zeit verirrt hatte, dass seine Lunge und sein Herz nicht mehr wussten, wie oft sie schlagen und atmen sollten.

Willis zog sich wieder in sein Sprechzimmer zurück.

Thaniel starrte zu Boden und überlegte, was ihm aus der Zeit von vor zehn Jahren noch deutlich in Erinnerung geblieben war, Dinge, die wie Leuchttürme oder Landmarken aus jener Zeit herausragten. Er war damals zwanzig Jahre alt gewesen und gerade frisch nach London gezogen, um eine Stelle in der Telegrafieabteilung des Innenministeriums anzutreten. Er konnte sich deutlich erinnern, wie er in eine kleine Wohnung in Pimlico mit Blick auf die Themse gezogen war. Alles danach verschwamm jedoch in einem grauen Dunst aus Tag- und Nachtschichten, die sich in einem komplizierten Turnus abwechselten. Kein bestimmter Moment trat daraus hervor. Umzüge, Hochzeiten, Tode – das waren die Ereignisse, die man auch Jahre später noch genau verorten konnte. Und nichts davon hätte er hier für Mori nachstellen können.

• • •

»Das bist nicht du«, bemerkte Six von dem Bücherregal aus. Sie sprach mit Takiko. Six hatte es in der Zwischenzeit geschafft, ein

Geisterpaar zum Vorschein zu bringen, das nebeneinandersaß, Zigaretten rauchte und sich unterhielt. Der eine Geist war Mori. Der andere war eine zierliche Frau, bei der es sich aber, wie Six gesagt hatte, nicht um Takiko handelte.

»Nein, das ist Gräfin Kuroda«, sagte Takiko leise und sah zu, wie der Zigarettenqualm aufstieg. »Ich weiß nicht mehr, wann das war. Eine dieser Partys, auf die eigentlich keiner gehen wollte.«

»Das ist sehr deutlich«, bemerkte Six. »Sie beschließen etwas, das wichtig sein wird.«

Thaniel beobachtete die beiden genau. Er konnte von Lippen ablesen; das lernte man notgedrungen, wenn man mit einem Orchester spielte. Als er verstand, worüber die beiden sprachen, nahm er Takikos Hand und führte sie dorthin, damit sie sich das ansehen konnte.

• • •

»… sagt, mir bleibt noch höchstens ein Jahr. Dann wird es ein ziemlich hässliches Ende mit mir nehmen.« Die Gräfin hielt inne und steckte sich eine neue Zigarette an, die sie dann an Mori weiterreichte. Die Mehlkörnchen brachten sogar das Schimmern ihres Seidenkleids zum Vorschein. Es ließ sie strahlend aussehen. »Takiko hat mir erzählt, dass du so manches weißt.« Sie lächelte. »Und es kommt für dich nicht überraschend, nicht wahr?«

»Nein. Es tut mir sehr leid, Midori. Es … ist wirklich eine abscheuliche Krankheit.«

»Ich hatte schon immer eine Konstitution wie eine feuchte Spinnwebe, und daher wundert es mich nicht.« Sie musterte ihn schweigend. Der Zigarettenrauch stieg, im Mehlstaub deutlich sichtbar, weiter empor. »Hör mal. Diese Geschichten über Leute wie dich. Sind die wahr?«

Mori hob den Blick. »Welche?«

»Dass du … für Veränderungen sorgen kannst. Wenn du das richtige Druckmittel hast, kannst du … etwas Gutes bewirken. Kuroda hält dich ja übrigens für einen Todesgott oder so etwas.«

Mori schwieg zunächst. Er lehnte sich vor dem Rauch zurück, als ob ihm allmählich ein wenig übel davon würde. »Ja«, sagte er schließlich.

Sie richtete sich erfreut auf. In diesem Moment sah sie aus wie ein sehr munterer und sehr schöner Fasan. »Nun denn. Dann möchte ich dir ein Geschenk machen. Ich werde nicht sterben, indem ich mir auf deinem prächtigen Nachtigallenboden die Bronchien aus dem Hals huste. Ursprünglich hatte ich vor, einen schönen Spaziergang auf den Klippen zu machen und mich da runterzustürzen, aber das wäre doch ziemlich dumm. Lieber schenke ich dir meinen Tod. Was könntest du damit anfangen?«

Mori sah sie eine ganze Zeit lang an. Wenn er so reglos dasaß, erkannte man leicht, dass er kein normaler Mensch war. Er hatte noch etwas anderes an sich. »Dürfte ich mal bitte die Zigarettenschachtel haben?«

Sie gab sie ihm. Er riss sie auf und schrieb mit einem Bleistift etwas auf die Innenseite. Es war nicht zu erkennen, was er da schrieb – die Mehlgeister brachten die Bleistiftspur auf dem Karton nicht zum Vorschein –, aber die Bewegungen seiner Hand deuteten auf Linien und Zahlen hin; vielleicht eine Art Diagramm. Er gab ihr die aufgerissene Schachtel zurück, ohne etwas dazu zu sagen, als wäre er ein sehr gewissenhafter Kaufmann, der eine Bilanz überreichte.

Ihr Gesichtsausdruck änderte sich, als sie es las. Als sie den Blick dann wieder hob, hätte diese Bilanz auch besagen können, dass sie nach einem Leben in Armut soeben ein Millionenvermögen geerbt habe. »Und wie machen wir das?«

»Kuroda. Wenn wir ihn dazu bringen können, dich an diesem

Tag und zu dieser Uhrzeit zu ermorden, werden wir das Endergebnis innerhalb von zehn Jahren erreichen.«

»Das sind Hunderttausende Menschen.«

»Ja.«

Sie fing an zu lachen, und dann legte sie ihm plötzlich einen Arm um den Hals und zog ihn in eine Umarmung. »Das ist aber kein Trick, oder? Das ist nicht irgend so eine Winterkönig-Wortklauberei?«

»Zu Wortklaubereien bin ich gar nicht fähig; dafür habe ich nicht das richtige Gehirn«, erwiderte Mori. Er behielt seine Hände auf dem Schoß, statt die Gräfin zu berühren.

Sie hielt ihn noch einen Moment lang im Arm. Um ihre Augen spielte immer noch die Andeutung eines Lächelns. »Also gut; dann lass uns wieder hinaufgehen und uns so richtig gepflegt betrinken, ja? Sollten wir es Takiko sagen?«

Mit einem Mal angespannt, sah er an ihr vorbei. »Äh … nein; sie … Ich glaube, sie würde mich umbringen, bevor wir irgendwas davon verwirklichen könnten.«

Die Gräfin stutzte. »Das klingt nicht so, als würdest du scherzen.«

»Ich scherze auch nicht.«

»Mori, das ist eine … ziemlich persönliche Frage, aber: Sie ist ganz schön grob, und die Menschen haben nie gezögert, grob zu ihr zu sein, und ich kann mir vorstellen, dass sie keinen Grund sieht, das nicht an jemand anderem auszulassen. In dieser Hinsicht ist sie wie Kuroda.« Sie hielt inne und neigte den Kopf, um seinen Blick zu erhaschen. »Sie hat dir doch nicht wehgetan, oder?«

»Nein.« Er lachte nicht.

»Aber sie könnte es.« Sie runzelte die Stirn. »Du müsstest es doch schon spüren.«

»Ich bin nicht derjenige, um den du dir Sorgen machen solltest. Komm, ich will mich auch betrinken. Ich bin lustig, wenn ich betrunken bin: Ich sage Leuten die Zukunft voraus, die ich gar nicht kenne. Beim letzten Mal hätte ich fast einen Handelskrieg mit den Holländern ausgelöst.«

Die Gräfin lachte. Und als die beiden auf dem Weg zur Treppe ein paar grobschlächtigen Westlern begegneten, schob sie sich zwischen Mori und diese Männer.

• • •

Takiko hatte sich die ganze Zeit, die sie zugesehen hatten, eine Hand auf den Mund gedrückt. Als sie die Hand nun wieder fortnahm, war sie so blass im Gesicht, dass Thaniel glaubte, sie würde gleich in Ohnmacht fallen. Er streckte eine Hand aus, um sie eventuell zu stützen, doch sie schlug sie weg und verschränkte die Arme so fest, als hätte sie am liebsten ihren Brustkorb zerquetscht.

»Er hat mir nichts davon gesagt. Er …« Sie sah Thaniel aus tränenschweren Augen an. »Was sollen wir bloß tun?«

Ihm blieb keine Zeit mehr, etwas darauf zu erwidern, denn von draußen drangen Schreie und Befehlsgebrüll herein. Jemand bahnte sich einen Weg durch die Demonstranten.

FÜNFUNDVIERZIG

Kurodas Männer kamen in Begleitung von zwölf Soldaten, die mit Gewehren bewaffnet waren, und die Demonstranten ließen sie ohne große Diskussion passieren. Thaniel sah zu seinem Erstaunen, dass der Mann im roten Mantel das Kommando hatte, der diesmal allerdings einen schlichten Cutaway trug und darin ganz anders aussah. Nachdem sich die Eingangstür hinter ihm geschlossen hatte, schüttelte er Thaniel knapp die Hand.

»Puh! Das sind ja inzwischen richtige Volksmassen da draußen, was? Ich fürchte, ich habe schlechte Nachrichten für Sie. Der Premierminister verweist Sie alle des Landes. Er bricht die diplomatischen Beziehungen zu Großbritannien ab.«

»Aber Mori ist doch am Leben.«

»Wir können nicht zulassen, dass irgendwelche Ausländer in Tokyo herumspazieren und nichts ahnenden Bürgern die Häuser abfackeln«, sagte Tanaka leichthin.

Thaniel war kurz versucht, ihm die Fresse zu polieren.

»Ich habe hier das Sagen«, schaltete sich Vaulker ein.

»Wer ist das?«, fragte Tanaka.

»Was sagt er?«, fragte Vaulker.

Thaniel atmete einmal tief durch und wartete darauf, dass er wieder problemlos zwischen Englisch und Japanisch hin und her wechseln konnte. Das war, als versuchte man, nicht im Takt in ein Musikstück einzusteigen. Als er dann dolmetschte, wirkte Tanaka, während Thaniel zu Vaulker sprach, allerdings eher zuhörend als untätig, und Thaniel hatte den deutlichen Eindruck, dass er ausgezeichnet Englisch verstand. Andernfalls hätte er diese Arbeit ja kaum machen können.

»Wir können nirgendwohin«, sagte Vaulker mit gerunzelter Stirn. »Mr. Tanaka, Sie sind doch draußen an dem Mob vorbeigegangen. Die trachten uns nach dem Leben. Wir haben die ganze Woche schon versucht, die Gesandtschaft zu evakuieren.«

»Das ist nicht das Problem des japanischen Staates«, entgegnete Tanaka trocken, »und ich glaube nicht, dass wir Ihnen einen Gefallen schulden.«

»Damit haben Sie gerade ein Todesurteil über uns verhängt«, sagte Vaulker ungläubig.

Thaniel bekam allmählich Schmerzen davon, dass er so angespannt dastand. Er wusste genau, was Tanaka als Nächstes sagen würde, und empfand es als Erleichterung, als man endlich an diesem Punkt angekommen war.

»Glücklicherweise«, sagte Tanaka, nun wieder munter, »haben Sie hier einen Gefangenen, der aus dem Staatsgewahrsam geflohen ist. Wenn Sie Baron Mori an uns ausliefern, können wir sicherlich zu einer Einigung kommen, zu der auch gehört, dass wir Sie alle wohlbehalten hier herausholen.«

»Tom«, sagte Thaniel leise, obwohl ihm klar war, dass ihm gerade die Felle davonschwammen. »Die werden ihn umbringen.«

»So ist das nun mal in unserem Beruf«, entgegnete Vaulker streng. »Was würden Sie zu mir sagen, wenn ich einen alten Freund bei uns im Haus und einen Mob vor der Tür hätte? Die Männer da draußen werden uns alle umbringen. Auch ihn, wenn sie erst mal hier im Haus sind.«

Thaniel nickte. Er hörte das alles wie aus weiter Ferne. Er verstand nicht, wie die Dinge trotz Moris Voraussicht so aus dem Ruder hatten laufen können.

Da knallte etwas gegen eins der Bretter vor den Fenstern. Es war etwas Kleines, und das Geräusch war weiß, gefolgt von einem leisen Seufzen, bei dem es sich um Feuer handeln mochte.

Tanaka hob die Augenbrauen. »Also, wie entscheiden Sie sich?«

Vaulker nickte Pringle zu und deutete dann mit einer Kopfbewegung auf die Treppe. Pringle sah schnell zu Thaniel hinüber, blickte dann kurz beschämt zu Boden und tat schließlich wie geheißen.

•••

Ein heftiger statischer Stromschlag peitschte durch den Raum. Einer der Soldaten ließ sein Gewehr fallen, und die meisten anderen legten ihre Gewehre schnell beiseite. Thaniel riss sich die Uhr aus der Tasche. Er hatte zuvor schon bemerkt, dass sie wärmer wurde, nun aber war sie unerträglich heiß. Irgendjemand in Aokigahara hatte die Elektrizität wieder aufgedreht.

»Was … um Himmels willen ist das?«, sagte jemand an einem der letzten noch nicht verbarrikadierten Fenster.

Sie sahen alle hin. Draußen war es nun so kalt, dass sich Eiskristalle unter die Schneeflocken mischten. Und in alldem zeichnete sich nun ein Netz aus blauem Licht ab. Es war wieder Elmsfeuer, bloß dass es sich diesmal nicht an scharfen Kanten entlangzog, sondern in hauchdünnen Linien die Luft durchschnitt. Der Lärm im Protestcamp legte sich, als auch die Leute dort es bemerkten. Die Zelte sahen mit einem Mal aus, als stünden sie in einem Sternnebel. Und auch im Büro schillerte nun der Staub in der Luft.

Thaniel nahm ein Päckchen Puderzucker, eins der drei, die noch auf den Schreibtischen standen, und streute den Zucker in die Luft. Sofort wurden auch im Raum blaue Linien sichtbar. Sie bildeten Muster, die sich hier und da auch kreuzten, und seltsame, ruckelnde Schleifen. Als er überlegte, die Lampe über sich auszuschalten, um die Linien besser sehen zu können, zeichnete sich mit einem Mal ein deutlicher Bogen zwischen ihm und der Lampe ab. Er blickte sich um. Weitere Linien verliefen nun von einzelnen Leuten zu den Türen.

»Dahin könnten wir gehen«, erklärte Six, zu leise, als dass jemand anderes sie hören konnte. Zwischen ihnen leuchtete es kurz, bevor er sie hochhob. »Was man vorhat, wird hell.«

Es war nun überall. Zarte Bögen verliefen zwischen dem Camp und den Fenstern. Das mochten Ziegelsteine sein, die sie draußen überlegten zu werfen. Von Vaulker und einigen ängstlich blickenden Jungdiplomaten verliefen kräftige Linien in Richtung Hinterausgang, obwohl ihnen klar sein musste, dass sie auch dort kaum eine Chance hätten zu entkommen. Inmitten der kräftigeren Linien bildete sich nun ein ganzes Gewebe zarterer Pfade. Als Thaniel mit der Hand durch den Puderzucker fuhr, störte es sie nicht. Dann streckte Six eine Faust aus und brachte die Luft drum herum zum Leuchten, weil sie sich vornahm, die Hand zu öffnen und wieder zu schließen. Und kurz bevor sie es tat, leuchtete es stärker.

Thaniel blieb stehen, denn wenn er sich umdrehte, leuchtete er im Moment davor wie eine lebende Fackel auf. Er versuchte, sich zu erinnern, wie Grace diese Geisterlinien genannt hatte. Schicksalslinien, Schicksalsspuren. Irgend so etwas in der Richtung. Jedenfalls musste in Aokigahara endlich jemand erkannt haben, worum es sich dabei handelte, und der hatte dann ordentlich den Strom aufgedreht.

Andere Leute probierten nun, womit sich welche Lichter erzeugen ließen, und auch die Männer draußen taten das, und für eine halbe Minute war der ganze Streit vergessen.

Von der Treppe, die zu Willis' Praxis hinabführte, tauchte nun eine schmale helle Linie auf und schlängelte sich zur Eingangstür. Thaniel blieb gerade noch Zeit für den Gedanken, dass es, trotz allem, Mori sein könnte, ehe Takiko auftauchte. Von Pringle keine Spur.

»Was machen Sie da?«, rief Thaniel. »Sie können nicht rausgehen, die bringen Sie um! Wenn es eins gibt, was die noch mehr hassen als Briten, dann sind es Japaner, die Briten mögen …«

»Darum geht es ja«, erwiderte sie sanft. »Sie wissen doch noch, was geschieht, wenn jemand stirbt. Das ist wie eine Fackel. Und genau so ein Signal brauchen wir jetzt.«

»Nein, nicht! Um Himmels willen – lassen Sie mich das machen!«

»Auf keinen Fall. Hören Sie, Sie hatten recht. Er ist etwas Außergewöhnliches. Ich aber bin wie ein Elefant herumgepoltert, wie Kuroda, statt ihn zu beschützen wie …« Sie deutete auf Thaniel und sah nun todtraurig aus. »… ein anständiger Mensch. Ich habe ihn wie ein Monster behandelt, das immer nur Frauen wehtut. Es ist mir überhaupt nicht in den Sinn gekommen, dass sie ihn darum gebeten haben könnte. Ich habe ihn zerschmettert. Jetzt bin ich es ihm schuldig, dass er noch eine Chance bekommt.«

»Aber ich sterbe doch sowieso – Takiko!«, rief er ihr hinterher, denn sie drängte sich nun an ihm vorbei und zur Tür hinaus. Sie machte sich nicht einmal die Mühe, die Tür hinter sich zu schließen, und lief einfach los, sobald sie draußen war, in dem Wissen, dass er sie auf der ausgedehnten Rasenfläche ohnehin nicht einholen würde, angesichts der Verfassung, in der er sich befand.

Während ihm der Puls im Schädel pochte, lief Thaniel ihr dennoch hinterher. Die Kälte verklebte ihm die Lunge. Jemand rief ihm nach, er solle wieder reinkommen. Vor ihm zog die laufende Takiko Elmsfeuer hinter sich her. Es war fast so hell wie ihre Absichtslinie, die sich wie ein weiß glühender Draht zum Camp erstreckte.

• • •

Schall trug weit über dem Rasen, der ein wenig wie ein Amphitheater angelegt war. Thaniel hörte Takiko fragen, wer das Sagen habe, und dann trat aus einer großen Gruppe von Leuten, die sich dort unter Transparenten und Fackeln mit Sprechchören in Rage brachten, ein Mann hervor. Es war derselbe Mann, dem Thaniel im Dezember auf dem Weg zur Gesandtschaft einen kleinen Boxhieb verpasst hatte, Fukuokas Freund Yuna. In der Zwischenzeit hatten sie Journalisten ins Camp gelassen. Jemand machte ein Foto, und Thaniel verstand sofort, warum. Das würde ein schönes Bild ergeben: eine Frau mit vom Laufen zerzaustem Haar, die einem Mann entgegentrat, der einen Kopf größer war als sie, und dank der Lichtlinien war beiden die Absicht anzusehen, den anderen zu schlagen. Dennoch musste sich Thaniel bremsen. Er fühlte sich, als hätte sich ein eiserner Käfig um seine Brust geschlossen. Wie aus weiter Ferne hörte er sich selbst husten.

»Mach dich vom Acker, sonst passiert dir hier noch was«, sagte Yuna zu Takiko.

»Nichts da! Sie entfernen sich jetzt mit Ihren Männern von diesem Gebäude, und wenn Sie mir auch nur ein Haar krümmen, werden die dreißig Reporter da es auf Fotos festhalten!«

Er lachte sie nur aus. »Fotofilm schmilzt, du dumme Ziege. Gar nichts werden die haben.«

Das traf nicht zu, das konnte Thaniel selbst aus der Entfernung sehen. Sie hatten alte Kameras dabei – mit Glasplatten statt mit Film.

»Na dann los!«

»Glaubst du etwa, ich würde eine Frau nicht schlagen?«

Da versetzte sie ihm mit aller Wucht einen Faustschlag mitten ins Gesicht. Sie brach ihm die Nase; Thaniel hörte es knirschen. »Nö, das glaube ich nicht.«

Als Yuna dann zurückschlug, hätte er ihr statt eines Hiebs mit seiner Sakeflasche auch gleich einen Hammerschlag verpassen können. Er legte die ganze Wut hinein, die sich seit der Zeit vor der Verfassungsverkündung in ihm aufgestaut hatte. Ihr Kopf wurde nach hinten geschleudert, und sie sackte im Schnee zusammen. Dann kippte Yuna seinen Sake über ihr aus und spie seine brennende Zigarette darauf. Mit einem unscheinbaren Geräusch, das klang, als würde ein Teppich ausgeschüttelt, ging der Sake in Flammen auf.

Thaniel konnte nicht mehr laufen, sondern nur mit Mühe gehen. Er fühlte sich wie in einem dieser scheußlichen Träume gefangen, in denen es Monster gab, vor denen man nicht weglaufen konnte, weil die Luft dick wie Sirup war. Das Ganze dauerte wahrscheinlich nur etwa fünfzehn Sekunden, aber jede dieser Sekunden kam ihm wie Stunden vor, und die ganze Zeit toste das Feuer.

Er verbrannte sich die Fingerspitzen, als er Takiko umdrehte. Es wäre irgendwie würdiger gewesen, wenn es in aller Stille geschehen wäre oder wenn die Leute stehen geblieben wären, um sich das anzusehen, doch die meisten hatten es nicht einmal bemerkt. Angesichts all der Lichter ringsumher konnte er nicht erkennen, ob die Reporter die Tat festgehalten hatten oder nicht. Kreuz und quer über den Schnee flackerten die Zukunftslinien in einem unheimlichen Blau, doch von Takiko war nicht einmal ein minimaler Lichtschein zu sehen.

Jemand verpasste Thaniel einen Tritt gegen den Kopf. Fast dankbar dafür brach er zusammen. Der Schnee war weich.

»Wer ist das?«, fragte jemand anderes mit seltsam angespannter Stimme. Die Leute wandten sich von Thaniel ab und zum Gesandtschaftsgebäude hin. Er konnte nur ihre Stiefel sehen. Aus dieser Richtung musste jemand gekommen sein. »Yuna! Pass auf!«

Blut spritzte in den Schnee, so warm, dass es dampfte. Yuna befand sich direkt vor ihm, doch Thaniel sah nicht, was geschehen war, konnte nicht weiter aufwärts sehen als bis zu den Stiefeln des

Mannes. Ein anderer Demonstrant lief nun auch herbei und sackte dann direkt neben Thaniel zu Boden, die Kehle aufgeschlitzt – nicht tief, nicht brutal, sondern mit geradezu chirurgischer Präzision.

Nun beugte sich jemand hinab. Mori. Er legte Takiko eine Hand an die Kehle, aber sie atmete nicht. Thaniel nahm an, dass sie schon vor dem Feuer nicht mehr geatmet hatte. Yuna hatte ihr das Genick gebrochen. Sie war jetzt nicht mehr sie selbst, war nur noch ein verbrannter Leichnam im Schnee. Es war so schnell gegangen, wie man ein Glas fallen ließ. Nicht einmal bei Arinori war es so gewesen. Thaniel hatte das Gefühl, dass er das alles aus einem Meter Abstand beobachtete. Aufmerksame kleine Mechanismen in ihm registrierten, was geschah, aber weiter war da nichts, und er konnte weder denken noch sich bewegen.

Mori rüttelte an Thaniels Schulter.

»Steh auf. Ich kann dich nicht tragen.«

»Ich glaube nicht, dass ich …«

»Steh auf«, beharrte Mori. Als Thaniel sich immer noch sträubte, ergriff Mori seine Hand und hievte ihn auf die Beine. Etliche Demonstranten sahen zögernd dabei zu. Mori warf sein Schwert in den Schnee, um die Hände frei zu haben. Niemand wollte sehen, wie schnell er es wieder aufheben konnte. »Geh ins Haus«, sagte er zu Thaniel. »Ich komme in ein paar Minuten nach.«

»Du gehst nirgendwohin«, sagte daraufhin jemand, wahrscheinlich mit viel weniger Bestimmtheit als beabsichtigt.

Mori schüttelte den Kopf. Er schien nicht ungehalten zu sein, sondern nur unter Zeitdruck zu stehen. »Du kannst mich töten, wenn du willst, aber dann kriegst du es mit anderen Männern zu tun.«

Von links kamen immer noch Kamerablitze, viel näher nun als zuvor, denn die Fotografen hatten sich auf der Jagd nach besseren

Bildern über den Rasen vorgewagt. Rechts von ihnen hatten die meisten Demonstranten noch nicht einmal bemerkt, was hier vor sich ging. Sie schleuderten immer noch Flaschen auf die Fenster der Gesandtschaft und hatten Spaß dabei, denn vor jedem Wurf brachten die Elektrizität und der Schneefall die Flugbahn zum Vorschein. Dutzende derartige Bögen flammten alle paar Sekunden auf, und es war ein hübscher Anblick. Sie wirkten wie die Gewölbestreben einer unsichtbaren Kathedralengruft. Thaniel konnte sie gerade noch so erkennen. Etwas Befremdliches war mit seinem Augenlicht geschehen. Er konnte Geräusche nun viel klarer sehen als gewöhnliche Dinge. Eine Gehirnerschütterung, nahm er an.

Die Menge ließ Mori durch. Er blickte sich nicht noch einmal um, als er hinter den Reportern verschwand. Thaniel humpelte in Richtung Gesandtschaft. Die Welt verschwamm vor seinen Augen. Jemand schrie ihm etwas ins Gesicht, es war ein rotes und gelbes Feuerwerk, aber er verstand die Worte nicht. Als er an der Tür ankam, war sie verschlossen. Er pochte einmal mit der Faust dagegen und brach dann auf der Schwelle zusammen.

SECHSUNDVIERZIG

Thaniel kam erst nach und nach wieder richtig zu sich, und anschließend war er noch eine ganze Zeit lang taub. Er sah Feuerschein und das Schimmern des Golddrucks auf den Büchern auf Willis' Schreibtisch, doch um ihn her war alles still. Der Kissenbezug war mit einem Muster bestickt, etwas Schlichtes mit geraden Linien. Es war kein Kopfkissenbezug, sondern eines der Nadelstreifenkissen von den schönen Sofas im Speisesaal. Thaniel befand sich in der Krankenstation der Gesandtschaft. Vorsichtig richtete er sich auf. Er hörte immer noch nichts.

Es war eiskalt. Ein Fenster war eingeworfen worden, und ein Schneesturm wehte herein. Der Schnee war trocken und pulvrig, und von der Zugluft gestört, qualmte der Kamin.

Willis kam hereingeeilt. Im gleichen Moment schleuderte jemand eine Flasche gegen das mit Brettern vernagelte Fenster. Die Männer draußen neckten einander, so wie man es tat, wenn man mit dem Meer spielt; es war ein herrlicher Nervenkitzel, sich gegenseitig zu drängen und zu schubsen, um zu sehen, wie nah man dem Wasser kommen konnte, bis man nass wurde.

»Steepleton, sehr gut. Gehen Sie nach oben. Können Sie schießen?«

»Wo ist er?«, fragte Thaniel.

»Keine Ahnung«, erwiderte Willis unwirsch. »Los, machen Sie schnell. Können Sie?«

»Was?«

»Schießen!«

»Ja … ja.«

»Na, Gott sei Dank, bisher haben wir nur Mrs. Vaulker und Mrs. Henley. Oh. Sehen Sie mich an.«

Thaniel tat es.

Willis spähte ihm mit kritischer Miene in die Augen. »Eine leichte Gehirnerschütterung; Sie werden sich schwindlig fühlen. Aber das ist jetzt egal; gehen Sie nach oben. Die haben hier nur Jagdgewehre. Wo haben Sie schießen gelernt?«

»Daheim. Mein Vater war … Wildhüter, ich habe ihn oft …« Thaniel schüttelte den Kopf. Das Sprechen fiel ihm schwer. Der Kopf tat ihm weh, aber nicht so schlimm, wie es hätte sein können. Eine Hand war bandagiert. Es dauerte einen Moment, bis ihm wieder einfiel, dass er sie sich an Takiko verbrannt hatte.

Ihr Haar hatte in Flammen gestanden. Das war nicht das Schlimmste daran, aber das, was ihm am deutlichsten in Erinnerung geblieben war. Es hatte schnell Feuer gefangen, weil es mit Sake benetzt war, und der Brand hatte im Schnee schrecklich und schön zugleich ausgesehen.

Willis scheuchte ihn die Treppe hinauf und in das einigermaßen geordnete Chaos in dem lang gestreckten Speisesaal. Von Tanaka und seinen Männern war nichts zu sehen – sie mussten wohl Mori hinterhergelaufen sein –, aber Mrs. Vaulker hatte anscheinend das Kommando über eine Gruppe von Leuten übernommen, die sich vor den hohen Fenstern postiert hatten. Diese Fenster waren mannshoch mit Brettern vernagelt, aber Mrs. Vaulker stand mit einigen anderen Personen auf den Tischen, die man an die Wände geschoben hatte, und sie alle machten sich bereit, über die Bretter hinweg nach draußen zu feuern. Auch Six war mit dabei. Sie ordnete gerade frische Patronen in einer absolut geraden Linie auf einer Tischplatte an. Am Ende der Reihe hielt sie inne und bildete aus den Patronen ein lächelndes Gesicht. Mrs. Vaulker schnaubte und tätschelte ihr den Kopf, woraufhin ihr Six einen bösen Blick zuwarf.

»Wo ist Takiko?«, fragte Thaniel. »Hat jemand – ihren Leichnam geborgen?«

»Sie ist immer noch da, wo Sie sie liegen gelassen haben«, knurrte Willis. Und fügte dann mit deutlich mehr Nachdruck hinzu: »Was zum Teufel haben Sie sich dabei gedacht, sie einfach so rauslaufen zu lassen?«

Thaniel starrte in diese Richtung hinaus, durch die letzte noch nicht verbarrikadierte Fensterscheibe, an der Pringle nun aber auch ein Brett ansetzte. Er selbst hätte derjenige sein sollen, der draußen im Schnee zurückgelassen wurde. Eine flüchtige Sekunde lang fragte er sich, ob es das war, wofür er hier gewesen war, um dieses Opfer zu bringen und damit eine Familie zu retten. Takiko wäre Six eine gute Mutter gewesen – und ihrem Sohn auch. Jetzt war all das dahin.

Doch Mori war nicht so grausam. Nichts von alledem hatte so geschehen sollen. Und mit einem Mal sah Thaniel es klar und deutlich vor sich.

Der entscheidende Moment war der gewesen, in dem er beschlossen hatte, mit Arinori zu der Verfassungsparade zu gehen. Das hätte er nicht tun sollen.

Vaulker hätte Arinori begleiten sollen. Der hätte flinker reagiert. Dann wäre Arinori noch am Leben.

Wenn Arinori nicht ermordet worden wäre, hätte Thaniel niemals bemerkt, dass mit Mori etwas nicht stimmte; ihm wäre nicht klar geworden, dass er nicht nur abwesend war, sondern vermisst wurde. Er hätte keinen Grund gehabt, Moris Nachricht in Aokigahara zu ignorieren; er wäre niemals nach Yoruji zurückgekehrt, dem einzigen Ort, den er keinesfalls hätte aufsuchen dürfen und an dem Tanaka ihn gerade noch rechtzeitig gesehen hatte, um einen Leichnam herbeizuschaffen, den Kuroda dem Herzog vorweisen konnte. Infolgedessen war er dann wegen einer Mordanschuldigung in der Gesandtschaft eingesperrt worden, in jenem elenden, eiskalten Gästezimmer, statt, wie er es hätte tun sollen, mit den Demonstranten zu verhandeln.

Es hatte niemals zu dieser Notsituation kommen sollen. Es hatte auch niemand tot auf dem Rasen liegen sollen. Alles hatte in geordneten Bahnen ablaufen sollen.

In einem abscheulichen Moment wurde ihm klar, dass er sich nicht nur deshalb auf so panische Weise schuldig fühlte, weil ein tapferer Mensch ums Leben gekommen war. Er empfand auch so, weil Mori wütend sein würde. Es war das gleiche Gefühl wie damals, wenn er in seiner Schulzeit in Prügeleien verwickelt und am Schlafittchen ins Büro des Direktors gezerrt worden war. Es war das nackte Schamgefühl, und nichts daran war rein oder gut. Es war die Angst vor dem Rohrstock.

Jemand warf einen Ziegelstein. Eine Fensterscheibe ging auf spektakuläre Weise zu Bruch. Mrs. Vaulker beugte sich über Six. Thaniel hätte nie gedacht, dass er sie mal mögen würde. Draußen erscholl Jubel, und jemand trat gegen die Eingangstür, ein unglaublicher Knall, der die Tür aus massiver Eiche ächzen ließ. Dann flog eine Sakeflasche mit einer brennenden Lunte durch das zerborstene Fenster herein. Sie zerschellte auf dem Fußboden, und sogleich leckte Feuer über das Parkett. Einer der Jungdiplomaten riss einen langen Vorhang herab, um das Feuer damit zu ersticken, und nun wirbelte Qualm auf. Er brachte Geister zum Vorschein, jedoch nicht deutlich genug, um jemanden zu erkennen. Dann bekam Thaniel von jemandem ein Gewehr in die Hand gedrückt, und Willis half ihm auf die Tischplatte hinauf, wo er nun neben Mrs. Vaulker stand, die ihm zunickte.

Draußen gab es einen dumpfen Schlag, der sie beide zusammenzucken ließ, und dann herrschte mit einem Mal Stille. Die

Demonstranten hatten aufgehört zu johlen. Kein Gelächter war mehr zu hören – nur noch das Knistern eines Häufchens trockener Tannennadeln, die noch brannten. Es kam von dem hintersten Fenster, wo bis vergangene Woche noch der Weihnachtsbaum gestanden und darauf gewartet hatte, vom Sohn des Gärtners hinausgebracht zu werden. Im Fackelschein sah Thaniel, dass einige Demonstranten vor etwas davonliefen – und dann erst sah er, was sie zur Flucht bewegte.

Es war eine Phalanx von Rittern. Sie waren gerade so in Sichtweite stehen geblieben, etwa zwanzig Meter von der Ecke des Gebäudes entfernt. Die Silhouetten im Lampenschein rings um die Zelte erstarrten.

»Das sind Soldaten«, sagte Mrs. Vaulker verblüfft.

»Das sind aber keine Armeeuniformen«, sagte jemand anderes.

Thaniel spähte zwischen den Brettern hindurch. Sie trugen ein rotes Banner und am Arm ihrer dunklen Rüstung ein Abzeichen: ein Dreieck aus drei Kreisen mit einem Querbalken darüber, und das Ganze schwarz auf rot.

Einige Demonstranten erkannten, was nun geschehen würde, und liefen davon. Die Methode der Soldaten, sie alle zu vertreiben, bestand darin, die Zelte in Brand zu stecken. Sie schritten langsam durchs Camp wie Schnitter bei einer Ernte im Mondschein. Ein paar der jüngeren Männer versuchten, sich zur Wehr zu setzen, und bekamen daraufhin einen Schwertgriff in die Visage.

Die Jungdiplomaten johlten und jubelten, und sogar Mrs. Vaulker entspannte sich. Vier Soldaten setzten sich von den anderen ab und flankierten einen fünften Mann. Sie marschierten bis vor die Tür des Speisesaals, und Thaniel stieg vom Tisch herab und machte gemeinsam mit Vaulker und Pringle die blockierte Tür wieder frei. Als sie geöffnet wurde, trat Mori herein, drehte sich noch einmal um und verneigte sich vor dem Mann, der offenbar der Hauptmann war. Der Mann musterte Thaniel, Vaulker und

Pringle mit einem Blick, als hätte er Mori lieber allein in der Steppe zurückgelassen, unterstützt von weiter nichts als ein paar besonders dämlichen Giraffen. Dann erwiderte er jedoch die Verneigung, machte kehrt und marschierte wieder hinaus.

Thaniel hielt die Hände hinterm Rücken verschränkt. Mori sah ihn mit unergründlicher Miene an. Vielleicht war er nur so erschöpft, dass er sich in sich selbst zurückgezogen hatte, doch das glaubte Thaniel nicht. Er konnte Moris Blick nur eine halbe Sekunde lang ertragen, dann schlug er die Augen nieder.

»Baron Mori«, sagte Vaulker, und es klang, als würde er nun gleich etwas Peinliches und nicht allzu Entschuldigendes vom Stapel lassen.

»Exzellenz«, erwiderte Mori. Wie stets, wenn man sie längere Zeit nicht gehört hatte, klang seine Stimme anders als erwartet. Sie war tiefer und kräftiger und goldener. Er musterte Vaulker mit einem sehr strengen Blick, der den Gesandten sichtlich aus dem Konzept brachte. Mori machte sich nicht die Mühe, seine Gedanken zu verhehlen, die nun auch ohne Zuhilfenahme von Elektrizität und Puderzucker klar und deutlich zwischen ihnen standen. »Sie haben die Dinge hier aus dem Ruder laufen lassen.«

»Sind das – Ihre Männer?«, fragte Vaulker zögernd.

»Es sind Gefolgsleute meines Hauses. Ich habe sie mir beim Herzog von Choshu ausgeborgt. Danke, dass Sie mich hier in der Gesandtschaft aufgenommen haben, das war sehr freundlich von Ihnen.«

»Das war doch selbstverständlich«, sagte Vaulker und flehte Thaniel mit Blicken um Beistand an. »Sie dürfen herzlich gern auch noch länger bleiben.«

Six war fast sofort herbeigekommen, hatte sich dann aber zurückgehalten. Nun zog sie an Moris Ärmel und lächelte, als er sie sogleich hochhob.

»Wie geht es dir?«, fragte er sanft.

Vaulker schaute drein, als wäre er gern auf der Stelle gestorben.

Six schloss Mori fest in die Arme und sprach nun hauptsächlich in seine Schulter hinein. »Mrs. Vaulker wuschelt mir ständig im Haar herum. Papa sagt, dass wir gute Tee-Trolle sind, aber bei Mrs. Vaulker wäre ich, glaube ich, lieber so ein menschenfressender Troll.«

Er lehnte sie ein wenig zurück, um ihr ins Gesicht sehen zu können. »Bedeutet das, dass du weißt, wo hier der Tee zu finden ist?«

Sie nickte und gab einen leisen Laut von sich, um anzudeuten, dass sie wieder auf dem Boden abgesetzt werden wollte. »Komm, ich zeig's dir.«

»Äh … das Personal hat leider vorhin die Flucht ergriffen«, sagte Vaulker hilflos, während Six Mori schon in Richtung Küche führte.

Mori sah Thaniel einmal kurz an, beachtete ihn aber ansonsten nicht. Dann löste sich die allgemeine Anspannung. Die Jungdiplomaten hatten alles mit angesehen. Es war wie in einem Klassenzimmer, in dem beinahe schon Aufruhr geherrscht hatte, wo aber mit der Rückkehr des Lehrers schlagartig wieder Normalität Einzug gehalten hatte. Vaulker schien mit einem Mal nicht mehr Autorität zu besitzen als der pedantische Aufsichtsschüler aus der ersten Reihe.

Draußen im Garten kehrte allmählich Ruhe ein. Die Männer des Herzogs durchkämmten noch einmal das Lager, um sich zu vergewissern, dass sich niemand unter den Zeltbahnenhaufen versteckt hatte. Von den verbrannten Transparenten wirbelte Asche in den Schnee. Diese Asche trudelte nun auch schon über die Fenster.

Vaulker ergriff Thaniels Arm. »Steepleton … ich wäre Ihnen sehr dankbar, wenn Sie … Mr. Mori vielleicht nicht erzählen würden, wie ungut wir uns alle hier verhalten haben.«

Thaniel blickte auf seinen Arm hinab, bis Vaulker ihn wieder losließ. »Es heißt Baron Mori, nicht Mister. Ich soll ihn also anlügen, wenn er mich fragt, was passiert ist?«

»Nun, wenn Sie so freundlich wären …«

»Nein«, erwiderte Thaniel in nüchternem Ton. »Ich werde jetzt mal schauen, ob noch irgendwas zu essen da ist; möchten Sie auch etwas?«

»Nein«, sagte Vaulker. »Nein danke.« Dann ging er zu den Fenstern, um zu den Soldaten hinauszusehen.

• • •

Mori hatte inzwischen alles Nötige zum Teekochen und auch einen Rest Reis gefunden und all diese Sachen auf dem Tischende abgestellt, das dem Feuer am nächsten war. Als Thaniel hereinkam, ließen sich die anderen Leute in der Küche gerade auf den von Mori am weitesten entfernten Plätze nieder. Thaniel zog sich einen Stuhl heran. Das leise Scharren der Stuhlbeine auf dem Holzboden ließ Mori zusammenzucken. Er hatte eben das Feuer angeschaut, als hätte er noch nie Feuer gesehen. Six war wieder verschwunden.

»Geht es dir gut?«, fragte Thaniel und setzte sich langsam, bereit, schnell wieder aufzustehen, falls Mori ihn fortschicken würde.

Moris Hände, in denen er die Tasse hielt, bebten minimal, ein Zittern, das von Kälte oder Schock herrühren mochte – oder von etwas anderem.

»Ja. Woher wusstest du, was zu tun war?«

»Ich war das gar nicht. Es war Mrs. Pepperharrows Idee.« Thaniel kam es vor, als befände sich der Rohrstock nun direkt über seiner Hand. »Sie hat gesagt, wir sollten dir irgendwie ein Signal geben.«

Mori nickte langsam. Thaniel sah, wie er einatmete und nach

den richtigen Worten suchte. Er erwartete, dass Mori nun etwas über Takiko sagen und ihn fragen würde, wie er all das hatte geschehen lassen können, doch dann kam nichts dergleichen.

»Ich kann mich an nichts mehr erinnern. Voraus, meine ich. Ich kann mich an nichts mehr vorauserinnern.«

Thaniel schwieg und dachte darüber nach. »Seit wann ist das so?«

»Seit ich zu mir gekommen bin. Es war eine Überdosis. Sie haben mich betäubt.«

»Geht es dir … ansonsten gut, brauchst du irgendwas?«, fragte Thaniel vollkommen unzureichenderweise.

»Mir geht's gut. Es ist bloß …« Er neigte den Kopf hin und her, als könnte er in seinem Schädel etwas kullern hören. »… alles leer.«

Es folgte ein langes Schweigen, das vom Knistern des Feuers erfüllt war und von den Schreien, die von draußen hereindrangen. Die Jungdiplomaten beobachteten nun durch das einzige nicht verbarrikadierte Fenster aufgeregt, wie die Mori-Ritter die letzten Demonstranten vertrieben. Hin und wieder jubelten sie. Sie sahen alle sehr jung aus.

Irgendwann konnte Thaniel nicht mehr schweigen. »Es tut mir sehr leid«, sagte er und schluckte, denn ihm war schon fast die Stimme gebrochen. Kaum jemand hatte mitbekommen, was mit Takiko geschehen war, und das machte ihm fast noch mehr zu schaffen als ihr Tod. Kaum jemand hatte auch nur hingesehen. »Ich hätte sie aufhalten müssen. Aber ich habe es nicht geschafft, sie einzuholen …« Er sprach nicht weiter, denn es klang so rückgratlos. »Ich habe sie nicht aus Boshaftigkeit da rausgehen lassen. Mir ist klar, dass es so aussehen muss, aber … ich will, dass du weißt: So war es nicht.«

»Es ist nicht deine Schuld«, sagte Mori. Der Schein des Feuers tauchte sein Haar auf jener Seite in ein leichtes Rot. Seine Knochen traten deutlicher hervor als früher, und er sah weniger menschlich aus denn je. Er klang, als spräche er aus weiter Ferne.

»Doch, das ist es. Alles ist schiefgelaufen. Du warst doch ihretwegen hier. Du hättest ein Kind mit ihr gehabt, um Himmels willen. Und jetzt ist sie …«

Mori schüttelte schon den Kopf, während Thaniel noch sprach. »Nein … nein. Deswegen bin ich nicht hergekommen; das war nur die Zukunft, die eingetreten wäre, wenn du …« Er sah abrupt beiseite und dann langsam wieder her. »Wenn du gestorben wärst. Weißt du, wie Trauer bei einem Hellseher aussieht?«

»Nein …«

»Als hätte man den Tod des anderen schon verwunden … Man kommt über den Tod eines Menschen hinweg, bevor er überhaupt gestorben ist. Es ist unmenschlich.« Er verfiel in Schweigen. Was er als Nächstes sagen würde, musste er erst aus sich hervorholen. »Aber mit dir zu sprechen und mich gleichzeitig an meine Kinder mit ihr zu erinnern – das hat mich schier wahnsinnig gemacht. Ich habe nicht aus Versehen zugelassen, dass sie mir eine Überdosis gegeben haben. Ich habe es getan, weil ich mir sonst die Augen ausgerissen hätte, wenn ich mich weiter daran erinnerte hätte, während du noch da warst.«

Mori sah ihn an, als ob er noch etwas hinzufügen würde, blickte dann aber stattdessen in seinen Tee hinab. Er hatte sich eine Hand an die Kehle gelegt und drückte nun fest zu.

Thaniel berührte seine Fingerknöchel, damit er aufhörte.

»Weißt du, was ich in Japan gemacht habe?«, fragte Mori sehr leise. »Denn soweit ich das beurteilen kann, habe ich hier nichts erreicht … und nur eine Menge Zerstörung angerichtet.« Er musste zu englischen Begriffen greifen.

»Ich glaube nicht, dass dein Werk hier schon vollendet ist«, sagte Thaniel, ins Japanische wechselnd. Moris Englischkenntnisse stammten offenbar zu einem gewissen Teil aus der Zukunft.

Und diesen Teil musste er in dem Moment eingebüßt haben, als er sein Zukunftsgedächtnis verlor. »Das führt alles zu irgendetwas. Die Elektrizität und – na ja, du hast vor einiger Zeit etwas über Mikroskope gesagt, das ich nicht verstanden habe. Ich weiß aber nicht, was du wirklich erreichen wolltest.«

Mori erschauderte, und Thaniel dachte im ersten Moment, dass er weinte, doch in Wirklichkeit lachte er. »Ah ja«, sagte Mori. Dieser Moment war jedoch schnell wieder vorbei. Dann blickte Thaniel zu Boden und fuhr sich mit der unversehrten Hand über die Augen. Nun erst bemerkte er, dass die anderen im Raum, wenn sie nicht gerade den Soldaten draußen zuschauten, Mori beobachteten. Das geschah mit einer Mischung aus Neugier und Beklommenheit. Genauso wäre es in einem Theater abgelaufen, wenn die Mitwirkenden hinter der Bühne geraucht und die Operette von dort verfolgt hätten, nur um schließlich festzustellen, dass der Elfenkönig, als er dann herbeikam, um sich zu ihnen zu setzen, gar kein Darsteller, sondern der echte Elfenkönig war.

»Ich weiß, es muss sich angefühlt haben, als hätte ich dich ständig beiseitegedrängt«, sagte Mori leise. »Aber ich habe dir nur deshalb nichts verraten, weil du mich sonst davon abgehalten hättest. Da bin ich mir absolut sicher. Und ... ich weiß zwar nicht mehr, was ich angestrebt habe, aber ich weiß noch genau, dass ich es tun musste.«

»Ich könnte dich doch von nichts abhalten«, sagte Thaniel mit schmerzender Kehle.

»Natürlich kannst du das. Ich knicke doch sofort ein, wenn auch nur die Möglichkeit besteht, dass du mir böse sein wirst.«

Thaniel wusste nicht, was er darauf sagen sollte.

Das Feuer knisterte. Draußen war es inzwischen ruhiger. Einige Zelte brannten noch, aber die Demonstranten waren alle geflohen. Die Männer des Herzogs waren Silhouetten inmitten der Flammen.

»Ihr habt jetzt genug geredet«, sagte Six, die plötzlich neben ihnen aufgetaucht war. »Jetzt bist du wieder mit Vorlesen dran. Hier geht es in einem Artikel von Tesla um elektrostatische Induktion. Darum leuchten nämlich die Glühbirnen.« Sie drückte Mori eine Zeitschrift in die Hand. Dann: »Warum guckt ihr beide so traurig? Es gibt doch gar keinen Grund, traurig zu sein.«

»Six«, sagte Thaniel, »wenn jemand traurig ist, dann …?«

»… betrachtet man das als sachliches Problem, für das es eine Lösung gibt.« Sie musterte Mori. »Wäre ein Kirschtörtchen die Lösung?«, fragte sie ein wenig demütiger.

Damit brachte sie Mori zum Lachen. »Nein, das behalt mal schön für dich – aber, entschuldige mal, wo bekommst du mitten während einer Belagerung solche Törtchen her?«

»Herr Fukuoka versteckt sich in der Speisekammer«, erklärte sie und gab ihm dennoch die Hälfte von ihrem Törtchen ab.

»Darum sollte ich mich mal kümmern«, sagte Thaniel. Es gab nicht viel auf der Welt, was er weniger tun wollte, als wieder aufzustehen, aber er hätte seine Untätigkeit bereut, wenn jemand anderes Fukuoka vor ihm entdeckt hätte. Als er hinausging, erzählte Mori Six gerade, dass er sich nicht mehr an die Zukunft erinnern könne und dass er manche schwierigen englischen Wörter womöglich verlernt habe.

»Du bist auch dünner geworden«, fügte sie hinzu, als wäre das alles ein und dasselbe.

• • •

Thaniel wachte früh auf und kämpfte sich aus einem Traum hervor, in dem er immer noch in dem Zimmer im Obergeschoss eingesperrt war. Reste des Traums hielten sich noch eine ganze Weile, und zunächst konnte er sich nicht erklären, wo er war. Erst als er gegen Mori stieß, fiel ihm nach und nach wieder ein, was am Vortag geschehen war. Mori hatte sein Kissen beiseitegeschoben, um flach auf der Matratze liegen zu können. Er schlief, als hätte ihn jemand schon schlafend dort abgelegt, und gab keinen Laut von sich. Thaniel vergewisserte sich mit einer Berührung, dass er atmete. Dann verschwand die Klaustrophobie – und das tatsächlich zum ersten Mal in dieser ganzen Woche –, und der Druck, der auf seiner Lunge gelastet hatte, nahm so plötzlich ab, dass ihm fast schwindelig wurde. Er ließ sich wieder aufs Bett sinken und lehnte seinen Kopf an Moris Schulter.

Durch die Fensterscheibe drangen die Geräusche des Flussverkehrs herein; die Lastkähne fuhren mit Beginn der Flut in Richtung Meer. Thaniel lag etwa eine Stunde lang reglos da und lauschte den Rufen der Flussschiffer und dem rauchigen Rasseln in seiner eigenen Lunge. Der Sonnenschein drang ihm warm durch den Hemdrücken. Ausnahmsweise war er nicht mit dem Gefühl aufgewacht, dass er aus Knochen aus zweiter Hand zusammengeschustert war. Dann stand er auf, zündete das Kaminfeuer an und legte extra viel Holz darauf.

Auf dem Weg zurück zum Bett hielt er inne, denn auf dem Kaminvorleger kam gerade ein Geist zum Vorschein, der schlafend dalag. Thaniel beugte sich langsam hinab und fuhr mit den Händen hindurch, um die Erscheinung zu vertreiben. Der Geist wurde ruckartig wach. Thaniel zuckte erschrocken zurück, und dann erinnerte er sich wieder daran.

In jener Nacht waren die rußigen Handabdrücke auf seinen Schultern aufgetaucht. Er hatte den Geist seiner eigenen Zukunft gesehen.

Dann schlüpfte er ganz vorsichtig zurück ins Bett. Mori wurde schlagartig wach. Er runzelte die Stirn und fuhr mit einer Hand über Thaniels Schulter, wo die Morgensonne gerade auf die Schussverletzung fiel. Sie sah immer noch frisch und garstig aus.

»Was ist denn da passiert?«

»Es war bloß ein Unfall. Ich bin jemandem in die Quere gekommen. Er hatte nicht auf mich gezielt.«

Mori fragte nicht nach Einzelheiten. Nach einigem Zögern fragte er nur: »Tut es weh?«

»Nein«, sagte Thaniel und regte sich unbehaglich. Ihm war auch zuvor schon klar gewesen, dass es ein grässlicher Anblick war, aber er hatte es geschafft, nicht allzu oft daran zu denken. Er hatte sich die Narbe noch kein einziges Mal im Spiegel angesehen. »Es ist schon wieder viel besser geworden. Und du?«, fragte Thaniel. Mori hielt immer noch seine Schulter. »Wie geht's dem Gedächtnis? Kommt schon irgendwas wieder?«

Mori schwieg einen Moment lang. Dann: »Nein. Und das hatte ich noch nie.« Er schüttelte den auf dem Kissen ruhenden Kopf. »Ich habe mich jahrelang damit beschäftigt. Ich weiß noch, dass ich genau festgelegt habe, wo diese Gefängnisse gebaut werden sollten und wer dort arbeiten würde. Das ging so weit, dass ich ausgewählt habe, welche Zimmerleute dort engagiert wurden. Es ist bizarr, dass ich mich jetzt nicht mehr daran erinnern kann, wozu das alles gut war.«

»Es wird für einen guten Zweck gewesen sein. Ehrlich.«

»Freut mich, dass du so denkst, denn während ich all die Leute an den richtigen Stellen postiert habe, sind viele von ihnen ums Leben gekommen.« Mori hatte sich nun wieder, wie auch schon am Vortag, eine Hand an die Kehle gelegt. Diesmal nahm Thaniel sie fort und legte stattdessen viel sanfter seine eigene Hand dorthin. Moris Puls schlug so schnell wie der eines Spatzen, doch dann spürte Thaniel, wie er sich zu beruhigen begann, und er fragte sich, ob es wohl sein konnte, dass Mori im vergangenen Monat solche Angst ausgestanden hatte, dass die einzige Möglichkeit, sich sicher zu fühlen, darin bestanden hatte zu wissen, dass es jemanden gab, der ihn notfalls erwürgen konnte.

Mori schüttelte minimal den Kopf. »Ich kann mich an Steuerquittungsnummern von 1876 erinnern«, sagte er und hätte fast gelacht.

»Dann muss dadrin ja jetzt viel Platz frei geworden sein«, murmelte Thaniel.

Mori nickte. Er lächelte immer noch, aber ungefähr so, wie Thaniel gelächelt hätte, wenn er beim Aufwachen festgestellt hätte, dass man ihm einen Arm amputiert hatte. Es wäre sinnlos gewesen, ein Gezeter zu veranstalten oder jemanden zu verärgern, aber in seinem Innern schrie alles. »Ist das Six' Eule?«, fragte Mori mit einem Blick zum Fenster.

Owlbert hockte dort und schaute ganz zufrieden drein.

Thaniel atmete tief durch und sah ein, dass er sich bei Six wohl mal entschuldigen musste. »Ja. Sie hat auf dich gewartet.«

Draußen auf dem Flur kamen nun energische Schritte in ihre Richtung. Thaniel sah zu, wie sie trüb moosgrüne Kleckse hervorriefen, und hoffte inständig, dass sie einfach weitergehen würden. Mori blickte sich ebenfalls um. Thaniel sagte ihm nicht, dass er sich daran gewöhnen würde, nicht mehr alles im Voraus zu wissen – denn vielleicht stimmte das ja gar nicht.

Jemand klopfte an die Tür des Wohnzimmers, das sich an das Schlafzimmer anschloss. Der Baumwollbezug der Bettdecke knirschte, als Mori ihn mit beiden Händen ergriff. Thaniel berührte ganz sanft seine Brust.

»Ich gehe hin. Du bleibst hier.«

»Nein … nein. Mir geht es gut. Normalerweise, wenn ich keine Ahnung habe, was als Nächstes passieren wird, dann deshalb, weil ich wahrscheinlich gleich sterben werde. Daran muss ich mich erst noch gewöhnen. Komm, auf geht's!«

Thaniel hatte Mori immer für tapfer gehalten, weil er die Zukunft kannte, doch das erwies sich nun als schwere Fehleinschätzung seines Charakters. Mori ging schnurstracks ins Wohnzimmer hinüber. Mit der Hand schon an der Türklinke, zögerte er kurz, aber das war nur eine Sekunde. Thaniel wartete, ans Sofa gelehnt, einige Schritte hinter ihm, damit sich Mori wenigstens zu etwas Vertrautem umblicken konnte.

Es war der Hauptmann von Choshus Gefolgsleuten, der mit ein paar Kleidungsstücken gekommen war – und mit Katsu, den er auf einem Torpfosten beim Sonnenbaden entdeckt hatte. Katsu löste sich sogleich aus seinen Händen und schlang sich um Moris Schulter. Thaniel richtete sich auf, weil er befürchtete, dass Mori sich erschrecken würde, doch der lächelte nur und wand sich einen freien Tentakel um die Hand.

Der Hauptmann blickte auf leicht verzagte Weise erfreut.

»Das ist vom Palast für Sie gekommen«, sagte er und reichte Mori einen Umschlag, auf dem das Siegel des Innenministeriums prangte. »Sie sind heute Vormittag dort vor ein Tribunal geladen. Dieser Idiot Vaulker übrigens auch.«

Mori nickte. Der Hauptmann verneigte sich gar nicht mal allzu steif und ging. Mori sah ihm hinterher, bis er vom Flur ins Treppenhaus einbog. Als er den Blick dann sinken ließ, richtete er sich auf den Umschlag.

»Ich weiß nicht, was dadrin ist«, sagte er. Es klang entnervt. Er wandte den Kopf ab. »Wie dumm von mir, so etwas zu sagen.«

»Nein, gar nicht. Solche ominösen Briefe hasst doch jeder.« Thaniel nahm ihm den Umschlag ab und öffnete ihn. »Kuroda hat ein Tribunal einberufen. ›Es soll ermittelt werden, wie ein gemeingefährlicher Gefangener aus der Haft entkommen konnte.‹ Was für ein Arschloch.« Die schikanösen Formulierungen in manchen englischen Staatsdokumenten waren ihm seit jeher ein Graus gewesen, aber das Japanische verfügte noch über ganz andere Sprachebenen, mit denen man auf schlichte, aber verächtliche Weise fürchterlich einschüchternd sein konnte. Thaniel zerknüllte das Schreiben und warf es ins Kaminfeuer.

»Ich weiß nicht, was ich tun soll«, sagte Mori leise.

»Die wissen ja nicht, dass du dein Gedächtnis verloren hast, und deshalb werden sie dich nicht in Ruhe lassen. Wenn wir versuchen würden, uns über den Hafen abzusetzen, würde Tanaka da auf uns lauern. Du musst zu diesem Tribunal gehen. Sprich mit Kuroda; mit dem kannst du doch gut umgehen.«

»Ja«, sagte Mori und beobachtete, wie Katsu zum Kaminfeuer hinüberglitt. Dann: »Könntest du mitkommen?«

»Das muss ich sogar, ich bin ja der einzige fähige Dolmetscher hier«, erwiderte Thaniel.

»Ja«, sagte Mori noch einmal. »Und dann …«

Thaniel drückte ihm die Schulter. »Hör mal, der Herzog von Choshu ist dir was schuldig. Er hätte die ganze Zeit nach dir suchen sollen. Er muss doch wohl ziemlich …« Er war drauf und dran, »verärgert sein« zu sagen, konnte sich das bei dem Herzog aber nicht vorstellen. »Die ganze Sache muss ihm doch fürchterlich peinlich sein.«

»Und wenn nicht?«

»Kuroda hat ihn davon überzeugt, dass ich dich ermordet habe. Kuroda hatte sogar eine Leiche vorzuweisen; man sollte übrigens herausfinden, wer das war, denn dann könnte man ihn wahrscheinlich wegen Mordes drankriegen. Kei, der Herzog hätte seine Männer doch nicht hergeschickt, wenn er nicht wütend wäre. Kuroda hat ihn ausgetrickst.« Er hielt inne. »Ich kann nicht glauben, dass es so ausgehen sollte. Ich kann nicht glauben, dass du wolltest, dass Mrs. Pepperharrow ums Leben kommt – und Arinori auch –, aber das war beides meine Schuld. Alles andere hattest du perfekt arrangiert. Ich glaube, du kannst darauf vertrauen, dass das Tribunal zu deinen Gunsten ausgehen wird.«

»Was meinst du damit: Es war deine Schuld?«, fragte Mori und runzelte die Stirn. »Arinori ist tot? Der Bildungsminister? Wie denn das?«

»Er wurde erschossen. Vaulker sollte mit ihm zu den Verfassungsparade gehen, doch an seiner Stelle bin ich gegangen. Arinoris Frau hatte den Verdacht, dass du und Mrs. Pepperharrow in Schwierigkeiten stecken, und ich habe sie begleitet, weil ich mehr darüber erfahren wollte. Und als der Attentäter dann auf Arinori geschossen hat, habe ich zu langsam reagiert.« Thaniel deutete auf seine Schussnarbe. »Und dann habe ich nach dir gesucht, in Yoruji …«

Mori ergriff seine Hände. »Warte mal. Hast du denn die Nachricht an der Wand in Aokigahara nicht gesehen?«

»Doch – und ich habe sie … törichterweise ignoriert. Es tut mir leid. Ich hatte Angst, dass du tot bist, und ich dachte, ich könnte da irgendwas herausfinden … Keine Ahnung, was ich mir dabei gedacht habe«, stieß Thaniel hervor. »Aber jedenfalls bin ich nach Yoruji gefahren und wurde dort gesehen, und dann hat Kuroda mich festnehmen lassen. Anschließend saß ich hier wie ein Vollidiot in einem Zimmer eingesperrt, während ich eigentlich draußen mit den Demonstranten hätte verhandeln sollen. Und das hätte ich auch gekonnt.« Weil sie nun zitterten, zog er seine Hände wieder an sich. »Du hättest hier in Sicherheit sein sollen, als du zurückkamst. Es hätte hier keine Proteste mehr geben sollen, von so einem Mob ganz zu schweigen. Mrs. Pepperharrow hätte das nie tun müssen – sie wäre noch am Leben. Wir hätten genug Zeit gehabt, um uns etwas anderes einfallen zu lassen, womit wir dich ins Jetzt zurückgeholt hätten. Es tut mir so leid.«

Mori sah ihn an, als hätte er ihn noch nie gesehen. »Du hast dir Sorgen gemacht.«

»Es war wirklich nicht meine Absicht, dir derart dazwischenzufunken. Ich …«

»Sorgen um mich«, sagte Mori ungläubig.

Thaniel schnürte es die Kehle zu. »Soll das etwa heißen, du hast nicht damit gerechnet, dass ich nach dir suchen würde? Das kann doch nicht nur eine vage Möglichkeit gewesen sein.«

»Als ich das alles arrangiert habe, hatte ich es *ausschließlich* mit vagen Möglichkeiten zu tun. Ich musste raten.«

»Du dachtest also, ich würde dich nur dulden, weil ein kostenloses Zimmer für mich dabei herausspringt?«

Mori lachte nicht. »Ist das nicht das normale Arrangement zwischen armen jungen Künstlern und älteren Millionären, die sich in sie verliebt haben?«

Thaniel wäre am liebsten in tausend Stücke zersprungen. Ein Teil von ihm versank in einer Erleichterung, wie er sie noch nie empfunden hatte, der Rest aber war so schockiert, dass die Erleichterung davon fast übertönt wurde. Jedes Gespräch, das sie jemals geführt hatten, rauschte ihm durch den Sinn. Und mit einem Mal schien Moris ewige Stille weniger mit Gleichgültigkeit als vielmehr mit Anmut und Rücksicht zu tun zu haben.

»Warum hast du mich ins Haus geholt, wenn du wirklich denkst, dass ich so bin?«, fragte er schließlich.

Mori zuckte minimal mit den Achseln. »Es hat mir genügt.«

»Es hat dir genügt …« Er wollte noch andere Dinge sagen, doch die stiegen nun mit einem so enormen Druck in ihm auf, dass es wie Wahnsinn gewirkt hätte, hätte er sie nun in Worte zu fassen versucht. »Ich *dulde* dich doch nicht. Ich kann nicht atmen, wenn du nicht da bist, ich kann nicht denken, ich kann nicht komponieren, ich warte die ganze Zeit nur auf Post von dir. Ich habe dir das nie gesagt, weil ich dachte, du willst es nicht hören. Wir reden nie über … all das.«

Er blickte auf, als Mori seine Ellenbogen berührte, und verstummte. Was folgte, war nur ein Hauch von einem Kuss, aber er brannte ihm bis ins Brustbein hinab und erfüllte ihn mit einer Wärme, die das kalte Zimmer mit einem Mal überheizt wirken ließ. Er beugte sich ein wenig vor und spürte, wie Moris Schultern sich in seine Hände schmiegten. Dann zog er ihn an sich. Er merkte erst, dass er weinte, als Mori ihm über die Wimpern strich.

SIEBENUNDVIERZIG

Das Tribunal fand in einem hellen Saal des Kaiserpalastes statt, der erfüllt war von den bunten Sonnenstrahlen, die durch die verschiedenfarbigen Glaswände hereinfielen. Die Tische und Stühle waren zu einem akkuraten Bogen aufgestellt, und einige stille Männer in makellosen Anzügen hatten dort bereits Platz genommen. Willis hatte versucht, Thaniel die Teilnahme zu verbieten, mit der nicht gänzlich abwegigen Begründung, dass er in seiner Verfassung über nichts Schwierigeres als das Mittagessen nachdenken könne, doch leider gab es außer ihm niemanden, der dort hätte dolmetschen können.

Der Herzog von Choshu traf mit einem Gefolge von Soldaten ein, darunter auch der Hauptmann, der zur Gesandtschaft gekommen war. Mit tadelloser Höflichkeit stellte sich der Herzog sodann Vaulker vor und schritt anschließend quer durch den Saal, um mit Mori zu sprechen. Thaniel konnte nicht hören, was Choshu sagte, aber er wirkte besorgt. Mori reichte ihm eine Tasse Tee. Thaniel, der sich dort nun noch fremder fühlte als ohnehin schon, blickte kurz zu Vaulker hinüber, und der sah ihn in diesem Moment auf die gleiche Weise an. Sie traten zueinander.

»Sind Sie dieser Sache gewachsen?«, fragte Vaulker unbehaglich. »Wenn Kuroda Japanisch spricht, verstehe ich kein Wort.«

»Ich komme schon klar. So reden Leute wie er nun mal. Das ist wie bei den alten Kameraden im Liberal Club, die so lange mit ihren Zeitungen rascheln und einen anhusten, bis man sie irgendwann versteht.«

Vaulker schnaubte wider Willen amüsiert. »Na gut. Freut mich, dass Sie so zuversichtlich sind. Was ist mit Baron Mori? Er wirkt …«

»Es geht ihm gut«, sagte Thaniel, obwohl ihm im gleichen Moment klar war, dass er das nicht vor Gericht beschworen hätte. Vaulker hatte recht: Mori bewegte sich zwar immer langsam, war nun aber noch langsamer geworden. Er hatte sich zu dem Herzog und drei oder vier anderen Männern gesetzt, die Thaniel bekannt vorkamen – vielleicht weil sie am Vortag vor der Gesandtschaft gekämpft hatten. Sie saßen alle in die gleiche Richtung – Kurodas Aufgebot gegenüber. Wo sich die beiden Gruppen in der Mitte der hufeisenförmig angeordneten Tische überschnitten, beugte man sich über Zeitungen und unterhielt sich leise. Auf der ersten Seite prangte an diesem Tag überall das gleiche Foto. Es zeigte Takiko, wie sie zu Yuna hochsah, während der mit der Flasche ausholte. Takikos Absichten waren dank der Schicksalslinien klar zu erkennen: Er hatte sie offenkundig nicht überraschend angegriffen. Sie war selbst kurz davor gewesen, ihn zu schlagen, und in diesem Augenblick sah sie sehr gefasst und vornehm aus. Eine Zeitung brachte eine Karikatur, die auf diesem Foto beruhte, und darin trug Takiko eine japanische Fahne, während die Demonstranten als Affen dargestellt waren. Alle sprachen darüber. Thaniel erkannte einige von ihnen von dem Abendessen in Moris Haus wieder, das einige Monate zuvor stattgefunden hatte. Yamauchi, Shimazu, Nabeshima. Wie die Mori zählten sie zu den großen alten Adelshäusern des Südens.

»Es kommt einem gar nicht wie ein Gerichtssaal vor, nicht wahr?«, bemerkte Vaulker.

Thaniel schüttelte den Kopf. Es hatte eher etwas von einem Kaffeekränzchen, was eventuell aber daran lag, dass Kuroda noch nicht eingetroffen war. Zwei Männer des Herzogs von Choshu hatten sich hinter Mori postiert. Sie hatten eventuell auch den Auftrag, ihn am Weglaufen zu hindern, sahen aber viel eher so aus, als sollten sie ihn beschützen. Der Herzog hatte sich zu ihm hinübergebeugt und sprach zu ihm, wobei er ihm eine Hand auf den Arm legte. Mori hörte mit einer Intensität zu, die er normalerweise nicht nötig hatte.

Von dem langen Korridor her erklangen Schritte.

»Also gut, bringen wir's hinter uns«, sagte Kuroda und marschierte zu seinem Platz in der Mitte. »Wir sind vor allem einer reinen Formsache wegen hier, meine Herren. Keita Mori hat sich unerlaubt aus dem Gewahrsam des Staates entfernt, und …«

»Wir sind hier«, fiel ihm der Herzog mit seiner trockenen Stimme ins Wort, ehe Kuroda auch nur Platz nehmen konnte, »weil ein Mitglied meines Hauses entführt und ich belogen wurde.«

Kuroda hob langsam den Blick.

»Meine Sorge ist folgende«, fuhr der Herzog gänzlich unbeeindruckt fort. »Wenn Graf Kuroda aufgrund seiner Missachtung des Bluts der Auffassung ist, dass ein Mann, der vorübergehend an der Spitze der Regierung steht, einen Ritter entführen und ein altes Adelshaus betrügen darf, nur um seine eigenen Spuren zu verwischen, dann gibt es keine Grenze, die er unter den entsprechenden Umständen nicht auch gegenüber der kaiserlichen Familie überschreiten würde.«

Er hatte es geschafft, das Wort »Graf« auszusprechen, als wäre das irgendein wertloser Tand, den man beim Einkaufen gratis dazubekam.

»Choshu«, sagte Kuroda, »ein Mitglied Ihres Hauses ist ebenso wenig Ihr Eigentum wie ein Fuchs, der sich unter Ihr Dach verirrt. Im Gewahrsam des Staates …«

»Hören Sie doch mit Ihrem ›Gewahrsam des Staates‹ auf. Er ist kein Spion.«

»Das habe ich auch nie behauptet. Ganz im Gegenteil: Er hat uns Informationen geliefert. Er ist ein ausgewiesener Hellseher und schuldet als solcher dem Vaterland seinen Dienst. Er hat sich jedoch geweigert, diesen Dienst zu erbringen.«

Thaniel schluckte. Wenn der Herzog nun nachgab, würde Mori für immer in den Verliesen der Regierung verschwinden. Mori hatte mit beiden Händen die Tischkante ergriffen.

»Das sind doch Ammenmärchen«, sagte der Herzog rundheraus. Er hatte seine Stimme bisher kein einziges Mal erhoben. »So etwas wie Hellseherei gibt es nicht, da sind wir uns hier unter vernünftigen Menschen doch wohl alle einig.«

Thaniel sah sich um. Mindestens vier oder fünf Männer im Saal wussten mit Sicherheit, wozu Mori fähig war und dass Kuroda in diesem Punkt die Wahrheit sagte. Doch wie der Herzog es mit seiner papierenen Stimme sagte, klang allein die Vorstellung schon idiotisch. Die Blicke glitten nun zu Kuroda hinüber. »Der Premierminister trägt uns hier Hirngespinste vor, um von der Tatsache abzulenken, dass er einen unschuldigen Mann dazu benutzt hat, ein Projekt zu verschleiern, das sich als äußerst unpopulär erweisen wird, sobald die Presse herausfindet, dass es im Auftrag der Regierung durchgeführt wurde.«

»Setzen Sie sich«, fauchte Kuroda.

Der Herzog setzte sich nicht. Er wechselte ins Englische. »Dr. Carrow, kommen Sie doch bitte herein und erzählen Sie uns etwas über die Experimente, die in Aokigahara durchgeführt werden. Experimente, die Informationen erbringen, die Mr. Kuroda gern den *magischen Fähigkeiten* meines Bannermannes zuschreiben würde.«

Thaniel hatte Grace nicht hereinkommen sehen. Sie stand zusammen mit ihrem Mann neben der Eingangstür des Saals. Als sie in die Mitte des Halbrunds trat, wurde vereinzelt darüber gemurrt, dass man eine Frau in einen kaiserlichen Ratssaal gelassen hatte, doch der Herzog brachte diejenigen mit wenigen Worten zum Schweigen. Grace sprach klar und prägnant. Jemand brachte ihr einen kleinen Generator. Als der in der Stille des Saals laut ratterte, erhob sich abermals ein Murren, und wieder fuhr der Herzog denjenigen über den Mund. Dann warf Grace Kreidestaub in die Luft und erklärte die Schicksalslinien um sie her – eine, die sich bildete, als sie die Absicht fasste, zu Kuroda hinüberzugehen, und eine weitere, die sich über ihr erhob, als sie die Arme in die Luft recken wollte. Bei einem anderen hätte es wie ein Zaubertrick wirken können, doch dafür war ihre Vortragsart zu trocken und akademisch. Als Kuroda schließlich die Beherrschung verlor und ihre Festnahme wegen Hochverrats verlangte, wies sie lediglich darauf hin, dass sie britische Staatsbürgerin sei und er sie daher nicht einmal wegen Apfeldiebstahls belangen könne, von Hochverrat ganz zu schweigen. Damit erntete sie einiges Gelächter bei den Adligen.

»Und war es notwendig, dass durch diese Experimente die halbe Hauptstadt in Schutt und Asche gelegt wurde?«, wurde sie nun von dem Herzog gefragt. Rings um ihn her erhob sich aufmerksames Gemurmel – sogar auf Kurodas Seite des Saals.

»Nein, Sir«, sagte Grace. Sie war ganz unbefangen, obwohl sie vor so vielen Leuten sprach. Sie hielt ja oft Vorlesungen, war so etwas daher gewohnt und konnte es gut. »Man hätte das Ganze viel fokussierter angehen können und hätte die Auswirkungen dann auf Aokigahara beschränkt, aber bei unserem Auftrag ging Schnelligkeit vor Sicherheit. Im Idealfall wären die Generatoren unterirdisch installiert worden. Dann hätte der Fels des Fuji sie isoliert. Die Bauarbeiten gestalteten sich jedoch sehr hastig.«

»Hastig« klang bei ihr wie »kriminell«.

Der Herzog dankte ihr und ließ sie gehen. Kuroda schnauzte, die Aussage einer Ausländerin sei ja wohl nichts wert, worauf der Herzog ihn in seiner knochentrockenen Art daran erinnerte, dass er diese Ausländerin für würdig gehalten habe, an einem streng geheimen Staatsprojekt mitzuwirken. Nun brach im ganzen Saal ein heftiger Streit aus, wodurch die verschiedenfarbigen Stimmen aufeinanderprallten und sich zu einer amorphen braunen Wolke vermischten. Thaniel blickte auf sein Stenogramm hinab. Es wäre keine gute Idee gewesen, so einen Streit zu protokollieren. Wenn irgendwas daraus in den Depeschen auftauchte, machte das keinen guten Eindruck. Besser, man fasste es milde zusammen. Thaniel überlegte, »Niedergang des japanischen Modernismus« hinzuschreiben, fand das aber allzu dramatisch und schrieb stattdessen: »Die Herren waren sich uneins.«

Er sah auf, als Grace seinen Arm berührte. Er lächelte.

»Du bist entkommen.«

»Oh, gleich am Tag nach deiner Abreise«, sagte sie und hielt dann inne. »Ich habe in der Zeitung von Mori gelesen. Da habe ich den Herzog gefragt, ob ich hier aussagen könnte. Akira ist auch außer sich vor Wut; die Art und Weise, wie er behandelt wurde, als er nach mir suchen wollte. Das passt alles zusammen.«

»Wie bist du da rausgekommen?«

Sie grinste. »Weißt du, was? Ein Mönch ist mit einem Glühbirnenkarren da vorgefahren, und die Wachen haben ihn reingelassen, weil er ja ein heiliger Mann war. Dann hat er mich in seinem Karren versteckt und ist mit mir wieder rausgefahren. Der Mann ist ein Genie. Was ist denn mit deinem Gesicht passiert?«

»Das waren die Demonstranten vor der Gesandtschaft.«

»Ach ja. Ich habe es auf der ersten Seite der *Mail* gesehen.« Sie runzelte die Stirn. »Diese Frau. Mein Gott. Man kann auf dem Foto sogar ihre Absichten erkennen. Hast du das gesehen? Sie wollte ihm gerade einen Schlag verpassen. Was für eine Walküre.«

Thaniel nickte und versuchte, nicht zu sprechen, denn er fühlte sich, als hätte sie sich mit ihren Fingern in seine Schussnarbe gekrallt. Sie blickte sich um, ihr Mann hatte ihr ein Zeichen gegeben.

»Akira glaubt jedenfalls, dass es zu einem Kampf kommen wird. Ich bringe ihn jetzt besser nach Hause.«

Thaniel sah zu, wie sie hinausging. Deshalb bekam er nicht genau mit, was als Nächstes geschah. Später war er überzeugt, dass Kuroda die Versammlung nur auf seine militärische Art zur Ruhe hatte rufen wollen. Er konnte sich nicht vorstellen, dass er tatsächlich jemandem im Palast etwas antun würde. Doch die Gefolgsleute des Herzogs waren bereits nervös, und als sie die Waffe in Kurodas Händen sahen, war ihr erster Gedanke wahrscheinlich nicht, dass er nur einen Warnschuss in die Decke abgeben wollte. Dann schoss er, da ihm jemand den Arm heruntergerissen hatte, knapp über Vaulkers Schulter hinweg. Einen Moment lang herrschte Stille im Saal.

»Hören Sie, das reicht jetzt«, sagte Mori in einem Ton, als wollte er eine banale Streiterei bei einer Kaffeerunde beenden. Und dann fügte er leise, aber deutlich vernehmbar an Kuroda gewandt hinzu: »Was würde Ihre Frau dazu sagen?«

Kuroda starrte ihn nur an. Selbst wenn Mori ihm ein Messer in die Kehle gerammt hätte, hätte er nicht schockierter blicken können. Interessiertes Gemurmel ging durch den Saal – und eine Art Zischen.

»Ja«, sagte der Herzog, so trocken und emotionslos wie eh und je, »es ist dem Tribunal ja sicherlich bekannt, dass Graf Kuroda und mein Bannermann sich von früher her nahestehen. Man kann sich des Verdachts nicht recht erwehren, dass all der Unflat, mit dem der Name Mori beworfen wurde, weiter nichts als einen schurkenhaften Versuch darstellt, ihn in der Angelegenheit der Ermordung einer Adeligen zum Schweigen zu bringen.«

»Das ist doch reine Spekulation«, blaffte Kuroda.

»Da wir gerade von Ermordeten sprechen …«, fuhr der Herzog fort. »Es ist dem Tribunal ja auch bekannt, dass Graf Kuroda mir einen Leichnam brachte, von dem er betrügerischerweise behauptete, es handele sich um den meines Bannermannes. Wir haben den Toten inzwischen als den Verwalter von Yoruji identifiziert, einen treuen, ehrenwerten Mann namens Suzuki, der zu unserem Glück auf dem Anwesen als Geist aufgezeichnet wurde, als er bei der Verteidigung seines Herrn ums Leben kam. Herr Suzuki war ein Bediensteter meines Hauses. Ich werde seine Ermordung selbstverständlich kriminalpolizeilich verfolgen lassen. Und ich werde auch die Klagen der Angehörigen der 476 Menschen finanzieren, die bisher als direkte Folge von Graf Kurodas Elektrizitätsexperiment allein im Großraum Tokyo ums Leben gekommen sind.«

Aufruhr im Saal.

Und inmitten all dessen neigte Kuroda minimal das Haupt vor Mori. Seine Niederlage so einzugestehen, war die erste anmutige Geste, die Thaniel je bei ihm gesehen hatte.

Der Hauptmann des Herzogs geleitete Mori sodann zu Vaulker und Thaniel und sagte ihnen, sie sollten nun gehen und besser bei nächster Gelegenheit das Land verlassen.

• • •

Auf der kurzen Fahrt zurück zur Gesandtschaft versuchten sie, Vaulker zu beruhigen, doch es gelang ihnen nicht. Er war schrecklich bleich und zitterte. Er hatte Blut an der Wange – die Kugel hatte ihn gestreift.

»Thaniel«, sagte Mori, als sie in die Auffahrt zur Gesandtschaft einbogen. Er sagte es ohne alle Dringlichkeit, obwohl er gerade Vaulkers Handgelenke hatte festhalten müssen, um ihn daran zu hindern, in der engen Kutsche um sich zu schlagen – und dabei war Vaulker viel größer als er. Vaulker wollte niemandem wehtun und brabbelte nur, sie müssten sofort aussteigen, und was, wenn ihnen jemand gefolgt wäre. »Könntest du diesen großen Arzt holen, wenn wir …?«

»Mach ich. Brauchst du Hilfe?«

Mori schüttelte den Kopf. »Nein, er ist nicht sehr stark. Wie heißt er denn?«

»Tom.«

Mori sprach Vaulker mit seinem Vornamen an, nicht laut genug, dachte Thaniel im ersten Moment. Dann aber sah Vaulker ihn an.

»Es ist Ihnen nichts passiert«, sagte Mori. »Und es wird niemand mehr kommen. Es war nur ein Unfall. Das sind die Tore der Gesandtschaft, sehen Sie? Sie sind in Sicherheit.«

»Sind die Männer von Ihrem Clan noch da?«

»Die Männer meines *Hauses* sind noch da«, sagte Mori nachsichtig. Dann lächelte er. »Clan … Wer ist denn jemals hierhergekommen und hat gesagt: Hey, hier sieht's ja genauso aus wie in Schottland?«

Vaulker hätte fast gelacht. Er wirkte ein wenig wie unter Hypnose. Seine Hände hatten sich entspannt. »Haus? So wie … das Haus Tudor?«

»Genau. Man sagt: das Haus Mori, das Haus Shimazu. Das ist das gleiche Schema.«

Vaulker blickte zu Boden, denn nun hatte er auch noch angefangen zu zittern. »Haus. Das trifft es doch auch viel besser. Warum diese falsche Bezeichnung?«

Mori drückte ihm die Hände. Von ihrer Warte aus war durch die Fenster in diesem Moment fast nur der Himmel zu sehen, doch dann fuhren sie an einem roten Banner vorbei. »Ich glaube«, sagte Mori sehr freundlich, »aus demselben Grund, aus dem die tahitianischen Trimaran-Schlachtschiffe ›Kanus‹ genannt werden, während man die Schiffe der Wikinger, die nur halb so groß und längst nicht so kunstfertig gebaut waren, ›Langschiffe‹ nennt.«

Vaulker lächelte und wirkte verlegen und machte keinerlei Anstalten, Mori zu widersprechen.

Die Kutsche wurde langsamer. Thaniel stieg aus, bevor sie ganz zum Stillstand kam.

Die Männer des Herzogs hatten seit dem frühen Morgen aufgeräumt. Um, wie später jemand erklärte, die Damen abzulenken, hatten sie außerdem einige der Händler vom schwimmenden Markt eingeladen, auf dem Rasen vor der Gesandtschaft ihre Stände aufzubauen. Insgeheim nahm Thaniel an, dass es den Damen bestens ging und eher Pringle die Ablenkung nötig hatte, den man jedoch nicht in Verlegenheit bringen wollte.

»Eine elektrische Taschenlampe, mein Herr?«, sagte jemand vergnügt und knipste das Licht an und aus, um zu zeigen, wie es funktionierte. Mori erschrak, als er das sah. Überall waren Leute, die etwas riefen und unerwartete Geräusche verursachten. Jemand hatte eine ganze Schar elektrischer Fluggeräte gebaut, die sich etwa einen Meter hoch in die Luft erheben konnten und dann ohne Unterlass immer wieder starteten und landeten. Sie hörten sich an wie ein Heuschreckenschwarm. Ein anderer hatte einen ganzen Stand voller elektrischer Taschenuhren aufgebaut, und auf einem Reklameschild darüber stand: *Nie wieder die Uhr aufziehen!!*

»Na, wenn das nicht das erste Omen der Apokalypse ist …«, murmelte Mori.

Es gab dort aber auch ganz gewöhnliche Stände, auch einen Zeitungsstand. Thaniel blieb stehen, als er die Schlagzeilen sah. Die russische Flotte – oder zumindest ein Teil davon – war vor Yokohama gesichtet worden. Er blickte in Richtung Süden. Das war nur fünfzehn Meilen entfernt. Mori hatte die Schlagzeilen auch gesehen und wurde mit einem Mal sehr still.

»Es wird gut ausgehen«, sagte Thaniel. »Du hättest doch niemals einen Krieg angezettelt.«

Er sah, dass Mori ihm kein Wort glaubte.

• • •

Nachdem Thaniel Willis herbeigeholt hatte, damit er sich um Vaulker kümmern konnte, ging er ins Übersetzungsbüro, um den Jungdiplomaten zu berichten, was geschehen war, und fand sie alle dabei vor, wie sie sich über die Telegrafen beugten. Die Elektrizität in der Luft war so weit abgeklungen, dass alles wieder funktionierte, und nun ging eine Flut von Nachrichten ein, und alle waren damit beschäftigt zu bestätigen, wo genau sich die Russen befanden, wo die britische Marine war und was zum Teufel alle Beteiligten als Nächstes tun sollten. Es war ein sehr seltsames Gefühl, einen Raum zu betreten, in dem sich – berechtigtermaßen – niemand dafür interessierte, was gerade bei dem Tribunal geschehen war.

»Ich weiß nicht, wie ich die Admiralität erreichen kann, Sir«, sagte Pringle, als Thaniel hereinkam. Nur wenige Tage zuvor wäre er in so einer Situation in Panik geraten, nun aber sagte er das halbwegs ruhig.

»Ich kümmere mich drum«, versprach Thaniel und schlug in den Ungetümen von Telegrafenverzeichnissen nach.

Irgendwo in der Nähe, in einer der anderen Gesandtschaften, begann eine Glocke zu läuten, laut und eindringlich. Andere Glocken schlossen sich an, und dann heulte mit einem Mal eine offenbar elektrisch betriebene Sirene, die genauso klang wie die an dem Zaun in Aokigahara.

Pringle erhob sich und zeigte aus dem Fenster. Alle sahen hin. In der Ferne konnte man gerade noch das Glitzern der Bucht von Tokyo erkennen. Über dem Meer waren nun Rauchsäulen zu sehen.

Thaniel fand die Codes der Admiralität und zog einen Telegrafen zu sich heran.

Brit. Gesandtschaft in Tokyo hier. Berichte über russische Flotte, die Schüsse abgibt. Kann das jemand bestätigen?

Der Telegraf schwieg eine ganze Zeit lang. Draußen heulten inzwischen mehrere Sirenen. Vaulker kam aus der Krankenstation angelaufen, und alle erklärten ihm sofort, dass man versuche, die Navy zu kontaktieren.

»Leise, leise!«, sagte Thaniel eindringlich, denn in seinen Telegrafen war kein Papier eingelegt, und daher musste er den Morsecode erlauschen.

Dann: *Tokyo, hier* HMS Valiance. *Haben neue japanische Flotte von Liverpool herbegleitet. Russen haben gefeuert, weil sie uns sahen. Sie versuchen, uns am Einlaufen in den Hafen von Tokyo zu hindern. Geben Sie uns zwanzig Minuten.*

Nun warteten sie alle rings um den Telegrafen. Ein paar Diplomaten von der niederländischen Gesandtschaft schauten herein, dann auch von der chinesischen und der amerikanischen, und schließlich war der kleine Raum voller Leute und erfüllt von Gemurmel in vier Sprachen. Pringle machte das Fenster auf. Jemand hatte ein Fernglas dabei, und aus dieser Richtung ertönte ein Aufschrei, als über dem Meer etliche Rauchfahnen aufstiegen. Auch die Leute auf dem improvisierten Elektro-Markt auf dem Rasen sahen schweigend zu. Das war es, was Thaniel anschließend nicht mehr aus dem Sinn ging: dass niemand weggelaufen oder in Deckung gegangen war. In Tokyo hatte so lange schon ein elektrisches Chaos geherrscht, dass offenbar kaum noch jemand glaubte, dass es noch eine sichere Zuflucht gab.

»Was wäre klüger, wenn die hier einmarschieren? Hier bleiben und darauf vertrauen, dass das hier britischer Boden ist? Oder sollten wir besser verschwinden?«, fragte Vaulker leise. Die Frage war an Mori gerichtet, der schweigend neben Thaniels Stuhl wartete. »Reichen deren Geschütze so weit ins Landesinnere?«

Mori nickte knapp. »Mit Leichtigkeit.«

»Woher wissen Sie das?«

»Ich war in Kanton, als die Briten es beschossen haben.«

»Oh.«

Der Telegraf ratterte. Thaniel dolmetschte den Morsecode synchron.

Wohlbehalten im Hafen eingelaufen. Russen ziehen sich zurück. Keine Verluste.

Erleichtertes Lachen schallte durch den Raum. Ein paar Minuten später verstummten die Sirenen. Thaniel drehte sich um und sah Mori an.

»Siehst du? Ich hab's dir doch gesagt.«

Mori boxte ihm sanft gegen den Arm. Thaniel fing seine Faust auf und zog ihn ganz kurz an sich.

• • •

Draußen war es fast schon warm, und im Zuge einer jener seltsamen, unausgesprochenen Gruppenentscheidungen strömten alle hinaus, um sich an den Ständen auf dem Rasen einen Tee oder Wein zu besorgen. Die Lehrerin hatte es anscheinend aufgegeben, an diesem Tag noch etwas Sinnvolles tun zu wollen, denn auch die Kinder waren draußen. Als er für Wein anstand, sah Thaniel, wie Six innehielt und sie beide auf Anzeichen für Kummer musterte. Als sie nichts in dieser Richtung entdeckte, hüpfte sie weiter. Mori wartete an einem aus alten Frachtkisten zusammengebastelten Tisch, und als Thaniel ihm seinen Becher reichte, lächelte er. Sein Mienenspiel wirkte nun entspannter, als müsste er sich nicht mehr konzentrieren, um einen bestimmten Gesichtsausdruck zu machen. Thaniel hatte sich schon Sorgen gemacht, dass Mori ohne die Fähigkeit, die ihn so sehr ausgezeichnet hatte, ein anderer Mensch sein würde. Wie sich nun jedoch herausstellte, war er genau derselbe Mensch, dem lediglich eine immense Last von den Schultern genommen worden war.

Das Schweigen zwischen ihnen währte eine ganze Weile, aber Thaniel wusste einfach nicht, was er sagen sollte. Ein Stück von ihnen entfernt führte Six gerade Katsu den anderen Kindern vor. An den Ständen summten kleine elektrische Spielzeuge. Owlbert eilte mit verwirrtem Blick einer elektrischen Maus hinterher. Thaniel hielt Ausschau nach der verbrannten Stelle auf dem Rasen, an der Takiko gelegen hatte, doch die wurde nun von dem Zeitungsstand verdeckt. Einige der Schlagzeilen dort kündeten von einem großen Seesieg vor der Nordküste Hokkaidos. Die Russen hatten tatsächlich an einem Ort namens Abashiri Truppen angelandet, die dann allerdings von Tausenden wütenden Gefangenen des dortigen Arbeitslagers zurückgeschlagen worden waren, die daraufhin etliche der russischen Boote geklaut hatten. Anschließend hatten einige der ältesten Schiffe der japanischen Marine, die gerade noch rechtzeitig dorthin entsandt worden waren, die russischen Schiffe in die Flucht geschlagen. Abashiri … natürlich.

»Ist es immer noch Februar?«, fragte Mori schließlich.

Thaniel blickte auf. »Fast schon März.«

»Die Nebelsaison geht zu Ende.«

Thaniel spürte ein Kribbeln im Genick. »Ja, stimmt.«

Mori stieß mit ihm an und lehnte sich dann in einen Sonnenstrahl zurück, der den Rotschimmer in seinem Haar zum Vorschein brachte. Es war das tiefschwarze Rot von Kirchenmusik, die klingt, als würde sie durch den Boden heraufdringen.

ACHTUNDVIERZIG

LONDON, APRIL 1891

Thaniel ging zur Hintertür hinaus, um etwas Luft zu schnappen, während er seinen Tee trank. Bei warmem Wetter mit heißem Tee in einer Porzellantasse draußen zu stehen, hatte zwar etwas Albernes, doch die Luft im Theater, auch die hinter der Bühne, war zusehends von Pfeifenqualm erfüllt. Er lehnte sich an ein Plakat für diesen Abend.

Die Luft roch nach Pollen und Stein. Thaniel legte den Kopf an das warme Papier. Der Himmel nahm gerade einen grauvioletten Farbton an, der auf den nahenden Sonnenuntergang hindeutete. In ein paar Monaten ging es dann wieder nach Cornwall, um dem Londoner Nebel ein Schnippchen zu schlagen, doch einstweilen war es in der Stadt angenehm warm, und der Frühling und der Sommer schienen sich noch ewig hinziehen zu können. Er wäre gern noch ein wenig draußen geblieben, doch nun begannen die Kirchenglocken, die Stunde zu schlagen.

Nach der Ruhe am Hinterausgang wirkte das Gewusel im Gewirr der engen Garderoben viel bunter als noch wenige Minuten zuvor. Da die Fenster offen standen, war die Luft angenehm temperiert, und die Frauen trugen nur dünne Seidenumhänge über ihren Kleidern. Thaniel hätte eigentlich schon im Frack sein sollen, lief aber immer noch in Hemd und Weste herum, was er genoss, weil ihm niemand hier etwas vorschreiben konnte. Es war sein Abend, und da konnte er machen, was er wollte.

Nun huschte Arthur Sullivan herein. Für einen so rundlichen Mann war er erstaunlich flink. Manchmal hatte man den Eindruck, dass er im gleichen Maße aus Helium wie aus Muskeln und Knochen bestand. Thaniel schlug gerade seine Manschetten um.

»Du schaffst das schon«, sagte Sullivan. »Es ist immer viel einfacher, seine eigenen Sachen zu dirigieren, als die von jemand anderem. Man weiß, wie es klingen soll. Und man weiß, dass es gut ist, nicht wahr?«

»Es ist ganz passabel«, sagte Thaniel.

»Ich glaube, du wirst feststellen, dass es mehr als nur ganz passabel ankommen wird.«

»Nur nichts beschreien«, sagte Thaniel und wurde ein wenig verlegen.

Sie befanden sich in einer Garderobe des Savoy Theatre. Auf dem Flur davor stimmten Musiker ihre Instrumente und sangen Sängerinnen sich warm. Aus einem anderen Raum drangen Klänge aus Mozarts Requiem herüber. Sullivan setzte sich und ging mit einem Bleistift in der Hand noch einmal die Partitur durch. Er hatte den Klavierpart übernommen.

Dann klopfte es an der Tür. Mori kam mit fragender Miene herein. »Oh, gut«, sagte er. »Ich dachte schon, ich wäre wieder bei den Baritonen gelandet.«

Thaniel lachte. Mori hatte überhaupt keinen Orientierungssinn, schien aber den damit einhergehenden Nervenkitzel zu genießen. Er ging gern in Kirchen, nur um die Labyrinthe auf dem Boden abzuschreiten. Er reichte Thaniel ein Glas Wein, bemerkte dann erst Sullivan und bot ihm sein eigenes Glas an.

Der schüttelte nur lächelnd den Kopf. »Nein, nein, nein, kein Grund, so höflich zu sein, es ist absolut …« Dann verstummte er und legte die Noten beiseite. »Ach du meine Güte. Mein lieber Freund. Das ist er, nicht wahr?«, sagte er zu Thaniel.

Mori sah verwirrt zwischen ihnen hin und her. Das elektrische Licht hinter der Bühne brachte seine Farben zur Geltung, und selbst in Abendkleidung wirkte er strahlender als alle anderen. Er hatte ebenfalls die Frackjacke abgelegt, und das Weiß von Hemd und Weste stand ihm ausgezeichnet. Wie auch sein Alter. Den fast fieberhaften Glanz jungmännlicher Gesundheit hatte er nun hinter sich gelassen; die Zeit im Gefängnis hatte ihn geschwächt, und er war insgesamt blasser geworden, doch in seinen Schultern steckte inzwischen wieder echte Kraft, und von dem alten Eindruck, dass es sich bei ihm vielleicht nur um eine optische Täuschung aus Staubpartikeln handelte, konnte keine Rede mehr sein.

»Ich hatte eigentlich nicht …«, begann Thaniel.

Sullivan beachtete ihn nicht und schüttelte Moris freie Hand. »Hallo, ich bin Arthur, ich spiele heute Abend das Klavier …«

»Ja«, sagte Mori. »Ich habe mich schon darauf gefreut.«

»Oh, aber Sie sitzen doch sonst immer links in der ersten Reihe!«, platzte Sullivan heraus, als wäre das für ihn die bemerkenswerteste Entdeckung des Jahres.

Mori sah auf seine Hand hinab, die immer noch zwischen Arthurs Pranken steckte, war aber zu höflich, um sie zurückzuverlangen.

»Gott, das ist unheimlich«, sagte Sullivan und betrachtete Mori, als stünde der in einem Schaukasten. »Mein lieber Freund, als ich Ihre Stimme hörte, dachte ich gleich, Sie kämen mir bekannt vor … Sie haben eine höchst bemerkenswerte Stimme, wissen Sie.«

»Danke, sehr freundlich«, sagte Mori und klang, als würde er nun die Skurrilität eines Gesprächs genießen, dessen Gegenstand bis dahin im Dunkeln geblieben war. Die Lachfältchen um seine Augen hatten sich vertieft. Sie waren nun immer sichtbar, wenn er sich in hellem Licht befand.

»Haben Sie das ganze Ding schon gehört?«, fuhr Sullivan fort.

»Nein, nur einzelne Teile daraus.«

Sullivan lachte. »Verzeihung, das ist lächerlich, aber ich habe das Gefühl, Sie gut zu kennen. Sie haben natürlich von Nathaniel Englisch gelernt, nicht wahr? Daher auch der, äh, nordenglische Tonfall?«

»Ja, das stimmt.« Es war nicht mehr so prononciert wie früher, und es hatte sich inzwischen ein schwacher Akzent dazugesellt, der von überall hätte stammen können. Er verlieh einigen Wörtern eine gewisse Schärfe, meist Wörtern, die man öfter las als aussprach.

»Arthur, er hat keine Ahnung, wovon du redest«, schaltete sich Thaniel ein.

»Oh, aber …«

Glücklicherweise klingelte in diesem Moment in der Nachbargarderobe ein Telefon. Sullivan eilte hinaus. Mori ließ sich auf dem frei gewordenen Stuhl nieder. Er bewegte sich nun müheloser. Thaniel reichte ihm ein Programmheft.

»Ich … habe dich eventuell ein wenig in meine Musik hineingeschmuggelt«, erklärte er.

Mori saß nur schweigend da und starrte auf die Titelseite des Hefts. Das Savoy hatte sich das einiges kosten lassen. Der Titel war in goldenem Prägedruck gehalten: *The Joy Symphony*. Hinter seinem Schweigen verbarg sich die Anstrengung, nicht zu sagen, dass er fand, die Schilderung einer Person, bei der es sich weder um Gott noch um die Queen handelte, mithilfe eines aus hundertzwei Mitgliedern bestehenden Orchesters, ähnele dem Versuch, mit einer Tapezierbürste ein Medaillonbildnis zu malen.

»Er hat mich wiedererkannt«, sagte Mori schließlich. »Aus dem hier. Arthur Sullivan.«

»Ja.« In Thaniels Innerem brodelte es. »Aber … ich habe kein Bild von dir in einer Galerie aufgehängt. Es gibt in London höchstens fünf Leute, die deinen Vornamen übersetzen könnten, also …«

»Nein, ich meine: so wie du Klänge siehst. Das ist etwas Objektives. Jemand anderes könnte es auf dieselbe Weise sehen.«

»Nicht dieselben Farben, aber … denselben Sinn. Nehme ich an.«

»Das ist wirklich außergewöhnlich.«

»Tatsächlich?«

Mori verpasste ihm einen sachten Tritt. »Natürlich ist es das.«

»Danke. Aber das ist keine besondere Fähigkeit. Es ist nur die Art, wie ich sehe.«

Mori hatte durch die offene Tür in die nächste und übernächste Garderobe geschaut, wo sich die Sopranistinnen gerade gegenseitig die Kleider schnürten. Die Tische dort lagen voller Blumen, und auf diese Weise doppelt gerahmt, hätte dieser Anblick auch aus einem Gemälde stammen können. Dann kehrte sein Blick zurück, und er lächelte. Er neigte den goldenen Schriftzug hin und her, sodass er schimmerte. Dabei schlug er das Heft gar nicht richtig auf, als hielte er da etwas Zerbrechliches in den Händen. »Was ist das?«, fragte er.

Thaniel sah hin. »Ostereier. Möchtest du eins?«

»Ist das Schokolade?«

»Ja, von Fry's.« Thaniel schlug eins der Eier an der Tischkante entzwei. »Haben die Altistinnen mir geschenkt.«

Mori lächelte und teilte sich eine Hälfte mit ihm. Die Schokolade passte gut zum Wein. Thaniel beobachtete ihn und fragte sich, was er wohl tun würde, wenn der Ernstfall eintrat und Thaniels Lunge ihn endgültig im Stich ließ. Sie war nicht in Ordnung, und er spürte, dass sie es nie wieder sein würde. Das Haus in Cornwall gehörte einem Freund von Mori, den Thaniel bis Weihnachten für eine fiktive Gestalt gehalten hatte, denn seiner Erfahrung nach verschwanden nur ausgedachte Leute für zehn Jahre nach

Peru. Doch wie sich dann herausstellte, hatte Merrick Tremayne genau das getan. Er war plötzlich wieder aufgetaucht, ein Mensch aus Fleisch und Blut, mit Tätowierungen und einem Bristoler Akzent, und hatte gesagt, sie beide seien ihm in Südamerika jederzeit herzlich willkommen. Thaniel gefiel die Idee.

Jemand rief: »Noch zehn Minuten!« Mori sah in die Richtung. »Ich gehe mal Six suchen. Tu dein Bestes, ja?«, sagte er auf Japanisch. Es klang vertraulich und sanft.

»Wird gemacht«, sagte Thaniel. Er wollte Moris Hand ergreifen, doch eine Sopranistin sah ihnen neugierig zu. »Nach rechts«, fügte er hinzu, als Mori an der Tür zögerte.

»Ich weiß.« In diesem Moment schlüpfte Six zur Tür herein. Thaniel saß still da und hatte den Eindruck, in der Ferne Glocken zu hören. Mori hatte auf sie gewartet.

»Ich dachte, ich komme dich suchen, falls du dich wieder verlaufen hast«, berichtete sie. Hinter ihr stand eine Frau in einem blauen Samtkleid, das so wenig Grace' normalem Stil entsprach, dass Thaniel sie im ersten Moment nicht erkannte. »Ach ja. Das ist übrigens Dr. Carrow. Ich habe mit ihr über dich gesprochen«, fügte Six an Thaniel gewandt hinzu. »Na ja, eigentlich haben wir uns über Elektrizität unterhalten, und sie hat mir von einem neuartigen Mikroskop und von irgendwas Klebrigem erzählt.« Sie blickte sich Hilfe suchend zu Grace um.

»Medizin«, sagte Grace.

»Sag ich doch: klebrig«, erwiderte Six.

Grace schnaubte und nickte dann Mori zu, der sich daraufhin minimal verneigte. Es war nicht so, dass sie einander hassten. Es ähnelte eher der Wachsamkeit zweier sehr auf ihr Revier bedachter Löwen. Niemand brachte Six gegenüber zur Sprache, dass Grace früher einmal Mrs. Steepleton gewesen war. »Six hat erwähnt, dass die Ärzte glauben, du hättest Tuberkulose«, sagte Grace.

»Äh …« Thaniel schüttelte kurz erstaunt den Kopf. »Ja? Warum?«

»Na ja«, sagte sie, »wir haben in Aokigahara alle möglichen Dinge erfunden, weil es da Strom im Überfluss gab. Einfach so Sachen zusammengebastelt. Und eine dieser Erfindungen geht jetzt in die industrielle Fertigung: ein Elektronenmikroskop. Es hat eine viel höhere Vergrößerung als ein normales Mikroskop. Ich habe es eigentlich gebaut, um Ätherteilchen damit zu beobachten. Dafür taugt es allerdings nicht, aber ich habe mich kürzlich mit einem befreundeten Biologen unterhalten, und der ist überglücklich, weil er mit diesem neuen Mikroskop endlich das Bakterium isolieren konnte, das Tuberkulose verursacht.« Sie öffnete die Hände ein wenig, wie um zu sagen: *Tada!* »Er ist sich ziemlich sicher, dass er auch schon ein Mittel dagegen hat. Er sucht gerade Probanden für die klinischen Studien. Die ganze Sache sieht sehr vielversprechend aus. Wenn du es ausprobieren möchtest …« Sie kam herbei und reichte ihm eine Visitenkarte. »Er arbeitet hier in London am University College.«

»Wirklich?«, fragte Thaniel. Es kam ihm vor, als hätte sie gerade seine ganze Welt auf den Kopf gestellt.

Grace lächelte. »Wirklich. Geh mal hin und sprich mit ihm.« Sie sah sich kurz zu Six um und lachte dann etwas unbeholfen, weil Thaniel sie immer noch anstarrte. »Also gut, dann will ich nicht weiter stören.« Sie nickte Mori noch einmal zu und rauschte dann in ihrem Kleid hinaus.

»Wir müssen auch gehen«, sagte Six zu Mori. »Es fängt bald an.«

Dann hielt Six Mori die Tür auf. Sie hatte es nicht mehr so eilig. Im letzten Jahr war sie in die Höhe geschossen und war jetzt groß genug, um zu bemerken, dass Mori für englische Verhältnisse eher klein war. Auf dem Bürgersteig ging sie zwischen ihm und der Straße. Thaniel war darauf stolzer als auf jede Symphonie. Bevor er Takiko kennengelernt hatte, war ihm das nie aufgefallen, nun aber bemerkte er ständig, dass sich Engländerinnen nur selten ritterlich verhielten.

Er hatte sich das Zeitungsfoto von Takiko einrahmen lassen und auf seinen Schreibtisch gestellt. Es war ihm unmöglich, das Bild anzusehen, ohne Scham zu empfinden, aber er ließ es dennoch dort stehen, um sich immer daran zu erinnern, wie tief er in ihrer Schuld stand.

»Hey«, sagte er zu Mori.

Mori beugte sich wieder zur Tür herein.

»Mikroskope …«, sagte Thaniel.

Mori lächelte. »Ja.«

»Falls es ein Heilmittel gibt – hättest du Hunderttausende von Menschen mehr gerettet, als bei dem Arrangement des Ganzen zu Schaden gekommen sind.«

Wie stets bei jeder Art von Lob sah Mori so aus, als wüsste er nicht, was er damit anfangen sollte, und nickte nur. »Tja. Bis gleich.«

Dann war er fort. Thaniel starrte auf die Visitenkarte hinab. Schließlich steckte er sie sich in die Brusttasche, ließ dann den Kopf in beide Hände sinken und lachte. Es war zwar weiter nichts als eine klinische Studie, doch selbst die vage Aussicht auf Besserung sorgte dafür, dass er sich so leicht fühlte, als könne er sogar einem Heißluftballon davonschweben. Er wollte alles stehen und liegen lassen, sich Mori schnappen und sich dann mit ihm zu Hause betrinken, wollte ihn anbrüllen, weil er so leichtsinnig gewesen war, und dann für ihn sterben oder leben oder was auch immer. In den letzten Monaten hatte er das Gefühl gehabt, dass sich sein Lebensfaden aufrollte, sodass die Strecke, die ihm noch blieb, immer kürzer wurde. Er spürte, wie seine Vitalität mit jedem Tag ein wenig mehr schwand. Nun jedoch erstreckte sich der Faden mit einem Mal wieder ganz bis zum Horizont.

Sullivan beugte sich zur Tür herein. »Es ist Zeit«, sagte er. »Bist du nervös?«

»Nein«, sagte Thaniel, der das Gefühl hatte, eventuell sogar fliegen zu können.

Von der Bühne aus ließen die Lichter das Publikum fast verschwinden. Thaniel konnte nur die Ränge sehen, deren Goldverzierungen glänzten. Leichte Unruhe regte sich im Saal, als einige der Geiger die mitgebrachten Glühbirnen aus ihren Geigenkästen nahmen, um sich zu vergewissern, dass der Strom funktionierte und die Glühfäden leuchteten. Thaniel hoffte, dass Six das gesehen hatte. Sie hatte bei der Installation geholfen.

Das Letzte, was er sah, bevor die Lichter im Zuschauerraum erloschen, war Mori, der ihm mit seinem Glas lautlos zuprostete. Dann wandte sich Thaniel wieder dem Dirigentenpult zu.

Sullivan zwinkerte vom Klavier aus zu ihm herüber. Der Chor sah sehr munter aus. Thaniel atmete tief ein, spürte das vertraute Stocken in seiner Lunge, klopfte mit dem Taktstock ans Notenpult und ließ die Streicher ihr Spiel beginnen.

HISTORISCHE ANMERKUNGEN

Diese Geschichte ist größtenteils Fiktion. Mori, Thaniel und Takiko sind keine historischen Figuren, und die Filigree Street und Yoruji sind frei erfunden. Vieles andere aber beruht auf historischen Tatsachen.

Die Elektrizitätstürme in Aokigahara sind einem realen Ort nachempfunden: Im Jahre 1901 ließ Nikola Tesla im amerikanischen Bundesstaat New York den Wardenclyffe Tower errichten. Dieser Turm war dazu bestimmt, auf drahtlose Weise elektrische Energie zu übertragen, basierend auf Teslas Experimenten in Colorado Springs – wo man tatsächlich eine Glühbirne in der Hand halten und zusehen konnte, wie sie aufleuchtete.

Die Äthertheorie galt weithin als wissenschaftlich anerkannt, bis sie schließlich 1905 von Einstein verworfen wurde. Er hängte das damals allerdings nicht an die große Glocke, weil sein Mentor von der Existenz des Äthers weiterhin überzeugt war.

Kiyotaka Kuroda war berüchtigt für seine kriegerischen Allüren, ein riesiges illegales Grundstücksgeschäft und dafür, dass er möglicherweise seine Frau umgebracht hatte. Letzteres machte ihn zur Zielscheibe des Spotts der japanischen Presse. Die von Takiko Pepperharrow erwähnte Karikatur mit einem Nashorn gab es wirklich.

Der Bildungsminister Arinori Mori wurde tatsächlich am gleichen Tag ermordet, an dem die neue Verfassung verkündet wurde. Der Anschlag war wahrscheinlich religiös motiviert: Arinori war Christ, und sein Mörder stammte aus dem Herzen des japanischen Shintoismus, dem Ise-Schrein. Eine Randbemerkung dazu: Arinori ist sein Vorname. Korrekterweise hätte ich ihn Herrn Mori nennen müssen, doch ich wollte keine Verwirrung stiften. Zwischen ihm und Keita Mori besteht keine Verwandtschaft. Der Name der Samurai-Familie Mori (ausgesprochen *Morey*) bedeutet ins Englische übersetzt *Featherworth*, wohingegen Arinoris Nachname (der *Morry* ausgesprochen wird) Wald bedeutet.

Das Gefängnis von Abashiri war eines von mehreren großen Arbeitslagern, die in jenen Jahren in Hokkaido in Betrieb waren. Tausende Männer, viele davon politische Gefangene, kamen dort in den strengen Wintern beim Straßenbau ums Leben. Der Gefängnisbau aus dem 19. Jahrhundert ist heute ein öffentlich zugängliches Museum. Auf zahlreichen Tafeln sind dort Anekdoten über die Gefangenen verzeichnet. Eine handelt davon, dass man daran denken sollte, sich gelegentlich die Nase zu reiben.

SPRACHLICHE ANMERKUNGEN

Dass japanische Texte oft so schlecht ins Englische übersetzt werden, liegt vielleicht auch daran, dass japanisch-englische Wörterbücher auch heute noch oft einen zu hochtrabenden Ton anschlagen. Wenn man sich Animes oder japanische Spielfilme anschaut, tauchen da Untertitel auf, in denen es heißt: »Isn't it nostalgic!«, wenn jemand die recht geläufige Wendung »Natsukashii ne!« gebraucht. Gemeint ist damit eher: »Ach, war das damals schön!«, oder: »Das fehlt mir echt!«.

Der Mythos, es gäbe im Japanischen keine Schimpfwörter, verleitet englische Muttersprachler*innen dazu, sich eine seltsam romantisierende Vorstellung von der japanischen Sprache zu machen. Es gibt im Japanischen durchaus Schimpfwörter, aber es ist in dieser Sprache auch unglaublich einfach, unhöflich zu sein, ohne überhaupt zu diesen Wörtern zu greifen. Die einzelnen Sprachebenen von höflich bis vulgär sind so klar definiert, dass sie sogar Namen haben. Die höchste Stufe der Höflichkeitssprache heißt *Keigo*, und sie zu sprechen, ist sehr schwierig, weil sich darin alle Verben ändern. Lehrer behaupten gern, wir hätten so etwas nicht im Englischen, aber das stimmt nicht; es entspricht ungefähr dem, wenn man sagt: »I wonder if you'd like to take a seat?«, statt einfach nur zu sagen: »Park yourself there, mate.« Der Hauptunterschied besteht meiner Ansicht nach darin, dass wir zwar alle wissen, was im Englischen als höflicher Sprachgebrauch gilt und was nicht, dass wir das meist aber nicht voneinander abgrenzen und benennen. Wir sagen Kindern, sie sollen »nett fragen«, oder Erwachsenen, sie sollen »professionell klingen«, aber das ist ja nur eine Andeutung dessen, was wir damit meinen. In Tokyo ist das Bewusstsein für diese unterschiedlichen Sprachregister so ausgeprägt, dass es manchmal, wenn jemand auf Japanisch wörtlich nur »Nein« sagt, eher so etwas wie »Verpiss dich« bedeutet – denn einfach nur Nein zu sagen, statt einen vollständigen Satz zu formulieren, gilt als sehr unhöflich.

All dies wurde in der Meiji-Zeit, in der dieser Roman spielt, sogar noch strenger gehandhabt.

Vor allem in der wörtlichen Rede der Takiko Pepperharrow habe ich versucht zu zeigen, wie normales Tokyoter Arbeiterjapanisch tatsächlich klingt. Die Betonung liegt dabei auf »versucht«: Ich habe nur anderthalb Jahre lang in Tokyo gelebt und bin keine Übersetzerin. Ich lausche bloß gern in Kneipen.

DANK

Ohne die Daiwa Anglo-Japanese Foundation hätte ich dieses Buch niemals schreiben können. Alljährlich entsendet sie eine Handvoll junger Leute mit einem Stipendium für neunzehn Monate nach Tokyo. Man lernt ein Jahr lang Japanisch, lebt bei einer japanischen Familie und arbeitet anschließend in einem japanischen Unternehmen. Im Jahre 2013 schickten sie – ein Glücksfall, der mich immer noch fassungslos macht – auch mich dorthin. Nach meinem Sprachlernjahr verbrachte ich einen Monat in Hokkaido, in einem Städtchen namens Shari, das sich ganz in der Nähe von Abashiri befindet. Mein besonderer Dank gilt Mitsuru und Katsuya Shishikura, die mich in dieser Zeit als Bewohnerin ihres Dachzimmers ertrugen und die einmal tatsächlich vierzig Meilen weit mit mir fuhren, um mich zu Fish and Chips einzuladen.

Vielen Dank auch an Dr. Christine Corton, die ein fabelhaftes Buch über den Londoner Nebel geschrieben hat, aus dem ich viele Ideen abgekupfert habe; an die Mitarbeiterinnen und Mitarbeiter der Gladstone's Library, die Ausgaben sämtlicher viktorianischer Zeitungen vorrätig hat, die man sich nur wünschen kann, und darüber hinaus auch etliche wunderbare Pamphlete über die frühe Nutzung der Elektrizität; und zu guter Letzt an meinen Bruder Jacob, der viel klüger ist als ich und immer alle meine Plot-Probleme löst.

www.klett-cotta.de/fantasy

Natasha Pulley
Der Leuchtturm an der Schwelle der Zeit
Aus dem Englischen von Jochen Schwarzer
544 Seiten, gebunden mit Schutzumschlag
ISBN 978-3-608-98636-5

»Komm nach Hause, wenn du dich erinnerst.«

1898 erwacht Joe Tournier ohne jegliche Erinnerungen am Bahnhof Gare du Roi in Londres. Die Welt steht Kopf: England ist französisch, und Joe wird in eine psychiatrische Klinik eingewiesen. Nur wenig später, als er wieder in Freiheit ist, trifft eine rätselhafte Postkarte bei ihm ein, die 90 Jahre zu ihm unterwegs war.